LA NOSTALGIE
DES SENTIMENTS

Au nom de ma mère, L'Archipel, 2017 ; Archipoche, 2020.

Marlène, L'Archipel, 2020 ; Archipoche, 2022.

La Nostalgie des sentiments, L'Archipel, 2023 ; Archipoche, 2024.

Quand le désir donne des ailes, L'Archipel, 2024.

HANNI MÜNZER

LA NOSTALGIE
DES SENTIMENTS

traduit de l'allemand
par Céline Maurice

ARCHIPOCHE

*À mon grand-père Josef
et à son Emma, jamais oubliés.
Et à tous ceux qui ont perdu leur chez-eux.*

Ce livre a été publié sous le titre
Heimat ist ein Sehnsuchtsort
par Piper Verlag, en 2016.

Contact : serviceclients@lisez.com

Notre catalogue est consultable à l'adresse suivante :
www.archipoche.com

Éditions Archipoche
92, avenue de France
75013 Paris

ISBN 979-10-392-0531-3

DRAMATIS PERSONÆ

*(Les personnages historiques
sont signalés par un astérisque*)*

Les habitants de la ferme Sadler

Katharina Sadler (née en 1928), surnommée Kathi, prodige des mathématiques.

Franziska Sadler (née en 1935), sœur de Kathi, surnommée Franzi, parfois Ida ; souffre de sclérodermie, vit dans son petit monde.

Laurenz Sadler (né en 1901), père de Kathi, agriculteur, musicien de cœur.

Anne Marie Sadler (née en 1899), mère de Kathi, femme au passé mouvementé qui cache un dangereux secret.

Charlotte Sadler (née en 1873), mère de Laurenz et grand-mère de Kathi, amoureuse des chevaux et excentrique fumeuse de cigares.

August Rudolf Sadler (né en 1865), mari de Charlotte et grand-père de Kathi, mutilé de guerre.

Paulina Sadler, née Köhler, veuve de Kurt Sadler, le frère aîné de Laurenz Sadler.

Oleg Rajevski, valet de ferme, bricoleur doué, grand ami de Kathi. Secrètement amoureux de Paulina Sadler.

Dorota Rajevski, mère nourricière d'Oleg, gouvernante de la ferme Sadler, a un faible pour la cuisine italienne. Dotée d'un grand sens pratique, d'une bonne humeur permanente et du don de double vue.

Oskar, chien de Kathi, chercheur de trésors.

Peter Pan, dit Pierrot, chevreuil apprivoisé.

Les Luttich/Köhler

Wenzel Luttich, bourgmestre de Petersdorf.

Elsbeth Luttich, née Köhler, femme de Wenzel. Surnommée «la mère Chauve-souris», national-socialiste fanatique.

Anton Luttich (né en 1927), fils de Wenzel et Elsbeth, ami d'enfance de Kathi; rêve de devenir pilote comme son héros Manfred von Richthofen, le Baron rouge.

Hertha Köhler, mère d'Elsbeth Luttich et grand-mère de Paulina Sadler. Quelque peu dérangée depuis une tragédie familiale.

Habitants de Petersdorf et autres

Le merveilleux M. Levy, marchand ambulant.

Berthold Schmiedinger, curé de Petersdorf au cœur de rebelle.

Johann Schmiedinger, frère du curé Berthold; dentiste à Berlin et membre de la Résistance.

Erich Klose, patron de la taverne de Petersdorf *Chez Klose*.

Justus Gangl, maréchal-ferrant, ami de Laurenz Sadler.

Mlle Luise Liebig, institutrice à Petersdorf.

Hermann Zille, très impopulaire instituteur de Petersdorf, plus tard directeur du lycée de Gliwice; ami d'Elsbeth Luttich.

Milosz Rajevski, neveu de Dorota et ami de Kathi ; mathématicien, cryptologue et agent secret polonais.

Dimitri Vassiliev Domratchev, officier des services secrets russes NKVD (Commissariat du peuple aux Affaires intérieures).

Constantin Pavlovitch Sokolov, espion russe, tchékiste.

Jan, travailleur forcé polonais.

Wanda, travailleuse forcée polonaise.

Franz Honiok*, sympathisant de la Pologne et premier mort de la Seconde Guerre mondiale ; ami de Laurenz Sadler.

Niklas, communiste, ingénieur et physicien de génie.

Ferdinand von Schwarzenbach, scientifique austro-allemand spécialisé en aérospatial.

Hubertus von Greiff, *Sturmbannführer* (commandant) SS, gestapiste.

Erwin Mauser, major SS, gestapiste.

Wernher von Braun*, directeur du programme aérospatial allemand à Peenemünde.

Albert Speer*, ministre de l'Armement.

Reinhard Heydrich*, *Obergruppenführer* (général) SS, chef du service de sécurité allemand (SD), gestapiste.

Heinrich Himmler*, *Reichsführer* (chef suprême) SS.

Ernst Kaltenbrunner*, *Reichsführer* SS.

À Anne-Marie et à tous les amants

Tu n'étais qu'un rêve lointain.
Une voix qui chuchotait dans mon cœur,
Une mélodie qui chantait dans mon âme.
Jusqu'à ce que je te trouve.
Et la passion me toucha comme une chanson.
À toi, j'appartiens avec tout ce que je suis.
Tu es l'Unique,
L'unique réponse aux questions de la vie.
L'amour me toucha en plein cœur.

Le pays. Grand-père en parlait souvent.

Il évoquait un endroit lointain dans une contrée lointaine, des prairies illuminées par le rouge des coquelicots, des arbres courbés sous le poids des fruits, un endroit où l'air sentait toujours l'été.

J'adorais les histoires de grand-père, que j'écoutais avec autant de curiosité que de ravissement. Pour moi, il créait l'image d'un lieu enchanté, d'un royaume où tous les hommes étaient heureux.

Je ne comprenais donc pas pourquoi il avait quitté ce pays de conte de fées. Un jour, je l'ai regardé d'un air interrogateur ; il m'a observée un long moment puis m'a caressé la tête et a dit : « Ma petite chérie, tu ne peux pas comprendre. La guerre est une voleuse. » Et il est sorti de la cuisine.

Après son départ, je me suis retournée vers ma grand-mère pour quémander une seconde tasse de chocolat chaud. Et j'ai vu qu'elle pleurait.

À l'époque, je ne savais pas encore que le pays était aussi une chose qu'on pouvait perdre.

Prologue

Quelque part en Russie, 1928

Dans une maison isolée, au milieu de sombres forêts où les loups hurlaient la nuit, vivait la prisonnière la plus mystérieuse de Russie.

Dimitri Vassiliev Domratchev, l'officier des services secrets attaché à sa surveillance, venait de terminer sa ronde d'inspection du soir autour du terrain clôturé. Non qu'il se soit attendu à des difficultés – durant tout ce temps, il n'y en avait jamais eu. Mais il était de son devoir de ne pas relâcher son attention. Chaque jour, lors de l'appel, il le répétait à la demi-douzaine de soldats qui végétaient avec lui dans cette solitude.

Dimitri ne connaissait pas l'identité de sa prisonnière. Pas officiellement, en tout cas. Lors de son entrée en fonction, on lui avait clairement fait comprendre que son prédécesseur avait manqué de la discrétion nécessaire. Dimitri avait donc pris la ferme décision de lui survivre à ce poste, si cela était en son pouvoir. En ces temps troublés, il était l'image même de l'officier modèle qui accomplissait fidèlement son devoir en laissant à ses supérieurs le soin de penser. Cela n'empêchait toutefois pas son imagination de partir en voyage, d'escalader les murs et de revenir avec des histoires qui tournaient autour de sa prisonnière et de ses visiteurs. Ceux-ci surgissaient de temps en temps dans de luxueuses limousines, seuls, toujours soigneusement masqués. Il s'agissait sans l'ombre d'un doute de hautes personnalités. Ils s'identifiaient auprès de Dimitri au moyen d'un mot de passe, que Moscou renouvelait tous les jours, et d'un petit médaillon d'étain sur lequel était représentée une épée.

Dès leur arrivée, ils disparaissaient dans la chambre de la femme. Certains y restaient toute la nuit, d'autres repartaient au bout de moins d'une heure. Observateur attentif, Dimitri avait noté des détails sur les inconnus : démarche, stature, chevalière. Il en vint à la conclusion que cinq personnes différentes, au maximum, rendaient visite à la prisonnière. Durant la première année de son détachement, ils étaient venus assez souvent, mais au fil du temps leurs apparitions s'étaient espacées. Manifestement, leur intérêt pour la captive diminuait.

Une sage-femme vivait là aussi. Les deux femmes avaient à peu près le même âge ; par commodité, il les avait enfermées ensemble. Ces dernières années, la sage-femme avait dû intervenir à plusieurs reprises. Et la prisonnière allait bientôt accoucher pour la cinquième fois. Dès la naissance d'un enfant, Dimitri avertissait ses supérieurs à Moscou et l'on venait chercher le nourrisson le jour même. Ce qu'il advenait des bébés ne regardait pas davantage Dimitri que l'identité de sa captive. Pourtant, depuis des jours, son instinct le tourmentait. Ce chiffre cinq l'obsédait. *Cinq hommes, cinq enfants.* Ce qui se passait était d'une telle évidence qu'il ne pouvait faire taire sa conscience. Mais il se trouvait contraint de laisser les choses suivre leur cours. Un autre conflit intérieur lui pesait déjà beaucoup. Il avait jadis rejoint le mouvement de Lénine par conviction, désireux d'aider à faire naître une nouvelle Russie d'un pays figé dans le tsarisme. Mais très vite, il s'était senti trompé. L'ancienne Russie était en ruines mais il ne voyait nulle part trace de la nouvelle. Il ne comprenait plus son enthousiasme d'alors pour la révolution.

En lui imposant sa nouvelle affectation, on lui avait dit qu'il s'agissait d'un grand honneur. Lui, pourtant, ne voyait rien d'honorable à jouer les gardiens de prison de deux jeunes femmes.

En fait, il était lui-même prisonnier. Le jour même où on l'avait envoyé à ce poste isolé, il avait saisi que cette fonction ne prendrait fin qu'avec la mort de ses détenues. Leur décès scellerait aussi le sort de Dimitri. Lui et ses hommes devraient mourir pour que les étranges événements de cette maison demeurent pour toujours le secret des cinq hommes.

Libérer la prisonnière, fuir cet endroit, rien de tout cela n'était une option pour Dimitri. Ses supérieurs s'étaient assurés de sa loyauté : ils tenaient sa femme et son jeune fils, Kolia. Dimitri ne ferait jamais rien qui puisse leur nuire. Seul son sacrifice sauverait la vie de sa famille. Et cet espoir était ce qui le poussait à obéir aux ordres.

Première partie

PAIX

« *Les hommes et les branches se brisent;*
Célèbre la vie
Puisque tu marches et veilles encore;
Elle t'est seulement prêtée. »

David Campbell

1

« *Pendant tous ces siècles et à toutes les
époques, les hommes regardèrent le ciel
bleu sombre et rêvèrent...* »

S. P. Korolev, 1957,
dans une lettre à sa femme Nina

Wrocław, capitale de la Silésie, 1928

D'où venons-nous et où allons-nous? Depuis la nuit des temps, quiconque est porté aux réflexions profondes se pose cette question, roi ou paysan, philosophe ou prêtre. Pendant ce temps, la vie terrestre suit son propre cours, nous entraînant dans son voyage sans nous demander notre avis.

Laurenz Sadler en fit lui aussi l'expérience. Plus jeune fils d'un agriculteur du petit village silésien de Petersdorf, il n'avait jamais voulu passer sa vie à semer et récolter, d'autant que dame Fortune lui avait accordé un grand don artistique. Il voulait étudier la musique, devenir compositeur ou chef d'orchestre, travailler un jour avec les plus grands ensembles. Laurenz était un rêveur.

Au début, le sort sembla jouer en sa faveur et il se prit à espérer qu'il pourrait vivre son rêve. En effet, son père, trompettiste doué, avait fait partie de la fanfare

17

de son régiment pendant la Grande Guerre, et sa mère, née von Papenburg dans une famille de la haute société, avait bénéficié d'une éducation raffinée : en plus de la tenue d'une grande maison, elle avait appris la harpe et le piano.

Malgré l'enthousiasme limité que leur inspiraient ses aspirations professionnelles, ses parents ne firent pas grand-chose pour l'en dissuader. Ils avaient deux autres fils, Alfred et Kurt, deux gaillards terre à terre et raisonnables qui ne nourrissaient pas d'attentes insensées envers la vie et ne rechignaient pas à la tâche, aux champs comme à la ferme.

Après la Grande Guerre, Laurenz partit donc pour Wrocław, passa l'examen d'entrée au conservatoire local et commença ses études. Il avait prévu d'aller tenter sa chance à Berlin une fois son diplôme en poche, mais il en alla tout autrement car il rencontra à Wrocław son véritable destin : *Anne-Marie*.

À cette époque, Anne-Marie n'était pas une femme sur laquelle s'attardait le regard des hommes. Terne silhouette comme on en voyait tant dans les ruelles de Wrocław en cette amère période d'après-guerre, elle avançait d'un pas traînant, voûtée, enfouie dans une blouse sombre et informe. On oubliait aussitôt cet être trahi par le destin, à condition même de le remarquer.

Mais Laurenz était plus qu'un rêveur. Il était passionné et toujours en quête de perfection – le ton parfait, la sonorité parfaite, la mélodie parfaite. Il possédait aussi un sens infaillible des nuances, de ce qui allait au-delà des modes majeur et mineur. Laurenz aimait le différent, l'inadapté, ce qui sortait de l'ordinaire, il percevait dans l'être humain ces profondeurs dont il tirait son inspiration.

Quand Laurenz vit Anne-Marie pour la première fois, il avançait sur le trottoir en griffonnant sur une feuille de notes une mélodie qui venait de surgir dans sa tête. Et quand deux personnes avancent l'une vers l'autre en regardant par terre, elles finissent forcément par se télescoper.

Laurenz releva les yeux, choqué, et saisit un regard furtif dans d'autres yeux tout aussi choqués, qui s'abaissèrent aussitôt de nouveau. Mais cette seconde suffit à faire vibrer en lui une corde encore inconnue, un nouveau ton intérieur qui l'emplit tout entier et le laissa sans voix, l'empêchant même de demander à la jeune femme d'excuser sa maladresse. Laurenz venait de trouver ce qu'il cherchait depuis toujours : *la perfection*. Anne-Marie était parfaite – pour lui.

La jeune femme ramassait déjà les pommes que leur collision avait envoyées rouler par terre. Laurenz lui vint hâtivement en aide tout en espérant ardemment qu'elle le regarde une nouvelle fois. De fait, elle redressa la tête, et il se retrouva face à des yeux bleus comme les fleurs des champs de son enfance. Les plus beaux yeux du monde. *Les plus tristes yeux du monde.* Anne-Marie était tout à la fois réponse et question ; elle libéra en lui une telle puissance créatrice qu'il écrivit un opéra en quelques semaines. Anne-Marie était sa symphonie devenue réalité. Pour elle, Laurenz voulut inventer un pays de lumière et de fleurs, un lieu de rêve pour la femme de ses rêves.

Alors qu'il restait égaré dans ses songes lointains, la dernière pomme était déjà ramassée et Anne-Marie envolée.

C'est qu'elle ne voulait pas qu'on la trouve. Elle avait un secret, trop grand et trop mortel pour être partagé.

Mais Laurenz s'était mis en tête de la retrouver. Mû par la même obstination que celle avec laquelle, enfant, il avait nourri son rêve d'une vie de musicien, il se mit en quête de la timide jeune femme pour la conquérir.

2

« *Quel vilain pays en cette époque…* »

Vieille chanson populaire
Anton von Zuccalmaglio

Au premier coup d'œil, Petersdorf n'avait rien de particulier. Au deuxième non plus, d'ailleurs. Mais pour ses habitants, Petersdorf était le monde entier. Ils y étaient nés et ils y mourraient. Chaque famille possédait une pierre tombale au cimetière local et certaines des inscriptions presque effacées par les intempéries remontaient même au XIVᵉ siècle.

Petersdorf était un village tout en longueur typique de la zone frontalière avec la Pologne. La majorité de ses presque trois cents âmes vivaient de l'agriculture. Il y avait une église, une salle communale, la taverne *Chez Klose*, une brasserie (où l'on confectionnait la « Petersdorfer Märzen »), elle aussi propriété de Klose, une petite épicerie pour les besoins quotidiens et un maréchal-ferrant pour les nombreux chevaux qui, en plus des bœufs, étaient employés aux champs et comme mode de transport. En 1928, à Petersdorf, seul le bourgmestre avait une voiture. Et seul le vieux prêtre, qui marchait avec une canne depuis une chute de cheval, enfourchait une mobylette Zündapp pétaradante pour se rendre chez ses ouailles.

Le village se levait de bonne heure. Ce matin-là à la ferme Sadler, la lumière brillait déjà. Kurt Sadler entra dans la cuisine vers 5 heures, comme tous les jours. L'aube était encore loin, et à part lui, seuls Dorota, la gouvernante polonaise, et Oleg, le garçon de ferme, étaient debout. Dorota avait déjà ravivé le fourneau ; la pièce était chaude et douillette et l'arôme du café fraîchement passé chatouilla agréablement le nez de Kurt. Comme d'habitude, il s'en accorderait une tasse rapide et ne prendrait son petit déjeuner qu'à 7 heures, avec sa femme Paulina, enceinte, et sa mère Charlotte.

Kurt aimait cette heure tranquille d'avant le lever du soleil, cet instant suspendu entre la nuit et le jour, entre l'obscurité et la lumière. Il effectuait sa ronde matinale, allait voir les bêtes à l'étable et distribuait la première tournée de foin. À six ans déjà, il accompagnait son père tôt le matin, comme son père avant lui avait suivi le sien. Les Sadler étaient agriculteurs depuis toujours. Leur zèle et leur gestion avisée leur avaient permis d'étendre leur propriété au fil du temps et d'atteindre une modeste prospérité : vingt-cinq hectares de terres fertiles, des collines couvertes d'arbres fruitiers, deux ou trois cochons, du menu bétail et quelques vaches qui répondaient encore aux noms de Lotti, Erna ou Liesel.

C'était une vie simple mais satisfaisante. L'hiver à l'étable, l'été aux champs. La famille passait avant tout et il arrivait que quatre générations vivent sous le même toit. La ferme se transmettait de père en fils aîné, on mariait entre eux les fils et les filles des environs, on se mélangeait à des familles de Bohême, d'Allemagne ou de Pologne, et à part quelques incorrigibles comme il y en a partout, personne ne trouvait à y redire. La vie en région frontalière polonaise n'était pas toujours facile, mais l'un dans l'autre, la cohabitation restait pacifique.

La Grande Guerre qui fit rage en Europe de 1914 à 1918 bouleversa beaucoup de choses. La défaite allemande fut scellée à Versailles et les frontières déplacées comme des éléments de construction. La zizanie suivit la paix. On se rejetait la faute, on se disputait à cause de dédommagements et de terres. Kurt Sadler ne s'intéressait pas aux magouilles politiques. La terre était la terre, telle que Dieu l'avait créée ; elle ne connaissait pas les frontières auxquelles les hommes s'agrippaient. Il n'avait pas non plus le temps de se préoccuper du traité de Versailles, à l'inverse de son ami Franz Honiok, qui affirmait que le traité aggravait la situation des survivants et posait la pierre fondatrice d'autres conflits et d'autres guerres. Kurt ne savait qu'une chose : les mutilés restaient mutilés, et les morts, morts. C'était toujours le peuple qui payait le prix de la guerre. Car même si on avait tracé de nouvelles frontières, créé de nouveaux pays, l'être humain était resté le même.

La guerre avait apporté un certain nombre de changements dans la vie de Kurt. Parti avec son frère aîné Alfred, il en était revenu seul.

En ces journées fébriles et chaudes d'août 1914, ils avaient défilé avec leurs camarades, pleins d'enthousiasme, avant d'atterrir dans l'antichambre de l'enfer. Alfred était mort à Białystok. Kurt avait survécu aux massacres de la Somme et aux tranchées saumâtres de Verdun, échappant de justesse à la mort un nombre incalculable de fois alors qu'autour de lui, ses camarades tombaient comme des mouches, tués par des balles et des shrapnels, des gaz toxiques, le typhus, la dysenterie, le paludisme, et bien souvent la faim et le froid. On était loin de la mort glorieuse des héros wilhelmiens. Lui-même s'en était sorti un peu sourd et avec quelques dents en moins, gâtées par la malnutrition.

Il avait aussi survécu aux années de privation passées comme prisonnier de guerre. Et même si aujourd'hui encore, les horreurs subies le privaient parfois de sommeil, il n'était pas mécontent de son sort. Nombre de ses camarades s'en étaient beaucoup plus mal tirés. Survivre n'était pas tout ; plus d'un homme désespéré rapportait la guerre chez lui pour toujours. Comme son propre père, August.

Après sa libération, Kurt avait épousé la fiancée de son frère mort au combat, Paulina Köhler, et pris la tête de la ferme Sadler. La propriété était un peu à l'écart de Petersdorf, nichée entre de vertes collines et de grasses prairies, entourée de forêts et de champs cultivés avec soin qui s'intégraient au paysage comme des mosaïques tracées avec minutie. Derrière la maison, un verger s'étendait en douces vagues jusqu'au sommet de la colline, assurant aux Sadler une récolte variée du début de l'été à l'automne. Son frère cadet Laurenz, poète en plus d'être musicien, avait baptisé la colline «l'Échelle céleste». Et même Kurt, pourtant doté de moins d'imagination que son petit frère, admettait qu'on pouvait croire voir les arbres grimper la pente pour, tout au bout, atteindre le ciel.

Un de leurs ancêtres, bien des générations avant eux, devait avoir eu un goût marqué pour les baies. Dès que l'air virait au printemps et que les bourgeons s'ouvraient sur les arbres et les buissons, la ferme sombrait dans une mer de fleurs blanches et roses, et durant tout l'été, les baies abondaient : fraises, groseilles, myrtilles, mûres… La ferme des Sadler était donc surnommée «Ferme aux baies», et la réputation des confitures et compotes de Dorota dépassait les frontières du village. La ruche de la maison fournissait du miel. En été, les plantes céréalières poussaient dru ; la forêt livrait gibier et champignons à foison ; on pêchait le poisson dans l'étang voisin et on tuait le cochon deux fois par an. La ferme vivait ainsi en quasi-autarcie.

Tandis que Kurt buvait son café, Dorota alla à la cave chercher navets et pommes de terre. La récolte avait été bonne. Comme tous les agriculteurs de Petersdorf, Kurt vendait à des marchands ce qu'ils ne consommaient pas eux-mêmes ; les produits remontaient l'Oder en bateau jusqu'à la ville voisine, parfois même jusqu'à Berlin.

Kurt reposait sa tasse vide quand Oleg, fils adoptif de Dorota et valet de ferme, entra dans la cuisine, couvert de fumier. Dorota le repoussa aussitôt du bout de son balai.

— Par la Madone noire ! Oleg Rajevski, combien de fois t'ai-je dit de te laver et de te changer avant d'entrer ! Tu n'auras pas de petit déjeuner sans ça !

Oleg ressortit, penaud, mais ils l'entendirent pester à voix basse contre Willi, un jeune bœuf qui n'avait pas encore compris qui était le maître à l'étable.

Kurt l'avait acheté la semaine précédente à un très bon prix. Il commençait à se dire que cette prétendue bonne affaire était en fait due au caractère de Willi, et qu'Herbert Hoffmann l'avait roulé dans la farine.

Il alla rejoindre Oleg qui venait de tirer un seau d'eau du puits.

— Alors, Oleg ? Tu le tiens, le Willi ?

— Il veut pas du joug.

— S'il se laisse pas bientôt atteler à la herse, je l'envoie chez le boucher.

Kurt commença par inspecter le silo enterré qu'Oleg et lui avaient bâti. Il avait encore d'autres projets, rêvait de lumière électrique et de toilettes dans la maison. Il faudrait pour ça que la récolte de 1929 soit aussi bonne que celle de l'année en cours.

Le silo était plein de feuilles de navets qui allaient fermenter là. En hiver, vaches et bœufs étaient nourris de l'ensilage. Ce qui ramena Kurt à Willi. Même si la récolte avait été bonne, les temps ne l'étaient pas. Il ne pouvait pas se permettre de nourrir tout l'hiver une bête inutile. Lui qui avait survécu à la Grande Guerre n'allait pas s'en laisser conter par un bœuf récalcitrant. Oleg était trop patient avec l'animal, voilà tout. Kurt se dirigea vers l'étable.

— Bon, Willi, fini les câlins !

Le bœuf leva posément la tête sans se laisser interrompre dans son repas, continuant à mastiquer paisiblement son foin. Dès que Kurt ôta le joug de son crochet, au mur, un changement s'opéra chez l'animal. Il se mit à tirer sur sa chaîne, à piaffer et à souffler. Kurt posa une main sur son large dos.

— Du calme, mon gros, du calme.

Un frisson parcourut le corps massif de la bête, puis elle s'immobilisa.

— Tu vois, Willi, quand tu veux.

Kurt lui tapota le front et mit le joug en place. Soudain, sans avertissement, Willi tourna la tête et frappa violemment le fermier en pleine poitrine. Kurt sentit ses côtes se briser.

Laurenz, le plus jeune des trois fils Sadler, n'avait jamais voulu devenir agriculteur ; tout le monde savait que depuis son plus jeune âge, il ne pensait qu'à la musique. Il avait tout juste treize ans quand éclata la Grande Guerre, en 1914. À une époque où les fils de paysans quittaient en général l'école à douze ans, il fréquentait le lycée de Gliwice, étudiait les classiques, lisait Rousseau et Voltaire et prenait des cours de violoncelle et d'accordéon. Il venait aussi de se découvrir un grand intérêt pour les jeunes filles. La vie s'ouvrait devant lui, avec toutes ses tentations.

Mais en juin 1914, le couple héritier du trône austro-hongrois se rendit à Sarajevo et s'y fit tuer à coups de pistolet par un anarchiste serbe. Quatre semaines plus tard, c'était la guerre. D'ardents défenseurs de la mère patrie se regroupaient à tous les coins de rue, le patriotisme moussait jusque sous la pointe des casques, on agitait fanions et drapeaux en jetant des confettis et la musique militaire résonnait jour et nuit. Comme si la guerre était une kermesse.

Les frères de Laurenz, Alfred et Kurt, furent appelés dès la mobilisation, et trois ans plus tard ce fut le tour du père, August. Officiellement, la guerre prit fin en 1918, et pourtant elle se poursuivit. Au vu des dissensions et des soulèvements populaires qui la suivirent (rien qu'en Haute-Silésie, ils provoquèrent trois mille morts jusqu'en 1921), Laurenz se demandait pourquoi on déclarait des guerres. Pour que le chaos soit encore pire après ? N'aurait-il pas été plus sensé de se demander comment éviter des conflits futurs que de continuer à se massacrer ? Quand il en fit la remarque à son ami Justus, le fils du maréchal-ferrant, celui-ci le toisa et lui conseilla de garder pour lui ce genre d'opinion, sous peine de se faire rosser par les vétérans de *Chez Klose*.

En attendant le retour de Kurt, qui resta prisonnier jusqu'en 1922, Laurenz fit son devoir et aida sa mère, Charlotte, à exploiter la ferme. Mais deux mois après que son frère fut rentré et eut repris des forces, plus rien ne le retenait sur place. Il partit pour Wrocław, distante de cent cinquante kilomètres, pour étudier la musique au conservatoire de Silésie.

Laurenz y resta jusqu'à l'été 1928, quand un télégramme de sa mère l'informa que son frère Kurt, blessé par un bœuf, avait succombé à ses blessures internes.

Et comme si le destin n'avait pas encore suffisamment frappé la famille Sadler, la femme de Kurt, Paulina, fit une fausse couche. Elle rentra à la ferme de ses parents se réfugier dans les bras de sa mère, loin de ce double malheur.

Charlotte ordonna donc à son fils cadet de quitter Wrocɭaw pour rentrer à Petersdorf. Elle n'avait toutefois pas escompté que son rêveur de Laurenz reviendrait avec une bru jusque-là tenue secrète, et par-dessus le marché enceinte jusqu'aux yeux ! Une femme qui, Charlotte le vit au premier coup d'œil, ne convenait ni à la ferme ni à la région, et encore moins à la famille Sadler. Elle lui sembla trop pâle, trop frêle, trop timide, avec des mains si fines et si petites qu'elle ne pouvait même pas brider un cheval convenablement. Pour Charlotte, écuyère passionnée, la force et l'endurance étaient la mesure de toute chose. C'était une femme fière, toujours attachée aux antiques traditions de la fille de grande famille qu'elle n'était plus depuis longtemps.

Née von Papenburg, Charlotte avait épousé un homme bien en dessous de son rang. Personne dans sa famille n'avait compris pourquoi elle avait choisi August Sadler, simple lieutenant, alors qu'un officier supérieur impérial, évidemment noble, lui faisait la cour. On murmura que l'ancestrale folie ayant déjà perdu tant de jeunes filles avant elle avait aveuglé Charlotte. Et l'avait aussi mise enceinte, hélas. Le père, furieux, chassa sa fille déshonorée de la propriété familiale.

Et voilà que le dernier fils qui restait à Charlotte, pris de folie à son tour, lui ramenait une jeune femme sans le sou, orpheline, avec une malle d'osier pour tout bagage, et dont la silhouette menue paraissait fort peu adaptée aux durs travaux de la ferme. Charlotte fit clairement sentir à sa bru qu'elle n'était pas la bienvenue.

Après la satisfaction d'une année de récoltes abondantes, les habitants de Petersdorf furent frappés par des gelées précoces. Le bref automne fut suivi d'un hiver long et rigoureux. Le vent du nord soufflait du matin au soir et son haleine glaciale se glissait sous les couches de vêtements les plus épaisses. Même les vieux du village, d'habitude si prompts à la controverse, s'accordaient pour dire que c'était là l'hiver le plus rude qu'on ait vu de mémoire d'homme. La vie se figea.

Chez les Sadler aussi, hommes et bêtes souffrirent du froid. Les poussins furent logés au chaud dans une caisse au-dessus du fourneau, et même les chats de la ferme, d'ordinaire fiers solitaires, recherchèrent la compagnie des humains.

Le premier enfant des époux Laurenz et Anne-Marie Sadler, Katharina, naquit la veille de Noël 1928. Dès sa naissance, la petite Kathi était pressée : elle arriva quelques semaines avant terme, minuscule mais en pleine santé.

Elle devint le centre du monde de sa jeune mère. Au grand dam de Charlotte, une fois de plus, qui trouvait qu'Anne-Marie portait à sa fille une attention exagérée.

Celle-ci n'était cependant pas femme à se laisser décontenancer par les critiques de sa belle-mère. Non seulement elle les ignorait, mais elle semblait ne pas prendre ses remontrances pour telles. Quand Charlotte lui disait : « Anne-Marie, dans cette maison, on remet les objets à leur place après s'en être servi ! », Anne-Marie commentait : « Une bonne tradition. » Et si Charlotte grondait : « Anne-Marie, dans cette maison, le soir, on ferme les portes et les fenêtres ! », elle obtenait pour toute réponse : « C'est très raisonnable. » Et le lendemain, le trousseau de clés gisait n'importe où et une fenêtre du salon était béante, à la grande joie des chats (et de quelques poulets).

La tendance au désordre d'Anne-Marie et son besoin d'air frais étaient pour Charlotte une éternelle source de contrariété. Toutefois, ses réflexions principales tournaient autour de deux obsessions : l'accroissement de ses terres («Seule la terre fait d'un homme un seigneur !») et son projet d'élevage de chevaux.

Charlotte commenta lapidairement la naissance de Kathi d'un «Le prochain sera sûrement un garçon» et retourna à ses livres de comptes.

Mais il devrait s'écouler des années avant qu'Anne-Marie tombe à nouveau enceinte.

3

« À paysan pauvre, pays pauvre. »

Dicton polonais

Durant la première année où Laurenz géra la ferme, les récoltes n'atteignirent pas le niveau des saisons précédentes. Charlotte ne se montrait pas avare de réflexions blessantes, insistant sur le fait que moins de récoltes signifiaient moins de revenus. Mais chaque fois qu'elle prenait son élan pour un nouveau lamento, Laurenz la regardait droit dans les yeux et lui rappelait, stoïque : « Mère, je ne suis pas un paysan. »

À l'inverse de ses frères, Laurenz n'avait pas été nourri aux travaux de la ferme, et ses mains si habiles avec une baguette de chef, un violoncelle ou un accordéon ne maniaient la charrue et la faux qu'à grand-peine. Les ampoules mirent des mois à disparaître de ses paumes pour être remplacées par des callosités. Mais Laurenz lutta courageusement pour s'adapter à sa nouvelle vie, traçant des sillons dans les champs avec le char à bœufs, semant du seigle et du blé pour l'hiver, de l'avoine et de l'orge pour l'été. Il commanda des livres sur l'agriculture moderne, qu'il étudiait la nuit à la table de la cuisine. Peu à peu, il acquit les connaissances les plus modernes sur l'ensemencement, la culture dérobée et la rotation des champs. Il en sut bientôt davantage que les fermiers de la région, qui n'avaient jamais connu autre chose que l'assolement triennal.

Il s'intéressait également aux nouvelles machines qui remplaceraient à l'avenir la force physique des fermiers, bœufs et chevaux : les tracteurs et les moissonneuses-batteuses. Il était ouvert à toutes les nouveautés, toutes les inventions technologiques. Durant ses études à Wroc□aw, il avait découvert le confort de la modernité, la lumière qui s'allumait d'une pression de bouton, les toilettes qui rendaient le pot de chambre superflu. À la ferme, on se servait toujours de lampes à pétrole et on pompait l'eau directement du sol ; les toilettes étaient à l'étable, pour qu'on ne se gèle pas complètement le derrière en hiver. Tout comme feu son frère Kurt, Laurenz rêvait d'électrifier la ferme Sadler. Il lui manquait juste les moyens financiers.

Peu avant la Grande Guerre, Charlotte avait contracté un emprunt pour acheter des terres supplémentaires, mais sans August et ses deux fils aînés, elle ne put les cultiver. De nombreux champs restèrent en friche ; les revenus des années de guerre n'avaient pas suffi, de loin, à payer les remboursements mensuels. S'y ajoutèrent les réquisitions. On leur prit plus de la moitié de leurs bêtes, mais le dédommagement promis n'arriva jamais. Le conflit fut suivi d'une récession, les emprunts de guerre ne valaient même plus le papier sur lequel ils étaient imprimés, et l'inflation galopante entraîna des dettes supplémentaires à la ferme. Tous les agriculteurs du pays se retrouvèrent endettés jusqu'au cou. Comme le dicton était juste : à paysan pauvre, pays pauvre.

Depuis l'arrivée au village d'Anne-Marie et Laurenz, les mauvaises langues allaient bon train. Petersdorf n'était que le reflet de son époque : habitants enfermés dans des traditions centenaires, vie commune rythmée par des règles et des conventions qu'ils s'imposaient à eux-mêmes. Toute nouveauté, tout étranger était systématiquement abordé avec méfiance; l'indignation se mêlait à la médisance et à la joie mauvaise de voir échouer les espoirs des autres. Quiconque n'a pas de rêves propres aspire souvent à gâcher ceux des autres.

Les plus âgés se souvenaient bien du jeune Laurenz Sadler qui passait en général en coup de vent devant eux, sans les saluer, toujours encombré d'une pile de livres et de feuilles de papier. On le voyait souvent assis à la fontaine du village ou au bord d'un chemin, son livre de musique toujours ouvert sur les genoux. Et toutes ses idées de grandeur! Il ne cessait de pérorer sur la musique qu'il composerait, les opéras qu'il dirigerait, ses voyages dans le monde quand il serait chef d'orchestre!

Et voilà qu'il était de retour, qu'il reprenait la ferme Sadler. À Petersdorf, pas dans le vaste monde. Et il avait ramené une femme, une étrangère qui parlait à peine leur langue. Seulement le haut-allemand[1]! Enceinte jusqu'aux yeux, en plus. C'était sûrement pour ça qu'il avait dû l'épouser tout de suite. Il aurait pu attendre! À Petersdorf aussi, il y avait de jolies filles!

Le curé, Berthold Schmiedinger, en entendit plus que son compte sur le sujet mais n'en dit rien. Tous les membres de la communauté étaient ses ouailles. Lui-même n'était que le berger, Dieu seul avait le droit de juger son troupeau.

C'est peut-être pour cela que le prêtre, à cette époque, pensait souvent à la famille Sadler. Le sort

---

1. À l'époque, les dialectes dominaient en Allemagne et bien des gens ne parlaient que mal, voire pas du tout, l'allemand standard (ou haut-allemand). *(Toutes les notes sont de la traductrice.)*

s'était acharné sur Charlotte. Presque personne ne se souvenait aujourd'hui qu'August et elle avaient d'abord eu une fille, emportée par la fièvre à l'âge de trois mois. Et voilà qu'ils avaient perdu deux de leurs fils, et que le plus jeune se soumettait désormais aux circonstances et adoptait une vie d'agriculteur, avec une femme venue de la grande ville.

Laurenz et Anne-Marie faisaient partie de la paroisse du père Berthold, et il était donc responsable de leur bonheur. Voilà pourquoi le dimanche, après la messe, il s'affichait ostensiblement avec les Sadler, ou qu'il invitait parfois Charlotte à la cure.

Un jour, on finit par se lasser de Laurenz et Anne-Marie et on s'intéressa à de nouveaux ragots.

4

*« Une grande injustice entraîne toujours
un grand malheur, et à la fin, c'est la vengeance qui l'emporte. »*

Anne-Marie Sadler

En 1918, des millions de soldats rentrèrent chez
eux en perdants et trouvèrent un pays complètement
transformé. La Grande Guerre avait balayé tout ce en
quoi ces hommes avaient cru. Jusque-là, la monarchie
avait été pour eux la seule autorité, ils lui avaient juré
fidélité et loyauté, elle était gravée et martelée dans
leur cœur et leur esprit. Mais les anciennes vérités
n'avaient plus cours. Leur empereur avait abdiqué,
avait abandonné la mère patrie pour aller s'installer
dans un château de Hollande.

S'ensuivit la révolution de Novembre, les tentatives de coup d'État, le tumulte de la République de
Weimar. La menace russe du communisme vint s'y
ajouter. Lénine et Trotski envoyèrent leurs agents
dans le monde entier pour faire progresser la révolution, des anarchistes commirent des attentats contre
des bâtiments publics, des bureaux de partis, des
gares et des trains. Les meurtres politiques étaient à
l'ordre du jour, l'anarchie et le chaos régnaient dans
les grandes villes.

Le peuple était épuisé par ce combat interminable. Il n'aspirait qu'à la sécurité, voulait du travail et du pain. Tout cela le rendit sensible aux promesses…

Petersdorf, village paisible, ne fut pas épargné par la houle politique. Un dimanche d'avril 1929, le communisme frappa même à ses portes en la personne d'un étudiant berlinois. Par l'intermédiaire d'un jeune fermier local qui connaissait un imprimeur de Gliwice dont le frère, à Wrocław, avait un fils étudiant à Berlin, un grand bonhomme dégingandé coiffé d'un bonnet, écharpe rouge au cou, surgit dans la taverne de Klose pleine à craquer. Il monta sur une chaise, s'assurant ainsi l'attention générale. Éloquent et très expressif, il balança des tracts dans la salle à la manière d'un acrobate vantant un cirque puis tira une salve de slogans : *Guerre aux palais, paix dans les chaumières !* Il s'échauffa de plus en plus et finit par enflammer une torche apportée pour l'occasion en clamant vouloir porter personnellement le feu de la révolution à travers tout le pays.

Les paysans de Petersdorf l'écoutèrent comme ils auraient suivi une pièce de théâtre et applaudirent avec bienveillance à la fin de la représentation. Erich Klose, lui, se hâta de faire descendre l'étudiant de sa chaise et de lui confisquer son flambeau. Révolution ou pas, sa taverne, ni palais ni chaumière, était surtout pleine de lambris et de chaises en bois.

L'étudiant fut récompensé de son intervention rafraîchissante par plusieurs pintes de Petersdorfer Märzen ; il ressortit bientôt d'un pas chancelant et on ne le revit jamais.

Laurenz aussi avait assisté à la scène, qui lui donna à réfléchir. À l'inverse des fermiers de Petersdorf, dont le rayon d'action dépassait rarement le village et s'étendait au maximum jusqu'à Gliwice, il avait côtoyé dès sa première année à Wrocław des sympathisants des thèses marxistes. Nombre de ses camarades étudiants lorgnaient soit vers la social-démocratie, soit vers le communisme. Lui-même avait été incité avec plus ou moins de délicatesse à rejoindre chacun des partis. Chaque fois, il avait refusé en arguant qu'il se sentait avant tout lié à la musique. En fait, il se sentait proche des idées sociales-démocrates. En plus de la *Ober-schlesische Volksstimme*[1], il s'était abonné au journal du SPD[2], *Vorwärts*[3]. Il admirait les fondateurs du parti, convaincu que des hommes tels qu'Ebert et Strese-mann sauraient soigner les plaies de la Grande Guerre et ramener le pays à la civilisation. La constitution de la jeune république autorisait l'optimisme, c'était une des plus modernes au monde, les femmes avaient pour la première fois le droit de vote en Allemagne. Laurenz se considérait comme un observateur des événements, sans jamais se sentir appelé par les sales affaires de la politique. Il était désormais agriculteur et père, il devait s'occuper de sa ferme et de sa famille.

Mais ces derniers temps, il se demandait souvent pourquoi il gâchait ses précieux dimanches après-midi, les rares heures d'oisiveté que lui octroyait le quoti-dien de la ferme, à lire des gros titres qui annonçaient de nouveaux troubles, de nouveaux morts. Il songeait à résilier son abonnement à *Vorwärts*. La paternité influençait sans nul doute son humeur. Quand il obser-vait sa petite Kathi dans son berceau, il était submergé : la vie était si précieuse et si fragile ! Il craignait pour la république de Weimar, attaquée de toutes parts. À droite les forces allemandes nationalistes, à gauche

---

1. « La Voix du peuple de Haute-Silésie ».
2. Parti social-démocrate d'Allemagne.
3. « En avant ».

le KPD[1] et les anarchistes du «Block noir», payés et encouragés par Moscou. Le Reich allemand donnait sans arrêt naissance à de nouveaux fanatiques. Le putschiste munichois du NSDAP, Adolf Hitler, en était lui aussi l'engeance. Partout, des agitateurs et des révolutionnaires, et toutes les manifestations menaçaient de se terminer en bain de sang.

Quand le massacre s'arrêterait-il enfin ? Les événements de Berlin lui faisaient penser à une bombe à retardement : la question n'était pas de savoir si elle exploserait, mais quand. Il observa Anne-Marie. Assise en face de lui sur la petite banquette près du fourneau, elle allaitait Kathi. Comme lui, sa femme gardait ses distances avec la politique, mais il savait qu'elle s'intéressait à ce qui se passait dans le pays. Il avait découvert qu'elle lisait en cachette ses deux journaux, et lui avait laissé son petit secret. Qu'elle le conserve donc, tout comme l'autre mystère qu'elle lui taisait. Même sa mère s'en était aperçue et lui avait dit, peu avant : «Ta femme te cache quelque chose, Laurenz ! Tu es aveugle si tu ne le vois pas !»

— Qu'est-ce que tu marmonnes donc, mon chéri ? demanda Anne-Marie.

Il se redressa, pris sur le fait.

— Comment ? Oh, je ne m'en étais pas rendu compte.

Il lui sourit, charmé par l'image paisible de la mère et l'enfant. Il ne pouvait s'imaginer se lasser un jour de ce spectacle. Elles étaient à lui, sa femme, son enfant. Il ne cessait de se le répéter. Ce grand bonheur lui semblait toujours irréel.

— Je vois bien que tu es préoccupé. Tu veux en parler ?

---

1. Parti communiste d'Allemagne.

Anne-Marie remit le bébé dans son berceau et le borda soigneusement. À côté, un chiot gros comme le poing dormait sur une peau de mouton ; réveillé par le mouvement d'Anne-Marie, il releva la tête, petite boule de poils curieuse. Puis il se rapprocha encore du berceau et se blottit de nouveau sur sa couche en soupirant d'aise.

Laurenz se reprocha d'avoir inquiété Anne-Marie sans raison.

— Bah, rien de spécial. Le tumulte habituel, mon cœur.

— Ils se tapent encore dessus, à Berlin ? fit-elle, un peu à la légère.

Il vit qu'elle tentait de masquer son malaise. Peut-être devrait-il lui dire qu'il savait qu'elle lisait le journal. Pourquoi ne pourrait-il pas discuter de politique avec sa femme ? À Wrocław, certaines étudiantes s'étaient illustrées en la matière. Elles s'appelaient elles-mêmes « camarades » et s'inspiraient de femmes telles que Clara Zetkin ou Rosa Luxemburg.

Laurenz sauta sur l'occasion. Il tapota le journal du doigt et lança :

— Des dizaines de morts à Berlin ! Ils parlent déjà d'un « mai sanglant » !

— Qui a commencé ?

— Est-ce que ça compte ?

— Pour les victimes et leurs familles, oui, contra Anne-Marie. Que dirais-tu d'un petit verre d'hydromel, mon chéri ?

Jolie esquive, pensa Laurenz.

— Volontiers, mon cœur, et nous pourrons en profiter pour parler un peu politique. Je ne suis pas comme les autres hommes. Ton avis sur la question m'intéresse.

Anne-Marie se pencha et lui caressa la joue.

— Je sais bien. Je ne t'aurais pas pris pour époux si tu avais été comme les autres.

— Que penses-tu donc de ce qui se passe à Berlin ?

— Tu supposes donc que j'ai déjà lu l'article.

— Eh bien, le journal date d'hier…

Anne-Marie le scruta d'un œil perçant, puis un petit sourire s'esquissa au coin de ses lèvres.

— Très bien. Je trouve cette escalade extrêmement dangereuse. Le KPD qui traite les social-démocrates de social-fascistes, ça divise le pays encore plus profondément. Au bout du compte, ça fera le jeu des nationalistes. Et je crois que Berlin ne tardera pas à interdire le KPD.

— Et tu l'approuverais ?

— Une interdiction du KPD ? Absolument.

— Tu n'aimes pas les communistes ?

— J'ai peur des bolcheviques, je peux bien l'avouer. On ne peut pas rendre les gens égaux, ni dans la pauvreté ni dans la richesse. Je vois plutôt là une tentative de nous rendre tous égaux dans la bêtise. Aucun dirigeant ne veut d'un peuple qui pense par lui-même. Ça mettrait en danger sa prétention au pouvoir.

Laurenz ne répondit pas, et son silence tira soudain Anne-Marie de sa réserve. Elle se dressa au milieu de la pièce.

— Dix millions de morts à cause des horreurs de la révolution russe et de la guerre civile qui a suivi ! Et aujourd'hui, Staline et ses sbires combattent leur propre peuple. Ils assassinent des paysans et des koulaks en Russie et en Ukraine, volent leurs récoltes et laissent des millions de Russes mourir de faim. Pourquoi ? Parce que Staline veut imposer l'industrialisation par la violence ! Ces crimes monstrueux ne seront jamais oubliés. Une grande injustice entraîne toujours un grand malheur, et à la fin, c'est la vengeance qui l'emporte !

Anne-Marie s'interrompit, choquée par sa propre irruption.

— Excuse-moi, bafouilla-t-elle avec un rire nerveux. Je ne devrais pas m'emporter comme ça. Je ressemble sûrement à cet étudiant, chez Klose, dont tu m'as parlé.

Laurenz prit sa main et l'embrassa.

— J'adore ce feu dans tes yeux ! Nous sommes mari et femme. Tu peux tout me dire.

Une douleur cuisante traversa la poitrine d'Anne-Marie. Il y avait dans son passé une chose qu'elle ne pourrait jamais dire à Laurenz.

5

« Les rêves brillent dans l'obscurité de la nuit. »

Kathi Sadler

Tout le monde a un rêve, des souhaits grands ou petits. Les habitants de la ferme Sadler rêvaient, eux aussi…

Laurenz Sadler rêvait d'une vie pleine de musique, celle d'un compositeur et chef d'orchestre, de concerts et de voyages dans des pays lointains. Au lieu de cela, il était devenu père de famille et agriculteur, avait échangé ses partitions et ses clés de notes contre des champs et une charrue. Et il était heureux.

La mère de Laurenz, Charlotte, avait enterré ses rêves et ses ambitions de jeunesse depuis si longtemps qu'elle ne s'en souvenait sans doute plus elle-même. Quant à son mari handicapé, August, il restait assis jour après jour à sa place près du fourneau, même en été. Rendu aveugle par le gaz moutarde, sourd par les explosions et fou par les horreurs de la guerre, il ne parlait plus que pour lancer de brusques jurons, sans raison apparente. Parfois, il se mettait à trembler de tout son corps et urinait sous lui. Dans de tels moments, Charlotte détournait consciencieusement les yeux et appelait Dorota. Personne ne pouvait savoir à quoi rêvait le père de Laurenz, mais sans doute souhaitait-il que la guerre n'ait jamais eu lieu et que sa femme ne l'ignore pas quand il allait mal.

Dorota Rajevski, elle, savait que les rêves venaient de Dieu et que lui seul pouvait décider s'ils s'achevaient par des rires ou des larmes. Pour elle, chaque jour que Dieu lui offrait était un bon jour. Il en avait déjà été ainsi dans sa jeunesse, quand elle rêvait de mariage et d'enfants mais que son fiancé avait succombé à la tuberculose avant même qu'ils se soient passé la bague au doigt. Dorota avait alors reporté toute sa passion vers la cuisine. Virevoltant entre casseroles et poêles, elle inventait avec une créativité étonnante des plats qui n'avaient plus grand-chose de commun avec la cuisine siléso-polonaise, et disait les assaisonner «d'une pincée de Dieu».

Laurenz était convaincu que Dorota aurait pu en remontrer aux chefs des grands hôtels de ce monde. Elle l'avait déjà prouvé des années plus tôt. En 1923, il avait invité un camarade du conservatoire de Wrocław, un jeune baryton italien, à venir passer les vacances chez eux. Piero avait quitté la Sicile pour l'Allemagne de manière fort aventureuse. Il souffrait d'un terrible mal du pays, et la gastronomie italienne lui manquait beaucoup. Il fit découvrir à Dorota l'huile d'olive que sa famille lui envoyait. Tous deux se découvrirent une passion commune et préparèrent bientôt ensemble des plats siciliens. Quand Piero, l'œil humide et des trémolos dans la voix, ne chantait pas des complaintes sur les jeunes filles et les couchers de soleil, il racontait son Italie, le pays où fleurissaient les citronniers. Il en parlait avec tant d'enthousiasme que la très pieuse Dorota se mit à nourrir l'espoir d'aller un jour le visiter. Après tout, même Sa Sainteté le pape vivait là-bas. Voir un jour Saint-Pierre de Rome, et toutes ces belles ruines !

Mais tant que le bon Dieu ne lui offrirait pas de billet de train, son rêve ne se réaliserait pas. En attendant de pouvoir partir au pays des citronniers, Dorota se plongea dans les recettes italiennes que Piero notait pour elle. Le jeune homme passa ses vacances à la ferme Sadler plusieurs années de suite. En 1927, il interrompit ses études et retourna en Italie pour combattre un homme nommé Mussolini. Jusqu'à fin 1942, il envoya deux fois par an à Dorota des paquets pleins de spécialités et de recettes italiennes.

Inutile de préciser les autres souhaits de Dorota : une gentille femme pour son fils d'adoption Oleg et une nuée de petits-enfants.

Sur ce dernier point, ses rêves rejoignaient ceux d'Oleg lui-même, mais celle pour qui battait le cœur solitaire du jeune homme restait inaccessible au simple valet de ferme qu'il était.

À la question de savoir si elle était heureuse, Anne-Marie aurait acquiescé sans la moindre hésitation. Elle était réellement comblée par ce qu'elle avait reçu : Laurenz et leur petite Kathi. Son seul souhait était de protéger sa famille. Le secret qu'elle cachait la forçait à une vigilance constante. Pour elle, tout étranger surgissant au village représentait d'abord une menace. Pendant un temps, elle avait nourri l'espoir trompeur de pouvoir laisser son passé derrière elle pour mener une vie paisible. Mais trop de choses s'étaient produites au cours des dernières années, le paysage politique avait changé, et elle voyait dans les développements récents un danger qui l'inquiétait de plus en plus. Partout en Europe, ça bouillonnait et fermentait. Cette atmosphère était fertile pour les extrêmes, le nationalisme et le fascisme gagnaient du terrain. Et puis il y avait les soucis existentiels, les dettes, les temps qui devenaient de plus en plus durs.

En 1929, le chômage atteignit un niveau encore jamais égalé, jetant sur les routes des foules de mendiants et de vagabonds. En ville, les gens sombraient dans la misère ; ils se mettaient donc à errer à travers les campagnes à la recherche de travail et de nourriture. La détresse poussa au vol bien des malheureux, volailles et lapins n'étaient plus à l'abri. On subtilisait même des vêtements sur les cordes à linge. Après quelques incidents à Petersdorf, le bourgmestre forma une garde villageoise qui patrouillait la nuit. Tous les hommes furent appelés à en faire partie, Laurenz comme les autres.

Grâce à la merveilleuse Dorota, qui savait faire des réserves et composer un repas nourrissant à partir des ingrédients les plus simples, personne ne souffrit jamais de la faim à la ferme Sadler. Toutefois, on n'avait presque pas d'argent ; les achats les plus élémentaires, comme une nouvelle paire de chaussures pour Kathi qui grandissait, relevaient du défi pour Laurenz et Anne-Marie. Ils ne pouvaient se permettre d'acheter du tissu ou des vêtements. Dorota et Anne-Marie découpaient de vieilles robes et d'anciens rideaux pour coudre de nouveaux habits. On échangeait aussi beaucoup au bazar du village que le père Berthold organisait une fois par mois.

Les soucis du quotidien avaient donc la priorité pour Laurenz, repoussant de plus en plus la politique à l'arrière-plan. Quand, le dimanche après la messe, les hommes se retrouvaient *Chez Klose*, il restait à l'écart des débats parfois très animés entre les partisans des partis nationalistes en plein essor et ceux des partis traditionnels. Lorsqu'on tentait de l'entraîner dans la conversation, il se bornait à répondre : « Je vous écoute vous plaindre de Berlin. Ça me suffit amplement. »

Les bagarres de bistro n'étaient pas rares. À l'église, on entonnait des chœurs ensemble, puis les esprits s'échauffaient à la taverne jusqu'à ce qu'on en vienne aux mains. Et à la messe suivante, les adversaires chantaient de nouveau paisiblement, côte à côte : « Seigneur Dieu, nous te louons… »

La politique et les politiciens, pensait souvent Laurenz, semblent avoir été créés exprès pour qu'on puisse se plaindre d'eux le dimanche après l'office ; la bière n'en était que meilleure. Quand il prenait congé d'Anne-Marie après la messe pour se rendre à la taverne, il lui disait : « Je vais voir qui est devenu chancelier à Berlin cette semaine… » Depuis l'abdication de l'empereur, les gouvernements arrivaient et repartaient en une ronde incessante. Laurenz disait à sa femme que Berlin était loin, que les lois y étaient de toute façon décidées par des citadins pour des citadins, et non pour les gens de la campagne. La vie avait été dure avant la Grande Guerre aussi, ça n'avait pas changé. Et tant que « Berlin » serait si préoccupée d'elle-même, il espérait qu'on laisserait les agriculteurs tranquilles dans leurs champs.

Car c'était désormais le plus grand souhait de Laurenz : vieillir en paix avec sa chère Anne-Marie tout en éduquant Kathi et, si Dieu le voulait, d'autres enfants, pour en faire des gens honnêtes et heureux. Pour Laurenz, la famille comptait plus que tout, pas la guerre perdue, pas le traité de Versailles, et certainement pas la question de la culpabilité.

En 1932, Laurenz constata que l'ambiance changeait à la taverne. Ce qui avait commencé comme un mouvement insidieux s'étoffait de plus en plus, le ton se durcissait. Les rumeurs remplaçaient les arguments, le péremptoire prenait le pas sur la réflexion. Au comptoir, une opinion commune se dessinait, les vétérans qui menaient les débats voyaient même en cet Adolf Hitler un porteur d'espoir. Ils croyaient que cet homme leur rendrait leur honneur perdu, croyaient à la légende du coup de poignard dans le dos de Hindenburg[1], croyaient être restés «invaincus sur le champ de bataille». Ils faisaient taire en hurlant quiconque n'était pas de leur avis, on se bousculait, et plus d'une chope n'en sortit pas intacte.

Un jour, Laurenz récolta lui aussi un œil au beurre noir qui le laissa perdu. Qu'était donc cette époque où l'on risquait de se faire rosser parce que l'on osait souhaiter une vie commune paisible ?

Au début, Klose mettait les fauteurs de troubles à la porte, mais au bout d'un moment, ils devinrent trop nombreux. C'étaient des hommes qu'il connaissait depuis l'enfance, avec qui il avait mangé, bu et fait la fête, et qui aujourd'hui détruisaient tout dans sa taverne.

Laurenz plaignait le tavernier, qui se retrouvait réduit au silence dans son propre établissement. Dès lors, le dimanche, il évita les lieux, préférant rentrer à la maison directement après la messe. Les pères de famille font rarement de bons héros, pensait-il : s'il croupissait en prison, qu'y gagnerait sa famille ? De plus, ils vivaient dans un petit village et étaient dépendants de la communauté. Nombreux furent ainsi ceux qui tinrent leur langue.

Pendant ce temps, on vit fleurir de toutes parts des fonctions et des titres qui n'avaient encore jamais existé, et dont on n'avait encore jamais eu besoin. Ils n'en étaient que plus tapageurs: *Ortsgruppenleiter*[2],

---

1. La *Dolchstoßlegende* («légende du coup de poignard») fut une tentative de disculper l'armée allemande de la défaite de 1918. Elle en attribua la responsabilité à la population civile, aux Juifs, aux milieux de gauche et aux révolutionnaires.
2. Membre officiel du parti nazi (NSDAP) chargé de la surveillance et de la direction politique de plusieurs villes ou villages.

NS-Bauernführer[1], *Scharführer*[2], *Kreisleiter*[3], *Gauleiter*[4], etc. L'industrie des drapeaux et des objets de dévotion en tout genre en connut un essor inattendu, les tailleurs croulaient sous les commandes.

— C'est incroyable, dit Laurenz à Anne-Marie, la guerre n'est pas finie depuis quinze ans que les gens se remettent à enfiler des déguisements militaires !

— Ce qui me fait peur, c'est leur habileté, renchérit-elle, pas moins inquiète. Ces gens-là sont tout sauf idiots. Ils infiltrent l'État pas à pas et prennent progressivement le contrôle.

Tous ces porteurs d'uniforme s'assuraient ainsi que personne ne s'écarte de l'opinion dominante. Quiconque osait malgré tout critiquer le Führer était sur-le-champ déclaré ennemi de l'Allemagne et de ses travailleurs, et les ennemis, on pouvait les passer à tabac sans vergogne.

Malgré le succès que ces sauveurs autoproclamés remportaient chez les profiteurs et les bien-pensants, Laurenz continuait à penser que les national-socialistes n'étaient qu'un phénomène éphémère, que les citoyens aveuglés par leurs promesses en l'air reviendraient bientôt à la raison, renvoyant dans ses foyers l'Autrichien et ses sbires nibelungiens. Il fondait ses espoirs sur le fait qu'en quatorze ans, la République de Weimar avait changé seize fois de gouvernement et sept fois de chancelier.

Plus les choses se politisaient au village, plus Laurenz se mettait à l'écart. Anne-Marie en était

---

1. Dirigeant local de l'organisation paysanne du IIIe Reich.
2. Sergent-chef de la SS.
3. Cadre officiel du NSDAP chargé de la surveillance politique d'une subdivision territoriale.
4. Responsable régional politique du NSDAP.

soulagée, espérant qu'il en resterait à un œil au beurre noir.

Pourtant, il devenait de plus en plus difficile d'échapper aux chemises brunes. Un soir de septembre, le *Ortsgruppenleiter* du NSDAP local surgit même à la porte de la ferme Sadler pour convaincre Laurenz de prendre sa carte du parti. Celui-ci refusa en arguant que, agriculteur avant tout, il était absolument apolitique et préférait laisser la politique aux politiciens.

Laurenz ignorait alors que bientôt, même être apolitique deviendrait dangereux.

6

« Nous gisons tous dans le même cani-
veau,
Mais certains d'entre nous regardent les
étoiles. »

Oscar Wilde

En grandissant, Kathi devenait une enfant pleine de vie, un petit diablotin indomptable et toujours pressé, comme à sa naissance. Elle courait et bondissait en tous sens, explorant le monde et ses secrets. La vie entière était une aventure passionnante et chaque jour appor-tait son lot de merveilles. Aucun arbre n'était trop haut, aucune forêt trop sombre, aucune mare trop profonde. Éraflures et bosses étaient quotidiennes ; ses cicatrices lui rappelleraient un jour qu'elle avait eu une enfance heureuse. Elle ignorait les petites écorchures ou ne les remarquait même pas, et pour les plus graves, elle cou-rait voir Dorota. Sa mère Anne-Marie aidait son père aux champs la plupart du temps tandis que la gouver-nante s'occupait de la maison et de la cuisine. Dorota admirait les blessures de Kathi, soufflait dessus pour chasser la douleur et les cachait sous un pansement. Puis elle fourrait un caramel dans la bouche de la petite et entonnait une comptine pour la consoler. La gouver-nante polonaise devait avoir l'âme italienne, car on la trouvait le plus souvent chantant et virevoltant entre ses casseroles. Personne ne savait mieux qu'elle consoler les chagrins d'enfant. On pouvait littéralement se noyer dans sa maternité débordante ; une fois à l'abri de ses bras protecteurs, la tête enfouie dans sa douceur, on sentait larmes et douleur se tarir.

Kathi n'était guère touchée par les occasionnelles disputes entre sa mère et sa grand-mère, bien protégée par l'épais cocon d'amour que ses parents avaient tissé autour d'elle. Dorota et Oleg comptaient beaucoup aussi : la gouvernante incarnait la grand-mère que Charlotte ne pouvait être, et Oleg, bien que de vingt ans son aîné, était une manière de grand frère.

L'esprit de Kathi, lui aussi, se trouvait dans une agitation permanente. Elle feuilletait avec curiosité les livres et les partitions de ses parents, sut écrire lettres et chiffres dès l'âge de deux ans, et adorait dessiner. Les ailes, surtout, l'inspiraient. Elle en traçait d'innombrables variantes avec tout ce qui lui tombait sous la main. Pas un stylo n'échappait à son zèle, et son père avait dû mettre sous clé son beau porte-plume. Kathi dessinait même avec du jus de myrtilles, au grand désarroi de Dorota. La gouvernante eut un jour toutes les peines du monde à effacer du sol de la cuisine les gigantesques ailes bleues esquissées par la petite artiste avant que Charlotte ne les aperçoive. Kathi possédait aussi ce que son père appelait un « sixième sens des clés à molette ». Dès que lui ou Oleg saisissait l'outil, Kathi surgissait comme par enchantement. La fourgonnette Opel Blitz achetée d'occasion par Laurenz la fascina dès le premier jour. Elle ne se lassait pas de voir Oleg démonter le moteur et le remonter pièce après pièce.

Les repas de famille représentaient pour Kathi une pénible interruption de son entrain débordant. Elle enfournait ses repas sans leur accorder la moindre attention, dans l'attente du moment où ses parents lui permettraient de quitter la table. Sa mère dit un jour à son père avec un soupir : « J'ai l'impression de torturer cette enfant quand je lui demande de rester assise sans gigoter. »

Kathi tourbillonnait à travers la maison et l'emplissait de vie. Son père, fou d'elle, la surnommait son petit colibri.

7

Excitée comme une gamine, Dorota déballa son
cadeau de Noël puis s'exclama, exubérante :

— C'est si joli, si joli ! Merci, madame Anne-Marie,
merci, monsieur Laurenz !

Elle passa religieusement la main sur le tissu rouge
sombre, de la couleur des roses qui poussaient l'été
autour de son jardin de plantes aromatiques.

— Tu pourras te coudre une belle robe du
dimanche, dit Anne-Marie en souriant.

Dorota ne possédait aucun vêtement acheté en
magasin ; elle cousait tout elle-même, surtout parce que
ses formes généreuses n'étaient guère compatibles avec
les tailles de confection.

— Oh non, l'étoffe est bien trop belle, madame
Anne-Marie ! Comme disait ma mère, Dieu ait son
âme : *Jour du seigneur, robe du tailleur*. J'irai chez le
vieux Friedrich en janvier.

Elle ne se rendit finalement qu'au mois de février
chez le tailleur du village voisin, Michelsdorf, et en
revint écarlate. Anne-Marie sortait du fumoir.

— Tiens, Dorota, déjà de retour ?

— Le tailleur m'a mise dehors ! s'écria la gouvernante. Il a pas le temps, qu'il a dit. Des commandes par-dessus la tête, qu'il a dit, jusqu'à la fin de l'année. Et qu'il ne coud plus de vêtements de dames, rien que des uniformes !

— Ne t'en fais pas, Dorota. La semaine prochaine, nous irons à Gliwice trouver un autre tailleur.

— Dorota ! lança Charlotte, qui sortait son étalon Bucéphale de l'écurie. Tu m'as rapporté ma choucroute ?

Elle s'exprimait toujours avec une certaine sévérité, comme pour souligner le fait que le reste du monde en manquait.

— Par la Madone noire de Czenstochowa ! s'exclama Dorota en se frappant le front. Je m'énerve, je m'énerve, et j'oublie le plus important !

Le plus important, dans ce cas, c'était la digestion de Mme Charlotte, qui ne fonctionnait vraiment qu'avec le soutien de choucroute en tonneau. Cette année-là, les récoltes avaient été si maigres que les réserves maison de Dorota étaient déjà épuisées.

— Je file à l'épicerie avant qu'il fasse nuit.

— Je peux l'accompagner, mère ?

Kathi, alors âgée de quatre ans, dessinait des carrés noirs dans la neige à la poussière de charbon. Elle se mit à sautiller de l'une à l'autre à leur en donner le tournis puis s'interrompit, levant vers sa mère son petit visage plein d'ardeur. Elle adorait farfouiller dans la boutique tenue par la sœur d'Erich Klose et son mari. On y trouvait toujours quelque chose : un carnet de dessin, un bâton de réglisse, un sachet de poudre acidulée…

— Bon, d'accord.

Anne-Marie aida Kathi à reboutonner son manteau tandis que Dorota allait chercher son panier.

En rentrant, elles croisèrent sur la route une troupe d'hommes en uniforme qui, armés de torches enflammées, allaient de Michelsdorf à Petersdorf. En rang par deux, ils défilaient en chantant. Elles se réfugièrent sur le bas-côté. Bien qu'elles soient leur unique public, les hommes tendirent brusquement le bras et hurlèrent d'une seule voix : « *Heil Hitler !* »

Dorota et Kathi en eurent la frayeur de leur vie. La gouvernante secoua la tête, effarée :

— Sainte mère ! Voilà les défilés qui recommencent ! De vrais coqs tout bruns… Viens, petit cœur, on rentre à la maison.

À la ferme, Dorota ne fit pas mystère de ses opinions. Assise près du fourneau avec August, elle reprisait des chaussettes.

— Ces politicards, ils n'y comprennent rien ! lança-t-elle tout en transperçant la laine à grands coups d'aiguille. On ne peut pas rendre les gens égaux ! Les fleurs non plus, c'est pas toutes les mêmes ! Si le bon Dieu avait voulu qu'on soit tous pareils, il nous aurait faits comme ça ! Mais il nous a faits tous différents, voilà ! C'est sa création à lui, et voilà que les hommes s'en mêlent encore une fois ! Ça finira mal…

August ne dit rien, comme d'habitude, mais une larme solitaire se détacha du coin de son œil. Dorota sortit un mouchoir des profondeurs de son tablier et lui en tamponna doucement la joue.

— Je ne devrais pas crier comme ça, monsieur August, je sais bien. Je devrais faire confiance à notre Seigneur. Il a sûrement une bonne raison de laisser les Bruns nous gouverner. Il cherche encore à nous éprouver, voilà tout.

8

« Les vrais miracles font peu de bruit. »

Antoine de Saint-Exupéry

Au printemps, quand une vie nouvelle s'éveillait et que les premières fleurs surgissaient, quand de minuscules chatons s'étiraient dans la paille de la grange et qu'agneaux et poulains bondissaient dans la prairie, alors M. Levy revenait à la ferme Sadler. Kathi adorait le vieux marchand ambulant. Son père l'appelait le merveilleux M. Levy, parce qu'il tirait toujours de ses sacs exactement ce qu'on désirait le plus, sans l'avoir su un instant plus tôt. M. Levy apparut pour la première fois à la Ferme aux baies le jour de la naissance de Kathi. Il apporta une bouteille de whisky écossais à Laurenz, un recueil de poèmes de Heinrich Heine à Anne-Marie, et une petite pierre noire à Kathi. Une pierre tombée du ciel. Une pierre de lune.

En cette douce journée de printemps de 1933, après le déjeuner, Laurenz partit vers l'Échelle céleste pour contrôler ses arbres fruitiers.

— Je viens avec toi, dit Anne-Marie.

— Moi aussi ! s'exclama Kathi. Oleg dit que les huppes sont revenues dans les pommiers.

Laurenz échangea un regard très conjugal avec sa femme, qui se tourna vers la petite.

— Tu ne viens pas de promettre à Dorota de l'aider à faire la vaisselle ?

— Ça veut dire que je n'ai pas le droit de venir ?

— Exactement.

— Oh, j'ai compris. Vous voulez encore vous embrasser, pesta la gamine.

Charlotte se mordit les lèvres, Laurenz et sa femme éclatèrent de rire. Anne-Marie déposa un baiser sur la douce tête de sa fille.

À l'extérieur, Oskar se lança soudain dans un concert de joyeux aboiements. Un ami arrivait.

— C'est M. Levy ! s'écria Kathi.

Elle s'était précipitée à la fenêtre, tout excitée. Elle en oublia aussitôt les huppes, tant les trésors magiques de l'éventaire du vieux marchand la fascinaient.

— C'est extraordinaire, fit Anne-Marie. Non seulement notre M. Levy fait sortir de sa besace les surprises les plus merveilleuses, mais il semble aussi connaître le secret de l'éternelle jeunesse. Il a vraiment l'air plus jeune et plus frais à chaque visite ! Regarde comme il avance d'un pas léger !

Quand M. Levy repartit, Laurenz avait une nouvelle corde pour son violoncelle (pour remplacer celle brisée la veille), Anne-Marie un pot de crème au nom enchanteur de «Fontaine de Jouvence», et Charlotte une réserve de ces cigares de La Havane pour lesquels elle aurait vendu son âme. Dorota ne révéla à personne ce qu'elle avait acheté, se contentant d'un sourire mystérieux quand on lui posa la question.

Le vieux marchand avait donné à Kathi un petit appareil qu'il appelait un abaque. Elle l'adora aussitôt, son nom seul lui paraissait magique. Et de fait, il ouvrit à l'enfant les portes du monde fantastique des mathématiques.

9

« Tu auras l'univers, moi je garde l'Ita-
lie.»

Nikolaï Pchela

Certaines personnes semblent n'avoir d'autre but
dans la vie que de répandre la mauvaise humeur autour
d'eux. Le moins que l'on puisse dire, c'est que cela ne
les rend pas particulièrement populaires.

À Petersdorf, c'était Elsbeth Luttich qui jouait ce
rôle. Et comme elle était en plus l'épouse du bourgmestre Wenzel Luttich, on était forcé de supporter
son verbiage ou d'éviter autant que possible de croiser sa route. Dès qu'elle surgissait quelque part, tout
le monde se souvenait brusquement d'une tâche très
urgente qui l'obligeait à partir tout de suite.

Mais au bout du compte, personne n'échappait à
Elsbeth. Elle s'invitait régulièrement à prendre le café
dans chaque maison et chaque ferme.

En ce début d'après-midi de juin 1934, ce fut le tour
de la famille Sadler. Laurenz et Kathi, alors âgée de
cinq ans, dégustaient dans la cuisine la dernière création pâtissière de Dorota. Oleg était parti avec Anne-
Marie et les grands-parents chez le médecin, à Gliwice ;
Dorota profitait de son jour de congé pour rendre visite
à sa famille étendue de Katowice.

— Elle est cousine avec la moitié de la Pologne, disait souvent le père de Kathi.

— Et amie avec l'autre moitié ! ajoutait Anne-Marie.

— Sans oublier la Bohême ! renchérissait Laurenz.

En effet, la défunte mère de Dorota venait de Bohême. Elle avait eu le don de double vue, et à une époque, sa réputation de pythie de Bohême dépassait les frontières. Les gens venaient la voir des coins les plus reculés de l'Empire pour qu'elle leur prédise l'avenir. Sa fille Dorota avait hérité de ce don mais n'en parlait jamais, et bien peu étaient au courant.

— Comment il s'appelle, ce gâteau ? demanda Laurenz en examinant le morceau planté sur sa fourchette.

— Il ne te plaît pas, père ?

— Ah si. Cette crème est délicieuse.

— Dorota dit que les Italiens appellent ça un *mille foglie*.

— Kathi, rappelle-moi d'appeler Dorota *signora*, à l'avenir.

— Ça veut dire quoi, *signora*, père ?

— Ça veut dire « madame » en italien. Et *signorina* veut dire « mademoiselle ». Donc toi, tu es *signorina* Kathi.

— *Signorina* Kathi... C'est joli ! Tu m'apprendras l'italien, père ?

Laurenz rit.

— *Signora* Dorota t'apprend déjà le polonais et Oleg le russe. Que veux-tu encore apprendre d'autre, petit colibri ?

— Tout ce qui rentrera dans ma tête !

Kathi était sérieuse. Laurenz lui jeta un coup d'œil empli de fierté. Le zèle de sa fille n'était pas un feu de paille ; il émanait d'une source bien plus profonde que le développement naturel d'un enfant qui découvre le monde et ses trésors. Kathi allait toujours au fond des choses, ne se contentait jamais de demi-réponses. Laurenz aurait aimé que les habitués de *Chez Klose* à la langue si bien pendue possèdent ne serait-ce qu'un fragment de l'intelligence de sa fille.

— Père, raconte-moi encore le jour où tu as vu mère pour la première fois ! demanda Kathi, la bouche pleine.

Elle adorait cette histoire et ne se lassait jamais de l'écouter. L'éclat des yeux de son père, surtout, l'enchantait ; ils scintillaient comme le ciel étoilé d'une nuit sans nuage.

— Combien de fois veux-tu encore l'entendre, petit colibri ? s'enquit Laurenz en souriant.

— Un milliard de fois ! répondit Kathi avec un sérieux enfantin, les yeux brillants d'impatience.

Son père ne le lui refusait jamais.

— Bon, d'accord, dit-il avant de baisser la voix comme un conteur de légendes. C'était une douce journée de printemps. Le soleil brillait et le ciel était d'un bleu éclatant, comme si les ménagères de Wrocław l'avaient récuré avec autant d'ardeur que leurs fenêtres. J'avançais dans la rue sans me douter de rien, une nouvelle mélodie en tête. Soudain, je cognai de l'épaule contre quelqu'un. Je levai la tête et la vis : ta mère. Notre collision lui avait fait lâcher son panier de pommes, les fruits roulaient dans tous les sens, mais je ne m'en rendis pas compte tout de suite. Je n'avais d'yeux que pour elle. J'avais l'impression d'avoir foncé dans un rayon de soleil, aveuglé que j'étais par le bleu de son regard. Enfin, je m'aperçus de ce que j'avais fait et l'aidai à ramasser ses pommes.

Ici, Laurenz marqua comme d'habitude une pause théâtrale.

— Et mère est partie en courant ! compléta Kathi, impatiente.

— Exactement. Elle était très vive, ta mère.

— Mais tu l'as cherchée !

L'histoire était depuis longtemps devenue un jeu routinier entre eux, ils se relançaient les phrases comme une balle.

— Pendant trois semaines, je suis retourné tous les jours à l'endroit où nous nous étions vus pour la première fois.

— Avec ton accordéon !

— Oui, j'avais écrit une chanson rien que pour elle.

— « La jeune fille aux yeux bleus ».

Kathi fredonna les premiers accords et son père se joignit à elle.

— Et tu as retrouvé mère !

— Non. D'abord, les gendarmes m'ont chassé, deux fois.

— Et la troisième fois, ils t'ont arrêté.

— Parce qu'il était interdit de jouer de la musique dans la rue.

— Mais après ta peine, tu es revenu.

— Sans mon accordéon. Je ne l'ai récupéré que plus tard.

— Tu as chanté la chanson pour maman, sans musique.

— Et ta mère est arrivée et a dit : « Au nom du Ciel, taisez-vous ! Vous chantez aussi mal que vous jouez bien. »

— C'est vrai, père. Tu ne sais pas chanter. Ta voix ressemble au grincement du manège à battre le foin.

Son père leva les mains en un geste faussement outré.

— C'est pour ça que je suis compositeur et pas chanteur !

— Mère a eu pitié de toi.

— Non, elle a eu pitié des voisins.

Père et fille gloussèrent.

— Et alors tu l'as invitée à prendre un café.

— Elle a dit : « Je viens seulement si vous me promettez de ne plus jamais chanter pour moi. »

— Et tu lui as dit…

Kathi retint sa respiration : c'était son passage préféré.

— Et je lui ai dit : « Venez avec moi et je vous promets la Terre entière. Je créerai pour nous deux un pays de lumière et de fleurs. »

— Mère a ri et a demandé : « Quoi ? Juste la Terre ? Et la lune et les étoiles, alors ? »

— Et je lui ai dit : « Tu as mon cœur et mon amour. C'est plus éternel que n'importe quel univers. »

— Et moi, je suis l'enfant de votre amour, conclut Kathi solennellement.

Son père se pencha vers elle et repoussa tendrement une mèche de cheveux de son visage.

— Oui, tu es notre petite étoile.

Il enfourna un nouveau morceau de gâteau et constata qu'il lui plaisait un peu plus à chaque bouchée.

Kathi et lui n'avaient pas encore terminé leur première part que le coq de la ferme, Adolf, annonça une visite à gorge déployée.

— Oh, peut-être M. Levy ? demanda Kathi, pleine d'espoir.

Mais ce n'était pas le marchand ambulant. C'était Elsbeth Luttich. De la fenêtre de la cuisine, Kathi et Laurenz virent leur coq se dresser sur ses ergots en gonflant son plumage puis se ruer vers la Luttich comme pour la chasser lui-même de la cour. Le chien de Kathi, Oskar, qui était autorisé à leur tenir compagnie dans la cuisine en l'absence de Charlotte, se leva en grondant.

Laurenz fit la moue, incapable de reprocher leur réaction aux animaux.

— Mon Dieu ! La mère Chauve-souris !

Il avala son dernier morceau de mille-feuille, marmonna qu'il devait vider la fosse à purin et s'envola par la porte de derrière. Deux secondes après, il rouvrit la porte, passa la tête dans la cuisine et envoya un baiser à Kathi en disant :

— Petit colibri, pardonne ton vieux lâche de père.

Puis il disparut pour de bon.

Tout le monde savait qu'il n'existait aucun moyen de se débarrasser en vitesse de la femme du bourgmestre. Laurenz escomptait sans doute que la Luttich passerait son chemin en voyant qu'elle devrait se contenter de la compagnie de Kathi.

Celle-ci rappela Oskar à l'ordre puis accueillit Mme Luttich d'un « Bonjour ! » poli, comme ses parents le lui avaient appris. En retour, elle obtint un *« Heil Hitler ! »* énergique. La petite Kathi se disait que ce Hitler devait être bien malade pour que tant de gens, ces derniers temps, lui souhaitent un prompt rétablissement[1].

Adolf, le coq, sautillait sournoisement derrière Mme Luttich, certainement pas animé des meilleures intentions. Kathi le chassa d'un « ouste ! ».

— Vous devriez faire passer cette sale bestiole à la casserole dans les meilleurs délais, lança la femme du bourgmestre avec méchanceté.

— Voulez-vous une part de gâteau ? demanda Kathi pour attirer sur elle l'attention de la visiteuse. Il y a aussi du café.

Mme Luttich lui jeta un coup d'œil perplexe, manifestement peu habituée à une telle hospitalité.

— Euh… Ton père est là ?

---

1. *Heil* est dans ce contexte une forme de salutation marquée de déférence, mais le verbe *heilen* signifie « guérir ».

— Oui, il nettoie la fosse à purin, répondit Kathi sans mentir.

Mme Luttich recula instinctivement d'un pas. Tout le monde savait qu'elle était tombée dans une fosse d'aisances étant jeune et qu'elle les évitait depuis comme la peste. De mauvaises langues prétendaient même que quelqu'un l'y avait poussée, mais le nom du mystérieux héros n'avait jamais été révélé.

— Entrez donc, le café vient juste de passer, insista Kathi en imitant le ton que prenait sa grand-mère lorsque le curé venait les voir.

— Euh, non. Une autre fois peut-être. *Heil Hitler !*
Et la Luttich s'en fut.

Ça alors, se dit Kathi. *Tout juste arrivée, elle repart déjà ?*

Plus tard, alors que la famille était réunie pour dîner, Laurenz déclara :

— La mère Chauve-souris est venue, aujourd'hui.

— Oh mon Dieu, la Luttich ? Mon pauvre, s'exclama Anne-Marie.

— Oh, je ne l'ai pas vue. Kathi lui a parlé, et elle est repartie au bout de cinq minutes. Je pense que c'est un record, assura Laurenz, satisfait.

— Comment tu as réussi ça ? demanda la mère à sa fille, très intéressée.

Kathi haussa les épaules.

— Je ne sais pas. J'ai juste été aimable, mère.

10

« *Qui rumine trop ne bâtit jamais de maison.* »

Charlotte Sadler

Laurenz n'avait pas seulement repris la ferme de son frère Kurt tragiquement disparu, il avait aussi hérité de son meilleur ami, Franz Honiok.

Franz était un petit homme difforme dont la réputation de raté lui collait à la peau comme une malédiction. De fait, il s'était essayé à bien des métiers, et quand il entra dans la vie de Laurenz, il venait d'entamer une carrière de représentant en machines agricoles, un domaine plein d'avenir. Franz était célibataire. Bien que totalement dénué de témérité, il avait pris les armes en 1921 pour participer à l'insurrection de Silésie, mais du côté polonais, ce qui lui valait l'inimitié des vétérans de Petersdorf.

L'inébranlable amitié qui avait lié Kurt Sadler à Franz Honiok remontait à leur adolescence. Franz s'était un jour blessé à la tête en sautant dans la mare du village et avait perdu connaissance. Kurt, qui barbotait là aussi par hasard, l'avait tiré de l'eau, lui sauvant ainsi la vie.

Depuis ce jour, Kurt était lié à Franz; il avait vite constaté qu'il était son seul ami. Laurenz l'avait appris d'une des rares lettres de son frère.

Après l'insurrection, Franz avait vécu plusieurs années en Pologne, puis il était rentré au Reich allemand en 1925 pour s'installer au nord de Gliwice dans un petit village du nom de Hohenlieben. Depuis lors, au moins une fois par mois, il surgissait à l'improviste chez les Sadler.

La mort de son ami Kurt l'avait beaucoup affecté, et Laurenz et Anne-Marie l'avaient accueilli à bras ouverts. La simple joie qui s'affichait dans ses yeux quand il acceptait leur offre de rester dîner suffisait aux époux Sadler pour l'inviter.

— Franz est bien seul, dit un soir Anne-Marie à Laurenz en se déshabillant, peu après le départ de leur visiteur.

— Tu crois? Il vit pourtant chez sa sœur, il a des nièces et des neveux.

Laurenz pensait à autre chose. Une nouvelle mélodie lui trottait dans la tête depuis le début de la soirée et il fouillait la pièce du regard en quête de son livre de musique.

— On peut aussi être seul au milieu des gens, murmura Anne-Marie.

Mais Laurenz avait déjà quitté la pièce pour aller chercher son carnet au rez-de-chaussée. Sa femme fut soulagée qu'il n'ait pas entendu sa dernière remarque, prononcée sans réfléchir et qui en révélait bien trop sur elle.

11

« *Qu'est-ce qu'un homme ?*
Incarnation de la faiblesse, proie de l'ins-
tant,
Jouet du destin, image de l'inconstance,
Lien entre la souffrance et la maladresse
Et le reste : humeurs et bile. »

Aristote

À part le vandalisme de taverne à fins éducatives politiques et les bagarres occasionnelles entre jeunes hommes, considérées comme des étapes du passage à l'âge adulte et donc sans gravité, le calme régna au petit village de Petersdorf jusqu'en septembre 1934. Puis les choses changèrent.

D'abord, Babette Köhler, la sœur d'Elsbeth de dix ans son aînée, mourut. Elle avait tenu le ménage du père Berthold Schmiedinger durant près de trois décennies, jamais malade, toujours forte et saine.

Le père Berthold la trouva dans son lit, endormie en paix, un doux sourire aux lèvres.

À l'inverse de sa sœur Elsbeth, Babette avait joui d'une grande popularité au village. Elle avait toujours un mot gentil pour chacun et des bonbons pour les enfants au fond des poches de son tablier. Tout Petersdorf porta le deuil.

Le prêtre aussi. Pendant la messe et au cimetière, tout le monde vit qu'il tenait difficilement sur ses jambes. Il laissa tomber sa bible plusieurs fois et bafouilla plus souvent qu'à l'ordinaire.

Wenzel Luttich, bourgmestre et ami de longue date du curé, avait passé les dernières soirées à la cure, buvant avec l'ecclésiastique à la mémoire de Babette.

— Tu aurais dû la marier, la Babette, voilà, lança Wenzel au bout du quatrième verre.

— Et toi, tu n'aurais pas dû marier l'Elsbeth, rétorqua Berthold.

— C'est bien vrai !

Ils soupirèrent de concert, grisés par la pensée de ce qui aurait pu advenir s'ils avaient tous deux, près de trente ans plus tôt, été moins pusillanimes et plus déterminés.

Wenzel reprit la bouteille d'eau-de-vie, remplit de nouveau les verres à ras bord et expliqua, la langue déjà un peu pâteuse :

— L'homme forge son propre malheur ! À la tienne, Berthold !

Et ils burent à tout ce qu'ils avaient raté.

Mais le sort ne resta pas inactif : il n'allait pas tarder à déverser sur Wenzel Luttich un sac entier de tracas.

De fait, à peine Babette avait-elle rendu l'âme qu'un inconnu surgit à Petersdorf en Mercedes, un grand homme blond aux airs du célèbre acteur Hans Albers, béguin de plus d'une villageoise. Son costume venait manifestement de chez un excellent tailleur, ses manières étaient irréprochables. Il annonça être représentant des machines agricoles Hanomag et engagea aussitôt la conversation avec Elsbeth Luttich.

Le soir, à peine Wenzel rentré d'une réunion du parti, Elsbeth s'extasia sur le représentant Hasso Thälmann et assura à son mari que Petersdorf avait urgemment besoin d'un tracteur. Après tout, les bœufs mangeaient du foin toute l'année, alors qu'une machine, elle, attendait sagement dans la grange…

Le Petersdorfois moyen était de nature méfiante, et le bourgmestre Wenzel Luttich nourrissait lui-même une saine prudence. Par ailleurs, il avait tenté l'année précédente de convaincre ses administrés d'investir ensemble dans un tracteur mais les plus âgés des paysans avaient aussitôt fait bloc contre sa proposition. Le progrès et la technologie leur inspiraient un profond scepticisme, et s'ils l'avaient pu, ils auraient arrêté le temps. À Petersdorf, on préférait continuer à se fier aux bœufs pour les travaux des champs. Pourquoi changer ce qui faisait ses preuves depuis des siècles ?

Le lendemain, Wenzel Luttich alla voir en personne le commis voyageur. Son éloquence lui inspira aussitôt une profonde antipathie et il jugea plus sûr d'enquêter un peu sur son compte. La veille encore, la direction du parti avait enjoint la vigilance, au motif que des espions russes et polonais essayaient d'infiltrer l'Allemagne par la frontière proche.

Il demanda à la centrale téléphonique de le mettre en relation avec le siège de l'entreprise Hanomag à Hanovre, où on lui confirma qu'un représentant du nom de Hasso Thälmann était actuellement sur les routes du Reich. Pris d'une inspiration subite, Wenzel demanda aussi qu'on lui envoie une photographie de l'employé en question. Sa requête fut acceptée une fois qu'il eut donné le numéro de sa carte d'honneur du NSDAP, qui l'identifiait comme un membre de «l'ancienne garde du parti des travailleurs». Ce statut ouvrait bien des portes dans la nouvelle Allemagne.

Mais avant même que la photo n'arrive, le représentant gisait, mort, dans la chambre conjugale des Luttich. *Un mort dans son lit !* Wenzel en fut effaré. Comment allait-il expliquer ça aux habitants du village ? À ses camarades du parti ? À la police ?

Comme tous les Luttich, Wenzel se considérait comme un homme de droit et d'ordre. Il occupait le poste de bourgmestre depuis plus de vingt ans, comme son père, son grand-père et des générations de Luttich l'avaient occupé avant lui. Les Luttich avaient participé à la fondation de Petersdorf et surmonté tous les tumultes de l'Histoire. Wenzel avait prouvé son flair en intégrant très tôt les rangs du nouveau parti allemand des travailleurs. Avant cela, il avait été membre du parti catholique centriste. En fait, il se moquait complètement des partis et de leurs programmes. Ici, à Petersdorf, ils faisaient leur propre politique, pour le bien des habitants. Certes, il avait été élu officiellement puis confirmé à son poste après l'arrivée au pouvoir du NSDAP, mais en fait, il tenait son poste de bourgmestre du droit coutumier. Une place héréditaire.

Il avait longtemps pensé qu'il n'aurait jamais d'héritier. Mais au bout de quinze infructueuses années de mariage, Elsbeth et lui avaient vécu un miracle avec l'arrivée du petit Anton. Depuis, Wenzel rêvait que son fils marche sur ses traces et assure un jour la relève au poste de bourgmestre. L'enfant, à présent âgé de six ans, était déjà un vaillant gaillard !

Ce qui était bien le problème en cet instant.

Son fils n'avait pas hésité à défendre sa mère.

Comme celle-ci garda le silence et que le petit était en état de choc, Wenzel reconstitua les faits comme il le put : le visiteur avait rendu visite à Elsbeth, l'avait suivie dans la chambre et avait tenté de lui faire violence. Anton, voyant la scène, avait couru chercher le fusil de son père. *Bonne chasse !* Une chance que sa maison se trouve en bordure de la forêt et qu'en cette

69

saison de chasse, les habitants du village soient habitués à entendre des coups de feu.

Elsbeth était à présent dans la chambre d'Anton ; Wenzel arriva juste à temps pour l'empêcher de faire avaler au petit un second verre de liqueur. Elle-même en avait déjà bu une bonne quantité ; le diable seul savait le mal qu'elle ferait encore au petit.

Mais avant de s'occuper de sa femme et de son fils, Wenzel devait décider quoi faire du représentant Hanomag qui gisait sans vie dans le lit conjugal.

Il se pencha sur le corps pour l'examiner de plus près. Il avait vu beaucoup de cadavres pendant la guerre et ça n'avait jamais été un joli spectacle. Mais cet homme, même mort, restait beau. Wenzel se demanda à juste titre pourquoi cet Adonis sans doute capable de séduire les plus jolies femmes s'était précisément attaqué à son Elsbeth, quadragénaire hargneuse à la lèvre supérieure couverte d'un léger duvet, avec une voix à faire tourner le lait.

À cet instant, on frappa à la porte. Le cœur de Wenzel manqua un battement. Il se rua à la fenêtre et vit le vieux facteur devant la maison. Celui-ci leva la tête au même instant, l'aperçut derrière la vitre et agita un paquet de lettres. Wenzel n'eut d'autre choix que d'aller réceptionner le courrier. Il remonta ensuite l'escalier à la hâte.

L'une des enveloppes venait de Hanomag et contenait la photo du représentant en machines agricoles qu'il avait demandée quelques jours plus tôt. Wenzel fixa le cliché des yeux pendant plusieurs secondes. Son instinct ne l'avait donc pas trompé… Il tourna et retourna la photo dans tous les sens, mais le grossier visage porteur de lunettes qu'il y voyait n'avait pas l'ombre d'une similitude avec celui du mort dans son lit. Ce qui aggrava encore son problème. Qui diable était cet homme, et surtout, pourquoi s'était-il fait passer pour un autre ? Wenzel ne voyait qu'une réponse : *Le mort dans son lit était un espion !* Un Polonais ! Voire un Russe ! *Un communiste !*

Sans se soucier du cadavre, le bourgmestre se laissa tomber au bord du lit. Il s'agissait à présent de bien réfléchir. Rendue publique, la nouvelle ferait scandale à Petersdorf. Les langues iraient bon train, tout le monde se demanderait à raison comment le mort s'était retrouvé dans sa chambre à coucher. Mais il ne se faisait pas d'illusions : les ragots ne pourraient pas être pires que la réalité. D'autant que la Gestapo, connue et redoutée pour son efficacité et sa minutie, voudrait avant tout savoir ce qu'Elsbeth fabriquait avec cet espion. Au bout du compte, ils seraient soupçonnés tous les deux ! Wenzel le savait : en ces temps troublés, il en fallait peu. Une simple phrase de travers pouvait suffire à se faire embarquer et à disparaître à jamais. Il refusait ne serait-ce que d'imaginer ce qu'une *fraternisation avec l'ennemi* entraînerait.

Il devait protéger son fils, sa famille et sa réputation.

D'abord, il inventa une histoire, au cas où quelqu'un lui poserait des questions sur l'inconnu, et en instruisit Elsbeth avec la plus grande rigueur. Puis il alla voir son ami Berthold.

La nuit même, les deux hommes firent disparaître le cadavre et la Mercedes.

Les jours suivants passèrent à une lenteur qui mit les nerfs de Wenzel à rude épreuve. Il s'attendait à tout moment à ce que quelqu'un vienne s'enquérir du sort de l'inconnu, s'arrachant les rares cheveux qui lui restaient d'avoir aussi hâtivement appelé Hanomag pour se renseigner sur le commis voyageur : une éventuelle enquête mènerait directement à lui. D'un autre côté, sans cela, il n'aurait jamais découvert que l'homme avait menti sur son identité.

Mais rien n'arriva. Personne ne posa de questions ni ne parut s'intéresser le moins du monde au sort du prétendu représentant de commerce. On aurait dit que cet homme n'avait jamais existé, qu'il avait complètement disparu lorsque Elsbeth et lui avaient nettoyé de son sang la chambre et le lit.

Wenzel ne trouvait pas cela beaucoup plus rassurant.

Il ne pouvait pas deviner que dès lors le destin de sa famille se retrouvait étroitement lié à celui des Sadler. Car son secret avait un rapport avec celui d'Anne-Marie.

12

« Il est parfois intelligent de cacher son intelligence. Seul l'idiot montre ce dont il est capable... »

Luise Liebig

Une semaine passa.

Tandis que Wenzel Luttich tremblait chaque jour à l'idée qu'on vienne lui poser des questions sur la disparition de l'inconnu, il était furieux de voir la promptitude avec laquelle Elsbeth avait repris sa routine quotidienne, comme si son faux pas n'avait pas provoqué la mort d'un homme. En même temps, il constata avec soulagement qu'Anton semblait se remettre peu à peu du choc. Sa jeune mémoire paraissait avoir miséricordieusement effacé de son esprit le jour fatal.

C'est alors que se produisit un nouvel événement.

Une institution petersdorfoise rendit l'âme inopinément : le maître d'école Herbert Bläuling fut terrassé par une crise cardiaque. Certains prétendirent par la suite qu'il avait reçu la visite d'Elsbeth Luttich juste avant de mourir, mais ce n'était certainement qu'une méchante rumeur.

Des générations de villageois avaient appris à lire et à écrire sous la baguette d'Herbert Bläuling. Aucun n'avait oublié sa dureté et son usage inlassable du bâton et de la ceinture ; la tristesse fut donc modérée, mais l'enterrement attira une certaine foule. Wenzel y prit part en tant que bourgmestre et tint un bref discours. Il savait toutefois que plus d'un de ses administrés était uniquement venu s'assurer que le vieux sadique était bien mort.

Il fallait à présent trouver un nouveau maître d'école pour Petersdorf. Wenzel prit contact tarder avec l'administration scolaire. Les services concernés réagirent vite en envoyant… une institutrice ! Mlle Luise Liebig, jeune, belle, et bien entendu célibataire. Et comme si tout cela ne suffisait pas à chambouler le bel équilibre du village, elle arriva sur une très chic moto BMW. En pantalon !

Les curieux qui assistèrent le lendemain, tout à fait par hasard, à l'arrivée des bagages de Mlle Liebig, affirmèrent avoir vu une paire de skis et du matériel de randonnée, y compris une tente. Voilà qui laissait présumer de loisirs fort inhabituels. Pour une femme. On aperçut aussi un chevalet, mais il faut dire que la peinture était à la mode, ces derniers temps.

Épouses et jeunes femmes célibataires réagirent avec aigreur à cette peu banale apparition. Les maris s'emportèrent de ce comportement si « non allemand » d'une jeune Allemande, mais uniquement dans le dos de Mlle Liebig. Quand ils la croisaient, ils la saluaient poliment, et même le dernier des paysans levait son chapeau pour elle. Les jeunes gars du village lui tournaient autour, subjugués, même s'ils prétendaient ne s'intéresser qu'aux aspects techniques de sa merveilleuse moto.

Les premiers jours, le bourgmestre Wenzel Luttich fut pressé de toutes parts, notamment par son Elsbeth, de renvoyer cette scandaleuse Mlle Liebig pour exiger un enseignant de sexe masculin. Mais Wenzel s'y refusa. À cette période, il avait très intérêt à ne pas faire de vagues, et il le fit comprendre à Elsbeth avec une détermination inhabituelle.

De plus, il discuta avec Mlle Liebig et lui trouva un caractère agréable; l'administration scolaire lui avait par ailleurs fourni d'excellentes références.

Le dimanche suivant, le père Berthold se lança dans un sermon enjoué en y citant habilement la phrase de Jésus *Que celui qui n'a jamais péché jette la première pierre*. Il critiqua l'arrogance de qui juge les autres d'après leur apparence, alors que seul compte le cœur. Puis il souligna qu'il convenait de vivre avec son temps, et que le Führer lui-même avait annoncé la venue de *temps nouveaux*. Il conclut en souhaitant chaleureusement la bienvenue à Mlle Liebig, nouveau membre de leur paroisse.

C'était vrai: dans ses discours, le Führer glorifiait le progrès et les temps nouveaux grandioses qui commençaient pour le Reich. Personne ne pouvant ni ne voulant opposer quoi que ce soit aux décisions du Führer, il se produisit à Petersdorf non seulement un changement d'enseignant, mais aussi un changement de génération. En son for intérieur, Wenzel se disait que Mlle Liebig incarnait le tracteur moderne là où Herbert Bläuling avait été le bœuf.

Mais la méfiance et les préjugés étaient profondément enracinés et bien difficiles à arracher.

Elsbeth Luttich ne manquait pas une occasion de critiquer Mlle Liebig. Certains lui prêtaient une oreille attentive, surtout ceux qui jugeaient que dame Fortune s'était montrée trop généreuse avec l'institutrice. Elle se teignait sûrement les cheveux – une telle blondeur ne pouvait être naturelle!

Elsbeth Luttich, comme toujours meneuse de la cabale, alla même jusqu'à affirmer au prêtre que ce poison blond allait ensorceler leurs enfants!

Le père Berthold l'écouta sans rien dire. Il savait qu'Elsbeth ne cherchait jamais le débat, mais uniquement des gens qui partageaient son avis. Lui, en tout cas, était heureux de la présence de Mlle Liebig et de leur partie d'échecs hebdomadaire. Il déclara à son ami Wenzel : « Si le Seigneur a doté une femme de plus d'intelligence que la plupart des hommes, il ne l'a certainement pas fait sans raison. »

Wenzel hocha la tête et pensa à son Elsbeth, regrettant qu'elle n'ait pas, elle aussi, davantage d'intelligence et moins de haine. Et il se maudit lui-même d'avoir manqué de jugeote au point de l'épouser. Mais sans cette union, son petit Anton ne serait pas là. Penser à son fils le consolait toujours de son sort.

Luise Liebig ne se formalisait ni de la rancœur ni de l'hostilité que certains lui témoignaient ouvertement. Elle se montrait aimable avec tout le monde, s'intéressant avant tout à ses élèves.

Le lendemain de son emménagement dans la chambre laissée vacante par Bläuling au rez-de-chaussée de chez la veuve Köhler, la jeune institutrice commença les cours.

Elle examinait attentivement les enfants avant leur entrée à l'école primaire, surtout ceux qui ne fêteraient leur sixième anniversaire qu'au cours de l'année. Elle appelait cela la « maturité scolaire ». Et lorsque l'anniversaire d'un élève tombait en fin d'année, comme celui de Kathi, elle lui faisait passer un petit test d'aptitude. Kathi le réussit brillamment.

Anne-Marie et Laurenz craignirent d'abord qu'elle ne soit trop jeune pour aller à l'école, mais un entretien avec Mlle Liebig les convainquit du contraire, d'autant que la petite elle-même ne demandait pas mieux.

Évidemment, le ministère de l'Éducation du Reich de Berlin imposait un programme d'apprentissage, et tous les élèves recevaient les livres en rapport. Mais Mlle Liebig tenait aussi beaucoup à ce qu'elle appelait un «développement naturel». Ainsi, elle ne forçait pas Kathi, qui se révéla être gauchère, à écrire de la main droite. Elle s'appliquait aussi à déterminer les talents particuliers de chaque élève, et les encourageait dans ce sens. Elle leur faisait résoudre de petits mystères de manière ludique, testait leur musicalité et leur don pour le chant grâce à un piano qu'elle avait fait venir dans ce but, et les autorisait à dessiner comme bon leur semblait. Cela, au moins, n'entraîna pas de protestation. Le Führer lui-même était un artiste peintre confirmé et avait déclenché un véritable boom dans tout le Reich : depuis peu, tout le monde semblait se découvrir un talent pour l'art. Des nuées de citadins débarquaient chaque fin de semaine dans les campagnes avec leur matériel de peinture. Chevalets, couleurs et pinceaux venaient parfois à manquer dans les magasins de tout le pays.

Il ne fallut pas longtemps aux Petersdorfois pour constater que leurs enfants allaient chaque matin beaucoup plus volontiers à l'école. Certains développèrent même un zèle inattendu.

On aurait pu croire que cela calmerait les esprits et ferait enfin taire la méfiance à l'encontre de Mlle Liebig. Ce fut pourtant l'inverse qui se produisit.

La si moderne institutrice introduisit une autre nouveauté au village : la réunion de parents d'élèves. Hélas, le soir en question, seules deux mères se présentèrent : Anne-Marie Sadler et Elsbeth Luttich. Cette dernière venait moins entendre des compliments sur son Anton, qu'elle savait parfait, que voir de ses yeux qui, à part elle-même, répondrait à cette invitation inutile.

Telle la montagne venant au prophète, Mlle Liebig alla donc rendre visite aux parents de ses élèves, les uns après les autres. Elle ne s'intéressait pas qu'à ses protégés mais aussi à leur environnement, et elle alla même jusqu'à se mêler de leur alimentation : elle expliqua aux parents stupéfaits que leur en-cas du matin devrait désormais aussi comporter une pomme.

Un jour, les enfants racontèrent qu'un médecin était venu à l'école pour les examiner de la tête aux pieds, et leur avait même regardé dans la bouche ! Une nouvelle vague d'indignation gronda. Que se permettait donc cette effrontée ! Bläuling avait peut-être été dur, mais au moins, il ne se mêlait pas des affaires de famille ! Le calme revint dès qu'on apprit que la consultation était non seulement gratuite mais aussi parfaitement régulière : Mlle Liebig fournit un certificat en ce sens de l'administration scolaire. Pourtant, la majorité des villageois ne s'ôtèrent pas de l'idée que l'institutrice devait avoir elle-même soufflé cette idée au rectorat. Feu Herbert Bläuling n'aurait jamais fait une chose pareille ! On se mit à regretter qu'il soit mort si tôt. Ces histoires de coups de ceinture n'étaient pas si graves, après tout ; les gamins étaient des chenapans qu'il convenait de mater, et on savait qu'on ne gagnait rien à trop dorloter les enfants.

Tandis que Wenzel Luttich repoussait à grand-peine les plaintes de ses administrés à propos de Mlle Liebig, les enfants de Petersdorf adoraient leur nouvelle institutrice. Aucun d'eux ne regrettait le vieux Bläuling ni sa ceinture.

Kathi aima l'école dès le premier jour. Elle dont l'esprit curieux la poussait à tout vouloir comprendre et à interroger tout le monde en permanence, avait peine à croire qu'il y avait désormais dans sa vie quelqu'un dont le métier était de répondre à ses questions. Grâce à Mlle Liebig, Kathi apprit très tôt qu'il existait bien plus que Petersdorf, Wrocław, où son père avait fait ses études, Katowice, où Dorota allait rendre visite à sa famille tous les dimanches, ou encore Gliwice, la ville où on se rendait parfois pour faire des achats, aller au cinéma ou à la kermesse. Derrière l'horizon, c'était tout un monde qui l'attendait !

Dès l'âge de six ans, Kathi décida qu'elle voyagerait plus tard dans le monde entier pour voir tous les pays et toutes les mers que Mlle Liebig lui montrait sur son globe bleu. Mais avant cela, Petersdorf constituait tout son univers.

Kathi ne se lassa pas du globe terrestre de Mlle Liebig, qui ennuya vite les autres élèves. Avec émerveillement, presque vénération, elle passait le doigt sur tous les pays, montagnes et déserts. L'institutrice lui expliqua que le globe était bleu parce que plus des deux tiers de la Terre étaient recouverts d'eau. En rentrant chez elle, Kathi garda le nez en l'air en se demandant pourquoi le ciel sans nuages était si bleu. Était-il, lui aussi, une sorte d'océan ? Elle résolut de poser la question à Mlle Liebig à la prochaine occasion. Kathi pensait beaucoup au ciel. Pas de manière spirituelle, comme le père Berthold en parlait à l'église. Elle n'aimait pas l'idée qu'on ne puisse y aller qu'une fois mort, et s'imaginait pouvoir l'explorer comme une forêt ou une grotte. Il suffisait d'y monter. Vivant. Elle ne voulait pas voir le monde uniquement sur le globe de l'école, elle voulait l'observer d'en haut elle-même ! Aller là d'où était venue sa pierre de lune. De même que Dorota rêvait d'aller en Italie, Kathi désirait parcourir l'univers.

— On peut aller sur la Lune en avion ? demanda-t-elle un jour à Mlle Liebig.

— Non, les avions ne volent pas si haut.

— Ça veut dire que personne n'est jamais allé plus haut que le ciel ?

— Non.

— Alors je serai la première ! déclara Kathi.

Il arrivait souvent qu'après la fin des cours, elle reste pour submerger Mlle Liebig de questions. Elle avait toujours voulu savoir comment l'air, insaisissable et invisible, pouvait être emprisonné dans un ballon, pourquoi son souffle devenait visible en hiver, pourquoi l'eau bouillonnait quand on la chauffait et gelait quand il faisait froid. Elle voulait tout comprendre, ne tenait rien pour acquis.

Mlle Liebig, ravie de la curiosité insatiable de sa jeune élève, offrit à Kathi de lui enseigner une fois par semaine des rudiments de physique, une matière qui ne figurerait pas au programme avant plusieurs années. Officiellement, elle appelait cela «soutien scolaire». L'institutrice n'avait pas le droit de privilégier une élève par rapport aux autres, et elles gardèrent donc secrète leur amitié. Kathi entendit parler pour la première fois de la loi de la gravitation de Newton et de la représentation héliocentrique du monde. Elle en fut tout excitée. La Terre serait donc une boule qui flottait dans un espace infini ? Et pourtant, elle ne tombait pas, pourtant, l'eau ne s'écoulait pas hors des océans, tout cela grâce à une force invisible appelée la pesanteur qui maintenait tout en place ? Kathi voulut absolument en découvrir plus à ce sujet : s'il existait une «pesanteur», peut-être y avait-il aussi une «légéanteur» qui permettrait d'aller au ciel sans être mort ? Elle posa la question à Mlle Liebig, qui lui répondit que le sujet était encore trop complexe pour elle.

L'enseignante introduisit aussi Kathi à la logique des chiffres, qui dépassait de beaucoup ce qu'elle pouvait accomplir avec son abaque. Un des principes de son institutrice se grava en elle pour toujours : la croyance est le contraire de la logique. Il faut pouvoir prouver ce qu'on affirme !

Mlle Liebig lui offrit une autre règle importante pour sa vie future : il est parfois intelligent de cacher son intelligence. Seul l'idiot montre ce dont il est capable...

13

« Entends-tu l'écho de l'Histoire ? Le son de la douleur, de la colère et de la tristesse ? C'est le cri de celui qui interpelle les responsables. »

Anne-Marie Sadler

Un soir, Laurenz Sadler rentra de *Chez Klose* le visage en sang. Son ami Justus, le maréchal-ferrant, avait fêté son anniversaire à la taverne, et Laurenz, comme souvent lors de festivités au village, avait joué de l'accordéon.

Il était tard et tout le monde dormait, sauf Anne-Marie qui lisait à la cuisine.

— Mon Dieu, que s'est-il passé ? s'exclama-t-elle, effarée.

Elle se hâta d'aller humidifier un linge pour nettoyer le visage de son mari.

Il aurait aimé répondre « Rien » mais savait qu'avec sa femme, une telle réponse ne le mènerait pas loin. Il dit donc la vérité :

— Juste un petit désaccord.

Anne-Marie abaissa son chiffon et mit les poings sur les hanches.

— Tu peux bien me le dire ! Tu t'es battu avec les fanatiques ! Et ta résolution de ne jamais t'en mêler, alors ? (Elle le réprimandait à voix basse pour ne réveiller personne.) Quand comprendras-tu qu'on ne peut pas discuter avec des gens comme ça ? Ils sont imprévisibles et violents. Et tant que toi, tu ne seras pas prêt à user aussi de la violence et à frapper le premier, tu seras toujours perdant !

Laurenz essaya de sourire, ce qui, avec ses dents rougies de sang, lui donna un air monstrueux.

— Qui t'a dit que je ne m'étais pas défendu ? protesta-t-il mollement.

— Moi, je le dis, rétorqua sa femme.

Elle se remit à lui nettoyer le visage, sans grande douceur.

Laurenz garda le silence. Anne-Marie avait raison : il n'avait pas eu l'ombre d'une chance. *Chez Klose*, quelqu'un s'était mis à déblatérer contre les Juifs, se réjouissant que Hitler mette enfin de l'ordre dans tout ça et jette tous ces pouilleux hors des services publics et des universités où ils endoctrinaient les enfants allemands.

Laurenz avait étudié au conservatoire de Silésie à Wrocław. Nombre de ses enseignants avaient été des hommes de confession juive, raffinés et dotés d'un grand sens artistique, et il y avait fait la connaissance de musiciens et de compositeurs célèbres, dont Otto Klemperer. Quand Laurenz entendit ces imbécillités, son sang ne fit qu'un tour, et il en oublia sa promesse de se tenir à l'écart des querelles politiques. Il avait toutefois trouvé depuis longtemps une manière de leur opposer une résistance secrète : par le choix de la musique qu'il jouait.

Depuis que les nazis avaient lancé leurs pratiques de purification, diffamant publiquement les musiciens juifs dès 1933, Laurenz, par bravade, ne jouait plus que des mélodies de compositeurs juifs lorsqu'il se produisait aux festivités du village. Il les arrangeait pour son instrument, l'accordéon, et les fascistes de Petersdorf, dénués de toute culture musicale, ignoraient qui et quoi ils applaudissaient. Ainsi, à cette fête d'anniversaire, il avait interprété tard dans la soirée un morceau un peu mélancolique de Felix Mendelssohn puis une mélodie de Maurice Ravel dont le rythme vaguement martial avait incité son public à taper du pied et à marteler les tables. Le morceau, en fait extrait d'un opéra-ballet, lui valait toujours des applaudissements enthousiastes, et ce soir-là ne fit pas exception. Laurenz esquissa alors une courbette et ne put s'empêcher de déclarer qu'il était heureux de voir à quel point l'assistance appréciait la musique du merveilleux compositeur juif Maurice Ravel, et que la culture allemande actuelle serait impensable sans les intellectuels, écrivains et musiciens juifs.

Ce qui devait arriva. Indignation, tumulte, les villageois dupés laissèrent libre cours à leur colère. Les quelques tentatives d'apaisement, comme celle du maréchal-ferrant, l'ami de Laurenz, ou de Klose, qui craignait une nouvelle fois pour son mobilier, furent étouffées par le chaos qui s'ensuivit. Les coups volèrent, Laurenz fut rossé avant d'avoir eu le temps de dire ouf et se retrouva les quatre fers en l'air devant la taverne. Justus, dont le visage était aussi abîmé que celui de son ami, l'aida à se relever. Laurenz fut encore plus peiné pour son accordéon, réduit à l'état de petit-bois, que pour ses membres endoloris.

14

*« Les bons avis n'ont aucune valeur. Ce
qui compte, c'est celui qui les a. »*

Karl Kraus

Kathi fit irruption dans la cuisine et balança son cartable dans un coin de la pièce, qui embaumait la pâtisserie.

— Qu'est-ce qu'il y a à déjeuner ?

Après l'école, elle avait toujours une faim de loup.

Dorota souleva le couvercle d'une casserole bouillonnante et brandit une louche.

— Soupe d'épeautre vert, et pour plus tard, roulé au pavot.

— Du roulé au pavot ! jubila la petite avant d'apercevoir leur visiteur, un neveu de Dorota. Milosz ! Tu m'as apporté quelque chose ?

— Allons, allons, petit cœur, la tança Dorota en levant l'index, amusée, ce n'est pas bien poli.

— Désolée, dit Kathi avant de se retourner vers Milosz : Mais tu m'as apporté quelque chose, alors ?

— Évidemment. Regarde !

Il sortit un livre de son sac et Kathi se jeta dessus.

— C'est pour moi ?

— Non. *L'Harmonie du monde* de Kepler, c'est encore un peu compliqué pour toi. Mais je t'ai apporté autre chose de lui. Une histoire !

Milosz connaissait le rêve de Kathi d'aller sur la Lune. Il tira du livre un paquet de feuillets imprimés serré.

— Ça s'appelle *Somnium*, «le rêve», et ça parle d'un voyage sur la Lune. Et ça, là, ça devrait te plaire aussi, ajouta-t-il en sortant un autre cahier de son sac.

Les feuillets en étaient couverts de chiffres, de formules et de dessins géométriques. Kathi le feuilleta avec ferveur.

— Qu'est-ce que c'est?

Elle suivit du doigt un carré divisé en quadrillage; des chiffres étaient inscrits dans quelques-unes des cases.

— J'appelle ça un carré du diable. Il faut le compléter avec les chiffres manquants.

Milosz lui en expliqua le fonctionnement. Il parlait bien allemand, ayant étudié les mathématiques à Göttingen pendant deux semestres.

— Merci!

Kathi, tout heureuse, alla chercher un crayon dans son cartable. Mais avant qu'elle ait pu se mettre à l'ouvrage, Dorota intervint:

— Plus tard, petit cœur. Tes parents vont revenir des champs dans un instant. Va vite te laver les mains! Et il faudra mettre la table.

Peu après, Laurenz et Anne-Marie entrèrent dans la cuisine.

— Quelles nouvelles de Varsovie? demanda Laurenz au jeune mathématicien quand ils s'assirent pour manger.

— Le maréchal Piłsudski continue la *sanacja*[1].

---

1. Politique d'«assainissement» fondée sur le rétablissement des bonnes mœurs de la vie publique.

— C'est quoi, la *sanacja*? demanda Kathi.

— La guérison de l'État de Pologne.

— Oh, le pays est malade?

— Il est très affaibli par toutes les guerres, petite Katharina, répondit Milosz.

Plus tard, après le repas, Laurenz s'accorda une demi-heure de pause pour fumer un cigare au salon avec leur visiteur.

— Tu as l'air inquiet, Milosz. C'est vrai que le maréchal réprime de plus en plus l'opposition?

— Tu m'as l'air bien informé.

— Un ami, Franz Honiok, l'a évoqué récemment. Je t'ai parlé de lui la dernière fois que tu es venu. Franz dit aussi qu'il y a des camps d'internement pour les nationalistes et les communistes ukrainiens.

— Hélas, c'est la conséquence de l'assassinat de ministre de l'Intérieur Pieracki par un nationaliste ukrainien, en juin.

— La rumeur prétend que le maréchal Piłsudski est en mauvaise santé. C'est vrai?

— Je ne peux pas le confirmer, répondit Milosz, très raide.

— Bien sûr, reprit Laurenz en tirant sur son cigare. Mon ami a aussi affirmé quelque chose d'extrêmement inquiétant. C'est vrai que l'an dernier, la Pologne a demandé deux fois à la France de lancer une guerre préventive contre l'Allemagne national-socialiste?

— Ton ami semble avoir des sources très intéressantes. De toute façon, avec le pacte de non-agression germano-polonais signé il y a peu, la véracité de cette information est sans importance. Ce qui compte à la fin, ce sont les faits, pas les intentions. (Milosz lâcha un petit rire un peu artificiel.) Je suis mathématicien, Laurenz. Laissons la politique aux politiciens.

— Bien sûr, répéta Laurenz d'un ton aimable.

Tous deux savaient que Milosz était bien plus que cela. Il travaillait pour les services secrets polonais.

15

« Le cœur froid meurt seul. »

Père Berthold Schmiedinger

Anne-Marie exigeait que son mari se tienne à l'écart de la politique. Sans le dire aussi ouvertement, elle semblait beaucoup tenir à ne pas attirer l'attention sur leur famille. Laurenz avait parfois envie de lui demander pourquoi, mais leur mariage fondé sur l'amour reposait aussi sur la confiance.

Pour échapper à toute tentation, Laurenz n'accordait plus guère d'attention aux pages de titre et de politique de la *Schlesische Volksstimme* (le journal du SPD, *Vorwärts*, était désormais interdit) et s'en tenait aux pages culturelles. Le journal n'était pas perdu pour autant : Charlotte lisait les déclarations de naissances et les notices nécrologiques, Dorota les recettes, Kathi faisait les mots croisés, et Oleg découpait les pages de la veille en carrés bien nets qu'il entreposait dans son cabanon de toilettes.

Seule Anne-Marie lisait le journal entier, mais la nuit, quand tout le monde dormait.

Un jour de la fin septembre 1935, une dispute éclata au petit déjeuner entre Anne-Marie et Laurenz à propos d'un article publié en première page. Cela impressionna beaucoup Kathi, qui n'avait jusque-là jamais entendu un mot de discorde entre ses parents. Autant qu'elle le comprenne, il s'agissait d'une loi quelconque venue de Nuremberg.

Quand sa mère parla soudain d'«émigration», grand-mère Charlotte intervint pour soutenir son fils, évidemment, et sur un ton très décidé. C'est-à-dire en criant.

Puis Anne-Marie se rendit compte, juste à temps, de la présence de leur fille.

— Nous donnons un bien mauvais exemple à notre Kathi, les tança-t-elle tous.

Elle s'agenouilla devant la petite :

— Ne t'en fais pas, Kathi. Les adultes ont souvent des avis différents. Tout va bien. Et maintenant, il est l'heure d'aller à l'école.

Puis elle embrassa sa fille et l'accompagna à la porte.

Kathi se mit en route, abattue. Son cœur d'enfant sentait que quelque chose clochait et que ses parents et sa grand-mère allaient poursuivre leur dispute après son départ. Peut-être aurait-elle cédé à sa curiosité et serait retournée écouter à la porte si elle n'avait pas eu une excellente raison d'arriver à l'heure à l'école ce jour-là.

La veille, Mlle Liebig n'était pas venue en cours, pour la première fois depuis le début de la scolarité de Kathi. Elle était donc impatiente de voir si sa maîtresse adorée serait de retour aujourd'hui. Kathi tremblait à l'idée d'une nouvelle journée interminable et assommante avec le père Berthold, qui avait remplacé l'institutrice au pied levé.

Il leur avait lu la Bible pendant des heures sur un ton monocorde. Kathi avait eu bien du mal à ne pas s'endormir d'ennui, comme plusieurs de ses camarades, mais l'ecclésiastique n'avait pas remarqué les élèves paisiblement assoupis ici et là. Kathi lui avait trouvé l'air un peu fatigué, il n'avait cessé de bâiller.

Malheureusement, les espoirs de la fillette furent déçus. Le prêtre occupait de nouveau la place de la jeune enseignante au portail de l'école. Un inconnu en costume et chapeau se tenait à ses côtés. Tout en lui était petit sauf son nez, qui dépassait de son visage comme un point d'exclamation. En s'approchant, Kathi s'aperçut que la manche gauche de sa veste pendait dans le vide, soigneusement retroussée à hauteur du coude. Il portait au revers l'insigne du parti et la même décoration que celle conservée dans un tiroir par son grand-père August. Apparemment, les ordres militaires servaient de compensation aux mutilations physiques.

Le père Schmiedinger présenta le manchot à la classe réunie comme leur nouveau maître, M. Hermann Zille.

Kathi leva aussitôt la main.

— S'il vous plaît, qu'est-il arrivé à Mlle Liebig ? Est-elle malade ? Quand reviendra-t-elle ?

Le curé serra les lèvres et laissa à M. Zille le soin de répondre. Celui-ci mit son bras restant dans son dos et se balança un instant d'avant en arrière avant de déclarer sèchement :

— Mlle Liebig ne reviendra pas. Je suis votre nouveau maître.

— Mais pourquoi ? Si elle est malade, elle guérira sûrement, non ? Non ? insista Kathi.

— Silence, enfant ! C'est moi qui pose les questions. Je vois déjà que vous manquez d'ordre et de discipline, ici. Nous allons commencer par apprendre le salut allemand. Classe : debout ! ordonna-t-il.

À la fin de la journée, Kathi aurait tout donné pour retrouver le cours du père Berthold. Après avoir déplu au nouvel enseignant en posant des questions sur

Mlle Liebig, elle avait définitivement attiré son attention quand il avait fallu saluer.

Elle avait levé le bras comme il le leur avait ordonné, et au même instant, il s'était planté devant elle en hurlant : « Insubordination ! », un mot que Kathi ne connaissait pas. « Le salut allemand se fait avec le bras droit ! Droit ! *Pas gauche !* » avait-il crié. Il semblait croire que ses élèves étaient sourds, car il ne s'exprimait presque qu'en braillant.

« Mais je suis gauchère ! » avait tenté d'expliquer Kathi. Cela n'avait fait qu'aggraver les choses. M. Zille ne tolérait pas les gauchers et avait dès lors scrupuleusement veillé à ce qu'elle n'utilise que sa main droite. Plus tard, elle dirait que Zille ne lui avait appris qu'une seule leçon : se soumettre à l'autorité quand on ne pouvait pas faire autrement, tout en s'en tenant au fond de soi à ce qu'on considérait comme juste.

C'est ainsi, avec M. Zille, que le national-socialisme fit son entrée dans l'école de Kathi. Appel du matin, salut allemand, hymne national, *Horst-Wessel-Lied* et, encore et encore, l'histoire d'Adolf Hitler, un héros de la Première Guerre mondiale devenu le Führer adoré de son peuple. Zille leur apprit aussi qu'il ne pouvait pas y avoir de Dieu, le Führer et ses partisans ayant examiné le ciel entier à la longue-vue sans jamais l'y découvrir. Kathi aurait bien aimé en savoir davantage sur cette longue-vue mais eut l'intelligence de ne pas poser de question.

Zille traitait les élèves comme des soldats, les obligeant à s'entraîner à la parade tous les jours et par tous les temps dans la cour de l'école, à droite, à gauche. Il ne parlait pas de « classe » mais de « troupe ». Il endurcissait leurs corps, les faisait en permanence s'affronter dans des compétitions, courir, sauter, lancer. Leur esprit n'en tirait rien, ils n'apprenaient rien de nouveau.

Peu à peu, leur zèle décrut et en revint au niveau de l'époque de feu Herbert Bläuling.

Inutile de préciser qu'Hermann Zille et Elsbeth Luttich devinrent sur-le-champ les meilleurs amis du monde. Zille était l'alter ego d'Herbert Bläuling, la croix gammée en plus.

Le mystère de la disparition de Mlle Liebig tourmentait Kathi. Dès la fin du premier jour avec Zille, elle se rendit à la ferme où Mlle Liebig louait une chambre chez la veuve Köhler, la mère de sa tante Paulina. Et voilà que tante Paulina était absente, c'était jour de marché à Gliwice. La vieille Köhler avait toujours mis Kathi un peu mal à l'aise : il lui arrivait de surgir brusquement dans son dos, et elle marmonnait parfois des réflexions incompréhensibles. Pourtant, la fillette frappa courageusement à sa porte. Rien ne bougea dans la maison, et quand Kathi voulut regarder à travers la fenêtre de la chambre de Mlle Liebig, à l'arrière de la maison, elle trouva les rideaux tirés.

— Tu vois quelque chose ? fit une voix derrière elle.

Kathi sursauta et se retourna. C'était son camarade de classe Anton Luttich. Il avait presque huit ans, et était donc plus âgé qu'elle d'une bonne année, mais comme il n'y avait à Petersdorf et dans les environs pas assez d'enfants des différents groupes d'âge, on donnait parfois cours à quatre classes en même temps.

— Qu'est-ce que tu fais là ? demanda Kathi, un peu gênée.

Il fallait que ce soit pile le fils de la Luttich qui la surprenne en train de fouiner !

Anton répondit en toute franchise :

— Je viens voir si Mlle Liebig est là.

Il passa devant Kathi et essaya à son tour de regarder par la fenêtre.

— Tu vois quelque chose ? demanda la fillette à son tour, pleine d'espoir.

Anton la dépassait tout de même d'une tête.

— Non, ce stupide rideau me bouche la vue. Attends ! Il y a une petite ouverture, là-haut ! (Anton se dressa sur la pointe des pieds.) Il y a quelque chose de bleu par terre ! Je crois que c'est rond. Mais je ne vois pas grand-chose.

Quelque chose de bleu, de bleu et rond, pensa Kathi.

— Le globe terrestre ! s'exclama-t-elle. C'est le globe, Anton ?

Le gamin s'étira de nouveau.

— Oui, tu as raison ! Ça pourrait bien être le globe terrestre de Mlle Liebig ! répondit-il tout excité.

Kathi s'étonna que l'objet soit par terre. Mlle Liebig lui avait un jour expliqué qu'il avait appartenu à son père décédé et que c'était un héritage auquel elle tenait beaucoup.

— Tu as essayé la porte ? lui demanda Anton.

— Bien sûr ! J'ai frappé, mais la vieille Mme Köhler n'est pas là.

— La porte est fermée à clé ?

— Euh… Je ne sais pas.

Anton écarquilla les yeux.

— Tu n'as pas appuyé sur la poignée ?

— Je ne peux pas entrer si Mme Köhler n'est pas chez elle ! rétorqua Kathi, outrée.

— Pourquoi pas ? Peut-être qu'elle et Mlle Liebig ont été assassinées et que tout est plein de sang ! C'est pour ça que l'assassin a tiré les rideaux !

— Quoi ?

Elle le dévisagea, consternée. *C'est tout Anton, ça*, se dit-elle. Dans la cour de l'école, il ne cessait de raconter des histoires d'horreur sanguinolentes, ce pour quoi elle avait toujours soigneusement évité sa compagnie.

— Viens, on va voir ! lança-t-il.

Il repartit vers l'angle de la maison.

Kathi le suivit, indécise. Anton secouait déjà la poignée, mais la porte était verrouillée, et Kathi poussa un « Dieu merci ! » soulagé. Son camarade lui avait fichu une belle frousse.

— Pourquoi « merci » ? demanda-t-il.

— Un assassin aurait sûrement cassé la porte pour entrer mais ne l'aurait pas refermée derrière lui. C'est logique, expliqua-t-elle.

— Espèce de nunuche ! Elle peut très bien lui avoir ouvert. Et après, il a refermé à clé pour ne pas qu'on découvre les cadavres trop tôt. Tu vois, moi aussi, je sais être logique ! conclut-il, triomphant. Viens, on va…

— Qu'est-ce que vous faites devant ma maison, les enfants ? fit une voix aiguë dans leur dos.

Anton et Kathi sursautèrent. Instinctivement, le petit garçon saisit la main de sa camarade et lui souffla :

— Reste derrière moi et cours quand je te le dirai.

Ils se retournèrent lentement, s'attendant à se retrouver face à un tueur brandissant une hache.

Ce n'était que la vieille Mme Köhler, un chou sous chaque bras. Elle les lâcha et s'exclama, comme si elle assistait à un miracle :

— Anton ! Que je te voie encore sur mes vieux jours !

Son visage sillonné de rides s'ouvrit d'un sourire dont la luminosité s'étendit sur les deux enfants comme un rayon de soleil inattendu.

— Bonjour, grand-mère, répondit Anton.

Kathi faillit se frapper le front du plat de la main. Évidemment ! Elsbeth Luttich était la fille de la vieille Köhler ! Celle-ci avait l'air très heureuse de la visite d'Anton, au point que Kathi en ressentit presque de la pitié pour elle. En fait, ils n'étaient pas venus lui rendre visite. Elle les avait pris en flagrant délit d'espionnage…

La vieille Köhler reprit :

— Viens, mon petit, aide ta grand-mère ! Ramasse les choux et apporte-les dans la cuisine, s'il te plaît.

Anton n'eut d'autre choix que d'obéir ; il suivit sa grand-mère dans la maison en trottinant.

Kathi resta dehors toute seule. Et maintenant ? Entrer, alors que la vieille Köhler n'avait pas fait attention à elle et ne l'avait pas invitée ? Elle décida d'attendre le retour d'Anton. Puis elle pensa à la moto. Le soir, Mlle Liebig la garait toujours dans la grange. Elle se trouvait plus éloignée de la maison que dans les autres fermes, en lisière d'un petit bois. Sa tante Paulina lui en avait raconté l'histoire : l'ancienne grange avait brûlé plus de vingt ans auparavant. Son frère aîné Dieter y avait laissé la vie ; on disait que le gamin alors âgé de six ans avait joué avec des allumettes et déclenché lui-même l'incendie. Pour ne pas avoir en permanence sous les yeux le souvenir de ce malheur, les parents endeuillés avaient fait bâtir la nouvelle grange à bonne distance de la maison.

Le potager de Paulina la jouxtait. Comme Dorota, elle s'intéressait à tout ce qui était «vert». Kathi se dirigea vers le jardin et s'appuya à la clôture en feignant de s'intéresser aux cornichons et aux citrouilles de sa tante. En fait, elle lorgnait vers la porte de la grange, entrebâillée juste assez pour qu'elle puisse s'y faufiler. Elle examina d'abord les environs à la dérobée. Personne en vue.

À l'intérieur, la pénombre régnait, mais les planches mal jointes laissaient passer assez de lumière. Kathi aimait bien les granges. Ça sentait l'été toute l'année, et on pouvait y jouer ou se cacher dans le foin.

Elle ne trouva pas la moto et en conclut que Mlle Liebig était partie avec. Alors que Kathi était sur le point de ressortir, elle entendit un bruit venir du grenier à foin, au-dessus d'elle. Elle pensa d'abord à des souris, mais aux frottements s'ajoutèrent soudain des gloussements et des murmures. Aucun doute, quelqu'un se cachait dans la grange.

Une fois ressortie, Kathi alla se dissimuler derrière un buisson pour continuer à attendre le retour d'Anton. Sa patience fut mise à rude épreuve. Il fallut presque une demi-heure à son camarade pour réapparaître. Mais pendant ce temps, elle fit une autre découverte.

Paulina Sadler, la veuve de son oncle Kurt, passa la tête hors de la grange et regarda autour d'elle avec prudence. Puis elle se retourna et Kathi eut l'impression qu'elle parlait à quelqu'un à l'intérieur. Alors seulement, Paulina sortit, traversa la cour d'un pas vif et s'engouffra dans l'écurie. Aussitôt, quelqu'un d'autre jaillit de la grange, mais pas par l'entrée principale : deux planches se détachèrent soudain comme par magie de la paroi du côté où se cachait Kathi, et son ami Oleg se glissa à travers l'ouverture ainsi ménagée !

La fillette trouva cela étrange. Elle avait bien compris que Paulina et Oleg ne voulaient pas qu'on les voie ensemble, mais elle ne saisissait pas pourquoi. Elle s'apprêta à appeler Oleg mais il avait déjà disparu entre les arbres derrière la grange, et elle referma la bouche.

Enfin, Anton réapparut. Kathi courut vers lui.

— Pouh, fit-il. Grand-mère ne voulait plus me laisser repartir. Il a fallu que j'aille ranger les choux dans le garde-manger et que j'avale deux tasses de cacao.

— C'est pas si grave que ça, répliqua Kathi qui aurait bien voulu du chocolat chaud, elle aussi. Tu lui as demandé où était Mlle Liebig ?

— Qu'est-ce que tu crois ! Elle a râlé contre la Liebig !

— Quoi ? Comment ça, râlé ?

— Eh bien, elle a dit que la Liebig avait profité de sa gentillesse et lui avait menti, et que si elle avait su, elle ne l'aurait jamais hébergée.

— Je ne comprends pas.

— Moi non plus. Mère a raison : grand-mère n'a plus toute sa tête.

Il tira de sa poche de pantalon une carotte ratatinée et se mit à la mastiquer. Kathi avait déjà remarqué qu'il en consommait beaucoup, et il vit son étonnement.

— Je veux devenir pilote, comme le Baron rouge ! Pour ça, il faut avoir de bons yeux, expliqua-t-il. Tu en veux une ?

Il replongea la main dans sa poche mais Kathi refusa, vu l'origine et l'état du légume qu'il mâchouillait déjà.

— Et où est Mlle Liebig ? Tu es allé voir dans sa chambre ?

— J'ai essayé, mais la porte est fermée. Grand-mère dit que la clé a disparu. Kathi, il faut que j'y aille, mère attend avec le repas et après, j'ai entraînement de foot. À demain !

Anton avait déjà fait quelques pas quand il se figea et se tourna une nouvelle fois vers Kathi.

— Tu sais quoi ? Va donc demander au père Berthold, pour Mlle Liebig.

Et il s'en fut.

Kathi y avait déjà pensé. Si quelqu'un pouvait lui répondre sur ce point, c'était bien le curé.

Le clocher de l'église sonna la demie de 13 heures et lui rappela qu'elle était très en retard pour le déjeuner. Pourtant, elle continua jusqu'à la cure et frappa à la porte, un peu nerveuse. Elle n'avait encore jamais rendu visite seule au prêtre, ayant seulement accompagné sa grand-mère Charlotte une ou deux fois.

Le curé mit un moment à ouvrir ; Kathi pensait déjà repartir, le croyant absent.

Hou là là, se dit-elle en le voyant. Elle l'avait sûrement réveillé en pleine sieste. Il avait les cheveux en bataille, les yeux rouges et gonflés, et son habit était tout chiffonné. De sa soutane dépassaient des pantoufles à carreaux comme celles que portait son grand-père August.

— Quoi donc ? demanda le curé en regardant par-dessus l'épaule de Kathi. Où est donc ta grand-mère, gamine ?

Il appelait toutes les petites filles « gamine », incapable de se souvenir de leurs prénoms.

Kathi esquissa une courbette polie.

— Je suis venue seule, monsieur le curé. Je… je voudrais vous demander quelque chose.

Kathi ressentit un soudain embarras à l'idée d'interroger le père Berthold à propos de Mlle Liebig sur le pas de sa porte.

— Tu as quelque chose sur le cœur ? dit le prêtre en se grattant derrière l'oreille. Eh bien, entre donc.

Voûté, comme courbé sous le poids d'une charge invisible, il la précéda dans le couloir carrelé et la conduisit au salon. La pièce était en désordre et sentait le renfermé. Même Kathi s'en rendit compte, pourtant habituée qu'elle était aux relents de saucisson à l'ail de la cabane où dormait Oleg.

Sur la table ronde à nappe brodée trônaient une bouteille de vin entamée et un verre.

— Excuse le désordre, mais depuis que Babette n'est plus là, euh…

Le prêtre eut un geste désemparé. Il sembla un instant sur le point de se signer, puis il s'approcha de l'armoire vitrée et en sortit un second verre à vin. Alors qu'il s'apprêtait à le remplir, il se figea, regarda d'abord la bouteille, puis Kathi, et marmonna quelque chose dans sa barbe. Il reposa verre et bouteille, s'assit avec un gémissement puis fit signe à la fillette de prendre place en face de lui.

— Alors, gamine, qu'est-ce que je peux faire pour toi ? demanda-t-il en clignant gentiment des yeux.

— C'est à propos de Mlle Liebig, répondit Kathi.

— Ah. Tiens donc.

Le curé se gratta de nouveau, cette fois-ci sous le menton. Il vida son verre d'un trait, rota derrière sa main et examina la bouteille comme s'il espérait qu'elle allait répondre à Kathi. Le vin garda le silence, le père Berthold aussi, et la petite sentit croître son malaise. Depuis qu'elle était entrée dans la pièce, elle avait l'impression d'assister à un spectacle qui ne lui était pas destiné. Pourtant, elle reprit vaillamment :

— S'il vous plaît, est-ce que vous pouvez me dire ce qui est arrivé à Mlle Liebig ? Pourquoi est-elle partie de Petersdorf ?

— Eh bien, je crois que… qu'elle a… émigré.

Encore ce mot, celui à cause duquel ses parents s'étaient disputés le matin même ! Ça devait être quelque chose de bien triste. Est-ce que ça avait un rapport avec les oiseaux «migrateurs» ? Au risque de paraître idiote et ignorante, elle s'enquit :

— Qu'est-ce que ça veut dire, «émigrer» ?

— Eh bien, euh… Ça veut dire que Mlle Liebig a quitté l'Allemagne, enfin, le Reich allemand.

— Elle est partie en voyage ?

Kathi pensa aussitôt au globe bleu dans la chambre de l'enseignante. Elle était un peu déçue que l'institutrice ne lui ait pas parlé de son projet. Mais quand on partait en voyage, on finissait généralement par revenir.

— Elle rentrera quand ?

— Eh bien, elle est partie, c'est vrai. Mais Dieu seul sait quand elle reviendra.

Oui, mais lui, je ne peux pas lui demander, pensa Kathi. La déception la rendit un peu cabocharde. Mlle Liebig lui avait dit qu'elles étaient amies, et voilà qu'elle partait comme ça, sans lui dire au revoir !

— Mais où est-elle ? On peut lui téléphoner ?

Le prêtre l'observa longuement, l'œil vitreux. Il se resservit et posa la bouteille vide sur la table.

— Quel âge as-tu ? demanda-t-il enfin.

Il lui posait la question à chaque fois. Kathi trouvait étrange qu'il soit capable de réciter des passages entiers de la Bible mais ne se souvienne de rien d'autre.

— Presque sept ans.

— Si jeune…, dit-il avec un soupir.

Le père Berthold porta de nouveau son verre à ses lèvres. Il devait être vraiment très assoiffé. Kathi s'aperçut que le regarder boire ainsi lui donnait soif aussi.

— Tu sais, gamine, ce n'est pas une belle époque.

Kathi dut tendre l'oreille pour le comprendre. Il reprit, sa voix diminuant à chaque mot comme s'il baissait lui-même le son :

— Notre siècle voit s'affronter Dieu et le diable. Et ça signifie un massacre parmi les humains. Mais notre Seigneur voit tout, et à la fin, les comptes seront faits ! À la fin, le cœur froid meurt seul. N'oublie jamais ça, tu m'entends ? Et maintenant, va-t'en, va-t'en et ne pose plus de questions. *Eux*, ils ne veulent pas de questions. Les questions, c'est dangereux, les questions, ça tue. *Les questions tuent…*

Le curé se leva pesamment mais, incapable de trouver l'équilibre, il vacilla comme un arbre dans la tempête et retomba sur son siège. Il resta là, ses yeux aqueux perdus dans le vide.

— Le cœur froid meurt seul, marmonna-t-il encore.

Puis sa tête s'affaissa mollement sur sa poitrine.

Kathi s'était levée d'un bond quand le curé s'était redressé ; elle recula de quelques pas, effrayée. *Les questions tuent !* Venait-elle de tuer le père Berthold avec les siennes ? Elle fut sur le point de prendre la fuite. Pourquoi Anton n'était-il pas venu avec elle ? Il saurait sûrement quoi faire !

Mais avant qu'elle ne panique pour de bon, le prêtre poussa un ronflement bruyant. Kathi soupira de soulagement. Elle se faufila hors de la pièce, ouvrit sans bruit la porte de la maison et faillit télescoper un vieux monsieur sur le perron.

— Holà, ma jeune dame ! s'exclama-t-il.

Son visage aimable parut familier à Kathi. Avec une courbette, elle dit :

— Bonjour ; le curé dort.

Puis elle fila au bas des marches sans que l'inconnu puisse lui en demander davantage.

À l'extérieur, elle retrouva Anton qui traînait près du mur du cimetière. Apparemment, il l'avait attendue. Il grignotait une nouvelle carotte ratatinée, vêtu de son maillot du club local « En avant Sport ». Ses chaussures de football pendouillaient à son épaule, reliées par leurs lacets.

— Alors, il a dit quoi, le curé ? demanda-t-il avec impatience.

— Tu voulais pas aller au foot ?

— Bah, c'est pas important. Allez, raconte !

— Il faut vite que je rentre à la maison. Je n'ai jamais été aussi en retard.

— Je viens avec toi, tu pourras tout me dire en route.

Kathi avait terminé son rapport depuis un moment quand ils arrivèrent devant la ferme, mais Anton ne fit pas mine de repartir. Elle proposa donc :

— Tu veux entrer ? Dorota a fait des caramels.

— J'aime bien les caramels, dit-il avant de la suivre à l'intérieur.

— Ça alors, petit cœur, qui nous amènes-tu là ? lança Dorota quand les deux enfants entrèrent dans la cuisine.

— Mais tu me connais ! Je suis Anton Luttich, déclara celui-ci sur le ton que prennent les enfants pour expliquer la vie aux adultes.

— Je sais bien, mon petit, je sais bien. Vous avez faim, tous les deux ? J'ai du pain frais et de la soupe de légumes, du minestrone, comme dit l'Italien.

— Plus tard, peut-être. On pourrait avoir d'abord quelques-uns de tes caramels, s'il te plaît ? demanda Kathi.

Dorota pencha la tête de côté. Habituellement, Kathi rentrait de l'école avec l'estomac dans les talons.

— Tout va bien, petit cœur ? demanda-t-elle.

— Oui. Où est mère ? fit Kathi pour détourner la conversation.

— Elle a dit qu'elle allait aider ton père aux semailles, répondit Dorota. Des caramels, alors ? demanda-t-elle en regardant Anton.

— Moi, j'aime les caramels, pour sûr, merci beaucoup, répondit sagement Anton.

— Oii, voilà un petit garçon bien élevé !

Dorota, attendrie, sortit quatre bonbons d'une boîte en fer-blanc et leur en donna deux à chacun.

— Un pour maintenant, un pour plus tard.

Les enfants la remercièrent puis Kathi proposa à Anton de lui montrer le salon.

— Oh, ça en fait des livres ! s'exclama-t-il en voyant la bibliothèque bien remplie. Et tous les Karl May, et même les *Histoires de Bas-de-Cuir* ! Et ça, c'est quoi ? (Il désigna les motifs gravés sur le contour du meuble.) Une licorne ? Et un dragon ?

— Oui. C'est Oleg qui a fait l'armoire et c'est moi qui ai choisi les animaux.

— C'est qui, Oleg ? Un menuisier ?

— Notre valet de ferme.

— Tu crois qu'il pourrait me faire une caisse à savon ?

— Oleg sait tout faire ! Il a construit lui-même sa cabane, près de la grange.

— Super. Et il y a quoi, là, dans ces boîtes ?

Anton s'approcha de la banquette où étaient posés une petite valise de forme allongée et deux étuis plus gros. Kathi expliqua que la valisette contenait la trompette de son grand-père et les deux autres boîtes des accordéons.

— Mon grand-père jouait de la trompette pendant la guerre. Mais il ne peut plus parce qu'il a perdu presque toutes ses dents.

Elle ouvrit le petit étui. À la vue de l'instrument, Anton poussa un cri d'admiration :

— Oh, on dirait qu'elle est en or !

Kathi lui montra aussi son accordéon, et il passa les doigts sur les touches couleur d'ivoire.

— Mon père a dû s'en acheter un autre quand le sien s'est cassé, expliqua Kathi. Mais le nouveau est d'occasion. Grand-mère dit que nous devons faire des économies.

— Mon père aussi le dit tout le temps à ma mère. Et là, il y a quoi ? On dirait un violon géant !

Anton s'était tourné vers un étui appuyé au mur.

— C'est le violoncelle de mon père.

Anton, curieux, s'approcha du pupitre et observa la partition.

— *Ich bin der Welt abhanden gekommen* de Gustav Mahler, lut-il. Tu sais jouer ça, Kathi ?

— Non, mais mon père, oui ! Et ma mère chante pour l'accompagner. Elle chante très bien.

— Tu chantes aussi ?

— Non, il vaut mieux pas. Mais j'entends très bien. Papa dit que j'ai l'oreille musicale.

— Moi, ma mère me dit tout le temps que j'entends rien. Surtout quand elle m'appelle, précisa-t-il.

— Pourquoi, tu fais quoi ? Tu te bouches les oreilles ?

— Non, je fiche le camp.

— Comme mes parents quand ta mère arrive, déclara Kathi en toute innocence.

Anton haussa ses maigres épaules.

— Comme tout le monde. Personne n'aime ma mère.

— Je suis désolée, dit Kathi.

Elle aurait bien aimé consoler son ami, mais il n'avait dit que la vérité. Elle trouva pourtant quelques paroles de réconfort :

— Mais toi, tu l'aimes, ta mère. Et ton père aussi, sûrement !

Nouveau haussement d'épaules.

— Aucune idée. Mes parents se disputent tout le temps. C'est pour ça que mon père non plus n'entend jamais quand ma mère l'appelle. Elle me dit souvent (il prit une voix de fausset) : *Tu es bien le fils de ton père !*

Il afficha un large sourire dont Kathi sentit qu'il cachait une grande tristesse.

La famille d'Anton n'était pas comme la sienne. Les parents de Kathi se tenaient la main, riaient et plaisantaient ensemble et s'embrassaient même à table, au grand mécontentement de grand-mère Charlotte qui les enjoignait de se tenir, jugeant ce comportement inconvenant. La fillette cherchait encore à comprendre pourquoi il serait interdit de s'embrasser en présence d'autres personnes. De fait, les adultes avaient l'air de se conformer à ces histoires de convenances. Des gens s'embrasser en public, même mariés, elle n'en avait jamais vu. En revanche, tout le monde se disputait beaucoup. Ça, apparemment, ça n'avait rien d'inconvenant. Ne voyant aucune logique là-dedans, elle soupçonnait depuis longtemps qu'il en existait deux : celle des adultes et celle des enfants. Elle rendit son sourire à Anton :

— Tu sais, c'est exactement ce que je fais avec grand-mère Charlotte. Quand elle m'appelle, d'un coup, j'entends très mal.

Anton se fourra son second caramel dans la bouche alors qu'il n'avait pas encore avalé le premier.

— Ils sont vraiment bons, marmonna-t-il, une joue gonflée. Je peux ?

Il désigna le petit accordéon de Kathi.

— Bien sûr.

Anton le posa contre sa poitrine et l'étira. Un son discordant s'en éleva.

— J'aimerais bien savoir jouer d'un instrument, moi aussi.

Une expression mélancolique se dessina sur son visage.

— Mais toi, tu joues très bien au football ! Et tu sais faire du patin à glace. Et des maquettes d'avions ! objecta Kathi.

— C'est vrai.

Anton reposa l'accordéon.

— L'homme qui tremble sur la banquette près du fourneau, c'est ton grand-père ?

— Oui, c'est grand-père August, répondit Kathi. Il a été à la Grande Guerre. C'est depuis ça qu'il tremble, d'après grand-mère. Avant, non.

Anton alla se planter face à August et l'examina attentivement.

— Ma mère dit que ceux qui ont la tremblote, ce sont des tire-au-flanc.

Kathi plissa son petit front.

— Je ne comprends pas, objecta-t-elle. Grand-père est allé à la guerre. C'est là qu'il a perdu ses yeux et ses oreilles. Et maintenant, il n'y a plus de guerre. Non ?

— Ben non, confirma Anton.

— Alors s'il n'y a pas de guerre, grand-père ne peut pas tirer au flanc. Non ?

— Ben non, répéta Anton.

— Donc, ce que dit ta mère, c'est pas vrai. C'est illogique.

Anton hocha la tête.

— Je crois que ma mère, elle comprend rien à la logique.

— Tu veux que je te joue quelque chose ? demanda Kathi quand il lui rendit son instrument.

— Oh oui !

Les enfants n'avaient pas vu Anne-Marie ; elle s'éloigna discrètement dans le couloir, le sourire aux lèvres. Le soir, en se déshabillant, elle rapporta leur discussion à Laurenz.

— C'est incroyable. Notre Kathi n'a pas encore sept ans et elle argumente déjà comme un philosophe grec.

Elle déboutonna son chemisier et le laissa négligemment tomber sur la malle. La jupe suivit, puis les bas. En sous-vêtements, elle alla à la commode surmontée d'un miroir et se mit à fouiller les tiroirs.

— J'espère qu'elle ne voudra pas devenir avocate, commenta Laurenz sobrement. Et si tu cherches ta brosse à cheveux, elle est sous ton tas de vêtements. (Il sourit.) Tu sais que nous avons une penderie avec assez de cintres, ainsi que des patères ? demanda-t-il, moqueur.

— Je sais, répondit Anne-Marie, insouciante. C'est juste que je ne pense jamais à suspendre mes affaires.

Et puis comme ça, je les ai plus facilement sous la main le lendemain.

— Tu dis ça chaque fois…

Il n'y avait aucun reproche dans la voix de Laurenz. Il aimait son Anne-Marie comme elle était : concentrée et attentive pour les choses importantes de la vie, plus négligente en matière de ménage. Conserver leur chambre en ordre n'était pas son fort, elle égarait constamment quelque chose.

Ayant retrouvé sa brosse, elle se mit à démêler ses cheveux. Il adorait la regarder se préparer pour la nuit, moment d'intimité qui lui était réservé. Quand il la voyait dénouer ses épaisses tresses, y passer les mains et faire dégringoler dans son dos ses boucles soyeuses, Laurenz sentait son cœur se gonfler de bonheur et d'amour, au point qu'il en avait parfois les larmes aux yeux. En de tels instants, il était là où il voulait être. Avec Anne-Marie. *Pour toujours.*

— À quoi penses-tu, mon chéri ? lui demanda-t-elle en se retournant, ses yeux vifs posés sur lui.

— À toi, mon cœur. Rien qu'à toi, comme toujours.

— C'est joliment dit. Mais tu devrais aussi penser à tes enfants, sais-tu ?

Laurenz écarquilla les yeux d'un coup et vint s'agenouiller devant sa femme.

— Mes enfants ? Tu as dit *mes* enfants ?

Il avait les yeux brillants, comme si un autre ciel venait de s'ouvrir en lui.

— Oui, mon chéri. Nous attendons un nouveau bébé.

Anne-Marie souriait aussi. Elle se pencha vers lui et il l'embrassa. Non pas fougueusement et plein de désir, comme d'habitude, mais avec douceur et prudence.

— Allons, allons, maestro! Aujourd'hui, c'est *piano* et pas *andante*? dit-elle en riant. Tu n'as pas à te retenir, je n'en suis qu'au tout début! Tu peux m'embrasser pour de bon! *Fortissimo, prego!*

16

*« Une femme devient folle deux fois :
quand elle tombe amoureuse et quand
ses cheveux blanchissent. »*

Dicton polonais

— Dorota, est-ce que nous sommes pauvres ?
demanda Kathi.

La gouvernante abaissa le manche de son balai.

— Oii, petit cœur, tu me poses de ces questions.

— Personne n'est jamais à l'abri de la curiosité de
Kathi, intervint Paulina en sortant du garde-manger,
un pot de compote de prunes à la main.

— Oh, bonjour tante Paulina, s'exclama Kathi,
toute contente. Tu restes dîner ?

— Oui. Ta grand-mère n'est pas là, aujourd'hui.

Kathi s'était aperçue depuis un moment que sa
tante et sa grand-mère évitaient de se croiser. Elle leur
avait demandé pourquoi à toutes les deux, à sa manière
si directe, mais c'était une des questions auxquelles les
adultes ne voulaient pas répondre.

— Où est donc grand-mère ?

— À la réunion de l'association des éleveurs de
chevaux, répondit Paulina.

— Oh, formidable, alors on restera debout tard, ce
soir ! Et on pourra jouer aux cartes avec Oleg à la cuisine !

— Bien sûr !

Paulina sourit, plongea le doigt dans le pot de compote et le lécha avec gourmandise.

— Allons, allons, madame Paulina, c'est bientôt l'heure du dîner, lança Dorota d'un ton réprobateur.

Mais elle posa deux ramequins et deux cuillères sur la table et ajouta en pinçant affectueusement la joue de Kathi :

— Tu vois, petit cœur, on n'est jamais pauvre tant qu'on a assez à manger.

— C'est pourtant ce que m'a dit Elsbeth Luttich aujourd'hui.

— La Luttich est une sorcière, intervint Paulina.

— Enfin, madame Paulina ! se récria Dorota.

— Elle a aussi dit que j'étais complètement dégénérée parce que je ne porte ni chaussures ni tablier et que je me comporte comme un garçon, poursuivit Kathi.

— Qu'est-ce qu'elle t'a prise à faire, cette fois-ci ? demanda Paulina en remplissant à ras bord la coupelle de Kathi.

— J'ai grimpé dans le chêne à côté de l'église avec Anton.

— Elle n'aime pas que tu sois amie avec son Anton. Même à son propre fils, cette mégère n'autorise pas la moindre joie. (Paulina agita sa cuillère en l'air.) Il faut toujours qu'elle fourre son nez dans les affaires des autres. C'est une femme méchante !

— Mais enfin, madame Paulina !

— « Madame Paulina », rien du tout ! Je la déteste ! Je la déteste, je la déteste, je la déteste ! Je voudrais… Je voudrais…

La voix de Paulina se brisa, les larmes lui montèrent aux yeux. Elle se leva d'un bond, sanglotante, et courut hors de la cuisine.

— Qu'est-ce qu'elle a, ma tante ? demanda Kathi.

— Oii, petit cœur, répondit Dorota, l'air un peu triste elle-même. C'est l'amour.

— Je ne comprends pas.

— Pas encore, petit cœur. Pas encore. L'amour, c'est un mystère.

— C'est quoi, un mystère ?

— Un secret que personne ne peut voir. On peut seulement le ressentir.

— Moi aussi, je le ressentirai, ce mystère ?

— Mais tu le ressens déjà, petit cœur. Tu aimes tes parents et ta grand-mère, tu aimes ton Oskar et…

— … et toi et Oleg et tous les animaux de notre ferme, poursuivit Kathi avec ferveur avant de s'inter-rompre. Dis, Dorota… Est-ce qu'on peut aussi aimer quelqu'un qui n'habite pas la ferme ?

Elle pensait à Mlle Liebig et à Anton. Et elle aimait aussi beaucoup le père Berthold.

— Bien sûr, petit cœur, bien sûr.

— Mais alors, si ce mystère est une bonne chose, pourquoi elle pleure, la tante Paulina ?

Dorota remua la soupe.

— Et voilà la faux qui frappe la pierre, marmonna-t-elle.

Oleg et Paulina. Au courant depuis longtemps, Dorota se faisait du souci pour eux. L'amour est peut-être un mystère, mais les gens font leur propre malheur. Un mauvais pressentiment lui transperça brusquement la poitrine. Lâchant sa cuillère de bois, elle se tordit de douleur et poussa un cri étouffé.

— Qu'est-ce que tu as ? demanda Kathi, effrayée, en ramassant la cuillère. Tu te sens mal ?

Dorota se redressa.

— Tout va bien, petit cœur. On ne choisit pas tou-jours ses larmes. Elles sont comme les nuages dans le ciel, qui vont et viennent mais ne restent jamais. N'oublie jamais ça, petit cœur : le soleil revient toujours et assèche toutes les larmes.

17

« Tout aujourd'hui était brunâtre et pesant. Qu'on m'apporte une licorne, je galoperai dans la ville. »

Anne Morrow

— Kathi, réveille-toi!

Elle se retourna, tout ensommeillée. Il faisait un froid glacial dans la chambre. Dehors, la nuit était d'un noir d'encre.

— Le bébé arrive, Kathi, annonça son père en la secouant. Va aider ta grand-mère. Il faut que j'aille chercher la sage-femme.

Laurenz semblait aussi calme que d'habitude, mais elle sentait qu'il était inquiet. Elle l'avait déjà remarqué pendant le dîner, quand sa mère avait commencé à se sentir mal. Sa grand-mère avait objecté que sur la fin, on était toujours mal à l'aise, ainsi gonflée comme une baleine. Ça avait été la même chose pour elle et ça n'avait rien à voir avec le bébé qui n'arriverait que dans quelques semaines, si Dieu le voulait.

Kathi n'avait que sept ans, mais elle vivait à la ferme et connaissait déjà certaines choses de la vie et de la nature. Apparemment, sa grand-mère s'était trompée : le bon Dieu voulait que le bébé vienne au monde plus tôt que prévu.

Elle se leva. Pas de toilette aujourd'hui, l'eau de la cuvette avait encore gelé. Elle mit un second pull-over, un pantalon sous sa jupe, deux paires de chaussettes, enfila péniblement ses bottes et courut à la cuisine.

Dorota tisonnait déjà le fourneau tandis que sa grand-mère, en bottes d'écuyère et les manches retroussées, remplissait d'eau un chaudron de cuivre.

— Kathi, lança Charlotte sans se retourner, il faut que tu entretiennes le feu. Et va en allumer un au salon ! Oleg et Dorota doivent s'occuper des bêtes jusqu'au retour de ton père. Ensuite, va voir ton grand-père. Il doit prendre son médicament. Et n'oublie pas de vider son pot de chambre !

— Oui, grand-mère, répondit docilement Kathi.

Après avoir accompli toutes ces tâches et s'être assurée que son grand-père n'avait besoin de rien, elle se glissa dans la chambre de ses parents, mais sa grand-mère la renvoya aussitôt et referma la porte.

Quand Kathi entendit sa mère crier, une terreur glacée se répandit dans son cœur. La souffrance de sa mère la troublait beaucoup, même si sa tante Paulina lui avait assuré qu'il était normal de crier pendant un accouchement. Jusqu'ici, Kathi n'avait assisté qu'à des naissances d'animaux, qui se déroulaient le plus souvent en silence. Malgré sa grande envie de courir se réfugier à l'étable avec Dorota et Oleg, elle resta courageusement dans la maison.

Quand, une heure et demie plus tard, son père revint de Gliwice avec la sage-femme, les cris de la parturiente n'avaient guère diminué. Kathi put jeter un bref coup d'œil à sa mère, puis son père l'envoya à l'étable.

Elle aida un moment Oleg au nettoyage tandis que Dorota, à côté, s'occupait des chèvres et des cochons.

Oleg était le meilleur ami de Kathi. Grand et fort, les cheveux rouge carotte et les mains comme des battoirs, il remportait chaque année le traditionnel tournoi de lutte de la fête de la Pentecôte du village. Mais avec ses animaux, il était la douceur même. Oleg adorait les bêtes, qui le lui rendaient bien. Dans la cour, on ne le voyait jamais autrement qu'accompagné d'une nuée d'oies ou de poules. Il s'en occupait avec une tendresse de père et s'excusait toujours lorsqu'il devait en abattre une. Ce qui ne l'empêchait pas d'aimer la viande. *Chacun a son destin, les bêtes comme les gens*, avait-il un jour expliqué à sa jeune amie.

C'était Oleg qui avait ramené August à la ferme en 1918, à la fin de la Grande Guerre. Alors à peine âgé de quatorze ans, il avait raccompagné à Petersdorf le grand-père, devenu aveugle et sourd dans un pays lointain appelé Russie. Et comme ce qu'il avait un jour appelé son chez-lui n'existait plus, il était resté là. Il avait trouvé une mère d'adoption aimante en la personne de Dorota, qu'il appela «Petite Mère» dès le premier jour. À Petersdorf, tout le monde le prenait pour un Polonais ; seuls les habitants de la ferme Sadler savaient qu'il venait d'Ukraine.

Le grand-père devait sa surdité au feu d'artillerie incessant qui lui avait déchiré les tympans, un sort partagé par bien d'autres vétérans. S'y ajoutait cette tremblote qu'on observait chez de nombreux autres survivants du front.

Personne ne savait comment August et Oleg avaient fait connaissance. Oleg n'en parlait pas et le grand-père ne voulait ou ne pouvait plus parler, à l'exception des jurons blasphématoires qu'il lançait de temps en temps au grand dam de la grand-mère. Voilà pourquoi on ordonnait à Oleg d'emmener August à la grange chaque fois que le curé s'annonçait.

Évidemment, tout le monde au village était au courant quand même. Le tissu invisible des rumeurs et des secrets se frayait un chemin partout.

La naissance imminente incita Oleg à raconter à Kathi sa propre expérience à l'étable. Quand il en arriva au passage où le veau était resté coincé dans sa mère et qu'il avait dû l'aider à sortir avec son couteau, Kathi se dit que l'étable n'était finalement pas un refuge si adéquat pour elle.

Elle saisit un bidon de lait plein à ras bord et retourna à la maison. C'étaient les vacances de Noël, sans quoi elle aurait dû se préparer pour l'école puis aider Dorota à faire le petit déjeuner. Comme celle-ci était encore occupée à traire les chèvres, Kathi mit la table, moulut du café, remplit le pot de lait et découpa d'épaisses tranches de la brioche jaune safran que son père aimait tant tremper dans son café au lait. Elle fit des tartines de confiture pour Oleg et Dorota et prépara la bouillie d'avoine de son grand-père, à laquelle elle ajouta un œuf cru et une cuillerée de sucre. Puis elle alla le nourrir. La tremblote d'August ne lui facilitait pas la tâche, mais Kathi s'en acquitta avec patience et grand soin. Elle avait de la peine pour son grand-père sourd et aveugle, enfermé dans une prison intérieure, coupé du monde réel. Et pourtant, il vivait, il respirait, il ouvrait la bouche à chaque cuillère et mangeait sa bouillie. Tout en la lui donnant, Kathi lui expliqua qu'il était sur le point d'être de nouveau grand-père. Qui sait si, en ce lieu lointain où il végétait, il ne la comprenait pas malgré tout ?

Les heures passèrent. Kathi resta abandonnée à elle-même tandis qu'au premier étage, sa mère hurlait toujours à pleins poumons. Seule Dorota passa boire une rapide tasse de thé, suivie d'Oleg. Après avoir dévoré toutes les tartines, il aida le grand-père à se laver et s'habiller, comme tous les matins, puis à descendre au salon, où il resterait près du fourneau jusqu'à l'heure d'aller se recoucher. Un des vieux chats de la ferme venait souvent se lover près de lui, jouissant du privilège de se réchauffer là.

Kathi continua à se rendre utile, aéra les lits dans la chambre des grands-parents, nettoya des pommes de terre et des navets pour le déjeuner.

Puis le silence se fit.

Kathi, qui tout ce temps avait prié pour que la souffrance de sa mère cesse enfin, se figea. Ce calme soudain ne lui paraissait guère plus réconfortant.

Enfin, une porte s'ouvrit à l'étage. Le plancher grinça quand son père traversa le couloir et entra dans la chambre.

Kathi se précipita aussitôt au pied de l'escalier. Tout excitée, elle entendit son père parler à la sage-femme. La voix de la grand-mère s'y mêla un instant, mais ils parlaient à voix trop basse pour que Kathi puisse les comprendre. Son cœur battait la chamade ; malgré l'interdiction, elle ne voulait qu'une chose : courir voir sa mère.

C'est alors que son père descendit les marches. Il avait l'air fatigué, bien plus que lorsqu'il rentrait tard le soir du travail aux champs, et était aussi enroué que l'hiver précédent, quand une grave inflammation de la gorge l'avait terrassé. Mais ce qu'elle vit dans ses yeux affola la fillette. Elle qui s'était réjouie pendant des mois de l'arrivée du bébé se sentit trompée.

Son père lui posa une main sur la tête, un geste censé la réconforter mais qui eut l'effet inverse.

— Monte vite, Kathi. Mais juste un instant ! Ta mère est exténuée et doit se reposer.

Elle se rua en haut des marches puis s'arrêta pile devant la porte, intimidée. D'où venait cette soudaine sensation de menace ? Elle regarda autour d'elle, troublée. Tout paraissait normal : le tapis usé du couloir, la commode du trousseau surmontée du crucifix, et aux murs, les versets de la Bible encadrés, brodés par des générations de femmes Sadler. Pourtant, il semblait à Kathi que tout avait changé. Sans pouvoir l'expliquer, elle le sentait clairement.

Un enfant était né mais quelque chose clochait.

Alors qu'elle venait de rassembler tout son courage et de tendre la main vers la poignée, la porte de la chambre parentale s'ouvrit et sa grand-mère surgit, porteuse d'une pile de serviettes ensanglantées.

— Kathi, qu'est-ce que tu fais à traîner ici ?

— Père a dit que je pouvais voir maman un instant.

— Ta mère dort. Ne la dérange pas maintenant.

Kathi tendit le cou ; la vue était bouchée non seulement par sa grand-mère mais aussi par la sage-femme qui, au pied du lit, s'occupait du nouveau-né. Kathi entendit le nourrisson gémir doucement et des larmes de soulagement lui montèrent aux yeux. Le bébé vivait !

— S'il te plaît, grand-mère, je voudrais juste…

— Laissez donc la petite voir sa mère une minute, madame Charlotte ! fit la sage-femme.

Kathi n'avait encore jamais entendu personne parler sur ce ton à sa grand-mère. Cette dernière non plus, manifestement. Une expression d'extrême mépris se peignit sur son visage.

— Pour vous, c'est madame Sadler, je vous prie ! lança-t-elle sèchement.

La sage-femme l'ignora et dit doucement à Kathi :

— Va voir ta mère un instant, petite, mais ne la réveille pas. L'accouchement a été difficile, il faut qu'elle se repose.

La fillette se faufila dans la chambre.

Le beau visage de sa mère reposait, blême, sur l'oreiller, encadré des longs cheveux bruns qu'elle avait transmis à Kathi. On aurait un des gisants en marbre de jeunes femmes nobles qu'elle avait vus l'année précédente lors d'une excursion scolaire au cloître de Czenstochowa. Kathi posa un instant la joue contre celle de sa mère mais celle-ci ne bougea pas, plongée dans un profond sommeil.

Puis elle tenta de jeter un coup d'œil dans le berceau, mais la sage-femme avait empaqueté le bébé avec un tel soin qu'on apercevait tout juste le bout de son petit nez dépasser entre le bonnet et l'édredon.

L'accoucheuse était une véritable matrone, le visage rouge, les bras vigoureux et les hanches larges. Elle impressionnait beaucoup Kathi, mais comme elle s'était montrée aimable, elle osa lui demander :

— S'il vous plaît… Est-ce que j'ai un petit frère ou une petite sœur ?

— C'est… une fille.

Sa réponse hésitante étouffa dans l'œuf l'espoir de Kathi que tout aille bien, malgré tout. Qu'est-ce qui n'allait pas ? Pourquoi se comportaient-ils tous si bizarrement ?

Elle se souvint que sa grand-mère avait récemment présenté ses condoléances à une femme du village qui avait répondu, tête basse, que l'enfant « n'était pas viable ».

Était-ce cela que les adultes redoutaient sans oser le dire ? Sa petite sœur allait-elle mourir ?

18

*« Le monde est plein de merveilles pour
qui sait les voir. »*

Trudi Siebenbürgen

Malgré toutes les prédictions pessimistes, la petite
fille survécut, minuscule enfant tendre et fragile comme
de la porcelaine de Saxe. Elle fut baptisée Franziska,
mais tout le monde l'appelait Franzi.

Comme lors de la naissance de Kathi, le merveilleux M. Levy apparut à la ferme, de merveilleux présents plein sa besace. Il tendit à Kathi un petit paquet
brun.

— Oh, qu'est-ce que c'est ? demanda-t-elle, tout
excitée, avant de le déballer.

Elle en tira un joli petit livre relié de soie multico-
lore d'apparence très exotique.

— Les pages sont blanches ? s'étonna-t-elle en le
feuilletant.

— On appelle ça un journal intime, expliqua le marchand ambulant. Tu pourras y écrire toutes tes pensées.

— Oh, merci, monsieur Levy.

Dès lors, Kathi ne se sépara plus de son journal,
comme son père jadis portait toujours sur lui son livre
de musique.

M. Levy tendit à Laurenz un atlas routier. Il était manifestement de seconde main, et en l'ouvrant, le père de Kathi y découvrit la dédicace «Pour Ida».

— Tiens donc, fit-il. Cela signifie-t-il que je vais bientôt voyager?

— Non, répondit M. Levy. L'atlas est pour votre fille nouveau-née.

Il n'en dit pas davantage, et personne ne posa de questions. Quiconque faisait affaire avec M. Levy savait que l'utilité de ses marchandises se révélait d'elle-même en temps voulu.

Il laissa pour Anne-Marie un flacon d'une essence odorante avec laquelle il recommanda à Laurenz de la masser. Charlotte aussi reçut une bouteille, à usage interne celle-ci: un élixir pour l'estomac.

Avant de reprendre la route, M. Levy passa une heure à la cuisine avec Dorota. Quand il repartit, la collection de recettes italiennes de la gouvernante s'était enrichie d'une nouvelle rareté, et une fois de plus, Dorota garda aux lèvres toute la soirée un mystérieux sourire, comme si elle avait vécu un miracle plus grand encore que la visite du merveilleux M. Levy.

Laurenz suivit la recommandation du vieux marchand et massa son épouse le soir même avec l'huile parfumée. L'accouchement avait exténué Anne-Marie non seulement physiquement, mais son humeur aussi s'en trouvait altérée. Elle passa les semaines qui suivirent alitée, endormie la plupart du temps; dans ses moments d'éveil, elle paraissait absente et triste. Elle pleurait beaucoup, même si elle tentait de le dissimuler à Kathi.

La sage-femme qualifia la chose de «mélancolie de l'enfantement» et assura à Laurenz qu'il n'y avait là nulle raison de s'inquiéter. Les femmes en souffraient souvent après un accouchement. Il fallait être patient; en général, cet état s'améliorait de lui-même.

Laurenz, Kathi et Dorota se relayaient pour apporter à manger à Anne-Marie et l'inciter à se nourrir. Quand ils en trouvaient le temps, ils s'asseyaient près d'elle avec le nourrisson dans les bras, lui racontaient ou lui lisaient quelque chose, ou jouaient ses chansons préférées à l'accordéon.

Seule Charlotte ne témoignait guère de compréhension face à la mélancolie de sa bru. Il y avait tant de travail à la ferme, on avait besoin de tous les bras !

Le jour où Laurenz lui appliqua sur les bras les dernières gouttes de l'huile du merveilleux M. Levy, Anne-Marie s'assit et déclara :

— J'aimerais bien manger du roulé au pavot de Dorota.

Kathi était folle de sa petite sœur. Franzi n'était pas une enfant comme les autres, et chacun avait sa propre manière de qualifier sa différence. Dorota l'appelait «poupette», son père «mon petit lézard», et sa grand-mère la surnommait «malédiction». La mère de Kathi avait un jour appelé Franzi «ma punition», mais seulement alors qu'elle se croyait seule.

Certains se signaient à la vue de Franzi, d'autres semblaient ne pas même s'apercevoir de son existence. Bien entendu, Elsbeth Luttich trouva un mot horrible pour parler d'elle. La plupart, cependant, suivaient l'exemple du père Berthold et affichaient leur commisération.

La sage-femme expérimentée ne voyait pas de maladie dans l'altérité de Franzi mais une humeur de Dieu, comme un doigt poussé de travers ou des oreilles décollées. Elle l'avait affirmé à haute et intelligible voix pour s'assurer que la grand-mère l'entende, elle qui cachait toujours soigneusement ses propres oreilles décollées sous ses cheveux sévèrement noués sur sa nuque. Charlotte était très soucieuse de son apparence et forçait toute la maisonnée à faire usage d'un peigne et d'une brosse. Tous devaient prendre un bain hebdomadaire, même Oleg. On apportait alors le baquet de cuivre dans la cuisine pour le remplir d'eau brûlante.

Les paroles de la sage-femme obsédaient Kathi. Depuis, une question de plus tournoyait dans sa tête avec un billion d'autres. Elle avait découvert ce nombre sur un billet de banque que son père avait conservé en souvenir de l'hyperinflation ayant sévi quelques années avant sa naissance.

Les parents de Kathi étaient d'avis que les questions étaient le meilleur moyen d'acquérir des connaissances, et ils s'efforçaient toujours de répondre aux siennes. Mais ils étaient très pris par le travail des champs et de la ferme, et Kathi ne voulait pas leur peser. Depuis que Mlle Liebig s'était volatilisée, elle ne pouvait plus compter sur l'école. M. Zille n'aimait pas les questions, qu'il trouvait systématiquement pénibles. Sauf celles sur le Führer, évidemment.

Même le prêtre avait eu une réaction étrange, peu de temps auparavant. Il avait blêmi lorsque Kathi, au cours de catéchisme, lui avait demandé dans quelle langue Moïse avait reçu les Dix Commandements : en latin, en allemand, en polonais ou en silésien.

À présent, elle se contentait donc d'écouter. Mais souvent, les phrases des adultes paraissaient signifier tout autre chose que les mots qu'elles contenaient. Kathi avait découvert que les mots transportaient souvent des messages cachés. La réflexion de la sage-femme à propos des oreilles de sa grand-mère semblait ainsi avoir un sens plus profond. Kathi supposait que cela avait un rapport avec le péché de vanité. L'idée que sa pieuse grand-mère puisse être une pécheresse n'était pas pour lui déplaire. Ou un péché n'était-il un péché que si le curé le remarquait ? *Mais Dieu voit tout, n'est-ce pas ?* Kathi soupira. C'était comme ça en permanence. Une question en entraînait deux autres, et avant qu'elle ait eu le temps de dire ouf, une porte s'ouvrait sur un mystère encore plus grand.

Elle résolut donc d'aller demander à son ami Oleg ce qu'il pensait de la remarque de la sage-femme à propos des oreilles décollées.

En général, Oleg n'était pas considéré comme une lumière. C'était le cas de tous les valets de ferme, sans quoi ils n'auraient pas été valets de ferme. Cette classification était l'expression d'un ordre social universel, nourri de préjugés et de la sagesse catholique selon laquelle *le Seigneur mettait chacun à la place qui lui revenait.*

Kathi, nullement influencée par les préjugés et pas découragée par le manque d'éloquence d'Oleg, avait pourtant vite découvert que son ami était remarquablement intelligent. Elle pouvait tout lui dire et ses questions ne le dérangeaient pas : il l'écoutait attentivement, et jusqu'à présent, il avait toujours répondu à ses interrogations.

Elle le trouva au grenier à foin. Il s'accordait une petite pause et pelait un saucisson aux morceaux de gras gros comme des boutons. Une poule brune était nichée à côté de lui dans la paille. Kathi le rejoignit sur la botte de foin, lui rapporta ses observations puis attendit sa réaction, les jambes ballantes. Il enfourna plusieurs gros morceaux de saucisson à l'ail.

— Dans la Bible, dit-il enfin en mastiquant d'un air pensif, il est écrit que le Seigneur a tout créé en six jours. La lumière et le ciel, la terre, les arbres et les gens. Donc, il a aussi fait les oreilles décollées. Tout comme il a fait Franzi. Tu comprends ce que je veux dire, Kathi ?

— Oui ! s'exclama celle-ci, son petit visage rouge d'excitation. Tout est l'œuvre de Dieu. Et si quelque chose déplaît à quelqu'un, il faut qu'il s'adresse à Dieu.

— Exactement, Kathi. L'homme n'a pas le droit de juger. Quelqu'un qui dit du mal de Franzi dit du mal de Dieu.

À cet instant, la poule caqueta et agita brièvement les ailes. Elle regarda autour d'elle comme si elle attendait des applaudissements puis s'en fut, laissant là un œuf blanc parfait. Oleg le saisit entre le pouce et l'index, ferma un œil d'un air critique et constata :

— Encore un blanc ! Je ne comprends pas. Les autres poules brunes pondent des œufs bruns, elles !

— Comment ça ? Les poules à lobes rouges pondent des œufs bruns, celles à lobes blancs pondent des œufs blancs.

Oleg fixa Kathi, stupéfait.

— Comment tu sais ça ?

— Milosz dit que la science commence par l'observation. J'ai juste bien regardé, c'est tout.

— Kathi, parfois, tu me fais un peu peur. (Oleg observa de nouveau l'œuf.) C'est donc un lobe d'oreille qui fait toute la différence, marmonna-t-il. Je m'en souviendrai.

Le médecin de Wrocᴑaw que sa mère considérait comme un spécialiste voyait dans la différence de Franzi un défaut mais pas une véritable maladie. Sa peau était par endroits squameuse et dure comme une carapace, y compris hélas juste à côté de sa bouche, sur une surface grosse comme une pièce d'un pfennig. Elle ne pouvait donc pas crier comme les autres nourrissons mais juste ouvrir ses toutes petites lèvres en « O » et gémir faiblement, tel un oisillon. La regarder tenter de s'exprimer ainsi était déchirant. Le médecin déclara que si aucune amélioration ne se produisait ou si aucune opération n'était plus tard possible, la petite risquait de ne jamais pouvoir parler. De temps en temps, Franzi était aussi saisie de convulsions. Son petit corps s'en trouvait tout secoué, et elle poussait de longues plaintes. Là non plus, le spécialiste ne pouvait rien faire. Son état n'avait pas de nom, pas même en latin. Et le médecin n'avait donc aucune recommandation médicale sur la manière de la soigner. Tout spécialiste qu'il soit, il ne put rien faire d'autre que d'inciter la mère à lui amener sa fille une fois par mois pour une visite de contrôle, et lui rappeler de venir sans retard si les symptômes se modifiaient. Ses factures non plus n'avaient pas de retard.

Il conseilla de traiter les démangeaisons de Franzi avec une pommade à l'odeur âcre, mais chaque fois qu'on lui en appliquait, la petite protestait énergiquement, la mixture semblant aggraver encore sa souffrance. Sans rien dire, Anne-Marie cessa le traitement au bout d'une journée.

Ce fut la vieille sage-femme qui montra à Anne-Marie et à Kathi comment apaiser la petite en lui enduisant la peau de vaseline. C'était peu de chose, mais Franzi paraissait apprécier.

Par ailleurs, son état ne lui permettait pas d'être allaitée ; son réflexe de succion était trop faible, sa petite bouche glissait sans cesse du sein. Anne-Marie, Dorota et Kathi se relayaient donc pour lui donner le biberon.

Le plus étonnant chez Franzi était ses yeux, inégaux et sombres comme une nuit sans lune. Elle pouvait les laisser ouverts pendant plusieurs minutes sans ciller une seule fois, ce qui conférait à son regard une gravité troublante. Charlotte ne manqua pas de remarquer que la dernière personne à l'avoir regardée de manière aussi désapprobatrice avait été son propre père, le baron von Papenburg.

Franzi adorait écouter Kathi et leur père jouer de la musique au salon. Dès qu'elle entendait l'accordéon et le violoncelle, elle pédalait dans son berceau de ses petites jambes torses et émettait une sorte de fredonnement. Ses parents s'en réjouissaient, y voyant un signe du bon développement de leur cadette. La musique avait aussi une influence positive sur le grand-père August, malgré sa surdité, lui qui avait jadis tant aimé jouer de la trompette.

Laurenz pensait que son père percevait dans son sang les vibrations de la musique. Quand Kathi et Laurenz sortaient leurs instruments, August s'apaisait et ses tremblements disparaissaient. Il marquait le rythme d'un pied, ou tapotait des doigts une suite de notes sur l'accoudoir de sa banquette. Du coup, même Charlotte ne disait rien quand, le soir, le père et la fille approchaient d'August le berceau de Franzi et se mettaient à jouer. Ils interprétaient toujours un morceau de Laurenz plein de douceur et de mélancolie qu'il avait composé pour Anne-Marie, intitulé « La nostalgie est mon pays ». Celle-ci lui demandait souvent de le jouer sur son violoncelle, et en était chaque fois émue aux larmes.

19

*« Dès qu'on agite le drapeau, le bon sens
dérape et file dans la trompette. »*

Herta Müller

1936, Berlin, capitale du Reich. Ville sur la Spree, ville des promesses, ville des secrets. Ville des tromperies et des déceptions. Et théâtre des Jeux olympiques de 1936.

Le loup national-socialiste se présentait là dans son plus beau costume d'agneau, mettant en scène pour le monde entier l'image mensongère d'une dictature aimable. Et le monde fut ébahi par ce nouveau Reich allemand, par Berlin, Rome nouvelle voulue par ses dirigeants nouveaux. On ignora l'antisémitisme flagrant, les autodafés de livres et la fuite des cerveaux.

Chefs de gouvernement, diplomates et presse internationale célébrèrent les Jeux avec les sportifs sans s'inquiéter du lendemain ni de la veille. Une ville entière disparut dans la jubilation et les fanions rouge sang ; une ville entière était grisée d'elle-même, et le Führer se repaissait de sa splendeur.

Petersdorf ne fut pas en reste. Croix gammées où qu'on pose le regard, sur les vêtements, aux fenêtres, au fronton des bâtiments publics. On avait peut-être chassé l'empereur, mais pompe, fierté nationale et culte de la personnalité n'avaient jamais été aussi à la mode.

Et tandis qu'à Berlin, on se célébrait avant tout soi-même, Franzi atteignit l'âge auquel on s'essaie à ses premiers mots. La prophétie du médecin de Wroc□aw se vérifia : elle ne pouvait pas parler. Elle pinçait ses petites lèvres, essayait de former des mots, le visage rougi par l'effort, mais restait incapable d'émettre plus que quelques cris aigus. La fillette, sans perdre davantage de temps, se concentra sur les fredonnements. Quand elle voulait quelque chose, elle le montrait du doigt et émettait un ton précis. Peu à peu, ces sons isolés devinrent des gammes, puis de véritables mélodies. Kathi, avec son oreille musicale, s'entraînait en permanence avec Franzi, et les deux sœurs inventèrent bientôt leur propre mode de communication. Sa langue, c'était la musique. Elles s'inspirèrent aussi de la nature, pépiant ensemble comme des oiseaux et bourdonnant comme des abeilles.

Laurenz et Anne-Marie étaient pourtant inconsolables, refusant d'accepter que Franzi ne parlerait jamais. Ils l'emmenèrent plusieurs fois à Wrocław et même un jour jusqu'à Berlin, consulter un autre spécialiste ; ils s'endettèrent, n'y gagnèrent que des factures salées. Peut-être qu'un jour, dit le spécialiste, une ablation opérative de la lésion à la bouche pourrait l'aider. « Peut-être », voilà tout l'espoir que les médecins pouvaient leur offrir.

20

« Nous ne sommes pas nés pour nous
seuls, mais pour le monde entier. »

Cicéron

Dès qu'elle sut marcher à quatre pattes, Franzi
découvrit le monde à sa propre façon en filant de
la maison à la moindre occasion. Il suffisait qu'on
détourne les yeux une seconde pour qu'elle se vola-
tilise, se déplaçant à une vitesse qui ébahissait tout le
monde.

Kathi, elle, ne croyait pas que c'était uniquement
une question de rapidité : Franzi percevait d'instinct le
moment idéal pour disparaître. Anton, qui dévorait les
histoires de Karl May et de James Fenimore Cooper et
était fasciné par les rituels des Indiens, avait sa propre
explication :

— C'est évident ! Franzi est née sous le signe
du lézard. C'est son totem. C'est pour ça qu'elle est
capable de disparaître aussi vite qu'un lézard.

— C'est quoi, un totem ?

— Les Indiens croient qu'ils descendent d'animaux. Les jeunes guerriers vont dans la forêt, et le premier animal qu'ils y voient devient leur totem.

Cette interprétation était assez simplifiée, mais
Kathi ne s'en rendit compte que lorsqu'elle commença

à lire elle-même des histoires d'Indiens, surtout *Le Tueur de daims* et *Le Dernier des Mohicans*. Peut-être Franzi descendait-elle vraiment d'un lézard ? Ça expliquerait au moins sa capacité à se fondre dans le paysage et à se volatiliser.

Dorota, pour sa part, comparait Franzi au légendaire esprit des airs qui allait et venait sans être vu de personne.

Franzi développa aussi dès le début une aversion prononcée pour les vêtements et les chaussures. Avant ses escapades, elle se déshabillait complètement, sans se soucier de la température. Ses destinations préférées étaient l'étable et la grange, où elle s'enfouissait dans le foin avec les chatons avant de s'endormir. Et quand Franzi dormait, c'était à poings fermés. Kathi pensait que sa petite sœur refusait peut-être de se réveiller, qu'elle s'isolait ainsi volontairement du monde.

Au début de l'été, la ruche en bordure de verger l'attirait comme par magie. Un jour, Kathi trouva sa sœur paisiblement endormie dans l'herbe, la frimousse barbouillée de miel. Elle s'effraya de voir Franzi entourée d'une nuée d'abeilles, puis constata que pas un seul insecte ne l'avait piquée. Elle essaya tout de même de lui faire comprendre pourquoi il était dangereux de s'approcher de la ruche sans protection, et lui montra la combinaison de leur père. Mais Franzi secoua obstinément sa petite tête et continua à grignoter du miel prélevé directement dans les alvéoles et à faire la sieste au milieu des butineuses. Anne-Marie finit par l'y découvrir à son tour. Sa grand-mère, inébranlable, déclara ensuite que cela n'avait rien d'étonnant : la petite bourdonnait elle-même comme une ruche.

Les parents aussi exigèrent de leur fille qu'elle reste à distance de la ruche, mais rien n'y fit, ni réprimande ni explication. Franzi avait la tête dure, faisait ce qu'elle voulait et n'acceptait aucune règle. Elle n'apprenait que ce qu'elle voulait apprendre et oubliait parfois des choses qu'elle avait déjà su faire. Quand on lui disait : «Mais Franzi, hier, tu savais nouer ton tablier!», elle bourdonnait en retour : «Hier, c'était hier, et aujourd'hui, c'est aujourd'hui.» Franzi vivait dans l'instant.

D'autres mesures éducatives échouèrent lamentablement. Ainsi, Charlotte se moqua un jour de Franzi qui refusait de manger tout autre fruit que les poires. Les pommes étaient pourtant si bonnes! La grand-mère en saisit une, y mordit à belles dents et s'exclama avec un enthousiasme exagéré : «Hmm, ce premier morceau! Divin!»

Peu de temps après, Dorota retrouva Franzi devant une caisse de pommes. Une vingtaine de fruits étaient répandus autour d'elle sur le sol, tous entamés d'une petite marque en demi-lune là où Franzi y avait mordu. Sommée de s'expliquer, elle répondit en bourdonnant : «Je veux être divine!»

Franzi resta à quatre pattes plus longtemps que les autres, ne marchant que vers deux ans. Kathi fut d'avis qu'elle aurait pu le faire plus tôt mais n'en avait tout simplement pas eu envie.

Le rayon d'action de la petite s'en trouva élargi, changeant ainsi en véritable problème son habitude de se débarrasser de ses vêtements, surtout le jour où Elsbeth Luttich la rattrapa nue devant l'église. Elle s'allongeait souvent au milieu de la nef pour regarder le plafond où s'agglutinait une nuée d'angelots roses et nus. Quand le père Berthold la trouvait là, il se signait, la bénissait et la couvrait d'une de ses chasubles. Puis il lui donnait un chocolat chaud et une tartine de miel avant de la ramener chez elle où ses parents le bénissaient, lui.

Non moins problématique se révéla le talent de Franzi pour dénicher en permanence des objets que d'autres préféraient, pour diverses raisons, garder cachés. Elle «retrouvait» aussi des choses que personne n'avait perdues, et Kathi découvrait souvent chez sa sœur des objets qui ne lui appartenaient pas. De même qu'il était impossible de la convaincre de ne pas faire la sieste avec les abeilles, elle ne put apprendre à sa cadette l'idée de la propriété privée. Franzi ne voyait dans ses actes aucune différence avec la cueillette de fruits sur les arbres ou la récolte du miel. Elle révélait toutefois sans se faire prier l'endroit où elle avait ramassé ces objets et Kathi allait discrètement remettre les trouvailles à leur place, leurs propriétaires croyant simplement les avoir égarées.

Elle y gagna à son tour une certaine habileté à se faufiler partout sans être vue.

21

« L'or qu'on ne peut dépenser n'a aucune valeur. »

Kathi Sadler

Dans la région frontalière entre l'Allemagne et la Pologne, il existait encore des forêts tellement immenses qu'une seule journée de marche ne suffisait pas à les traverser.

L'une d'elles s'étendait au nord-est de Petersdorf et faisait l'objet de nombreuses légendes. On disait qu'elle grouillait de monstres dévoreurs d'enfants. D'autres récits évoquaient des bandes de meurtriers en quête de victimes, et ici et là, on parlait des âmes torturées de batailles passées qui erraient entre les arbres.

Les adultes savaient que ces histoires étaient transmises depuis des siècles par les braconniers qui voyaient là le moyen de vaquer à leurs affaires louches sans être dérangés. En général, les superstitieux et les craintifs s'en tenaient à l'interdiction tacite et n'approchaient pas des bois.

Mais bien sûr, il y avait aussi les courageux et les aventuriers…

Lorsque Anton, après l'école, prit Kathi par la main et lança : « Viens, il faut que je te montre quelque chose ! », les deux enfants ne pouvaient pas se douter qu'en ce pluvieux après-midi d'avril, ils allaient poser les jalons du destin des familles Sadler et Luttich.

Depuis que, deux ans plus tôt, ils s'étaient rencontrés à la ferme Köhler en cherchant Mlle Liebig, une douce amitié s'était peu à peu nouée entre eux. Désormais, ils étaient inséparables. La plupart du temps, ils se retrouvaient le matin au calvaire du carrefour pour terminer ensemble le chemin de l'école. Oskar, le chien de Kathi, était toujours de la partie ; il ne la quittait pratiquement jamais, la retrouvant même souvent à la sortie de l'école pour la raccompagner à la maison. Ce jour-là aussi, il se joignit à eux.

Anton saisit le cartable de Kathi d'un geste routinier. Au début, elle avait protesté, arguant qu'elle était capable de le porter seule, avant de comprendre qu'Anton lui montrait ainsi son affection. Cela n'échappa évidemment pas à leurs camarades. Il y eut d'abord quelques moqueries parmi les gamins, mais Anton, fils du bourgmestre, était aussi le meneur dans la cour de récréation. Il régla l'histoire à la manière des garçons, et en quelques bourrades bien placées, les choses furent mises au clair une fois pour toutes.

Kathi découvrit rapidement les avantages d'avoir un ami et protecteur. Depuis la naissance de Franzi, elle se dépêchait de rentrer à la maison après les cours pour voir sa petite sœur et avait moins le temps d'entretenir des amitiés. Le plus souvent, elle mangeait son casse-croûte du matin seule, le nez dans un livre. Ses camarades voyaient en elle une bûcheuse.

— On va où ? demanda-t-elle quand Anton l'entraîna vers la forêt derrière l'école.

Seuls les marcheurs et d'occasionnels chariots à bœufs utilisaient encore le chemin de terre qui traversait le bois de Petersdorf jusqu'au village de Michelsdorf, distant de huit kilomètres. La plupart lui préféraient la route nouvellement construite qui longeait la forêt.

— Tu verras bien, répondit Anton d'un air mystérieux,

— Mais Oleg nous attend, objecta la fillette. Il a rassemblé le matériel pour notre fusée lunaire. Et il veut m'aider avec mes nouvelles ailes !

— Plus tard. Ce que je veux te montrer est beaucoup plus intéressant. Tu vas voir !

Il dissimula leurs cartables sous un buisson de ronces et entraîna son amie à sa suite. Alors qu'ils avaient franchi environ un tiers du chemin de Michelsdorf, Anton bifurqua soudain à gauche, en pleine forêt. Kathi ne vit pas l'ombre d'un sentier, mais son ami continua à avancer d'un air déterminé. Ils arrivèrent à un ruisseau trop large pour être franchi d'un bond. Kathi se remémora ce qu'elle savait de la forêt de Petersdorf : les histoires parlaient aussi d'un cours d'eau, une frontière interdite.

— Il faut traverser, annonça Anton.

Avant qu'elle ait le temps de protester, il se dirigea vers un tilleul et fourragea du pied dans l'épais tapis de feuilles jusqu'à cogner contre quelque chose de dur. Il se pencha et souleva une longue planche.

— Viens m'aider, Kathi !

En joignant leurs forces, ils firent glisser la lourde planche au-dessus du ruisseau. Ils traversèrent sans encombre, tirèrent leur passerelle improvisée jusqu'à un autre arbre et le cachèrent de nouveau sous les feuilles. Puis ils se remirent en route.

Kathi était rouge d'excitation, transportée par l'envie d'aventure. La fusée et les ailes étaient momentanément oubliées. Où Anton l'emmenait-il ? Elle accompagnait souvent Dorota à la cueillette des champignons dans les bois qui entouraient le village, et son bon sens lui soufflait que cette forêt interdite ne se différenciait en rien de celles qu'elle connaissait. Des hêtres au feuillage diaphane alternaient avec d'épais conifères, et les longs doigts des fougères rampaient sur le sol comme s'ils étaient à la poursuite de secrets enfouis. Savoir qu'ils transgressaient une interdiction rendait ces bois encore plus mystérieux, et Kathi se sentait étrangement animée. Elle s'attendait à découvrir un personnage féerique au détour de chaque arbre, voyait dans le moindre jeu d'ombre des silhouettes pâles qui l'observaient. Ce n'étaient pourtant que des branches agitées par le vent. Oskar appréciait lui aussi la promenade et fouillait le sous-bois de la truffe.

Kathi suivait Anton depuis plusieurs centaines de mètres, concentrée, marchant sur des feuilles crissantes, du bois vermoulu et des racines sournoises, quand il lui fit signe de s'arrêter.

— Qu'est-ce qu'il y a ? On est arrivés ?

Elle examina les alentours, l'œil vif.

— Chut !

Il lui montra un écureuil au-dessus d'eux. Agrippé la tête en bas au tronc d'un sapin, il les regardait fixement. Kathi aperçut alors le petit accroché à la queue de sa mère.

— Comme il est mignon ! chuchota-t-elle. Dorota dit que les écureuils sont des licornes ensorcelées.

Anton se remit en route.

— Ah ! C'est sûrement pour ça qu'on ne voit jamais de licornes, alors, railla-t-il.

Kathi le rattrapa.

— Pas besoin d'être aussi arrogant, Anton ! Dorota dit qu'elles existent mais qu'on peut seulement les voir quand on a rencontré le véritable amour.

— Dorota raconte des *légendes*, Kathi.

— Je la crois, moi !

— La croyance est le contraire de la logique. Il faut pouvoir prouver ce qu'on affirme !

Anton venait de citer Mlle Liebig, ce qui déconcerta un peu Kathi. Mais elle se réjouit de la petite ruse de son ami et répliqua avec présence d'esprit :

— Tu vois ! C'est comme ça qu'on argumente logiquement.

Ils poursuivirent leur route pendant environ une heure. Anton ne céda pas aux demandes répétées de Kathi de lui dévoiler leur destination. Enfin, une élévation se dessina au loin. Plus ils s'en approchaient, plus Kathi se demandait si elle était d'origine naturelle. On aurait dit un tertre dressé au milieu des bois, élevé là par des hommes en des temps fort anciens pour empêcher leurs ennemis de pénétrer plus avant dans leur territoire. La forêt s'éclaircissait nettement, comme si les arbres s'écartaient du mur.

— On est où ? demanda Kathi.

Les petits poils de ses bras venaient de se hérisser. Cet endroit était sombre et froid.

— Une bataille de hussites a eu lieu ici il y a très longtemps. Si on fouille un peu, on en trouve des traces partout. Des armes, des boucliers, des casques ! Certains avec encore un crâne dedans ! déclara Anton, tout excité.

Oh là là, pensa Kathi. *Des crânes… Il n'y a vraiment que les garçons pour s'intéresser à ça.* Elle comprenait à présent d'où venait son malaise. Pour les morts gisant ici, les vivants n'étaient pas les bienvenus.

Oskar, lui, partageait l'enthousiasme d'Anton : il se mit tout de suite à creuser.

— Non, Oskar, stop ! cria Kathi. Ce ne sont pas des os pour toi. Assis !

Le chien lui obéit, visiblement à contrecœur, la langue pendante.

— Viens, lança Anton, il y en a encore plus dans la grotte !

— Encore plus d'*ossements* ? Dans quelle grotte ?

— Là-bas !

Anton tendit le doigt vers le tertre et se précipita.

Kathi hésita. Pas par peur, elle n'en ressentait jamais. Elle avait plutôt le pressentiment qu'il aurait mieux valu faire demi-tour. *D'un autre côté*, pensa-t-elle, *on ne peut pas partir à l'aventure si on reste planté sur place*. Elle se rua à la suite d'Anton.

Une fois arrivée au tertre, le souffle court, elle constata que son ami s'était bien préparé. Il tira un petit sac à dos d'un arbre creux.

— Qu'est-ce que tu as là-dedans ? s'enquit Kathi.

— Une lampe de poche, quelques bougies, et ça !

Anton brandit un petit sachet de caramels.

— Oh, non ! s'exclama-t-il en regardant dedans.

— Quoi ?

— C'est plein de fourmis.

Peu regardant, il les balaya de la main puis se fourra un bonbon dans la bouche. Il en proposa à Kathi qui refusa vivement.

Anton saisit la lampe de poche, enfila le sac à dos sur une épaule, puis longea le tertre couvert de broussailles touffues en fouillant chaque buisson.

— La voilà ! s'exclama-t-il peu après d'un ton triomphant.

Il écarta quelques branches, dévoilant une entrée. Avant de la franchir, il expliqua :

— Les premiers mètres sont un peu bas de plafond, mais tu es assez petite pour ne pas te cogner la tête. Reste bien derrière moi. Il y a plusieurs passages qui partent de la grotte, il ne faut pas que tu te perdes.

Il vint soudain à l'esprit de Kathi que les ossements promis par Anton ne venaient peut-être pas de guerriers des siècles passés, mais de promeneurs égarés là. Malgré son goût de l'aventure, elle trouva soudain beaucoup plus séduisante l'idée de voyager dans l'espace que celle de ramper dans un trou obscur.

Oskar semblait du même avis. Os ou pas, la grotte ne l'attirait pas. Après avoir abondamment reniflé l'entrée, il s'allongea par terre à une prudente distance.

Anton tendit le doigt vers lui.

— Je crois qu'il préfère rester dehors.

— Ben ça alors, fit Kathi.

Elle s'agenouilla près du chien, qui gémit et agita vaguement la queue.

— Mais qu'est-ce que tu as ?

— Il doit avoir peur du noir. Viens, on entre ; laisse-le là !

La curiosité l'emporta ; après un dernier coup d'œil à Oskar, Kathi suivit Anton dans le souterrain.

Les bruits familiers de la forêt s'éteignirent aussitôt, et tout resta noir en dehors du faisceau de la lampe de poche. Kathi n'avait peur ni de l'obscurité ni du silence, mais il y avait aussi là quelque chose d'inconnu qui remontait aux origines les plus lointaines. Il lui semblait que la grotte les considérait comme des intrus. Peut-être Oskar, le sentant, avait-il préféré les attendre dehors à cause de cela.

Le couloir descendait en pente régulière pour déboucher au bout d'à peine cent mètres dans une grande salle ronde.

Anton passa la lampe à Kathi, sortit des allumettes et alluma les bougies. Il en plaça une devant le couloir par lequel ils étaient venus. Puis il attira l'attention de son amie sur les crânes empilés en un tas conique au milieu de la salle. Des restes d'équipement militaire gisaient sur le sol de pierre : boucliers brisés, épées ébréchées, fers de lance. Elle aperçut aussi des éclats de poterie et les lambeaux de vête-ments en cuir moisi.

Quand Anton dirigea la lampe vers le tas de crânes, elle crut voir un bref reflet.

— Anton ! Éclaire encore le tas, là !

Pas de reflet cette fois-ci. C'est seulement quand Anton fit monter et descendre la lampe à plusieurs reprises que Kathi l'aperçut de nouveau. Elle tendit la main et attrapa un crâne.

— Regarde ! s'exclama-t-elle en désignant la mâchoire bien conservée. Ils avaient déjà des dents en or, à l'époque ?

— Aucune idée. (Anton examina le crâne et les dents.) Là ! Il a un gros trou dans le front. C'est sûre-ment comme ça qu'il est mort.

Il donna un coup d'une épée imaginaire.

— Hiii ! Je n'ai pas besoin de connaître les détails !

Kathi reposa le crâne et se signa. Anton l'imita puis s'écria :

— Mais Kathi, c'est une vraie dent en or ! On devrait l'emporter pour la vendre. Je pourrais enfin m'acheter le modèle Albatros du Baron rouge !

— Tu es fou ? Ce serait une profanation !

— Pourquoi ? Ce crâne est très vieux, ça n'intéresse plus personne.

— Un mort, c'est un mort, peu importe depuis quand, insista Kathi.

En voyant la déception d'Anton, elle ajouta :

— On ne peut pas faire ça. Sois un peu logique : il faudra que tu expliques où tu as trouvé l'or, et à la fin, les gens diront que tu l'as volé ! On te l'enlèvera ! Et au lieu d'or, tu n'auras plus que des ennuis !

Anton fit la moue. L'intelligence de son amie était parfois fatigante, tout comme sa logique. Il fouilla encore un peu les vieux objets du bout d'une épée rouillée.

— Bon, d'accord, admit-il enfin. On rentre. Je te montrerai les autres tunnels la prochaine fois.

Il était manifestement déçu de laisser l'or sur place ; sa bonne humeur s'était envolée. Alors qu'il commençait à ramasser les bougies, un bruit soudain fit sursauter les enfants. Ça venait de leur tunnel !

— Qu'est-ce que c'était ?

Instinctivement, ils se mirent à l'abri derrière le tas d'ossements haut de près de deux mètres, et tendirent l'oreille en retenant leur souffle. Le bruit inquiétant se rapprocha, on aurait dit des griffes raclant la roche. Une ombre immense se dessina dans le couloir à la lumière vacillante des bougies, leur donnant la chair de poule. Anton saisit les doigts de Kathi d'une main et ramassa de l'autre une épée qui traînait là.

C'est alors que le chien surgit à l'entrée de la grotte, renifla autour de lui et les rejoignit en deux bonds.

— Oskar ! s'exclama Kathi, soulagée. Tu t'ennuyais, tout seul dehors ?

Il se laissa caresser abondamment, fit vite le tour de la salle souterraine, puis disparut aussi sec dans un autre tunnel en face du premier.

— Hé ! Pas par-là ! s'écria Anton.

— Ne t'inquiète pas, il va revenir, le rassura Kathi en tapotant la poussière de ses vêtements.

— Mais ce passage est dangereux ! Il y a plusieurs fosses creusées dans le sol. On ne les voit pas, dans le noir, cria Anton, réellement effrayé.

— Quoi ? Oskar ! Oskar, reviens tout de suite ! hurla Kathi, désespérée.

Elle s'apprêta à se lancer à sa poursuite, mais Anton fut plus rapide et lui bloqua le passage.

— Attends ! Laisse-moi passer devant.

Ils entendirent le chien aboyer. Comme le son était assourdi par les parois de terre des tunnels, il était difficile de dire à quelle distance il se trouvait ou même s'il était dans une fosse.

— Oh mon Dieu ! s'écria Kathi en se cramponnant au bras d'Anton.

— Ne t'en fais pas, il ne lui arrivera rien.

La lampe de poche dirigée vers le sol, il pénétra dans le tunnel. Comme il l'avait annoncé, ils atteignirent au bout d'à peine vingt mètres un trou creusé en plein milieu du passage. Anton dirigea le faisceau lumineux à l'intérieur. Il était profond d'au moins quatre mètres.

— Qu'est-ce que tu vois ? Oskar est au fond ? demanda Kathi, angoissée.

— Non, il y a juste du bois vermoulu. Et encore des os.

— Comment tu le sais ?

Kathi s'agenouilla au bord du trou et tenta de distinguer le fond.

— Parce que je suis déjà descendu avec une corde, expliqua Anton. Je crois que les fosses étaient des pièges pour les envahisseurs.

— Des pièges ?

— Oui. Les trous étaient camouflés et il y avait des pieux pointus plantés au fond. Si on y tombait, on s'embrochait. D'où les os.

Kathi blêmit encore.

— Oskar…, chuchota-t-elle en fixant l'obscurité du tunnel devant eux.

— Ne t'inquiète pas. Les pieux du piège sont moisis depuis longtemps.

L'insouciance d'Anton enflamma la colère de Kathi.

— Mais si, je m'inquiète ! Tu aurais pu me prévenir que c'était dangereux pour Oskar !

— Comment ça, dangereux ? Il n'a même pas voulu entrer avec nous, au début ! rétorqua Anton, vexé.

— Mais tu aurais dû m'avertir qu'il y avait des pièges !

— C'est toi qui es illogique, maintenant. Comment j'aurais pu savoir qu'Oskar allait surgir comme ça devant nous ? Je suis pas voyant !

— Non, tu es un cachottier ! cria Kathi. On a mis des heures à arriver jusqu'ici. Tu aurais bien eu le temps de me dire ce qu'on allait voir. Si j'avais su, je ne serais jamais entrée, et Oskar non plus !

C'était leur première dispute. Ils se dressèrent un instant face à face, comme des coqs de combat, jusqu'à ce qu'Anton pousse un profond soupir.

— Viens, Kathi, dit-il calmement. On va le retrouver, ton Oskar.

Son indulgence troubla la fillette, faisant d'Anton le plus raisonnable d'eux deux. Elle refusa de céder.

— S'il est arrivé quelque chose à Oskar, je… Ah ! cria-t-elle soudain.

Elle serait elle-même tombée dans la fosse si Anton n'avait pas tendu le bras juste à temps pour la retenir. Elle venait de sentir une petite bourrade sur sa hanche. *Oskar !* Il avait contourné la fosse. Kathi lui sauta au cou.

— Qu'est-ce qu'il a dans la gueule ? demanda Anton, curieux.

Il éclaira l'objet indéfinissable que le chien déposa aux pieds de sa maîtresse. C'était une motte de terre. La curiosité d'Anton s'envola aussitôt.

— Oh ! s'exclama Kathi en la ramassant. Elle est lourde !

— Oui, c'est une motte de terre, quoi.

— Berk, Oskar ! Regarde-toi un peu ! Tu es dégoûtant ! pesta Kathi.

Elle laissa tomber la motte de terre qui se brisa au sol, laissant entrevoir un objet plus clair.

— Il y a quelque chose sous toute la saleté, lança Anton.

Il se pencha et dégagea davantage de terre. Au bout d'un instant, une petite statue apparut. Les enfants l'observèrent fixement. Elle ne semblait constituée que d'une énorme poitrine ; Kathi pensa à Dorota.

Anton l'effleura respectueusement du bout des doigts.

— Tu crois qu'elle est en or pur ?

Kathi haussa les épaules.

— On dirait bien. C'est joli, non ?

— Waouh ! C'est comme dans *Le Trésor du lac d'argent* de Karl May ! Où est-ce qu'Oskar a trouvé ça ?

Le chien semblait avoir attendu cette question. Il repassa de l'autre côté de la fosse et se retourna pour les attendre.

— Il veut nous le montrer !

Anton se glissa à son tour le long du trou. Kathi hésita, de nouveau prise de la sensation que quelque chose d'inéluctable se rapprochait.

— Qu'est-ce qui t'arrive ? Tu ne veux pas aller voir s'il y a encore plus d'or là-bas ?

Elle prit un moment avant de répondre.

— Réfléchis, Anton. Même s'il y avait encore plus d'or… Ce serait comme avec la dent de tout à l'heure. De l'or qu'on ne peut pas dépenser, ça n'a aucune valeur.

Anton soupira, ses épaules s'affaissèrent.

— Ta maudite logique me gâche tout le plaisir, gro-gna-t-il. Mais on peut au moins aller voir où Oskar a trouvé la statuette, non ?

— Bon, d'accord, souffla Kathi.

Et au lieu de faire demi-tour comme une petite voix intérieure le lui recommandait, elle suivit son ami.

Les tunnels s'étendaient en un véritable labyrinthe, et sans Oskar, ils auraient perdu tout sens de l'orientation. Soudain, il disparut sous leurs yeux, se faufilant dans un étroit passage entre deux rochers. Ils l'entendirent gratter énergiquement, de la terre vola vers eux, et ils le suivirent à quatre pattes. Anton braqua sa lampe vers l'endroit où Oskar venait de creuser. Ça brillait ! Il se mit lui aussi au travail.

La découverte d'Oskar dépassait l'imagination : pièces, bijoux, coupes ornées de pierres précieuses, et d'autres objets de culte comparables à la statuette. Ils trouvèrent même une couronne. Un butin de guerre, sans nul doute taché de sang.

Kathi resta plantée devant le trésor avec un sentiment de malaise, incapable de toucher la moindre pièce. Anton, lui, ne se fit pas prier, ramassant un objet après l'autre pour les examiner à la lumière de sa lampe de poche.

— Regarde ça ! Je crois qu'on a trouvé le trésor des Hussites !

Il tendit à Kathi une pièce d'or ornée d'une tête couronnée, mais son amie ne fit pas mine de l'attraper.

— On devrait partir, Anton, le tança-t-elle.

— Mais on ne peut pas laisser tout ça ici !

— Pourquoi pas ? C'est là depuis des siècles, ça peut bien y rester encore plus longtemps. On ne pourra rien faire de cet or.

Anton avait l'air très énervé mais il n'ajouta rien. Kathi lança :

— Oskar, à la maison ! Allez, montre-nous la sortie !

L'animal se précipita, mais ils remarquèrent vite qu'il ne prenait pas le chemin par lequel ils étaient venus.

— On aurait dû commencer à remonter depuis longtemps ! nota Anton, essoufflé.

— Oskar, attends! Où nous emmènes-tu?

Le chien s'arrêta un instant, aboya deux fois d'une voix rauque et repartit en bondissant.

— Écoute! Tu entends ça? s'écria soudain Kathi. On dirait de l'eau qui coule!

Peu après, ils arrivèrent dans une autre salle souterraine. Une petite rivière y serpentait avant de disparaître sous la roche. Oskar sauta dans l'eau et but à grandes lampées.

— Ton chien avait soif, déclara Anton.

— Je vois bien.

Elle avait compris ce qu'il voulait dire: *Ton chien nous a seulement emmenés ici pour boire un coup, et maintenant, il faut qu'on refasse tout le chemin en sens inverse.*

Mais Anton n'aurait pas été Anton s'il n'avait pas tiré le meilleur parti de la situation. Il ôta ses chaussures pour patauger, puis il prit de l'eau entre ses mains en coupe et la goûta.

— Elle est très bonne!

Mais Kathi ne l'écoutait pas.

— Où est-ce qu'il va, maintenant?

Le chien avait suivi le cours d'eau jusqu'à l'endroit où il coulait sous la roche. Soudain, il disparut, puis revint un instant plus tard avec une grosse branche dans la gueule.

— Ton chien est vraiment fou, Kathi! Voilà qu'il veut jouer!

Oskar lâcha la branche, retourna dans l'eau et resurgit devant eux avec un autre morceau de bois, plus petit.

— Je crois qu'il veut nous montrer qu'on peut sortir par-là! s'exclama Kathi, tout excitée.

— Je vais voir ça, déclara Anton.

Il enleva sa chemise et son pantalon puis suivit Oskar. Il mit à peine une minute à revenir, mais ce furent les soixante secondes les plus longues de la vie de Kathi.

Anton réapparut à la surface en soufflant.

— C'est vrai, ça mène dehors ! Il faut juste retenir sa respiration pendant quelques secondes !

Il écarta des mèches mouillées de son visage.

Sans hésiter bien longtemps, Kathi se déshabilla à son tour pour ne garder que ses sous-vêtements. Anton emballa les affaires de son amie dans les siennes et fourra le tout dans son sac à dos.

— Il est presque étanche, dit-il. Donne-moi tes chaussures, il y a encore de la place.

Lui-même remit ses souliers.

Même si ce n'était que quelques mètres et que rien d'inconnu ne la guettait derrière le rocher, Kathi dut se faire violence pour plonger dans l'eau sombre. Anton lui prit la main et lança :

— Viens, Kathi, on y va ensemble !

Ils prirent tous deux une grande inspiration. Quelques secondes plus tard, ils rampaient hors de l'eau sur un petit talus. Ils se rhabillèrent et Kathi défit sa tresse pour que ses cheveux sèchent plus vite.

— On est où ? demanda-t-elle.

— On le saura en montant sur le tertre.

Ils gravirent en un instant le monticule de terre haut d'à peine une dizaine de mètres.

— Regarde, le dolmen est là-bas !

Anton tendit le doigt vers une formation de pierres que Kathi connaissait. Dorota lui en avait parlé, prétendant que c'était un foyer d'esprits. La fillette crut bel et bien y distinguer les silhouettes pétrifiées de personnages féeriques.

— On n'est pas ressortis loin du trou par lequel on est entrés ! constata Anton avec satisfaction. On a quasiment tourné en rond. Bien joué, Oskar ! (Il tapota la tête du chien.) Tu as gagné un os.

Ils redescendirent en glissant de l'autre côté du tertre et prirent le chemin du retour. Mais leur soulagement fut de courte durée : Oskar adopta soudain un comportement étrange. Il gémit, se plaqua au sol et rampa sur quelques mètres en direction d'un buisson comme pour aller s'y cacher.

— Qu'est-ce qui t'arrive, Oskar ? demanda Kathi.

La réponse ne se fit pas attendre : plusieurs coups de feu résonnèrent dans la forêt.

— Oh non ! pesta Anton.

Suivant l'exemple du chien, il se jeta à plat ventre par terre et dit à Kathi de l'imiter.

— Des chasseurs ? chuchota-t-elle.

— Non ! Ce n'est pas encore la saison !

Il le savait bien, lui que son père emmenait à la chasse depuis déjà deux ans.

— C'est des braconniers !

D'autres coups de feu éclatèrent, faisant sursauter Kathi. Oskar non plus n'appréciait guère ces pétarades. La queue entre les pattes, il restait tout près de sa maîtresse. Plusieurs minutes passèrent sans nouveau coup de fusil. Soudain, le chien dressa les oreilles, renifla en l'air puis fila.

— Oskar ! lâcha Kathi, terrifiée.

Elle courut derrière lui sans réfléchir, obsédée par une idée : s'il allait se jeter dans les pattes des braconniers, ils l'abattraient sur-le-champ ! La fillette et son chien disparurent en un clin d'œil au milieu des arbres. Anton hurla : « Kathi, non ! » puis se lança à leur poursuite. Il avança péniblement dans le sous-bois en appelant sans cesse son amie et en criant pour attirer l'attention des chasseurs : « C'est moi, Anton Luttich ! Ne tirez pas ! »

Les coups de feu s'étaient arrêtés pour de bon ; manifestement, les braconniers en avaient fini. Mais où était Kathi ? Enfin, il lui sembla entendre sa voix affaiblie. Elle était accroupie en lisière d'une petite clairière. Oskar sautillait autour d'elle, tout excité. Ils avaient apparemment découvert quelque chose.

C'était un faon âgé d'à peine quelques jours. L'animal, terrifié, tremblait sous son pelage tacheté. Son petit cœur battait à tout rompre et il avait le flanc couvert de sang.

— Il est blessé, souffla Kathi.

Anton s'agenouilla et observa la blessure en prenant bien soin de ne pas toucher l'animal.

— Je crois que les braconniers l'ont eu. On dirait une égratignure de balle.

— Il va mourir ? demanda Kathi, inquiète.

— Je ne crois pas. Tu l'as touché ?

— Je l'ai caressé pour le calmer. Pourquoi ?

Anton observa les alentours.

— Sa mère est sans doute cachée dans le coin et attend qu'on soit partis pour venir. Mais si le faon sent l'humain, elle risque de l'abandonner.

— Sa mère va le laisser tout seul ici ?

Kathi était effarée.

— C'est la nature, répondit doucement Anton.

Kathi observa ses mains d'un air coupable. Elle avait juste voulu aider. Elle repensa à l'attrape-mouche que Dorota suspendait dans la cuisine. Un jour, elle avait essayé d'en libérer une abeille mais n'était parvenue qu'à l'écraser. Pourtant, elle refusa de se résigner.

— Mais on ne peut pas laisser le faon comme ça ! protesta-t-elle.

Anton se leva et tapota ses genoux pour en éliminer les aiguilles de pin.

— Viens, on va se cacher quelque part d'où on pourra observer la clairière et attendre. On verra si la mère revient s'occuper de son petit.

Ils restèrent aux aguets pendant plus d'une heure, mais la mère n'apparut pas. Le faon poussa pendant tout ce temps des cris à fendre l'âme, l'appelant désespérément. Au bout du compte, Kathi n'y tint plus :

— Et si les chasseurs l'ont tuée ? murmura-t-elle.

Anton y pensait depuis un moment sans le dire. Si la mère était morte ou ne revenait pas pour une raison quelconque, le petit ne passerait pas la nuit. Il était sans défense, une proie. *C'est la nature*, ne cessait-il de se répéter intérieurement.

— Il faut qu'on fasse quelque chose, Anton ! On ne peut pas abandonner le faon !

Avant qu'il ait pu la retenir, Kathi bondit sur ses pieds et retourna auprès de l'animal blessé, Oskar sur les talons. Anton poussa un soupir résigné. *Les filles, alors !* Il suivit Kathi, ôta sa veste, y nicha la petite bête tremblante et la porta jusqu'à la maison de son amie.

Kathi soigna le faon, qui se révéla être un mâle. Comme elle venait de lire avec enthousiasme l'histoire de James Barrie, elle le baptisa Peter Pan. En entendant cela, Dorota s'écria :

— Deux noms pour un si petit bestiau ? Oii, je dirai Pierrot, si ça ne te fait rien.

Bientôt, plus personne ne l'appela autrement.

Comme Oskar, Pierrot ne quittait pas Kathi d'une semelle. C'était un petit bonhomme vif et insolent, toujours prompt aux bêtises, et les habitants la ferme Sadler succombèrent vite à son charme.

Malgré toute sa vivacité, le petit chevreuil se montrait très doux en présence de Franzi. Quand Kathi était à l'école, il se roulait souvent en boule près d'elle et ils faisaient la sieste ensemble.

Pourtant, la ferme Sadler n'était pas le pays où l'on n'arrive jamais, où les enfants ne grandissent pas et où tous les vœux se réalisent à condition d'y croire assez fort. Kathi aurait voulu garder Pierrot pour toujours, mais même les petits faons deviennent un jour grands. Il fut vite évident que Pierrot serait un jour un mâle particulièrement imposant. Kathi montra fièrement à son ami Oleg les bois qui commençaient à lui pousser.

— Il va falloir qu'on le renvoie dans la forêt pour la saison du rut, commenta Oleg.

— La saison de quoi ?

— De l'accouplement.

— Mais qu'est-ce que c'est ?

— Ce que les bœufs ne peuvent plus faire.

— Ah, ça ! fit Kathi en levant les yeux au ciel. Tu peux bien appeler les choses par leur nom.

Elle savait depuis longtemps pourquoi, à certains moments de l'année, Oleg menait la vache au taureau ou la chèvre au bouc. Mais elle trouvait qu'il était trop tôt pour s'inquiéter du moment où Pierrot les quitterait. Ça durerait encore des mois, et dans son univers enfantin, cela revenait à une éternité.

22

« Bourgeonne, bourgeonne, arbre à
fleurs, bientôt tu seras mature.
Bourgeonne, bourgeonne, arbre à fleurs.
Le plus beau rêve de ma nostalgie,
Apprends-moi à le comprendre. »

Rainer Maria Rilke

Deux mois après l'arrivée de Pierrot à la Ferme aux baies, l'inspecteur de l'« Union du Reich pour l'élevage et l'examen des demi-sang allemands » annonça sa visite chez les Sadler. L'homme arborait au revers de sa veste non seulement son insigne doré du NSDAP mais aussi, en tant que vétéran de la Grande Guerre, la croix de fer de première classe.

Laurenz, à l'inverse d'Anne-Marie, avait déjà eu le *déplaisir* de faire sa connaissance, comme il l'exprima. Il déclara que l'homme était surtout un fanfaron de première classe, le genre à lui donner de l'urticaire.

Pour Charlotte, au contraire, cette visite était capitale, elle y avait longtemps travaillé. Elle le répétait depuis des jours, comme ce matin-là à la table du petit déjeuner: aujourd'hui, son étalon Bucéphale IV allait peut-être recevoir l'approbation indispensable pour devenir reproducteur officiel.

Pour toute réponse, Laurenz signała à sa mère qu'elle aurait pu accorder à ses petites-filles la même attention qu'à ses chevaux. Elle aurait ainsi peut-être remarqué que Kathi, du haut de ses neuf ans, était montée la veille sur le toit de l'écurie équipée d'ailes de sa fabrication pour faire un vol d'essai.

Lui-même se trouvait alors aux champs avec Oleg et Anne-Marie, et Dorota avait été envoyée en toute hâte chez le cordonnier pour faire ressemeler les belles bottes d'équitation de Charlotte.

Par chance, l'aventure aérienne de Kathi se termina avec quelques écorchures et une entaille au menton ; les remontrances de ses parents lui causèrent bien plus de peine. Elle ne comprenait pas leur inquiétude. Après tout, son essai avait réussi, elle avait bel et bien volé sur quelques mètres !

— Oui, vers le bas ! pesta Laurenz.

Mais Kathi insista : ses ailes fonctionnaient. Dans le cas contraire, elle n'aurait pas raté la botte de foin qu'elle avait traînée là avec l'aide Oleg, sans toutefois lui avouer dans quel but. Tandis que Laurenz allait voir le valet de ferme, Anne-Marie soigna le menton de sa fille, qui garderait toute sa vie une cicatrice de l'aventure. Elle sermonna Kathi à son tour puis l'envoya dans sa chambre.

La visite imminente de l'inspecteur entraîna une frénésie d'activité. Comme il avait la réputation d'être très pointilleux et de ne rien laisser passer, Charlotte décida que le pelage de Bucéphale ne devrait pas être le seul à briller : la ferme entière avait besoin d'une remise à neuf. Il fallait que tout soit parfait, l'image même d'une exploitation allemande modèle. En pensant aux entrées d'argent supplémentaires promises par l'obtention du titre officiel d'étalon reproducteur, Charlotte, d'habitude si économe, ouvrit grand son porte-monnaie. On chargea un peintre de rafraîchir la façade et Oleg fut sommé de rénover l'écurie et ses box. La ferme résonna des jours durant de ses coups de marteau. Pendant ce temps-là, Kathi et Dorota s'attaquèrent à l'intérieur de la maison. «Qu'il ne reste pas la moindre toile d'araignée!» avait enjoint Charlotte. Même Dorota, qui n'avait rien contre la propreté en soi, trouva ces mesures exagérées. Tout en frottant de son balai le plafond du couloir, elle marmonna: «Oii, j'aimerais bien voir l'homme qui remarquerait des toiles d'araignées...»

Quand vint le grand jour, tout était prêt. Le soleil du matin se reflétait dans les carreaux lavés de frais, et Oleg nettoya l'écurie dès potron-minet. Après la traite, Anne-Marie alla à la chambre froide faire du beurre et du fromage pour éviter par la même occasion de croiser le vétéran. Charlotte enfila sa plus belle tenue d'équitation et cira elle-même ses bottes fraîchement ressemelées, tandis que Dorota confectionnait à sa demande une de ses célèbres tartes aux baies. L'écuyère ne laissa pas non plus au hasard le choix du menu du déjeuner. Comme l'inspecteur était originaire du petit village silésien d'Altreichenau, elle avait ordonné à la gouvernante de préparer un «paradis silésien», plat de porc fumé et de fruits au four. Franzi, alors âgée de deux ans et demi, fut mise dans son parc au salon où elle feuilleta, enchantée, l'atlas routier du merveilleux M. Levy. August somnolait sur la banquette près du fourneau et Kathi était encore à l'école. Dès qu'ils eurent terminé leur travail à l'écurie, Laurenz et Oleg filèrent aux champs avec le char à bœufs pour y passer la herse. Quant à Oskar, il traînait on ne savait où avec son nouveau copain Pierrot.

Peu avant l'heure fixée pour l'arrivée de l'inspecteur, Berthold Schmiedinger débarqua sur son deux-roues pétaradant sans s'être annoncé, chose exceptionnelle.

Depuis que, l'année précédente, Laurenz avait fait installer non seulement l'électricité mais aussi un téléphone, le religieux les avertissait de ses visites, même s'il était toujours le bienvenu à la ferme Sadler.

Aujourd'hui, le père Berthold avait abusé du bon vin, comme de plus en plus souvent ces dernières années. Toute la paroisse était au courant de son penchant prononcé pour la dive bouteille, et l'ignorait d'un accord tacite : qui aurait voulu jeter la première pierre à l'ecclésiastique ?

Berthold s'égara d'abord dans l'écurie, où il provoqua un fameux tumulte en ouvrant les portes de plusieurs box à la recherche de la cuisine. Bucéphale IV et les deux juments demi-sang que Charlotte avait acquises ces dernières années affichèrent une brève nervosité puis retournèrent à leur avoine. Mais Bucéphale V, le poulain féru d'aventure, ne rata pas cette occasion d'aller prendre l'air. Il bondit joyeusement dans la cour, semant la panique parmi les poules et les oies qui s'éparpillèrent en battant des ailes.

August surgit soudain au milieu de ce tumulte emplumé, trébuchant et moulinant de sa canne en jurant. Anne-Marie entendit le vacarme depuis la chambre froide. Elle se rinça les mains et les bras à la hâte avant de sortir. En découvrant August dehors, elle se précipita au salon pour voir ce que faisait Franzi.

Le parc était vide, la petite n'était nulle part dans la maison. La première pensée d'Anne-Marie fut pour la pelouse près de la ruche, mais Dorota lui annonça qu'elle en revenait ; elle aurait sûrement vu Franzi. Anne-Marie retourna à la ferme en appelant sa fille à grands cris.

Charlotte s'efforçait à la fois de rattraper le poulain cabriolant et d'apaiser August, qui braillait toujours et venait sans arrêt se mettre entre elle et le cheval.

— Tu as vu Franzi ? demanda Anne-Marie.

— Non.

Dieu merci, Kathi rentra à ce moment-là de l'école : elle allait les aider.

— Où est Oskar ? demanda Anne-Marie en espérant que le flair du chien leur serait utile.

— Il n'est pas là ? Qu'est-ce qui se passe ?

— Franzi a filé. Tu peux aller voir à la grange pendant que je me charge du poulailler ?

— Et la ruche ?

— Dorota en vient, elle n'y est pas.

Leur quête resta vaine, la petite n'était nulle part. Mère et fille revinrent dans la cour pour y trouver la scène presque inchangée : August sautillait et jurait, désormais au bras du père Berthold, et Charlotte poursuivait son poulain.

Anton, qui passa à cet instant le nez par le portail, fut aussitôt recruté pour les recherches. Une fois qu'ils eurent passé au peigne fin toutes les annexes, y compris les écuries et étables diverses, ils élargirent leur quête aux alentours. Ils commencèrent derrière la maison, là où les vergers s'étendaient dans le paysage vallonné. La ruche était au pied de la première colline. C'est là qu'ils trouvèrent Franzi allongée dans l'herbe, au milieu des lupins, des coucous, des marguerites et des asters, telle une petite fleur. Pas étonnant que Dorota ne l'ait pas vue.

— C'est incroyable ! s'exclama Anton.

Il était choqué de voir le tendre corps de Franzi entièrement recouvert d'abeilles, par dizaines de milliers, toute une ruche.

En voyant sa fille ainsi, Anne-Marie appuya le poing sur sa bouche pour retenir le hurlement qui voulait sortir de sa gorge ; pas question d'affoler les insectes. *Sa petite Franzi chérie ! Était-elle encore en vie ? Ou les*

abeilles l'avaient-elles… ? Elle fut incapable de terminer sa phrase, même en pensée. Elle sentit la petite
main de Kathi se glisser dans la sienne.

— Ne t'inquiète pas, Franzi va bien. Elle dort, c'est
tout.

Anne-Marie sourit, absente, tous ses sens concen-
trés sur sa cadette.

— C'est vrai ! insista Kathi. Elle vient souvent se
coucher là. Crois-moi, aucun animal ne lui fait jamais
rien.

Les paroles de Kathi se frayèrent lentement un
chemin jusqu'à l'esprit sa mère. Elle se secoua et
regarda enfin son aînée.

— Qu'est-ce que tu dis ?

— C'est vrai, Franzi va bien ! On l'a déjà retrouvée
ici, tu ne t'en souviens pas ?

— Évidemment ! Mais pas comme ça ! répondit
Anne-Marie en désignant la petite.

— Moi, je l'ai déjà découverte plusieurs fois comme
ça. Je me suis juste assise à côté d'elle, et quand elle s'est
réveillée, les abeilles se sont envolées toutes seules.

Anne-Marie s'agenouilla devant Kathi.

— Mon enfant, tu aurais dû nous le dire, à moi ou
à ton père !

— Mais pourquoi ? Puisque tout allait bien et que
Franzi n'a pas été piquée une seule fois ? Elle aime les
abeilles et les abeilles l'aiment, protesta Kathi.

— Dieu tout-puissant ! Est-ce Franzi ? Que fait-elle
donc là ? s'exclama Charlotte d'une voix suraiguë.

Elle venait de surgir dans leur dos. Le bourdonnement paisible des butineuses enfla d'un coup pour
prendre une tonalité menaçante. Quelques abeilles
s'approchèrent de Charlotte.

— Silence ! siffla Anne-Marie. Tu ne vois donc pas
que tu les énerves ?

Elle entraîna vite sa belle-mère un peu à l'écart.

— Mais la petite! Les abeilles! glapit Charlotte entre effarement et désespoir.

— Oui, j'ai vu. Tu peux aller chercher Laurenz au champ?

Elle voulait surtout l'éloigner. Charlotte partit au trot.

— Kathi! reprit Anne-Marie. Va vite voir ce que fait ton grand-père. Ça ne m'étonnerait pas qu'elle l'ait attaché avec le poulain.

Elle avait marmonné dans sa barbe la dernière phrase, mais Anton l'entendit.

— Incroyable! Attacher son propre mari!

Anne-Marie regretta aussitôt sa réflexion. Pourvu qu'Anton n'aille pas raconter ça à sa mère… Mais Elsbeth venait d'apparaître près de son fils comme un esprit funeste. Elle le saisit par une oreille et tira.

— Je te tiens, galopin! Qu'est-ce que je t'ai dit? Tu n'as pas à courir tout le temps derrière Kathi comme ça! Ça ne se fait pas!

Elle tira plus fort et l'oreille d'Anton passa au cramoisi, mais il n'émit pas la moindre plainte.

— Laissez donc le petit en paix, Elsbeth! Vous lui faites mal, intervint Anne-Marie dans l'espoir de la calmer.

— J'espère bien! Le Führer dit que la jeunesse allemande a besoin de discipline et d'ordre! Il ne m'obéit jamais, siffla Elsbeth en retour.

Pour faire bonne mesure, elle mit une claque sur la nuque d'Anton.

— Qu'est-ce qui se passe ici? Pourquoi bats-tu ton garçon, Elsbeth?

Laurenz arrivait, le père Berthold trempé comme une soupe sur les talons. Sa soutane collait à son ventre comme un sac et claquait contre ses jambes à chaque

160

pas. August trottinait derrière lui, tout mouillé lui aussi. On aurait dit qu'ils avaient pris un bain ensemble. Mais ce mystère devrait attendre.

Anne-Marie saisit Laurenz par le bras et désigna la pelouse.

— Laurenz, regarde ! Notre Franzi ! Qu'est-ce qu'on va faire, mon Dieu ?

Alors seulement, Elsbeth s'intéressa au drame. Traînant toujours Anton par l'oreille, elle s'approcha de la petite. Toujours inconsciente du tumulte environnant, celle-ci dormait paisiblement au pied de la ruche, petite fleur humaine butinée par des milliers d'abeilles.

— Ah ! Je l'avais bien dit ! Je l'avais bien dit ! Ça finira mal, tout ça ! s'exclama-t-elle.

Son ton éveilla des envies de meurtre chez Anne-Marie, qui crispa les doigts encore plus fort autour du bras de Laurenz.

— Silence, Elsbeth ! Fais-nous de la place !

Laurenz repoussa énergiquement la femme du bourgmestre puis dit :

— Je vais chercher une torche pour enfumer les abeilles.

À cet instant, Franzi ouvrit les yeux ; comme sur un signal secret, les insectes s'élevèrent dans les airs. Ils formèrent pendant un instant un petit nuage bourdonnant au-dessus de la tête de la petite puis s'en furent en un essaim aux volutes gracieuses. Franzi s'assit comme si de rien n'était, s'étira comme un chat ensommeillé et lança quelques gloussements satisfaits.

Ébahie, Elsbeth lâcha l'oreille d'Anton et fixa la fillette, les bras ballants. Elle dressa un index tremblant, le tendit vers l'enfant et cria :

— C'est impossible ! C'est l'œuvre du diable ! L'œuvre du diable !

Quelques abeilles voletèrent dans sa direction et se posèrent sur elle sans qu'elle s'en rende compte.

Le père Berthold, suffisamment dégrisé à présent, s'avança et posa doucement mais fermement la main sur le bras d'Elsbeth :

— Non, Elsbeth, tu te trompes. C'est l'œuvre de Dieu. Saint François, patron des animaux, protège notre petite Franzi car elle porte son nom, Franziska. Nous venons d'assister à un miracle ! Un miracle !

Le curé leva les bras au ciel, emporté par sa propre éloquence. Franzi l'observa d'un air intéressé et bourdonna quelque chose à l'intention de Kathi.

— Qu'est-ce qu'elle dit ? demanda le prêtre.

— Elle dit qu'elle ne s'appelle pas Franziska, mais Ida, traduisit Kathi.

— Ah ! Cette enfant ne connaît même pas son propre prénom ! lança la Luttich, hystérique. Elle est folle ! Complètement folle !

Personne ne fit attention à elle. Franzi ajouta quelque chose à l'intention de sa sœur, qui transmit :

— Franzi demande si c'est vendredi, aujourd'hui.

— Non, euh, on est mardi. Pourquoi donc ? demanda le père Berthold.

— Parce que vendredi, c'est le jour du bain.

La tension retomba d'un coup, comme un ballon se dégonflant. Seule Elsbeth, boudeuse, refusa l'invitation de Laurenz et Anne-Marie de venir prendre un remontant au salon. Elle saisit la main d'Anton, lui ordonna fermement de ne plus fréquenter Kathi, et entraîna avec elle le gamin récalcitrant.

Kathi sourit. Elle savait que son ami ignorerait l'interdiction.

Au moment où mère et fils franchissaient le portail, une Mercedes d'un noir brillant les croisa. Le chauffeur abaissa la vitre et tendit le bras en salut hitlérien avant de demander à Elsbeth si c'était bien la ferme Sadler.

— Non ! répondit-elle, bourrue. C'est une maison de fous ! *Heil Hitler !*

Elle repartit à grands pas, si furieuse qu'elle en oublia même d'être curieuse. C'est l'instant que choisirent les abeilles pour piquer. Elsbeth poussa un hurlement, lâcha la main d'Anton et se mit à courir le long de la route comme une possédée.

— Non mais ça va pas ! s'emporta le chauffeur.

Puis il entra dans la cour. Charlotte se dirigea vers la voiture, rayonnante de joie. L'inspecteur arrivait pile au bon moment.

On apprit par la suite que le prêtre devait à Charlotte sa douche involontaire. En dernier recours, elle avait fini par arroser au jet d'eau le poulain fugitif et son époux surexcité pour les calmer, et le religieux s'était retrouvé pris entre les fronts.

Quant à Elsbeth Luttich, elle ne se montra plus au village pendant quinze jours, le temps que les traces des piqûres d'abeilles disparaissent de son visage. Elle ne manqua à personne.

On oublia vite le chaos et l'affolement. Charlotte avait atteint son but : Bucéphale IV obtint l'approbation tant espérée ! Elle ne doutait pas qu'il passerait aussi sans encombre le testage de ses qualités d'étalon.

Le même jour, le facteur apporta pour Dorota un paquet de Piero. Quand elle l'ouvrit, tous les parfums de l'Italie en jaillirent. Origan séché et sauge, tomates mûries au soleil et séchées elles aussi, huile d'olive dorée pleine de la lumière de Sicile. Comme chaque fois qu'elle recevait une telle livraison, Dorota fut submergée d'une vague de sentimentalisme et se perdit avec nostalgie dans le souvenir des heures passées en

cuisine avec son jeune ami. Au dîner, elle servit un nouveau plat italien : de longues et minces pâtes appelées
spaghetti. Charlotte considéra d'un air grincheux son
assiette pleine de sauce rouge.

Elle épancha plus tard sa colère auprès d'August :

— Elsbeth a raison ! C'est une maison de fous. Un
fils qui ne veut pas être fermier, une bru obsédée par
l'air frais et une cuisinière polonaise qui fait des spaghatti. *Spaghatti !* Plus une petite-fille qui croit pouvoir
voler, et un bébé abeille !

Comme d'habitude, August ne répondit rien.

Le même soir, c'est d'Elsbeth que se plaignit Anne-
Marie dans la chambre conjugale.

— Cette horrible femme… !

Elle ôta ses vêtements à gestes brusques et balança
ses chaussures avec une telle énergie qu'elles décri-
virent un arc de cercle dans la pièce. Laurenz faillit
en prendre une en pleine figure et se baissa juste à
temps.

— C'est une véritable malédiction ! Chaque fois
que je la vois, j'ai envie d'aller mener une conversation
philosophique avec les vaches, d'applaudir les cochons
ou d'enlacer un arbre. Wenzel mériterait vraiment une
décoration.

— Pour supporter de vivre avec Elsbeth ? demanda
Laurenz en souriant.

Il ôta sa chemise et la suspendit soigneusement à un
cintre.

— Non. Pour ne lui avoir toujours pas tordu le cou !

— Tu es sûre que ça suffirait ?

Il s'approcha de sa femme qui tournoyait en sous-
vêtements dans la chambre, une nouvelle fois à la
recherche de sa brosse à cheveux.

— Viens ici, mon cœur, pensons à des choses plus
agréables.

Jusqu'au matin, ils laissèrent dehors le monde devenu fou et se retirèrent dans leur petit paradis, où chuchotements et soupirs n'appartenaient qu'à eux.

23

« Le prêtre regarde le ciel, célèbre ses merveilles et ses bénédictions, le paysan regarde en l'air et attend la pluie. »

Dorota Rajevski

On disait au village que le pommier du sommet de la colline, derrière la ferme Sadler, était le plus vieil arbre de Petersdorf. Au printemps, dès que ses bourgeons rose tendre apparaissaient, un couple de huppes fasciées s'y installait pour élever ses petits au creux d'une branche. Selon Dorota, il en était déjà ainsi à son arrivée à la ferme comme servante, presque quarante ans plus tôt. Une vieille prophétie prétendait que l'année où les oiseaux ne reviendraient pas, l'arbre mourrait.

Kathi et Anton s'allongeaient souvent sous le pommier pour rêvasser, main dans la main. Pour elle, il n'y avait rien de plus beau que d'être ici avec son ami. Elle pouvait laisser libre cours à ses pensées, il les recueillait et les poursuivait, la comprenant comme un autre elle-même. Ensemble, ils rêvaient de s'envoler. Mais tandis qu'Anton, futur pilote, se satisfaisait du ciel, Kathi voulait aller encore plus loin.

— À quoi tu penses ? demanda Anton.
— À rien. Et toi ?
— Pareil.

Ils se sourirent d'un air conspirateur puis s'exclamèrent en même temps :

— On ne peut pas penser à rien !

— C'est toi qui commences ! exigea Kathi.

Elle observait le père huppe, à moins que ce ne soit la mère, revenir avec un gros ver de terre dans le bec.

— Non, c'est toi, protesta Anton.

— Comme tu voudras.

Kathi plongea la main dans sa poche puis la lui tendit, paume ouverte.

— Tu n'as pas perdu ça, par hasard ?

— Oh, marmonna Anton, embarrassé. Tu l'as trouvée où ?

— Pas moi, Franzi.

— Cette petite pie voleuse !

— Elle l'a juste trouvée !

— C'est bizarre. Franzi trouve tout le temps des choses que les gens n'ont pas perdues.

— Ne change pas de sujet ! répliqua Kathi d'un ton sévère. Tu as pris combien de pièces d'or ?

— Juste celle-ci. En souvenir.

— On était pourtant d'accord pour ne pas toucher à l'or !

— C'est toi qui étais «d'accord», pas moi. Tu sais quoi ? Tu peux la garder.

— Mais je n'en veux pas !

La huppe revint avec une nouvelle proie et Anton s'écria :

— Attends ici !

Il saisit la pièce d'or, se leva et se hissa sur une grosse branche.

— Qu'est-ce que tu fais ?

— Tu vas voir !

Une fois sur sa branche, il grimpa sur la suivante jusqu'à s'être suffisamment rapproché du nid des huppes.

Il glissa alors la pièce d'or dans le creux de la branche comme on glisserait une pièce dans le tronc, à l'église.

— Quand on sera vieux et qu'on perdra nos dents, on viendra la chercher pour la fondre et en faire des prothèses. Qu'est-ce que tu en dis ?

— J'en dis que tu es fou. Descends !

La branche où Anton était perché émit un craquement menaçant. Oskar aboya et se mit à sautiller autour du tronc. Soudain, le garçon parut apercevoir quelque chose depuis son poste d'observation.

— Voilà Pierrot !

Le chien se précipita à la rencontre de son camarade de jeu tandis qu'Anton redescendait de l'arbre.

— Qu'est-ce qui pendouille aux bois de ce gredin ? Et pourquoi il a la gueule toute bleue ?

Comme s'il avait compris, le chevreuil fit demi-tour et repartit au petit trot vers le bas de la colline. Les enfants se lancèrent à sa poursuite. Il disparut dans la grange, où ils le retrouvèrent en train de se frotter à une botte de foin pour se débarrasser du lambeau de tissu emmêlé dans ses bois. Kathi réussit à s'en saisir ; elle le leva à la lumière et s'écria, étonnée :

— C'est une gaine ! Où est-ce qu'il a trouvé ça, ce petit voyou ?

La taille du sous-vêtement l'amena à la seule conclusion possible :

— Ça doit être à Dorota.

Anton plissa les yeux, sceptique, puis s'exclama :

— Ça alors ! Je la connais ! C'est à ma mère ! Je te le jure, elle pendait encore ce matin à notre fil à linge.

— Tu es sûr ?

— Oui, regarde les petites croix, devant.

— Pouah ! C'est des croix gammées !

— Justement ! Ma mère les adore. Elle a même acheté un moule à gâteau en forme de croix gammée.

Comment veux-tu qu'on aime son gâteau aux myrtilles, avec ça...

— Des myrtilles! lança Kathi. Bien sûr! Pierrot a mangé des myrtilles! Regarde sa gueule toute bleue.

— Ma mère voulait faire un gâteau aux myrtilles, aujourd'hui, nota Anton, pensif. Elle le met toujours sur le rebord de la fenêtre pour qu'il refroidisse.

— Mon Dieu! fit Kathi. Tu crois que Pierrot l'a mangé?

— T'inquiète pas. Je dirai que c'est moi. (Anton tapota la croupe du chevreuil.) Tu es vraiment un pirate! conclut-il en riant.

Kathi ne s'amusa guère de ces larcins : un sous-vêtement, et peut-être un gâteau. Si Elsbeth découvrait l'identité du voleur...

— Ne t'approche pas d'Elsbeth, tu as compris? tança-t-elle l'animal.

— Sinon, tu finiras en goulasch dans la marmite de ma mère! conclut Anton sans cesser de sourire.

— Je ne trouve pas ça drôle, protesta Kathi.

Sa morosité fut accentuée par une autre sensation, qui lui rappela celle éprouvée avant de suivre Anton dans le souterrain. Ce jour-là, elle avait cru à un tour de son imagination, mais à présent elle était presque certaine qu'un événement inéluctable se préparait. Elle regarda autour d'elle, effrayée, observant le moindre recoin de la grange comme si elle s'attendait à ce qu'une chose tapie dans l'ombre guette le moment de frapper.

L'après-midi, Oleg vint annoncer à Anne-Marie :

— Les vaches sont nerveuses, un orage approche.

Anne-Marie leva la tête. Le ciel était sans nuages, mais Oleg, ou plus exactement ses vaches, ne s'étaient encore jamais trompées. Elle dit donc à Dorota :

— Oleg dit qu'un orage arrive. Je vais ramasser le linge sur le fil ; je mets Franzi dans son parc pendant ce temps-là, je laisse la porte du salon ouverte.

— Bien, madame Anne-Marie, répondit Dorota.

Les bras plongés dans la farine, elle préparait le pain de la semaine.

Anne-Marie revint à peine dix minutes plus tard avec le panier à linge rempli et jeta un coup d'œil au salon. Le parc était vide, à l'exception de l'atlas routier et d'un chat qui somnolait tranquillement, allongé sur le livre.

Dorota sortit à la hâte de la cuisine quand elle l'appela.

— Je vous assure que la poupette était encore là il y a une minute… Oh, regardez, madame Anne-Marie ! Notre Franzi est avec le vieux M. August !

Franzi dormait tranquillement, roulée en boule comme un chiot sur les genoux d'August. Son grand-père avait posé une main protectrice sur sa tête, son corps tourmenté ne tremblait plus. Bien au contraire : une expression de grand bonheur illuminait son visage.

Anne-Marie en fut touchée aux larmes. Elle n'avait encore jamais vu son beau-père aussi paisible, comme si venait de s'accomplir ce dont rêvaient tous les grands-parents : tenir son petit-enfant dans ses bras.

Comme la petite Franzi refusait à présent de lâcher son atlas, qui était trop gros et trop lourd pour une enfant si frêle, Oleg lui fabriqua une petite charrette. Dès lors, elle tira l'engin derrière elle comme s'il ne faisait plus qu'un avec son corps. Le plus souvent, un ou deux chatons étaient aussi de la partie. Franzi et les chats formaient une alliance étonnante. C'étaient des animaux farouches qu'on voyait peu, à part avec elle, sans doute parce qu'Oskar prenait un malin plaisir à les pourchasser à travers la cour.

C'est seulement une fois vieux et perclus de rhumatismes qu'ils obtenaient le privilège de s'installer avec August près du fourneau pour y passer le soir de leur vie. Au début, personne ne leur donnait de noms, on disait *le noir*, *le rouge*, *le tacheté* ou *celui avec l'oreille en moins*. Mais Franzi se mit à les baptiser selon un principe aléatoire : elle ouvrait l'atlas, posait le doigt n'importe où et y traçait un cercle rouge. Puis Kathi lisait le mot qu'elle avait ainsi choisi. Dès lors, la ferme compta un chat nommé Racibórz, un Oderberg, un Rybnik, un Goldentraum, un Frankenstein, un Wrocław et un Görlitz.

24

« Si un pauvre trouve un rouble, c'est
sûrement une fausse pièce. »

Dicton russe

Les fermiers n'étaient pas les seuls à aller boire un
coup *Chez Klose* après la messe. Les valets de ferme
jouissaient de quelques heures de loisir le jour du Seigneur et venaient eux aussi y déguster des bières.

Un dimanche, le plus âgé d'entre eux, que tout le
monde appelait Krause, prit Oleg à part et lui demanda
s'il était capable de garder un secret.

— Oui, bien sûr, répondit celui-ci.

Krause lui souffla qu'au village voisin, Michelsdorf,
on jouait une fois par mois aux cartes pour de l'argent.
Beaucoup d'argent !

— La dernière fois, j'y suis allé avec deux Reichsmarks et je suis vite reparti avec vingt ! déclara
Krause, les yeux scintillants comme des pièces d'or.
Mais c'est confidentiel, tu m'entends ? Tu ne dois le
répéter à personne. J'y retourne bientôt. Je devien-
drai riche, et c'en sera fini de me casser le dos pour
le fermier !

— Tant mieux pour toi, Krause. Mais pourquoi tu
me racontes ça si c'est tellement secret ? demanda Oleg
avec candeur.

Il n'avait jamais pensé une seconde à s'adonner aux jeux de hasard.

— Eh ben, peut-être que tu aimerais venir aussi. Nous autres valets de ferme, il faut qu'on se serre les coudes, hein !

Le dicton tant aimé de Charlotte, « Seule la terre fait d'un homme un seigneur », trouva ce jour-là un écho chez Oleg. Il se dit que si la possession de terres pouvait changer un homme en seigneur, elle pouvait aussi le changer en mari. Il décida donc de se donner les moyens d'acheter du terrain afin de pouvoir épouser Paulina. Un beau jour, il rassembla ses économies, mit au clou sa seule possession, la montre de son père, et prit la route de Michelsdorf.

Tout était fidèle à la description de Krause. On servait aux participants un bon repas à moitié prix, et ils pouvaient se resservir autant qu'ils le voulaient. Quant à l'eau-de-vie, elle était offerte. Le tenancier ne cessait de remplir le verre d'Oleg avec générosité.

Oleg joua honnêtement, pas les autres. À la fin, il avait non seulement tout perdu, mais aussi accumulé des dettes. Seule l'ivresse était gratuite. Oleg maudit le vieux Krause, incapable de garder un secret, et se maudit lui-même de s'y être laissé prendre.

Les dettes possèdent hélas la particularité fatale de croître si l'on n'y touche pas. Leur engrais, c'est le temps.

Lorsque Oleg en arriva à ne plus pouvoir payer les intérêts, alors même que ses créanciers lui rappelaient ses échéances par d'aimables coups de poing, il ne vit plus d'autre solution que de faire son baluchon et de filer. Sa décision était prise, mais la mise en œuvre se révéla difficile. Disparaître du jour au lendemain sans explication signifiait abandonner toutes celles qu'il aimait : Paulina, Dorota, Kathi, Franzi... Il repoussa son départ trois jours durant, errant comme un spectre, serrant vaches et cochons dans ses bras, disant adieu à son ancienne vie.

Mais Oleg était aimé de retour, et son vague à l'âme ne passa pas inaperçu. Dorota se ligua avec Kathi, et elles allèrent ensemble dans sa cabane pour exiger des explications.

Le valet de ferme ne leur résista pas longtemps avant de s'effondrer comme un château de cartes et de tout avouer.

Un ouragan polonais nommé Dorota éclata alors, et Kathi comprit pourquoi la gouvernante avait emporté un journal. Elle en donna des coups répétés sur la tête d'Oleg tandis que celui-ci marmonnait : « Petite mère ! Petite mère ! » La fillette eut vite pitié de son ami qui, tout penaud, baissait le front sous la rafale.

— Des intérêts ! pesta Dorota. C'est comme boucher un trou avec des trous !

Après une dernière claque, elle partit chercher les quelques sous qu'elle avait elle-même si durement mis de côté. La chaussette cachée sous son matelas ne suffirait même pas à rembourser les intérêts, mais pour elle, il était hors de question qu'Oleg quitte la ferme. Elle demanderait conseil à sa nombreuse famille et ils trouveraient une solution ensemble. Kathi aussi offrit aussitôt toutes ses économies à son ami, une fortune : un Reichsmark et soixante-douze pfennigs. Oleg, très ému, remercia la fillette et refusa.

Dorota revint sans son bas de laine, mais avec Laurenz et le père Berthold.

Il se trouva qu'Oleg n'était pas le seul à avoir été roulé dans la farine. Krause était lui aussi tombé dans le panneau lors d'une autre visite à Michelsdorf et, furieux, s'en était ouvert au curé. Celui-ci avait rapporté la chose au bourgmestre Luttich : des jeux de hasard illégaux se tenaient au village voisin !

— La police a arrêté les escrocs, déclara Berthold, et Wenzel a eu la gentillesse de me laisser jeter un coup d'œil à la liste des victimes, ou plutôt des débiteurs. Je dois dire que j'ai été très surpris d'y découvrir ton nom, Oleg de chez Sadler.

Le grand jeune homme se recroquevilla encore davantage sous le regard sévère du prêtre. Repentant, il écouta sans mot dire le sermon, heureusement pas trop long, qui s'ensuivit.

— Je laisse le soin à ta mère adoptive Dorota de te faire la morale comme il se doit, Oleg. J'espère que toute cette histoire te servira de leçon !

— Ça veut dire que je n'ai plus de dettes ? demanda Oleg sans oser relever les yeux.

— Oui, confirma le curé. Mais tes économies ont disparu. La police a confisqué tout l'argent trouvé chez les escrocs. Tu ne récupéreras pas un pfennig de ta mise.

— Je suis déjà content d'être débarrassé de mes dettes, fit Oleg, et de pouvoir rester à la ferme. Je peux rester, hein, monsieur Laurenz ?

Il regarda son patron, pas rassuré. Celui-ci hocha la tête.

— Mais j'attends de toi qu'à l'avenir, tu respectes la loi, Oleg ! Si ça s'appelle « jeu de hasard illégal », c'est parce que c'est *illégal* !

— J'irai en prison ?

— Non, répondit le prêtre. Notre bourgmestre a réglé ça à sa manière. Mais nous devons aussi parler d'autre chose, Oleg. De la véritable raison pour laquelle tu as tenté ta chance à Michelsdorf.

— Kathi, intervint Laurenz, il est tard. Rentre à la maison.

— S'il te plaît, père, laisse-moi rester !

— Pas de discussion! rétorqua sévèrement Laurenz.

— C'est à cause de tante Paulina et d'Oleg? Je le sais depuis longtemps! protesta Kathi.

Laurenz lâcha un soupir de résignation.

— Pourquoi est-ce que ça ne m'étonne pas?

Mais Kathi dut malgré tout quitter la cabane. Plus tard, son père vint la voir.

— Je ne comprends pas, père. Pourquoi Oleg ne peut-il pas épouser Paulina? Ils sont pourtant adultes tous les deux!

La question était légitime. Laurenz aurait tant voulu que les choses soient aussi simples et évidentes que les voyaient les enfants. *Le monde pourrait effectivement être ainsi*, se dit-il, si des gens comme Elsbeth Luttich ne gaspillaient pas la majeure partie de leur énergie à se mêler des affaires des autres. Il craignait de ne pouvoir donner de réponse satisfaisante à sa fille, aucune en tout cas qu'elle accepterait. Mais il voulait essayer. Sa Kathi appartenait à une nouvelle génération et il était convaincu qu'elle ferait un jour évoluer les choses, les changerait, les réagencerait. Qu'elle réussirait là où sa propre génération avait si lamentablement échoué…

— Il y a des règles, hélas, commença-t-il, des règles qui déterminent la vie commune dans un village.

Il constata, chagriné, à quel point il était difficile d'expliquer une chose que l'on trouvait soi-même insensée.

— Des interdictions, tu veux dire?

— Non, pas directement.

— Des lois, alors?

— Non plus.

Il se dit au même instant que la nouvelle politique, dans son idéologie démente, serait bien capable d'en édicter une aussi sur ce point.

— Donc, il n'y a pas de loi écrite qui interdise à Oleg et Paulina de se marier ?

Le visage de Kathi s'était éclairé.

— Voilà. Mais il existe des règles qui ne sont pas écrites. Et il faut les respecter autant que les autres.

— Qui les fait, ces règles ? insista Kathi.

— L'ignorance, lâcha Laurenz.

Il se traita intérieurement de fou, un fou qui tournait en rond.

— Ignorance, répéta Kathi, apprenant un nouveau mot. C'est une femme comme Elsbeth ?

La question arracha à Laurenz un rire amer.

— Tu ne réalises pas à quel point tu as raison, Kathi ! L'ignorance, c'est la somme de tous les gens comme Elsbèth.

Kathi était toujours plongée dans une profonde réflexion.

— Mais alors, les règles sont mauvaises, non, père ?

— Oui, elles le sont, petit colibri.

Laurenz soupira. Il était heureux de l'intelligence de sa fille, même si leur conversation lui démontrait une fois de plus que les adultes échouaient souvent à créer un monde meilleur pour leurs enfants, tout empêtrés qu'ils étaient dans d'éternels schémas obsolètes.

— Mais alors, si les règles sont mauvaises, pourquoi est-ce qu'on ne les change pas ?

— Avant que les règles changent, il faut que les gens changent, Kathi.

La discussion n'avançait pas. Kathi reprit :

— C'est parce que Paulina est riche et Oleg pauvre ?

Laurenz la regarda, stupéfait.

— Qu'est-ce qui te fait dire ça ?

— Anton raconte que sa mère dit que les pauvres n'ont pas de droits mais que les communistes veulent changer ça, et qu'il faut donc tuer tous les communistes avant qu'ils tuent les riches.

Cette Elsbeth ! Laurenz porta les mains à sa tête et les laissa glisser sur ses yeux fatigués. Kathi observa son père.

— Tu as l'air triste, père.

— Je le suis.

— Pourquoi ?

— Parce qu'il y a trop d'Elsbeth en ce monde. Viens là, petit colibri. (Il saisit la main de sa fille.) Allons voir Oleg avant qu'il fasse encore une bêtise.

— Quelle bêtise ?

— Si je le savais…, répondit Laurenz avec un soupir.

— Je ne comprends pas, père.

— On n'a pas besoin de toujours tout comprendre, petit colibri. Parfois, les choses sont comme elles sont, et on n'y peut rien changer.

— Et c'est pour ça que Paulina et Oleg ne peuvent pas se marier ?

Laurenz tournait en rond dans un cercle infernal. Kathi n'abandonnait jamais avant d'avoir obtenu une réponse satisfaisante, et il était conscient de sa propre impuissance. Wenzel lui avait raconté peu avant que des soupçons étaient venus à Elsbeth et qu'elle espionnait d'autant plus sa nièce Paulina. Elle l'avait surprise dans la grange avec quelqu'un et pensait avoir reconnu Oleg. Paulina ne niait pas avoir une liaison, mais refusait obstinément de révéler le nom de l'homme.

Elsbeth avait pourtant couru raconter la chose à Wenzel, exigeant évidemment qu'il fasse arrêter Oleg pour fornication.

Et même si rien n'était prouvé, Laurenz savait qu'Oleg serait dorénavant la cible des médisances d'Elsbeth.

25

« Il est plus facile de se baisser vers des idées plates que de tendre le bras vers la vérité. »

Anne-Marie Sadler

Kathi adorait prendre le tram à Gliwice. Elle aimait les bruits du wagon sur les rails, les légers cahots quand ils changeaient de voie, le ding-ding de la cloche.

Depuis qu'Anton et elle allaient au collège en ville, ils se retrouvaient tous les matins au calvaire de Petersdorf pour parcourir à vélo les douze kilomètres jusqu'à la périphérie de Gliwice. Là, ils attachaient leurs montures et prenaient le tram. Kathi ne se lassait pas, chaque matin et chaque après-midi, d'observer par la fenêtre les gens qui se pressaient dans la rue, d'imaginer qui ils étaient, ce qu'ils pensaient et où ils se rendaient. Elle se demandait aussi si, au même instant, une des personnes qu'elle dépassait en tramway levait les yeux vers elle et se posait les mêmes questions : qui était cette enfant derrière la vitre, à quoi pensait-elle, où allait-elle ?

Et tandis que dehors, la ville défilait, Kathi savourait une sensation de liberté. Peut-être était-ce le pressentiment de quelque chose d'illimité, des possibilités encore inconnues dont elle savait qu'elles s'ouvriraient à elle un jour.

Depuis plusieurs semaines, elle remarquait un changement dans l'image de la rue. Elle était habituée à y voir des uniformes, mais leur nombre augmentait maintenant de manière quasi exponentielle. Comme s'il n'y avait pas déjà assez de têtes d'œuf en chemise brune… Elle s'apprêta à en faire la remarque à Anton mais se retint juste à temps. Lui aussi portait l'uniforme, celui des Jeunesses hitlériennes. Il n'aurait pas dû pouvoir l'endosser avant ses quatorze ans, mais il avait sauté une classe, malin comme il l'était, et avait intégré les JH avec quinze mois d'avance. Son père Wenzel, fraîchement nommé *Kreisleiter*, s'était ainsi assuré que son fils ne soit pas le seul *Pimpf*[1] de sa classe. Tous ses camarades portaient déjà l'uniforme.

Kathi, pour sa part, était fermement décidée à ne pas rejoindre le *Jungmädelbund*[2]. Entre l'école et le travail à la ferme, elle n'avait que peu de temps libre ; elle ne comptait pas le passer à broder, repriser des chaussettes et apprendre par cœur les élucubrations du Führer.

Elle ne remarqua la crispation de son ami qu'une fois le tourbillon de ses pensées un peu apaisé. Assis en face d'elle, tourné vers la fenêtre, il était blême comme du lait caillé. Il avait de nouveau mal au cœur ; le mieux était de le laisser tranquille jusqu'à ce qu'il ait refoulé son malaise. Elle l'avait vu vomir une fois, et Anton s'en était trouvé si embarrassé qu'elle préférait depuis faire comme si de rien n'était.

---

1. Surnom donné aux membres du *Deutsches Jungvolk*, stade préliminaire (dix à quatorze ans) des Jeunesses hitlériennes.
2. *Jungmädel im Bund deutscher Mädel in der Hitlerjugend*, littéralement «Fillettes de la ligue des jeunes filles de la jeunesse hitlérienne», équivalent pour les filles du *Deutsches Jungvolk*.

Elle observa de nouveau la rue. Ils passaient justement dans la Kaiser-Wilhelm Straße, longeant la Deutsches Haus et la belle fontaine aux faunes. Peu après, Anton se pencha vers elle et murmura d'une voix si basse qu'elle le comprit à peine :

— Je n'arrête pas de rêver de la grotte.

Kathi leva les yeux au ciel d'un air entendu. Elle devinait sans peine de quoi rêvait son ami.

— Ça commence par «tré» et ça finit par «sor», c'est ça ? répondit-elle sur le même ton.

Anton fit la grimace comme un innocent accusé à tort.

— Non, c'est le crâne.

— Lequel ? Il y en avait des milliers !

L'attention de Kathi venait d'être détournée par une bagarre, sur le trottoir. Une demi-douzaine de SA tapaient à coups de matraque sur un homme seul vêtu de noir, un panneau pendu au cou. Kathi ne parvint pas à déchiffrer ce qui y figurait. Plusieurs badauds assistaient au spectacle sans intervenir. Ce genre d'imbéciles en uniforme avaient déjà tabassé sans raison son père et Oleg. Kathi bondit sur ses pieds, furieuse.

— Tu as vu ça ? s'exclama-t-elle, scandalisée, en s'approchant encore de la vitre. Ces lâches se mettent à six pour battre un seul homme !

— Assieds-toi, gamine ! lui lança sèchement une vieille femme à chapeau tyrolien. Ce parasite de Juif l'a sûrement mérité !

Un murmure d'approbation courut dans le tram. À l'avant du wagon, deux SA se retournèrent et fixèrent Kathi des yeux.

— Ah oui ? rétorqua celle-ci, belliqueuse.

Elle s'éloigna de la vitre et fit un pas vers la vieille.

— Et comment le savez-vous, vous…

À cet instant, une main se posa sur son épaule et une voix chuchota à son oreille :

— Tu ferais mieux de t'asseoir, petite, sinon tu risques des ennuis.

Stupéfaite, Kathi se tourna vers celui qui venait de l'interrompre, un vieux monsieur. Son apparence soignée, costume trois-pièces, chapeau et nœud papillon, détonnait avec son attitude intimidée et ses épaules curieusement crispées. On aurait dit qu'il essayait de se faire tout petit. Kathi s'aperçut que toutes les conversations s'étaient tues. Elle regarda autour d'elle. Elle découvrit près de l'aimable monsieur une jeune femme qui serrait son enfant contre elle d'un air protecteur ; une autre femme vêtue d'une blouse sombre, un foulard sur la tête, se rencognait tout au fond de la rame comme si elle cherchait à ramper à l'intérieur d'elle-même. Toutes deux gardaient la tête baissée, évitant tout contact visuel. Manifestement, elles souhaitaient de toutes leurs forces que Kathi se taise, mais elle sentit en même temps que le reste des passagers n'attendaient que de faire bloc contre elle.

Qu'est-ce qu'ils ont, tous ces gens ? se demanda-t-elle. Depuis des années, on aurait dit que chacun ne pensait qu'à une chose : prouver à son voisin qu'il était le meilleur des nazis, le plus grand admirateur de Hitler. Certains apprenaient par cœur des passages entiers de discours du Führer, comme si celui-ci énonçait des textes sacrés. Une juste colère enflait dans le cœur de Kathi, mais Anton lui prit la main et la força à se rasseoir. Il était toujours blanc comme un linge.

— Calme-toi, Kathi, chuchota-t-il en s'essuyant le front de la manche.

Elle oublia les autres et sortit un mouchoir de sa poche pour le donner à son ami.

Le chauffeur annonça leur arrêt. Ils saisirent leurs cartables et sautèrent du wagon. Du coin de l'œil, Kathi vit un des deux SA, restés dans la rame, brandir l'index d'un air menaçant. Anton lui dit quelque chose.

— Pardon ?

— Je dis que tu ne me prends pas au sérieux.

Anton s'adossa au mur d'un immeuble. Il haletait, la sueur perlait à son front. Son malaise semblait cette fois particulièrement brutal.

— Qu'est-ce que tu veux dire ?

— Eh bien, ta remarque à propos du crâne, tout à l'heure… (Il se redressa et s'essuya la bouche.) Bah, n'y pense plus.

— Pas question. Qu'est-ce que tu cherches à me dire ?

Anton regarda derrière Kathi, concentré, puis pencha la tête.

— Viens, je t'invite, dit-il en désignant un café en face.

— Quoi ? Je croyais que tu te sentais mal ? Et puis il faut qu'on aille en cours.

— C'est d'une autre façon que je me sens mal. Écoute, je dirai à mes parents que j'ai eu un malaise et que tu m'as raccompagné à la maison. Et puis comme ça, tu n'auras pas à te coltiner les nouvelles de la semaine et un énième *Jeune Hitlérien Quex*[1], ajouta-t-il habilement.

Il a raison, se dit Kathi. On était mardi, et le programme obligatoire de ce jour-là comprenait les nouvelles hebdomadaires suivies d'un film. L'institutrice les emmenait au cinéma et ils subissaient une heure durant des images du Führer discourant, gesticulant, assistant à des défilés et inaugurant des bâtiments en

---

1. Film de propagande sorti en 1933.

tout genre. À la fin, en remerciement de ses bienfaits pour le peuple allemand, des fillettes blondes en robe blanche lui remettaient des bouquets de fleurs. Kathi en avait mal au cœur à chaque fois. Elle ne parvenait ni à comprendre ni à partager l'enthousiasme général, et parfois, assise au milieu de ses camarades qui applaudissaient à tout rompre, elle se demandait si elle était vraiment normale.

Anton choisit une table au calme dans un coin et commanda deux cafés au lait et des croissants.

— Tu sais que je suis souvent malade, fit-il.

Elle hocha la tête en silence.

— Ça a commencé après qu'on est allés ensemble dans la grotte. Depuis, je rêve presque toutes les nuits du crâne avec le trou. (Il regarda autour de lui puis se pencha vers Kathi d'un air conspirateur et chuchota:) Tu sais, celui avec la molaire en or. Mais ce n'est pas tout. Dans mon rêve, je suis allongé sur un lit plein de sang, et il y a soudain des tas de mains qui poussent du crâne, et…

Anton déglutit.

— Et… ? murmura Kathi.

— Les mains m'attrapent et me retiennent, et le crâne ouvre la bouche et essaie de m'avaler. Alors il y a soudain une femme sans visage. Elle me soulève et me porte dans une autre pièce. C'est là que je me réveille, à chaque fois. Mon cœur bat à tout rompre et j'ai tellement mal au cœur que je vomis.

— Hou là là, dit Kathi. C'est vraiment horrible.

— Et le pire, c'est que ce rêve ne me fait pas du tout l'impression d'être un rêve.

— Logique ; c'est un cauchemar, pas un rêve.

— Non ! Des cauchemars, j'en ai déjà fait. Celui-là est différent. Il est tellement… réel. Je n'arrive plus à penser à rien d'autre, il me poursuit en permanence.

Comme si j'avais dans la tête un brouillard rouge et une voix qui me dit : *Souviens-toi !*

Il soupira profondément.

— Enfin, oublions tout ça.

— Au contraire, parlons-en.

Kathi prit la main d'Anton, qui tripotait nerveusement sa cuillère.

— Ce truc du souvenir, c'est vraiment bizarre. Essayons de voir ça de façon logique. Le crâne de ton rêve est celui de la grotte. On l'a touché tous les deux, mais tu es le seul à faire ce cauchemar.

Anton lui fit un pâle sourire.

— Tu me prends pour une mauviette qui a peur d'un crâne ?

— Non. Tu es vif comme le lévrier, résistant comme le cuir et dur comme l'acier Krupp, contra Kathi en citant la devise des Jeunesses hitlériennes.

Elle se moquait souvent de son uniforme. Loin de s'en offusquer, Anton serra sa main.

— Je ne comprends pas non plus, Kathi. Peut-être que c'est comme dans les livres de Winnetou, tu sais, quand les hommes-médecine conjurent leurs ancêtres ?

Il l'observa, hésitant. Elle vit dans ses yeux qu'il s'était confié à elle en espérant qu'elle trouverait une explication à ses cauchemars, et elle voulait absolument l'aider.

— Et tes parents ? demanda-t-elle.

— Leur en parler ? Merci bien. Mère m'emmènerait directement chez un exorciste. Et père ? Je ne sais pas. Il faudrait que je lui avoue aussi que je l'ai suivi en cachette jusqu'à la grotte.

— Eh bien maintenant, au moins, je sais comment tu l'as découverte… Mais ce n'est pas ce que je voulais dire. Est-ce que tes parents ont remarqué tes cauchemars ?

— Plus ou moins. Ils m'ont déjà vu une ou deux fois au-dessus de ma cuvette, pendant la nuit, mais je leur ai dit que j'avais mal au ventre, et depuis, ils me fichent la paix. Cela dit…

Anton fronça les sourcils.

— Quoi ?

— Maintenant que tu en parles… C'est bizarre, mais j'ai l'impression que mère ignore mes cauchemars. D'habitude, elle fait tout une histoire pour trois fois rien, il suffit que j'éternue pour qu'elle s'imagine que j'ai une pneumonie. Et père, ces derniers temps, me regarde souvent en coin pendant le repas et me demande : « Ça va, mon garçon ? »

— Hm…

Kathi se dit une fois de plus que ses parents et ceux d'Anton étaient bien différents. Il arrivait aussi à Franzi de faire des cauchemars. Chaque fois, ses parents la réconfortaient avec tendresse, lui préparaient du chocolat chaud, lui lisaient une histoire et restaient avec elle jusqu'à ce qu'elle se rendorme.

— Qu'est-ce que tu en penses, Kathi ?

Elle se ressaisit.

— Eh bien, si tu veux mon avis… Peut-être qu'ils te cachent quelque chose.

Le visage d'Anton s'éclaira, comme si ses doutes venaient d'être confirmés.

— Oui, mais quoi ?

— Pourquoi tu ne leur poses pas la question ? L'histoire de la grotte…

— Tout va bien, les enfants ?

Anton et Kathi relevèrent la tête en sursaut et se lâchèrent brusquement les mains. La serveuse se tenait devant eux.

— Quoi ? demandèrent-ils, perdus.

— Eh bien, votre café au lait refroidit et vous n'avez pas touché aux croissants !

— Ah ! Oui, oui, tout va bien ! assura Anton.

Elle cligna de l'œil d'un air conspirateur.

— Pas d'école, aujourd'hui ? Un peu jeunes pour l'amour, non ? (Elle leva les mains.) Je n'ai rien vu !

Elle repartit en souriant.

Anton et Kathi burent sagement une gorgée de café et mordirent dans leurs croissants.

— En fait, je voulais te demander quelque chose, reprit Anton avant de lui expliquer son plan.

Kathi commença par refuser, puis se laissa convaincre. Peut-être que ça aiderait Anton, peut-être pas. Ils ne pourraient pas le savoir sans avoir essayé.

À peu près au même moment, Dorota décida que c'était une bonne journée pour aller aux champignons. Elle enfila ses bottes en caoutchouc, s'équipa d'un panier, d'un couteau et d'un petit casse-croûte, et partit pour la forêt. Elle marchait d'un bon pas, le chemin était long. Dorota savourait l'excursion ; dans son enfance, elle y accompagnait souvent sa mère, qui lui avait appris tout ce qu'elle savait des plantes. Elle espérait ne rencontrer personne aujourd'hui ; ces derniers temps, on croisait dans les bois toutes sortes d'individus louches. Les hommes écrabouillaient ses beaux champignons et faisaient fuir les bêtes tout en s'enjoignant en permanence de ne pas faire de bruit. Manifestement, ils ne voulaient pas être vus. Du coup, par précaution, elle s'était toujours cachée d'eux.

Cette fois-ci, elle atteignit sa destination sans incident. Elle venait de commencer sa récolte quand elle se figea, soudain aux aguets. Venait-elle d'imaginer entendre des voix ou le vent les avait-il portées jusqu'à elle ? Le silence revint mais, pas rassurée pour autant, elle s'accroupit derrière un buisson.

Juste à temps ! Deux silhouettes passèrent non loin d'elle dans le sous-bois. *Mais… c'est Kathi et Anton !* se dit-elle, stupéfaite. Alors qu'elle s'apprêtait à se montrer, une intuition la retint. Que les enfants gardent donc leur secret. Mais où allaient-ils ? Pas au tertre, tout de même ? Elle l'apercevait au loin, mur vert qui semblait lancer aux intrus : fais demi-tour, ne t'approche pas de moi ! Ce tertre était la véritable source des légendes qui entouraient la forêt interdite. Sa mère, femme pleine de sagesse, lui avait toutefois appris à craindre les vivants bien plus que les morts.

Elle suivit prudemment les enfants ; elle ne voulait pas les déranger, juste être là en cas de besoin. Mais Dorota ne s'était pas attendue à ce qu'ils disparaissent d'un coup. Un instant, ils se tenaient devant le tertre, et une seconde plus tard, ils s'étaient évaporés !

Comme tous les Polonais, Dorota connaissait l'histoire de la bataille dont on disait qu'elle s'était déroulée ici fort longtemps auparavant. L'histoire évoquait aussi une grotte. Les enfants l'avaient-ils découverte ? L'image de Kathi et Anton rampant seuls dans les ténèbres d'un souterrain lui donna la chair de poule. Elle résolut de les suivre et reprit son avancée sans quitter des yeux l'endroit où ils s'étaient volatilisés. Peut-être pourrait-elle trouver l'entrée et les appeler.

Un bruit de moteur inopiné la fit se jeter à plat ventre derrière une souche pourrie. Effarée, elle vit un char, une voiture et une camionnette surgir entre les arbres et s'arrêter près du tertre. Une demi-douzaine de soldats allemands en uniforme de camouflage en bondir et se mirent à décharger des caisses. L'une d'elles leur échappa et se brisa par terre, leur arrachant des jurons. Dorota poussa un cri de frayeur en voyant le contenu de la caisse. Un homme en civil tendit le doigt vers l'endroit où les enfants avaient disparu. Les soldats prirent la même direction.

Les petits ! Par la Madone noire ! Que faire ? Courir à la maison pour alerter M. Laurenz ? Il pourrait parler à Wenzel Luttich, le père d'Anton ! Mais si elle abandonnait son poste maintenant, elle ne verrait pas ce qui arriverait aux enfants entre-temps. Elle resta donc et pria. Elle pria pendant une heure. Puis les véhicules repartirent, laissant deux soldats en faction à l'entrée de la grotte.

Dorota se signa. C'était ainsi, avec les prières : elles étaient rarement exaucées comme on le voulait. Même si aucun des scénarios d'horreur contre lesquels elle avait prié ne s'était réalisé, Anton et Kathi étaient maintenant pris au piège.

Elle eut du mal à se résoudre à quitter l'endroit où elle les savait coincés, mais elle devait avertir Laurenz. Il saurait quoi faire. Poussée par la peur et l'inquiétude, elle courut à travers bois pour rejoindre la ferme. Elle y tomba nez à nez avec Anne-Marie, qui sortait de l'étable avec deux bidons de lait de chèvre fraîchement trait.

— Te voilà enfin, Dorota ! On dirait que tu as vu le diable ! Que t'arrive-t-il ?

— Les enfants, les enfants…, souffla Dorota, haletante, les mains sur les genoux.

— Quoi donc, les enfants ? Ils étaient au salon il y a un quart d'heure ! s'exclama Anne-Marie, effrayée.

Gagnée par la panique évidente de Dorota, elle posa ses bidons et courut dans la maison. Depuis le vestibule, elle entendit leurs voix. Ils discutaient avec animation.

— Je t'ai dit dès le début ce que je pensais de cette idée ! lança Kathi.

— Oui! Mais je ne pouvais pas deviner…

Anton se tut en entendant des pas.

Quand Anne-Marie entra au salon, Kathi et Anton étaient sagement assis devant leurs cahiers, crayon en main. Franzi complétait ce tableau domestique : lorsqu'elle ne sommeillait pas près du fourneau à côté d'August et d'un des vieux chats, elle se roulait en boule par terre avec Oskar. Personne n'avait pu lui faire perdre cette vieille habitude ; la petite avait toujours des idées bien arrêtées.

Tout paraissait paisible, mais une tension diffuse flottait dans la pièce. Anne-Marie se rappela dans quel état sa fille et son ami étaient rentrés de l'école une demi-heure plus tôt : les joues rouges, les vêtements pleins de crasse, et l'air étrangement survoltés. Elle n'y avait pas vu matière à s'inquiéter, supposant qu'ils s'étaient disputés. Quant à la saleté, elle n'avait rien d'étonnant chez Kathi. Anne-Marie aurait plutôt été surprise de la voir soudain prendre soin de ses affaires. Laurenz et elle trouvaient judicieux de laisser leurs enfants grandir avec le plus de liberté et d'insouciance possible.

Elle sentit un mouvement dans son dos.

Dorota l'avait suivie au salon puis s'était figée sur le seuil, raide comme un piquet, bouche bée.

— Mais… Mais…, bafouilla-t-elle.

Elle agitait nerveusement la main en l'air comme pour chasser un esprit. Anne-Marie lui demanda :

— Qu'est-ce qui t'arrive, Dorota ? Et où étais-tu durant tout ce temps ?

— Aux champignons, répondit Dorota machinalement.

— Et où sont-ils ?

— Quoi ? fit Dorota en clignant des yeux, sans comprendre.

— Les champignons !

Elle vacilla contre le cadre de la porte et observa ses mains vides. Le panier ! Il était resté dans la forêt, avec le bon couteau ! Et Kathi et Anton étaient dans la forêt aussi ! Elle savait bien ce qu'elle avait vu, elle n'était pas folle !

Et voilà qu'ils étaient là tous les deux, sains et saufs, au salon. Comment était-ce possible ?

— Excusez-moi, madame Anne-Marie. Je ne me sens pas très bien, marmonna Dorota avant de partir vers la cuisine en chancelant.

— Qu'est-ce qui arrive à Dorota, mère ? demanda Kathi.

— Je ne sais pas, ma chérie.

Elle observa sa fille, puis Anton. Il détourna les yeux et un soupçon vint à Anne-Marie.

— Mais peut-être que vous pouvez me le dire, tous les deux ?

Peut-être avaient-ils fait une blague à la gouvernante ?

Les enfants échangèrent un regard, mais Kathi répondit d'un ton qui semblait sincère :

— Non, on n'en sait rien. Tu veux que j'aille lui parler ?

— Non, ma chérie. J'y vais moi-même.

Anne-Marie laissa les enfants à leurs devoirs et se rendit à la cuisine. La gouvernante avait déjà remis de l'ordre dans sa coiffure, s'était lavé les mains et le visage et avait passé un tablier propre. Armée d'un couteau, elle préparait des navets pour le dîner. Anne-Marie nota que ses gestes n'avaient pas leur agilité coutumière.

— Tout va bien, Dorota ? demanda-t-elle prudemment.

La cuisinière ne leva pas les yeux de ses navets.

— Oui, madame Anne-Marie. Tout va bien. Excusez-moi. Je ne voulais affoler personne. Je payerai le panier et le couteau. Je ne sais pas ce qui m'a pris.

Anne-Marie vit le profond embarras de Dorota et lui tendit une perche :

— Quelque chose t'a fait peur, dans la forêt ?

La gouvernante leva enfin les yeux.

— Oui, j'ai eu peur... Et puis j'ai couru, couru... Et...

Elle se tut avec un geste d'impuissance.

— Ne t'en fais pas, Dorota. Viens me voir si tu as envie d'en parler. Et ne te soucie pas du couteau ni du panier.

Dorota passa le restant de la journée à se demander quoi faire. Devait-elle parler ou garder le silence ? Dans quelque sens qu'elle retourne la question, elle sentait venir les ennuis. Depuis des mois, le ton se durcissait entre l'Allemagne et la Pologne, et les Allemands ne verraient certainement pas d'un bon œil qu'une Polonaise ait découvert une de leurs caches d'armes.

Elle était consciente que les problèmes de ce genre n'épargneraient pas ses employeurs. Laurenz Sadler était déjà considéré comme un sympathisant de la Pologne à cause de l'amitié qui le liait à Franz Honiok, et quelques hommes en chemise brune avaient déjà brandi le poing vers lui. Cette animosité s'était reportée sur Oleg, déjà rentré à deux reprises de *Chez Klose* couvert de bleus et de bosses.

Voilà bien l'être humain, se dit Dorota. On fourre tout le monde dans un sac, on secoue bien, et à la fin, on tape sur le premier qui sort.

Elle allait au moins mettre les choses au clair avec Kathi. Pas question de laisser la petite courir de tels risques ! Mais taire l'incident au fermier et à sa femme lui faisait l'effet d'une trahison. Elle alla donc en discuter avec son fils adoptif; comme Kathi, elle le trouvait de bon conseil.

Il fallut un moment à Oleg pour digérer le récit, puis il lui dit qu'elle avait eu raison de tenir sa langue.

— Il vaut mieux que le fermier n'en sache rien. Et on va aller parler à Kathi tous les deux.

Dorota plissa les yeux, alertée non pas par les paroles d'Oleg mais par son ton. Ces derniers jours, il semblait très abattu. Plusieurs fois par an, il était tourmenté par le souvenir de son pays et de sa famille perdus, ainsi que par son amour malheureux pour Paulina. Il valait mieux alors le laisser en paix; au bout de quelques jours, il redevenait lui-même. Dorota eut soudain l'impression que le récit qu'elle venait de lui faire l'avait tiré d'un de ces moments de mélancolie.

— Qu'est-ce que tu as, Oleg? Tu as l'air tellement… tellement… (Elle chercha ses mots.) … satisfait, tout à coup?

Dans le mille! On lisait sur le visage d'Oleg comme dans un livre ouvert. Peut-être les caisses des Allemands lui avaient-elles donné des idées, et sûrement pas des plus lumineuses, se dit Dorota en le voyant se pincer les lèvres. Elle bondit sur ses pieds, ce qui la mit à la hauteur du jeune homme toujours assis, et lança:

— Oleg, Oleg, Oleg! Ne va pas faire de bêtises! Peu importe ce que tu rumines dans ta tête de bois! (Elle lui tapota le front des doigts.) Oublie ça! Tu m'entends?

— Petite mère…, bafouilla Oleg.

— «Petite mère», rien du tout! Promets-le-moi par la Madone noire de Czenstochowa!

Et Oleg promit.

Mais au bout du compte, son désespoir finit par l'emporter, et il rompit sa promesse. Pour Paulina, il serait allé jusqu'en enfer.

Quand Dorota et Oleg emmenèrent discrètement Kathi à la grange, elle devina que l'aventure entamée comme une journée d'école buissonnière allait avoir des conséquences. Au collège, elle n'avait pas eu de problème : Anton avait fait croire à son père qu'il avait été malade et Wenzel leur avait rédigé un mot d'excuse à tous les deux.

Malheureusement, son ami prévoyait déjà une nouvelle ânerie. Il voulait à nouveau essayer d'aller chercher le crâne dans la grotte.

— Tu es complètement fou ? s'exclama Kathi. Ça ne te suffit pas que les soldats aient failli nous découvrir, hier ?

— Mais il le faut, objecta-t-il. Je vais devenir dingue, sinon !

— C'est toujours mieux que d'être mort !

— Allons, je porte mon uniforme ! Et ce sont nos soldats à nous. Ils ne vont pas me tirer dessus, rétorqua-t-il crânement. J'entre par-derrière, dans le ruisseau, je vais chercher le crâne et je ressors. Ils ne me verront pas !

— Et comment tu sais qu'ils n'ont pas aussi laissé des gardes à l'intérieur de la grotte ? Anton, je t'en prie, n'y va pas.

— C'est impossible, Kathi. Je n'en peux plus.

— Et si le crâne ne t'aide pas ?

Anton haussa les épaules.

— Eh bien, tu es honnête, c'est déjà ça. Quand comptes-tu y aller ?

— Dès demain. Je veux en finir.

— Bon, très bien.

— Comment ça, « très bien » ?

— Je viens avec toi.

— Ah non, c'est hors de question ! protesta Anton à la surprise de Kathi. C'est trop dangereux.

— Trop dangereux pour *une fille* ? demanda-t-elle, agacée.

— Je ne veux pas qu'il t'arrive quelque chose, Kathi, c'est tout.

— Et moi, je ne veux pas qu'il t'arrive quelque chose à toi. On y va demain ensemble ou pas du tout, déclara-t-elle.

Anton céda.

— Tu sais quoi, tu es vraiment la meilleure des amies et des camarades, dit-il.

— Pour *une fille* ?

— Pour moi, dit Anton.

Il lui prit la main en souriant. Kathi se souviendrait de ce sourire jusqu'à la fin de ses jours.

— Tu nous as vus au tertre ? s'écria Kathi, stupéfaite par le récit de Dorota.

Leur secret n'en était plus un !

— Oui, petit cœur. Et tu dois me promettre de ne plus jamais y retourner.

Kathi pensa à ce qu'Anton et elle avaient prévu de faire la nuit même ; elle recula d'un pas.

— Je ne peux pas te promettre ça.

— Oh que si, tu peux, petit cœur. Tu n'y vas plus, et c'est tout. Promets-le-moi. Tu sais que sinon, je serai obligée d'en parler à tes parents.

Kathi baissa la tête. Elle était dans de beaux draps ! Elle pouvait pourtant s'estimer heureuse que Dorota accepte de ne pas en parler à ses parents. Si Laurenz et Anne-Marie apprenaient l'aventure interdite, elle serait privée de sorties pendant au moins un mois. Elle n'avait pas le choix. Elle promit tout en réfléchissant fébrilement à une solution. Si elle ne parvenait pas à détourner Anton de son plan… Elle eut soudain un éclair de génie.

Dorota prit congé pour aller préparer le dîner ; Kathi, restée seule avec Oleg, sauta sur l'occasion. Comme elle s'y était attendue, il commença par refuser sa proposition, puis finit par céder.

Le matin suivant, sur le chemin de l'école, Kathi fit une dernière tentative pour convaincre Anton de renoncer à son projet insensé. Mais quels que soient ses arguments, son ami ne se laissa pas convaincre. Elle lui révéla donc que Dorota les avait surpris au tertre et l'avait forcée à promettre de ne plus jamais s'en approcher.

— Tu es sûre qu'elle ne dira rien à tes parents ?

Kathi comprenait son inquiétude. Si Wenzel apprenait l'histoire à son tour, Anton devrait lui expliquer comment il avait découvert la grotte.

— Ne t'en fais, on peut se fier à Dorota.

— Bon, d'accord, lâcha Anton. De toute façon, j'avais prévu d'y aller tout seul.

— Pas besoin. Écoute-moi…

Elle avait à peine prononcé quelques mots qu'Anton arrêta brusquement son vélo.

— Tu l'as raconté à Oleg ? s'exclama-t-il, effaré. Tu lui as dit aussi que je rêvais du crâne ?

— Oleg est mon ami et je lui fais confiance. Ton secret est en sûreté, avec lui. Et tu l'aimes bien aussi !

— C'est pas la question. Tu aurais dû me demander avant de lui en parler.

— Mais quand ? Je n'ai pas eu le temps !

Anton, très las, passa la main dans ses cheveux rebelles. Même si sa mère lui rasait régulièrement le crâne, ses boucles revenaient toujours très vite.

— Tu as encore mal dormi, c'est ça ?

Kathi tenta de parler d'un ton neutre : Anton n'aimait pas qu'on ait pitié de lui. Elle fut surprise qu'il réponde en toute franchise :

— Oui, j'ai encore passé un moment au-dessus de la cuvette. Bon, d'accord. Dis-moi comment tu vois les choses, pour ce soir.

Kathi lui expliqua son plan.

Elle ne ferma pas l'œil de la nuit, consultant l'heure en permanence. Condamnée à l'inaction, inquiète pour Anton et Oleg, elle avait l'impression que le temps s'était fondu en une masse caoutchouteuse. Enfin, vers 3 heures, le hululement libérateur retentit. Elle courut à la fenêtre. Anton, debout près d'Oleg, agita son sac à dos dans la faible lueur de la lune. Il avait le crâne !

Elle poussa un profond soupir de soulagement puis se tourna vers Franzi. Sa petite sœur dormait, emplissant la pièce de son souffle doux et un peu gargouillant. Kathi adorait ce drôle de petit bruit. Ses parents s'inquiétaient de plus en plus du besoin de sommeil de Franzi, qui dormait aussi beaucoup pendant la journée. Kathi avait noté qu'elle dormait encore plus l'hiver, et supposait que sa sœur avait adopté le rythme des abeilles. Elle lui enviait parfois sa capacité à se détacher, quand bon lui semblait, du monde et de ses tourments.

Kathi passa les jambes par-dessus le rebord de la fenêtre et descendit le long du treillage avec agilité. Oleg partit tout de suite se coucher ; il devait être à pied d'œuvre à l'étable deux heures plus tard.

— On monte au vieux pommier ? proposa-t-elle à Anton.

— C'était un jeu d'enfants, raconta celui-ci, euphorique, quand ils prirent le chemin de l'échelle céleste. On est passés par le ruisseau et Oskar nous a directement conduits à la salle du crâne. J'ai attrapé le truc, et on est repartis aussi sec !

Anton sortit le crâne de son sac et le brandit à deux mains, tel Hamlet. Oskar bondissait près de lui, tout excité, tentant par jeu de mordre l'ossement.

— Arrête, Oskar ! Le crâne n'est pas pour toi. Mais merci de l'avoir trouvé, reprit Anton.

— C'est Oskar qui l'a trouvé ?

— Oui, la grotte était dans un désordre pas possible. Les soldats ont tout repoussé dans un coin pour faire de la place pour leurs caisses. On aurait pu chercher longtemps.

— Qu'est-ce qu'il y a dans les caisses ?

— Des armes, j'imagine. On n'a pas pu regarder dedans, elles sont cadenassées.

— Pourquoi est-ce que des soldats allemands viennent cacher leurs armes dans une grotte proche de la frontière polonaise ? s'étonna Kathi.

— Ils se préparent.

— À quoi ?

— À une attaque ? reprit Anton à contrecœur.

— Tu crois que les Polonais vont nous attaquer ? Qui irait croire des âneries pareilles ? s'enflamma Kathi.

— Pas mal de monde, ces derniers temps.

— Pas moi, en tout cas.

— Oui, eh bien quoi qu'il en soit, c'était une erreur d'emmener Oleg. Maintenant, il est courant pour les caisses.

— Et alors ?

— Alors il est polonais…

— Oleg n'est pas polonais, corrigea Kathi. Tout le monde croit ça parce qu'il est le fils adoptif de Dorota. Il vient d'Ukraine ! Et puis, j'ai entendu mon père dire à ma mère qu'il n'y aurait pas de nouvelle guerre. Il a aussi parlé d'une journée de la paix à Nuremberg. Tu es au courant ?

— Oui, le Führer a annoncé un congrès de la paix.

— Tu vois bien !

— Oui, mais tu oublies une chose. Le Führer et le Reich allemand veulent la paix, évidemment. Mais que se passera-t-il si nous sommes attaqués par la Pologne ? Il faudra qu'on défende le pays de nos pères !

— Pourquoi on appelle ça le pays de nos pères et pas le pays de nos mères, au fait ?

Anton renifla.

— C'est bien toi, ça ! Tu changes de sujet dès que tu vois que j'ai raison.

— Je voulais juste que tu te détendes un peu. Dorota dirait : « Mon bonhomme, va pas vendre la peau de l'ours avant de l'avoir caressé. » Dis-moi plutôt si le crâne fonctionne. Tu te souviens de quelque chose ?

— Non, pas encore.

Anton soupira, saisit le crâne, le souleva à hauteur de son visage et dit :

— Allez, vieille canaille. D'où vient ce trou dans ton front ?

— Je ne crois pas que ça marche comme ça, fit Kathi, sceptique.

— Ah non ? Tu as de l'expérience en matière de discussions avec les crânes ? Eh bien vas-y, prends-le !

Anton lui tendit l'ossement.

Oskar suivait leurs bavardages avec intérêt. Profitant de l'occasion, il tenta une nouvelle fois d'attraper le crâne, qui tomba des mains d'Anton et roula vers le bas de la colline. Le chien parvint à l'arrêter de la truffe. La tête de mort était trop grosse pour qu'il la prenne dans sa gueule mais il continua tout de même à essayer.

Anton le rejoignit vite, ramassa le crâne puis le relâcha aussitôt comme s'il venait de se brûler. Il regarda autour de lui, effrayé.

— Tu as entendu ?

— Quoi donc ?

— Le coup de feu !

— Quel coup de feu ? Il n'y a pas eu de coup de feu ! Pas vrai, Oskar ?

De fait, le chien était resté tranquillement assis là, les yeux fixés sur l'objet de sa convoitise.

— Mais je suis sûr d'en avoir entendu un, insista Anton. Pas toi, tu es sûre ? (Il écarquilla les yeux.) Tu crois que… je me suis juste *souvenu* d'un coup de feu ?

Ils fixèrent tous les deux le trou dans le front du crâne.

— *Gówno*[1] ! lâcha Kathi. Ça marche ! Tu te souviens !

— Tu crois ?

Il reporta son attention sur le crâne.

— Maintenant, lança-t-il d'une voix d'outre-tombe, tu vas me dévoiler tous tes secrets !

---

1. « Merde » en polonais.

26

> *« Ce qui est aujourd'hui prouvé ne fut un
> jour que pensé. »*

William Blake

La semaine suivante, par une journée étouffante où les bêtes gardaient la tête basse et où les hommes évitaient le moindre mouvement superflu, Franz Honiok surgit à la ferme Sadler en pleine chaleur de midi. Son costume élimé était froissé et couvert de taches, et il ne cessait de jeter des coups d'œil nerveux autour de lui comme s'il s'attendait en permanence à ce que quelqu'un lui saute dessus.

À l'instant où elle le pria d'entrer, Anne-Marie fut prise d'un mauvais pressentiment. Franz Honiok lui avait toujours inspiré des sentiments mitigés car elle voyait en lui ce que Laurenz refusait d'admettre : cet homme était poursuivi par la malchance. Où qu'il aille, quoi qu'il fasse, le malheur l'attendait. Et aujourd'hui, Honiok apportait ce malheur à la ferme.

Mais Franz était l'ami de Laurenz. Malgré sa forte envie de le renvoyer, Anne-Marie pria Dorota de rattraper son mari tout juste parti faner avec Oleg.

— Qu'y a-t-il de si urgent ? demanda Laurenz après avoir salué Franz.

Celui-ci jeta un regard en coin à Anne-Marie ; manifestement, il ne comptait pas exposer son problème avant qu'elle ait quitté la pièce. Mais c'était mal la connaître. Elle aussi savait se faire comprendre d'une simple mimique, et elle signala clairement à son mari qu'elle souhaitait prendre part à la conversation.

Laurenz hocha la tête. Il avait la peau tannée par le soleil et couverte de sueur ; beaucoup de travail l'attendait encore aux champs, et la dernière chose dont il avait envie était une prise de bec avec sa femme à cause des cachotteries de Franz.

— Anne-Marie reste, dit-il simplement. Alors, qu'est-ce qu'il y a ?

Son ami se pencha vers lui et lança d'une voix hachée par l'excitation :

— Hitler veut attaquer la Pologne !

— J'ai entendu la rumeur, répondit calmement Laurenz. Et comme la plupart des rumeurs, c'est n'importe quoi.

— Non, non ! Il va vraiment le faire ! insista Franz. Tu ne comprends pas ! J'ai…

— Écoute-moi, Franz, le coupa Laurenz. Hitler n'oserait jamais ! S'il attaque la Pologne, les autres pays ne pourront plus se taire. L'Angleterre devra lui déclarer la guerre ! La France suivra. Et derrière ces deux pays, il y a les États-Unis d'Amérique. Sans oublier la Russie, qui s'intéresse aussi à la Pologne. Non, conclut-il avec force, Hitler n'osera pas.

À mesure que Laurenz parlait, la nervosité de Franz s'était dissipée. Le fermier avait déjà remarqué par le passé que son ami, à l'inverse de la plupart des gens, ne s'échauffait pas lors de discussions animées. Au contraire, il devenait très calme. On aurait presque cru voir s'affûter ses contours. Franz, petit homme timide, paraissait soudain grandir, comme s'il jaillissait un instant de son cocon intérieur. Là aussi, il se changea en un homme engagé politiquement qui se croyait en terrain familier. Sûr de lui, une main sur un genou, il répliqua :

— Tout comme Hitler n'a pas osé marcher sur la zone démilitarisée de Rhénanie en 1936 ? Comme il n'a pas envahi l'Autriche en 1938 ? Comme il n'a pas osé, juste après ça, mettre la main sur les Sudètes ?

Un point pour Franz, mais Laurenz avait du répondant :

— L'Autriche lui est tombée dans les bras comme un fruit trop mûr. Quatre-vingt-dix-neuf pour cent de ses habitants ont voté pour l'Anschluss !

— Oui, *après* l'invasion, et ce n'était pas un vrai vote démocratique.

— Mais ce n'était pas non plus une agression, objecta Laurenz. C'est pareil avec la Bohême et la Moravie. Là-bas aussi, la majorité des gens voulait « revenir dans le Reich ». Après quoi Hitler a promis aux chefs de gouvernements anglais et français que les Sudètes seraient sa dernière exigence territoriale en Europe.

— Tu parles, Neville Chamberlain et Édouard Daladier, rétorqua Franz avec un geste de mépris. Ces deux-là l'ont cru parce qu'ils voulaient le croire ! Et pourquoi ? Parce que personne ne veut de nouvelle guerre ! On rassure, on relativise, et on ignore l'évidence ! Depuis 1935, depuis le rétablissement du service militaire obligatoire, Hitler réarme le pays à tour de bras ! Et les Américains ne disent rien, bien au chaud dans leur isolationnisme. L'agneau nourrit le loup en espérant être le dernier à se faire bouffer ! Tu ne fais pas exception, mon ami. Parce que tu ne veux pas de guerre. Et parce que tu refuses encore plus de croire que cette guerre est prévue de longue date par les fascistes allemands qui veulent tous nous massacrer, nous, les Polonais !

— Tu es allemand, Franz, rétorqua Laurenz avec calme. Et évidemment que je ne veux pas de guerre ! Seuls les fous la veulent !

— Enfin une parole juste ! Hitler est fou !

Laurenz estima avoir fait preuve d'assez de patience. Le travail l'attendait.

— Franz, j'ignore pourquoi nous parlons de tout ça. Je ne suis ni politicien ni soldat. Je suis paysan. Et maintenant, il faut que je retourne dans mon champ.

Il fit mine de se lever mais Franz lui agrippa brusquement le bras.

— J'ai la preuve que Hitler prévoit d'attaquer la Pologne. Après, ce sera la guerre avec l'Angleterre, comme tu le dis toi-même. Alors Hitler aura besoin de soldats. Et même les paysans devront enfiler l'uniforme brun…

Laurenz chercha sa femme des yeux. Elle avait l'air impassible, mais il la connaissait : dans sa tête, ça tournait à plein régime. Peu avant, elle lui avait dit : *La politique, c'est comme les échecs. On sacrifie les pions en premier, et les pions, c'est nous.* Il se passa la main dans les cheveux, fatigué. Il n'avait pas l'énergie de demander à Franz quelle était sa prétendue preuve.

C'est Anne-Marie qui s'en chargea :

— De quelle preuve parles-tu, Franz ?

Elle aussi voyait bien que ce Franz-là n'avait plus grand-chose en commun avec l'homme arrivé à la ferme une demi-heure plus tôt. On aurait dit que la nervosité dans son regard avait cédé la place à une sorte d'impatience joyeuse, comme s'il sentait venir son triomphe. Même s'il avait toujours joué de malchance, l'ami de Laurenz semblait persuadé que son heure de gloire était enfin venue. Franz Honiok voulait sa place dans l'Histoire. Mais qu'attend-il de mon mari ? se demanda Anne-Marie.

Franz répondit sans quitter Laurenz des yeux :

— J'en ai plusieurs ! Il se passe des choses qui ne trompent pas. On voit de plus en plus d'officiers de haut rang à Gliwice et dans les environs, des membres du SD, le service de sûreté, de la Défense et de la SS. En même temps, on envoie des troupes et des chars à la frontière polonaise et on constitue des dépôts d'armes secrets. Et le ministre des Affaires étrangères, Ribbentrop, vient de partir pour Moscou en mission secrète. Dans l'avion personnel de Hitler !

— À Moscou ? Qu'est-ce que Hitler peut bien vouloir de Moscou ? s'exclama Anne-Marie, perplexe.

— N'est-ce pas évident ? poursuivit Franz, tout à fait dans son élément. Le Führer veut que les Russes ferment les yeux quand il envahira la Pologne, alors il offre à Staline la moitié du gâteau !

— Ce ne sont que des suppositions ! objecta Laurenz.

— Pas du tout ! J'ai moi-même entendu une conversation à ce sujet à l'hôtel *Oberschlesien*. Deux SS haut placés en discutaient dans leur chambre !

— Tu étais donc complètement par hasard au bon endroit pour espionner ces hommes juste au moment où ils parlaient des plans les plus secrets de notre gouvernement ?

Laurenz ne cachait pas son scepticisme.

— Ma fiancée est femme de chambre dans cet hôtel, déclara Franz comme on sort un atout. C'est elle aussi qui m'a dit que les SS y ont pris leurs quartiers.

— Tu as poussé ta propre fiancée à jouer les espionnes ?

Laurenz était effaré.

— Bien sûr que non ! Pour qui me prends-tu ? Elle trouvait juste vraiment étrange que ces hommes laissent au placard leurs beaux uniformes et préfèrent se promener en civil.

— Et ça a éveillé ta curiosité, conclut Laurenz avec un soupir.

— Mais nous ne savons toujours pas ce que tu veux de Laurenz, Franz, intervint Anne-Marie. Pourquoi es-tu ici ?

— Parce que je ne connais pas les gens qu'il faut. Mais Laurenz, lui, les connaît ! L'Angleterre et la France doivent apprendre le plus vite possible que Hitler leur a menti. Il faut que quelqu'un l'arrête ! Imaginez qu'il s'associe avec Moscou ! Ensemble, Staline et Hitler conduiraient le monde à sa perte !

— Ton imagination te joue des tours, Franz, protesta Anne-Marie. Le fascisme et le bolchevisme juif associés ? Jamais ! Hitler n'a jamais caché sa haine de tout ce qui est rouge. Il a fait enfermer ou directement assassiner les communistes allemands.

— Hitler vendrait sa grand-mère s'il y voyait la moindre utilité, dit Franz.

— Qu'est-ce que tu veux dire, «je connais les gens qu'il faut» ? demanda Laurenz, intrigué par cette affirmation.

— Pendant tes études à Wroc aw, tu as rencontré des musiciens et des compositeurs célèbres ! Des Juifs qui ont fui à l'étranger, en Angleterre et aux États-Unis. Comme Otto Klemperer. Et lui, aux États-Unis, il connaît Thomas Mann ! Tu dois…

— Oh, oh, calme-toi un peu, mon ami, le coupa Laurenz. Je ne dois rien du tout. Et d'où tiens-tu tout ça, d'ailleurs ? demanda-t-il, suspicieux.

— J'ai mes sources, répondit Franz avec la mine d'un homme qui ne dirait rien même sous la torture. Tu dois écrire à tes contacts ce que je viens de t'expliquer. Il faut empêcher la guerre !

Laurenz et Anne-Marie échangèrent un coup d'œil ébahi.

— Est-ce que j'ai bien compris ? reprit Laurenz. Tu exiges sérieusement de moi que j'écrive à d'anciens camarades de fac et d'anciens professeurs maintenant à l'étranger pour leur dire que Hitler veut envahir la Pologne ?

Honiok, hermétique à toute forme d'ironie, répondit avec ferveur :

— Oui ! Exactement ! Et précise bien que Hitler pactise avec Staline. Tes contacts connaissent des gens importants. Le monde doit apprendre les projets de Hitler. Je t'aiderai à rédiger la lettre. Tiens ! Mes notes !

Franz tira de sa poche poitrine un feuillet froissé.

Sans même regarder sa femme, Laurenz sentit sa protestation muette. Après la bagarre chez Klose, il lui avait juré de ne jamais s'engager activement dans la politique, et il tenait à rester fidèle à cette promesse. Peu importe qu'il croie Franz ou non. Il prit la feuille des mains de son ami et dit :

— Il n'y aura pas de lettre de ma part, Franz. Mes études remontent à plus de dix ans et je ne pourrais jamais retrouver ces gens aujourd'hui. Sans compter que je trouve extrêmement douteux de ta part d'avoir apporté ce papier dans ma maison.

Il s'approcha du fourneau, ouvrit le clapet et y jeta le feuillet, qui s'enflamma aussitôt.

— Qu'est-ce que tu fais ? s'écria Franz, atterré.

— Je fais ce que j'ai à faire. Ces notes nous mettent tous en danger.

— Tu n'as pas écouté ce que j'ai dit ? Le pays tout entier est en danger ! Il va y avoir une guerre ! Et nous pouvons peut-être l'empêcher.

— Tu l'as dit, Franz. *Peut-être*. Peut-être qu'il y aura une guerre, peut-être pas.

— Tu me déçois. Je croyais que tu étais mon ami.

— Mon mari pense à sa famille. C'est son premier devoir, objecta Anne-Marie en se levant pour remettre Franz à sa place. Écoute-moi, poursuivit-elle d'un ton plus aimable. Tu es un homme courageux, et je respecte ton engagement pour la paix. Il mérite notre estime. Mais ce que tu exiges de Laurenz pourrait tous nous mettre dans un danger mortel. Une lettre peut toujours être interceptée et transmise à la Gestapo. Nous ne sommes pas des espions, et nous n'agirons pas comme tels. Maintenant, va-t'en, Franz! Quoi que tu veuilles faire, fais-le seul. Mais ne reviens plus ici. Nous ne voulons pas être mêlés à tes agissements. Tu dois le comprendre.

Ils regardèrent le petit homme passer le portail et quitter la ferme. À peine fut-il hors de vue qu'Anne-Marie referma la porte.

— Qu'est-ce que tu en penses, Laurenz? Est-ce que Hitler va vraiment attaquer la Pologne?

— Eh bien, Goebbels est allé à Dantzig au mois de juin pour attiser les sentiments antipolonais. Et la presse allemande répand de plus en plus de propagande sur de prétendues horreurs commises là-bas. Mais la majorité des gens veulent la paix. (Il attira sa femme contre lui.) Ma chérie, l'été est merveilleux, c'est les vacances scolaires, les gens se baignent, vont au café et prennent une bière le soir en terrasse. Personne ne pense à la guerre. Et le mois prochain, il y a un congrès de la paix à Nuremberg. Non, je ne crois pas vraiment à la guerre.

— Et si Franz avait raison? murmura Anne-Marie, blottie contre lui.

— Raison sur quoi? Que Hitler est fou et qu'il va envahir la Pologne?

— Que nous ne croyons pas ce conflit possible juste parce que nous refusons d'y croire.

Laurenz sentit le cœur d'Anne-Marie battre à tout rompre contre sa poitrine. Il lui caressa les tempes, tenta de la calmer, et maudit intérieurement son ami.

— On appelle ça de l'autoprotection, ma chérie. En se faisant du souci pour tout, on rate sa vie. Dis-moi, mon cœur, que crois-tu, toi ?

Anne-Marie recula un peu pour pouvoir le regarder dans les yeux.

— Nous vivons à côté de la frontière polonaise. Si la guerre éclate vraiment, nous serons touchés directement. C'est magnifique, ici, et je suis heureuse avec toi dans notre ferme. Mais avec toi et les enfants, je serais heureuse partout.

— Je ne comprends pas… Que cherches-tu à me dire ?

— Peut-être que nous devrions penser à quitter l'Allemagne.

Laurenz se raidit instinctivement dans ses bras, une ride profonde se creusa sur son front.

Anne-Marie lui posa doucement une main sur la bouche.

— Ne dis rien maintenant, mon chéri. Mais promets-moi d'au moins y réfléchir…

27

« *Élève un corbeau,*
Il te mangera les yeux. »

Dicton turc

Après la visite de Franz, Laurenz fit des cauchemars toute la nuit.

Des tempêtes de flammes se déchaînaient et des cendres toxiques recouvraient le pays, étouffant toute vie. « C'est ta faute ! Tu n'as rien fait pour l'empêcher ! Tout le monde est mort, mort, mort… », lançait la voix de Franz Honiok dans l'obscurité. Laurenz hurla sa terreur. Anne-Marie le réveilla, l'entoura de sa chaleur et, à coups de baisers, chassa la peur de son front en sueur.

Elle aussi s'inquiétait mais elle n'en laissa rien paraître, car les soucis des parents se transmettent aux enfants.

De toute façon, il était déjà trop tard pour envoyer des lettres ou lancer l'alerte. Les dés du destin étaient tombés, lancés par des joueurs nommés Adolf Hitler et Josef Staline. Leur enjeu : le monde, rien de moins.

Un jour seulement après la visite de Franz à la ferme Sadler, le 24 août 1939, Hitler et Staline conclurent un pacte de non-agression. Leur accord comportait aussi une clause supplémentaire secrète qui déterminait entre autres la répartition criminelle de la république souveraine de Pologne entre les deux puissances : l'Allemagne obtiendrait la Pologne occidentale et la Lituanie, l'Union soviétique aurait la Pologne orientale, la Finlande, l'Estonie, la Lettonie et la Bessarabie.

Fin août 1939, les dirigeants des services de sécurité d'Union soviétique et du Reich allemand se réunirent pour organiser l'échange des agents secrets démasqués et faits prisonniers. Les agents russes remis par l'Allemagne, après les tortures de rigueur, furent soit directement exécutés par les services secrets soviétiques du NKVD, soit envoyés dans un goulag sibérien pour n'en jamais revenir. Le régime considérait les espions démasqués comme fondamentalement « indignes de confiance ».

En Allemagne, la Gestapo et le SD ne furent guère plus tendres avec leurs propres agents. Les deux pays partenaires avaient en la matière un autre point commun : les familles de ces hommes et de ces femmes n'apprirent jamais ce qu'ils étaient devenus. Leur sort ne fut jamais élucidé.

Sachant tout cela, Constantin Pavlovitch Sokolov prit une décision lourde de conséquences. Une décision qui aurait aussi, dans un avenir lointain, des conséquences sur le destin d'Anne-Marie Sadler.

Sokolov venait d'arriver à Moscou, de retour de Berlin. Ses informateurs de la capitale du Reich lui avaient fourni des informations extrêmement inquiétantes sur les intentions de l'Allemagne. Dès qu'il eut câblé ces renseignements en version codée à Moscou, on lui ordonna de rentrer. Un ami vint l'attendre à l'aéroport et l'avertit à temps que son dernier rapport avait attiré l'attention de Lavrenti Beria. S'il mettait le pied à la Loubianka, il n'en ressortirait pas vivant. Staline croyait au pacte germano-soviétique. Quiconque remettait cet accord en question mettait du même coup en doute le Petit Père des peuples, et méritait donc la mort. Beria, nouveau bourreau de Staline et successeur de Iejov à la tête du NKVD, poursuivait sa politique de terreur arbitraire qui avait déjà coûté la vie à des centaines de milliers de personnes.

Ainsi forcé de choisir entre la mort et la trahison, Sokolov opta pour la trahison. Au lieu d'obéir aux ordres et de se rendre directement au quartier général du NKVD, il rentra chez lui pour sortir des documents d'une cachette. À peine l'avait-il fait qu'on tambourinait déjà à sa porte. Il eut juste le temps de se saisir des documents et de sauter par la fenêtre du premier étage. Blessé à la jambe, il savait qu'il n'irait pas loin. Il parvint toutefois à contacter un des deux hommes du SD infiltrés dans la délégation moscovite du ministère allemand des Affaires étrangères, Ribbentrop, pour déclarer qu'il changeait de bord.

Cette situation explosive fit hésiter le major du SD. Si leur nouvel allié russe découvrait que le SD allemand voulait aider un agent soviétique à fuir Moscou, les plans du Führer risquaient d'être anéantis. D'un autre côté, ce Sokolov semblait être un gros bonnet. Les informations qu'il détenait pourraient leur apporter un avantage décisif au grand jeu de l'espionnage. Mais pouvait-on lui faire confiance ? Son offre n'était-elle pas une ruse des Russes pour tester la fiabilité de leur nouveau partenaire ? Le major résolut de mettre le moins de monde possible au courant et d'assurer ses arrières.

L'avion de la délégation allemande, la machine personnelle du Führer, disposait d'une liaison radio sécurisée, non captable par les Russes. De là, le major appela le palais Prinz-Albrecht et exigea de parler au chef du SD, l'*Obergruppenführer* Reinhard Heydrich. Les deux hommes se connaissaient pour avoir été membres de la police politique bavaroise, à Munich. Sa vieille connaissance mit un moment à prendre la communication.

— J'espère que c'est aussi urgent que tu l'affirmes, lança-t-il avec irritation. Tu viens de m'arracher à une réception avec le Führer.

Le major Erwin Mauser fit son rapport.

— Il faut en effet réfléchir à la marche à suivre, commenta Heydrich. Je suis de ton avis, cela pourrait être une ruse des Russes. Que penses-tu de ce Sokolov ?

— Eh bien, son désespoir me paraît authentique, et sa blessure à la jambe n'est pas belle à voir. Je ne suis pas médecin mais je pense que sans traitement adéquat, il boitera jusqu'à la fin de ses jours.

— Certes, mais ces communistes sont tous des fanatiques. Il n'est pas exclu qu'il se soit infligé cette blessure volontairement pour nous leurrer.

Erwin Mauser tendait à croire Sokolov mais refusait de porter seul cette responsabilité. Il reprit :

— Si Sokolov est bien ce qu'il prétend être et que ses documents sont authentiques, nous détenons un des agents russes les plus expérimentés qui soient. Si les Soviets avaient voulu nous tromper, ils auraient sûrement envoyé quelqu'un d'autre. Avec les informations de Sokolov, nous pourrions faire le ménage à Berlin.

Un silence se fit à l'autre bout du fil. Erwin Mauser savait que l'*Obergruppenführer* n'était pas homme à se décider sur un coup de tête.

— Très bien, lança finalement celui-ci. Nous prenons le risque. Je veux cet homme ici, dans la capitale. Arrange ça, emploie les moyens qu'il faudra.

Le transfert à haut risque réussit, et l'*Obergruppenführer* Reinhard Heydrich, chef du SD et de la

Gestapo, dirigea en personne l'interrogatoire de l'espion transfuge Constantin Pavlovitch Sokolov. En plus des premières informations que celui-ci lui donna de vive voix, il trouva du plus haut intérêt les documents fournis par l'agent russe. On y apprenait notamment que les Soviétiques étaient complètement passés à côté de la mobilisation allemande, et qu'en plus, ils ne considéraient pas les ambitions du Führer comme cruciales pour l'Union soviétique. Le gouvernement de Berlin, d'habitude très soucieux d'être estimé à ce qu'il considérait être sa juste valeur, fit ici une exception : le Reich en retirait un avantage stratégique.

Les papiers de Sokolov contenaient aussi une photographie en noir et blanc, celle d'une jeune fille à l'air grave. Un croquis très réaliste y était agrafé : la même personne, vieillie de plusieurs années.

— Qui est-ce ? demanda Heydrich.

— Nous n'en avons pas été informés, mentit Sokolov.

Il connaissait évidemment l'identité de cette femme, mais il ne la révélerait pas aux Allemands. Il en allait ici de sa mère patrie la Russie. Il pouvait trahir quelques secrets insignifiants, mais jamais son pays.

— Ce que je sais, c'est qu'en 1929, tous nos agents ont reçu des copies de cette photo et du dessin. D'après un renseignement, elle a réussi à fuir l'Union soviétique pour le Reich allemand.

— Cette citoyenne soviétique se trouve donc quelque part dans le Reich, illégalement.

C'était plus une affirmation qu'une question, et Sokolov se contenta de hocher la tête.

— De qui vient ce renseignement ? reprit Heydrich.

Sokolov déglutit.

— D'un Polonais.

— Comment s'appelle-t-il et où vit-il ?

— Je ne connais pas son nom. Nos hommes l'ont attrapé il y a quelques années à Varsovie alors qu'il vidait une boîte aux lettres morte.

— Où est cette boîte aux lettres morte ?

— Elle était dans une boutique d'épices et de tabac.

— Était ?

— Le magasin n'existe plus depuis des années. Il appartenait à un Juif polonais et a été brûlé.

— Indiquez-moi d'autres boîtes de ce genre, exigea le chef de la Gestapo.

Sokolov en connaissait trois mais n'en cita que deux, dont il était certain qu'elles n'étaient plus utilisées. La troisième, dans une église de Wroc☐aw, fonctionnait toujours. Heydrich prit des notes puis se replongea dans la contemplation du portrait.

— Une bien jolie personne, dit-il.

Il observa de nouveau le dessin avec attention. Sokolov précisa de son propre chef :

— C'est un spécialiste qui l'a fait. La photo est vieille de plusieurs années. Aujourd'hui, cette femme devrait à peu près ressembler au croquis.

— Qui est-elle ? Une espionne ?

— Je sais seulement que c'est la personne la plus recherchée d'Union soviétique. On dit que le camarade Staline a même chargé le camarade Beria en personne de la récupérer. On a retrouvé sa trace pour la première fois en 1934 dans les environs de Gliwice. Un agent, Youri Petrov, a signalé qu'il suivait une piste là-bas. Et on n'a plus jamais entendu parler de lui.

L'image de la sœur jumelle de Youri, Sonia, vint automatiquement à l'esprit de Sokolov. Peu après avoir appris la disparition de son frère, elle s'était à son tour volatilisée. Aujourd'hui encore, le sort des jumeaux Petrov restait un mystère pour les renseignements russes.

Heydrich s'enfonça dans son siège et s'autorisa un sourire suffisant.

— Peut-être avons-nous attrapé cet espion russe sur le sol allemand ? Ou qu'il a changé de bord, comme vous ?

— Attrapé, peut-être. Mais il n'est certainement pas passé à l'ennemi. Petrov était un bolchevique fanatique. Et un salopard sadique, tout comme son oncle Lavrenti Beria.

— La recherche de cette femme est donc une affaire personnelle pour le chef du NKVD, conclut Heydrich.

Sokolov ne se donna pas la peine de confirmer. Exténué et torturé par sa jambe blessée, il espérait que l'interrogatoire se terminerait bientôt. Les Allemands lui avaient dit qu'il ne serait soigné qu'après avoir été entendu. Il n'aurait pas agi autrement.

À part cela, ils le traitaient comme un invité. On lui avait offert du café, de l'eau et des cigarettes, et même la possibilité de se laver et de se changer. Et personne n'avait levé la main sur lui. Un traitement aussi courtois aurait été impensable à la Loubianka.

Ces Allemands, vraiment ! Il avait déjà fait la connaissance de plusieurs de leurs hauts dirigeants, des hommes rasés de frais, aux bottes cirées à en reluire, qui se donnaient tous des airs cultivés et polis. Il comprenait à présent la déclaration de Staline selon laquelle les Allemands seraient incapables de faire la révolution, car ils auraient dû pour cela marcher sur la pelouse. Impossible d'imaginer de tels hommes descendre dans des caves humides pour y torturer et tuer de leurs propres mains. Rien à voir avec Staline ou Beria, qui n'avaient jamais hésité à effectuer le sale boulot eux-mêmes. L'entourage de Staline était entièrement composé d'hommes qui ne reculaient pas devant les actes les plus abjects. Il avait lui-même vu les chefs du NKVD, Iejov et Beria, briser des os et tuer.

Ce Heydrich, au contraire, avait même les ongles manucurés. Sokolov s'imagina un instant le camarade Staline chez la manucure. Il retroussa les lèvres, amusé. Et la voix de Heydrich ! Sokolov avait entendu des rumeurs, sans les croire. Cet homme à la voix de fausset, coquet comme un cheval de cirque, n'aurait jamais fait carrière sous Staline.

On frappa à la porte. Un adjudant entra et informa l'*Obergruppenführer* que la délégation attendue était arrivée. Heydrich se leva et ordonna de ramener le prisonnier dans sa cellule. Sokolov se doutait que ceci n'avait été que les préliminaires, et qu'il reverrait bientôt Heydrich.

Le soir même, Heydrich fit son rapport à son chef, le *Reichsführer* SS Heinrich Himmler.

— Asseyez-vous, *Obergruppenführer* ! Que pensez-vous de ce Sokolov ?

— C'est un dur, *Reichsführer*. Il a souri pendant l'interrogatoire.

— S'il a menti, ça lui passera vite. Qu'en dites-vous ? Vrai transfuge ou agent double ?

— Je ne suis pas encore sûr, *Reichsführer*. Mais j'ai tendance à croire ses déclarations. Apparemment, Staline et Beria recherchent depuis au moins 1929 une femme qui se cache. Ils supposent qu'elle a fui la Russie pour venir dans le Reich allemand.

Himmler dressa l'oreille.

— Alors nous devons absolument la trouver avant les Russes.

— Bien entendu, *Reichsführer*.

— Cette affaire ultrasensible est classifiée, Heydrich. Les Russes sont nos alliés, à présent.

— Naturellement ! Je mènerai en personne les recherches sur cette femme, *Reichsführer*.

28

*« Se réjouir du malheur des autres, voilà
le plus doux de tous les oreillers. »*

Père Berthold Schmiedinger

À pas même onze ans, Kathi avait déjà constaté que
certains jours, tout marchait comme sur des roulettes,
alors que d'autres, les tracas s'accumulaient en l'espace
de quelques heures. Le lait tournait, un cheval de Charlotte souffrait de violentes coliques, et Oleg se plantait
un clou dans le pied.

Pourtant, elle n'aurait jamais pensé que plusieurs
catastrophes pourraient se produire en une seule semaine.

Franzi ouvrit la danse en disparaissant une fois de
plus un beau matin.

Charlotte aida Anne-Marie et Dorota à la chercher.
Kathi était à l'école, Laurenz et Oleg se démenaient
aux champs pour tenter de vaincre une invasion de
doryphores.

Au bout de deux heures, elles avaient exploré en
vain tous les endroits préférés de la fillette, y compris
la pelouse près de la ruche, et leur perplexité se mua en
une vive inquiétude.

Oskar, qui aurait pu participer aux recherches, brillait lui aussi par son absence.

— Il est déjà plus de midi, constata Charlotte. Oskar attend sans doute Kathi à l'arrêt du tram.

— J'y cours, décida Anne-Marie. Nous avons besoin de son flair.

— Folie ! Reste ici.

— Non ! Franzi n'a que quatre ans, et…

— Pas besoin d'imaginer le pire tout de suite, la coupa Charlotte. Je vais au tram en voiture. Ça ira plus vite, et je ramènerai Kathi en plus d'Oskar.

Ce fut finalement Oleg qui, après le déjeuner, retrouva la petite dans sa cabane. Inconsciente du tumulte provoqué par sa nouvelle disparition, elle dormait paisiblement dans le lit du valet de ferme. Elle s'était si bien emmitouflée dans son édredon qu'il ne la découvrit qu'en manquant de justesse de s'asseoir sur elle. Il tenta de la réveiller en lui effleurant prudemment l'épaule, mais comme d'habitude, elle dormait d'un sommeil de plomb. C'est seulement quand il la secoua plus énergiquement qu'elle ouvrit un instant les yeux. Une menotte jaillit des profondeurs de la couette et lui remit un petit objet, puis Franzi se recroquevilla dans le lit et se rendormit.

Oleg, stupéfait, observa la cartouche posée dans sa paume. Où Franzi l'avait-elle trouvée ? Un frisson glacé le traversa soudain. Il se rua vers sa réserve secrète, et son soupçon fut confirmé : le couvercle de la boîte de munitions était déchiré ! Cette petite crapule découvrait tout le temps ce qui était censé rester caché !

Il savait que tous cherchaient fébrilement Franzi. D'un autre côté, il redoutait le fermier et plus encore sa mère, Charlotte. Si on découvrait ce qu'il avait fait, il ne serait pas le seul à avoir de gros problèmes. Sa petite mère en pâtirait aussi, et Kathi ! Kathi essaierait de le protéger, comme d'habitude. Il partit donc la voir. Elle avait toujours réponse à tout.

— Tu as volé des armes dans la grotte pour les revendre ? bafouilla Kathi, effarée, quand Oleg lui montra la cachette qu'il avait ménagée sous le plancher de ses toilettes.

— Je voudrais tellement marier la Paulina ! Et pour ça, il me faut de l'argent. Je sais que c'était mal de ma part. Voilà pourquoi j'ai prévu d'aller tout remettre à sa place cette nuit.

Oleg baissa la tête, bien malheureux. Kathi ne doutait pas de sa sincérité mais sentait qu'il ne lui avait pas tout dit.

— Paulina est au courant ?

Oleg tressaillit. L'expression effrayée de son visage était une réponse en soi.

— C'était son idée de vendre les armes, reprit Kathi sans atermoyer.

Oleg garda le silence et elle conclut :

— Et elle ne veut pas que tu les rapportes ?

Il eut l'air encore plus penaud.

Franzi, qui s'était réveillée à l'arrivée de Kathi, tirailla sur la jupe de sa sœur et lui fit part de ses réflexions. Celle-ci traduisit pour Oleg :

— Franzi dit que ton cabinet de toilettes est une mauvaise cachette.

— Elle a bien raison, commenta celui-ci, résigné.

— Tu as pris beaucoup d'armes. Comment as-tu fait pour tout transporter ici ?

— J'ai fait deux voyages.

Kathi se plaqua les mains sur la bouche.

— *Gówno !* Alors il faut que tu y retournes ce soir *et* demain !

— Non, je prends la brouette et je rapporte tout d'un coup au souterrain. Avec un peu de chance, les soldats n'ont pas encore remarqué le vol. J'ai bien refermé les caisses.

— Pourquoi tu ne vas pas les abandonner quelque part dans la forêt ? Ce serait moins dangereux.

Franzi fredonna de nouveau quelque chose à sa sœur.

— Qu'est-ce qu'elle a dit ?

— Que les choses doivent toujours être remises à leur place.

— Elle a raison, une fois de plus. Si je les rapporte, je n'aurai rien volé. Et je ne devrai donc pas me confesser au père Berthold.

Kathi y vit une raison supplémentaire :

— Et ce sera aussi moins facile pour Paulina de t'envoyer les récupérer.

— C'est vrai, convint Oleg sans détour.

— Bon, d'accord. Mais je viens t'aider ! lança Kathi en oubliant complètement sa promesse à Dorota.

Elle savait qu'Oleg était sincère mais préférait ne rien laisser au hasard, au cas où Paulina s'en mêlerait. Oleg fut choqué.

— Non ! J'y arriverai très bien tout seul. À l'est de l'entrée, près du dolmen, le tertre est moins haut. Je déchargerai la brouette là avant d'entrer.

— Tu pars à quelle heure ?

— Vers 11 heures.

— Je viens avec toi, que tu le veuilles ou non, insista Kathi.

— Non !

— Et comment tu comptes m'en empêcher ? En m'enfermant ?

Le sourire d'Oleg se décomposa. Avant qu'il ait eu le temps de répondre, Kathi conclut :

— Alors c'est d'accord ! Je viens te chercher à 11 heures ce soir. Et si jamais tu essaies de partir seul, je te suivrai. (Kathi secoua sa petite sœur.) Viens, Franzi. On va rassurer maman.

Aucun d'eux ne vit une silhouette s'éloigner en silence.

Durant tout le dîner, Kathi craignit que ses parents ne devinent son projet nocturne rien qu'en sentant sa nervosité. Elle perçut plusieurs fois le regard attentif de sa mère posé sur elle. Mais Franzi, particulièrement en verve, détourna l'attention. Elle gazouillait et fredonnait, et sa sœur interprétait ses bourdonnements pour les autres.

Plus tard, Kathi aida Dorota à faire la vaisselle. Soudain, elle la vit lâcher d'un coup la brosse à récurer dans l'évier, les mains tremblantes, comme effrayée.

Kathi avait déjà vu deux fois Dorota dans cet état. Sachant que son amie était alors submergée d'images intérieures et voyait des choses avant qu'elles ne se produisent, elle attendit, curieuse. Il était déjà arrivé à la gouvernante de sortir de sa transe en regardant autour d'elle, toute perdue, avant de demander : «Où suis-je ?».

Dorota fixa Kathi des yeux pendant plusieurs secondes sans vraiment la voir. Elle avait le regard vitreux, ses lèvres remuaient sans bruit. Soudain, elle agrippa le bras de la fillette et s'exclama d'un ton suppliant :

— Il y a trop de corbeaux blancs dans le ciel ce soir ! Seuls deux peuvent y aller ! *Seuls deux peuvent y aller !*

Kathi sursauta, dégagea son bras et recula d'un pas. Dorota connaissait leur projet, à Oleg et elle ! Elle attendit, nerveuse : la gouvernante allait-elle en dire plus ? Mais celle-ci se secoua puis se passa les mains sur le corps comme pour en balayer des ombres invisibles. Elle marmonna :

— Où suis-je ? Il fait si sombre !

Elle regarda autour d'elle, mal assurée, et revint peu à peu dans le monde réel.

— Oh ? fit-elle, les yeux ronds, en découvrant Kathi plantée devant elle. Qu'est-ce que j'ai dit, petit cœur ? Je t'ai fait peur ? Tu vas bien ? Tu es toute pâle.

Kathi tripotait le torchon à vaisselle.

— Tu as dit qu'il y avait trop de corbeaux blancs, ce soir.

Dorota tourna les yeux vers la fenêtre.

— C'est bien vrai, c'est bien vrai, bredouilla-t-elle. Mais ici, dans la maison, nous sommes en sûreté. Pas de corbeaux dans la maison. *Pas de corbeaux dans la maison*, répéta-t-elle en souriant. Tout va bien, petit cœur.

Après avoir dit leur prière, Franzi et Kathi se mirent au lit vers 20 heures. Leur mère vint les embrasser avant d'éteindre la lumière, comme chaque soir.

Kathi écoutait le souffle familier de sa sœur en repensant aux paroles de Dorota. Les corbeaux ne l'inquiétaient guère, ils ne volaient pas la nuit. Mais que signifiait «seuls deux peuvent y aller» ? Fallait-il qu'Oleg et elle laissent Oskar à la maison ? Elle ne pourrait guère empêcher son chien de les suivre à moins de l'enfermer, ce qui ne lui serait jamais venu à l'esprit.

Vers 22 heures, Kathi entendit le hululement familier de la chouette. *Oh non, Anton ! Pas ce soir !* Elle ne pouvait qu'ignorer son appel et espérer que son ami abandonne et reparte.

Anton appela encore trois fois, et pendant tout ce temps, le cœur de Kathi battit la chamade. Comme il était dur de ne pas réagir ! Mais elle n'avait pas le choix. Leur projet était risqué et elle tenait à accompagner Oleg. Quelques jours plus tôt, Anton avait surpris un appel téléphonique de son père et rapporté à Kathi que deux Polonais armés avaient peu avant été arrêtés près de la frontière et exécutés sommairement. Voilà ce qui attendait désormais tout Polonais surpris dans le coin avec une arme. Et Oleg en avait une pleine brouette !

Elle se leva à 10 h 30, descendit le long du treillage et traversa la cour à pas de loup.

— Te voilà enfin ! chuchota Anton derrière elle.

Kathi bondit de frayeur.

— Anton ! Qu'est-ce que tu fais ici ?

— C'est bizarre, tu ne me demandes jamais ça, d'habitude.

Kathi ne répondit pas tout de suite, réfléchissant au moyen de se débarrasser de son ami le plus vite possible. En vain. Pourquoi ne l'avait-elle pas renvoyé depuis sa fenêtre ?

Anton se fit suspicieux.

— Qu'est-ce qui se passe, Kathi ? Tu vas où ? Tu as rendez-vous avec quelqu'un ?

Ils étaient arrivés devant la grange. Kathi l'entraîna à l'arrière du bâtiment et dit, pour gagner du temps :

— Toi d'abord !

Elle s'était attendue à ce qu'il lui renvoie la balle, mais il avait bien trop besoin de parler.

— Tous mes souvenirs sont revenus !

Kathi écarquilla les yeux.

— Le crâne te l'a dit ?

— Oui, et ça n'a rien de réjouissant. Cet homme, je l'ai tué !

— Qu'est-ce que tu racontes ? Quel homme ?

— L'homme du crâne ! Le trou dans le front, c'est moi qui le lui ai fait.

Anton lui raconta tout ce dont il se souvenait, soulageant son cœur d'un grand poids. Kathi l'écouta en silence puis s'enquit, quand il eut terminé :

— Et la femme sans visage dont tu m'as parlé la première fois ?

— Celle-là, je ne l'ai toujours pas retrouvée dans mes souvenirs. Peut-être que je l'ai vraiment inventée. Qu'est-ce que je peux faire, Kathi ? Je veux que ces cauchemars horribles s'arrêtent !

Elle réfléchit.

— Peut-être que tu devrais te débarrasser du crâne. L'enterrer comme il se doit. Et parles-en à tes parents !

— Mais ils ne sont pas du tout comme les tiens !

— Et le père Berthold ? Si tu te confesses, il saura te conseiller et n'aura le droit de le dire à personne. Et il pourra t'aider à enterrer le crâne.

Le visage d'Anton s'éclaira.

— Tu es un génie, Kathi ! Et maintenant, à ton tour. Qu'est-ce que tu fais dehors ?

Le mensonge n'était pas dans la nature de Kathi, et elle avoua à Anton son projet nocturne. Comme elle s'y était attendue, celui-ci n'en fut pas ravi, mais l'idée que Kathi participe à cette dangereuse expédition le choqua plus que le vol commis par Oleg. Ils se disputèrent, le ton monta. Le valet de ferme les entendit et les entraîna dans la grange.

Ils y poursuivirent les débats à trois et finirent par trouver une solution.

29

« Quoi qu'il t'arrive, cela t'était destiné de toute éternité. »

Marc Aurèle

Ils se mirent en route. Oleg poussait la brouette pleine à ras bord.

Le dolmen vers lequel ils se dirigeaient se trouvait à environ trois cents mètres au nord de l'entrée du souterrain.

— C'est là, précisa Oleg inutilement.

Il poussa la brouette entre les rochers disposés en cercle et s'arrêta près de la pierre d'autel, puis leva la main pour ôter le chiffon qui lui masquait le visage. Anton avait tenu à ce qu'ils aient l'air de vrais bandits.

Puis tout arriva en même temps ; d'un coup, des projecteurs s'illuminèrent et une voix mauvaise aboya :

— Halte ! Les mains en l'air !

Oleg ne mit qu'une fraction de seconde à réagir :

— Jette-toi par terre ! hurla-t-il. Ils ne te feront rien, à toi !

Lui-même plongea entre les menhirs pour sortir du faisceau lumineux. Il escalada ensuite le tertre à une telle vitesse que les soldats l'aperçurent seulement lorsqu'il avait presque atteint le sommet. Les balles lui sifflèrent aux oreilles ; Oleg se jeta de l'autre côté du monticule en un bond audacieux, roula cul par-dessus tête au bas de la pente et se retrouva dans le ruisseau. Il se releva aussitôt et reprit sa course. Mais au lieu de courir à travers bois vers la frontière, premier endroit où les Allemands iraient le chercher, il se dirigea vers le sud et avança, plié en deux, dans le fossé peu profond qui longeait le tertre. Après avoir parcouru plusieurs centaines de mètres, il fut certain que personne n'était sur ses talons. Il rampa donc de nouveau vers le haut du tertre, se mit à plat ventre au sommet et observa les Allemands s'éloigner en s'enfonçant dans la forêt, le faisceau de leurs lampes torches errant comme des feux follets. Il redescendit alors de l'autre côté et décrivit un vaste arc de cercle pour revenir au dolmen. Là, il fut le témoin d'une tragédie.

Oleg pleura pendant tout le chemin du retour.

Dans le réduit où vivait Oleg, dans la grange, Kathi l'attendait impatiemment. Anton avait réussi là où le valet de ferme avait échoué : il avait convaincu Kathi de rester à la ferme et de les laisser faire. Elle avait aussi accepté parce que la prophétie de Dorota résonnait encore dans sa tête. Oskar était assis près d'elle, Oleg et Anton n'étaient donc vraiment partis qu'à deux.

Elle n'alluma pas la lumière, craignant que ses parents se demandent pourquoi une lampe brûlait encore chez Oleg à une heure pareille.

Étendue sur la couchette, très nerveuse, elle était incapable de dormir. Et bien qu'elle soit restée à l'affût du moindre bruit venant de l'extérieur, elle sursauta quand la porte s'ouvrit d'un coup et que la silhouette familière d'Oleg s'y découpa. Elle ne l'avait pas attendu si tôt, et pas entendu approcher.

— Vous avez fait vite, dit-elle, étonnée. Ça a marché ?

Oleg, sans répondre, tomba à genoux devant elle avec un cri étouffé. Son corps lourd tremblait, faisant vibrer tout le plancher. Kathi releva les yeux vers la porte, angoissée. *Où est Anton ?* Comprenant que quelque chose d'affreux avait dû se produire, elle planta les ongles dans le bras d'Oleg.

— Qu'est-ce qui s'est passé ? Oleg, réponds-moi ! Où est Anton ?

Toujours sans rien dire, Oleg, le grand et fort Oleg qui pouvait terrasser un bœuf à mains nues, enfonça son visage entre ses mains et se mit à sangloter sans retenue. Kathi, bouleversée, s'agenouilla près de lui, l'attrapa par les épaules et le secoua aussi fort qu'elle le put.

— Oleg, Oleg, qu'est-ce que tu as ? Mais parle, enfin ! Qu'est-ce qui est arrivé à Anton ? Où est-il ?

— Anton ! beugla Oleg.

Il prit Kathi dans ses bras et la serra à l'en étouffer.

— Je suis tellement désolé. Tellement, tellement désolé, bafouilla-t-il avant de la relâcher.

Il s'essuya de la manche les yeux et le nez puis se releva en gémissant, comme si tous les os de son corps le faisaient souffrir.

— Il faut qu'on aille réveiller ton père. Ils vont bientôt venir.

— Qui, Oleg ? Qui va venir ?

— Les soldats.

30

> « *Toujours plus étroits, doucement, doucement*
> *Les cercles de la vie se resserrent,*
> *Vanité et éclat s'amenuisent*
> *Espoir, haines et amour décroissent*
> *Et plus rien ne demeure*
> *Que le dernier point noir.* »

Theodor Fontane

Laurenz enserra ses tempes de ses mains et se força à réfléchir.

Anne-Marie avait emmené Kathi dans leur chambre. Leur petit colibri était en état de choc. Anton était mort. Oleg leur avait tout raconté : comment, au premier hurlement des soldats, il avait crié à Anton de se jeter à terre tout en prenant lui-même la fuite. Lui qui n'était pas allemand aurait été abattu sur-le-champ mais il avait supposé qu'Anton, le fils du bourgmestre âgé de douze ans, s'en sortirait sans dommage.

Mais rien ne s'était passé comme prévu. Anton s'était lancé aveuglément à la suite d'Oleg, les soldats avaient ouvert le feu aussitôt et touché le jeune garçon.

Oleg était retourné sans bruit sur place pour y découvrir le père d'Anton, qui avait accompagné la troupe. Agenouillé là, il appuyait les mains sur le ventre de son fils et le suppliait de tenir bon. Oleg vit Wenzel se pencher vers Anton, qui semblait vouloir lui dire quelque chose. Peu après, Wenzel avait hurlé comme un loup blessé. Oleg termina son récit sur ces mots.

Pauvre Wenzel. Il a perdu son seul fils. Laurenz souffrait avec les parents, et avec sa Kathi. Anton avait été un bon garçon, résolu et loyal, qui aimait sincèrement Kathi.

Celle-ci allait désormais perdre son autre grand ami, Oleg. Il devait partir sur-le-champ : sa fuite ferait office d'aveu et aurait des conséquences désastreuses pour tous les habitants de la ferme Sadler, mais il n'y avait pas d'autre solution. Rester signifierait pour Oleg une mort certaine.

Laurenz devait avant tout protéger sa famille. Il réveilla Charlotte et la pria d'appeler le père Berthold pour lui demander de venir. Les gens du village l'écoutaient, lui. Laurenz s'attendait à tout. Cette nuit, Elsbeth Luttich avait perdu son unique enfant. Sa fureur et sa vengeance seraient terribles.

Le père Berthold arriva une heure plus tard en compagnie de Wenzel Luttich.

Oleg était en fuite depuis trois quarts d'heure. S'il parvenait à passer la frontière polonaise, il serait à peu près en sécurité.

Dorota n'avait pas exigé de longues explications de son fils adoptif, admettant sur-le-champ qu'il devait partir. Tandis qu'il empaquetait ses maigres biens, elle avait emballé de solides provisions de voyage. Elle le força à prendre tout l'argent qu'elle avait mis de côté, et cette fois-ci, il accepta. Laurenz aussi donna tout l'argent liquide qu'il put à son valet de ferme de longue date, le sauveur de son père August.

Et tandis qu'Oleg traversait prairies et forêts dans le noir, se maudissant d'être aussi bête, d'avoir non seulement tout perdu mais aussi provoqué la mort d'Anton, Wenzel Luttich leur tint un discours étonnant. D'abord, il assura Laurenz que personne n'aurait à redouter de conséquences, Oleg pas plus que les autres. Son fils avait défendu le valet de ferme jusqu'à son dernier souffle. Grâce au foulard qui le masquait, Oleg n'avait pas été reconnu, et à part Elsbeth et lui-même, personne n'était au courant de sa présence sur les lieux du drame. Wenzel s'était assuré que sa femme tiendrait sa langue.

— Je ne comprends pas, Wenzel. Pourquoi fais-tu ça ? demanda Laurenz.

— J'ai mes raisons. Contente-toi de ça, Sadler. Je te conseille de rattraper Oleg, sinon les gens vont parler et tirer des conclusions. Et maintenant, il faut que je parle à Kathi.

— Est-ce vraiment indispensable ? La mort d'Anton lui cause beaucoup de peine.

— Et à moi, qu'est-ce que tu crois qu'elle me cause ? rétorqua Wenzel brusquement. Moi aussi, je préférerais aller me recroqueviller dans un coin obscur. Mais je suis là. Parce que c'était le dernier vœu d'Anton. Alors, tu vas la chercher ?

Laurenz céda. Peu après, Kathi entra au salon. Elle courut jusqu'à Wenzel et fit ce qu'elle n'avait encore jamais fait : elle passa les bras autour de la bedaine du bourgmestre. Après une brève hésitation, il la serra contre lui. Ils restèrent un moment ainsi, immobiles, partageant leur peine, trouvant un peu de réconfort dans leur douleur commune.

Laurenz quitta la pièce sans bruit. Quelque chose lui disait que ce moment n'appartenait qu'à Wenzel et Kathi. Au père qui avait perdu son fils et à la fillette pour qui ce fils avait tant compté. Wenzel finit par relâcher son étreinte, frotta ses yeux gonflés et dit :

— Assieds-toi, Kathi. Il faut qu'on parle. Anton m'a tout raconté. Comment vous avez trouvé le crâne, je veux dire, et comment il s'est finalement souvenu de tout ce qui s'était passé quand il avait six ans. Est-ce que je peux compter sur ta discrétion ? Tu garderas tout ça pour toi ?

— Oui, répondit-elle simplement. Tout comme Anton pouvait compter sur moi.

— C'est bien, Kathi. (Wenzel hocha la tête, l'air grave.) Alors, c'est réglé. J'ai un message pour toi de la part d'Anton. Il voudrait qu'un jour, tu ailles sur la Lune en fusée. Il t'y attendra. Et il m'a aussi chargé de te dire qu'il avait vu la licorne. Je ne sais pas ce qu'il a voulu dire par là, mais il souriait en parlant. Et ça me suffit. Je sais qu'il t'aimait beaucoup, Kathi.

Wenzel se racla la gorge, sa voix n'était plus qu'un filet.

— Si tu as le moindre problème, Kathi, viens me voir.

Il se leva et lui tendit la main, embarrassé. Puis il se ravisa et lui caressa brièvement la tête. Ses doigts tremblaient. Cette nuit-là, un père brisé, voûté et épuisé quitta la ferme des Sadler.

31

« Ton chant, ô rossignol, est une mer-
veille de ce monde,
Parce que personne ne le comprend
Mais tout le monde l'aime. »

Wilhelm Müller

Pour Kathi, les vacances d'été avaient toujours été la plus belle période de l'année. Elles signifiaient moins d'obligations, plus de liberté et d'insouciance, la chaleur sur sa peau et les après-midi au bord de l'eau ; toute l'année, elle attendait cette saison avec impatience. Désormais, toute sa joie avait disparu. Anton était mort. Depuis, chaque respiration lui faisait mal. Elle s'enferma dans sa chambre, se cacha sous son édredon. Ainsi s'imagina-t-elle sa vie future : un long tunnel sans lumière ni joie. Oskar pleura sous sa fenêtre jusqu'à ce que ses parents finissent par le laisser la rejoindre.

Laurenz et Anne-Marie firent tout leur possible pour adoucir le deuil de Kathi. Ils venaient s'asseoir à son chevet, lui parlaient, et Dorota lui préparait tous ses plats préférés. Kathi en grignotait quelques bouchées sans entrain, laissant moins de traces qu'une souris, incapable de se souvenir avoir jamais ressenti la faim, tout comme elle avait oublié le goût du cacao ou sa curiosité pour les merveilles du monde. Un gouffre sombre s'était ouvert au fond d'elle, un gouffre qui avalait tout, chaque mot, chaque phrase, chaque pensée à part celle-ci : *Anton est mort… Anton est mort…*

Et alors que tout le monde tentait de consoler Kathi, Franzi exigeait de récupérer ses droits sur elle. Anton n'était plus là, mais elle, si !

Elle s'allongea d'abord près de sa sœur, mais même elle qui aimait tant dormir finit par s'ennuyer. Le quatrième jour, elle apporta dans leur chambre tout ce qu'elle aimait le plus pour le partager avec Kathi. Elle posa son atlas sur l'édredon et fit monter en douce un ou deux chats sur son lit. Ceux-ci s'y prélassèrent un moment avant de repartir. Plusieurs bocaux de poires au sirop, le mets préféré de Franzi, apparurent aussi dans la chambre sans que Dorota ne surprenne jamais le voleur dans le garde-manger. Franzi entama tous les bocaux pour voir si l'un était meilleur que les autres. Elle cueillit des brassées de fleurs qu'elle répartit dans la chambre. Si Kathi refusait de sortir, elle ferait entrer l'extérieur ! Elle ouvrit aussi les deux battants de la fenêtre pour que le soleil pénètre dans la pièce. Et les abeilles.

Kathi ne bougeait pas. Barricadée dans le tunnel de la tristesse, elle restait fermée à tout ce qui se passait en dehors de son lit.

Mais elle finit par ne plus pouvoir se soustraire au bourdonnement régulier. Elle souleva un peu sa couette et fut éberluée par ce qu'elle vit. La chambre s'était changée en pré fleuri ! Et au beau milieu, Franzi grignotait des poires, la frimousse barbouillée de sirop, entourée d'un essaim de ses insectes chéris. Kathi s'assit et se frotta les yeux.

Franzi bourdonna :

— Tu veux des poires ?

Alors, quelque chose remua en Kathi, une sorte de vrombissement intérieur, comme si les abeilles voletaient dans son ventre à la recherche du nectar de la vie. Tout à coup, elle eut vraiment envie de poires, se souvint de leur douceur. La douleur était encore là, elle l'accompagnerait toujours. Mais elle n'était pas seule, on avait besoin d'elle.

Le don de Franzi pour arracher les choses terrestres à leur cadre ancestral et les mettre sens dessus dessous fit renaître un mouvement au fond de Kathi; tout dégringola et se remit en place. Cela déséquilibra aussi son tunnel, et elle reprit conscience de tout ce qu'elle voulait faire. Par exemple la fusée qu'Anton et elle avaient commencé à construire ensemble, et qui était loin d'être terminée. C'est ainsi qu'elle émergea de la noirceur de sa tristesse et se tourna de nouveau vers la vie.

Dès lors, à chaque instant de liberté, Kathi bricola l'engin avec Oleg. Elle la construisait pour elle-même et pour Anton, qu'elle imaginait sur la Lune, à la contempler d'en haut. Ses parents la laissèrent faire, venant de temps en temps admirer ses progrès. En général, Franzi dormait non loin de sa sœur. Aucun vacarme ne pouvait la réveiller.

Justus, le maréchal-ferrant, était lui aussi enthousiasmé par le projet. Au début, il n'avait fait que leur prêter son fer à souder, mais bientôt il se mit à fraiser lui-même des accessoires, comme des vis et des stabilisateurs, d'après les dessins très précis de Kathi. La fusée, haute de deux mètres, ne volerait jamais, ne serait-ce que parce qu'il lui manquait le carburant adéquat. Mais elle représentait le rêve de Kathi, qui pesait chaque pièce à l'avance et noircissait son calepin de tableaux et de calculs sur le départ et la trajectoire. Pendant des semaines, elle étudia à la bibliothèque du collège le principe de la propulsion à réaction, décrit en 1923 par le scientifique Hermann Oberth.

Un jour, Oleg lui demanda :

— Comment elle est censée voler ?

Kathi prit un ballon de baudruche et souffla dedans.

— Regarde bien ce qui se passe !

Elle lâcha le ballon. L'air jaillit en sifflant et le ballon s'envola dans la direction opposée.

— Tu vois ? C'est exactement comme ça que marche une fusée. Sauf que ce n'est pas de l'air qui en jaillit pour la pousser en avant, ce sont des gaz propulsifs.

Oleg pencha la tête en arrière. Loin au-dessus d'eux, un faucon planait.

— Un oiseau, ça doit voler, fit-il. Tu n'es pas un oiseau, Kathi. Pourquoi veux-tu partir là-haut ?

— Parce que c'est mon rêve. Et un rêve, ça ne s'explique pas.

32

« Les moineaux ne comprendront jamais
Pourquoi les aigles volent plus haut que
ne poussent les cerisiers. »

Dicton polonais

Elsbeth s'éveilla. Dans la chambre toute sombre, la lumière du jour perçait à travers les volets fermés. Elle se leva, attrapa le premier vêtement qui lui tomba sous la main et alla à la cuisine. Elle voulait faire un gâteau aux myrtilles pour Anton. Il adorait ça, il était capable d'en dévorer un tout entier !

Il n'y avait ni beurre ni myrtilles dans le garde-manger. Perplexe, Elsbeth observa la petite pièce vide. Sa défunte grand-mère Lina Köhler se plaisait à dire : « Garde-manger bien rempli, mariage réussi ». Mais ici, même les souris avaient disparu ! Elle devait aller sur-le-champ faire les commissions.

— Ça alors, madame la bourgmestre ! la salua l'épicière.

Elle semblait réellement ravie de la voir. Elsbeth n'était pas revenue au village depuis l'enterrement d'Anton.

— Comment vas-tu, Els…

— Mal, la coupa celle-ci. Je n'ai ni beurre ni myrtilles.

— Tu veux faire un gâteau ?

— Ne pose pas de questions stupides, l'épicière !

Elle lui tendit son panier. La commerçante alla chercher du beurre à la chambre froide. Dans le couloir, elle tomba sur son mari qui poussait un tonneau de choucroute.

— Dis, Engelbrecht, je crois que la Luttich est devenue zinzin, lui dit-elle.

— Comment ça, *devenue* ? grogna-t-il. Elle l'a toujours été !

— Oui, mais tu devrais la voir ! Elle se balade pieds nus, avec la redingote du Wenzel sur le dos et sa chemise de nuit qui dépasse en dessous.

— Il faut que je voie ça.

Engelbrecht abandonna son tonneau et jeta un coup d'œil furtif par la porte battante qui séparait la boutique de la réserve. Il sourit.

— Ça alors. Si j'avais un appareil photo…

— Tu es fou ? Il faut qu'on prévienne Wenzel.

— Ne t'en mêle pas, femme. Si Elsbeth est zinzin, c'est le problème à Wenzel, pas le nôtre. Qu'est-ce qu'elle veut ?

— Du beurre et des myrtilles.

Ainsi s'amorça une nouvelle catastrophe.

En ce samedi après-midi caniculaire, Laurenz s'était attaqué à la fosse à fumier : avec l'aide d'Oleg, il transféra son contenu brouette par brouette jusqu'à la grosse remorque. Oleg partit ensuite chercher le bœuf pour l'atteler ; ils iraient répandre cet engrais dans les champs. Le lendemain, ils vidangeraient le purin.

Laurenz but à la hâte une limonade avec Kathi, à la cuisine.

— Petit colibri, j'ai croisé Pierrot dans la cour, tout à l'heure. On aurait dit qu'il venait de plonger le nez dans un pot de peinture bleue. Je me demande ce qu'il est encore allé grignoter. Ou *dévorer*.

— Oh non !

Kathi craignit le pire, repensant aussitôt au gâteau aux myrtilles d'Elsbeth que le chevreuil avait déjà englouti une fois.

Soudain, un vacarme retentit dans la cour. Oskar, le coq Adolf II et une nuée d'oies annonçaient de la visite. À en juger par le tumulte, le nouvel arrivant n'était pas le bienvenu. Du coin de l'œil, Laurenz vit Franzi qui, un instant plus tôt, dormait encore à poings fermés sous la table, se lever et se faufiler hors de la cuisine. Il savait que sa cadette sentait les défauts des gens comme un chien flaire le gibier. Et comme elle ne voulait rien avoir à faire avec des gens méchants, elle prenait la poudre d'escampette.

Un regard par la fenêtre confirma ses craintes.

— Mon Dieu ! Voilà la mère Chauve-souris ! Même la canicule de midi ne l'arrête pas… J'espère que le boucan n'a pas réveillé Anne-Marie !

Celle-ci se reposait dans leur chambre, volets fermés. Depuis quelque temps, des migraines la tourmentaient régulièrement.

Kathi et son père échangèrent un coup d'œil résigné.

— Qu'est-ce qu'elle a sur le dos ? Une redingote ? s'étonna Laurenz, toujours à la fenêtre.

— Père, est-ce qu'on ne devrait pas… ?

Kathi lui rappela la procédure qu'ils avaient mise au point en cas de visites officielles.

— Tu as raison, petit colibri ! Que le spectacle commence ! s'exclama Laurenz sans joie.

Ils se lancèrent dans une chorégraphie étudiée. Laurenz courut vers le mur et retourna le portrait de saint Jean Népomucène. Le verso était orné de la face blafarde du Führer. Dorota cacha sa bible, Kathi son exemplaire de *De la Terre à la Lune* de Jules Verne, puis elle mit *Mein Kampf* bien en évidence sur la banquette du fourneau, à côté du grand-père. Le vieux chat qui passait ses journées auprès d'August protesta énergiquement.

Enfin, Kathi enfila un tablier et des sabots. Laurenz contrôla la pièce d'un coup d'œil circulaire : ils se tenaient désormais dans une parfaite cuisine nationale-socialiste. Il s'éclipsa par la porte de derrière en lançant :

— Si Elsbeth me cherche, elle me trouvera près de la fosse. C'est même vrai, pour une fois !

Cela restait la meilleure excuse pour éviter les rencontres avec Elsbeth. Tous les habitants de Petersdorf s'en servaient, et si la femme du bourgmestre s'était déjà étonnée du zèle de ses concitoyens à pelleter la merde, elle n'en avait jamais soufflé mot.

Kathi et Dorota interceptèrent la Luttich à la porte de la maison et lui indiquèrent sans mentir où elle trouverait le fermier. À leur grande surprise, Elsbeth prit aussitôt la direction de la fosse. Dès qu'elle eut franchi l'étroit passage entre la maison et l'écurie, Dorota dit :

— Oii, M. Laurenz ne va pas être content.

Mais Kathi ne l'écoutait pas. Elle venait de percevoir un mouvement du coin de l'œil. *Pierrot !* Il passa la tête à l'angle de la grange. Kathi lui lança :

— File ! Va te cacher !

Mais le chevreuil avait d'autres idées en tête. Il racla le sol d'un sabot, se remit en route, puis passa devant elle d'un bond élégant pour suivre la Luttich derrière la maison.

Kathi se lança à sa poursuite. Elle vit Elsbeth parler à Laurenz avec animation, au bord de la fosse, puis se retourner d'un coup et reculer d'un pas, effrayée par le chevreuil qui approchait. Elle perdit l'équilibre et se mit à mouliner follement des bras. Laurenz réagit trop tard, sa main ne rencontra que le vide. Kathi sentit tout le sang refluer de son visage. Elle vit la Luttich tomber à la renverse dans la fosse, comme au ralenti.

Elle faillit se plaquer les mains sur les yeux, mais ça n'aurait servi à rien. Le malheur était arrivé. Elle regarda son père tendre la fourche à la naufragée qui se débattait. Au lieu d'attraper l'outil, la grosse femme coula soudain, avec un hoquet. La fosse n'était pourtant profonde que d'un bon mètre !

Laurenz n'eut d'autre choix que d'y sauter à son tour. Il parvint à grand-peine à extirper du brouet brunâtre l'épouse du bourgmestre toute gigotante.

Dorota, qui avait suivi Kathi, se plaqua les mains sur la tête et lança un *Gówno !* sonore.

La Luttich gisait à présent sur le dos, immobile, comme un scarabée échoué. Laurenz s'agenouilla près d'elle, lui tapota les joues et cria son nom plusieurs fois. Pas de réaction. Il approcha l'oreille de sa poitrine pour vérifier si elle respirait encore. Alors qu'il lui bouchait le nez d'une main et lui ouvrait la bouche de l'autre pour un bouche-à-bouche de fortune, elle se cabra et lança à son tour une salve de *Gówno*.

Oleg surgit au petit trot. Il se figea un instant, stupéfait, puis eut la présence d'esprit d'attraper le tuyau d'arrosage dont il se servait d'habitude pour asperger le bœuf et la vache. Il ouvrit le robinet à fond et dirigea le jet vers la Luttich.

Celle-ci reprit vie pour de bon. Elle s'assit, toussa et cracha, haleta et souffla. Dès qu'elle eut de nouveau suffisamment d'air dans les poumons, elle se mit à hurler de toutes ses forces, insultant Dieu, le monde, et surtout Oleg, qui maintenait vaillamment le jet d'eau pointé vers elle. Laurenz l'attrapa par le bras, essaya de la calmer et de l'aider à se remettre debout. Vociférant toujours, elle repoussa sa main et parvint à se relever seule. Il fallait lui reconnaître une chose, pensa le fermier : elle était aussi robuste que méchante.

Oleg dirigea le jet vers son patron pour le rincer à son tour. Dorota, toujours pratique, en profita pour jeter sur les épaules de la Luttich une couverture qu'elle était allée chercher à la hâte. La redingote flottait dans la fosse et sa chemise de nuit lui collait au corps de manière inconvenante, révélant des rondeurs jusque-là réservées à Wenzel. Elsbeth serra étroitement la couverture autour d'elle sans interrompre pour autant son flot d'injures.

Le tumulte avait aussi attiré Charlotte hors de son écurie. C'est elle qui parvint finalement à calmer un peu la Luttich et à la conduire dans leur salle de bains récemment modernisée. Anne-Marie n'avait fait que jeter un coup d'œil dans la cour par sa fenêtre avant de retourner se coucher. Tandis qu'Elsbeth prenait un bain, Laurenz décrivit la mésaventure à son épouse, sans pouvoir s'empêcher de noter au passage que *même la Luttich avait réussi à devenir un peu plus brune*. Anne-Marie saisit tout de suite les conséquences que l'incident risquait d'avoir sur sa famille. Elsbeth venait d'être profondément humiliée et son aveuglement la rendrait plus dangereuse que jamais. Elle se tint donc en retrait, non seulement parce qu'elle se sentait toujours mal, mais aussi pour permettre à Laurenz de faire usage de tout son charme.

Laurenz et Charlotte se mirent en quatre pour remonter Elsbeth, lui servirent les meilleurs produits de leur garde-manger et burent avec elle plusieurs verres d'eau-de-vie de miel. Ils lui offrirent aussi un panier contenant plusieurs bouteilles de cet élixir doré et une sélection des délices maison de Dorota. Rien n'y fit. Son plongeon forcé dans le cloaque avait rendu la mémoire à Elsbeth. Son Anton, son garçon merveilleux, magnifique et parfait… Avant de partir, elle lança à Laurenz et Kathi, menaçante, des trémolos dans la voix :

— Vous et votre bouc du diable ! Abattez-le, abattez-le, vous dis-je ! Qu'il meure comme mon Anton, mon Antoooon…

Le cri d'Elsbeth résonna encore longtemps dans la cour de la ferme, comme s'il coulait de la cime des arbres, se répétait dans les bruissements des feuilles et le bourdonnement des abeilles. Mais peut-être n'était-ce que le vent, qui caressait les collines pour la première fois depuis des jours et délivrait les hommes de la canicule.

Peu après, Dorota eut une vision. Kathi s'était réfugiée avec Oskar et Pierrot sur la colline, sous le vieux pommier. Ses parents s'occupaient de Franzi, prise d'une crise de convulsions après le départ d'Elsbeth. Dorota offrit donc d'aller parler à Kathi. Elle emballa dans son tablier quelques carottes, des caramels mous et une gourmandise pour Oskar, et partit rejoindre Kathi et ses bêtes en haut de l'échelle céleste. Elles improvisèrent un petit pique-nique à la mémoire d'Anton.

Au-dessus de leurs têtes, le nid des huppes était vide. Les oisillons s'étaient envolés depuis longtemps. Ces oiseaux si travailleurs manquaient à Kathi, elle aimait les voir s'occuper sans relâche de leurs rejetons, leur instinct exclusivement concentré sur la survie de leurs poussins. Elle pensa à Elsbeth, qui avait perdu son unique enfant.

— Elle me fait de la peine, dit-elle.

— Tu es une bonne fille, petit cœur. L'Elsbeth est une pauvre femme. Elle est sortie du ventre de sa mère les pieds devant, et elle était malheureuse avant même que le malheur ne s'abatte sur elle. Il y a des gens, comme ça, qui ne sont pas doués pour le bonheur.

— C'est quoi, le bonheur ? demanda Kathi, qui en cet instant se sentait très malheureuse.

— Le bonheur, tu dois le trouver dans ce que tu fais et dans ce que tu as. Regarde, tu as la tête pleine de pensées intelligentes, et là-dedans, tu es pleine de cœur ! (Dorota lui tapota doucement la poitrine.) Le pot et son couvercle ! Et tu as des parents qui t'aiment, et tes grands-parents, et Franzi, et Oleg. Et Oskar et Pierrot.

— Et toi.

— Oui, petit cœur. Et moi.

Kathi entoura ses jambes de ses bras, le menton sur les genoux. Oskar était allongé tout près d'elle. Devant eux s'étendait la campagne baignée de soleil. L'air sentait l'herbe et le foin, les oiseaux faisaient du vacarme dans les arbres, vaches, chevaux et moutons étaient à leur aise dans les prés, et tout autour, dans les champs, les céréales poussaient dru. La saison des récoltes approchait. Tout était comme toujours. Rien n'avait changé. Le monde continuait à tourner comme si rien ne s'était passé.

C'était bien là ce qui lui pesait tant. Comment tout pouvait-il être aussi normal alors que pour elle, tout avait changé ? Que sa vie, sans Anton, ne serait plus jamais la même ?

— Je ne trouverai plus jamais personne comme Anton, dit-elle tristement.

— C'est vrai. (Dorota hocha gravement la tête.) Anton était unique. Le bon Dieu ne fait jamais deux personnes identiques. Promets-moi une chose, petit cœur.

Dorota essuya du pouce une larme du visage de Kathi.

— Dans ta vie, tu pleureras beaucoup, beaucoup de larmes de joie, d'accord ? Parce que les larmes qu'on rit, on ne peut plus les pleurer.

Dorota se redressa et observa à son tour la beauté environnante. *Merveilleuse création de Dieu…* Elle inspira profondément, savourant les odeurs de l'été. Mais il y avait aussi autre chose dans l'air, comme un parfum de changement. L'automne arrivait, tendant déjà ses doigts vers leurs terres.

Le corps de Dorota fut soudain traversé d'une secousse brutale, ses yeux devinrent vitreux et semblèrent ne plus regarder qu'à l'intérieur d'elle-même. Kathi bondit sur ses pieds. *Dorota avait une vision !*

La gouvernante écarta les bras, en transe. Elle lança d'une voix plus grave qu'à l'accoutumée :

— Les vents, les vents se sont mis en mouvement !

En effet, les oiseaux s'étaient tus, et un vent violent se leva. Il s'enroula dans les arbres en hurlant, balaya par vagues herbes et prairies, souleva les robes et les cheveux.

— Le noir, tu le verras ! La licorne est partie mais l'homme des étoiles va venir pour t'emmener ! Méfie-toi de la fausse abeille ! Méfie-toi de la fausse abeille !

Puis ce fut fini. Dorota baissa les bras, son regard s'éclaircit et elle demanda, confuse :

— Où suis-je ? Qu'est-ce que j'ai dit ?

Kathi le lui répéta mot pour mot puis, comme la gouvernante gardait le silence, elle s'essaya elle-même à une explication :

— La fausse abeille dont je dois me méfier, c'est sûrement Elsbeth, non ? Mais qui est cet homme des étoiles ? C'est Anton ?

Dorota hocha la tête, absente ; on aurait dit qu'une partie de son esprit était encore prisonnière de la brume de sa vision.

— Tu as un destin, petit cœur, dit-elle doucement. Toi, avec l'homme des étoiles. Il va venir te chercher.

À peu près au même moment, Wenzel Luttich, assis à son bureau, pensait à sa vie. Il en revenait toujours à Elsbeth. Ils étaient tous deux originaires de Petersdorf, avaient presque le même âge, et Elsbeth Köhler lui avait couru après dès l'école primaire.

À l'époque, les Köhler possédaient la plus grosse ferme du village. Un jour, Elsbeth s'était trahie et avait avoué que c'était son père qui l'avait lancée aux trousses du fils du bourgmestre. Le vieux Köhler était connu pour son ambition. En plus de ses filles, Babette et Elsbeth, il avait aussi un fils plus âgé, Friedrich, qui avait déjà deux enfants, Dietrich et Paulina. Friedrich, l'héritier de la ferme, était tombé à la guerre, et Babette, l'aînée des filles, était devenue bonne du curé. Il fallait donc que la seconde fille fasse un beau mariage. Depuis l'incendie qui avait ravagé la grange des Köhler en 1912, coûtant la vie à Dietrich, le seul petit-fils du vieux Köhler, les coups du sort s'étaient accumulés sur la famille. Le vieux Köhler était mort peu après l'incendie, sa femme était partie tôt aussi.

Lorsque Wenzel épousa Elsbeth, l'année de l'incendie, elle était une fervente catholique. Plus tard, elle changea de dieu et devint une nationale-socialiste tout aussi fanatique.

Pendant des années, Elsbeth et lui avaient tenté en vain d'avoir un enfant. Elle rêvait d'un garçon, d'un héritier pour le poste de bourgmestre et la ferme Köhler. Lui se serait tout autant réjoui d'avoir une fille. Le frère du père Berthold, Johann, lui-même médecin, mais dentiste, leur avait recommandé un spécialiste munichois du nom de Gustav Berchinger qui pourrait peut-être les aider à réaliser leur désir d'enfant.

Wenzel et Elsbeth partirent donc pour la Bavière au printemps 1926. Le docteur Berchinger leur inspira aussitôt une grande confiance. La compétence qui émanait de cet homme paisible fit même de l'effet à Elsbeth ; jamais Wenzel ne l'avait vue aussi détendue, aussi assurée. Pendant tout le voyage de retour, elle chanta les louanges du bon docteur. Et de fait, après une seconde consultation, elle tomba enceinte de leur fils, Anton.

À l'époque, ils avaient brièvement fait la connaissance de l'épouse du docteur Berchinger, et constaté avec stupéfaction qu'il s'agissait de la célèbre cantatrice Elisabeth Malpran. Elle revenait ce jour-là d'une tournée de chant. Les Luttich n'avaient jamais rencontré de dame si belle et si cultivée. Wenzel s'était efforcé de ne pas dévisager trop longtemps l'élégante apparition, mais Elsbeth avait eu beaucoup moins de scrupules à la fixer. Plus tard, elle trouverait à Anne-Marie Sadler un air d'Elisabeth Malpran, pas tant dans sa beauté extérieure que dans l'aura commune aux deux femmes, mélange contradictoire de douceur et de force.

Elisabeth Malpran fit à Elsbeth une impression durable. Des années plus tard, elle continuait à l'encenser et à écouter tous ses enregistrements radiophoniques. Mais une autre rencontre allait se révéler encore plus mémorable que celle de la fameuse chanteuse. Le même soir, Elsbeth avait entraîné Wenzel au *Bürgerbräukeller*[1], où ils virent Adolf Hitler en chair et en os.

---

1. Brasserie allemande située à Munich où se tenaient certaines réunions du Parti national-socialiste.

Le futur Führer du peuple allemand y avait tenu un discours enflammé. Wenzel ne s'en rappelait pas un mot, mais il n'avait pas oublié le ravissement de son épouse. Ce soir-là, Elsbeth avait troqué son dieu céleste contre une idole terrestre. Par la suite, elle avait tarabusté son mari pour qu'il prenne sa carte du parti, et il avait fini par obtempérer pour avoir la paix. C'était sans doute le seul bon conseil qu'il eut jamais accepté d'elle. Mais tout cela risquait de mal finir. Wenzel était loin d'approuver tout ce que faisait le parti, avec les Juifs, par exemple. Lui-même avait combattu pendant la Grande Guerre aux côtés de camarades juifs courageux. Le docteur Berchinger aussi, maintenant qu'il y pensait, était juif. Comment allaient-ils, aujourd'hui, lui et sa femme ?

— Enfin, Wenzel ! Tu m'écoutes ?

Le bourgmestre fut brusquement arraché à ses réflexions. Elsbeth était plantée devant lui, pieds écartés. Il constata avec surprise que, pour la première fois depuis la mort d'Anton, elle était coiffée et habillée avec soin. Son visage, en revanche, n'exprimait que la fureur. Rien de nouveau. Qu'est-ce qu'elle venait encore de raconter comme âneries ? Un Pierrot qui avait mangé son gâteau aux myrtilles ? Il retint un soupir. *Et c'est quoi, cette drôle d'odeur ?* Il renifla et fit la grimace.

— Je veux que tu abattes cette bête sur-le-champ ! glapit-elle.

Alors seulement, Wenzel vit le fusil qu'elle tenait à la main.

— Qu'est-ce qui t'arrive encore, Elsbeth ? Qu'est-ce que tu comptes faire avec cette arme ?

— Tu ne m'écoutes pas ! vociféra-t-elle. Il faut que tu abattes ce bouc ! Celui de la Kathi Sadler !

— Calme-toi, Elsbeth. Je ne vais pas abattre le chevreuil de la gamine à cause de ton gâteau ! Tu en feras

248

un autre ! Et maintenant, fiche-moi la paix, femme. J'ai du travail.

— Du travail, tu parles ! Tu restes assis là à rêvasser alors que ce monstre a failli tuer ta pauvre femme.

Elle pleurnichait, à présent. Wenzel trouvait cela encore plus insupportable que ses hurlements. Elle avait sûrement bu. Il n'aimait pas du tout que sa femme se balade au village dans un tel état, et en pleine journée. Les gens allaient encore parler. Mais ils venaient de perdre leur seul enfant, et pour l'heure, il était prêt à lui pardonner à peu près tout. Il remarquait lui-même ce que le deuil provoquait en lui.

— Allons, allons, Elsbeth. Ce n'est pas si grave. Te voilà devant moi, saine et sauve.

— Oui, mais j'ai failli y passer ! Cette sale bête vicieuse m'a attaquée par-derrière ! J'ai failli me noyer ! larmoya-t-elle.

Elle délire. Se noyer, tu parles. Dans le schnaps, peut-être.

— Tu ne me crois pas ! Je te l'ai dit. Les Sadler sont dangereux ! Surtout cette Anne-Marie. Un vrai glaçon ! Elle n'a pas remué un cil quand elle m'a vue du haut de sa fenêtre ! Elle est aussi sournoise que son bouc ! Ça ne m'étonnerait pas qu'elle soit juive. Il faut tous les fusiller, les fusiller, te dis-je !

Sa voix se brisa.

— Ça suffit, maintenant, Elsbeth, dit Wenzel d'un ton sévère. Notre docteur Berchinger de Munich, il était juif aussi, et tu l'aimais bien ! Tu n'arrêtais pas de chanter ses louanges, je m'en souviens parfaitement.

— Oui, mais seulement parce que je ne savais pas qu'il était juif.

— En voilà une logique ! C'est à lui que nous devons notre Anton, je te signale.

— Anton, Anton ! Quelle douleur, quelle douleur !
Il aurait mieux valu qu'il ne naisse jamais, notre Anton,
hurla-t-elle. Maintenant, il est mort. MORT ! Et c'est la
faute de la Kathi ! Les fusiller, il faut tous les fusiller !

Elle se mit à agiter le fusil en tous sens ; c'en fut trop
pour Wenzel, qui en avait pourtant vu d'autres durant
toutes ses années avec Elsbeth. Il se leva et la saisit fermement par les épaules.

— Allez, assieds-toi, on va boire un petit coup
ensemble.

Il en profita pour lui ôter le fusil des mains. Il espérait qu'un verre de plus la calmerait.

Elsbeth obéit et descendit deux verres d'eau-de-
vie d'affilée, puis lui raconta d'une voix pâteuse ce qui
s'était passé à la ferme Sadler. Enfin, elle s'affaissa et
s'endormit, la joue sur son bureau.

Wenzel enferma l'arme et cacha la clé en lieu sûr.

33

*« Personne n'a envie d'entendre la vérité
quand on lui présente un bon mensonge.
Les gens n'écoutent que les idées qui
peuvent leur être utiles… »*

Anne-Marie Sadler

Comme si la chute d'Elsbeth dans la fosse à purin n'avait pas suffi, cette fatale journée d'août vit une autre tragédie toucher la famille Sadler.

Franzi, enfin remise de la visite d'Elsbeth, dormait près d'August sur la banquette du fourneau. La migraine d'Anne-Marie s'était calmée aussi, et après une petite promenade, elle s'installa au salon avec Laurenz. Oleg était retourné seul au champ avec le bœuf.

— Certaines personnes n'ont rien dans la tête et parviennent quand même à tenir le monde en haleine.

Laurenz lui prit la main.

— Ne pense plus à Elsbeth, mon cœur. Je parlerai à Wenzel. C'est un homme raisonnable.

— C'est vrai, mais il n'est pas à la hauteur de la méchanceté de sa femme. Il n'y a aucun bon sentiment en elle, aucun amour. Et ce qu'elle n'a pas, elle cherche à le détruire chez les autres. C'est dans sa nature.

Charlotte entra.

— Laurenz, il faut que tu ailles chercher une balle de foin dans la grange pour l'apporter au box d'Aphrodite. Le poulain arrive bientôt.

À peine Anne-Marie se retrouva-t-elle seule qu'on frappa à la porte. Dorota fit entrer une inconnue qui se présenta : Hildegard Blanic, la sœur de Franz Honiok.

La visiteuse était bouleversée, si nerveuse qu'elle en bafouillait ; Anne-Marie eut besoin d'un moment pour comprendre ce qu'elle disait.

Enfin, son discours s'éclaircit un peu : Franz avait disparu la veille au soir. Deux hommes étaient venus le chercher, l'arrêter ! Elle s'était déjà rendue à la caserne de police de Bytom, mais on l'avait renvoyée en prétendant ne rien savoir.

— Ils ont été très grossiers ! Et un SS est venu aussi, un grand homme brun en bel uniforme. Il avait l'air vraiment comme il faut et je me suis dit que tout allait s'arranger, parce qu'il m'a souri très gentiment. Il m'a même pris le bras, comme pour une promenade, et m'a emmenée dans la cour. Là, il m'a dit que je ferais mieux de me taire, de rentrer chez moi et de penser avant tout à mes enfants. Pourquoi il a dit ça ?

Hildegard s'essuya les yeux et regarda Anne-Marie comme si elle espérait qu'elle effacerait la menace de ces paroles, lui expliquerait qu'elle avait certainement mal compris.

Mais Anne-Marie était convaincue qu'il n'y avait là aucun malentendu. L'officier SS l'avait ouvertement menacée, du genre de menace qu'elle-même connaissait si bien de sa vie d'avant. Elle sentit une main glaciale se tendre vers elle, surgissant des ténèbres de ce passé qu'elle avait laissé derrière elle plus de onze ans plus tôt. Elle refoula courageusement les signes avant-coureurs du malheur imminent.

À peine Dorota avait-elle servi à boire à leur visiteuse que Laurenz rentra.

— Laurenz! s'exclama Hildegard Blanic.

En voyant le soulagement qui se peignit sur le visage de leur visiteuse, Anne-Marie ferma les yeux un instant. Elle avait si souvent vu cet espoir chez d'autres, jadis, et toujours, il était demeuré vain.

— Laurenz! répéta Hildegard. Il faut que tu aides mon frère!

Elle jaillissait enfin, cette supplique qu'Anne-Marie avait tant redouté d'entendre.

Dorota, après avoir apporté un verre à Laurenz, se retira discrètement pour écouter derrière la porte, comme à son habitude. Elle entendit Laurenz demander à Hildegard de lui décrire en détail l'arrestation de Franz, à quelle heure elle s'était produite, si les hommes étaient en uniforme de police, et quelle raison ils avaient invoquée pour l'arrêter.

— C'est bien ça, le problème! s'écria Hildegard, surexcitée, en renversant un peu de limonade. Ils étaient en civil et ils n'ont rien dit. Juste que Franz devait les suivre au poste.

— Et Franz, il a dit quoi?

— Rien non plus! Pas un mot! Il était complètement estomaqué. Il les a juste suivis une fois qu'ils lui ont mis les menottes. Mais il était blanc comme un linge. J'ai bien vu qu'il avait peur.

— Et ces hommes ne portaient pas d'uniforme, dis-tu, Hildegard?

— Non. Et je ne les connais pas non plus, pas de nom, en tout cas. J'ai juste déjà vu l'un des deux plusieurs fois à Hohenlieben. Un officiel quelconque.

— Est-ce que tu as une idée de la raison pour laquelle ils ont emmené Franz?

Hildegard secoua la tête.

— Non. Il était raisonnable, depuis son retour de Pologne. Il n'allait plus à aucun rassemblement, et plus aucun de ses anciens contacts ne venait le voir. Je m'en serais rendu compte.

Il doit donc avoir gardé pour lui ses activités les plus récentes, se dit Laurenz. Il regarda Anne-Marie. Elle semblait pleine de compassion, serrant la main de Hildegard, mais il sentit qu'elle était tendue. Il ne douta pas que, plus tard, elle lui recommanderait vivement de ne se mêler de rien.

— Mais ces derniers temps, il était obnubilé par les nazis, reprit Hildegard.

L'idée que Franz ait caché à sa sœur son aversion des national-socialistes partit en fumée.

— Les chemises brunes le mettent hors de lui! Il les traitait de fous, d'ennemis de la Pologne et de tous les honnêtes gens. Il disait que Hitler était le pire de tous, le diable fait homme! Et que les Allemands préparaient une nouvelle grande guerre et voulaient tuer tous les Juifs et tous les Polonais. À chaque fois qu'il en parlait, je lui disais de se taire, à cet idiot. À cause des voisins, les murs ne sont pas bien épais, chez nous! Et voilà le résultat. Ils sont venus le chercher!

Sa voix se brisa.

— Mais tu as dit tout à l'heure que tu ne savais pas pourquoi ils l'avaient arrêté, objecta Anne-Marie.

— Le truc des nazis, je n'ai pas osé en parler tout de suite. De nos jours, il faut faire attention à ce qu'on dit et à qui, n'est-ce pas? (Elle s'essuya les yeux.) Les chemises brunes sont venues le prendre, c'est ça? On ne le reverra jamais! Ah, pourquoi n'a-t-il pas tenu sa langue? Tout allait pourtant bien… Si seulement il s'était tu! Mais il voulait changer la politique, cet imbécile. Pourquoi lui?

Elle éclata en sanglots et s'affaissa sur son siège comme un soufflet privé d'air.

Laurenz, désarmé, attendit que Hildegard se reprenne un peu. Dorota apporta une bouteille de cordial avec trois verres, que Laurenz remplit.

Hildegard resta encore un moment chez eux, puis Oleg la ramena à Hohenlieben en fourgonnette. Laurenz lui promit de se renseigner sur le sort de Franz.

— Je comprends que tu t'inquiètes pour ton ami, dit Anne-Marie plus tard, mais je t'en prie, pense d'abord à ta famille.

— Je serai prudent, assura Laurenz.

34

> *« Hegel remarque quelque part que tous les grands événements et personnages de l'histoire du monde surviennent pour ainsi dire deux fois. Il a juste oublié d'ajouter: la première fois comme une tragédie, la seconde comme une farce. »*

Karl Marx

Depuis que Pierrot avait pris goût à la liberté, Kathi avait de plus en plus de mal à l'attirer à l'écurie. Mais en ce jour funeste, alors que ses parents discutaient avec la sœur de Franz Honiok, le chevreuil trottina de lui-même à sa suite, tête basse.

— Ce filou sait très bien ce qu'il a fait, dit Oleg en lui tendant une pierre de sel à lécher. Tu nous as tous mis dans la panade, hein, petit brigand?

Oleg lui tapota le flanc de sa main libre.

— Il vaudrait peut-être mieux ne pas le récompenser, fit Kathi, mal à l'aise.

La menace d'Elsbeth lui résonnait encore aux oreilles, et le coup d'œil haineux qu'elle lui avait lancé en quittant la ferme l'obsédait. La mère d'Anton savait parfaitement à quel point Kathi tenait à son chevreuil, et la peine qu'elle aurait s'il mourait. Elle enlaça Pierrot, se blottit contre lui et laissa couler son chagrin accumulé.

Oleg continua sa sculpture du moment, un petit chat qu'il taillait pour Franzi dans un morceau de bois. Il pensait qu'il fallait laisser aux sanglots le temps dont ils avaient besoin.

Quand Kathi eut séché ses larmes, elle se mit à échafauder avec son ami des plans tous plus alambiqués les uns que les autres pour mettre le chevreuil à l'abri d'Elsbeth.

Le soir même, au dîner, elle supplia son père :

— Il faut qu'on mette Pierrot en sûreté, père ! S'il te plaît !

— Et comment comptes-tu t'y prendre, Kathi ? Nous ne pouvons pas l'enfermer ni le cacher en permanence. Ton chevreuil n'est pas un chien, c'est un animal sauvage qui a besoin de la forêt.

— Elsbeth a dit qu'elle voulait le tuer !

— J'ai entendu. Mais notre Pierrot n'est pas complètement innocent non plus. Il a tout de même failli tuer la Luttich !

— On ne pourrait pas aller le lâcher dans une autre forêt, loin d'ici ? Oleg dit qu'on pourrait lui faire passer la frontière.

Laurenz fronça les sourcils.

— C'est beaucoup trop dangereux, Kathi ! Les Allemands et les Polonais recommencent à se disputer la frontière. Dois-je te rappeler ce qui est arrivé à Anton ? Oleg n'a pas à te mettre de telles idées en tête. Je vais aller lui dire deux mots !

Kathi s'aperçut de son erreur. Voilà que son père était fâché contre Oleg !

— S'il te plaît, père, Oleg n'y est pour rien ! C'était mon idée à moi toute seule ! Je lui ai juste demandé s'il pouvait m'aider. Je ne peux quand même pas abandonner Pierrot comme ça à son destin. Anton et moi l'avons sauvé ensemble.

Bien qu'attristé par le désespoir de sa fille, Laurenz demeura cette fois-ci inflexible.

— Non, Kathi, c'est mon dernier mot ! Écoute-moi, petit colibri, reprit-il plus doucement. Notre Pierrot est un malin. Il pourrait bien échapper aux chasseurs. Peut-être que pour une fois, nous devrions faire confiance à Dieu.

— Mais…, lâcha Kathi avec un soupir.

— Non ! Ça suffit, maintenant. Je ne veux plus en entendre parler. Va aider Dorota à faire la vaisselle.

À peu près au même moment, le *Sturmbannführer* SS Alfred Naujoks, client de l'hôtel *Oberschlesien* à Gliwice, reçut un appel de Berlin. Son correspondant ne prononça que trois mots avant de raccrocher : «Grand-mère morte.»

Ledit correspondant était Reinhard Heydrich, chef des services secrets du SD et de la SS. Ce mot de passe donnait le feu vert à Naujoks pour l'opération «Tannenberg».

Il réunit ses hommes, triés sur le volet et tous des SS de Haute-Silésie. Tous parlaient polonais.

35

« Ne rien faire, c'est agir aussi ! »

Kathi Sadler

Minuit. Tout le monde dormait.

C'est en tout cas ce qu'espérait Kathi quand elle sortit de son lit et s'habilla. Après un dernier coup d'œil à Franzi endormie, elle grimpa sur le rebord de la fenêtre, et une fois de plus, les souvenirs la submergèrent. Jadis, chaque fois qu'elle descendait en cachette le long du treillage, c'était parce que le hululement de la chouette avait retenti, signe qu'Anton l'attendait en bas. Ils montaient sur la colline, observaient la lune et les étoiles et formaient les projets les plus fous. Une nuit, Anton avait apporté un télescope, qu'il s'était fait offrir en sachant que Kathi en rêvait. L'appareil leur fit découvrir des constellations, des galaxies entières s'ouvrirent devant leurs yeux, et leurs rêves grandirent, infinis comme le ciel et l'espace. À la mi-août, ils dirigèrent l'appareil vers les Perséides et suivirent bouche bée leurs traces brillantes dans l'obscurité, merveilleuse danse des astres, nuit des étoiles filantes et des vœux. En hiver, dès qu'il y avait assez de neige, ils sortaient avec une luge et dévalaient sous la pleine lune l'autre versant de l'échelle céleste. Les courbes téméraires qu'ils faisaient décrire à l'engin leur valaient de se retrouver presque chaque fois le nez dans la poudreuse, hors d'haleine, gloussant et pensant déjà à la descente suivante. Et même si c'était la luge d'Anton, Kathi était autorisée à la diriger aussi souvent que lui.

Le hululement de la chouette ne retentirait plus jamais sous sa fenêtre. Plus jamais Anton ne l'entraînerait dans une nouvelle aventure. Tout ce qui lui restait, pour toujours, c'était le souvenir de ces expéditions communes et le dernier sourire d'Anton, qu'elle n'oublierait jamais.

Kathi se demanda tristement combien de moments de sa vie seraient à présent marqués des mots «plus jamais». Il n'y aurait plus jamais personne comme Anton, plus jamais elle ne verrait la licorne…

Elle s'arracha à ses souvenirs et, revenant au présent, descendit en s'accrochant au treillage. Son compagnon Oskar, au moins, était à son poste en bas. Elle lui passa les bras autour du cou et se laissa aller un instant à ses émotions. Le chien demeura immobile. Enfin, Kathi s'essuya le nez de la manche puis courut à la grange.

Elle n'avait pas eu grand mal à convaincre Oleg de l'aider à mettre Pierrot à l'abri d'Elsbeth. La mort d'Anton pesait lourdement sur la conscience du valet de ferme, et il expliqua à Kathi que s'il ne pouvait pas ramener son ami, il voulait au moins sauver son chevreuil. Il ne lui permettrait pas de l'accompagner, la région frontalière était bien trop dangereuse. Même les prières insistantes de Kathi ne purent le faire fléchir sur ce point. Elle pouvait dire adieu à Pierrot ce soir, mais il partirait sans elle.

Oleg avait tout prévu. Pour que le bruit du moteur ne réveille personne, il avait garé la fourgonnette chargée de balles de foin près du parc à chevaux au lieu de la laisser comme d'habitude dans la grange. Le lendemain, il déchargerait le foin dans l'enclos, et si quelqu'un remarquait que le véhicule n'était pas à la grange, il aurait une explication toute trouvée.

Pierrot avait l'air triste. Il salua Kathi comme d'habitude, en frottant le sol d'un sabot, puis resta anormalement calme. Il baissa même sa tête aux bois imposants pour qu'elle puisse lui passer son licou.

— Franzi va bien ? demanda Oleg.

— Oui, elle dort à poings fermés.

— Parfait ! Viens, maintenant, et en silence.

Oleg avait au moins autorisé Kathi à les accompagner jusqu'à la fourgonnette.

— Tu es certain que ça va marcher ? chuchota-t-elle.

Alors qu'ils fomentaient leur plan, elle s'était sentie sûre d'elle et très déterminée, mais à présent, son assurance s'effritait.

— Oui ! Je vais prendre des chemins détournés jusqu'à Gliwice, où commencent les grandes forêts. Jusqu'à la frontière, je m'y connais bien. Là, je m'arrête et je fais passer la frontière à Pierrot à pied. (Il leva les yeux.) Ciel clair et plein d'étoiles, c'est bien ! Je peux rouler sans phares.

Vint le moment tant redouté par Kathi. La gorge nouée, elle serra Pierrot une dernière fois contre elle, inspira sa puissante odeur animale. Encore un adieu. Et le regard que lui lança le chevreuil ! Il semblait comprendre exactement ce qui se passait. Kathi eut du mal à se détacher de lui, mais Oleg s'interposa et souleva Pierrot sans peine pour le poser sur la surface de chargement.

— J'y vais, maintenant.

Kathi hocha la tête, incapable d'articuler un mot. Oleg monta dans la cabine. Le chevreuil poussa un cri plaintif qui toucha Kathi en plein cœur ; Oskar répondit à son ami et le rejoignit d'un bond dans la fourgonnette.

— Oskar ! cria Kathi. Descends de là tout de suite !

Oleg démarra, la camionnette s'élança en cahotant, et un peu de paille voleta jusqu'au sol.

Oleg roula sans lumière sur les vieux chemins de terre battue utilisés depuis toujours par les paysans. Au fil des siècles, chars à bœufs et à chevaux y avaient tracé de profondes ornières. De tout le trajet, il ne croisa qu'un motard solitaire. Quand son phare unique surgit, Oleg se rangea sur le bas-côté. En cas de contrôle, il brandirait la bouteille posée sur le siège passager et prétendrait qu'après une beuverie, il cuvait simplement son schnaps en bord de route. Mais le motard ignora la fourgonnette et poursuivit sa route sans ralentir.

Bien qu'Oleg avançait dans le noir et à petite vitesse sur les pistes en mauvais état, il atteignit son but en une heure. Au loin clignotaient les lumières des deux tours de radio de l'émetteur de Gliwice. Il bifurqua sur un chemin forestier et le suivit sur plusieurs centaines de mètres avant de trouver un endroit adéquat pour le quitter. Il manœuvra un peu acrobatiquement entre les arbres, faisant gémir et rebondir la vieille Opel sur le sol sillonné de racines, puis éteignit enfin le moteur.

Oleg descendit, fit le tour du véhicule et eut la frayeur de sa vie. Kathi surgit entre les balles de foin, entre Oskar et Pierrot, et bondit à terre.

— Ne m'en veux pas, Oleg, dit-elle à la hâte. Oskar a sauté dans la fourgonnette, je l'ai rappelé mais il n'a pas voulu descendre, alors je suis montée pour l'attraper, et tu as démarré, et…

Elle se tut, consciente de l'insuffisance de ses explications. Elle aurait pu se signaler à tout moment en tapotant à la vitre de la cabine du conducteur.

Oleg secoua la tête, effaré, en répétant :

— Kathi, Kathi…

— Je n'ai pas réfléchi. C'est arrivé, voilà. S'il te plaît, ne sois pas fâché, Oleg.

— Je ne suis pas fâché, juste déçu.

Il se détourna.

Kathi serra encore une fois son chevreuil dans ses bras, lui embrassa le front et le noya presque de larmes. Puis Oleg prit son ton le plus sévère :

— Ça suffit, Kathi. Il faut qu'on y aille. Toi, tu t'assieds dans la voiture et tu ne bouges pas jusqu'à mon retour. Pour une fois, fais ce que je te dis !

Puis Oleg saisit le licou et Pierrot le suivit, résigné.

Kathi les regarda s'éloigner, s'estomper, devenir des ombres que la forêt avala bien trop vite. Incapable de détacher les yeux de l'endroit où elle les supposait, elle aurait tant voulu les accompagner, prolonger encore un peu son dernier moment avec Pierrot ! Elle repensa au jour où Anton et elle avaient découvert le minuscule faon blessé.

Soudain, une lumière scintilla dans la nuit. Qu'est-ce que c'était ? Kathi se pencha vers l'avant, s'écrasant le nez contre le pare-brise. Là-bas ! Un point lumineux remuait dans le noir. Une lampe de poche ? Elle se dirigeait pile vers l'endroit où devaient se trouver Oleg et Pierrot ! Était-ce une des patrouilles frontalières dont avait parlé le valet de ferme ?

La lumière s'éteignit et sa disparition effraya Kathi encore plus que son apparition. Où était-elle passée ? Elle ouvrit la portière de la fourgonnette et tendit l'oreille dans le noir. La nuit, la forêt était tout aussi vivante que le jour. Parmi les bruits des habitants des bois occupés à leurs chasses nocturnes, elle n'entendit rien qui indiquât une présence humaine. Pourtant, elle perçut une présence invisible, un froid qui grimpa de ses pieds jusqu'à son cœur. L'intuition du danger. *Oleg !* Elle devait l'avertir de la présence de la patrouille !

Oubliant toutes les admonestations de son ami, elle sauta de la camionnette et s'enfonça au pas de course dans la forêt obscure.

Oskar resta immobile quelques secondes, intrigué, puis se lança à grands bonds derrière elle.

Une racine stoppa net l'action irréfléchie de Kathi. Elle trébucha, mais le sol moelleux amortit sa chute et elle y resta allongée, haletante. Oskar s'approcha d'elle et colla son museau humide contre sa joue.

— Tout va bien, chuchota-t-elle.

Elle se releva et se blottit contre un tronc, aux aguets. Rien, juste son propre souffle et son cœur qui battait la chamade. Au contraire, il régnait soudain un silence pesant, même les animaux s'étaient tus. Une transformation à peine perceptible semblait s'opérer dans la forêt, comme si les bois cherchaient à se protéger de l'arrivée d'un intrus.

Kathi ne craignait ni la forêt ni l'obscurité ; le seul danger venait des hommes qui rôdaient avec leurs lampes de poche. Ou n'avait-elle fait qu'imaginer tout ça ? La lumière, le danger ? Elle savait que la peur brouillait les sens et poussait souvent les gens à commettre des bêtises, comme se précipiter sans raison dans les bois alors qu'on vient de promettre à son ami de ne pas bouger. Qu'est-ce qui lui avait pris ? Oleg était tout à fait capable de prendre soin de lui-même.

— Viens, Oskar, chuchota Kathi. On retourne à la fourgonnette.

Mais quand elle se redressa, la lumière réapparut, beaucoup plus proche. Kathi crut même apercevoir les silhouettes de plusieurs hommes. Près d'elle, Oskar se mit à gronder doucement.

— Silence, Oskar, murmura-t-elle.

Au bout de quelques secondes, la lumière disparut de nouveau, ne laissant que les ténèbres et un silence inquiétant. Kathi compta lentement jusqu'à cent, mais la lueur ne revint pas.

— À la voiture, Oskar ! Cherche, chuchota-t-elle.

Alors seulement, elle se rendit compte que son fidèle compagnon n'était plus là.

— Oskar ? murmura-t-elle, puis, plus fort : Oskar !

Quelle nuit maudite ! Comment Oskar avait-il pu l'abandonner ici ? Cela ne lui ressemblait pas du tout. Que faire ? Attendre son retour ? Chercher elle-même le fourgon ? Elle se décida pour la seconde solution, sachant qu'Oskar, lui, la retrouverait partout. Elle se glissa d'arbre en arbre sans cesser de guetter la mystérieuse lumière.

Soudain, quelqu'un l'attrapa par-derrière et la secoua sans ménagement.

— Qu'est-ce qui te prend de te balader toute seule ? siffla une voix à son oreille.

Oleg ! Kathi fut tellement soulagée qu'elle vacilla et tomba les fesses par terre. Oskar lui passa sa langue râpeuse sur la figure. Il était allé chercher Oleg ! Pleine de reconnaissance, elle passa la laisse au cou du chien et leva la tête vers son ami.

— Et Pierrot ? chuchota-t-elle.

— Tout va bien. C'est un chevreuil polonais, maintenant. Tiens ! (Oleg lui tendit un mouchoir.) Essuie-toi le nez et suis-moi. Nous ne sommes pas les seuls à nous promener ici cette nuit.

— La fourgonnette est loin ?

— Non. Mais reste bien derrière moi.

Ils n'avaient pas fait quatre cents mètres qu'Oleg se figea. Oskar aussi se crispa. Le valet de ferme fit signe à Kathi de s'accroupir.

— Il y a quelqu'un à côté de notre camionnette ! murmura-t-il.

— *Gówno !* Et maintenant ?

Le vol du fourgon serait une catastrophe. Sans lui, jamais ils ne pourraient rentrer à temps, et le lendemain matin, ses parents seraient malades d'inquiétude !

Oleg garda le silence et continua à tendre l'oreille. Puis il avança de quelques mètres, à plat ventre, et écarta prudemment les branches d'un buisson. Kathi, peu désireuse de rester seule, rampa à sa suite. Ils étaient bien plus proches de la camionnette qu'elle ne l'avait cru. La lune se reflétait dans la vitre arrière et laissait voir distinctement les silhouettes de plusieurs hommes attroupés près du véhicule. Kathi en compta six. L'un d'eux fit mine d'allumer une cigarette, mais un autre lui frappa la main pour la faire tomber avec un reniflement réprobateur. Ils se mirent à chuchoter.

Malheureusement, le vent éloignait le son de leurs voix. Kathi se contenta donc de les observer. Les six hommes portaient des vêtements et des bérets ordinaires. L'un d'eux se tourna dans leur direction, l'air de chercher quelque chose. La fillette en oublia de respirer, se voyant déjà arrêtée. Puis l'homme dit quelque chose en polonais, et tout le groupe éclata de rire. Cette fois-ci, le vent avait porté leurs paroles jusqu'à eux. Kathi sentit Oleg se détendre instantanément.

— On a de la chance ! Des gardes-frontières polonais ! Des camarades !

— Comment ça, des camarades ? Tu es pourtant ukrainien ? s'étonna Kathi.

— Je connais quelques gardes. Deux sont des neveux de Dorota.

Kathi, qui parlait polonais aussi bien qu'Oleg grâce aux cours de Dorota, avait elle aussi compris les mots qui venaient d'être prononcés, mais sans vraiment en saisir le sens.

— Qu'a dit cet homme à propos de la liberté ?

— « L'heure de la liberté est venue. » Je vais leur parler. Tu m'attends ici.

Il se leva mais Kathi agrippa sa jambe de pantalon.

— Reste, s'il te plaît ! chuchota-t-elle.

Oleg s'accroupit de nouveau près d'elle.

— Qu'est-ce qu'il y a ?

— Peut-être qu'ils vont partir tout seuls ?

— Peut-être. Mais peut-être qu'ils prendront la fourgonnette. Reste ici, Kathi, et en silence. Tu as compris ?

Face à la détermination de son ami, elle obéit. Il s'avança, les bras grands ouverts, et salua les hommes en polonais. Mais au lieu de répondre, l'un d'eux leva son arme et tira deux coups. Oleg s'effondra et resta à terre, immobile.

Kathi était paralysée d'horreur, incapable de comprendre ce qui venait de se produire. Oskar, en chien intelligent, se serra sans un bruit contre sa maîtresse.

— Espèce d'imbécile ! souffla un autre homme avant d'arracher son arme au tireur. Ça va pas, non, de tirer comme ça à tort et à travers ?

Malgré sa détresse, Kathi comprit soudain que quelque chose clochait. Ces hommes parlaient allemand ! C'étaient des Allemands déguisés en Polonais !

Alors qu'elle se blottissait derrière son buisson, toute tremblante, le meneur donna le signal du départ.

Ils abandonnèrent Oleg sur place, sans plus s'intéresser à la camionnette, juste désireux de quitter les lieux au plus vite avant que ne surgissent des curieux attirés par les coups de feu.

Kathi trouva à peine la force de se redresser pour s'asseoir. La scène se rejouait en boucle devant ses yeux. Le salut amical d'Oleg, les coups de feu qui l'abattaient.

Une brindille craqua dans son dos et Kathi pensa : *Ça y est, c'est mon tour...* Elle attendit le coup de feu mortel.

Oskar s'était déjà relevé. Loin de grogner, il agitait joyeusement la queue.

Ce n'était pas un ennemi, c'était Pierrot. Le chevreuil était revenu. Il baissa la tête en guise de salut puis se dirigea droit sur Oleg.

Seconde partie

GUERRE

«Je justifierai le déclenchement de la guerre par la propagande… Plus tard, on ne demande pas au vainqueur s'il a dit la vérité.»

Adolf Hitler

36

« C'est la guerre, la guerre… Et ce sont toujours les innocents qui se retrouvent pris entre les fronts. »

Anne-Marie Sadler

Dorota se réveilla en sursaut, le cœur battant à tout rompre. Elle sentait clairement une présence étrangère dans sa chambrette. Les esprits de ceux qui l'avaient précédée dans cette maison vieille de plusieurs siècles erraient parfois entre ses murs épais, et elle les connaissait tous.

Elle fouilla la pièce du regard. Les ombres attendues n'étaient pas là. Il faisait même beaucoup trop clair ! *Mon Dieu*, pensa-t-elle, choquée. J'ai dormi trop longtemps ! En cinquante ans, cela ne lui était encore jamais arrivé. La veille, elle avait mis très longtemps à s'endormir, malgré une bonne tasse de lait chaud au miel.

La nuit a été mauvaise et la journée va l'être aussi… Dorota joignit les mains et implora avec ferveur la Madone noire de Czenstochowa. Les ténèbres dureraient trois fois deux ans, voilà ce qu'elle avait rêvé. Alors seulement, la lumière viendrait de par-delà les mers pour tous les sauver.

Jamais auparavant Dorota n'avait ressenti le besoin de se cacher sous ses couvertures et de rester au lit jusqu'au soir, voire les six prochaines années... Mais le sens du devoir la força à passer ses lourdes jambes par-dessus le bord du lit. On était vendredi, beaucoup de travail l'attendait. Elle se débarbouilla et s'habilla à la hâte, ralluma le fourneau dans la cuisine puis alla réveiller Oleg, comme tous les matins.

Il n'était pas dans son réduit, où son lit était bien fait. Brave garçon, déjà à l'étable avec ses bêtes ! La Liesl allait vêler d'un moment à l'autre.

Dorota se lança dans ses soins matinaux du poulailler, y dispersa une pelletée de grain, remit de l'eau fraîche et ramassa les œufs encore chauds. Elle voyait toujours la preuve de l'existence de Dieu dans la perfection d'un œuf.

En repassant par la cour, elle aperçut une poule qui tendait la tête hors de la grange d'un air curieux. *Mon Dieu ! Encore une qui s'est échappée !* Elle pesta intérieurement contre Oleg, chargé de s'assurer chaque soir que la volaille était en sécurité au poulailler. Les renards étaient une calamité mais, depuis près de deux mois, un décret interdisait la chasse en zone frontalière. Poules et oies en faisaient les frais, et les fermiers étaient allés se plaindre auprès du bourgmestre. Mais Luttich prétendait avoir les mains liées, les ordres venaient d'en haut.

Dorota reporta son attention sur la grange et la poule. Elle s'approcha de la porte du bâtiment pour la fermer et remarqua que la camionnette ne s'y trouvait pas.

Ça alors ! M. Laurenz avait-il envoyé Oleg faire une course de si bon matin ? C'était déjà arrivé, il n'y avait là aucune raison de s'inquiéter. Pourtant, une impression désagréable l'envahit. Elle se secoua. Les soucis du jour chassent le sommeil de la nuit. Ce qui devait arriver arrivait. *L'homme réfléchit, Dieu le guide.* Ainsi le disait la Bible.

Dorota reprit sa routine matinale, alla voir les oies, les chèvres et les lapins, retourna à la maison, mit la table, moulut du café et prépara le petit déjeuner.

Laurenz fut le premier membre de la famille à surgir dans la cuisine, peu après 6 heures. Dorota lui servit son café comme il l'aimait, fort et noir.

Tandis qu'il le buvait et mangeait une tartine de saindoux, elle alla chercher des pommes de terre à la cave, sous le cellier, et se mit à les nettoyer. Comme si de rien n'était, elle demanda à Laurenz quand Oleg allait rentrer et si elle devait accomplir certaines de ses tâches en son absence.

— Oleg est parti ?

— Oui, avec la camionnette. Ça ne va pas ?

— Il ne m'a rien demandé, en tout cas.

— Alors ça ne va certainement pas ! s'exclama Dorota sur un ton qui ne laissait rien présager de bon pour son fils adoptif. Où a-t-il pu aller à cette heure ?

— J'aimerais bien le savoir aussi, renchérit Laurenz.

Ce matin justement, il aurait eu besoin de l'Opel. Il n'était pas fâché, juste intrigué. Ce n'était pas le genre du valet de ferme de prendre la fourgonnette sans autorisation, d'autant que son patron ne lui aurait jamais interdit de s'en servir.

— Je vais voir à la grange, dit-il.

S'il espérait vaguement que le véhicule aurait entre-temps réapparu, il fut déçu. Pris d'une inspiration subite, Laurenz poursuivit jusqu'à l'appentis où vivait Oleg. Alors qu'il s'apprêtait à ressortir du réduit désert, il remarqua un papier posé sur la table fabriquée par le jeune homme. Il s'approcha. C'était un message, écrit en grosses lettres maladroites et truffé de fautes : *Suis parti relacher Piero en forêt. Revien demain matin. Pas d'inquiétude, je suis prudent. Oleg.*

Laurenz secoua la tête, agacé. Qu'est-ce qui lui prenait ? Anton était mort trois semaines plus tôt près du tertre et voilà qu'Oleg retournait traîner là-bas ? À quoi pensait-il donc ? Si on avait interdit la chasse, ce n'était pas pour sauver les renards, mais pour camoufler les activités louches qui se déroulaient en zone frontalière ! Et depuis quand Oleg savait-il écrire ? *Kathi !* Elle devait le lui avoir appris en échange de ses cours de russe. Et c'était sûrement elle qui l'avait convaincu de se lancer dans cette folle expédition, après avoir, la veille, tenté en vain de persuader son père.

Quand cette enfant comprendrait-elle enfin qu'elle ne pouvait pas en faire qu'à sa tête ? Laurenz tressaillit. *Mon Dieu !* Il retourna à la maison en toute hâte, monta l'escalier quatre à quatre et ouvrit à la volée la porte de la chambre des filles. Son terrible pressentiment se confirma : le lit de Kathi était vide ! Il fut submergé de colère contre Oleg.

Dans l'autre coin de la pièce, Franzi ronflotait paisiblement. Il fouilla brièvement la pièce, espérant trouver un message de son aînée. Rien. Il referma la porte beaucoup plus doucement, bien que même une fanfare ne puisse tirer la petite de son sommeil.

À la porte de la chambre conjugale, Laurenz résolut de ne pas réveiller Anne-Marie. Elle n'allait de toute façon pas tarder à se lever, et peut-être le destin serait-il assez charitable pour leur avoir ramené Oleg et Kathi d'ici là. Mais au même instant, sa femme ouvrit la porte. Un coup d'œil au visage de Laurenz lui suffit.

— Mon Dieu, que se passe-t-il ? Parle donc ! Kathi, Franzi ?

— C'est Kathi. Elle est partie avec Oleg relâcher Pierrot pour le mettre à l'abri d'Elsbeth Luttich.

— Oh, quelle petite écervelée ! Et cette Elsbeth, que le diable l'emporte ! Toute l'histoire d'hier ne serait pas arrivée si elle ne venait pas en permanence fouiner ici, terroriser Kathi et…

Anne-Marie s'interrompit et se plaqua les mains sur la bouche.

— Qu'est-ce que je dis là ? La pauvre a perdu son fils unique et est complètement dérangée. Et Kathi ne va pas beaucoup mieux ! C'est notre faute, Laurenz. Nous aurions dû savoir qu'elle serait prête à tout pour son Pierrot. Mais Oleg, qu'est-ce qui lui a pris ? Tu vas devoir lui parler sérieusement…

Elle interrompit sa tirade et s'effondra d'un coup contre Laurenz, comme si toutes ses forces venaient de l'abandonner. Il lui caressa tendrement le dos.

— Écoute-moi, mon cœur. Oleg aime Kathi comme une sœur. Il prend soin d'elle. Et il connaît les chemins de la zone frontalière comme sa poche.

— Ils sont en zone frontalière ?

Laurenz saisit son erreur. Anne-Marie lisait comme lui les journaux, où les mots entre l'Allemagne et la Pologne cliquetaient comme des sabres tirés au clair. Elle connaissait les rumeurs affirmant que des soldats allemands se déployaient le long de la frontière polonaise. Quiconque s'aventurait en ce moment en zone frontalière risquait d'être abattu, comme Anton. Par un ami ou un ennemi, cela importait peu. Un mort était un mort. Et Laurenz avait du mal à déterminer qui il devait considérer comme un ennemi. La vie lui avait appris que le seul ennemi de l'homme, c'était l'homme.

— Il ne leur arrivera rien, Anne-Marie. Je suis sûr qu'ils vont bientôt rentrer.

Laurenz savait que ses mots ne la rassureraient guère. Ils ressemblaient plutôt à une prière, une supplique à l'écho centenaire, répété par tous ceux qui espéraient comme lui le retour d'une personne aimée saine et sauve.

Anne-Marie releva la tête. Dans le reflet argenté de ses larmes se lisait tout son être, son dévouement à l'amour, son courage, sa force. Pourtant, l'espace d'une fraction de seconde, Laurenz parvint à briser la forteresse intérieure de sa femme. Leur inquiétude pour Kathi les rendait tous deux vulnérables ; il ne pouvait s'expliquer autrement ce soudain accès de jalousie envers la vie passée d'Anne-Marie.

Elle se passa le dos des mains sur les yeux et ravala ses larmes. Rester calme et ferme dans les moments décisifs, voilà ce qui lui avait permis de survivre. Ce qu'elle avait vu, ce qu'elle avait vécu… Le simple fait de savoir ce dont les hommes étaient capables pouvait rendre fou. Dans son désespoir, elle avait un jour été tentée de mettre un terme à ses jours, puis s'était décidée pour la vie et la vengeance. Durant de longues années, elle n'avait existé que pour cela, tirant ses forces de ce sentiment puissant.

Puis elle avait découvert qu'il existait quelque chose d'encore plus grand qui valait la peine de vivre et de se battre : elle avait rencontré l'amour. Et elle avait compris que rien n'était plus stupide que la vengeance. Se venger ne changeait absolument rien, n'annulait pas le passé et ne ressuscitait pas les morts. Son amour pour Laurenz lui avait donné la force de s'extraire de son ancienne vie, de l'abandonner comme une peau flétrie. Le jour où elle avait accepté de devenir sa femme avait été pour elle le jour d'une renaissance, le commencement d'une seconde vie. Pourtant, il arrivait que son existence passée ressurgisse au milieu de la nouvelle, que les démons de jadis se déchaînent à nouveau en elle. C'étaient des moments de ténèbres précédés de longues nuits sans sommeil, pendant lesquels elle se sentait si vulnérable et si fragile

qu'elle se demandait parfois si l'amour suffisait. Et elle
ne pouvait confier à personne le secret de sa vie. Or, un
secret qu'on ne peut partager développe avec le temps
une puissance destructrice. Pendant la journée, il reposait comme un nœud coulant autour de son cou. Elle le
contenait en travaillant et en assumant ses devoirs, le
maîtrisait à coups de petits et de grands soucis quotidiens.
Les moments de bonheur partagés avec Laurenz, Kathi
et Franzi, surtout, repoussaient toujours les démons dans
leurs ténèbres.

Mais certaines nuits, ils l'empêchaient de dormir et
l'envoyaient errer à travers la maison. Les cernes sous ses
yeux se faisaient plus sombres, sa peau plus transparente,
son merveilleux sourire plus rare. Laurenz s'en rendait
bien compte mais ne la poussait jamais à lui révéler son
secret. Son formidable mari se contentait de l'aimer et
de la vénérer. Et c'est ainsi que, chaque fois, elle sortait
encore renforcée de sa période de doutes. Laurenz et
leurs enfants étaient à présent tout son univers.

— Nous devons aller les chercher, dit Anne-Marie.
Il y a environ vingt kilomètres d'ici à la zone frontalière
et Oleg a la voiture ; nous allons avoir besoin des chevaux.

— Bon ! Je vais prévenir ma mère.

— Je suis là, lança celle-ci.

Les époux sursautèrent. Charlotte était debout dans
l'escalier, en robe de chambre.

— J'ai tout entendu. Je vais partir à cheval avec
Anne-Marie chercher ma petite-fille. Toi, Laurenz, tu
restes ici et tu attends notre retour.

— C'est hors de question ! Toi et Anne-Marie, vous
attendrez ici, et…

— Ne dis pas n'importe quoi ! le coupa Charlotte.
Tu es un piètre cavalier, mon fils, alors qu'Anne-Marie
monte excellemment.

C'était la première fois que la mère de Laurenz faisait un compliment à sa femme, et sans son inquiétude pour Kathi, il n'aurait pas manqué de commenter la chose. Mais il se contenta de protester encore :

— Comment peux-tu attendre de moi que je reste ici pendant que vous deux courez droit au danger ?

— Parce que grâce à mes excursions à cheval, je connais la zone frontalière mille fois mieux que toi, et parce que deux femmes risquent beaucoup moins de se faire tirer dessus qu'un homme seul. La discussion est close. Je m'habille et je vais préparer les chevaux. Anne-Marie, ajouta-t-elle en se tournant vers sa bru, je t'attends à l'écurie dans une demi-heure.

Puis elle dévala l'escalier.

Les époux Sadler se dévisagèrent, stupéfaits.

— Ça alors, marmonna Anne-Marie.

Elle remarqua malgré tout l'air vexé de Laurenz, ses lèvres pincées. Il fit mine de suivre sa mère en bas, mais elle le retint.

— Je suis d'accord avec elle. Réfléchis donc, mon chéri, dit-elle avec une douce fermeté. Que se passera-t-il si Kathi rentre avec Oleg pendant que nous sommes partis tous les deux ? Il vaut mieux qu'un de nous reste ici pour l'accueillir. Et il faut que ce soit toi. Kathi aura besoin de toi pour la consoler. Elle est très attachée à Pierrot.

— Non ! s'exclama Laurenz. Je ne peux pas te laisser courir un tel risque pendant que je reste ici au chaud ! Ça ferait de moi un bien mauvais époux.

— Mais nous ne pouvons pas partir tous les deux, Laurenz. Nous devons aussi penser à Franzi.

— C'est ce que je fais ! Tu es sa mère. C'est donc moi qui vais partir avec Charlotte.

— Non ! contra Anne-Marie. Je deviendrais folle d'inquiétude, et notre petite Franzi le ressentirait tout de suite. Si mon angoisse provoque une de ses crises… Tu es beaucoup plus calme et plus raisonnable que moi, Laurenz. Laisse-moi partir avec ta mère, je t'en prie !

Quand sa mère et sa femme montèrent à cheval, une demi-heure plus tard, Laurenz ne cacha pas son malaise de les laisser partir. Il parvint tout de même à forcer Charlotte à lui rendre le fusil qu'elle venait de fixer à sa selle.

— C'est trop dangereux, assura-t-il. Comme une invitation à vous tirer dessus !

Puis commença pour lui l'attente. Il constata qu'il n'existait pas pire torture que d'attendre ceux qu'on aime. Anne-Marie avait raison, l'angoisse et l'inaction pouvaient véritablement rendre fou. Il avait toutefois une foule de choses à faire, obligé d'assurer les tâches les plus urgentes d'Oleg. Il se jeta à corps perdu dans le travail. Pourtant, les heures suivantes se traînèrent avec une lenteur poisseuse, comme si le temps s'étirait.

Il revenait sans cesse au portail pour scruter la route jusqu'au virage, comme s'il pouvait provoquer le retour de celles qu'il aimait rien qu'en les guettant avec assez d'insistance. Ses sens commencèrent à lui jouer des tours. À plusieurs reprises, il crut entendre un moteur ou le bruit de sabots, il vit se lever des nuages de poussière imaginaires. Mais le chemin restait désert.

Enfin, peu après 11 heures, Laurenz vit arriver quelqu'un. Le soleil était déjà haut et il dut mettre une main en visière pour reconnaître la silhouette qui finit par se détacher dans la lumière vibrante.

Quand il reconnut la visiteuse solitaire, il sut qu'il allait avoir du mal à rester poli.

37

« *La guerre, c'est la victoire du diable !* »

Père Berthold Schmiedinger

— Père, il faut que tu viennes, tout de suite ! C'est Oleg, il…

Kathi s'interrompit, effarée. Son père venait de se retourner, dévoilant la visiteuse qu'il lui avait cachée jusque-là. *La Luttich ! Pile maintenant…*

Laurenz se précipita vers sa fille et la serra dans ses bras au risque de l'étouffer. Il s'assura rapidement qu'elle était indemne.

Kathi était furieuse de trouver Elsbeth ici. Elle était responsable des événements de la nuit ! C'était sa menace de faire abattre Pierrot qui les avait incités à partir pour la zone frontalière. La fillette fut surprise de la vague de colère qui la submergea quand elle la vit. Elle s'était efforcée d'apprécier la mère d'Anton quand il vivait et plus encore après sa mort, comprenant que la disparition de son ami lui faisait autant de peine qu'à elle, que les souvenirs d'Elsbeth, eux aussi, seraient désormais assombris d'un « plus jamais »…

Mais la mère d'Anton était une femme étrange. Les émotions positives telles que l'amour la dépassaient complètement, comme si elles étaient un piège où elle redoutait de tomber. Anton avait dit un jour à son amie qu'il ne croyait pas que sa mère l'aime vraiment, pas de la manière dont les parents de Kathi aimaient leurs enfants. La seule chose qui semblait compter pour sa mère était de contrôler son fils et de présenter au monde un enfant parfait, comme s'il était un trophée.

— Cette petite est couverte de sang ! s'écria Elsbeth. D'où viens-tu comme ça ?

Kathi jeta un regard suppliant à son père. Ils devaient se débarrasser d'elle ! Mais Laurenz avait déjà une idée.

— Il y a des problèmes à l'étable ? Cette saleté de veau ne veut pas sortir ?

Kathi comprit aussitôt.

— Oui, oui ! S'il te plaît, père, Oleg a besoin de ton aide !

Laurenz saisit le grand couteau de boucher et un hachoir, les agita sous le nez d'Elsbeth et annonça :

— Tu m'excuseras, Elsbeth, il faut que j'aille découper ma vache. (Il glissa le couteau dans sa ceinture et, de sa main libre, attrapa la Luttich par le coude.) Je te raccompagne.

Il ne la lâcha pas avant d'atteindre le portail puis il la poussa dehors sans autre forme de procès, la mettant littéralement à la porte.

La bouche de la mégère forma un O scandalisé, mais ce qu'elle vit dans les yeux de Laurenz, une rigueur impitoyable d'une toute nouvelle intensité, étouffa ses protestations. Elle se contenta de lancer un regard mauvais à Kathi avant de s'éloigner.

Laurenz entraîna sa fille à l'écart et lui demanda à voix basse :

— Qu'est-ce qu'il a, Oleg ? Où il est ?

— Dans la camionnette derrière la grange. Il est blessé !

— Que s'est-il passé ? reprit Laurenz en se mettant en route.

— Un homme lui a tiré dessus.

— Quel homme ?

— Un soldat allemand, je crois. Oleg a d'abord cru que c'était un Polonais, alors il l'a salué en polonais. Et l'homme lui a tiré dessus !

Kathi laissa échapper d'amers sanglots. À présent qu'elle n'était plus seule à assumer cette responsabilité, elle n'avait plus besoin de retenir ses larmes.

— Ça va aller, petit colibri. Je suis là.

Ils étaient arrivés à la fourgonnette. Oleg était affalé sur le volant, inerte. Laurenz ouvrit la portière et Kathi poursuivit ses explications :

— J'ai cru qu'il était mort ! Mais Pierrot l'a poussé du bout du museau et Oleg a bougé. Il a mis un moment à se réveiller. Il m'a dit de déchirer sa chemise et de faire un bandage serré autour de sa poitrine. Puis il m'a demandé d'aller chercher un long bâton qu'il puisse se coincer sous l'aisselle. On a fini par réussir à remonter dans la camionnette. Oleg m'a montré comment passer les vitesses, et nous sommes rentrés.

— Ma petite fille courageuse ! Tu as très, très bien agi.

Laurenz fit le tour du véhicule et monta du côté passager. Il saisit Oleg par les épaules et l'appuya en arrière, contre le dossier. Le valet de ferme n'émit pas un son. Son bandage provisoire était imbibé de sang, il respirait faiblement et ses paupières tressaillaient.

— Cours à la cuisine me chercher des torchons propres et une bouteille d'eau-de-vie. Dépêche-toi !

— Tu ne le sors pas de la voiture ?

— Non, il faut d'abord que j'essaie d'arrêter l'hémorragie.

Laurenz constata avec inquiétude qu'Oleg avait perdu beaucoup de sang : la cabine de la fourgonnette évoquait un abattoir. Il ne comprenait pas comment le jeune homme avait pu conduire jusqu'ici dans un tel état, et craignait qu'il ne meure d'un coup dans ses bras.

Quand Kathi lui demanda où était tout le monde, il lui expliqua que sa mère et sa grand-mère étaient parties à leur recherche et que Dorota avait emmené Franzi faire un tour au village pour tenter d'y récolter des informations.

Alors seulement, Kathi comprit l'ampleur des conséquences de ses actes. Pour protéger Pierrot, elle avait non seulement mis en jeu la vie d'Oleg, mais aussi poussé sa mère et sa grand-mère à courir de grands risques.

Quand Dorota revint, une demi-heure plus tard, Oleg était toujours en vie. Avec l'aide de Kathi, Laurenz lui avait fait un nouveau bandage. À eux trois, et en s'aidant d'une charrette à ridelles, ils l'emmenèrent dans la maison et l'allongèrent sur le lit de Dorota, à côté de la cuisine.

Le pragmatisme de la gouvernante, que certains appelaient sa confiance en Dieu, se révéla une fois de plus être une bénédiction. Elle ne se lamenta pas, ne pleura pas, mais se mit sur-le-champ au travail. Elle débarrassa Oleg de ses derniers vêtements, le lava et lui fit avaler un peu d'eau, puis du schnaps, et enfin du bouillon de viande. Ensuite, avec l'autorisation du fermier, elle alla tuer un poulet pour préparer davantage de bouillon revigorant.

Oleg vivait, mais il avait toujours une balle dans le corps. L'autre lui était passée à travers : il avait un trou dans l'épaule et un autre dans le dos, là où elle était ressortie.

— Comment va-t-il ?

Kathi se tenait timidement sur le seuil, toujours dans ses vêtements pleins de sang.

Mon petit colibri, si forte et si courageuse, se dit Laurenz. Elle vient juste de perdre son ami Anton, et voilà qu'elle se retrouve à craindre pour la vie d'Oleg. Pourtant, elle les avait secondés avec calme et habileté. Il lui devait la vérité.

— Je ne sais pas. Notre Oleg est solide comme deux bœufs, mais il a toujours une balle dans la poitrine. Il faudrait la lui enlever. Et ça, seul un docteur peut le faire.

— Alors pourquoi tu ne demandes pas à un docteur de venir, père ?

— Parce qu'aucun docteur ne viendrait pour Oleg, répondit Dorota dans son dos.

Elle la poussa à l'intérieur de la pièce et déposa un plateau sur la table de chevet.

— Et pourquoi ça ?

— Parce qu'au village, Oleg est considéré comme un Polonais, et que depuis aujourd'hui, l'Allemagne et la Pologne sont en guerre.

Elle remplit deux verres de schnaps et en tendit un à Laurenz. En un tacite accord, ils les vidèrent d'un trait.

— En guerre ? Mais quelle guerre ? s'écria Kathi.

— Ils en ont parlé à l'épicerie ! déclara Dorota. Le Hitler l'a annoncé à la radio… et il a dit aussi que c'est nous, les Polonais, qui avions commencé ! Personne croira jamais ça ! Par la Madone noire, nous autres Polonais, on n'est quand même pas si idiots !

Elle se resservit.

— Père ? C'est vrai ? On est en guerre ?

Kathi avait l'air effrayée. Elle savait ce que signifiait la guerre et ce qu'elle pouvait causer, elle qui en voyait chaque jour les conséquences désastreuses sur la banquette près du fourneau : son grand-père August.

— C'est pour ça qu'Elsbeth est venue. Maintenant elle l'a, sa guerre, cette folle, fit le père de Kathi d'un ton sinistre avant d'avaler un second verre à son tour. Elle est venue me raconter que des rebelles polonais avaient attaqué un poste de douane à Hochlinden et une station de radio à Gliwice, tuant plusieurs Allemands. C'est de la propagande pure ! Ça m'étonnerait qu'un seul mot de tout ça soit vrai.

— À Gliwice ? Oh mon Dieu, c'est impossible ! lâcha Kathi, soudain blême.

— Qu'est-ce qui t'arrive ?

Laurenz attrapa sa fille par les épaules.

— Peut-être qu'Oleg et moi avons vu ces hommes, près de Gliwice ! Ils étaient déguisés en Polonais et l'un d'eux a tiré sur Oleg !

Laurenz saisit aussitôt la portée de l'événement. Sa fille et Oleg avaient peut-être été témoins d'un mensonge de propagande de Hitler ! Évidemment, les Polonais n'avaient pas tiré les premiers, mais les nazis voulaient leur saleté de guerre et n'hésitaient pas à mentir pour l'obtenir. Ni à tuer.

— Écoute-moi, Kathi, dit vivement Laurenz.

Il s'agenouilla face à elle pour pouvoir la regarder dans les yeux.

— Nous t'avons souvent dit à quel point il est important de toujours dire la vérité. Mais aujourd'hui, je te demande de ne rien dire. Quoi que vous ayez vu ou entendu cette nuit dans la zone frontalière, Oleg et toi, ne le racontez à personne ! Tu comprends pourquoi je te demande ça ?

Kathi serra les lèvres. L'air concentré, elle dévisagea son père puis Dorota qui, assise au chevet d'Oleg, tapotait le visage de son fils adoptif d'un chiffon humide. Elle hocha la tête.

— Parce que nous sommes en guerre contre les Polonais et qu'on nous considère comme des sympathisants de la Pologne ?

Elle n'avait pas oublié l'insulte récemment lancée par Elsbeth.

Son père lui embrassa le front.

— Mon petit colibri si intelligent.

Il ressentait le besoin pressant de lui présenter des excuses. Sa génération, qui avait déjà subi une guerre, n'avait pas été assez forte ni assez courageuse pour en empêcher une nouvelle. Cela éveilla en lui un sentiment rarissime : la colère. Colère contre la politique, contre les gens, contre le reste du monde qui, jusqu'ici, regardait sans broncher Hitler traiter l'Europe comme un gâteau qui lui revenait et dont il dévorait une part après l'autre. D'abord l'Autriche, puis les Sudètes, et maintenant la Pologne, avec l'aide de la Russie ! Personne ne voyait-il donc que Hitler était insatiable ? Pas besoin de s'y connaître beaucoup en politique, il suffisait d'un peu de bon sens.

Mais Laurenz ne se voilait pas la face, il reconnaissait aussi ses propres torts. Après tout, il avait renvoyé Franz quand celui-ci était venu lui demander son aide. Depuis, il repensait souvent à ses paroles : « J'ai la preuve que Hitler prévoit d'attaquer la Pologne. Après, ce sera la guerre avec l'Angleterre. Alors Hitler aura besoin de soldats. Et même les paysans devront passer l'uniforme brun… »

Laurenz fut brièvement pris de vertige, envahi par la sensation de foncer vers l'abîme. Il avait trente-huit ans, les hommes moins âgés seraient incorporés avant lui. Le monstre de la guerre dévorait d'abord les plus jeunes. « La fleur de notre patrie », comme l'avait dit l'empereur Guillaume pour qualifier la génération de ses frères. Alfred et Kurt avaient dix-neuf et vingt ans quand ils avaient été appelés, à peu de temps d'intervalle, en 1914 ; son père, August, avait été envoyé en Russie à quarante-quatre ans, à l'été 1917. Et depuis vingt-deux ans, il végétait sur la banquette du fourneau, épave de guerre.

Laurenz se ressaisit, dissipa le sombre brouillard de son esprit. La situation était assez grave comme ça : Oleg à moitié mort, sa femme et sa mère quelque part dans une zone désormais en état de guerre. Pas question de s'imaginer le genre de dangers auxquels les deux femmes s'exposaient au moment même, il risquerait d'en perdre la raison comme son père.

— Je suis désolée, bafouilla Kathi près de lui.

Laurenz sursauta. Sa fille d'à peine onze ans semblait savoir exactement à quoi il pensait.

— Il n'y a pas de raison, petit colibri. Tu voulais juste sauver ton ami. C'est ma faute à moi. Si je m'étais rendu compte de l'importance que tu attachais à tout ça, je ne t'aurais pas refusé mon aide.

Tout comme je n'aurais jamais dû renvoyer Franz…, précisa un écho dans sa conscience.

— Mais Oleg ne serait pas ici, blessé, s'il était venu me parler, poursuivit-il d'un ton plus sévère.

— Père, s'il te plaît ! Ne lui fais pas de reproche ! C'est moi qui l'ai convaincu. Et il ne voulait pas m'emmener. Je suis montée en douce à l'arrière de la fourgonnette. Oleg m'a seulement vue alors qu'on était déjà en zone frontalière. Il n'a rien fait de mal !

Les grands yeux bleus de Kathi, si semblables à ceux de sa mère, étaient noyés de larmes.

— Non, Kathi. C'est ma faute. J'aurais dû voir que…, chuchota-t-il d'une voix à peine audible.

C'est alors que Dorota poussa un cri de joie :

— Jésus Marie Joseph ! Le petit se réveille !

Laurenz se hâta d'assurer à Oleg que le plus important était de guérir. Mais il vit dans les yeux du jeune homme que celui-ci savait à quel point l'heure était grave. Il demanda à être seul quelques instants avec sa mère adoptive.

Espoir, inquiétude et prières valaient aussi pour le retour de Charlotte et Anne-Marie.

Laurenz était une fois de plus condamné à l'inaction. À présent qu'il avait récupéré la camionnette, il fut plusieurs fois sur le point de se lancer à leur recherche. Les avions filaient désormais sans discontinuer vers l'Est, passant au-dessus d'eux en grondant : l'invasion de la Pologne par les Allemands était en cours. Même dans les collines isolées de la ferme Sadler, loin de la route nationale, on entendait le vacarme des envahisseurs allemands et le cliquetis des chenilles de leurs chars. Non seulement se lancer à leur recherche dans cette situation aurait été de la folie, mais il était également responsable de Kathi et Franzi. Il ne pouvait et ne voulait pas laisser ses filles à la ferme, avec Dorota pour toute protectrice.

Plus tard, il fut incapable de dire comment il passa le reste de la journée. Sa raison et son imagination s'associaient contre lui et lui servaient les pires versions de ce qui pouvait arriver à deux femmes seules au milieu d'une armée en marche.

La nuit tombait déjà quand les deux cavalières rentrèrent au bercail, épuisées. L'horreur d'une journée d'angoisse et d'incertitude s'évapora à la seconde où Anne-Marie prit sa fille dans ses bras. Charlotte aussi enlaça brièvement sa petite-fille, sans manquer de la semoncer pour son comportement irréfléchi. Une fois les deux femmes mises au courant du reste des événements, Charlotte surprit tout le monde en déclarant :

— Je connais quelqu'un qui pourra opérer Oleg.

Et elle partit donner un coup de téléphone.

Deux bonnes heures plus tard, à plus de 22 heures, une voiture entra dans la cour de la ferme. À la surprise générale, c'est le vétérinaire, le docteur Glickstein, qui en descendit. Plus surprenant encore, Mme Glickstein et leurs enfants, des jumeaux, étaient eux aussi dans la voiture sur le toit de laquelle s'empilaient les bagages.

— Je quitte le pays, déclara le médecin sans que personne lui ait rien demandé. Ma famille et moi allons nous installer chez mon frère, à Londres. J'ai vendu tous mes biens. Je refuse de vivre une journée de plus sous l'autorité de ce gouvernement inique, qui nous traite comme des citoyens de seconde classe, nous vole et nous rosse. Qui sait ce qu'ils iront encore imaginer.

Laurenz vit Mme Glickstein poser une main sur le bras de son époux en guise d'avertissement. Il connaissait le sens de ce geste et du regard qui l'accompagnait. *Sois prudent…*

Laurenz pensa à Anne-Marie et à ce qu'elle souhaitait pour leur famille.

— Peut-être que je devrais réfléchir à émigrer, moi aussi, dit-il soudain.

Le docteur Glickstein le dévisagea, stupéfait.

— Mais pourquoi ? Vous n'avez aucune raison de faire cela ! Vous et votre famille n'êtes pas juifs, monsieur Sadler ! Ce Hitler et ses sbires ne brûlent que les synagogues, pas les églises.

Laurenz n'aurait pas été surpris d'entendre une touche d'accusation dans la voix de Glickstein, mais il ne perçut que le fatalisme forgé par trois millénaires de persécutions incessantes. Les paroles du vétérinaire ne l'en touchèrent que davantage. Il ressentait de la culpabilité, de la honte, une douleur telle que s'il avait été responsable de toute la misère de ce monde. Et il éprouva le besoin de présenter des excuses au docteur Glickstein. Et à sa femme. Et aux petits jumeaux, qui pressaient leurs visages minces contre la vitre et l'observaient avec curiosité sans comprendre ce qui leur arrivait. Mais il ne dit pas un mot. La faute des hommes pesait trop lourd, elle aurait étouffé chaque parole. Pourtant, Laurenz perçut ce moment avec une rare clarté. Il se sentit uni à la douleur du monde, passée et présente, et comprit pourquoi Jésus s'était fait crucifier : sa douleur intérieure était devenue si démesurée qu'il n'avait pu l'éliminer qu'avec une autre douleur. Et avec sa propre mort. *La rédemption*.

Anne-Marie brisa le court silence qui s'était fait.

— Comme vous dites, docteur Glickstein, qui sait ce qu'*ils* iront encore imaginer…

Le médecin repartit au petit matin avec un diagnostic optimiste :

— Comme le patient, contre toute attente, a survécu à cette énorme perte de sang et à l'extraction de la balle, on peut espérer qu'il continuera à refuser de mourir.

Et c'est ce que fit Oleg. Il survécut.

38

> « *Les méchants envoient les imbéciles attaquer les intelligents, parce que ce sont les seuls capables de révéler leurs intentions.* »

Marlene Kalten

Les méchants, se dit Anne-Marie, *ce sont toujours les autres*. Elle éteignit le poste de radio, bouleversée par le discours de Hitler au Reichstag sur l'attaque de la Pologne. La guerre était bien là, et elle savait que les innocents se retrouvaient toujours pris entre les fronts. Elle regarda son mari et vit dans ses yeux le reflet de ce qu'elle ressentait.

— Qu'allons-nous faire ? demanda-t-elle.

— Nous ne pouvons rien faire, répondit Laurenz avec sincérité. C'est trop tard. C'est dur de dire ça, et j'ai vraiment de la peine pour les pauvres Polonais, mais nous pouvons seulement espérer que le reste du monde se montrera raisonnable et ne prendra pas les armes contre Hitler et Staline. Ainsi, la guerre sera vite finie.

— Ce n'est pas ce que je voulais dire. Tu m'as un jour promis de réfléchir à l'idée de partir d'ici.

Laurenz repensa aussitôt à son bref échange de la veille avec le docteur Glickstein. Il avait aussitôt regretté sa remarque irréfléchie sur un éventuel départ.

— J'y ai réfléchi, Anne-Marie. Je ne peux pas laisser ma mère seule à la ferme.

— La ferme, de toute façon, il faudrait la vendre, répliqua-t-elle. Nous aurions besoin d'argent pour un nouveau départ.

— Mais elle appartient à ma famille depuis plus de trois siècles !

Anne-Marie le dévisagea en plissant les paupières.

Laurenz se détourna, mal à l'aise, conscient d'être obligé de la décevoir. Il aurait donné sa vie pour elle et les enfants mais n'était pas prêt à sacrifier son foyer, sa maison, sans nécessité absolue. *Anne-Marie m'en demande trop*.

— Tu n'as jamais sérieusement imaginé quitter ton pays, constata-t-elle.

Il garda le silence, incapable de regarder sa femme dans les yeux.

— Tu sais, Laurenz, poursuivit Anne-Marie, je me rappelle très bien une époque où tu ne voulais pas devenir paysan. Et aujourd'hui que tu l'es, tu te cramponnes à ta terre. Au lieu de penser à tes enfants, tu t'enfermes dans l'espoir trompeur que la guerre sera vite finie. Mais il n'y a pas de « guerre rapide » ! Tu ignores complètement ce que signifie la guerre, tu ne l'as jamais ressentie dans ta chair, n'as jamais combattu l'arme à la main ! Et même si elle ne devait durer qu'une journée, ses horreurs perdureraient pour l'éternité !

— Mais si nous partons, nous volons à nos filles le seul foyer qu'elles aient jamais connu ! se défendit-il. Nous sommes heureux, ici. Qu'irions-nous faire dans un pays étranger ?

— Tu as peur du changement et de l'incertitude, c'est tout, lui lança Anne-Marie.

— Bien sûr ! Et si moi, j'ai peur de ça, qu'en sera-t-il des enfants si nous les arrachons à tout ce qu'elles aiment ?

— Tu ne devrais pas les sous-estimer, Laurenz.
Elles méritent de vivre en paix.

— Anne-Marie, s'il te plaît! Nous n'avons aucune
raison de partir pour le moment. Tout va bien pour
nous, ici!

— Ah oui? Parce que nous ne sommes pas juifs?
Ou est-ce la propagande allemande sur la puissance
et l'invincibilité du Reich et de ses soldats qui fait son
effet?

Le mépris dans la voix de sa femme était insupportable. La guerre vieille d'à peine quelques heures tendait déjà vers eux ses griffes maléfiques. Laurenz était
conscient de la contradiction de son attitude. Il avait
un jour quitté la ferme pour poursuivre son rêve de
devenir musicien, sans plus jeter un regard en arrière.
Il ne voulait alors qu'une chose: partir de Petersdorf
au plus vite. Et à présent, il se sentait si profondément
enraciné dans cette terre qu'il souhaitait y rester pour
toujours, que l'idée d'abandonner son pays lui paraissait insoutenable. Une douleur inconnue jusqu'alors lui
rongeait les entrailles, traçant en lui un sillon de chagrin et de désespoir. Il ne voulait pas décevoir Anne-
Marie mais, pour la première fois, il était incapable de
lui donner ce qu'elle souhaitait sans se trahir lui-même.
Elle en demande trop, se répétait-il, *tandis que moi...*
Laurenz pinça les lèvres avec force comme pour endiguer ses propres réflexions, sachant trop bien où elles le
mèneraient. Mais son combat était perdu d'avance; on
ne peut se fuir soi-même. Déjà l'emportait un tourbillon de pensées qui dévoilait au fond de lui des abîmes
secrets où guettaient malignité et perfidie. S'en dégagea la remarque de Glickstein: lui, Laurenz, n'avait pas
de raison de suivre son exemple, n'étant pas juif. Et son
démon personnel, semblant n'avoir attendu que cette
occasion, frappa sans pitié et prit d'assaut d'un coup

la forteresse intérieure de Laurenz. Onze ans durant, il était parvenu à ignorer le fait qu'Anne-Marie lui cachait quelque chose. Soudain, cette capsule éclata et fit remonter à la surface le souvenir de leur rencontre à Wroc□aw. Il se rappelait encore le moindre détail de cette journée. L'instant doux-amer auquel il avait vu Anne-Marie pour la première fois et aussitôt su que la femme aux plus beaux yeux du monde était sa destinée. Comment, en même temps, il avait été submergé par son aura de tristesse, le monde de douleur que contenait son regard. Cela avait éveillé en lui le désir impérieux d'inonder cette femme d'amour et de l'emmener dans un endroit où elle oublierait tout le passé et trouverait le bonheur. À présent, il constatait que c'était lui qui n'avait jamais complètement abandonné son passé, qu'au plus profond de lui, le reproche couvait : sa femme, la mère de ses enfants, lui cachait un secret. Elle n'était pas celle qu'elle prétendait être.

— C'est donc ça…, articula lentement Anne-Marie.

Leurs regards se rencontrèrent, se jaugèrent. Pour la première fois depuis qu'ils se connaissaient, ils se faisaient face comme des adversaires.

Laurenz eut tout de suite le dessous. Il se savait incapable de la moindre dissimulation et ne doutait pas qu'Anne-Marie, en cet instant précis, lisait toutes ses pensées. Mais jamais elle n'aborderait le sujet avec lui. Il se sentait déchiré entre le désir de briser le silence et la conviction que certaines choses devaient rester dans l'ombre, qu'une fois traînées en pleine lumière, elles déployaient toute leur puissance destructrice. Il était conscient que ses réflexions ne lui servaient qu'à se justifier face à lui-même, lui évitant d'agir. Il se reprocha sa pitoyable lâcheté, lui qui redoutait la vérité plus que l'incertitude.

Une tension insoutenable montait entre eux. Il sembla à Laurenz que même les murs reculaient face à la tempête de leurs émotions. Enfin, le moment qui aurait pu tout détruire passa. Laurenz avait choisi la confiance, le fondement de leur amour. Il crut sentir toute la maison pousser un profond soupir de soulagement.

Tout à coup, les bras d'Anne-Marie se refermèrent sur lui.

— Je te comprends, mon cœur, amour de ma vie. Notre chez-nous, notre foyer… C'est plus qu'un lieu, c'est une émotion… On ne peut pas s'arracher cela du cœur d'un simple geste, chuchota-t-elle.

Il entendit les larmes dans sa voix. Lui aussi pleurait en silence. Ils s'enlacèrent et s'embrassèrent, se murmurèrent des mots doux, goûtèrent sur leurs lèvres l'eau salée de leurs âmes, et se retirèrent sur l'île de leur amour.

Anne-Marie se trompait toutefois sur un point.

Ce fut bien une guerre «rapide», ou en tout cas une victoire rapide. Personne n'aurait imaginé que le conflit contre la Pologne se terminerait aussi vite. Même les généraux de la Wehrmacht furent surpris de ce succès quasi immédiat. Varsovie capitula le 27 septembre après un siège impitoyable et des bombardements massifs.

Quelques semaines seulement après l'invasion de l'Ouest du pays par l'Allemagne et de sa partie orientale par la Russie, la Pologne cessa d'exister en tant que pays. Le rêve de la Deuxième République polonaise n'aurait duré que vingt ans. Dans le Reich allemand, on se congratula mutuellement et on célébra ce qui serait à présent connu comme la *Blitzkrieg*, la «guerre éclair».

La Pologne avait combattu vaillamment, au prix de lourdes pertes. Mais ses soldats n'avaient guère que leur courage à opposer à la supériorité technologique des chars allemands et de la Luftwaffe. Laurenz entendit parler d'un extraordinaire acte d'héroïsme polonais, qu'il relata au dîner : près de Krojanty, un régiment de cavalerie avait chargé sabre au clair des unités de chars d'assaut en pleine avancée, se jetant courageusement sous le feu allemand afin de permettre au reste des troupes polonaises de se retirer et de se reformer. Cette action désespérée des uhlans porta ses fruits, même s'ils furent sanglants. Peu après, le régiment fut massacré. Charlotte, réfléchissant comme souvent selon ses propres catégories, lâcha : « Ah, les pauvres chevaux ! »

Laurenz annonça aussi que dès le premier jour de la guerre, les bombardiers allemands avaient réduit en cendres la petite ville polonaise de Wieluń. Il ne cacha pas son amertume. Anne-Marie lui posa une main sur le bras comme Mme Glickstein l'avait fait avec son mari. Il comprit ce qu'elle voulait dire : *Pas devant les enfants.*

Il retourna à sa soupe de pâtes avec un petit sourire d'excuse, et ses pensées le ramenèrent à Franz Honiok. Son ami n'avait toujours pas réapparu, il était porté disparu depuis quatre semaines. Laurenz avait mené quelques recherches discrètes, qui ne lui avaient rapporté que la méfiance instantanée du *Gauleiteramt*[1]. Il le tenait du père Berthold, informé par Wenzel Luttich.

Les prédictions de Franz s'étaient toutes avérées : Staline et Hitler s'étaient associés pour envahir la Pologne, et l'Angleterre et la France avaient du coup déclaré la guerre au Reich allemand. *Où es-tu, Franz ? Que t'est-il arrivé ?* Avait-il fui en Pologne pour intégrer la Résistance ? Rejoint les associations polonaises de Roumanie, où le gouvernement polonais et une partie de son haut commandement avaient trouvé refuge ? Ou

---

1. Siège régional du NSDAP.

avait-il été tout bonnement déporté ? On disait qu'un demi-million de jeunes Polonais devaient être expédiés dans le Reich pour servir de main-d'œuvre gratuite. Le bourgmestre Wenzel Luttich avait annoncé que les premiers d'entre eux arriveraient bientôt à Petersdorf. Laurenz aurait bien eu besoin de travailleurs supplémentaires, mais certainement pas d'esclaves ! Il l'avait clairement dit à Wenzel. Celui-ci avait passé la main sur son visage rasé de frais, comme si sa barbe lui manquait toujours, et répondu : « Ce n'est pas à nous de le décider, Sadler. C'est une question de politique agraire. Il faut suivre le plan et augmenter le rendement. Tout autre comportement serait interprété comme un acte de résistance. *Le sang et le sol !* Tu comprends ? »

Tandis que Hitler et ses conseillers allumaient un nouvel incendie mondial, le quotidien de la population allemande changea d'abord assez peu. La vie des fermiers du Reich se déroulait comme à l'accoutumée. Après la récolte, en septembre, ils plantèrent le blé d'hiver et les enfants retournèrent à l'école. Kathi avait redouté cette rentrée. Tant de choses l'avaient occupée dans les semaines qui avaient suivi la mort d'Anton. Elle s'était jetée à corps perdu dans la construction de sa fusée, qu'elle bâtissait autant pour son ami que pour elle-même. La rentrée scolaire fit revenir la tristesse qu'elle avait brièvement réussi à refouler. Anton était partout… Sur le chemin de l'école, elle se retournait en permanence comme si elle s'attendait à le voir la suivre sur son vélo. Le matin, avant de partir, elle tendait machinalement la main pour prendre quelques carottes, ou voulait demander des caramels à Dorota pour son ami.

L'école aussi devint pour Kathi un lieu de tristesse. Elle devait chaque jour se forcer à y aller. En cours, on n'apprenait plus rien. Tout ne semblait plus tourner qu'autour d'une chose : la meilleure manière pour garçons et filles de servir le Führer, le Reich et la patrie. Les filles s'imaginaient déjà faire de nombreux fils, les garçons se réjouissaient de partir en guerre au nom du Führer. Partout, les mêmes slogans et partout des ennemis : *le Polonais, l'Anglais, le Français*. Les pires étaient les Juifs, évidemment. La plus grande perte de temps aux yeux de Kathi était cette idiotie de cours de races qui alignait les affirmations imbéciles sans la moindre logique.

À la maison, elle ne faisait pas mystère de son exaspération, mais ses parents, et surtout sa mère, lui enjoignirent de se contrôler pour ne pas risquer de difficultés, voire un renvoi.

— Écoute, Kathi, lui expliqua Anne-Marie. C'est un peu comme avec Elsbeth. La plupart des gens, au village, ne l'aiment pas, mais discuter ou se disputer avec elle ne servirait à rien. Elle est limitée et ne comprend qu'une chose : quiconque n'est pas pour elle est contre elle et doit être combattu. Voilà pourquoi il vaut mieux ne pas attirer son attention.

Sa mère lui avait parlé d'un ton insistant, la laissant pensive. Les mystères du monde assaillaient Kathi depuis toujours, comme des portes s'alignant à l'infini. Dès qu'elle en avait résolu un, ouvrant ainsi une porte, la suivante se dressait devant elle avec un nouveau mystère. À présent, elle se demandait si sa propre mère ne se cachait pas elle aussi derrière une porte de ce genre. Elle avait l'étrange impression qu'Anne-Marie s'en tenait au conseil de Mlle Liebig : dissimuler son intelligence aux idiots.

Kathi garda donc le silence, comme sa mère le lui avait recommandé, et continua à aller au collège. Elle avait une autre raison de ne pas vouloir être mise à la porte : conserver l'accès à la riche bibliothèque scolaire. Elle avait autant besoin de cet univers de savoir que de l'air qu'elle respirait. Elle dévorait tous les ouvrages disponibles de mathématiques, de physique et de mécanique, et finit par s'intéresser aussi à la chimie. Anton avait partagé sa passion, et les jours de pluie, on les retrouvait presque toujours sur place, tous les deux. Il semblait parfois à Kathi percevoir son esprit dans la salle, entendre sa voix murmurer entre les pages.

Le seul rayon de soleil en cette période lourde de tristesse était la visite imminente de son ami Milosz. Dans sa dernière lettre, en juillet, il avait annoncé vouloir revenir chez les Sadler au plus tard en septembre. Kathi rentrait donc chaque jour de l'école pleine d'espoir, mais le mois tirait à sa fin et Milosz n'était toujours pas apparu ni n'avait donné signe de vie.

Il avait pourtant promis de lui révéler d'autres secrets de cryptologie. À l'âge de quatre ans, Kathi avait découvert qu'on pouvait aussi bien écrire « huit cochons » que « 8 cochons », et que cela signifiait la même chose. Si on pouvait écrire tous les chiffres en lettres et toutes les lettres en chiffres, cela voulait dire qu'on pouvait inventer un langage secret ! Il suffisait de numéroter l'alphabet. Enthousiasmée, Kathi commença par coder son nom. Elle déclara à Milosz qu'elle s'appelait désormais 1112089. Il lui révéla que les Égyptiens, cinq mille ans plus tôt, codaient déjà leurs messages secrets. Kathi maîtrisait depuis longtemps les codes les plus simples, comme le chiffre de César, le codage de Fibonacci ou les méthodes du XIIIe siècle de Roger Bacon, et Milosz constata qu'elle était étonnamment douée pour l'analyse combinatoire. Il avait prévu de lui montrer la manière dont un officier français avait, durant la Grande Guerre, décrypté le chiffre militaire allemand ADFGX. Anne-Marie aussi prenait plaisir à la cryptanalyse et se joignait souvent à Kathi quand celle-ci réfléchissait à un nouveau code donné par Milosz tel un devoir scolaire.

Laurenz lui expliqua que la guerre empêchait sans doute Milosz de leur rendre visite ou de leur écrire librement. Kathi se mit à haïr plus que tout cette guerre voleuse qui lui prenait encore un ami.

Des mois plus tard seulement, Piotr, un autre neveu de Dorota, leur apprit que Milosz avait dû fuir Varsovie. Piotr avait encore d'autres nouvelles, et Laurenz et Anne-Marie s'installèrent avec lui au salon. Bien qu'ils lui aient demandé de se joindre à eux, Dorota préféra rester à la cuisine pour écosser des petits pois. Il lui suffisait de savoir Milosz en sûreté, elle ne voulait rien entendre de toutes les autres horreurs, c'était *mauvais pour le sommeil* !

Kathi, elle, brûlait de curiosité. Elle fila dans sa chambre, où des fentes avaient été laissées dans le plancher pour que la chaleur du fourneau, en hiver, monte à l'étage. Allongée là, l'oreille collée au sol, elle entendait tout. À la fin, angoissée par ce qu'elle avait appris, elle regretta d'avoir écouté.

— Les Allemands et les Russes sont en train d'éliminer toute la classe intellectuelle polonaise, dit Piotr. Ils exécutent les politiciens, les professeurs, les médecins, les ecclésiastiques, les nobles et les officiers. De plus en plus de gens disparaissent. Voilà pourquoi Milosz a dû fuir en Roumanie, et de là vers la France.

Laurenz répondit :

— Reste à voir combien de temps il y sera en sécurité.

— Hitler ne va quand même pas oser attaquer la France ? s'exclama Anne-Marie, choquée.

— Non, oublie ce que je viens de dire. Je n'ai pas réfléchi. Depuis l'agression de la Pologne, la France est avertie. Hitler ne peut pas écraser ce pays comme ça. Et puis, ses maréchaux et généraux l'en dissuaderont. Ce serait pure folie.

Cette nuit-là, Kathi rêva de guerre, de monstres immenses qui hurlaient et crachaient de la fumée, aplatissant tout sur leur passage.

Les travailleurs forcés annoncés, Jan et Alina, arrivèrent à la fin de l'automne. Jan était un jeune homme fluet et renfrogné qui ne regardait jamais personne en face et avait la désagréable habitude de cracher par terre en permanence. Il portait noué au poignet un mouchoir bleu raide de crasse qu'il n'ôtait jamais. Dorota était horripilée par ce bout de tissu peu ragoûtant, qu'elle aurait bien voulu laver. Quand elle en fit la remarque à Jan, il se contenta de cracher. Alina, elle, avait en permanence les yeux rougis de larmes et se signait dès qu'on lui adressait la parole, mais elle effectuait docilement les tâches qu'on lui confiait, alors que Jan devait toujours y être poussé. C'était le travail d'Oleg. Ces deux-là avaient été animés dès le premier jour d'une antipathie réciproque. Oleg faisait beaucoup d'efforts, compatissant sincèrement au sort du jeune homme, mais il supportait mal sa sournoiserie. Jan n'était gentil qu'avec Franzi, qui parvenait même à lui arracher une ébauche de sourire. Kathi avait plusieurs fois essayé d'engager la conversation avec lui. Un jour, elle lui lança :

— Il est joli, ton mouchoir, Jan.

Il eut l'air stupéfait. En général, il répondait par monosyllabes hargneux, et Kathi n'avait pas attendu autre chose. Pourtant, cette fois-ci, il déclara :

— Il appartenait à ma petite sœur.

— Appartenait ?

— Elle est morte. Les Allemands l'ont tuée. Les Allemands ont tué toute ma famille.

Jan cracha aux pieds de Kathi et s'en fut. Dès lors, elle l'évita. Le soir, elle rapporta l'échange à sa mère.

— Je crois que Jan est très, très triste, ma chérie. C'est ça qui le rend tellement furieux, expliqua Anne-Marie.

Alina trouva un tout autre moyen de préoccuper les Sadler : au fil des mois, son ventre s'arrondit. La jeune femme avait été déportée enceinte ! Son mari, un enseignant, avait réussi à s'enfuir en Roumanie avec leur premier enfant, une petite fille. C'est Dorota qui parvint à lui arracher cette confidence.

Laurenz demanda conseil au père Berthold. Peu après, Alina disparut, causant un grand émoi au village. Kathi soupçonna ses parents de lui avoir donné de l'argent et de l'avoir aidée à fuir, avec le soutien du curé.

Quelques semaines plus tard, ils reçurent en remplacement d'Alina une très jeune fille, Wanda, qui ne devait pas avoir plus de quinze ans. Kathi essaya de se lier d'amitié avec elle mais Wanda l'ignora. En revanche, elle devint tout de suite très proche de Jan. Quand Oleg les découvrit ensemble dans le foin, Laurenz fut forcé de sermonner sévèrement le jeune homme et de lui interdire ce comportement. Lorsque Dorota surprit Jan en train d'essayer de rejoindre Wanda malgré tout, les Sadler ne virent d'autre solution que d'enfermer la jeune fille à clé toutes les nuits dans son réduit.

Wanda, en retour, se montra de plus en plus récalcitrante, sabotant le travail de Dorota à la moindre occasion. Elle laissait le fourneau s'éteindre, fermait mal le poulailler, de sorte que le renard vint une nuit y faire un carnage, et salait trop la soupe ; sans doute y crachait-elle aussi de temps en temps.

Un jour, la bible de Dorota, qu'elle tenait de son arrière-grand-mère, disparut. Elle soupçonna Wanda, mais comment le prouver ? On ne retrouva pas le livre chez elle, ni ailleurs.

Jan, quant à lui, se défoulait sur les animaux. Oleg, d'abord étonné de voir à quel point ses vaches étaient nerveuses en présence du jeune homme, le surprit un jour en train de maltraiter Liesl à coups de baguette. Pour Oleg, c'en fut trop; comme le doux animal ne pouvait pas se défendre, ce fut Jan qui tâta à son tour du bâton.

Les parents de Kathi, pas partisans des châtiments corporels, rappelèrent Oleg à l'ordre, mais celui-ci était convaincu que Jan resterait insensible à de simples remontrances. Charlotte l'approuva: «S'il refuse d'obéir, il doit en supporter les conséquences!» Elle interdit strictement à Jan de s'approcher de ses chevaux, sur quoi il cracha à ses pieds. Elle ordonna à Oleg de corriger une nouvelle fois l'insolent, mais Laurenz le lui interdit fermement. Le valet de ferme se retrouva pris entre deux ordres contradictoires, à la jubilation de Jan.

Il semblait à Kathi que l'ambiance de la ferme empirait de jour en jour. Franzi, dans son petit univers, ne fut pas non plus épargnée par les tensions. Ses convulsions s'aggravèrent et elle se retira encore davantage en elle-même, cherchant toujours plus souvent refuge dans le sommeil. On la retrouvait près d'August sur la banquette du fourneau, dans l'enclos des chèvres ou au poulailler, et, malgré l'interdiction parentale, elle filait souvent s'allonger dans l'herbe près de la ruche.

39

*« Quand il fait jour, on ne voit pas les
étoiles. »*

Anton Luttich à Kathi Sadler

Quand Hitler envahit la Pologne sans raison, entraînant l'Angleterre et la France à déclarer la guerre à
l'Allemagne, Laurenz et Anne-Marie avaient déjà
décidé de ne pas faire naître d'autre enfant dans ce
monde rongé de trahison et de folie.

Mais en juin 1941, quelques jours après son qua-
rante-deuxième anniversaire, Anne-Marie se rendit
compte que malgré toutes ses précautions, elle était
enceinte. Un millier de pensées la submergèrent : son
âge, la guerre qui n'en finissait pas, les longs mois de
mélancolie subis après la naissance de Franzi. Le choc
initial fut suivi d'une vague de joie. Cette nouvelle vie
était un cadeau ! Quand elle l'annonça à Laurenz, celui-
ci en vacilla littéralement. Et tandis que Hitler brisait le
pacte de non-agression germano-russe en envahissant
l'Union soviétique, que les troupes allemandes avan-
çaient d'une victoire à l'autre, Anne-Marie vécut une
grossesse sans complication, une période d'espoir dans
un monde en décomposition.

Kathi, comme ses parents, attendait avec impatience
l'arrivée du nouveau bébé. Et bien que Franzi ne soit

pas vraiment capable de le montrer ou de l'exprimer, Kathi savait que sa sœur se réjouissait autant qu'elle.

Le 15 février 1942, le jour où la Royal Air Force commença à pilonner des villes allemandes, Anne-Marie donna naissance à un robuste petit garçon. Son nom fut vite trouvé : Rudolph August. Rudi tenait ses yeux bleu clair de sa mère, ses boucles châtaines de son père, et il avait un tel coffre qu'Oleg prétendait l'entendre hurler depuis l'étable. Laurenz dit à sa femme en souriant : « Il tient sûrement sa voix de sa grand-mère Charlotte. »

Les cris de Rudi emplissaient la maison de joie. Charlotte ne cachait pas son bonheur d'avoir enfin un héritier mâle pour la ferme Sadler. Anne-Marie se remit étonnamment vite de l'accouchement, et la « mélancolie de l'enfantement » tant redoutée lui fut cette fois-ci épargnée.

Même Jan le grognon demanda un matin l'autorisation de voir le petit dans son berceau, au grand déplaisir d'Oskar qui, comme après la naissance de Kathi puis de Franzi, s'était posé en protecteur du nourrisson et ne le quittait guère.

Seul le merveilleux M. Levy ne vint pas à la ferme Sadler comme il l'avait fait aux deux naissances précédentes. On ne l'y avait plus revu depuis l'été 1939, il avait disparu comme Milosz. Kathi avait beaucoup espéré voir réapparaître le vieux marchand ambulant à l'arrivée de Rudi, mais elle l'attendit en vain.

Quelques mois après la naissance de son petit frère, Kathi surprit malgré elle une conversation.

Sa grand-mère l'avait envoyée faire l'inventaire trimestriel du garde-manger. Alors qu'elle comptait jambons, saucissons, pots de confiture, de compote et de cornichons, et les reportait soigneusement dans une liste, elle entendit sa mère entrer dans la cuisine et Charlotte annoncer :

— Il y a une lettre de Berlin pour Laurenz et toi. C'est la Luttich qui l'a apportée en personne.

— Qu'est-ce qu'elle dit ? demanda Anne-Marie.

La question sous-entendait que Charlotte lisait son courrier, ce qui était effectivement le cas. La vie commune de la ferme ne laissait pas de place au moindre secret.

— Je n'ai pas regardé mais elle vient du siège de la Tiergartenstraße[1], une fois de plus.

— Voilà une institution bien têtue ! s'exclama Anne-Marie, irritée.

— Pourquoi Laurenz et toi refusez-vous si obstinément d'envoyer Franzi dans ce sanatorium ? Un séjour là-bas ne lui ferait sûrement pas de mal, et qui sait, ça pourrait même l'aider ! Elle est encore petite, mais si son état ne s'améliore pas, elle deviendra une charge. Un enfant dépendant devient un adulte dépendant, déclara la grand-mère.

— Tu veux que j'envoie notre Franzi dans une institution qui emploie des termes comme « enfants de la commission du Reich[2] » ? Jamais ! Et toi, tu devrais être bien placée pour savoir qu'un être humain n'est jamais une charge, rétorqua Anne-Marie. Comment réagirais-tu si une lettre de Berlin t'ordonnait d'envoyer ton mari dans une clinique ? En tant que « soldat de la commission du Reich » ?

---

1. *Zentraldienststelle T4*, organisation nazie chargée de l'euthanasie des malades et handicapés sous le couvert d'un institut de santé.
2. *Reichsausschusskind*, terme désignant les enfants déclarés handicapés par la « Commission du Reich pour l'enregistrement scientifique des souffrances héréditaires et congénitales graves ».

Une brève pause se fit, puis la grand-mère reprit à voix basse :

— Peut-être aurait-il mieux valu qu'August ne survive pas.

Peut-être aurait-il mieux valu que Franzi ne survive pas, voilà ce que comprit Kathi. Elle se mit à trembler comme une feuille.

— Tu vas à la messe plusieurs fois par semaine et tu remets quand même en cause les décisions de Dieu ? demanda Anne-Marie d'un ton plein d'amertume.

Avant que la discussion ne tourne vraiment au vinaigre, Laurenz fit son apparition. Il avait le don de toujours surgir au bon moment et d'apaiser la situation.

— Un petit veau vient de naître ! Un petit bonhomme très costaud ! Qu'est-ce qu'on mange, ce midi ?

Un couvercle cliqueta.

— Bas les pattes ! grogna Charlotte, qui détestait que son fils mette le nez dans ses casseroles.

— Que se passe-t-il ? demanda-t-il prudemment.

En général, il ignorait les chamailleries des deux femmes et les laissait les régler toutes seules. Il avait fini par faire comprendre à Kathi que le plus souvent, s'en mêler aggravait les choses, surtout quand lui, un homme, se retrouvait pris entre deux femmes. Il lui avait tenu ce petit discours en souriant, mêlant comme souvent la gravité à la légèreté.

— Encore une lettre de Berlin, dit Anne-Marie. Ta mère est d'avis que nous devrions penser aux charges que l'avenir nous réserve et envoyer Franzi à la clinique comme on nous le demande.

— Ce n'est sûrement pas ce que mère voulait dire. N'est-ce pas ?

L'inflexibilité d'acier avec laquelle son père prit le parti de son épouse n'échappa pas à Kathi.

L'étincelle de la discorde s'enflamma.

— Eh bien puisque tu me le demandes, mon fils, si, c'est ce que j'ai voulu dire! répliqua Charlotte, têtue. Regardons la réalité en face. Franzi n'est pas normale, et Kathi finira par perdre la boule à son tour à bourdonner comme ça avec elle.

Kathi en avait assez entendu. Il y avait des mots qu'il fallait fuir avant qu'ils ne deviennent encore plus blessants. Elle ouvrit à la volée la porte du cellier et s'enfuit de la cuisine.

Son père la retrouva à son endroit de prédilection, sous le vieux pommier de la colline.

— Te voilà, petit colibri!

Il s'assit près d'elle dans l'herbe, et père et fille s'abandonnèrent un moment au silence. Ils étaient très doués pour communiquer sans un mot. Puis Laurenz dit:

— N'en veux pas à ta grand-mère. Elle a eu la vie dure, et ne connaît donc que la dureté. Je suis le seul survivant de ses quatre enfants, et avec ton grand-père... Tu sais que c'est difficile pour elle.

Kathi enfonça les doigts dans l'herbe.

— Et comme grand-mère n'a pas la vie facile, il faut qu'elle complique celle des autres?

Elle n'exprimait là aucun reproche mais essayait réellement de comprendre le comportement de Charlotte.

Laurenz arracha un brin d'herbe pour le mâchouiller, laissant son regard errer sur les vastes champs alentour. Le soleil dorait les blés déjà hauts, faisant resplendir l'azur des bleuets et le rouge des coquelicots sauvages. *Le pays de lumière et de fleurs*, l'Arcadie de Virgile. Laurenz n'avait pas eu à le créer, il avait toujours été là. Il avait juste été incapable de le voir, jadis, avant Anne-Marie. Il avait parfois encore du mal à saisir qu'il était devenu ce qu'il n'avait jamais voulu être : un paysan. Un agriculteur, un homme qui cultivait ses champs. Ses terres s'étaient discrètement faufilées dans son cœur, et il lui arrivait de se surprendre à leur parler. Aussi fou que cela paraisse, il avait bel et bien l'impression qu'elles communiquaient avec lui. «Je suis fatigué», disait par exemple un champ comme pour lui demander de le laisser en jachère durant une saison. C'était peut-être là l'essence du véritable paysan : percevoir sa terre comme un être vivant qui savait de lui-même ce qu'il lui fallait. Ils s'entendaient bien, lui et sa terre.

Dans son enfance, il avait pris la beauté de ce qui l'entourait comme un fait établi, sans se donner la peine de l'apprécier pleinement. À quoi bon ? Le soleil brillait, le ciel était bleu, l'herbe et les fleurs poussaient seules. Tout le reste, à la ferme et dans les champs, nécessitait un travail quotidien. La monotonie, le dos qui se tordait, les cheveux qui grisonnaient, et à la fin, on se retrouvait au-dessous de cette terre qu'on s'était donné tant de peine à labourer. Qu'y avait-il d'enviable à une telle vie ? Dans sa jeunesse, au lieu de savourer ce qu'il avait, il se languissait de ce qu'il n'avait pas. Il percevait sa vie à la ferme comme une chaîne qui le retenait à ces terres contre son gré. Comme si une force inconnue l'avait amené en ce lieu puis abandonné dans une vie qui ne lui convenait pas. Chez lui, il se sentait toujours étranger, entre une mère qui exigeait de lui l'impossible et deux frères aînés qui ne comprenaient pas son rêve d'une autre destinée.

Jeune homme, il ne pensait qu'à partir pour la ville, qu'il voyait comme un marchepied vers le vaste monde. Mais il avait fini par revenir ici, à ses origines ; il avait renoué des liens avec la terre et s'y sentait pourtant libre comme jamais. Comment expliquer cela à sa fille ?

— Écoute, petit colibri, reprit-il. Chacun de nous est enfermé dans sa vie. Le Seigneur nous a donné les outils pour nous en échapper, mais certains ne savent pas s'en servir. Pour eux, le monde restera pour toujours un endroit étriqué.

Kathi fronça les sourcils.

— Hm. Ça voudrait dire qu'en fait, c'est la faute de *Dieu*, et pas des gens ? Après tout, c'est *Lui* qui a fait les gens tels qu'ils sont.

— Eh bien, les intentions de Dieu ne sont pas exactement ce qui me préoccupe. Mais je ne dirais pas qu'il s'agit d'une faute. Je ne crois pas que Dieu réfléchisse en de telles catégories. Je le vois plutôt comme une sorte de compositeur. Tu sais, petit colibri, la gamme n'a que huit notes, et pourtant, elle permet de créer des millions de mélodies différentes. Imagine que la musique soit la même partout ; tout le monde en aurait vite assez.

Kathi hocha la tête, l'air grave.

— Alors Dieu a créé une sorte de modèle de base pour l'être humain, et il refait tout le temps le mélange pour que nous soyons tous différents ?

— Je pense que notre Créateur aime la diversité. Il y a toujours deux angles d'approche. Tu ne peux pas te regarder toi-même dans les yeux, même devant un miroir. Mais moi, je te vois, petit colibri, et toi, tu me vois. Nous nous faisons face, comme sur un pont. C'est à nous, les humains, de traverser ce pont et d'avancer l'un vers l'autre.

Kathi s'imagina réellement en train de traverser un pont. Malheureusement, son inconscient plaça vite Elsbeth Luttich de l'autre côté ; la femme du bourgmestre restait plantée là, sans avancer d'un centimètre. Elle demanda à son père :

— Et que se passe-t-il si moi, j'avance, mais que l'autre, en face, ne bouge pas ?

— Alors il faut essayer de le regarder avec ses propres yeux. Nous autres, les humains, sommes des êtres de sensations – nous voyons, entendons, sentons, goûtons. Chacun de nous est unique et possède sa propre mélodie. Trouve-la ! Quand tu sais comment quelqu'un est devenu ce qu'il est, tu peux mieux le comprendre. Et peut-être même l'aider. C'est ce que tu fais avec Franzi. Notre petite Franzi n'est pas responsable de son défaut. Elle est née comme ça. Et pas plus que quiconque sur cette terre, elle n'a choisi la famille ni l'époque où elle est née. Nous ne pouvons pas même décider de ne pas naître, nous sommes tout simplement jetés dans la vie. Roi ou mendiant, garçon ou fille, nous arrivons tous au monde nus et impuissants. C'est le destin qui décide pour nous, au jour de notre naissance. Ce que nous pouvons choisir, en revanche, c'est de franchir des ponts.

Plus tard ce soir-là, Kathi se souvint qu'après la mort d'Anton, Wenzel Luttich lui avait dit de venir le voir si elle avait des problèmes. Elle alla parler à ses parents, leur demanda la lettre de Berlin et leur expliqua ce qu'elle comptait en faire. Le lendemain, après l'école, elle alla voir le père d'Anton et lui montra la missive. Wenzel promit de l'aider. De fait, les lettres cessèrent d'arriver, et Franzi resta à la ferme familiale.

40

*« Le destin mélange les cartes, et nous
jouons. »*

Arthur Schopenhauer

En rentrant du collège, un après-midi, Kathi fut
accueillie par Pierrot pour la première fois depuis des
mois. Tout heureuse, elle lui passa les bras autour
du cou. Elle craignait pour sa vie depuis presque
trois ans, mais jusqu'à présent, le chevreuil s'était
révélé plus malin que ses poursuivants. « Mais où
as-tu laissé ton copain Oskar ? » demanda-t-elle,
étonnée. Pierrot la précéda vers la porte de la maison
grande ouverte. Tout en sachant parfaitement qu'il
n'avait pas le droit d'entrer, il ignora l'interdiction et
fila droit au salon.

Le chien, couché près du berceau de Rudi, leva à
peine la tête.

— Qu'est-ce que tu as, Oskar ? Tu es malade ? fit
Kathi en s'agenouillant.

L'animal gémit et remua faiblement la queue. Kathi
se pencha vers lui.

— Tu sens bizarre.

— Il a vomi, annonça Dorota dans son dos. Il ne
va pas bien, notre pauvre Oskar. Il n'a pas touché à sa
gamelle. Il ne veut même pas d'eau.

Le soir, de retour des champs, Laurenz examina le chien puis déclara :

— Il a dû manger quelque chose de toxique, peut-être un appât pour renards.

— Dorota lui a préparé une potion mais il n'en a bu qu'un tout petit peu. S'il te plaît, papa, on peut appeler le vétérinaire ?

— Il ne pourra rien faire non plus contre le poison, Kathi.

Elle désespérait à l'idée de perdre son vieil ami. Oleg emmena Oskar dans la grange et, bien que Kathi ait cours le lendemain, ses parents l'autorisèrent à passer la nuit auprès de son chien. Pierrot lui tint compagnie. Dorota lui apporta un repas mais la jeune fille n'y toucha pas. Bientôt, Franzi vint se pelotonner contre elle dans le foin et s'endormit, bien au chaud.

Le pauvre Oskar, secoué de spasmes, poussait de faibles gémissements. Kathi, bouleversée de voir souffrir ainsi son vieux compagnon, se sentait terriblement impuissante. Elle ne pouvait que lui faire avaler la décoction de Dorota, dont Oskar lapa à grand-peine quelques gorgées. Kathi le veilla toute la nuit, craignant que son ami d'enfance ne meure pendant qu'elle dormirait.

Peu après minuit, Pierrot se fit nerveux. Il leva la tête, renifla et trottina jusqu'à la porte de la grange. Oskar fut une fois de plus pris de convulsions. Comme il était trop faible pour se mettre debout, Kathi le tint tandis qu'il vomissait une nouvelle fois tripes et boyaux. Elle parvint ensuite à lui faire avaler un peu de potion.

Peu après, un bruit fit tendre l'oreille à Kathi. On chuchotait dehors, un homme et une femme ! Elle se glissa jusqu'à la porte et risqua un coup d'œil entre les planches. *Jan et Wanda !* Comment la jeune fille s'était-elle échappée de sa chambre ? Voilà qui ne plairait pas à ses parents. Mais pour l'instant, elle se souciait peu des deux Polonais. Elle retourna auprès d'Oskar pour qu'il sente son amour et sa présence.

Le chien combattit les ombres toute la nuit. À l'aube, il vivait toujours, et Kathi osa espérer pour la première fois. Elle prit sa sœur dans ses bras pour la ramener à la maison; elle comptait demander à Dorota de préparer davantage de potion pour Oskar.

Mais sa vieille amie n'était pas encore levée. Kathi l'entendit ronfler dans son réduit attenant à la cuisine. Sans allumer la lumière, elle avança à tâtons jusqu'à l'escalier, avant d'hésiter.

Pourquoi la porte du salon était-elle ouverte? La nuit, elle devait toujours rester fermée. Kathi entra et trouva sa mère dans le fauteuil, la tête affaissée sur le côté, le petit Rudi endormi contre son ventre. Sans doute l'avait-elle allaité avant de s'endormir là.

— Mère? chuchota Kathi.

Anne-Marie ne bougea pas.

Kathi posa Franzi endormie sur la banquette et souleva Rudi. Elle passa la main sous sa petite tête, qui lui parut étrangement froide sous son bonnet, puis serra le bébé contre elle et lui frotta doucement le dos pour le réchauffer. Rudi pendait, mou et lourd, dans ses bras. *Il y a quelque chose qui ne va pas.* Kathi alluma la lumière, et le choc la transperça avec une douleur fulgurante. Le visage de Rudi était tout bleu, pire : il ne respirait plus ! Kathi hurla : « Mère ! Père ! » Sa mère ne réagit pas. Kathi la secoua et découvrit du sang à l'arrière de sa tête. Elle appela son père en hurlant, cria à pleins poumons, mais personne ne vint. On aurait dit que tous les autres habitants de la maison avaient disparu. Rudi mort dans les bras, elle se précipita en haut des marches jusqu'à la chambre parentale. De sa main libre, elle secoua son père ; il émit un profond soupir.

Kathi faillit s'effondrer de soulagement. Dieu merci, il vivait ! Et elle ne vit pas de sang sur lui. Pourtant, il dormait comme un mort.

Elle trouva Charlotte et Dorota indemnes, elles aussi, mais plongées dans un sommeil tout aussi profond. De même pour Oleg.

Wanda et Jan avaient disparu.

Un calme étrange régnait sur le village.

Petersdorf semblait paralysé par le crime abominable dont avait été victime le petit Rudi. Tout le monde cherchait à comprendre comment on pouvait tomber assez bas pour assassiner un innocent bébé. Le village entier était venu à l'enterrement pour soutenir les Sadler dans leur peine.

Seule sa mère ne put faire ses adieux à son fils. La nuit fatale, elle avait reçu un coup si terrible à la tête qu'elle n'était toujours pas revenue à elle.

Les villageois se relayaient pour aider Dorota et Oleg à la ferme afin que Laurenz et les filles puissent veiller Anne-Marie à l'hôpital.

Un officier de la police criminelle demandait chaque jour aux médecins des nouvelles de la patiente, qui était, avec Kathi, le témoin principal. Dès le début, l'identité du meurtrier n'avait pas fait un doute : Jan, avec la complicité de Wanda. Ils avaient aussi fouillé la maison, n'y trouvant qu'un maigre butin. Charlotte cachait bien ses bijoux et il n'y avait jamais beaucoup de liquide à la ferme. Les voleurs n'avaient emporté que deux chandeliers d'argent, le contenu de quelques porte-monnaie et deux sacs à dos pleins de vivres. Seule la perte de leurs alliances, arrachées à leurs doigts, comptait vraiment pour Laurenz et Charlotte.

La veille, le policier de Gliwice chargé de l'enquête était revenu et avait expliqué à Laurenz que le crime avait été organisé de longue date dans ses moindres détails.

On trouva les traces d'un puissant somnifère dans la casserole contenant les restes du dîner. Personne ne douta que Wanda l'avait mélangé au repas. Kathi, n'ayant pas mangé, avait été la seule à ne pas en subir les effets. On était certain aussi qu'Oskar avait été empoisonné par Jan et Wanda, sans quoi il aurait donné l'alarme lors de leur fuite. Laurenz fut furieux de voir que le policier avait une fois de plus amené un reporter. La propagande nazie faisait son miel du crime commis chez les Sadler, s'en servant pour présenter tous les Polonais comme des assassins et des criminels. Laurenz n'était même pas sûr que Jan et Wanda aient réellement voulu tuer Rudi. Peut-être celui-ci avait-il crié trop fort et qu'ils l'avaient serré trop violemment pour le faire taire.

Oskar leur offrit la seule lueur de ces journées de ténèbres : il survécut à son empoisonnement, en grande partie grâce aux décoctions de Dorota et aux soins de Kathi. Il était encore faible mais se remettait peu à peu.

Le policier interrogea Kathi à plusieurs reprises sur la nuit fatale. Elle ne taisait qu'une chose : le sentiment de culpabilité qui la tourmentait. Elle avait parlé à Jan de son mouchoir bleu quelques jours avant le crime. Pourquoi ? Sa question avait rappelé au jeune homme la mort de sa famille. *Les questions tuent…*

Elle se tenait maintenant avec son père et Franzi face au minuscule cercueil de son frère, et ce spectacle était insoutenable. Tout lui semblait irréel, un cauchemar. Sa raison refusait obstinément d'admettre qu'elle ne reverrait jamais Rudi, ne jouerait plus avec lui, ne chatouillerait plus ses minuscules orteils, n'entendrait plus ses gloussements de joie. Qu'elle ne le prendrait plus jamais dans ses bras et ne poserait plus les lèvres sur le duvet chaud et soyeux de sa petite tête. Ne lui raconterait plus d'histoires. Les yeux de Kathi brûlaient de toutes les larmes versées, et un sanglot sec la secoua encore.

Son père serra sa main. Elle le vit s'efforcer de tenir le coup, de rester fort pour elle et Franzi. Sa petite sœur était encore sous le choc. Le somnifère avait été trop puissant pour elle. Tandis que les autres s'étaient réveillés dans le courant de la journée, Franzi avait dormi jusqu'à l'après-midi du lendemain. Depuis, elle était restée muette. Kathi avait tenté de lui expliquer ce qui était arrivé à Rudi et à leur mère, mais Franzi s'était contentée de se boucher les oreilles. Depuis la nuit du meurtre, elle ne quittait plus sa sœur d'une semelle, comme si elle craignait que Kathi aussi disparaisse soudainement de sa vie. Et nuit après nuit, elle venait se glisser dans son lit.

41

> *« Il faut transporter une tonne d'explosif*
> *à deux cent cinquante kilomètres de dis-*
> *tance ! »*
>
> Cahier des charges du développement
> de missiles par le *Heereswaffenamt*[1]

Peenemünde, Usedom, île de la mer Baltique

C'était la guerre. Les chars roulaient, les bombes tombaient, les gens mouraient.

Tandis qu'on se massacrait sur les champs de bataille, les maréchaux bien à l'abri dans leurs quartiers généraux établissaient les plans des attaques suivantes.

À Berlin, Londres, Paris, Moscou et Washington aussi, on planifiait, mais dans des laboratoires. La compétition faisait rage entre les scientifiques du monde libre : il fallait construire l'arme de destruction massive la plus efficace possible, une arme plus monstrueuse et plus mortelle que toutes celles qui l'avaient précédée et, avec elle, un missile qui l'apporterait jusqu'à sa cible. Les chercheurs tuaient en pensées.

---

1. *Heereswaffenamt* (HWA) : bureau central de développement technique et de production d'armes, de munitions et de matériel de l'armée allemande de 1919 à 1945.

Le directeur du centre de recherches de Peene-münde commença son exposé :

— Messieurs, nous sommes le 3 octobre 1942, et je m'avance à annoncer que c'est un jour historique !

Le projecteur fit apparaître à l'écran la première image : un soldat armé d'un fusil-mitrailleur.

— Au Moyen Âge, la possession d'une seule de ces armes, ou d'un seul char (un cliquètement, et un char tigre apparut) aurait suffi à remporter toutes les batailles contre des cavaliers. Dans la guerre aérienne contre l'Angleterre, nous avons perdu jusqu'à présent presque deux mille trois cents avions et plus de deux mille courageux pilotes. Aujourd'hui… (Le scientifique marqua une pause théâtrale.) … je vous présente une arme aussi décisive que l'aurait été une mitrailleuse il y a cinq cents ans : le premier missile balistique longue portée au monde.

Nouveau cliquètement du projecteur. Un murmure parcourut la salle.

— Messieurs, voici notre missile géant Aggregat 4 ! Quatorze mètres de long, treize tonnes, une puissance de six cent cinquante mille chevaux ! Et avant que vous ne posiez la question… (Le directeur technique s'autorisa un petit sourire.) … la charge explosive est de presque une tonne et la portée du missile dépassera les deux cent cinquante kilomètres exigés. Grâce à lui, plus aucun pilote ne devra sacrifier sa vie. Grâce à lui, le Reich allemand ne perdra plus aucun avion !

Un homme couvert de médailles bondit sur ses pieds, survolté d'enthousiasme.

— C'est l'arme miracle que nous attendions ! Le Führer doit voir ça !

42

Anne-Marie Sadler

Octobre 1942, un dimanche midi chez les Luttich

— Pas de rôti ? demanda Wenzel.

Il considérait d'un œil soupçonneux la terrine que sa femme venait de poser sur la table.

— Aujourd'hui, c'est du ragoût, répondit-elle en brandissant une louche.

Wenzel se leva à moitié de sa chaise, observa le contenu du récipient et toucha du bout de sa cuillère un morceau indéfinissable.

— Et ça, c'est quoi ? Ne me dis pas que c'est une oreille de porc ?

Rien qu'à son ton, Elsbeth aurait dû deviner qu'un orage approchait.

— Soupe de pois aux oreilles de porc, confirma-t-elle fièrement.

— Mais on est dimanche ! Le dimanche, on mange du rôti ! s'exclama Wenzel, stupéfait.

— Le Führer non plus ne mange pas de rôti le dimanche. C'est un sacrifice ! Tous ceux qui renoncent à leur rôti aujourd'hui peuvent donner cinquante pfennigs au Secours d'hiver ! Pour les pauvres ! Le Führer a dit…

Wenzel était cramoisi.

— Silence, femme ! Maintenant, tu écoutes ce que dit le Luttich. Je suis un homme qui travaille dur, et le dimanche, je veux mon rôti. Tu as compris ? (Il plongea la main dans sa poche.) Les voilà, tes cinquante pfennigs !

Il jeta la pièce dans la terrine et se précipita vers la porte.

— Mais où vas-tu ?

— Chez Klose ! Manger correctement !

À la taverne, la radio hurlait, comme d'habitude. Goebbels tenait son discours dominical. Wenzel commanda le plat du jour, qui ne l'avait jamais déçu. Quand son assiette arriva, il l'observa, incrédule.

— Qu'est-ce que c'est que ça ?

— Soupe de pois. Aux oreilles de porc.

— Tu te fiches de moi ?

— Aujourd'hui, c'est le dimanche du sacrifice. Le Führer a dit…

— Oui, oui, le Führer dit ci, le Führer dit ça. Allez, Klose, tais-toi donc, on est entre nous. Tu peux t'épargner tes blablas. (Wenzel repoussa l'assiette, écœuré.) Tu n'as rien de décent à manger ?

— Eh bien, je pourrais te servir de la viande en saumure, ou bien quelques saucisses. Avec de la choucroute.

— Ah, des saucisses, volontiers ! Mais garde ta choucroute, l'acidité me donne des renvois. Et apporte-moi une chope de bière. Et puis ferme sa gueule à Goebbels, pour l'amour de Dieu. Ses braillements sont encore pires que ceux d'Elsbeth.

Klose éteignit le poste de radio et Wenzel s'enfonça dans sa chaise, satisfait. Tandis que son estomac grondait d'impatience, il pensa aux dernières nouvelles du front. Les journaux étaient gonflés d'annonces de victoires, de hauts faits d'armes et des paroles du grand leader, aussi ballonnés que le délicat intestin du Führer (rien d'étonnant, se dit Wenzel, s'il mangeait des oreilles de porc).

Il pensa à la Russie. Cela lui donnait toujours des frissons. Il y était, en hiver 1916. Il lui suffisait de fermer les yeux pour revivre le froid impitoyable qui s'était infiltré jusque dans ses os et ne l'avait plus jamais quitté, devenant un tourment incessant. Rhumatismes chroniques, disait le docteur. En plus du froid russe, l'étendue infinie du pays inquiétait Wenzel. Les troupes allemandes s'étaient lancées dans ces plaines sans fin comme jadis les soldats de Napoléon, et il devinait que bien peu en reviendraient. L'hiver russe approchait.

Ça a déjà commencé, se dit-il. Et on n'en restera pas à un « dimanche du sacrifice ».

Bientôt, chaque jour sera un sacrifice.

43

*« Ce qui était la science est devenu le des-
tructeur des mondes. »*

Kathi Sadler

Dans la nuit du 17 au 18 août 1943, les sirènes se
mirent à hurler à Usedom, île allemande de la mer Baltique. Des bombardiers de la RAF venaient pilonner le
site de production de missiles de Peenemünde. Les Britanniques redoutaient la nouvelle arme des Allemands,
le missile géant A4 appelé « V2[1] » par la propagande
nazie. De tels engins avaient déjà tué des centaines de
civils à Londres et Anvers.

L'opération des Britanniques portait le nom de
code « Hydra » : il fallait couper la tête du programme
de missiles nazi, c'est-à-dire tuer le plus possible de
scientifiques.

Mais la mission des Anglais fut un quasi-échec.
Troublés dans leur orientation par des nuages et des
machines à brouillard, ils se trompèrent de cible. La
majeure partie des bombes atterrit trois kilomètres
trop au sud. Des dizaines d'habitants, plus de sept
cents travailleurs forcés ainsi que quelques scientifiques périrent, dont le directeur du développement

---

1. *Vergeltungswaffe 2* : Arme de représailles 2.

des réacteurs, sa femme et leur enfant. Les têtes de la recherche allemande en matière de missiles, le directeur technique Wernher von Braun et le chef du développement du Bureau des armes, le major Walter Dornberger, survécurent. Et seulement huit semaines plus tard, un nouveau V2 décolla de Peenemünde.

Des mois plus tôt, une fois le développement du missile géant pratiquement terminé, les plans de construction avaient été transférés dans le réseau de galeries souterraines de Mittelbau-Dora à Kohnstein, le nouveau site de production ultrasecret de missiles V1 et V2.

En décembre 1943, le ministre de l'Armement, Albert Speer, se rendit à Kohnstein pour examiner en personne l'avancement des travaux.

Tout en parcourant à grands pas la galerie d'accès menant au bureau du directeur scientifique du HVA[1], Speer ne put cacher sa fierté : à Kohnstein, en collaboration avec les services d'économie et d'administration SS, ses subordonnés avaient accompli un travail admirable. En quelques mois, une simple galerie souterraine avait été changée en un site de production d'armes de deux cent cinquante mille mètres carrés, deux autres galeries principales de deux kilomètres de long et trente mètres de hauteur étaient reliées par quarante tunnels transversaux, et l'on avait construit des rues souterraines et un vaste réseau ferroviaire. Le tout dans le plus grand secret !

Seules la poussière omniprésente et l'abjecte puanteur d'excréments assombrissaient le tableau. Speer était écœuré. *Les ingénieurs doivent absolument régler ce problème*, se dit-il en atteignant le

---

1. HVA, *Heeresversuchsanstalt* : Centre d'essais militaires.

dernier poste de contrôle. Les mesures de protection étaient phénoménales. Comme au quartier général du Führer, la Wolfsschanze, il y avait ici trois zones de sécurité à passer. La sûreté du programme de missiles justifiait tout.

Le ministre de l'Armement connaissait depuis plusieurs années le directeur scientifique du HVA, Wernher von Braun, un bel homme très intelligent, passionné d'art et d'une grande culture. Et un opportuniste par excellence : chercheur, il avait succombé à la promesse de moyens quasi illimités et était devenu membre du NSDAP dès 1938. Depuis, il avait atteint le rang de *Sturmbannführer* SS.

Speer avait une bonne raison de rendre à von Braun cette visite impromptue : le ministre arrivait directement de la Wolfsschanze, où le Führer et le *Reichsführer* SS Himmler, lui reprochant les dépenses colossales engendrées par le HVA, avaient clairement exigé qu'on leur livre enfin les armes miracle promises. À peine arrivé, Speer transmit le message :

— Ça ne peut pas continuer comme ça, *Sturmbannführer* ! Vous exigez en permanence plus d'argent, plus de matériel, plus de travailleurs !

— On appelle ça la recherche, monsieur le ministre, répliqua le directeur technique du projet A4.

Manifestement peu impressionné par le ton et l'attitude de son visiteur, von Braun posait en penseur devant un tableau noir couvert de croquis et de formules.

— Le Führer exige des résultats plus rapides ! Tout cela avance beaucoup trop lentement !

Comme pour confirmer les reproches de Speer, Braun saisit tranquillement une éponge, effaça quelques lignes, puis tira une craie de la poche de sa blouse blanche et rectifia une formule. Ensuite, il se dirigea vers une table immense, au milieu de la pièce, où s'empilaient papiers et plans. Il se pencha au-dessus d'un schéma et suivit de l'index une liste de spécifications techniques.

Le ministre de l'Armement était horripilé par cette mise en scène. Il ôta son képi et ses gants, tira une chaise à lui et croisa ses jambes aux bottes faites sur mesure.

— Bon. Quarante mille prisonniers ont déjà été envoyés à Mittelbau-Dora pour y travailler. Combien vous en faut-il encore ? Ou préférez-vous retourner au camp de Buchenwald pour y faire vous-même votre choix ?

Speer avait enfin gagné l'attention du scientifique.

— Je n'ai pas besoin de ces malheureux qui vivent dans leur merde et crèvent par milliers dans les galeries, s'écria von Braun.

— Nous en avons déjà parlé, Wernher, rétorqua Speer en passant à un ton plus familier. Tu fais ton travail et nous faisons le nôtre.

— Je ne veux rien avoir à faire avec une chose qu'on appelle «extermination par le travail». Tu sais comment tes sbires de la SS appellent ça ? «Mise à la ferraille» !

Von Braun paraissait sincèrement scandalisé, et le ministre soupira.

— Ce ne sont pas *mes* sbires, ce sont ceux de Himmler.

Speer sortit un mouchoir et essuya la poussière de ses bottes.

— On dirait ce Kammler ! Quand je suis allé le voir pour me plaindre de ça, il m'a répondu froidement : «Ne vous souciez pas des victimes humaines ! Le travail doit avancer le plus rapidement possible.»

Voilà qui explique pourquoi le *Obergruppenführer* Kammler, directeur des travaux d'agrandissement des galeries, n'est pas venu me saluer en personne, pensa Speer. Cet homme ne supportait ni d'être critiqué ni d'être remis à sa place, et on le savait très rancunier. Comme de nombreux despotes, il était susceptible mais aussi conscient d'être remplaçable, à l'inverse d'un génie comme von Braun. Cela maintenait au moins un certain équilibre dans le chantier souterrain.

— Oublie Kammler et concentre-toi sur ton travail. De toute façon, tu ne pourras pas changer le système, puisque tu en fais partie. Dois-je te rappeler que tes missiles aussi tuent des gens ? Des hommes, des femmes, des enfants ? Où est la différence ?

Von Braun se détourna brusquement et fixa son tableau des yeux.

Speer attendit. Ce n'était pas la première fois que von Braun l'entraînait dans une telle discussion, mais le scientifique finirait par se calmer. Au bout du compte, pour ce passionné, la recherche comptait plus que tout.

La patience de Speer fut récompensée. Quand von Braun se retourna vers son visiteur, rien dans son expression ne rappelait son bref éclat de colère.

— Ce qu'il me faut, dit-il d'un ton insistant, ce ne sont pas des prisonniers à moitié morts de faim mais des penseurs, des ingénieurs, des mathématiciens, des physiciens, des chimistes ! Des jeunes aux idées fraîches !

— J'ai bien compris. Mais où veux-tu que je les trouve ? Nous avons déjà ratissé toutes les universités et tous les instituts du Reich.

Von Braun s'approcha d'une desserte et se servit un café d'un Thermos.

— Tu en veux ?

— Non, merci.

Le scientifique ajouta du lait dans sa tasse.

— J'ai appris il y a peu que le *Daily Telegraph* de Londres avait proposé à ses lecteurs un concours de rapidité de mots croisés. Pourquoi ne pas essayer la même chose pour dénicher des talents cachés ? Nous pourrions promettre un prix pour la résolution d'une énigme mathématique, organiser une compétition dans les écoles, comme des jeux olympiques de maths.

Le ministre hocha la tête, pensif.

— Un concours de maths ? Ce n'est pas une mauvaise idée, un défi à la jeunesse. Ce serait assez rapide et facile à mettre en place.

— Alors, c'est d'accord. Je suggère de proposer le concours à tous les élèves à partir de la sixième.

— À des gamins de douze ans ?

— Il n'y a pas de limite d'âge à l'intelligence. Pas plus qu'à l'idiotie.

Von Braun termina sa phrase avec l'air de penser à une personne précise.

— Très bien. On peut toujours essayer. Tu prépares les énoncés ?

— Ils sont déjà prêts. (Von Braun s'approcha de son bureau et décrocha le téléphone.) La gloire ne m'en revient d'ailleurs pas. C'est l'idée d'un jeune collègue, qui a déjà rédigé les problèmes à résoudre. Je lui demande de nous les apporter, comme ça, tu pourras les emporter directement.

— Bien. Je les transmettrai au ministère des Sciences et donnerai les instructions en rapport au ministre Rust.

Speer se leva et remit son képi.

— Où vas-tu ?

— Rendre une petite visite à l'*Obergruppenführer* Kammler. Il faut qu'il fasse construire des canalisations. Cette puanteur est insupportable !

44

« On ne compte pas les poussins avant l'automne. »

Dicton géorgien

— Je suis désolé, mon ami, dit Wenzel après avoir informé Laurenz de l'avancée de l'enquête. Ce Jan et sa complice se sont volatilisés.

Laurenz passa une main sur ses yeux rougis de larmes. Il était exténué.

— Tu sais, Wenzel, maintenant, je m'en fiche. Que les criminels soient pendus ou pas, ça ne ressuscitera pas notre Rudi et ça n'aidera pas mon Anne-Marie non plus.

Wenzel leva les yeux vers la femme de Laurenz, assise sur la banquette près de son mari comme une poupée sans vie. Peu après l'enterrement de Rudi, presque quinze jours après la nuit fatale, on avait appris qu'elle était revenue à elle. Wenzel s'était réjoui pour les Sadler, mais la joie avait été de courte durée. Anne-Marie avait l'air éveillée, elle se laissait nourrir et promener comme une enfant docile, mais un vide effrayant occupait ses yeux. Son corps fonctionnait mais son esprit flottait quelque part dans un entre-monde, loin de la réalité. Depuis la mort de Rudi, elle vivait comme August, au sein de remparts intérieurs que sa conscience avait élevés contre les horreurs de cette nuit-là. Elle était maintenant dans cet état depuis plusieurs mois, et les médecins avaient peu d'espoir qu'elle en sorte un jour.

La famille, y compris Dorota et Oleg, n'abandonnait pas. Anne-Marie avait en permanence de la compagnie. Le soir, Laurenz la massait, la frottant d'essences diverses ou d'huiles aux herbes concoctées par Dorota. Le matin, la gouvernante et Kathi la lavaient, la coiffaient et l'habillaient. Puis Anne-Marie restait assise dans la cuisine avec Dorota ou près d'August sur la banquette, avec Franzi. Et bien qu'ils l'emmènent prendre l'air tous les jours, s'assurent qu'elle remue et se nourrisse, elle disparaissait peu à peu sous leurs yeux, pâlissant comme une image laissée trop longtemps au soleil.

Le père Berthold déclara qu'elle manquait de nourriture spirituelle et vint régulièrement lui lire la Bible. Ce jour-là, il était à la ferme Sadler. Il écouta le rapport de Wenzel en buvant du schnaps.

— La guerre aussi prend mauvaise tournure, poursuivit Wenzel d'un air sombre. Stalingrad va très mal finir.

Il vida son troisième verre.

— J'ai entendu dire la même chose, fit Charlotte que l'arrivée du bourgmestre avait fait sortir de son écurie. C'est pour ça que je n'élève plus que des juments aryennes. La Wehrmacht ne les aura pas, l'Association d'éleveurs s'en assure. On dit qu'au moins cinquante mille chevaux sont déjà morts à Stalingrad dans les pires souffrances.

— Charlotte ! Je t'en prie ! s'exclama Laurenz d'un ton réprobateur.

— Quoi ? Oui, les pauvres soldats ! Mais ils avaient au moins le choix, non ? Les chevaux ne l'avaient pas, eux. Moi, aucun ordre de ce monde ne pourrait m'envoyer à la guerre, déclara Charlotte d'un ton de défi.

Elle dévisagea Wenzel. Loin de se laisser provoquer, celui-ci fit une déclaration inattendue :

— Peut-être que cette guerre ne durera plus si longtemps que ça.

— Tu as entendu parler de négociations de paix ? demanda aussitôt Berthold.

— Mais que ça reste entre nous ! fit Wenzel en se penchant en avant d'un air conspirateur. Les choses bougent à la Wehrmacht, annonça-t-il à voix basse.

— Nous voilà bien avancés, Wenzel, commenta Charlotte en le resservant.

Wenzel but et reprit :

— Je suis allé à une réunion de vétérans à Gliwice, hier. On dit que la Wehrmacht commence à en avoir assez d'obéir à des ordres insensés et de maintenir des positions intenables.

Ils s'entreregardèrent. Laurenz remit du schnaps dans tous les verres. Wenzel saisit le sien, le fit tourner en en renversant un peu, et poursuivit, la bouche déjà un peu pâteuse :

— Les amis, pas besoin de me faire picoler. Je vous en parlerai de toute façon. Hitler a voulu la guerre. C'est pour ça que mon fiston est mort. Il y a déjà eu beaucoup trop de tués. Le seul fils d'Erich Klose y est passé aussi. Moi, je dis : ça suffit ! Si Hitler était mort, la guerre serait finie. Il suffit d'un courageux.

— Ça veut dire que la Wehrmacht veut assassiner Hitler ? demanda Laurenz.

Après trois verres, il était déjà pompette. Il n'avait jamais bien supporté l'alcool.

— Je n'ai rien dit, fit Wenzel avec un grand sourire.

Il agita son verre vide, qu'on remplit, et tout le monde trinqua. Y compris Berthold. En cet instant, il était homme et pas prêtre. Il prierait pour Hitler, mais après.

Personne ne le dit, mais il était clair qu'ils buvaient à la mort du Führer. À part Charlotte.

— Il n'est pas encore mort, lança-t-elle.

Aussitôt, Wenzel releva son verre.

— À Charlotte, qui nous gâche le plaisir !

Elle tira la bouteille de schnaps à elle.

— Je crois que vous avez tous assez bu.

Dorota entra pile au bon moment avec une assiette de biscuits de Noël. Au-dehors, la nuit tombait déjà. Une lune pâle se leva tandis que les ombres envahissaient discrètement la pièce et se blottissaient dans les recoins. Aucun des buveurs ne remarqua que la lumière baissait, tout occupés qu'ils étaient par leurs noires pensées.

Dorota sentit la lourdeur de l'atmosphère et se dépêcha d'allumer les trois bougies de la traditionnelle couronne de l'Avent. Elle le fit d'un air solennel, célébrant le moment, et la douce lueur des cierges désarma les ombres. Noël était dans moins d'une semaine, fête de la paix au milieu d'une guerre qui faisait rage depuis quatre ans. Berthold en profita pour détourner la conversation vers la célébration à venir et la crèche animée du village.

45

*«Saint Florian, épargne ma maison et
mets le feu à d'autres!»*

Dicton

Le soir de la messe de minuit, le père Berthold eut la
joie de voir son église presque pleine. Depuis que l'engagement des Américains dans le conflit avait changé
la donne, qu'une débâcle s'annonçait à Stalingrad et
que les alliés bombardaient de plus en plus de villes,
il était devenu presque impossible de nier que pour la
première fois, les troupes allemandes reculaient. Seule
Elsbeth Luttich répétait comme un perroquet: «Le
Führer réorganise le front!»

Depuis, beaucoup des ouailles perdues du père Berthold étaient revenues dans le giron de l'Église, même
si certaines ne s'y risquaient qu'au crépuscule ou en
passant par l'entrée latérale, près de la sacristie.

Le prêtre comprenait leur attitude. D'une part, en
ces temps troublés, croire en Dieu n'était pas chose
facile. Lui-même affrontait de terribles moments de
doute et suppliait le Seigneur de mettre fin à cette folie.
Il appelait souvent de ses vœux la fureur des saints, les
implorant d'attraper le grand cornu à la gorge pour le
renfoncer dans les innombrables gueules de la bête
immonde nazie. À Gliwice et Katowice, les usines

d'armement tournaient à plein régime, alimentées en main-d'œuvre par des milliers de malheureux entassés dans des camps dans des conditions inhumaines. Les pires rumeurs couraient à propos de ces camps, mais presque personne ne voulait les écouter ou accepter l'évidence. Les gens vivaient selon le principe de saint Florian : tant qu'un problème ne se produisait pas dans leur propre jardin, c'est qu'il n'existait pas. Il était plus confortable de s'en tenir aux mensonges habituels de la propagande. Personne n'aimait avoir mauvaise conscience. D'autre part, le gouvernement national-socialiste ne faisait pas mystère de l'aversion que lui inspiraient l'Église catholique et son clergé. Des centaines de religieux survivaient en prison ou derrière les barbelés de camps de travail, à moins d'avoir été assassinés pour avoir osé s'élever contre l'injustice.

Berthold s'arracha à ses sinistres ruminations. Aujourd'hui, en cette veille de Noël, sa tâche n'était pas de semer la haine et la colère mais d'annoncer aux hommes la parole d'amour de Dieu. Il avait donc aussi pensé aux travailleurs forcés polonais retenus loin de leur patrie et de leurs proches. Au cours des derniers jours, il avait rendu visite en personne à chacun d'entre eux pour les inviter à participer à la messe avec les villageois. Presque tous étaient venus célébrer la naissance du Christ. Aujourd'hui, ils fêteraient ensemble la fête de l'amour.

En grand apparat, Berthold s'avança devant ses ouailles et parcourut du regard la petite foule mise sur son trente-et-un. À part quelques invalides, deux soldats chanceux en congés du front, le maréchal-ferrant Justus et une dizaine d'agriculteurs déclarés décisifs pour la guerre (il fallait bien nourrir les armées), Petersdorf ne comptait presque plus d'hommes valides de moins de cinquante ans. Laurenz Sadler tenait l'orgue, ce soir-là. Malgré ses quarante et un ans, il avait jusque-là uniquement échappé à l'incorporation parce que ses deux frères étaient morts et qu'il fallait que quelqu'un dirige la ferme. Le reste de l'assistance était principalement composé de vieux, de malades, de femmes et d'enfants, dont des réfugiés venus des grandes villes bombardées.

Il les connaissait tous, connaissait leurs souffrances, leurs soucis, leurs problèmes. Cette guerre insensée avait coûté la vie à bien trop de fils de Petersdorf, portés disparus ou toujours au front. Le village se vidait de son sang.

Berthold se laissa envahir d'une sensation de paix, inspira le parfum de l'encens et de la myrrhe auquel se mêlait la cire d'abeille des cierges. Il savoura l'enchantement du *Transeamus* et de l'oratorio de Bach qui s'écoulaient dans la nef et réjouissaient le cœur de Dieu et des hommes. Ce soir, ils fêtaient le miracle de la naissance de Jésus. L'espace de quelques heures, il voulait libérer ses paroissiens du fardeau des horreurs de la guerre et les emplir de force et de confiance. Quand la musique se tut, son doux écho laissant l'assistance dans un silence solennel, il joignit les mains et dit : « Prions. »

À la fin de la messe, les enfants du village se glissèrent dans les rôles traditionnels de la crèche de Noël. Le spectacle n'avait pas eu lieu les deux années précédentes, mais cette fois-ci, Berthold avait convaincu son ami Wenzel d'expliquer à la *Gauleitung* qu'une manifestation commune de ce type était bonne pour le moral des habitants.

Il ne fut pas le seul à se réjouir du zèle des enfants : le village entier était debout, tout le monde félicita et applaudit les petits acteurs. Sauf Wenzel. Il lui était déjà arrivé de s'endormir à l'église, mais cette fois-ci, même le brouhaha qui suivit la représentation ne put le tirer de son sommeil. Elsbeth papotait avec sa voisine sans prêter attention à son mari. Berthold s'approcha pour le secouer discrètement par l'épaule, et tressaillit. Wenzel Luttich avait quitté ce monde.

Berthold le bénit. « Adieu, mon ami », murmura-t-il à son plus ancien compagnon. Il fut pris d'un instant de faiblesse ; autour de lui, tout pâlit, et il se retrouva nu et seul au sommet d'une falaise entourée de brouillard, sans joie, sans lumière, sans espoir. Qu'allait-il advenir de lui ?

On constata vite à quel point Wenzel avait jusque-là su protéger Petersdorf.

Au matin de la fête des Rois mages, la Gestapo surgit devant le presbytère et emmena Berthold. On le redéposa devant l'église deux semaines plus tard, pâle et amaigri, mais pas brisé. Sa cure lui fut ôtée, l'église fermée, le presbytère officiellement saisi pour servir de logement à des réfugiés venus des villes bombardées de l'Ouest. Berthold y avait passé plus de quarante années de sa vie. Il s'installa dans un réduit de la ferme Köhler, la maison des parents d'Elsbeth, que lui attribua la *Gauleitung*. On lui interdit d'accepter l'offre de Charlotte de venir vivre à la ferme Sadler, et il ne fut autorisé à emporter que quelques effets personnels.

Dès lors, il n'y eut plus de messe à Petersdorf, et le curé de Michelsdorf fit le déplacement pour les actes liturgiques incontournables tels que les enterrements.

À la mi-janvier, alors que le village s'inquiétait encore du sort de son prêtre, Laurenz Sadler reçut son ordre d'incorporation. Il était tenu de se présenter dans la semaine à la caserne de Gliwice.

Il se retira au salon avec sa mère. Cette lettre, cette simple feuille de papier, l'envoyait vers l'inconnu, vers un lieu où la mort faisait bombance. Laurenz laissa exploser sa fureur :

— Quel monde, mais quel monde ! Aucun État ne devrait avoir le droit de décider ainsi du sort de ses citoyens !

— Cette saleté d'Elsbeth, gronda sa mère.

— Personne ne peut me forcer à abandonner mes enfants ni à partir à la guerre ! ajouta Laurenz avec feu.

— Calme-toi et assieds-toi, mon fils ! Tu me donnes le tournis à gigoter comme ça. J'ai une idée. On va faire comme le fermier Hondl, à Rybnik.

Laurenz cessa d'arpenter la pièce.

— Qu'est-ce qu'il a fait, ce Hondl ? demanda-t-il d'un ton sceptique.

— Il a emmené sa femme enceinte et leurs quatre enfants au centre d'administration régional et a déclaré qu'il laissait sa famille là parce qu'il devait partir à la guerre. Et il a gagné.

— Comment ça, il a gagné ?

— Son ordre d'incorporation a été annulé. Demain matin, on emmène les filles et Anne-Marie là-bas. Si le Hondl le peut, on le peut aussi.

On ne les laissa même pas entrer ; leur projet échoua aux portes du bâtiment. L'histoire du trait de génie de Hondl s'était répandue comme une traînée de poudre et les fonctionnaires nazis, submergés par les familles débarquant de toutes parts, avaient vite mis fin à la chose. Où irait-on si les hommes refusaient soudain de partir à la guerre à cause de leur famille ? Pas question que cela fasse tache d'huile !

— Ça valait la peine d'essayer, dit Charlotte sur le chemin du retour.

Ils étaient tous abattus.

— On ne peut vraiment rien faire, une opposition, un recours ? demanda Kathi.

— Si, on pourrait, petit colibri. Mais ça ne servirait sûrement à rien, et en plus, nous devrions en subir les conséquences. Moins de cartes d'alimentation, plus de contrôles.

Kathi savait que ces contrôles, en particulier, devaient être évités à tout prix. Comme tous les agriculteurs de Petersdorf, ils avaient mis de côté un peu de bétail et de vivres.

Une fois de nouveau seul avec sa mère, Laurenz annonça :

— Je vais faire ce que j'aurais dû faire il y a des années ! On emballe le nécessaire et on part d'ici.

— Tu désertes ? (Charlotte était choquée.) Avec deux enfants et une femme qui a perdu la boule ? Tu es devenu fou, toi aussi ? Jusqu'où crois-tu pouvoir aller ?

— Il faut au moins que j'essaie ! S'ils m'attrapent, c'est toi qui t'occuperas d'Anne-Marie et des filles.

— Sois raisonnable, mon fils ! Une fois catalogué comme déserteur, tu seras exproprié. Comment veux-tu que je m'occupe de ta famille et de ton père malade sans la ferme ?

— Eh bien, il faut que notre fuite réussisse. Et toi et papa, vous venez avec nous !

Laurenz resta inflexible.

— Tu veux arracher ton vieux père aveugle à son foyer ? Mon Dieu, Laurenz, sois un peu réaliste, une fois dans ta vie ! Il faudrait que je le tienne en permanence par la main, comme toi avec Anne-Marie ! Je nous vois déjà sur la route, bras dessus, bras dessous. Nous serions aussi discrets qu'une troupe de caniches verts !

Laurenz lissa ses mèches ébouriffées. Il refusait de renoncer à son projet.

— Je vois bien le problème avec père. Mais je ne partirai pas à la guerre, je n'abandonnerai pas ma famille ici. Anne-Marie, les filles et moi, nous partons ! C'est mon dernier mot. Je dois être à la caserne dans six jours. Si nous filons la nuit prochaine, nous aurons cinq jours d'avance. Combien d'argent liquide avons-nous ?

— Où veux-tu donc aller ?

— D'abord, aussi loin d'ici que possible. Après, on verra.

— Vous n'arriverez même pas à la prochaine gare sans qu'on vous reconnaisse.

— On prendra le train à Strzelce Opolskie. Personne ne nous connaît, là-bas.

— Ah oui ? C'est à trente kilomètres ! Vous êtes invisibles ?

— Ne t'inquiète pas pour ça.

— Que je ne m'inquiète pas ? Abandonne cette idée, je t'en prie. Elle est vouée à l'échec.

— Mais que veux-tu, mère ? Que je parte à la guerre tuer des gens juste parce qu'ils portent un autre uniforme que le mien ? N'as-tu pas dit un jour que *toi*, personne ne pourrait jamais t'y forcer ?

La discussion s'éternisa, Laurenz restant intransigeant, sa mère le traitant tour à tour de fou et de bourrique entêtée. Au bout du compte, incapable de le faire changer d'avis, Charlotte fut contrainte d'aider son fils.

— Bon, d'accord, fit-elle. Emmène ta famille chez mon oncle Egon, en Poméranie. Je te donnerai une lettre pour lui. Il vous cachera. Si Wenzel a dit vrai et que quelqu'un, à la Wehrmacht, trouve bientôt le cran de tuer Hitler, vous n'aurez qu'à attendre la fin de la guerre.

Ils convinrent de ne mettre personne dans la confidence, pas même Dorota.

Si celle-ci remarqua les préparatifs en cours, elle n'en laissa rien paraître. Charlotte partit de bon matin à Gliwice pour y retirer tout son argent liquide. Elle passa le reste de la journée à coudre les bijoux de famille qui lui restaient dans les ourlets des vêtements.

Pendant ce temps, Laurenz alla rendre visite à son ami Justus pour lui demander de les emmener à Strzelce Opolskie. Le maréchal-ferrant possédait une autorisation de circulation spéciale pour son vieux camion de livraison afin de pouvoir aller ferrer les chevaux militaires des environs. Le plan de Laurenz lui inspira le même effarement qu'à Charlotte. Lui aussi tenta par tous les moyens de dissuader son ami. N'y parvenant pas, il fit à Laurenz une proposition inattendue :

— Attends jusqu'à après-demain. J'ai un trajet spécial vers Dresde, je vous emmènerai.

— Dresde ? Que vas-tu faire là-bas ?

— Ne me demande pas.

— Mais si, je te demande ! Ça concerne ma famille !

— Bon. Je te le dis parce que tu es mon ami et que tu sais tenir ta langue. En allant ferrer un cheval à Katowice, j'ai fait la connaissance d'un ponte nazi. De temps en temps, il m'emploie comme coursier. Je vais chercher la marchandise chez lui et il me donne les papiers nécessaires pour que mon camion ne soit pas fouillé jusqu'à ce que j'aie livré.

— Quel genre de marchandise ? demanda Laurenz, aussitôt méfiant.

— Comment veux-tu que je le sache ? Les caisses sont toujours bien fermées.

— Allez, Justus ! Ne me raconte pas d'histoire, je suis sûr que tu es au courant !

Le maréchal-ferrant céda.

— Des objets d'art, quelque chose comme ça.

— Volés ? On appelle ça du recel !

— Non, on appelle ça de la survie ! En échange, on nous laisse tranquilles, ma Maria et moi. Tu sais qu'une de ses grands-mères est juive. Alors, qu'en dis-tu ? Je vous emmène à Dresde, oui ou non ?

Laurenz se détourna pour réfléchir puis s'assura :

— Ton camion n'est jamais fouillé ?

— Jamais, sur aucun trajet. Les papiers sont très clairs. Personne n'ose y fourrer le nez.

— Bon, c'est d'accord.

— Tope là ! (Justus tapota l'épaule de son ami.) La nuit d'après-demain, attendez-moi à 4 heures sur la route de Michelsdorf.

Le lendemain, Laurenz informa Kathi de son plan. Ils ne prendraient qu'un sac à dos chacun, rempli de nourriture, et enfileraient autant de couches de vêtements que possible. De toute façon, avec les températures actuelles qui descendaient parfois jusqu'à moins quinze, tout le monde portait plusieurs épaisseurs.

— Et Oskar ? demanda Kathi.

Elle lut la réponse sur le visage de son père.

— Mais...

Sa voix s'étrangla.

— Je suis désolé, petit colibri. Nous ne pouvons pas l'emmener.

La veille de leur fuite, ils dînèrent comme d'habitude vers 18 heures. Dorota avait préparé un véritable festin, manière de montrer qu'elle était au courant. Pour le dessert, elle servit la gourmandise préférée de Franzi, des poires au sirop, ainsi que le célèbre gâteau aux fruits italien de Piero. Franzi but le jus de poires et picora les baies séchées des parts de tout le monde.

Après le repas, ils passèrent au salon. Laurenz prit son violoncelle, Kathi l'accompagna à l'accordéon. Ils firent ainsi leurs adieux à leurs instruments tant aimés, qu'ils étaient obligés d'abandonner, et jouèrent une dernière fois la chanson préférée d'Anne-Marie, «La nostalgie est mon pays».

Jamais encore ils n'avaient tiré de leurs instruments de tons si doux, jamais leur harmonie n'avait été si belle, leur jeu si plein de ferveur. La douleur des adieux amenait le père et la fille à une maîtrise parfaite.

Kathi, nerveuse, fut incapable de fermer l'œil. Quand son père vint les chercher, à 3 heures, elle était prête depuis un moment. Ils eurent en revanche beaucoup de mal à tirer Franzi de son sommeil. L'idée d'une excursion nocturne ne l'inspirait guère. Kathi dut la convaincre en lui assurant plusieurs fois que leur mère les accompagnerait. Alors seulement, la petite accepta de s'habiller. Anne-Marie, comme toujours, ne dit pas un mot et se laissa docilement vêtir par Laurenz. Ils se mirent en route à 3 h 50, Anne-Marie trottinant au bras de son époux, Kathi tenant fermement la main de sa sœur. Dès qu'ils quittèrent la chaleur de la maison, un froid mordant les frappa en plein visage. La neige verglacée craquait sous leurs bottes et ils crachaient de petits nuages de vapeur à chaque respiration.

Charlotte les accompagna jusqu'au point de rendez-vous, sur la route. Ils attendirent, tendant l'oreille dans l'espoir d'entendre un moteur s'approcher. Justus prenait son temps. Les minutes s'écoulèrent lentement, se changèrent en un quart d'heure. Franzi commença à geindre, lasse et gelée ; Kathi lui raconta une histoire. Elle aussi sentait le froid s'insinuer sous ses vêtements, couche après couche.

— Il va arriver, dit Laurenz pour la troisième fois.

Il discuta à voix basse avec Charlotte et, à 4 h 30, décida de renvoyer tout le monde à la ferme et d'aller chez Justus.

Il y fut accueilli par le silence ; aucune lumière ne brillait chez le maréchal-ferrant. Laurenz se glissa jusqu'au garage et trouva porte close. Il jeta un coup d'œil par une petite fenêtre latérale : le camion de livraison n'était pas là. Il rentra chez lui déçu et furieux.

Charlotte attendait avec Anne-Marie et les enfants dans la pièce la plus chaude de la maison, la cuisine. Oskar, collé à Kathi, ne la quittait pas des yeux. Dorota était là aussi. Dans sa robe de chambre en éponge blanche cousue main, elle ressemblait à une boule de neige géante. Elle avait fait du thé et mit sur la table les restes du gâteau aux fruits, mais Franzi était la seule à manger. Laurenz se réchauffa les mains sur sa tasse et leur fit son rapport.

— Le camion de Justus n'est pas au garage.

— Quoi ? Ton ami est parti sans toi ?

Laurenz interpréta intérieurement le ton de Charlotte : « Je t'avais bien dit que ton plan était complètement idiot ! » Agacé, il tapa du poing sur la table :

— Il doit y avoir une explication ! Justus ne me laisserait pas tomber comme ça.

— Tu t'es peut-être trompé d'heure ? Ou de date ?

— Mère ! lâcha Laurenz, horripilé.

— Je cherche juste une explication. Et maintenant ?

— On s'en va !

Laurenz se leva et attrapa son sac à dos.

— Venez, les enfants !

— On va où ? demanda Kathi.

— À Strzelce Opolskie, prendre le train.

— Strzelce Opolskie ? Ce n'est pas trop loin pour maman et Franzi ?

— Cette enfant a plus de plomb dans la cervelle que son père ! En plus, il est 5 h 30 passées. Petersdorf se réveille. On vous verra ! Combien de temps crois-tu qu'il faudra à Elsbeth pour envoyer la police militaire à vos trousses ?

Laurenz se laissa lourdement retomber sur la banquette.

— D'accord, alors on partira la nuit prochaine.

Il se sentait terriblement inutile. Son rôle de père était de protéger sa famille, mais au lieu d'écouter Anne-Marie et de partir au moment où ils auraient pu le faire sans danger, il avait hésité.

À 8 heures, Laurenz alla frapper à la porte de Justus. La femme de celui-ci, Maria, lui ouvrit.

— Bonjour, Laurenz! dit-elle en souriant. C'est bien que tu viennes, ça m'évite d'aller jusque chez vous. Justus a dû partir hier soir en urgence mais il m'a dit de te remettre ceci dès ce matin.

Elle lui tendit un petit paquet fort lourd. Laurenz eut sûrement l'air étonné, car elle reprit:

— Ce sont les clous d'acier que tu as commandés.

Il la remercia, avança à la hâte jusqu'au coin de la rue et ouvrit le paquet. Un feuillet en tomba avec les clous. « *Laurenz, deux SS sont devant ma porte avec un ordre urgent. Je n'ai pas le temps, il faut que je les accompagne tout de suite avec mon camion. Je te contacte dès mon retour. J.* »

Les heures qui suivirent furent les pires de sa vie, emplies de reproches contre lui-même et d'agitation. Pourtant, il ne revint pas sur sa décision. Si Justus ne rentrait pas à temps ou s'il n'était plus en mesure de les emmener dans son camion, il se mettrait en route vers minuit avec sa femme et leurs filles. Charlotte vint lui parler.

— J'ai une idée. Prends Bucéphale, pour Anne-Marie et Franzi. Oleg peut vous accompagner jusqu'à Strzelce Opolskie puis me le ramener.

Laurenz ne parvint qu'à articuler «Merci, mère».

Juste avant la tombée de la nuit, un bruit de moteur retentit.

— Justus ! s'exclama Laurenz en se précipitant au-dehors.

Mais au lieu de son ami, il découvrit devant sa porte un véhicule militaire dont descendirent trois soldats. Deux d'entre eux portaient des fusils-mitrailleurs.

— Laurenz Sadler ? demanda leur chef.

Celui-ci s'avança.

— De quoi s'agit-il ?

— Votre incorporation a été avancée. Nous avons l'ordre de vous emmener à la caserne de Gliwice. Vous avez dix minutes.

L'homme sortit un paquet de cigarettes.

— Quoi ? Mais j'avais jusqu'à vendredi…

— Je ne suis pas là pour discuter avec vous, soldat. Mes ordres sont clairs. Plus que neuf minutes.

Les deux soldats s'étaient mis en position près de la voiture. Ils n'avaient pas l'air du genre à hésiter à tirer.

Laurenz pensa une seconde à rentrer, passer par la porte de derrière, monter l'Échelle céleste et disparaître dans les bois. Cet élan de folie désespérée ne dura qu'un instant ; il en devinait les conséquences pour sa famille. Il rentra et Kathi vint à sa rencontre dans le couloir. Charlotte était partie une demi-heure plus tôt au village ; ayant entendu dire que la Gestapo avait ramené le prêtre, elle voulait s'en assurer en personne.

Laurenz annonça brièvement la nouvelle à son aînée puis demanda :

— Où est Franzi ?

— À la cuisine avec maman et Dorota.

Les adieux furent un cauchemar. Laurenz enlaça ses filles et les serra contre lui, désespéré. Il embrassa Anne-Marie, baignant ses joues de larmes et lui promettant de revenir, bafouillant les mots et les promesses de tous les soldats envoyés à la guerre tout en se traitant intérieurement de menteur, conscient de sa propre impuissance dans le jeu de hasard qu'était la vie.

À l'extérieur, un klaxon retentit longuement, ajoutant à leur détresse.

Fin février 1944, au bout d'une formation de base de quelques semaines, Laurenz monta dans un train en partance pour l'Est.

— Maudite sois-tu, Elsbeth Luttich, murmura Charlotte en regardant partir le wagon qui lui prenait son dernier fils.

Elle avait dans son sac la lettre d'adieu de Laurenz à Anne-Marie. Son fils, incorrigible rêveur, croyait toujours que sa femme allait un jour guérir et pouvoir lire sa missive.

Charlotte était venue seule, comme Laurenz l'avait souhaité. Il ne voulait pas imposer aux filles l'atmosphère déprimante du quai où les femmes venaient voir leurs fils et leur mari partir à la guerre. Charlotte était de son avis : une gare en temps de guerre n'était pas un endroit pour les enfants. Elle-même avait du mal à supporter le vacarme inhabituel, les coups de sifflet perçants, les ordres aboyés et les grincements et couinements des locomotives qui soufflaient avec indifférence leurs flots de vapeur dans la foule. L'ambiance était si pesante qu'elle avait l'impression d'évoluer au milieu d'une masse visqueuse de peur et de larmes. Bien qu'endurcie par tout ce qu'elle avait déjà traversé, elle fut bouleversée par le spectacle qui se jouait là. On transportait hors des wagons des centaines de blessés graves gémissant de douleur et d'angoisse, leurs plaies et blessures pansées sommairement. Des sacs à cadavres étaient chargés sur des charrettes comme du bétail. Souffrance et chagrin à perte de vue. Rien ne changerait-il donc jamais ? Charlotte quitta le quai et son regard se posa par hasard sur une affiche : « Les roues doivent rouler pour la victoire. »

— Quelle idiotie ! lâcha-t-elle.

— Qu'est-ce que vous venez de dire ? lui lança un agent au brassard à croix gammée, gardien de la guerre, qui venait de se matérialiser devant elle.

— Rien. J'ai juste pensé à voix haute.

Elle était emplie d'une telle fureur qu'elle se sentait capable d'abattre cet homme d'un seul coup de poing. Il dut percevoir sa rage à fleur de peau, car il recula hâtivement d'un pas et se contenta de répliquer :

— La prochaine fois, pensez moins fort. *Heil Hitler !* Et il s'en fut.

— *Heil* toi-même, marmonna Charlotte en desserrant le poing.

Elle reprit le chemin de la ferme. Quand elle revit le père Berthold, elle lui dit : « Ces gares et ces trains offrent un spectacle bien macabre ! Ils montent vivants à l'avant et sont déchargés morts à l'arrière. »

Et tandis que, kilomètre après kilomètre, Laurenz s'approchait du front de l'Est, l'état d'Anne-Marie évolua.

Elle qui n'avait pas affiché la moindre émotion depuis longtemps, vivotant dans un univers parallèle, détachée de sa douleur, se mit soudain à pleurer de plus en plus souvent, sans raison apparente. Elle commença aussi à refuser qu'on la nourrisse. Tous s'inquiétèrent. Le médecin consulté ne put les rassurer, expliquant au contraire à Charlotte qu'un tel comportement signalait une aggravation progressive de l'état de la malade. Tôt ou tard, il faudrait l'interner.

Quelques jours plus tard, Anne-Marie leva la tête, regarda autour d'elle, égarée, et demanda :

— Où est Laurenz ?

— Alléluia ! C'est un miracle du Seigneur ! s'exclama Berthold quand Anne-Marie le reçut en tête à tête au salon une semaine plus tard.

— Peut-être, dit-elle avec un pâle sourire, touchée par sa joie. Mais je vous supplie de n'en rien dire à personne. Charlotte et moi avons décidé de garder secrète ma guérison. À part vous, seules Dorota et Kathi sont au courant.

Berthold hocha la tête.

— Vous ne voulez pas donner à Elsbeth Luttich de nouvelles occasions de vous nuire.

— Exactement. J'espère que, tant qu'elle me prendra pour une morte-vivante, elle ne complotera plus contre ma famille.

Un vœu pieux qui devrait bientôt se révéler être une erreur.

46

*« Être intelligent n'empêche pas de faire
des choses stupides. »*

Laurenz Sadler

Les rumeurs ont quelque chose de métaphysique.
Elles franchissent sans peine l'espace et le temps et
s'animent d'une vie propre, en laissant loin derrière
elles la vérité et les faits.

Selon le bruit qui courait ce lundi matin-là au collège-lycée Eichendorff de la Kaiser-Wilhelm Straße,
un visiteur important de Berlin venait d'arriver chez le
directeur, en limousine avec chauffeur !

Les élèves chuchotaient, répartis en petits groupes.
En allant vers sa classe, Kathi avait entendu les suppositions les plus extravagantes, dont la plus courante
affirmait que leur école allait être distinguée pour ses
excellentes performances.

La cloche sonna et la journée commença par l'appel
habituel. Ensuite, les enseignants ordonnèrent à tous
les garçons de sortir de classe et de se regrouper dans
le préau. Les filles restèrent à leur place, intriguées.
Quelques élèves hardies, dont Kathi, levèrent la main
pour s'informer, mais les professeurs gardèrent le silence.

Jusqu'à récemment, garçons et filles avaient eu cours
séparément, mais depuis que les élèves masculins de

terminale, première et même seconde commençaient à manquer et que les rangs des enseignants s'éclaircissaient aussi (il n'y avait presque plus d'enseignants de moins de cinquante ans, à part les estropiés), on formait des classes mixtes. Depuis la rentrée d'automne 1943, il manquait encore plus de garçons à l'appel. Ceux qui fêteraient leurs dix-huit ans en 1943 ou 1944 avaient été incorporés, ceux de dix-sept et seize ans aidaient à la lutte antiaérienne, et bon nombre d'élèves encore plus jeunes s'étaient engagés de leur plein gré.

Au bout de deux heures rythmées de bruits et raclements divers, les filles furent envoyées à leur tour dans le grand préau ; surexcitées, elles se pressèrent dans les longs couloirs en papotant.

Une exclamation de surprise échappa aux premières de la file puis se répandit dans les rangs : le préau s'était changé en salle de classe géante ! Là où d'habitude s'alignaient les chaises des événements obligatoires, s'étiraient à présent de longues rangées de tables.

Kathi ne s'était pas laissé emporter par l'excitation générale. Elle savait depuis longtemps que prix et récompenses servaient bien moins leurs lauréats que ceux qui les décernaient. Elle choisit une place au dernier rang, tout près du mur.

C'était l'heure de la petite récréation. Elle avait faim, comme toujours, et pas la moindre intention de renoncer à sa tartine de confiture. Elle regarda discrètement autour d'elle avant de mordre dedans. Personne aux alentours pour le lui interdire. Les professeurs se tenaient en demi-cercle sur l'estrade et les fanfarons du conseil des élèves se pressaient au premier rang, comme d'habitude. Personne ne faisait attention à elle, tous voulaient savoir ce qui se passait sur le podium.

L'ancien instituteur de Kathi, Hermann Zille, se tenait au pupitre de l'orateur. Elle l'avait retrouvé quand il était devenu directeur du collège-lycée. Il passa lentement en revue les élèves, savourant leur impatience. Enfin, il leva le bras qui lui restait et demanda le calme, inutilement : à part quelques toux et reniflements (la moitié des élèves étaient enrhumés, les classes n'étant pas chauffées), la salle entière s'était figée dans une attente nerveuse.

L'inconnu venu de Berlin était debout près du directeur, bien campé sur ses jambes écartées. Comparé à sa haute silhouette massive, Zille, déjà fluet, faisait l'effet d'un nain. Le visiteur portait des gants de cuir et un trenchcoat boutonné jusqu'en haut. Une mallette noire était posée près de lui.

— Élèves ! cria le directeur avec suffisance en se balançant d'avant en arrière. Notre cher ministre de l'Éducation, Rust, a décidé d'une compétition. Des jeux olympiques de mathématiques ! Notre Führer adoré Adolf Hitler souhaiterait faire la connaissance des enfants les plus intelligents du Reich allemand. Et... (Le directeur gonfla les joues.) ... les vainqueurs et leur professeur principal gagneront un voyage à Berlin, notre capitale ! Ils y seront présentés en personne à notre ministre de l'Éducation ! (La voix de Zille se brisa presque sous l'effet du pathos.) Imaginez-vous un tel honneur ! Alors, élèves du collège-lycée Eichendorff, j'attends de vous un engagement total pour le renom de notre établissement ! Avez-vous compris ?

La réponse gronda dans la salle comme un coup de tonnerre :

— *Jawohl*, monsieur le directeur !

Zille reprit :

— Voici le *Hauptsturmführer* Müller, de Berlin. Il est délégué par le ministère des Sciences, de l'Éducation et de l'Instruction populaire. C'est lui qui va vous faire passer l'examen. Donnez le maximum ! Le Führer compte sur vous ! *Heil Hitler !*

Les enfants bien dressés tendirent le bras droit et répondirent d'une seule voix :

— *Heil Hitler !*

Kathi leva le bras aussi, au bout duquel elle tenait son dernier morceau de pain. La bouche encore pleine, elle ne dit rien et préféra enfourner le reste de sa tartine.

L'officiel berlinois disposa sa mallette sur le pupitre, chassant ainsi le directeur de la place d'honneur. *Hauptsturmführer* Müller ôta ses gants, ouvrit la sacoche et en tira une enveloppe rebondie fermée d'un sceau à croix gammée.

— Élèves ! lança-t-il. C'est un grand moment ! Avec ce test, vous pourrez prouver au Führer que vous êtes les plus intelligents de votre génération !

Suivit un bref exposé principalement composé de mots tels que *devoir*, *honneur* et *patrie*, puis il conclut avec des trémolos dans la voix :

— Le Reich compte sur vous ! Le Reich a besoin de vous ! Et maintenant, quelques règles avant la distribution du test : la vitesse à laquelle vous exécuterez les exercices est primordiale. Chaque minute gagnée sur l'heure prévue pour la fin de l'épreuve augmentera vos chances de victoire. Quiconque ayant fini avant l'heure devra aussitôt lever la main. On ne parle pas et on ne copie pas ! Toute infraction est punie d'une éviction immédiate. Élèves, avez-vous compris les règles ?

Tous hurlèrent :

— *Jawohl, Hauptsturmführer !*

— Très bien ! Et j'ai encore quelque chose pour vous.

Müller sourit sans que son visage y gagne une once d'amabilité. Sur un signe de sa part, la dizaine de professeurs présents sur l'estrade s'écartèrent pour faire place au chauffeur, jusque-là patiemment resté en retrait. Il vint déposer une boîte en carton à l'avant de la tribune puis retourna en coulisse.

Müller plongea la main dans la boîte et en sortit une poignée de crayons de papier qu'il brandit en l'air comme s'il s'agissait de trophées :

— Chacun de vous va recevoir un cadeau personnel du Führer ! Que ces crayons puissent mener vos mains à la victoire !

Enfin, on distribua l'énoncé du test, avec les fameux crayons du Führer. Dès que chaque élève eut devant lui une feuille quadrillée et pliée, Müller donna son ultime instruction : inscrire sur la première page nom, âge, classe et adresse. Puis il tira une montre de sa poche et leva la main gauche comme un arbitre :

— Attention ! (Il abaissa vivement la main.) Au travail ! Et à partir de maintenant : silence absolu !

Kathi se sentait vraiment comme une sportive en compétition, prête à s'élancer dès le signal du départ. Ses pieds la démangeaient autant que son esprit, et elle perçut le picotement familier qu'amenait toujours un nouveau défi. Le premier exercice était très simple : un problème à propos de bœufs. Le deuxième était un calcul de différentiels qu'elle résolut en même temps qu'elle lisait l'énoncé. Un jeu d'enfant. Elle s'étonna un peu qu'on leur facilite autant les choses.

Le troisième exercice concernait une autre formule mathématique mais d'un niveau bien plus élevé, ce dont elle se réjouit.

Le quatrième énoncé était inattendu ; Kathi douta que ses camarades aient déjà vu une chose pareille. Elle reconnut un «carré magique», le genre d'énigme chiffrée que Milosz aimait résoudre pour, comme il le disait, «s'entraîner le cerveau». Sauf que ce carré-là était d'ordre neuf, c'est-à-dire avec une grille de neuf cases sur neuf. Quelques chiffres y avaient été inscrits, apparemment au hasard. Kathi lut la consigne : *Compléter les chiffres manquants de 1 à 9. Chaque chiffre ne peut être utilisé qu'une fois par ligne et par colonne.* Kathi balaya les chiffres des yeux et y distingua presque aussitôt un motif. Pourtant, elle s'attaqua d'abord au problème de bœufs. Elle saisit son crayon et fronça le nez en voyant la croix gammée gravée dessus, puis commença par faire une grosse tache de gras sur la feuille. Dorota n'avait pas lésiné sur le beurre.

À l'avant, l'envoyé de Berlin prit ses aises au bureau de Zille, condamnant celui-ci à se passer de siège pendant toute l'heure que dura l'épreuve. Les autres professeurs aussi restèrent debout, regroupés autour de l'estrade comme un chœur silencieux ; personne n'avait prévu de chaises pour eux.

Kathi termina un peu avant l'heure donnée mais ne leva pas la main. La perspective d'aller à Berlin avec un professeur, voire avec Zille, serrer la main d'un ministre quelconque, ne l'enchantait guère. Depuis son entrée au collège, surtout depuis qu'elle avait signalé au professeur de mathématiques une erreur dans un énoncé et que celui-ci, vexé, l'avait envoyée dans le bureau du directeur, elle s'en tenait au conseil de Mlle Liebig : mieux valait dissimuler son intelligence… Ça ne marchait pas toujours. Parfois, l'ignorance et les préjugés omniprésents l'horripilaient tellement que ses pensées lui échappaient et que tout son savoir jaillissait malgré elle. Résister à ses pulsions intérieures devint un défi quotidien. C'était comme de jouer de l'accordéon : quand une mélodie l'emportait, elle ne pouvait pas s'interrompre en plein milieu. Elle ressentait la même chose quand elle réfléchissait. Si un problème la passionnait, elle n'avait d'autre choix que de le résoudre entièrement. Comme aujourd'hui. Elle eut juste le temps d'intervertir deux rangées de chiffres dans le carré magique et d'ajouter une erreur au développement du problème de bœufs.

L'heure accordée était passée. Le Berlinois lança :
— Fini ! Posez vos crayons !

On ramassa les tests puis Müller, sérieux comme un pape, fourra la pile de feuilles dans une nouvelle enveloppe qu'il scella. Il demanda au directeur Zille de témoigner par sa signature que l'épreuve s'était déroulée conformément aux règles. Enfin, il disparut, son chauffeur sur les talons, sur un « *Heil Hitler !* » implacable.

47

« Si l'on trouve agréable l'historiographie commune, c'est, il me semble, pour la même raison que l'on trouve agréable une conversation banale : sa nature même est un mélange de politesse et de mensonge. »

Friedrich Nietzsche

En mars 1944, tandis qu'à la ferme Sadler les premières fleurs s'ouvraient, l'air embaumait le printemps et les oiseaux gazouillaient dans les arbres, la situation du Reich empirait. On réquisitionnait les gens, les chevaux et les véhicules, et le monstre affamé de la guerre engloutissait aussi de plus en plus d'acier. On en revint à la pratique de 1917 consistant à confisquer les cloches des églises pour les fondre. Les carillons de paix devenaient des canons d'acier, des boulets d'acier, une mort d'acier.

La cloche de Petersdorf devait elle aussi être démontée pour partir en guerre ; Berthold en pleura. Mais la résistance s'organisa, et une nuit, la cloche disparut. L'officier et ses soldats venus la chercher durent repartir les mains vides. Tous les villageois faisaient front. La guerre leur avait volé maris, frères et fils, bêtes et récoltes, elle n'allait pas en plus prendre la cloche de leur église. Seule Elsbeth n'avait pas été informée de l'opération nocturne.

Avec l'aide d'Oleg, Kathi cacha sa fusée désormais terminée, et principalement composée d'acier et de tôle, derrière des bottes de paille dans la grange. Haute de deux bons mètres, peinte en noir et blanc et ornée du nom que Kathi y avait soigneusement apposé au pochoir, elle ne se différenciait au premier coup d'œil en rien des véritables fusées du livre d'Hermann Oberth.

Mais pour l'armée allemande, un ennemi se révéla plus redoutable encore que les soldats du camp adverse, leurs bombes et leurs grenades : la faim et le froid. Wenzel Luttich avait eu raison.

Le mythe de l'invincibilité de la Wehrmacht commença à s'effriter après la défaite de Stalingrad. Les nouvelles de Leningrad n'étaient pas meilleures. Dix ans après sa fondation, pour la première fois, le Reich de mille ans tremblait dangereusement sur ses fondations. La presse, sous contrôle, se surpassait pour relativiser et rassurer ; on louait sans relâche les nouvelles armes miracle, et au Palais des sports de Berlin, Goebbels déclara la guerre totale. La confiance dans le Führer semblait intacte. Personne ne voulait croire que le pire pouvait arriver, que l'Allemagne risquait de perdre la guerre qu'elle avait déclenchée, que l'humiliation de 1918 se reproduirait...

Le tribut de sang exigé par le conflit était très élevé et croissait de jour en jour, d'heure en heure. À Petersdorf, toutes les familles pleuraient un ou plusieurs disparus. Le courrier du front causait toujours une grande joie ; les dépêches du ministère de la Guerre n'annonçaient jamais rien de bon. Le vieux facteur devint l'incarnation du Bien et du Mal.

Pendant ce temps, la météo et les animaux continuaient à rythmer la vie et le travail à la ferme Sadler. La routine quotidienne donnait au moins une impression de normalité, une constante au milieu de l'incertitude de la guerre. Et tout en s'occupant des bêtes, on espérait des nouvelles de Laurenz, on priait pour qu'il s'en sorte indemne et pour que la guerre se termine bientôt.

Un dénommé František succéda à Jan. Pas mauvais bougre en soi, il se révéla cependant tout savoir mieux que tout le monde et être au moins aussi têtu qu'Oleg. Les deux valets de ferme se disputaient tous les jours et Dorota se démenait pour les apaiser. Anne-Marie craignait pour son mari, Charlotte pour son fils, et Kathi, de même que Franzi dans son petit monde, pour leur père.

En fin de matinée, à l'heure où passait d'habitude le facteur, Anne-Marie et Charlotte faisaient une petite promenade dans la cour. En décidant de tenir secrète sa guérison, la femme de Laurenz ne s'était pas imaginé à quel point cela lui serait difficile. Elle devait faire appel à toute sa maîtrise de soi pour effectuer ses petits tours quotidiens au bras de Charlotte, Kathi ou Dorota d'un air totalement absent, à mouvements las. Elle se sentait comme une détenue autorisée à faire quelques pas dans la cour de sa prison.

Ce jour-là cependant, ce ne fut pas le facteur qui attira l'attention d'Anne-Marie et de Charlotte, mais une élégante décapotable grise qui franchit le portail à toute vitesse puis freina en plein milieu de la cour, soulevant un nuage de poussière qui enveloppa les deux femmes.

— Je suis navré, mesdames ! s'exclama le chauffeur, sincèrement consterné.

Il bondit par-dessus sa portière sans l'ouvrir. En veste de tweed, knickerbockers et bottines de cuir lacées, il offrait un spectacle aussi rare que déconcertant. Un bonnet d'aviateur en cuir avec mentonnière et lunettes complétait son apparence excentrique. Même sans voir son numéro d'immatriculation berlinois, on savait que ce genre de personnage ne fleurissait que dans les grandes villes.

Le visiteur défit la sangle de sa mentonnière, ôta bonnet et lunettes et balança le tout dans la voiture d'un geste négligent. Le contour de ses yeux et son menton apparurent, tout propres dans son visage couvert de la crasse de la route. Un visage fort jeune, presque adolescent, comme le constatèrent Anne-Marie et Charlotte.

Il n'était pas au front et se baladait en voiture ; en ces temps où l'essence était rare, il s'agissait d'un privilège réservé aux militaires et aux gens dotés d'un statut élevé ou d'une mission particulière. Tout cela mit Anne-Marie sur le qui-vive. Le matin même, elle s'était sentie nerveuse et vulnérable, mais elle avait refoulé sa peur qu'il soit arrivé quelque chose à Laurenz. À présent, elle se demandait si son instinct avait essayé de la mettre en garde contre ce jeune homme.

Charlotte tapota avec ostentation la poussière de son pantalon d'équitation. Au mépris des règles élémentaires de politesse, auxquelles elle ne s'intéressait de toute façon jamais beaucoup, elle apostropha l'inconnu :

— Qu'est-ce qui vous prend ? Ça ne vous suffit pas que les gens se massacrent sur les champs de bataille ? Vous autres Berlinois cherchez en plus à tuer le reste en les écrasant ?

Le chauffeur eut au moins la décence de rougir. Le petit doigt sur la couture du pantalon, il fit une courbette impeccable.

— Mesdames, vous m'en voyez inconsolable, et je ne peux que vous prier une nouvelle fois de m'excuser.

Je réglerai naturellement les frais de nettoyage de vos vêtements. Ces dames permettent-elles que je me présente ? Ferdinand von Schwarzenbach.

Anne-Marie fut tellement surprise par cette apparition inattendue qu'elle en oublia pour la première fois son rôle de passivité : elle se tourna vers Charlotte. Celle-ci fronça les sourcils, l'air de se poser la même question que sa bru : ce jeune noble était-il bien réel ? Soit il jouait lui aussi un rôle, soit il sortait tout droit de l'Empire austro-hongrois et était tombé par hasard dans cette décapotable qui l'avait amené pile à Petersdorf.

Mais leur visiteur reprenait déjà :

— Et à qui ai-je l'honneur ?

Charlotte n'avait pas l'intention de faciliter la tâche du jeune aristocrate, même s'ils étaient issus du même milieu.

— Ça alors ! Vous ne savez donc pas à qui vous rendez visite ?

— *Touché*[1] ! fit Ferdinand von Schwarzenbach avec un sourire charmeur.

Charlotte pêcha une cigarette chiffonnée dans sa poche et se la planta entre les lèvres. Un briquet d'argent surgit aussitôt dans la main du visiteur. Au lieu de le remercier, Charlotte lui cracha sa fumée au visage. Von Schwarzenbach resta impassible.

— Puis-je vous demander si je suis bien à la ferme Sadler ? Si c'est le cas, j'aimerais présenter mes respects à Mme Anne-Marie Sadler.

Que me veut-il ? pensa celle-ci, stupéfaite. Le jeune homme n'était manifestement pas informé de son état de santé. Elle l'observa à la dérobée. Devait-elle tomber le masque ? Il fallait qu'elle sache s'il représentait un danger pour sa famille.

---

1. En français dans le texte.

— C'est moi, dit-elle en faisant un pas vers lui.

C'était moins un mouvement qu'une manière de montrer qu'elle avait l'habitude d'affronter le danger. Charlotte, près d'elle, tressaillit.

— Je suis enchanté, répondit von Schwarzenbach avec une nouvelle courbette.

Après une nouvelle pause, il se tourna vers Charlotte et reprit, enjôleur :

— Vous devez donc être la sœur de dame Anne-Marie.

— Non. Je suis Charlotte Sadler, répliqua celle-ci sèchement. Von Schwarzenbach, Ferdinand, hein ? De la famille du *Feldmarschall* Franz-Josef von Schwarzenbach ?

— Mon grand-père.

— Il vit encore ?

— Oui, il va bien.

— Dommage. Alors, que voulez-vous ma bru ? Et épargnez-nous vos roucoulements ; je n'ai pas beaucoup de temps, il faut que je retourne à l'écurie.

Charlotte l'enveloppa d'un nouveau nuage de tabac. Cette fois-ci, von Schwarzenbach ne put retenir une petite toux, en portant sa main à sa bouche avec distinction.

— Mais certainement, très chère madame. L'objet de ma visite est en fait Katharina Sadler.

Charlotte en recracha sa cigarette.

En rentrant du collège, Kathi fut stupéfaite de découvrir l'élégante décapotable Horch garée dans la cour.

Dorota l'avertit dans l'entrée :

— Petit cœur, il y a un beau monsieur de la ville qui est là pour toi. Et il parle si joliment que nous autres, on n'y comprend rien.

Ainsi prévenue, Kathi alla au salon. Elle fut tout de même interloquée par le jeune homme étrangement vêtu qui, dès qu'elle entra, interrompit sa dégustation du gâteau aux myrtilles de Dorota pour se lever poliment.

Kathi remarqua l'attitude tendue de sa mère et observa l'inconnu avec curiosité. Ses cheveux étaient coupés avec négligence, une boucle blonde se recroquevillait sur son front.

Le visiteur examina lui aussi Kathi, mais d'une manière donnant l'impression qu'ils se connaissaient. Ce n'était pourtant pas le cas. Qui était cet homme ?

À sa grande surprise, c'est Anne-Marie qui fit les présentations. Choquée, Kathi se demanda ce qui avait incité sa mère à abandonner son rôle de malade absente.

— Voici ma fille Katharina. Kathi, ce jeune homme est Ferdinand von Schwarzenbach.

Ferdinand s'inclina galamment.

— Bonjour, mademoiselle, enchanté.

Voilà qui, en quinze ans, n'était jamais arrivé à Kathi. Elle le dévisagea avec stupeur puis, comme rien d'autre ne lui venait à l'esprit, répondit «Bonjour» et lui tendit la main.

Il la saisit et la secoua avec empressement. Puis, encore une nouveauté pour Kathi, il approcha poliment une chaise de la table pour elle, attendit qu'elle ait pris place et se rassit.

Anne-Marie poursuivit :

— Pardonnez-moi si je ne vous ai pas écouté avec suffisamment d'attention, monsieur von Schwarzenbach, mais pour quelle administration avez-vous dit travailler ?

— Je ne l'ai pas encore mentionné, madame Sadler, répondit von Schwarzenbach aimablement. Je suis scientifique, mathématicien, plus exactement. J'ai l'honneur de rechercher des jeunes talents dans tout le Reich, et nous pensons que votre fille en fait partie. Le Führer souhaite soutenir les jeunes particulièrement doués, par exemple en leur permettant de fréquenter une université dans le cas où leur situation financière personnelle ne le leur autoriserait pas, expliqua-t-il sur un ton ampoulé.

Anne-Marie fronça les sourcils.

— Nos conditions de vie peuvent vous paraître fort modestes, monsieur von Schwarzenbach, vous qui êtes habitué au luxe de Berlin et de la Chancellerie, mais je vous assure que nous sommes en mesure de pourvoir nous-mêmes aux besoins de nos enfants.

— Je n'avais pas du tout l'intention de manquer de tact. Je vous prie de m'excuser si…

— Passons, le coupa-t-elle.

Quelque chose chez le jeune homme semblait artificiel, ne correspondait pas à l'image qu'il cherchait à donner. Était-il réellement si poli et mondain ou n'était-ce qu'un camouflage ?

— Je voudrais d'abord savoir pourquoi vous vous intéressez à ma fille, reprit Anne-Marie.

Von Schwarzenbach se tourna vers Kathi.

— Eh bien, Katharina ! N'as-tu donc pas parlé à tes parents des jeux olympiques de mathématiques, au collège ?

Kathi haussa ses maigres épaules et loucha vers le gâteau aux myrtilles. Elle avait une faim de loup, comme toujours quand elle rentrait de cours.

— Non, pourquoi ? Des interros, on en a tout le temps.

— Mais c'est tout de même autre chose qu'une «interro», si je puis me permettre. Il s'agit d'un concours national. Le vainqueur gagne un voyage à

Berlin et une visite de la Chancellerie pour y recevoir le premier prix des mains du ministre lui-même. Et cela ne t'a pas semblé digne d'être raconté ?

Malgré ses paroles, von Schwarzenbach ne paraissait pas indigné le moins du monde. Il observait Kathi avec une curiosité purement professionnelle, affichant la même attention concentrée que Charlotte quand elle examinait un nouveau cheval particulièrement prometteur.

Cet intérêt ne dérangeait pas la jeune fille. Le fait qu'il soit si différent de tout ce qu'elle connaissait, tant dans son apparence que dans son comportement, lui plaisait. Sans qu'elle sache vraiment pourquoi, il lui rappelait vaguement Mlle Liebig et Milosz. Et Anton, aussi. Tous trois étaient un peu à part, et elle se demanda d'instinct ce que von Schwarzenbach avait, lui, de spécial.

Son interlocuteur aussi avait l'air perdu dans ses pensées. Sans doute venait-il de comprendre qu'il n'avait pas affaire aux plus fidèles partisans du gouvernement national-socialiste. Mais Kathi ne s'en inquiéta pas. Malgré la nervosité de sa mère, elle n'avait pas l'impression que le jeune homme représentait un danger. La simple logique suffisait à le conclure : il venait de Berlin, conduisait une voiture hors de prix, et ses vêtements étaient tout le contraire d'un uniforme. Cet homme était un privilégié, et pourtant, rien dans son comportement ne rappelait les nazis convaincus qu'elle avait rencontrés jusqu'ici. Même en la saluant, il n'avait pas dit « *Heil Hitler* ». Juste « bonjour » et « enchanté ».

Von Schwarzenbach profita de ce silence pour prendre une nouvelle bouchée de gâteau.

— Délicieux, absolument délicieux, s'exclama-t-il.

Il n'avait manifestement pas l'intention de s'attarder sur le désintérêt de Kathi pour la compétition. Il lui demanda :

— Tu devines maintenant la raison de ma visite, n'est-ce pas ?

Kathi soutint son regard pendant plusieurs secondes.

— Qu'est-ce que… ? fit Anne-Marie, la gorge soudain nouée.

Elle toussota et reprit :

— Que voulez-vous de ma fille, monsieur von Schwarzenbach ?

— Eh bien, toutes mes félicitations, Katharina, et bravo, madame Sadler, d'avoir une fille si intelligente ! Katharina a gagné la compétition de mathématiques. J'aimerais donc l'emmener à Berlin pour qu'elle puisse y recevoir son prix.

— Que dites-vous ? Que ma Kathi vous accompagne à Berlin ? C'est absolument hors de question !

Son intuition ne l'avait donc pas trompée. Le camouflage tombait et révélait un fauteur de troubles ! Anne-Marie bondit sur ses pieds.

— Je regrette, monsieur von Schwarzenbach. Vous avez fait ce long trajet pour rien. Ma fille reste ici, point final. Notre Dorota va vous donner suffisamment de provisions pour votre voyage de retour. Il paraît qu'à Berlin l'approvisionnement est devenu fort précaire, et que les nuits n'y sont guère confortables non plus. C'est ce qu'on entend, en tout cas.

Elle le mettait ainsi poliment à la porte tout en précisant à mots à peine couverts que Berlin criait famine et que les bombes y pleuvaient. Aucune mère n'enverrait son enfant dans un tel endroit de son plein gré.

À l'annonce faite par von Schwarzenbach de vouloir l'emmener à Berlin, Kathi avait cessé d'écouter. Elle n'avait pas repensé depuis longtemps à la prophétie faite par Dorota sur la colline, mais à présent, ses termes exacts lui revenaient : *L'homme des étoiles va venir pour t'emmener ! Méfie-toi de la fausse abeille !*

La gouvernante avait déclaré qu'elle avait un destin commun avec lui. Elle dévisagea leur visiteur avec un intérêt renouvelé. Ce Ferdinand était-il l'homme des étoiles ?

— Nous n'en sommes pas encore là, madame Sadler, reprit le jeune scientifique à cet instant d'un ton apaisant. Je vous prie d'excuser la maladresse de ma formulation. J'aimerais d'abord soumettre Kathi à quelques tests. Ensuite, nous verrons. D'accord ? Et puis...

Von Schwarzenbach hésita, comme s'il n'osait pas encore abattre son dernier atout. Anne-Marie, comprenant que les choses devenaient sérieuses, ne céda pas.

— Que voulez-vous dire, jeune homme ?

Von Schwarzenbach se demanda un peu tard si cet atout en était bien un et s'il ne commettait pas une erreur. Mais il en avait déjà trop dit.

— Eh bien, voyez-vous... Dans le cas où vous m'accorderiez votre confiance, je serais autorisé à vous proposer quelque chose en échange.

— Que voulez-vous dire ? Un marché concernant ma fille ? (Anne-Marie, toujours debout, le regarda de haut.) Ne parlez donc pas par énigmes. Ou est-ce une habitude de mathématicien ?

Von Schwarzenbach hocha la tête puis tourna ostensiblement les yeux vers August, assis comme toujours sur la banquette près du fourneau. Aujourd'hui, le vieil homme allait bien, son corps maigre n'était secoué que de faibles tremblements. Kathi s'approcha de son grand-père, tira un mouchoir de sa poche et essuya avec douceur un filet de bave qui lui coulait des lèvres.

— Mon beau-père est rentré sourd et aveugle de la Grande Guerre, déclara Anne-Marie en réponse à sa question silencieuse.

Son ton et son regard disaient tout autre chose : *Regardez donc, jeune Ferdinand von Schwarzenbach de Berlin, ce que la guerre a fait d'un homme jadis fort et sain.*

Ferdinand jeta un coup d'œil à la porte entrebâillée avant de poursuivre à voix plus basse :

— Ce n'est pas facile pour moi non plus, madame Sadler. J'ai été choisi pour mes aptitudes, comprenez-vous ? Pas pour mon livret du parti.

— Je vois, rétorqua froidement Anne-Marie. Vous faites une chose que vous n'avez nulle envie de faire. Vous avez rejoint le troupeau pour continuer à conduire votre jolie décapotable et ne pas enfiler d'uniforme. Qu'est-ce que cela révèle sur votre personne ?

Échec et mat. Kathi contempla sa mère avec admiration.

Leur visiteur si poli et sûr de lui eut soudain l'air abattu. Sans doute avait-il cru atteindre son but dès son arrivée à Petersdorf, et il constatait à présent qu'il s'était disqualifié.

— Je vous l'accorde, madame Sadler. Je suis un opportuniste, un profiteur. Mais j'ai mes raisons.

— Je me moque de vos raisons, vous m'entendez ? Kathi ne va nulle part. Vous m'avez déjà volé mon Laurenz, vous n'aurez pas ma fille !

Anne-Marie parla d'un ton glacial qui fit frissonner Ferdinand.

— Bien dit ! lança Charlotte en ouvrant la porte d'un coup de botte.

Elle entra dans le salon avec une bouffée de parfum d'écurie.

Franzi se glissa derrière elle et fit le tour de la table. Elle s'assit près de Ferdinand, lui ôta sa fourchette à dessert de la main et se mit tranquillement à manger le reste de sa part de gâteau.

Dans d'autres circonstances, Anne-Marie aurait sur-le-champ réprimandé sa fille. Mais comme elle voyait dans la présence du jeune homme une menace pour sa famille, elle dit en souriant :

— Puis-je vous présenter ma fille Franzi ? Elle vit dans son petit monde, et elle vendrait son âme pour une part de gâteau.

Elle se pencha et caressa tendrement les cheveux sombres de sa cadette, qui continua paisiblement à manger. Anne-Marie lança ensuite :

— Dorota, ton gâteau est délicieux. Apporte donc des assiettes pour Kathi et Franzi, s'il te plaît.

Si la gouvernante s'étonna d'une telle demande alors que la soupe du déjeuner bouillonnait sur le fourneau, elle n'en montra rien.

Von Schwarzenbach ne s'avoua pas vaincu. Il reprit la conversation comme si de rien n'était et, n'arrivant à rien avec la mère, s'adressa à la fille :

— Katharina, as-tu déjà pensé aller à l'université ?

Kathi consulta d'abord sa mère d'un coup d'œil avant de répondre :

— Bien sûr que je voudrais aller à l'université. Je veux étudier la physique et l'ingénierie. Mais seulement avec Franzi.

— Euh, oui, répondit Ferdinand von Schwarzenbach, manifestement étonné de cette exigence exprimée avec tant d'aplomb. Tu t'intéresses donc à ces matières ? Comment se fait-il ?

Kathi haussa les épaules. Elle n'avait aucune envie de révéler à un parfait inconnu son rêve d'aller sur la Lune.

— Tu ne veux pas me le dire ?

— Non. Pourquoi êtes-vous devenu mathématicien, monsieur von Schwarzenbach ? demanda Kathi à son tour.

Il baissa la tête avec un sourire éclatant qui lui donna l'air encore plus jeune.

À cet instant, il rappela encore plus Anton à Kathi, le sourire filou qu'il affichait quand lui venait une de ses idées grandioses et folles. La douleur familière la traversa aussitôt, celle qu'elle ressentait chaque fois que le souvenir de son ami lui revenait aussi clairement. Une fois de plus, elle se demanda si la souffrance du deuil finirait par s'apaiser. Anton lui manquait tous les jours. Cette tristesse semblait échapper à toutes les lois de la physique ; c'était une force universelle sur laquelle les hommes n'avaient aucune influence. Il fallait la supporter comme le fardeau par lequel la mort se vengeait des vivants. C'était peut-être la raison de l'existence de Dieu ? Si l'on croyait en lui, on pouvait au moins se plaindre. On appelait ça la prière.

— Me diras-tu pourquoi tu veux emmener Franzi à l'université ? s'enquit von Schwarzenbach en interrompant les réflexions de Kathi.

— Parce que je lui ai promis de ne jamais la laisser seule, répondit sobrement Kathi.

Dorota apparut à cet instant avec un plateau. Von Schwarzenbach eut droit à une nouvelle part de gâteau, signe que l'hospitalité lui était encore accordée le temps d'une dégustation.

— Pour en revenir à cet échange…, reprit-il.

Sur son visage se dessina une expression jusque-là inédite, une sorte de malaise. Le jeune mathématicien paraissait comprendre à quel point il s'était fourvoyé dans sa mission. Il se retrouvait confronté à des émotions auxquelles il ne savait pas vraiment réagir, évoluant depuis trop longtemps dans des milieux où tout obéissait à la logique et à la rationalité, où les sentiments ne se déployaient qu'en cachette.

Quelque chose dans son dilemme manifeste alarma Anne-Marie.

— Vous savez quoi ? Gardez-le, votre échange ! Nous ne sommes pas intéressées. Mangez votre gâteau et allez-vous-en ! Dites à vos supérieurs qu'il s'agissait d'une erreur, que Kathi n'est pas la gagnante. Vous trouverez bien quelque chose à leur raconter, beau parleur comme vous l'êtes.

— Échange ? Quel échange ?

Charlotte laissa sa fourchette en suspens. Elle était connue pour son goût du marchandage.

— Parlez, von Schwarzenbach !

Le jeune homme était manifestement mal à l'aise de se retrouver pris entre les feux de ces deux femmes pugnaces. Anne-Marie crut deviner ce qu'il pensait, mais elle se trompait. Comme souvent, les choses se révélèrent bien plus complexes qu'elles n'en avaient l'air. Chacun avait sa croix à porter.

Ou, comme le disait Dorota : *Qui n'a pas ses malheurs les attend.*

48

> *« On ne ment jamais autant qu'avant les élections, pendant la guerre et après la chasse. »*

> Louis Berger

Non, se dit Ferdinand. Il ne s'était pas imaginé les choses ainsi.

Lorsqu'on lui avait confié cette mission, il n'avait guère eu le choix : en ces temps de guerre, tout était ordre, et l'obéissance un devoir. Et puis, il apportait une bonne nouvelle ! S'y ajoutait le bonus du trajet en voiture : on lui accordait l'autorisation spéciale d'utiliser sa décapotable Horch, qui dormait depuis une éternité dans un garage de Potsdam. Enfin reprendre la route le nez au vent, savourer une sensation de liberté… Il aurait avalé toutes les couleuvres pour ça.

Pendant presque tout le voyage, il pensa à Katharina Sadler. On avait donné aux élèves quatre exercices à résoudre, dont un d'une extrême difficulté qui l'avait lui-même mis à rude épreuve. Et cette gamine de quinze ans avait résolu le tout en à peine une heure ! Il ne s'était pas laissé tromper par les deux petites erreurs, manifestement glissées là à dessein. Il allait bientôt savoir si ces résultats étaient le fruit d'un hasard peu probable ou si la petite était réellement un génie. Sa mission consistait à faire passer d'autres tests à Katharina Sadler et à décider si elle pouvait être utile au HVA. Auquel cas il était autorisé à l'y emmener sur-le-champ.

En traversant le pays, il avait été choqué par les changements subis par le Reich allemand depuis qu'il avait été envoyé à Peenemünde, pendant l'été 1942. Au cours des deux années passées, il était à peine sorti du bunker de l'île de la Baltique, sauf pour deux trajets à Potsdam. Le pays lui parut étrangement blême, comme plongé dans un état d'épuisement collectif. Le rouge jadis altier des drapeaux lui sembla moins lumineux, même les uniformes avaient l'air aussi mat et gris que ceux qui les portaient.

Quand il laissa Berlin puis Cottbus derrière lui et poursuivit vers la Basse-Silésie, le paysage reprit des couleurs. Wroc□aw, perle de Silésie et quatrième plus grande ville du Reich, resplendissait comme avant-guerre, vivante et très animée. Jusqu'à présent restée inaccessible aux Alliés, elle était considérée comme l'abri antiaérien du Reich. Ferdinand fut fasciné par son architecture datant du Gründerzeit[1]. La prestigieuse Kaiser-Wilhelm Straße, platement rebaptisée «rue de la SA», l'impressionna tant qu'il faillit se perdre. Il ne s'en rendit compte qu'en passant devant le monument à la mémoire de l'empereur Guillaume, flanqué de ses deux statues ailées. Les croix gammées y flottaient sous le nez de l'empereur déchu, l'ancien et le nouveau Reich s'y télescopaient.

Ferdinand aurait encore plus savouré le trajet sans la compagnie d'un surveillant qu'on lui avait imposé à Berlin à la dernière minute : le major Otto Odin,

---

1. Période architecturale de la fin du XIXᵉ et du début du XXᵉ siècle en Allemagne et en Autriche.

un sous-fifre de la SD envoyé par l'Office central de sûreté[1]. Le major était en civil et exigeait d'être appelé «monsieur Odin», sans mention de son grade. Odin avait l'air souffreteux, presque tuberculeux. Sur une question polie de Ferdinand, son passager indésirable avait serré sa sacoche de cuir contre lui et répondu sèchement qu'il avait mangé un aliment avarié et avait juste besoin de repos. Le jeune homme avait jugé préférable de ne plus rien dire.

Peu avant leur arrivée à Wroc aw, l'état d'Odin s'aggrava terriblement. Il ne protesta pas quand Ferdinand suggéra de faire étape en ville et prit la direction de l'hôtel *Deutsches Haus*. Le malade pouvait à peine parler, et encore moins descendre de voiture sans soutien. Quand Ferdinand lui annonça qu'il allait chercher un médecin, le major mobilisa un dernier reste d'autorité pour faire comprendre qu'il n'en avait pas besoin, puis il vomit dans l'habitacle et s'évanouit pour de bon.

À l'hôpital tout proche, on diagnostiqua une péritonite. Seule une opération immédiate pourrait le sauver. Ferdinand présenta son accréditation spéciale et s'occupa des formalités. Le patient fut admis sous le nom d'Otto Odin, conformément à ce qui figurait sur la carte de l'Office central de sûreté que Ferdinand trouva dans la poche de son veston. Il en ôta aussi un trousseau de clés et un étui à cigarettes en argent, mais n'y vit pas de portefeuille et supposa qu'il se trouvait dans la mallette. Il la rangea par précaution dans le coffre de sa décapotable, sans pouvoir en examiner le contenu : elle était verrouillée. À l'hôtel, il donna un généreux pourboire à l'employé polonais qui l'aida à nettoyer sa voiture. Enfin, Ferdinand appela Berlin et demanda à

---

1. *Reichssicherheitshauptamt* : «Office central de sûreté du Reich», administration centrale des organes de répression nazie.

parler au supérieur de M. Otto Odin. Après une longue attente, une voix aboya :

— Vous avez un rapport à faire sur un certain Otto Odin ?

— Oui. Il est à l'hôpital de Wrocław avec une péritonite. Pourriez-vous en informer sa famille ?

— Pour qui vous prenez-vous ? C'est le *Reichssicherheitshauptamt*, ici, pas l'Armée du salut ! Et il n'y a aucun Otto Odin chez nous. Comment avez-vous dit vous appeler ? Schwarzenmann ?

Ferdinand raccrocha à la hâte. Manifestement, ce M. Odin était plus secret que secret. Il réserva une chambre individuelle pour la nuit à venir et informa l'hôtel qu'il serait de retour dans la soirée. Enfin, avant de se remettre en route, il appela l'hôpital par acquit de conscience pour prendre des nouvelles du malade, mais l'opération était encore en cours. C'est ainsi qu'il alla seul à Petersdorf.

Ferdinand résista pendant une heure à la tentation de la sacoche dans son coffre, puis il s'arrêta sur un chemin de terre et trouva la bonne clé dans le trousseau du major. Il vida précautionneusement la mallette : un portefeuille, un laissez-passer, une enveloppe contenant des documents codés, un paquet de cartes de rationnement, plusieurs tablettes de Scho-Ka-Kola, une petite boîte de pervitine, un stimulant, et un dossier militaire intitulé « Laurenz Sadler ». Sans qu'il s'en aperçoive, la photo d'une jeune femme glissa entre le siège et la portière de la voiture.

Ferdinand commença par fouiller le portefeuille. Il apprit que son passager ne s'appelait pas Otto Odin mais Erwin Mauser et était major de l'Office central de sûreté du Reich, IVe division, Gestapo. Quand il découvrit un laissez-passer établi au nom de Katharina Sadler ouvrant toutes les portes de Mittelbau-Dora, puis qu'il consulta le dossier de Laurenz Sadler et la notice qui y était agrafée, il comprit pourquoi on lui avait imposé la compagnie de l'homme de la SD. L'Office central de sûreté ne laissait rien au hasard. Sa propre mission était seulement de proposer à la jeune fille de l'accompagner s'il la jugeait apte, mais certainement pas de l'emmener contre son gré. Elle n'avait que quinze ans ! C'était pourtant l'intention de ce major Mauser.

Ferdinand rangea les documents avec grand soin, dans l'ordre inverse duquel il les avait tirés de la sacoche, puis il reprit son chemin.

La route menant à Petersdorf traversait les paysages pittoresques de Haute-Silésie, serpentant au milieu de forêts profondes tandis qu'au loin se dessinaient, bleutés, les monts des Géants. Lorsque les premiers toits du village apparurent derrière une colline, Ferdinand se gara pour un instant sur le bas-côté, s'étira et tourna le visage vers le chaud soleil. Sans croire à une chose aussi profane que la providence, il savait qu'il y avait une raison précise pour laquelle il se trouvait là en cet instant. Nombre de ses camarades d'université sous-estimaient l'aspect philosophique des mathématiques. Lui, au contraire, était convaincu que les mathématiques ne se trouvaient pas : il fallait les découvrir. Tout comme le grand Michel-Ange avait un jour déclaré avoir découvert son David dans un bloc de marbre et l'avoir simplement mis au jour. Pour Ferdinand, les mathématiques étaient plus qu'une matière scientifique, ils étaient de l'art, la beauté empaquetée dans la logique.

Jamais il n'aurait imaginé que la révélation du don de Katharina pourrait laisser la famille Sadler indifférente. La jeune fille elle-même ne manifestait pas le moindre intérêt envers la récompense ni la perspective d'un voyage à Berlin. Sa mère se montrait même ouvertement hostile, impatiente de le voir repartir.

Et pour couronner le tout, voilà qu'il se retrouvait entre le marteau et l'enclume, bru et belle-mère étant d'avis contraires.

Anne-Marie Sadler l'impressionnait. Il aurait aimé avoir une mère comme elle. La sienne avait disparu de sa vie en 1921, alors qu'il était âgé d'à peine un an. Il apprit plus tard qu'elle avait fui avec un autre homme. Connaissant son père, il ne pouvait guère le lui reprocher. Celui-ci avait été ambassadeur dans de nombreux pays mais ses séjours à Istanbul, Londres ou Varsovie ne lui avaient nullement ouvert l'esprit, au contraire. Son père partageait l'avis de l'empereur Guillaume pour qui «le monde devait guérir en s'inspirant de l'être allemand[1]». Pour lui, les nazis arrivèrent à point nommé. Le diplomate vieillissant confia son fils à une nourrice et prit habilement en marche le train des chemises brunes, donnant un nouvel élan à sa carrière. Plus tard, le gamin fut envoyé dans une pension proche de Vienne où on lui infligea la seule éducation convenant au fils unique d'un comte et héritier de terres prussiennes, coups de bâton, bains d'eau glacée et cachot compris. Ces années-là, quand père et fils se croisaient, Ferdinand ne récoltait que des réprimandes, quoi qu'il dise ou fasse. Il devait écouter des heures durant son père lui raconter comment, en tant que membre de la délégation de paix allemande en janvier 1919, à Versailles, il avait tenté d'empêcher ses compatriotes de signer

---

1. «*Am deutschen Wesen soll die Welt genesen*», citation déformée d'un poème d'Emanuel Geibel par laquelle l'empereur Guillaume exprima sa conviction de la supériorité du peuple allemand.

le traité sous la forme proposée. *Plutôt laisser pourrir ma main droite !* Cela ne l'avait pas empêché d'y apposer finalement sa signature. Sans doute de sa main encore valide.

— Eh bien, von Schwarzenbach ! Que vous arrive-t-il ? Parlez ! Quelle est cette histoire d'échange ?

Ferdinand prit brusquement conscience de s'être perdu dans ses pensées. Il était habitué à évoluer mentalement sur des trajectoires longues et rectilignes, en terrain sûr. Ces femmes Sadler le perturbaient. Comme le calme de son bureau lui manquait ! Il inspira profondément, odeur mêlée de café, cigare et cheval, puis reprit prudemment :

— Mesdames, je vous prie de ne pas vous méprendre. Je ne suis que le messager.

Il ne pouvait plus faire machine arrière. En se servant des informations découvertes dans les affaires du major Erwin Mauser, il remettait la décision entre les mains des femmes Sadler.

— Si Katharina Sadler est considérée comme importante pour l'effort de guerre, je suis autorisé à vous proposer de rappeler son père, le soldat Laurenz Sadler, des troupes combattantes du front de l'Est, pour l'affecter à un poste de bureau dans l'armée de réserve.

— Vous êtes le diable ! hoqueta Anne-Marie.

— Je viens à Berlin avec vous ! s'exclama Kathi.

— *Il n'y a plus de gâteau !* bourdonna Franzi.

Charlotte ne dit rien.

Le silence se fit un instant, un néant tendu que perçut aussi le grand-père August : il succomba soudain à un accès de fureur guerrière, débitant une avalanche de jurons blasphématoires, gesticulant et agitant sa canne en tous sens comme pour éloigner une troupe d'assaillants.

— Mon Dieu, que se passe-t-il ici ? tonna une voix depuis l'entrée.

Toutes les têtes se tournèrent. Deux hommes entrèrent, Dorota sur leurs talons. August se tut comme par enchantement. Lâchant sa canne, il se tourna vers les nouveaux arrivants, ses joues ravinées inondées d'un torrent de larmes.

Anne-Marie blêmit et porta la main à sa poitrine. Dorota déclara inutilement :

— Le curé et le facteur sont là !

Kathi bondit sur ses pieds et renversa sa chaise, ce dont personne ne se préoccupa. Anne-Marie saisit la main de sa fille et l'attira contre elle tandis que Franzi allait se lover contre son grand-père, qui posa sa maigre main sur sa tête.

Charlotte se leva très lentement, s'appuya brièvement à la table mais ne vacilla pas et resta debout, droite comme un cierge. Seule sa voix parut flétrie quand elle prononça les deux mots qui scellaient peut-être le sort du seul enfant qui lui restait :

— Mon fils ?

Le vieux facteur s'approcha, une dépêche à la main. Charlotte regarda sa bru.

— C'est ton mari, dit-elle, surprenant tout le monde en laissant la préséance à Anne-Marie.

Celle-ci hocha la tête, ouvrit la missive et survola les quelques lignes.

— Il est vivant ! articula-t-elle, libérant l'assistance de son état de choc. Mais prisonnier !

— Il a été fait prisonnier ? demanda Charlotte. Par qui ? Les Russes ?

Anne-Marie garda contenance, mais ses lèvres tremblaient quand elle répondit :

— Ce n'est pas marqué.

— Évidemment, les Russes. Putain de merde ! jura Charlotte avant de se laisser retomber sur la banquette. Excusez-moi, monsieur le curé.

— Non, vous avez raison, madame Charlotte. Parfois, il faut que ça sorte, dit Berthold.

Il avait l'air épuisé, comme un vieux guerrier conscient de l'échec inéluctable de son combat. D'une voix si basse que seules Kathi et Franzi le comprirent, il ajouta :

— Il m'arrive d'envier le vieil August.

Des verres apparurent soudain, que Dorota remplit généreusement de schnaps.

Von Schwarzenbach but aussi. Tout à coup, il haïssait sa mission et se haïssait aussi un peu lui-même. Il avait non seulement parlé trop tôt de l'échange, mais aussi compris trop tard l'abjection d'un tel marché et le conflit moral dans lequel il précipitait la famille Sadler. Il aurait aussi bien pu annoncer directement : *une vie contre une vie* ! Si seulement il n'avait pas touché à cette maudite sacoche ! Sa curiosité avait fait de lui un sbire des nazis. Et comment avait-il pu être assez étourdi pour parler d'« effort de guerre » ? On pouvait en tirer des conclusions sur son véritable travail. Combien de fois lui avait-on rabâché qu'il n'avait absolument pas le droit d'en parler ?

Mais il n'était ni diplomate ni tacticien, et encore moins rhétoricien. Il était mathématicien, et pour lui, il n'existait pas de vérité plus pure que la langue des chiffres. Tout le reste le dépassait.

Il tripotait nerveusement le briquet d'argent de sa mère, seul témoignage de son existence qui lui soit resté. Son père avait brûlé ou jeté tout le reste. Rien dans sa maison ne devait rappeler la comtesse von Schwarzenbach, ni surtout le déshonneur subi. Ferdinand hésita sur la conduite à adopter. Se lever et partir ? Ce serait sans doute le mieux. Il n'avait jamais été le bienvenu ici et l'était encore moins désormais. Comme Anne-Marie Sadler l'avait suggéré, il expliquerait à son supérieur que la jeune Katharina n'était pas à la hauteur de leurs attentes. Puis il retournerait à son bureau souterrain pour y attendre tranquillement la fin de la guerre. Elle ne durerait pas éternellement – non que le gouvernement fût saisi d'un soudain élan de bon sens et signe un armistice, mais les ressources s'épuisaient. Le carburant, l'acier, les soldats valides…

Ferdinand vida son verre de schnaps, se leva et se dirigea vers la porte.

— Où allez-vous donc ?

Katharina le retint dans le couloir.

— Je m'en vais. Bonne chance à vous et votre famille, mademoiselle Sadler. J'espère vraiment que votre père surmontera la détention et rentrera sain et sauf après la guerre. Adieu.

— Attendez ! Vous avez bien dit que vous aviez la possibilité de faire rappeler mon père du front de l'Est ?

— Oui, mon supérieur aurait pu le faire. Je suis désolé que…

Il ne termina pas sa phrase.

— Si je viens avec vous, pourriez-vous au moins essayer de le ramener de Russie ? Les échanges de prisonniers, ça existe, non ?

— Oui, c'est déjà arrivé. Mais c'est une affaire très compliquée, qui nécessite de nombreux intérêts mutuels.

— S'agit-il aussi d'argent ?

— Entre autres, répondit prudemment Ferdinand.

— Je pourrais fournir de l'or. Beaucoup d'or.

Le jeune homme déglutit puis se pencha en avant d'un air de confidence.

— Sois très prudente avec ce genre de propositions, Katharina.

— Ce n'est pas une réponse, rétorqua-t-elle, impassible. Alors ? Avons-nous un accord ?

Ferdinand retint un soupir.

— Laisse-moi t'expliquer. Ton père a été fait prisonnier par des soldats réguliers de l'armée russe, pas par une bande de brigands. Les échanges de prisonniers concernent principalement des officiers de haut rang, des hommes importants pour le pays.

— Ça pourra vous sembler étonnant, mais pour moi, le plus important, c'est mon père, répliqua Kathi d'un ton rageur.

Le jeune homme tressaillit.

— Pardonnez-moi, c'était maladroit de ma part. Je ne voulais pas insinuer que…

— Vous êtes souvent maladroit, n'est-ce pas ?

— Comment ça ?

— Pourquoi serais-je «importante pour l'effort de guerre» juste parce que j'ai gagné un concours scolaire ?

Bon sang, la gamine était vraiment maligne et comprenait très vite.

— Ça n'a plus d'importance, Katharina. Je rentre à Berlin comme ta mère me l'a demandé. Une dernière fois : adieu.

Il voulut ouvrir la porte mais Katharina ne bougea pas d'un pouce.

— Vous nous cachez quelque chose, dit-elle.

Depuis qu'elle avait vu le briquet entre les mains de Ferdinand, elle savait qu'il ne pouvait pas être l'homme des étoiles.

— Ou alors, vous mentez. Êtes-vous une fausse abeille ? reprit-elle, agressive.

— Pardon ?

381

— Votre briquet. L'abeille gravée dessus.

— Oh, le blason !

Ferdinand rit, soulagé, sans remarquer que sa réaction ne faisait que le rendre encore plus suspect. Il ressortit l'objet.

— Il appartenait à ma mère. Elle était née von Bienenfeld[1].

— Elle est déjà morte ? Je suis désolée.

— Euh, non, elle vit toujours, mais…

Ferdinand aurait trouvé déplacé d'expliquer à une jeune fille de quinze ans que sa mère était partie avec un autre homme.

— C'est compliqué, dit-il seulement.

— Tiens donc. Aussi compliqué que de m'expliquer les négociations d'un échange de prisonniers, ou mon éventuel classement comme «importante pour l'effort de guerre» ?

Comment allait-il se tirer de ce guêpier ? Il ne rêvait que de remonter en voiture et de mettre le pied au plancher. Il faillit attraper la gamine par ses maigres épaules pour la pousser de côté, mais sa bonne éducation le retint.

— Voudrais-tu t'écarter, je te prie ? demanda-t-il avec un sourire crispé.

— Monsieur von Schwarzenbach, vous ne voulez pas nous quitter si tôt ? demanda Anne-Marie dans son dos.

Bon sang ! La mère venait soutenir la fille. Le sourire de Ferdinand s'effaça pour de bon.

— C'est bien mon intention, madame Sadler.

— Mais restez donc ! J'ai encore quelques questions à vous poser. Déjeunez avec nous. Dorota est en train de mettre la table.

_____

1. *Bienenfeld* : littéralement, «champ aux abeilles».

Ferdinand eut une suée. Elles avaient d'abord voulu le mettre à la porte, et voilà qu'elles ne le laissaient plus partir.

— Je crains de devoir refuser votre aimable invitation, madame Sadler. Je vous prie d'excuser le dérangement. Je ne vous importunerai plus. Bonne chance à votre époux !

Il esquissa une courbette et se retourna vers la porte, dont Kathi lui barrait toujours l'accès. Soudain, le battant s'ouvrit sur un véritable géant. Anne-Marie Sadler reprit :

— Monsieur von Schwarzenbach, permettez-moi de vous présenter Oleg, notre valet de ferme. Oleg, accompagne donc notre invité à la cuisine. C'est là que nous déjeunons pendant la semaine, conclut-elle aimablement.

Un coup d'œil au domestique tout en muscles suffit à Ferdinand. Il suivit Oleg dans la cuisine, la tête basse.

Le repas fut simple mais exquis. Jamais il n'avait mangé de meilleure soupe de pommes de terre, de pain si savoureux. Les questions d'Anne-Marie Sadler, en revanche, lui parurent beaucoup moins goûteuses. Il n'y répondit que par monosyllabes avant d'enfin comprendre où elle voulait en venir.

— Votre grand-père est donc *Feldmarschall* ? commença-t-elle en lui tendant la corbeille de pain.

— Oui.

— Toujours en service ?

— Non.

— Mais il a sans doute encore des relations dans l'armée ?

— Oui.

— Vous entendez-vous bien avec lui ?

— Oui.

Toujours mieux qu'avec mon père, en tout cas…

— Le voyez-vous souvent ?

— Eh bien, ces derniers temps, nous nous contentons de nous téléphoner.

Mais que voulait-elle donc de lui ?

Anne-Marie le dévisagea en plissant les paupières.

— J'aimerais que vous appeliez votre grand-père et le priiez de découvrir où exactement mon mari a été fait prisonnier et dans quel camp il pourrait se trouver.

Ferdinand en lâcha presque sa cuillère.

— Qu'avez-vous dit ?

— Il me semble avoir été parfaitement claire.

— Mais… Je ne comprends pas…

— Moi non plus, fit Charlotte.

Alors que Ferdinand espérait déjà son soutien, la doyenne reprit :

— Mais c'est audacieux. Appelez ce vieux brigand et saluez-le de la part de Charlotte von Papenburg. Dites-lui qu'il me doit bien ça. Depuis l'histoire du temple d'Aphrodite.

49

*« Le fardeau de la vérité est plus lourd
que tout ce que Dieu a jamais pu porter. »*

Raffael Valeriani

Au bout du compte, le jeune homme se laissa convaincre de parler à son grand-père.

— Je ne peux rien vous promettre, vous le savez certainement, dit-il en prenant congé.

Kathi le raccompagna à sa voiture.

— Au revoir, Katharina. Je suis vraiment ravi d'avoir fait ta connaissance.

Alors qu'il s'apprêtait à monter dans sa décapotable, il se ravisa.

— Écoute-moi, reprit-il d'un ton insistant. En janvier, une vaste offensive russe a anéanti le siège allemand de Leningrad. Les Russes ont désormais reconquis toute la zone de l'ancienne frontière Est de la Pologne. Notre armée recule. Ça signifie que le front se rapproche en permanence.

— Nous allons perdre la guerre ? chuchota Kathi.

Avant le départ de son père, elle s'était contentée d'espérer que la guerre finirait vite et que la paix reviendrait, sans se soucier du vainqueur. *À la guerre, il n'y a que des perdants, petit colibri…* Depuis que son père lui-même était soldat et forcé de se battre, elle se raccrochait à l'espoir d'une victoire. Que pouvait-elle faire d'autre ?

Ferdinand lut ses tourments sur son visage.

— Je suis infiniment désolé, Katharina. Je ne voulais pas t'effrayer. Mais l'amère vérité, c'est que le Reich allemand va perdre cette guerre. Et à ce moment-là, les Russes passeront l'ancienne frontière polonaise, car Staline est avide de vengeance, il veut Berlin ! L'armée russe marchera sur la Silésie et brûlera tout sur son passage, comme notre armée l'a fait en marchant vers Moscou. Toi et ta famille, vous devez fuir vers l'Ouest pendant qu'il en est encore temps. Dis-le à ta mère. Et si jamais tu as besoin d'aide, écris-moi à cette adresse, ou appelle et demande le vieux Wilhelm. Il est au service de notre famille depuis au moins cinquante ans, tu peux lui faire confiance. (Il lui tendit une carte.) Voici l'adresse et le numéro de téléphone de mon grand-père à Potsdam.

Enfin, il prit congé pour de bon et quitta la ferme. Kathi se tourna vers la maison. Sa mère, appuyée au chambranle de la porte, n'avait pas perdu une miette de leur conversation.

— Qu'est-ce que ça veut dire ? demanda la jeune fille.

— Que nous n'avons plus beaucoup de temps, répondit Anne-Marie.

Elle était blême et avait l'air exténuée par les événements de la journée. Kathi la prit par le bras.

— Viens, je t'aide à rentrer.

Kathi la conduisit au salon, où elle se laissa tomber dans le vieux fauteuil de Laurenz. Franzi grimpa aussitôt sur ses genoux. Alors que Kathi s'apprêtait à l'en faire redescendre pour permettre à leur mère de se reposer, celle-ci protesta :

— Laisse donc, ça me fait du bien de l'avoir près de moi.

Anne-Marie caressa les doux cheveux de sa cadette, qui se lova contre elle. Charlotte, accoudée à la fenêtre ouverte, un cigare dans la main droite et un verre de schnaps dans la gauche, adressa un signe de tête à Kathi. Visiblement, elle aussi avait entendu les derniers propos de leur visiteur berlinois.

Dorota entra.

— Le jeune monsieur a oublié sa sacoche, annonça-t-elle en tendant le doigt vers la banquette d'angle.

— Pourquoi ne l'as-tu pas dit tout de suite, nous aurions pu la lui rendre ! s'exclama Kathi.

— Eh bien, je me suis dit… On pourrait peut-être… Pour M. Laurenz… Euh…

— Excellent, Dorota ! Très bonne idée, s'écria Charlotte. Voyons un peu ce qu'il cache dans sa mallette. (Elle tirailla sur la fermeture.) Oh, elle est verrouillée ! Dorota, va me chercher une pince !

— Est-ce bien nécessaire, mère ? Il va s'en rendre compte et revenir la chercher, objecta Kathi.

La réponse d'Anne-Marie la surprit.

— Il s'agit de ton père, Kathi. Les fascistes l'ont envoyé à la guerre. Cette mallette contient peut-être des informations sur le lieu où il se trouve maintenant. Rien au monde ne pourra m'empêcher d'y regarder.

La pince arriva, on força la serrure.

Elles mirent de côté un portefeuille, du chocolat et une boîte de pilules, de même qu'une enveloppe au contenu illisible. Charlotte et Anne-Marie s'intéressèrent avant tout à un trésor : le dossier militaire de Laurenz. Sa femme le feuilleta à la hâte.

— Là ! s'exclama-t-elle en brandissant un feuillet. Ça indique le dernier endroit où Laurenz a été envoyé.

— Où donc ? fit Charlotte.

— Leningrad.

Elles se regardèrent, choquées. *Leningrad !* Le théâtre de la défaite la plus récente ! Le nouveau Stalingrad !

Charlotte tapa du poing sur la table.

— C'est donc bien ces salauds de Russes qui le tiennent ! pesta-t-elle.

August se réveilla et redressa brusquement la tête.

— Les Russes, les Russes ! Ils viennent nous chercher ! lâcha-t-il en gémissant comme s'il avait compris tout ce qui venait de se dire.

Les yeux écarquillés d'horreur, il leva ses maigres bras pour repousser un ennemi qu'il était seul à voir. Pour le calmer, Charlotte lui ficha son cigare entre les lèvres. August se mit à le mâchouiller comme une sucette. Il avait de nouveau fait sous lui.

— Venez, monsieur August, dit gentiment Dorota en l'aidant à se lever.

Fluet et rabougri comme il l'était, il pesait à peine la moitié de son poids de jadis. La gouvernante le fit sortir avec douceur.

Anne-Marie était enfoncée dans son siège, pâle comme un linge, les doigts crispés sur les accoudoirs. Comme contaminée par la terreur d'August, elle marmonnait :

— Pas les Russes, pas les Russes…

— Quoi ? Qu'est-ce qu'il y a ? August vient de faire dans sa culotte, tu ne trouves pas que ça suffit ? la rabroua Charlotte.

Anne-Marie fut reconnaissante à sa belle-mère de prendre un ton aussi revêche. Elle s'était laissée aller, et devant ses enfants, en plus ! Elle détendit les mains, en posa une sur le dos mince de Franzi et, de l'autre, attira Kathi à elle.

— Votre grand-mère a raison, dit-elle. Le plus important, maintenant, c'est de garder confiance. Votre père a besoin de toutes nos pensées positives.

Elle évita le mot «prières», ayant perdu depuis longtemps la foi en de telles choses.

— Et ça, c'est quoi ? Ça m'a l'air fichtrement officiel, reprit Charlotte en fouillant le reste des documents.

— Tout a l'air officiel, là-dedans, objecta Anne-Marie.

— Oui, mais ça, c'est au nom de Katharina !

— Montre, dit Anne-Marie en tendant la main. C'est un laissez-passer ! Établi par le HWA de Berlin et signé par un certain major Dornberger.

— Voyez-vous ça ! Ce jeune gommeux voulait donc emmener Kathi directement, commenta Charlotte.

Elle saisit le laissez-passer et s'apprêta à le jeter par le clapet du fourneau, mais Franzi, vive comme l'éclair, tendit la main et attrapa le document. Sa grand-mère ne lâcha pas prise, la petite se mit à geindre.

— Laisse-le-lui, Charlotte. On pourra brûler ça plus tard, intervint Anne-Marie.

Franzi se tut aussitôt et alla se réfugier sous la table avec son bout de papier.

— Et maintenant ? demanda Katharina.

— Maintenant rien, il faut que je réfléchisse, répondit sa mère.

— Réfléchir ? fit Charlotte. Mais à quoi ? Je ne vois pas...

— S'il te plaît, je suis fatiguée. Kathi, tu m'aides à aller me coucher ?

— Bien sûr.

Au beau milieu de la nuit, après avoir longuement pesé le pour et le contre, Anne-Marie se leva. Elle avait gardé son secret pendant quinze longues années, mais aujourd'hui, elle devait protéger ses enfants. Elle alla frapper à la porte de Charlotte.

— Je dois te parler, annonça-t-elle.

Deux heures durant, au salon, Anne-Marie parla d'elle-même et de son passé. Charlotte l'écouta en silence, ses mains aux longs doigts puissants croisées sur ses genoux, comme en prière.

Quand Anne-Marie eut terminé, un peu essoufflée d'avoir parlé si longtemps et visiblement bouleversée par ce voyage dans son propre passé, elle dévisagea sa belle-mère. Charlotte, cette femme toujours lucide, uniquement guidée par des réflexions rationnelles, la croirait-elle ? Elle-même trouvait sa propre histoire fantastique. Et pourtant, il lui restait encore à dévoiler l'information la plus importante : ses plans futurs.

Posant un regard alerte sur Anne-Marie, Charlotte demanda :

— C'est tout ?

— Non.

Après avoir fait la confession de sa vie, elle exposa son projet à sa belle-mère. Cette fois-ci, Charlotte hocha la tête.

— Je vois que tu as pensé à tout, dit-elle. Ta décision est définitive ?

— Oui. Dès que j'aurai repris des forces.

— Qu'il en soit ainsi. Comment puis-je t'aider ?

Fidèle à elle-même, Charlotte se concentrait sur le principal sans se laisser arrêter par les détails.

— La priorité absolue, ce sont les documents de voyage pour les enfants. J'irai à Wrocław demain. Là-bas, il y a quelqu'un qui m'a déjà aidée par le passé. Notre dernier contact remonte cependant à presque dix ans.

— Dix ans ? (Charlotte haussa les sourcils.) N'y pense même pas ! C'est beaucoup trop dangereux. Si quelqu'un te voit et te reconnaît…

— Les enfants n'ont pas seulement besoin de papiers, mais aussi de protection. Je suis obligée de refaire appel à des gens de mon ancienne vie. Il nous faut des alliés, et ceux à qui je pense disposent d'un réseau qui s'étend jusqu'en Amérique. Je dépends de leur aide. Jamais je n'enverrais mes enfants vers l'inconnu !

Charlotte pêcha un cigare entamé dans le cendrier et le ralluma avec une brindille. Après avoir inspiré une longue bouffée, elle reprit :

— J'ai une proposition. Je vais aller à Wrocław à ta place. Ça réduira les risques.

— Tu ferais ça ?

— Ça te surprend ? Mon offre n'a rien à voir avec les révélations que tu viens de me faire. Je me moque que tu sois orpheline, juive, agente secrète ou grande-comtesse. Tu es de ma famille et c'est de mes petites-filles que nous parlons. Alors, à qui dois-je parler à Wrocław ?

— Pas *parler*. Il s'agit d'aller mettre un message dans une église.

Anne-Marie expliqua à Charlotte le fonctionnement d'une boîte aux lettres morte.

— Et que se passera-t-il si ton message atterrit entre les mauvaises mains ?

— Rien. Je vais le coder. Et il ne sera composé que d'un mot, dont seul le destinataire connaît le sens.

Charlotte partit le lendemain matin en tailleur de chasse vert et chapeau à plumet, et revint le jour d'après vêtue d'un ensemble bleu à col blanc que Anne-Marie ne lui avait jamais vu.

— C'est allé complètement de travers, déclara Charlotte après s'être retirée au salon avec sa bru.

— Que s'est-il passé ? demanda celle-ci, alarmée.

— Quand je suis arrivée devant l'église, quelque chose m'a fait hésiter. J'ai d'abord cru que j'avais peur, mais c'était plutôt mon instinct qui m'avertissait. Alors je suis allée dans une ruelle voisine, j'ai donné le message à un gamin avec une pièce et je lui ai dit qu'il aurait un mark de plus une fois qu'il aurait rempli sa mission, et que je l'attendais là. Au bout de dix minutes, j'ai eu mal aux pieds et je me suis assise dans un petit café d'où je pouvais surveiller la ruelle. Le gamin est enfin revenu ; j'étais sur le point de le rejoindre quand j'ai aperçu deux types qui le suivaient discrètement. Du diable s'ils ne sont pas de la Gestapo, me suis-je dit ! Le petit me cherchait. Les deux hommes ont déboulé dans la ruelle, l'un d'eux l'a attrapé et l'a frappé.

— Pauvre gosse, fit Anne-Marie.

— Ne t'en fais pas, il a réussi à filer. Je le suppose, en tout cas, car j'ai revu les deux types sur la place de l'église un peu plus tard.

— Tu y es retournée ? demanda Anne-Marie, ébahie.

— Oui, qu'aurais-je pu faire d'autre ?

— Aller te mettre à l'abri ? suggéra sa bru en secouant la tête.

— Je ne savais pas si le petit avait rempli sa mission ou s'il avait parlé aux types de la Gestapo avant de pouvoir le faire. Il fallait que je voie ce qui se passait. Et ne t'inquiète pas, on ne m'a pas suivie.

Charlotte coupa le bout d'un nouveau cigare et le renifla avant de l'allumer. Elle reprit son récit après une première bouffée.

— Je suis sortie du café par la porte arrière et suis allée dans une boutique échanger mon bel ensemble contre cette robe et un foulard pour ma tête, au cas où le gamin m'aurait décrite. Puis je suis revenue vers l'église par des voies détournées et je me suis installée dans une auberge pour observer le bâtiment. Les gens entraient, sortaient. Tout ça jusqu'en début de soirée.

Anne-Marie se pencha vers elle, tendue.

— Ne me fais pas languir, Charlotte. Que s'est-il passé ensuite ?

— Rien. Mais je suis certaine que ta boîte aux lettres morte est surveillée en permanence. Ton message est perdu. Je connais toutefois un autre moyen d'obtenir des papiers : on va demander au père Berthold. Il vous a bien aidés avec cette petite Polonaise enceinte.

— Tu es au courant ?

— Ça aussi, ça t'étonne ? fit Charlotte, moqueuse. Rien de ce qui se passe à la ferme ne m'échappe.

— La Gestapo a déjà notre curé dans le collimateur. Et renvoyer une Polonaise dans son propre pays est tout autre chose que de faire passer deux enfants à l'étranger, objecta Anne-Marie, hésitante.

— Berthold ne serait jamais rentré si ces barbares de SS avaient pu prouver quoi que ce soit. Et c'est en Roumanie qu'il a envoyé la petite.

— Et si la Gestapo l'a juste laissé filer pour qu'il les conduise à ses complices ? Tu y as pensé ?

— Oui, mais pour le moment, c'est notre seule chance. À moins que tu aies une autre idée.

— Non. D'accord, va lui parler. Mais il faut faire vite. On va profiter des vacances de Pâques. Si on enlève Kathi de l'école avant ou qu'on la fait porter pâle, Elsbeth risque de se douter de quelque chose.

Elles consultèrent le calendrier.

— Le dimanche de Pâques tombe le 10 avril, dit Charlotte. Les enfants iront à la messe et le 11, au plus tard le 12, elles prendront le train pour l'Ouest. Dis-moi, et ce gommeux de Ferdinand ? A-t-il appelé pour demander après sa mallette ?

— Non, et je trouve ça bizarre, répondit Anne-Marie en repoussant une mèche de cheveux d'un geste las.

— On devrait peut-être s'en débarrasser, suggéra Charlotte.

— Et qu'est-ce qu'on lui dira s'il revient ? Il a peut-être eu un accident de voiture.

— Ça ne m'étonnerait guère, à voir comme il conduit, commenta Charlotte avec sa brusquerie habituelle.

Elles n'en parlèrent plus, et discutèrent encore un long moment de l'organisation de la fuite.

Le ciel se teintait déjà de rose quand Charlotte aida une Anne-Marie épuisée à se lever de son fauteuil pour monter l'escalier avec elle.

— Me diras-tu ce que le *Feldmarschall* von Schwarzenbach et le temple d'Aphrodite ont à voir avec tout ça ? demanda Anne-Marie alors que sa belle-mère s'apprêtait à éteindre la lumière.

À sa grande surprise, celle-ci lui répondit.

— Nous y avions rendez-vous, mais ce brigand n'est jamais venu. Peu après, je suis allée avec mon père visiter une de ses usines à Gliwice. C'est ce jour-là que j'ai rencontré August. J'avais dix-sept ans, c'était un fier uhlan. Pas besoin de beaucoup d'imagination pour deviner la suite. Je vais à l'écurie.

À peu près au même moment, Ferdinand von Schwarzenbach fixait le plafond, allongé dans sa chambre de l'hôtel *Deutsches Haus* de Wrocław. Que faire ? Il avait vingt-six ans et un esprit de génie, le monde lui tendait les bras, et pourtant, il se retrouvait dans une impasse. La veille, il avait accompli le trajet de retour comme en transe. C'est seulement à l'hôpital, quand il voulut prendre des nouvelles de M. Odin alias Mauser, qu'il repensa à la sacoche. Il devait absolument la récupérer ! Dans le cas où le major aurait déjà demandé sa mallette, il prétendrait simplement l'avoir déposée au coffre-fort de l'hôtel. Mais le problème se résolut de lui-même. À l'hôpital, on l'informa que la péritonite de M. Odin avait conduit à une grave infection bactérienne de toute la zone abdominale, et que le patient avait hélas rendu l'âme. «*Heil Hitler*, monsieur von Schwarzenbach», conclut le médecin de service avant de courir vers son patient suivant. Surgit un employé de l'administration, qui demanda à Ferdinand comment il comptait couvrir les frais et quelles autres mesures il souhaitait prendre. Où le défunt devait-il être transporté? Il pouvait aussi lui recommander un établissement de pompes funèbres de première classe, celui de son frère qui, justement… Ferdinand n'écoutait déjà plus. Il promit seulement de revenir le lendemain pour discuter des formalités, affirmant qu'il ne se sentait pas encore en état de le faire, bouleversé qu'il était par le décès soudain de son cher ami.

Et voilà qu'il scrutait le plafond de sa chambre d'hôtel avec le sentiment que quelqu'un venait de couper le lien qui le rattachait à son ancienne vie. Le souvenir de la ferme et de ses habitants le hantait, tant ceux-ci lui avaient forte impression. La ferme Sadler était un lieu où les gens se soutenaient, se sentaient responsables les uns des autres. Lui n'avait jamais connu cela. C'était une toute nouvelle vision du monde.

Ferdinand prit une décision. Il ne retournerait ni à Potsdam ni dans son bureau souterrain du Hartz. Le lendemain, il disparut sans laisser de trace.

Le même jour, vers midi, la morgue de l'hôpital demanda à l'administration quand la dépouille de M. Odin devait être enlevée : il était là depuis trente-six heures, on manquait de place, on n'allait quand même pas se mettre à empiler les cadavres, *Heil Hitler!*

On appela l'hôtel *Deutsches Haus* pour apprendre que le jeune M. von Schwarzenbach était parti très tôt le matin même. Non, il n'avait pas laissé de message.

L'employé de l'administration examina une nouvelle fois le seul document d'identification que possédait l'hôpital pour ce M. Odin : une carte nominative donnant accès aux locaux de l'Office central de sûreté. Ça sentait les ennuis à plein nez. Avant d'appeler Berlin, il interrogea donc de nouveau le médecin et l'infirmière de service. Celle-ci se souvint que le soi-disant bon ami de M. Odin s'était une fois trompé de nom en demandant de ses nouvelles au téléphone, parlant d'un certain Egon Maus, quelque chose comme ça. Le médecin confirma que le comportement de ce von Schwarzenbach lui avait paru étrange dès le début. Comme s'il s'était réjoui de laisser M. Odin à l'hôpital. Et voilà qu'il était parti sans plus s'occuper de son ami décédé ? Très bizarre, peut-être même suspect !

L'employé de l'administration était de l'avis du médecin, et il fit son devoir. Il appela l'Office central de sûreté et relata les faits, évoquant aussi la carte d'identification. Toutefois, il ne put parler qu'à une jeune auxiliaire, la secrétaire (et maîtresse) d'Erwin Mauser venant de tomber malade. L'auxiliaire chercha en vain dans sa liste un Otto Odin puis déclara que s'il n'y figurait pas, c'était qu'il ne travaillait pas là. Voilà qui arrangeait bien l'administration hospitalière de Wrocław. L'employé raccrocha avec soulagement. Problème résolu ! L'œil de Berlin ne se tournerait pas vers lui et «son» hôpital. Il rappela la morgue et déclara : «On incinère Odin.» Puis il termina en effaçant le nom d'Odin du registre des patients. Il n'était jamais venu ici. Cette mesure le dispensait de manipulations comptables compliquées et lui évitait le risque de se retrouver mêlé malgré lui à une affaire qui ne le concernait

pas et qui pouvait le mener à son tour dans un four…
Il informa le médecin, qui mit l'infirmière au courant.
C'est ainsi que le major Erwin Mauser disparut de la
circulation.

Bien loin de là, à la division IV de l'Office central
de sûreté de Berlin, la nouvelle de la résurrection de la
boîte aux lettres morte dans une église suscita le plus
haut intérêt. Et voilà que le chef de l'opération « Malédiction de Beria », le major Erwin Mauser, était injoi-
gnable ! Rien d'étonnant : il gisait non loin de l'église
en question, à la morgue de l'hôpital de Wrocaw, une
étiquette au gros orteil, aussi mort que ladite boîte aux
lettres.

Le major ayant disparu, le chef du SD Ernst Kaltenbrunner transmit la direction temporaire de la mission
à l'adjoint de Mauser, Theobald Witsch. Celui-ci, en
poste depuis peu, était très ambitieux. Il se précipita
à Wrocław pour diriger en personne les opérations.
Son bureau ne connaissait l'existence de cette boîte
que depuis quelques jours et il n'était pas exclu que les
Russes surveillent eux aussi l'église Sainte-Madeleine.
Il fallait couper l'herbe sous le pied de l'ennemi rouge.

Witsch se révéla trop impatient, avide de faire
ses preuves. Il commit une première erreur en tirant
Sokolov du cachot où il croupissait depuis des années
pour l'emmener à Wrocław. Après tout, c'était lui qui
leur avait révélé l'existence de cette boîte aux lettres.
L'espion convainquit habilement Witsch de son utilité, le persuadant qu'il saurait démasquer d'éventuels
agents russes stationnés sur place, et dès leur arrivée, il
échappa à ses gardiens.

Theobald Witsch, devinant que cela lui coûterait
au moins sa jeune carrière, voire sa tête, commit alors
une seconde erreur : il ordonna d'arrêter sur-le-champ

la première personne qui viendrait consulter la boîte aux lettres afin d'éviter que les Russes ne la prennent les premiers. Un subalterne lui suggéra pourtant respectueusement de suivre le suspect pour voir s'il pouvait les conduire à ses complices. Mais Witsch avait pleinement confiance dans la force de conviction des méthodes de torture de la Gestapo, comme le lui avait appris son travail avec le *Sturmbannführer* Hubertus von Greiff.

Puis le prêtre qu'ils arrêtèrent échappa à l'interrogatoire en avalant une capsule de poison, et Witsch se retrouva les mains vides.

50

« Je l'ai souvent dit : tout le malheur des hommes vient d'une seule chose, qui est de ne savoir pas demeurer en repos, dans une chambre. »

Blaise Pascal

Constantin Pavlovitch Sokolov maudissait le destin. Sa vie aurait été différente s'il n'était pas né à Gori, la petite ville de Géorgie au bord de la Koura d'où venait aussi Iossif Vissarionovitch Djougachvili, dit Staline... Peut-être ne serait-il jamais devenu marxiste, ni tchékiste ? Mais il s'était très tôt laissé entraîner dans le sillage de Staline, de neuf ans son aîné, et avait profité de son ascension. Ils avaient combattu côte à côte aux jours glorieux de la révolution et souvent festoyé ensemble.

Mais qui dit amis puissants dit aussi ennemis puissants. Ainsi de Lavrenti Beria, le favori de Staline, qui surveillait jalousement son chef et éliminait quiconque lui semblait trop se rapprocher du grand leader. Ou quiconque en savait trop sur le passé de Staline, sur les premiers jours de la révolution...

Sokolov avait survécu aux purifications de la grande terreur, entre 1936 et 1939, pour atterrir malgré tout dans le collimateur de Beria. Sans les intrigues et les manigances de celui-ci, il ne lui serait jamais venu à l'idée de passer à l'ennemi. Pourtant, il n'avait plus eu d'autre choix que d'offrir ses services aux Allemands afin de rester en vie. Une vie qui n'en était pas une. Il végétait ici depuis cinq ans, affamé, croupissant dans l'humidité et la saleté ; la nuit, des rats lui couraient sur le visage.

Il ne haïssait pas les Allemands, qui ne faisaient que leur travail. Il haïssait l'homme qui l'avait forcé à quitter sa petite mère la Russie : Lavrenti Beria. Durant toute sa détention, il avait imaginé chaque jour une nouvelle manière de le tuer s'il rentrait jamais à Moscou. La haine et le désir de vengeance étaient de bonnes émotions. Sans elles, il n'aurait jamais survécu à ces cinq années.

Les Allemands semblaient l'avoir oublié dans son cachot. Il ne croyait plus qu'on le libérerait un jour et pensait mourir là – jusqu'à l'arrivée de ce Theobald Witsch. Sokolov perçut aussitôt le besoin qu'avait cet homme de se mettre en valeur. Il lui fournit des informations sans importance en espérant y gagner quelque chose, une promenade dans la cour, une ration de nourriture supplémentaire… La captivité avait réduit ses désirs à un minimum. Il révéla donc à Witsch l'emplacement de la troisième boîte aux lettres morte qu'il connaissait, dans l'église Sainte-Madeleine de Wrocław. Il ne trahissait là rien de déterminant ; au bout de cinq ans, elle devait être abandonnée depuis longtemps.

D'où sa surprise quand, quelques jours plus tard, Witsch le fit à nouveau venir et lui posa des questions plus poussées sur le sujet. Sokolov devina rapidement que la boîte aux lettres devait être encore active, et convainquit le gestapiste de pouvoir lui être utile sur place. Une fois à Wrocław, il saisit la première occasion de prendre la fuite. Mais on ne va pas comme ça à Moscou, sans papiers ni devises, au sein d'une zone de guerre où on est recherché. Il lui fallait des alliés. Et c'était bien le problème. Sokolov, ayant disparu de la circulation cinq ans auparavant, n'avait plus aucun contact. Seul celui ou celle qui avait réactivé la boîte pourrait peut-être encore l'aider, et elle n'était connue que de trois personnes. L'une était décédée, ne restaient donc qu'Elena et lui-même. Ils étaient dans des camps adverses mais avaient des ennemis communs : Sverdlov et Iourovsky. Si les assassins de la famille du tsar étaient morts depuis longtemps, Beria, lui, vivait encore.

Dès leur première rencontre, Beria avait inspiré une profonde répugnance à Sokolov. Il en allait de même pour Youri Petrov, son homme de main. Leurs chemins s'étaient croisés par hasard à Gliwice dix ans plus tôt, et Petrov lui avait raconté être sur la piste de quelque chose d'énorme. Cinq vodkas plus tard, il avait chuchoté un nom. Peu après, il s'était évaporé.

Il devait à un hasard similaire de connaître le nom de l'endroit où la sœur jumelle de Youri, Sonia, avait plus tard été arrêtée par la Gestapo. C'était Petersdorf.

Sokolov se mit en route.

51

« Eh ! je puis vous apprendre, cousin, à
commander – au diable.
— Et je puis t'apprendre, petit cousin, à
humilier le diable – en disant la vérité. »

William Shakespeare

Trois jours après le fiasco de l'église de Wrocław, une limousine avec quatre hommes à bord surgit à Petersdorf et s'arrêta devant la taverne *Chez Klose*.

— Nous y sommes, *Sturmbannführer*. Je vais demander le chemin de la ferme Sadler, déclara le chauffeur à son illustre passager.

Celui-ci leva à peine les yeux.

— Quel endroit sinistre, fit-il, maussade. Comment peut-on vivre dans un tel désert…

Il maudit intérieurement Theobald Witsch, dont le dilettantisme lui avait valu cette mission.

Tandis que le chauffeur s'engouffrait dans la taverne, deux jeunes hommes descendirent de voiture pour fumer une cigarette. Le *Sturmbannführer* consulta le mince dossier posé sur ses genoux, sans y apprendre grand-chose. Les Sadler étaient une famille banale. Seule la prétendue précocité de leur fille aînée les détachait du lot. C'était précisément ce qui avait conduit ici Ferdinand von Schwarzenbach.

Le chauffeur revint peu après, suivi d'une femme vulgaire qui se mit aussitôt à loucher à travers les vitres teintées.

Le chauffeur remonta à bord.

— Désolé, *Sturmbannführer*. Cette dame est la veuve du bourgmestre. Elle affirme bien connaître les Sadler et avoir quelque chose à déclarer.

— Quoi donc ?

— Elle ne veut le dire qu'à vous.

Le *Sturmbannführer* roula des yeux, écœuré. Ces petits provinciaux ivres de leur propre importance le dégoûtaient, mais il était venu récolter des informations.

— Qu'elle monte, mais à l'avant !

Cela la forcerait à adopter une position inconfortable pour parler, la poussant, il l'espérait, à être brève. Il lui trouvait l'air bien trop bavarde.

Son impression fut vite confirmée : la mégère parlait comme un moulin. Au bout de vingt minutes, il savait tout des Sadler et au moins autant d'Elsbeth Luttich, une fanatique de la pire espèce. Personne ne faisait plus de tort à la cause du national-socialisme que les gens comme elle : comment croire à la suprématie du peuple allemand face à de tels individus ? Il mit dehors la veuve du bourgmestre et ordonna au chauffeur de reprendre la route.

Anne-Marie était en train de faire les lits quand elle entendit un bruit de moteur. Elle courut à la fenêtre et vit le chauffeur descendre précipitamment de voiture pour ouvrir la portière arrière. Un grand homme mince en long manteau de cuir noir surgit. Son cache-œil allait à la perfection avec son visage taillé à la serpe. Il était accompagné de deux autres hommes nettement plus jeunes, dont l'un lui tendit son képi. Anne-Marie reconnut l'emblème à tête de mort. SS ! *La Gestapo...*

403

Avant d'entrer dans la maison, l'homme observa les alentours. Son œil indemne scruta la façade et, l'espace d'une fraction de seconde, Anne-Marie se crut découverte. Elle fit hâtivement un pas de côté.

Le chauffeur remonta en voiture et les trois autres entrèrent dans la maison. Anne-Marie vit Charlotte traverser la cour à la hâte pour les suivre.

Elle se déshabilla rapidement, enfila sa chemise de nuit et se mit au lit, haletante, toutes ses pensées se bousculant. Elle entendit des voix dans l'escalier.

— Est-ce bien nécessaire, monsieur von Greiff? Je vous ai dit que ma bru n'avait plus toute sa tête depuis l'assassinat de son fils, fit Charlotte à voix haute.

Anne-Marie comprit l'avertissement. Elle se raidit, se força à respirer calmement, et fixa le plafond d'un regard vide.

La porte s'ouvrit à la volée, les lattes du plancher grincèrent sous de lourdes bottes. Une ombre tomba sur Anne-Marie. Le regard du gestapiste se posa, tranchant, sur son visage. Elle gelait, comme si la température de la pièce venait de descendre d'un coup. Sans prévenir, l'homme rabattit l'édredon et poursuivit son éprouvant examen.

— Couteau! lança-t-il soudain en tendant la main comme un chirurgien.

Quelqu'un s'approcha et lui tendit l'objet voulu. De sa main libre, l'homme saisit la chemise de nuit d'Anne-Marie, puis il abaissa l'autre vers sa poitrine et découpa le tissu du col aux chevilles. Elle se retrouva entièrement exposée à son regard, ne portant plus que sa culotte. L'homme s'assit au bord du lit.

Elle resta impassible; elle devait à tout prix le convaincre qu'elle n'était qu'une femme à qui la mort de son enfant avait fait perdre la raison. Il saisit son sein gauche et pinça violemment le téton entre le pouce et l'index. C'était douloureux et profondément humiliant. Anne-Marie aurait voulu lui arracher son couteau des mains pour le lui poser sur la gorge. Il se pencha très bas vers elle, sa main malaxant toujours son sein.

— Ton cœur bat bien vite, Anne-Marie Sadler, gronda-t-il.

— Évidemment qu'elle réagit ! fit vivement Charlotte depuis l'autre côté du lit.

Elle saisit l'édredon et en recouvrit Anne-Marie d'un geste décidé. L'image de von Greiff assis au bord du lit, la main toujours en mouvement sous la couverture, avait quelque chose d'obscène.

— Le médecin dit que les fonctions corporelles de ma bru sont normales et que seul son esprit est absent. Ça vous suffit ? Vous en avez assez vu ?

Von Greiff se leva.

— Vous êtes une femme courageuse, Charlotte von Papenburg.

Il sourit comme s'il venait de faire une plaisanterie compréhensible de lui seul, puis il erra un moment dans la chambre, ouvrit l'armoire, observa longuement la photographie de Franzi et Kathi posée sur la table de chevet. Anne-Marie savait que pendant tout ce temps, il continuait à la surveiller. Il revint vers elle, l'observa d'un regard méprisant puis, avec une détermination diabolique, ouvrit le tiroir de la table de chevet où elle conservait la lettre d'adieu de Laurenz. La missive était brève mais, depuis la première fois qu'elle l'avait lue, ses mots tournaient en boucle dans sa tête comme une mélodie funeste : « *Mon cœur, amour de ma vie, pardonne-moi ! À toi, pour toujours, L.* »

— Qu'a-t-il donc fait, ton L. ? Il t'a trompée avec la bonniche ? Ou avec une de ces sales petites Polonaises ?

— Venez, *Sturmbannführer*, intervint Charlotte. Ça ne sert à rien. Elle ne comprend pas. Allons boire quelque chose en bas et vous me direz ce qui vous amène. Je serai d'autant plus vite débarrassée de vous, il faut que je retourne au travail. Pour le Führer, pour le Reich, alléluia !

Anne-Marie brûlait d'envie de plaquer une main sur la bouche de sa belle-mère. Pourquoi le provoquait-elle ainsi ?

Mais Charlotte avait saisi d'instinct la nature de leur angoissant visiteur. Ce gestapiste était lassé de toute la peur et toute la lâcheté qu'il avait vues dans sa vie. Ce qu'il voulait, c'étaient des défis, des adversaires.

Ils sortirent de la chambre. Anne-Marie resta seule, condamnée à attendre. Et sa petite Franzi qui était en bas !

— Alors, de quoi s'agit-il ?

Charlotte avait sorti son coffret à cigares. Son stock diminuait rapidement et elle avait peu d'espoir de pouvoir se réapprovisionner bientôt, mais elle en offrit tout de même un à von Greiff. Il refusa et lui demanda un verre de lait.

— Vache, chèvre ou jument ? s'enquit Charlotte.

— Je préfère les vaches.

— Tiens donc ? répliqua-t-elle en lançant un long regard au jeune adjudant vautré sur la banquette tel le favori du roi.

Von Greiff éclata de rire et se frappa la cuisse.

— Vous êtes amusante, Charlotte. Je peux vous appeler Charlotte, n'est-ce pas ?

— Comme il vous plaira, fit celle-ci derrière un nuage de fumée.

— Venons-en au fait. Ferdinand von Schwarzenbach. À quelle heure exactement est-il arrivé chez vous vendredi et à quelle heure est-il reparti ?

Charlotte lui répondit.

— Était-il accompagné ?

— Non, il était seul.

— A-t-il, à un quelconque moment, évoqué un compagnon de voyage ?

— Non.

— Étiez-vous présente durant toute sa visite ?

— Oui, mentit Charlotte.

— Et qui d'autre ?

— Ma bru et ma petite-fille, Katharina.

— Où se trouve votre petite-fille Katharina en cet instant ?

— Au collège, à Gliwice. Mais elle ne pourra rien vous dire de plus que moi.

— C'est à moi d'en juger ! répliqua-t-il d'un ton pour la première fois tranchant. De quoi avez-vous parlé avec Ferdinand von Schwarzenbach ?

— Uniquement de la raison de sa visite : les jeux olympiques de mathématiques, répondit Charlotte en omettant une fois de plus une partie de la vérité.

— D'après votre déclaration, il a passé deux heures chez vous, et vous affirmez n'avoir parlé de rien d'autre ?

— Eh bien, nous n'étions pas d'accord. Katharina refusait de partir en laissant sa mère dans cet état, ce qui est compréhensible. La discussion s'est éternisée. Le reste, c'était de la conversation. Le trajet, le temps, ces choses-là. Et puis nous avons mangé du gâteau. Vous en voulez ? Notre Dorota est une excellente pâtissière.

— Je vois que vous aimez faire la conversation, Charlotte. Dorota, c'est Dorota Rajevski. Une Polonaise.

— Vous avez fait vos devoirs, bravo. Pourrions-nous abréger ces échanges de politesses ? De quoi s'agit-il vraiment ?

— À votre avis ?

Alors seulement, von Greiff prit une première gorgée de lait.

— Le jeune gommeux a dû vous filer entre les doigts, ou son compagnon de voyage. Peut-être même les deux. Je regrette, vous ne trouverez ici ni l'un ni l'autre.

Von Greiff transperça Charlotte de son œil valide.

— Je ne crois pas que vous m'ayez tout dit, Charlotte. Je connais l'odeur du mensonge, et ici, ça pue littéralement !

— Ce n'est que mon cigare, Hubertus.

Charlotte souffla un nouveau nuage de fumée vers lui.

Von Greiff retroussa la lèvre supérieure, dévoilant les dents. C'était peut-être sa manière de sourire.

— Je me demande combien de temps votre bru continuera sa petite comédie, là-haut, quand je m'occuperai de sa fille, celle que votre bonniche cache dans la cuisine. Comment s'appelle-t-elle, déjà ? Franziska ? Elle est un peu retardée, à ce qu'on m'a dit.

Charlotte se mordit la langue mais ses yeux lancèrent des éclairs.

— Vous pouvez me regarder avec autant de mépris que vous voudrez, Charlotte. J'adore me faire des ennemis.

Von Greiff termina son verre de lait puis tira un mouchoir de sa manche pour s'en tapoter les lèvres.

— Je ne suis pas votre ennemie, *Sturmbannführer*, répliqua Charlotte. Je ne peux tout simplement pas vous aider. Je vous le répète : von Schwarzenbach est venu et reparti. Il n'y a rien de plus à en dire.

— Et pourtant, vous me mentez depuis mon arrivée. Bon, je vous aurai assez avertie. Manfred ! lança-t-il à son adjudant. Va chercher la gamine dans la cuisine et amène-la-moi.

— Ce ne sera pas nécessaire, dit Anne-Marie en entrant.

— Ah, vous voici, constata von Greiff sans une once de surprise. Asseyez-vous donc. Charlotte, vous pouvez sortir, ajouta-t-il sans autre forme de procès. Alors, Anne-Marie Sadler, pourquoi jouez-vous les malades mentales ?

— Parce qu'il y a dans ce village une personne qui veut du mal à ma famille, commença-t-elle.

Et elle lui parla d'Elsbeth Luttich. Seule la vérité pouvait encore les sauver.

Von Greiff l'écouta, les bras croisés. Quand elle eut terminé, il lâcha d'un ton méprisant :

— Rien n'est plus assommant que ces querelles de bonnes femmes ! Cette folle de Luttich m'a déjà importuné au village.

Il se frotta longuement l'arête du nez, mettant Anne-Marie à la torture pendant d'interminables secondes.

— Je dis rarement cela, reprit-il enfin, mais je suis tenté de croire à votre fable.

— Quoi ? lâcha Anne-Marie, stupéfaite.

— En tant que simple d'esprit, vous êtes inutile au Reich. Pourquoi vous mettre vous-même en danger avec cette imposture ?

— Pour mes enfants.

Von Greiff eut un geste las.

— Ah, les mères, fit-il en crachant ce mot comme le nom d'une maladie contagieuse. Les mères et leurs stupides sacrifices. La seule chose qui m'intéresse, c'est von Schwarzenbach. Répondez à mes questions et convainquez-moi, Anne-Marie Sadler. Je pourrai repartir d'autant plus vite de cet endroit déprimant. J'ai mieux à faire que de perdre mon temps avec des chamailleries de province !

Une demi-heure plus tard, Charlotte et Anne-Marie regardèrent la limousine de von Greiff quitter la ferme.

— Quel homme abject ! Un monstre assoiffé de sang ! s'exclama Charlotte.

— Je crois que nous pouvons être reconnaissantes à Elsbeth, dit Anne-Marie, pensive.

— Pardon ?

— Von Greiff l'a rencontrée au village avant de venir. Je ne sais pas ce qu'elle lui a raconté sur nous, mais il n'y a rien de plus convaincant que la calomnie.

— Sans oublier la méchanceté, ajouta Charlotte.

Belle-mère et bru partagèrent un rare moment de concorde.

— Il n'a pas demandé à voir Kathi, reprit Anne-Marie.

— Qu'est-ce qui t'inquiète ?

— Et s'il allait à Gliwice pour l'interroger à l'école ?

— Bon sang ! gronda Charlotte. Il ne nous l'aurait certainement pas dit. J'y vais ! S'il veut parler à Kathi, il me trouvera en travers de son chemin.

— Merci. Et, Charlotte ?

— Oui ?

— On devrait peut-être se débarrasser de la sacoche de von Schwarzenbach.

— Je m'en occupe.

Von Greiff décida de ne pas interroger Katharina Sadler.

— On retourne à Wrocław ! ordonna-t-il au chauffeur. Je ne vais pas perdre davantage de temps ici, ajouta-t-il à l'intention de son adjudant. Von Schwarzenbach et Mauser ont mis les voiles depuis longtemps. Les rats quittent le navire, et moi, je pourchasse des fantômes.

Le soir même, depuis Wrocław, il fit son rapport au téléphone à son supérieur Kaltenbrunner, le successeur de Heydrich.

— Ma visite à Petersdorf n'a rien apporté de nouveau, *Obergruppenführer*. Les déclarations des témoins sur place recoupent celles des postes de contrôle entre Berlin et Petersdorf. La trace du major Mauser se perd avant même Wrocław. Personne en ville ne l'a vu. Nous sommes certains que von Schwarzenbach est allé de Wrocław à Petersdorf sans le major et qu'il a passé la nuit à l'hôtel seul. La seule chose intéressante, c'est la photo trouvée dans la voiture que von Schwarzenbach a abandonnée sur place. Le même portrait que sur le cliché de Sokolov. Elle était glissée entre le siège et la portière passager. Je poursuis mon enquête à Wrocław.

— Non, vous rentrez à Berlin sur-le-champ, *Sturmbannführer*. J'ai besoin de vous ici. Il se passe quelque chose avec la Wehrmacht.

L'ordre convenait fort bien à von Greiff, qui était à la recherche de son fantôme personnel: Anna von Dürkheim, alias Marlene Kalten. La seule personne lui ayant jamais échappé. Cette bonne femme l'avait ridiculisé, et elle le lui paierait! La piste la plus fraîche menait à Berlin, où il se rendait déjà quand on l'avait chargé de l'affaire von Schwarzenbach/Mauser. Von Greiff s'imagina tout ce qu'il lui ferait subir dès qu'il aurait mis la main dessus. Il fit venir sa voiture, et un sourire cruel dévoila ses dents quand il ordonna au chauffeur:

— À Berlin!

52

> « *Un rêve d'enfance doré tombe sur mes paupières. Je le sens, un miracle est arrivé.* »

> Theodor Storm

Sokolov avait eu un choc terrible en voyant la Gestapo débarquer chez les Sadler.

La nuit précédente, il s'était glissé dans la ferme et caché dans le grenier à foin de la grange. Le trajet jusqu'ici n'avait pas été simple, alternance de malchance et d'heureux hasards. Il avait d'abord agressé un paysan pour lui voler ses vêtements, mais il avait dû couvrir à pied la plus grande partie du chemin, presque personne n'ayant voulu le prendre en stop. Au cours des années passées, les agriculteurs avaient développé une certaine méfiance à l'égard des étrangers. Difficile de le leur reprocher. En route, il s'était essentiellement nourri de lait qu'il buvait au pis des vaches, dans les champs, et de petites pommes d'hiver toutes ridées volées sur une charrette. Ce régime n'avait pas amélioré l'état de son estomac déjà affaibli par le rata de la prison, et il était tourmenté par des crampes abdominales.

Il avait bien choisi sa place dans le grenier. Une petite fenêtre s'ouvrait de chaque côté, lui permettant d'observer aussi bien la ferme que la route qui y menait. Quand la limousine entra dans la cour, il pensa un instant à prendre la fuite. Mais les hommes ne semblaient pas vouloir fouiller les lieux, et il ne bougea donc pas. Le chauffeur se dégourdit un peu les jambes et alla jeter un coup d'œil à l'écurie et à la grange, mais il paraissait plus animé par l'ennui que par la curiosité. Sokolov s'estimait heureux que ni chien ni bétail n'ait donné l'alarme à son arrivée nocturne. Le bétail était enfermé pour la nuit et le chien, déjà vieux, dormait dans la maison.

À l'aube, la ferme s'éveilla avec la routine quotidienne. Deux valets s'engouffrèrent dans l'étable, une très grosse femme vint nourrir les poules et les oies avant de les lâcher. Peu après, une jeune fille sortit de la maison et enfourcha son vélo. Il faisait encore trop sombre pour qu'il puisse distinguer son visage, simple tache claire entre deux épaisses nattes brunes. C'est à ce moment aussi que quelqu'un entra dans un bâtiment annexe où retentissaient des hennissements de chevaux. Il n'aperçut qu'une haute silhouette, il ne pouvait donc pas s'agir de celle qu'il cherchait. Une heure plus tard, les deux valets se mirent en route avec le bœuf et une charrette. Il ne vit personne d'autre.

À sa grande surprise, la Gestapo repartit au bout d'une heure. Peu après, une matrone franchit le portail. Il l'avait déjà remarquée sur le chemin de la ferme, où elle attendait depuis un moment. Une femme de grande taille aux cheveux argentés vint à sa rencontre, celle-là même qu'il n'avait fait qu'apercevoir le matin et qui avait plus tard accueilli les agents de la Gestapo. Ses mouvements dégageaient une grande énergie ; elle avait manifestement l'habitude de tenir les rênes.

La matrone n'était apparemment pas la bienvenue, et sa visite fut brève.

Enfin, il vit Elena. Les quelque deux décennies écoulées depuis leur dernière rencontre avaient laissé des traces. C'était bien elle, mais quelque chose clochait. Elle avançait mollement au bras de la femme grisonnante, comme si elle souffrait d'une infirmité. Que lui était-il arrivé ? Il fallait absolument qu'il lui parle seul à seule. Elle rentra à la maison au bout d'à peine dix minutes et n'en ressortit plus. Sokolov passa la matinée à observer les activités de la ferme, enregistrant les moindres détails. Le chien, qui reniflait partout avec curiosité, y compris dans la grange pour un instant, s'éloigna en compagnie d'un chevreuil. Sokolov regarda avec envie la fumée sortir de la cheminée de la maison. Malgré toute la paille entassée autour de lui, il était gelé. La nuit avait été froide, comme toutes ses nuits depuis cinq ans.

En début d'après-midi, une chose étrange arriva. Une petite fille à la délicate silhouette d'elfe, qui ne semblait pas avoir plus de six ans, sortit de la maison pour venir se promener dans la grange. Elle examina les lieux, émit quelques reniflements et se dirigea droit vers l'échelle. Sokolov avait pensé à tirer celle-ci derrière lui puis s'était dit que son absence éveillerait les soupçons.

Il recula derrière les balles de foin. La petite monta les barreaux, vint se planter devant lui et lui tendit une pomme où une petite demi-lune avait déjà été mordue. Elle le regardait sans détour de ses immenses yeux sombres. Pour la première fois de sa vie, Sokolov se sentit désarçonné. La fillette lui rappelait un chaton plein de confiance qu'il avait un jour trouvé dans une arrière-cour et ramené à sa sœur.

Alors qu'il se demandait encore que faire, la gamine sortit une seconde pomme de la poche de son tablier, en prit une bouchée, la rangea, puis vint se blottir dans le foin à côté de lui. Elle se roula en boule comme un petit serpent et dormait déjà alors que Sokolov fixait toujours le fruit entamé dans sa propre main. Il avait faim, mais… encore une pomme ? Il examina l'étrange créature paisiblement endormie près de lui. Il n'avait jamais rencontré personne comme elle. Une grande tache squameuse s'étendait de sa bouche à sa joue, évoquant la peau d'un serpent ou d'un lézard. Il l'effleura du doigt. C'était rugueux. Il aperçut des taches semblables, plus petites, sur son cou et ses mains. La petite dormait tranquillement, en émettant de drôles de gargouillis. Sans qu'il s'en rende compte, sa propre respiration adopta le même rythme. La sérénité de la gamine s'étendait sur lui comme une couverture bien chaude. Ses paupières se fermèrent d'un coup.

Quand il se réveilla en sursaut, deux heures plus tard, l'étonnante enfant avait disparu. À sa place se tenait Elena, un couteau à la ceinture. Ses longs doigts fins braquaient sur lui un pistolet de l'armée. C'était un vieux Mauser encombrant, mais il se souvenait qu'à l'époque de la Révolution, elle tirait à merveille avec ça.

Elena aussi se souvenait.

— Sokolov, dit-elle. Que fais-tu ici ? Comment m'as-tu retrouvée ?

Il lui raconta tout, y compris ce qu'il avait prévu, et pourquoi. Il n'avait rien à perdre. La seule question était de savoir si Elena le croirait. Dans le cas contraire, sa fuite prendrait fin ici et maintenant. Elle le tuerait.

Quand il eut terminé, il ouvrit les bras pour montrer qu'il était prêt à accepter son sort. Il avait si souvent fait ses adieux à la vie au cours des années passées qu'il lui aurait semblé juste de mourir maintenant de la main d'une compatriote.

Elena l'écouta avec concentration. Rien dans son attitude n'indiquait qu'elle le croyait, et Sokolov se demanda comment elle le tuerait. Un coup de pistolet était improbable, à cause du bruit ; il penchait pour le couteau. Tout comme son père, jadis chef de la police tsariste Okhrana, elle le maniait avec dextérité. Sokolov se prépara à mourir. Alors qu'il s'apprêtait à accélérer sa décision en faisant mine de vouloir lui arracher son arme, elle déclara :

— Très bien, Sokolov. Je vais t'aider.

— Quoi ? lâcha-t-il, stupéfait, alors que c'était la raison même pour laquelle il était venu. Pourquoi ? Tu n'as pas peur que je revienne avec des renforts ?

— Non. Regarde-toi, Sokolov. Tu es un vieil homme, mais le désir de vengeance luit toujours dans ton regard. Moi-même, j'ai rêvé pendant des années de la manière dont je tuerais des assassins tels que Beria. Va à Moscou et abats ce monstre pour moi. Je peux te donner des provisions, un fusil de chasse, et un message codé pour un contact à Moscou. Si jamais il vit encore. C'est tout ce que je peux faire pour toi. Et tu disparais d'ici cette nuit même.

Sokolov baissa les bras. Ses traits fatigués se détendirent sous l'effet du soulagement.

— Merci. Tu sais, Elena Filipovna, je n'ai jamais douté de toi. Si quelqu'un était capable de s'en sortir, c'était bien toi.

— Pas besoin de me flatter, Sokolov. Je t'ai déjà promis mon aide.

— La grande-duchesse Ana est-elle…

— TAIS-TOI ! aboya-t-elle. Ne prononce jamais son nom, tu as compris ? Tu n'as aucun droit de le faire.

Sokolov laissa passer quelques secondes.

— Qu'as-tu fait de Youri Petrov ?

— Rien. Il est tombé sur une femme qu'il aurait mieux fait d'éviter. Il est mort.

Elena ne repensait pas volontiers aux événements de cette journée. Elle avait suivi Youri avec la ferme intention de le tuer, mais il avait croisé le chemin d'Elsbeth et ils avaient disparu chez les Luttich. Elle avait espéré éliminer Youri avant qu'il puisse parler à cette pipelette, puis le petit Anton l'avait devancée. Wenzel Luttich avait fait le reste et étouffé l'affaire.

— Et Sonia, la sœur de Youri ?

— Cesse ton interrogatoire. Je ne te dois aucune réponse.

— Vous n'auriez jamais dû laisser en vie Domratchev, votre surveillant, poursuivit tout de même Sokolov.

La remarque porta un coup à Elena. Sokolov en savait trop ! Peut-être était-ce une erreur de le laisser en vie, lui ? Pourtant, elle répliqua :

— Je ne tue jamais sans raison. À l'inverse des gens de ton espèce…

Sokolov ignora sa remarque.

— Domratchev vous a aidées, et il a payé pour ça. Il est mort sous la torture. Et sans parler, si tu veux le savoir.

Elena ferma les yeux un instant. Dimitri Vassiliev Domratchev était un homme à garder en mémoire, un homme bon, un homme avec une conscience. Comme elle, il avait tout fait pour sauver sa famille. La vérité était différente, mais elle faisait partie de ces choses qu'elle avait enfouies si profondément en elle-même qu'elles semblaient être arrivées à une autre femme, l'Elena Filipovna qu'elle avait été un jour, pas cette Anne-Marie Sadler en qui l'amour de Laurenz l'avait transformée.

Sokolov la dévisagea, l'air d'attendre d'autres questions. Comme elles ne vinrent pas, il reprit :

— Personne n'aurait pu empêcher ce qui est arrivé à Iekaterinbourg. Lénine l'avait ordonné. Veux-tu savoir ce que sont devenus les enfants de la femme dont je n'ai pas le droit de prononcer le nom? Il y en avait cinq, n'est-ce pas? Trois garçons et deux filles.

Sokolov savait donner à sa voix la juste mesure de roublardise et de gravité. Il voulait faire sortir Elena de sa réserve. Et ça marcha, mais pas comme il l'avait pensé. D'un geste vif, elle lui posa le couteau sur la gorge.

— Dis-moi tout de suite ce que tu sais de cette affaire, siffla-t-elle.

— Pas besoin du couteau, répliqua Sokolov avec calme, je vais tout te dire. Je n'aurais pas commencé, sinon.

— Très bien. Parle!

Elena abaissa le couteau sans le lâcher. Elle ne put empêcher Sokolov de voir ses mains trembler.

— Dimitri Domratchev et moi étions amis. Un jour, par hasard, je l'ai vu, lui et sa femme enceinte, être embarqués. J'ai suivi la voiture et fait des recherches. Il m'a fallu un moment pour découvrir le secret des cinq hommes. Ils s'appelaient «l'ordre des porteurs d'épée». Je ne comprends toutefois pas comment ils pouvaient savoir qui était le père de quel enfant.

— Ça n'avait aucune importance pour eux. Ils voulaient seulement mêler leur sang au sien.

— Et leur motif?

— Comment pourrais-je connaître le motif de ces salopards? Sadisme? Mégalomanie? Folie?

— Peut-être croyaient-ils, en cas de victoire de la contre-révolution, pouvoir tirer cet atout de leur manche et présenter un héritier des Romanov élevé en bolchevique? supposa Sokolov.

— Inutile de spéculer. Dis-moi ce que tu sais de ces cinq enfants.

— Après cinq ans de prison, mes informations ne sont plus très actuelles. Je sais que celui du milieu est mort à six ans dans un accident de voiture. L'une des filles vit chez Beria.

Elena tressaillit.

— Que sait cette ordure de l'origine de l'enfant ?

— Rien du tout. Il croit que c'est l'orpheline d'un révolutionnaire assassiné.

— Et les trois autres ?

— Je ne connais ni le nom ni le lieu de résidence de deux d'entre eux, mais je sais qu'un des garçons a été confié à Anatoli Budionine Pchela.

— Ce diable rouge ! cracha Elena. Ils ne reculent devant rien ! Confier cet enfant à un des hommes qui ont sa famille sur la conscience. Pchela sait-il qui sont les parents du petit ?

— Non, pas plus que Beria.

— Sais-tu aussi duquel des garçons il s'agit ? Le plus âgé ou le plus jeune des trois ?

Elena ne put s'empêcher de haleter en posant la question.

— Non. Pourquoi tu me demandes ça ? répliqua Sokolov, un éclair d'intérêt dans les yeux.

— Pour rien. Le plus jeune avait l'air maladif à la naissance, je suis contente qu'il ait survécu.

L'espace d'une seconde, elle eut envie de se mettre à la recherche de Pchela et de se rapprocher du gamin. Peut-être...

— Ôte-toi cette idée de la tête, fit Sokolov à voix basse avant d'ajouter après une courte pause : je suis désolé de ce qui est arrivé à tes parents. Boris et Tatiana n'avaient pas mérité ça.

— Épargne-moi ta pitié ! cracha Elena. Tu es...

Elle s'interrompit. Ces retrouvailles avec Sokolov et l'évocation de ses parents lui prouvaient le pouvoir que son passé avait toujours sur elle. Le désir de vengeance créait un tourbillon auquel se mêlaient les plaintes lointaines des morts. Elle n'avait pas le droit de se laisser emporter. Tout ce qui comptait pour elle aujourd'hui, c'était sa famille. Celle qui vivait, et non celle que les bolcheviques avaient éliminée. Elle savait aussi qu'elle n'avait pas entièrement échoué et qu'elle avait au moins sauvé la mère de ces enfants. Elle la savait en Amérique, à l'abri des bourreaux de sa famille. Elle avait accompli son devoir envers la grande-duchesse, comme elle l'avait promis à son père avant sa mort.

Mais s'il était vrai que quatre des cinq enfants vivaient toujours... Des possibilités et des plans prenaient déjà forme dans son esprit. Mais aussitôt, elle repensa à Kathi et Franzi.

Cette fois-ci, Sokolov devina ses pensées.

— La petite avec la tache sur le visage... C'est ta fille ?

— Oui. Tu lui dois la vie. Sans Franzi, je t'aurais abattu sans hésiter une seconde. Elle m'a fait comprendre que tu n'étais pas dangereux.

— Comment peut-elle le savoir ? Ce n'est qu'une gamine.

Le regard que lui lança Elena lui fit baisser les yeux. Quelle question stupide ! Il avait lui-même senti que Franzi était une enfant à part.

53

« Mais qu'est-ce qu'une belle mort ? »

Kathi Sadler

Kathi sentait bien que la visite du jeune von Schwarzenbach avait mis quelque chose en branle. Franzi semblait le percevoir aussi, elle était grincheuse et agitée. Oskar, tourmenté depuis l'hiver par ses vieilles articulations, ne quittait plus guère la cuisine ou la banquette du fourneau ; pourtant il se remit à suivre Kathi comme son ombre, ne la lâchant plus des yeux. Même Pierrot revenait chaque jour à la ferme, comme jadis. Et la jeune fille constata que depuis peu sa mère et sa grand-mère se comportaient presque comme des amies. Elles passaient souvent leurs soirées ensemble au salon, et le père Berthold venait parfois leur tenir compagnie. Kathi s'étonna qu'il s'épuise à venir à vélo et non sur sa mobylette pétaradante. Essayait-il de ne pas se faire remarquer ? Les questions s'accumulaient, mais chaque fois qu'elle voulait interroger sa mère, celle-ci lui demandait d'être patiente.

Kathi tenta donc sa chance auprès de sa grand-mère. Celle-ci paraissait plus communicative, ces derniers temps, et on pouvait souvent espérer une réponse de sa part. Un jour, après la messe, Kathi avait entendu quelqu'un dire de Charlotte qu'elle était froide et sans cœur. Mais la jeune fille savait à quoi s'en tenir. Sa grand-mère pouvait se montrer dure, mais elle restait toujours juste ; son cœur n'était pas de glace.

Elle la trouva à la sellerie, assise sur une malle. Les jambes étendues devant elle, elle mâchouillait un cigare éteint. Malgré sa passion du tabac, jamais elle n'aurait fumé à l'écurie.

Kathi hésita sur le seuil en entendant un soupir, comme si sa grand-mère souffrait. Elle n'aurait pas abordé le sujet si celle-ci n'avait pas eu le visage tout gris.

— Tu te sens mal ?

— Bah, c'est juste l'âge qui me tiraille ici et là. Mon père, le vieux baron, disait que c'est la mort qui pince.

Kathi recula d'un pas, troublée.

— Allons, ma petite, n'aie donc pas l'air si effrayée. Je cracherai ma fumée au visage de la mort pendant encore vingt bonnes années. Je t'en donne ma parole. Et après ça, je mourrai de la plus belle des morts.

— C'est quoi, une belle mort ?

— Tomber raide, comme ça, sans avertissement. Boum, fini. Et tous les soucis disparaissent.

— On peut aussi s'endormir paisiblement dans son lit, comme Babette Köhler, objecta Kathi d'une voix douce.

— Bah ! fit Charlotte.

Elle recracha son mégot avant de se lever d'un bond.

— Les femmes comme nous ne meurent pas dans leur lit, Kathi.

Ayant dit, elle se balança une selle sur l'épaule et sortit à grands pas.

Kathi resta seule. L'espace d'un instant, elle avait oublié pourquoi elle était venue voir sa grand-mère. Quand cela lui revint, Charlotte trottait déjà sur le dos de son favori, Bucéphale IV.

54

« Faire la queue au guichet: le sort des Allemands. Travailler au guichet: le rêve des Allemands. »

Kurt Tucholsky

Comme d'habitude, le mois d'avril commença par un temps changeant, mais la température remonta sensiblement et les jours rallongèrent. Petersdorf commença à préparer la fête de Pâques. On coupa des rameaux de saule aux chatons duveteux, dont les enfants firent des bouquets qu'ils décorèrent de rubans colorés. Le petit chœur de l'église répétait pour la messe et les ménagères se lancèrent dans le grand nettoyage de printemps, balayant, frottant et cirant. En cuisine aussi on s'agitait, pétrissant et étalant la pâte des brioches et des gâteaux. Dans chaque ferme, on avait mis quelque chose de côté pour le festin de Pâques, économisant denrées et tickets de rationnement, cachant les brebis. La guerre et la mort passèrent pour un temps à l'arrière-plan, on attendait avec joie la résurrection du Seigneur. Seuls les agneaux étaient perdants, comme toujours.

Insectes et abeilles s'éveillaient en bourdonnant, les prairies verdissaient, arbres et buissons bourgeonnaient. Les oiseaux faisaient un joyeux raffut dans les branches, se pourchassaient dans le ciel et fabriquaient leurs nids avec zèle. La vie nouvelle naissait partout, irréfrénable.

Et tandis que le printemps apportait une fraîcheur rosée aux joues blêmies par l'hiver, la convalescence toujours secrète d'Anne-Marie durait bien plus longtemps qu'elle ne l'avait imaginé. Elle se sentait souvent abattue dès le lever et des maux de tête la tourmentaient régulièrement. Encore bien éloignée de sa vitalité d'antan, elle était parfois si exténuée qu'elle craignait de ne jamais complètement se remettre. Heureusement que Sokolov ne s'était aperçu de rien ; leur entrevue aurait pu prendre une tout autre tournure. Mais son inquiétude pour ses enfants lui avait brièvement rendu ses forces, et Sokolov aussi était visiblement affaibli.

— Qu'est-ce que tu croyais ? demanda Charlotte, à qui n'échappaient ni la lutte quotidienne d'Anne-Marie ni ses doutes. Tu as quarante-quatre ans, tu as erré comme un fantôme pendant presque un an, et maintenant, tu veux tout rattraper en quelques semaines ? Du calme ! dit-elle sur le ton qu'elle employait quand un cheval était nerveux. On va commencer par mettre les filles en sécurité. Les papiers devraient arriver d'un jour à l'autre.

— Ça fait une semaine que tu dis ça, et Pâques est dans trois jours ! s'emporta Anne-Marie.

— Eh bien voilà, il te reste de la force et de la colère ! Les papiers vont arriver, insista Charlotte.

Mais les papiers n'arrivèrent pas. Vint le dimanche de Pâques. Tard dans la soirée, le père Berthold débarqua à vélo et leur annonça qu'il s'inquiétait pour son messager.

— Dans le pire des cas, les papiers sont perdus et nous devons tout recommencer depuis le début, termina-t-il, déprimé.

— Attendre encore des semaines ?

Anne-Marie avait l'air au bord de la crise de nerfs.

— Nous n'avons pas le droit de perdre courage, ma fille, dit Berthold.

— Je ne manque pas de courage, mon père. C'est juste le manque de possibilités qui me pèse !

— Bien sûr. Donnez-moi encore quelques jours, madame Anne-Marie. Je trouverai un moyen de faire sortir vos filles du Reich. Je vais demander conseil à mon frère Johann, à Berlin. Tout espoir n'est pas perdu. Amen.

— Merci beaucoup, Berthold, dit Charlotte. Nous allons prier pour le messager.

Tandis que les trois conspirateurs réfléchissaient à un autre plan, un nouveau coup du sort se préparait.

Le mardi suivant Pâques, le facteur apporta une lettre pour Katharina Sadler. En voyant l'expéditeur, Charlotte courut chercher Anne-Marie.

— Une lettre pour Kathi ! Du bureau régional de travail de Katowice.

Elle pinça les lèvres.

Anne-Marie porta la main à sa poitrine. La pièce semblait s'être assombrie, comme si l'ombre d'Elsbeth s'y était soudain étendue.

— Où est Kathi ? demanda-t-elle à voix basse.

— Elle aide Dorota avec le repassage. Tu veux l'ouvrir tout de suite ?

Anne-Marie n'hésita qu'un instant.

— Oui. Je dois savoir de quoi il s'agit.

Charlotte vint se mettre derrière elle et elles lurent ensemble la brève missive.

— Kathi est censée commencer son année de service agricole[1] le 1er mai ! Dans le Warthegau ! Voilà qu'ils veulent aussi me voler ma fille... Je suis sûre que cette maudite Elsbeth est derrière tout ça. (Le feuillet tremblait dans la main d'Anne-Marie.) Ne peut-elle donc pas enfin laisser ma famille en paix ?

Charlotte lui prit la lettre et la relut attentivement.

— C'est forcément une erreur. Ça n'a aucun sens d'envoyer travailler dans une ferme quelqu'un qui vit déjà dans une exploitation agricole. Et je sais que les élèves qui doivent aller au lycée en sont exemptés. De toute façon, Kathi a quinze ans, elle est trop jeune. Je vais à Katowice dès demain pour tirer les choses au clair.

Une longue file d'attente s'était formée devant le bureau régional de travail. Charlotte nota l'étrange silence de la salle d'attente. Les personnes présentes, surtout des femmes et quelques rares hommes âgés, ne discutaient qu'à voix basse, ou pas du tout. La plupart affichaient un air implorant. Ce n'était pas le genre de Charlotte : si on se faisait petit, on était traité comme tel. Elle portait son bel ensemble vert de chez Brenninkmeyer, avec des souliers à petits talons et un chapeau à plume de paon. Au bout de deux heures d'attente, elle entra et exposa ses arguments avec assurance : ce courrier à Katharina Sadler ne pouvait être qu'une erreur.

— Ma bonne dame, fit le préposé avec suffisance en ignorant les documents qu'elle lui présentait, tout est

---

1. Sous le régime national-socialiste, les jeunes filles devaient se préparer à devenir de bonnes femmes au foyer et mères en travaillant un an comme aides ménagères ou auxiliaires agricoles.

en ordre. Une erreur est absolument exclue. Suivant!
lança-t-il.

Dans le dos de Charlotte, la porte s'ouvrit aussitôt.

— Pas si vite, mon bon monsieur! s'exclama-t-elle
à voix haute avant de lancer au vieillard qui venait
d'entrer: Nous n'avons pas terminé. Veuillez attendre
dehors.

L'homme ressortit sur-le-champ et le fonctionnaire
resta bouche bée un instant.

— Qu'est-ce que…

— Je vous ai apporté un petit quelque chose.

Charlotte sortit de son sac en crocodile une saucisse
fumée et une bouteille de schnaps.

— Un fonctionnaire allemand est incorruptible,
chuchota son interlocuteur.

La vitesse à laquelle les cadeaux disparurent sous
son comptoir prouvait toutefois un long entraînement.

— Quel âge a votre petite-fille, m'avez-vous dit?

— Quinze ans.

Elle poussa vers lui l'acte de naissance de Kathi,
qu'il n'avait d'abord pas daigné regarder.

— Mais elle en aura seize cette année! fit-il après
un bref coup d'œil. Il s'agit ici d'un cas limite.

— Et elle va au collège de Gliwice. Tenez, voici sa
carte scolaire.

— Hmm, je vois. Je suis toutefois d'avis que les
devoirs d'une femme sont de tout autre nature et
qu'elles n'ont pas besoin de grands diplômes pour ça.

Il lissa sa barbichette des doigts. Charlotte contint
sa fureur.

— Mais, mon bon monsieur, sans études, comment
ma petite-fille pourrait-elle devenir pilote comme
Hanna Reitsch et piloter des avions pour le Führer?

— Tiens donc, votre petite-fille veut devenir
pilote? Quoi qu'il en soit, nous n'avons encore jamais

commis d'erreur. Mais pour vous prouver ma bonne volonté, je vais consulter son dossier.

Quand le fonctionnaire revint, le nez dans la pochette verte, Charlotte vit à sa mine que son affaire prenait mauvaise tournure.

— J'ai ici un courrier du directeur du collège-lycée Eichendorff, M. Hermann Zille, déclarant que les performances de l'élève Katharina Sadler ne sont pas suffisantes pour lui permettre de poursuivre des études, lança-t-il, triomphant. Les choses sont claires. Katharina Sadler apprendra les vertus d'une femme et future mère allemande pendant son année agricole.

— Quoi ? Montrez-moi ça !

Charlotte lui arracha presque la pochette des mains.

— Non mais dites donc ! En voilà des manières ! s'emporta l'autre.

— Il y a un problème ?

Un homme venait d'entrer discrètement par une autre porte, à l'arrière. Il portait l'uniforme noir des SS de haut rang.

— Non, *Hauptsturmführer*, répondit le fonctionnaire en se raidissant.

Mais Charlotte résolut de jouer le tout pour le tout.

— Oh, mais bien sûr que si ! Ma petite-fille de quinze ans a été convoquée par erreur pour partir en année agricole. On la sait surdouée, et elle a remporté au mois de mars les jeux olympiques nationaux de mathématiques. Et soudain, voilà qu'elle doit quitter le lycée parce que ses notes sont insuffisantes ? Ça me semble contradictoire.

— Hmm, voilà un cas intéressant. Et vous êtes… ?

— Charlotte Sadler, née von Papenburg.

— Et vous êtes aussi la représentante légale de votre petite-fille ?

— Non, c'est son père.

— Et pourquoi n'est-il pas là ?

— Parce qu'il se bat pour le Führer sur le front de l'Est.

— Et la mère ?

— Elle est malade.

— Je vois. Vous êtes donc ici à sa place. Avez-vous une procuration ?

— Non. Mais je suis sa grand-mère.

— Monsieur Krawinkel, fit le *Hauptsturmführer*, veuillez donner à Mme Sadler le formulaire de demande de procuration. Comme le père de l'enfant est au front, ce sera exceptionnellement la mère qui le remplira, autorisant Mme Charlotte Sadler à agir en son nom. Revenez avec cela, madame Sadler, et nous examinerons le cas de Katharina Sadler. Tout doit être fait dans les règles. Il faudra joindre au formulaire le certificat de santé officiel de la mère de l'enfant.

Le moulin de la paperasse qui tourne, tourne… Charlotte prit le formulaire ; elle s'apprêtait à repartir lorsque, dans son dos, le préposé ajouta :

— Je crains qu'il n'y ait un autre problème. Je vois dans le dossier qu'Anne-Marie Sadler, la mère de l'enfant Katharina, est perturbée mentalement depuis un deuil. Le médecin assermenté l'a récemment déclarée légalement irresponsable.

— C'est bien pour cela que je suis ici à sa place, précisa Charlotte.

— Il n'a donc pas été fait de report de tutelle du père à vous-même ?

— Non.

— Je regrette. Si la mère a été déclarée irresponsable, elle ne peut évidemment pas vous transmettre l'autorité parentale. Nous devons nous en tenir à la loi. Monsieur Krawinkel, donnez à madame le formulaire de report de l'autorité parentale. Vous enverrez cela par la poste militaire au père de l'enfant, et...

— Je vous prie de m'excuser, *Hauptsturmführer*, intervint de nouveau Krawinkel. Je crains que ce ne soit impossible. Le soldat Sadler n'est actuellement pas en mesure de recevoir de courrier.

— Pourquoi donc ?

— Le dossier dit que le père, Laurenz Sadler, a été porté disparu à Leningrad en février.

Le fonctionnaire récolta un coup d'œil acéré de son supérieur. Charlotte s'efforça de rester impassible. L'évocation de Leningrad était pour elle une double confirmation. Plus aucun doute n'était maintenant permis quant au dernier endroit où l'on avait vu Laurenz.

— Eh bien, il ne vous reste plus que la voie judiciaire, madame Sadler. Vous devez déposer en personne un dossier de demande d'autorité parentale. Cela ne devrait pas être trop compliqué, vu les circonstances, mais je vous conseille tout de même de vous faire aider par un avocat. Je peux vous en recommander un : mon beau-frère. Il est spécialisé dans les cas de ce genre. Voici sa carte. Je vous assure que personne ne pourra mieux vous aider que lui.

Charlotte en avait assez entendu. Elle perdait son temps avec ces pinailleries administratives. Katharina était censée partir trois semaines plus tard ; aucun tribunal ne rendrait de jugement aussi vite.

Elle rentra bredouille à Petersdorf.

— C'est incroyable, ils profitent de la moindre détresse pour s'enrichir, dit-elle à Anne-Marie. En voyant ma tenue, ce voleur a dû me prendre pour une proie lucrative. Il m'a tout de suite recommandé son beau-frère, et au bout du compte, ils se partageront les

430

honoraires tirés de ma poche. Ils ont bien monté leur coup, ces vautours incorruptibles et respectueux des lois !

Elle se laissa tomber dans un fauteuil.

Anne-Marie, tourmentée par la migraine, déclara :

— Il faut trouver une autre solution. Nous n'avons plus beaucoup de temps.

— Alors nous devons improviser.

Charlotte se servit un schnaps puis reprit :

— Voici l'idée que j'ai eue pendant le trajet de retour. Kathi partira pour le Warthegau comme prévu. Non, non, ne dis rien, coupa-t-elle Anne-Marie qui ouvrait déjà la bouche. Au lieu de changer à Wrocław pour prendre le train vers le Posen, elle restera dans le wagon. Nous lui achèterons un second ticket. Elle sera à Berlin avant que son absence soit remarquée. Là-bas, le frère du père Berthold pourra s'occuper d'elle.

— Berlin ? Jamais ! Ils évacuent les bombardés de là-bas pour les mettre à l'abri chez nous, à la campagne, et tu veux que j'y envoie mes enfants ?

— Ce ne serait pas pour longtemps. Écoute-moi ! Mon oncle Egon vit en Poméranie. C'est le frère cadet de mon père, qui lui a légué la propriété des von Papenburg. Il accueillera Kathi si je le lui demande.

— La Poméranie ? répéta Anne-Marie, peu convaincue. Ce n'est pas loin du couloir de Dantzig ! Si les Russes marchent sur le Reich allemand, ils passeront par là aussi.

— Tu crois que je ne le sais pas ? Mais nous devons d'abord éviter que Kathi parte au service agricole. Si le pire se produit, mon oncle prendra des mesures en temps voulu. En plus, il a de bonnes relations en Amérique. Il pourra peut-être même lui dégoter des papiers !

— Et Franzi ? Elle ne peut pas rester ici !

— J'y ai pensé aussi. Je vais prendre le train pour Wrocław avec Kathi et Franzi. Même la Luttich et ses espions ne pourront rien trouver à y redire.

— Je viens aussi! s'exclama Anne-Marie avec vigueur. Comme ça, je pourrai passer encore quelques heures avec mes filles.

— Dans ton état? fit Charlotte. Ne sois pas ridicule, Anne-Marie. Tu fais à peine cent pas sans être essoufflée.

— Mais…

— Il n'y a pas de mais! Tu dois rester ici et jouer ton rôle pour que la Luttich ne soupçonne rien!

— Je sais. (Anne-Marie s'affaissa.) Mais ça me brise le cœur d'envoyer mes filles vers l'inconnu.

— On en a déjà parlé, rétorqua Charlotte. Tu ne les envoies pas vers l'inconnu, tu les mets en sécurité. Et n'oublie pas que c'était aussi le souhait de Laurenz.

— *C'est* le souhait de Laurenz. Ne parle pas de lui au passé, Charlotte.

— Tu as raison. C'était irréfléchi de ma part.

— Bon. Alors, dans trois semaines, dit Anne-Marie.

55

> *« Tant qu'il y a des papillons, il y a de l'espoir. »*

Trudi Siebenbürgen

Jamais le temps n'était passé aussi vite que durant ces trois semaines. Les journées filaient, et chaque jour qui s'achevait nouait un peu plus la gorge d'Anne-Marie. Pourtant, elle retrouva peu à peu sa vitalité. Ses muscles se raffermirent, sa peau devint moins translucide, et même si elle n'avait guère faim, elle se forçait à manger tout ce que lui servait Dorota. Une force renouvelée coulait dans ses veines, et leurs projets aussi lui insufflaient un nouvel élan. Que n'aurait-elle pas donné pour se rouler dans l'herbe fraîche du printemps avec ses filles, comme jadis, et manger les premières baies jusqu'à en avoir la langue toute rouge ? Au lieu de cela, elle était condamnée à ce rôle de mère rendue folle par la perte de son fils. *Maudite sois-tu, Elsbeth, pour m'obliger à cette mascarade !*

Matin et soir, elle faisait donc son petit tour au bras de Charlotte ou de Kathi, avançant à pas comptés dans la cour pour éloigner tous les soupçons. Mais ces cachotteries rongeaient sa santé revenue.

Berthold avait approuvé le plan de Charlotte et aussitôt promis de mettre au courant son frère Johann, à Berlin.

— N'est-il pas risqué de parler de ça par la voie des ondes ? objecta Anne-Marie.

— Sois sans crainte, ma fille. Nous avons nos propres méthodes de communication.

— Berthold, toi et ton frère êtes vraiment pleins de surprise, commenta Charlotte.

Le lendemain, en début de soirée, Charlotte et Berthold se retrouvèrent dans une cabane à mi-chemin des fermes Sadler et Köhler, où vivait le prêtre. C'est lui qui avait demandé ce rendez-vous impromptu. Comme il avait déjà été arrêté une fois, ils étaient convenus qu'il valait mieux qu'on ne le voie pas trop souvent chez les Sadler.

— Que se passe-t-il, Berthold ? demanda Charlotte. Tu es bien agité.

— J'ai de bonnes nouvelles !

— Les papiers sont arrivés ?

— Encore mieux ! Milosz Rajevski m'a contacté !

— Milosz ? Le neveu de Dorota qui sait tout mieux que tout le monde ? Je ne vois pas en quoi c'est une bonne nouvelle, à part pour Dorota.

— Milosz est à Londres, où il travaille pour le gouvernement. Il a proposé de prendre Kathi avec lui.

— Et pourquoi ça ? Il a au moins quarante ans ! Que veut-il d'une gamine ? s'enquit Charlotte, méfiante.

— Certainement pas ce que tu penses, Charlotte ! Les intentions de Milosz sont tout à fait honorables. Il s'intéresse aux dons de Kathi. Mais ce qui compte, c'est que Milosz Rajevski nous soutienne. Pense un peu : nous pourrons profiter du réseau des Britanniques, grâce auquel ils ont déjà fait sortir d'Allemagne des dizaines de leurs pilotes ! Nous pourrons faire passer la souris sous la moustache du chat.

— Quel est le nouveau plan ? s'enquit Charlotte.

— Nous envoyons les enfants à Berlin, comme prévu. Mon frère les emmène lui-même à Bruxelles. Là, une diplomate suisse les prend en charge. Les petites auront des papiers qui feront d'elles ses filles. Elle les emmène à Bordeaux, en France. De là, elles poursuivent jusqu'aux Pyrénées et passent en Espagne neutre. Et de Madrid, elles arrivent à Gibraltar, qui est britannique.

— C'est bien compliqué. Pourquoi ne pourraient-elles pas prendre l'avion au moins depuis l'Espagne ?

— Le trafic aérien diplomatique est restreint et très contrôlé. Une femme avec des enfants et des papiers en règle, en revanche, peut voyager par voie terrestre sans trop de problèmes. L'anti-espionnage allemand ne s'intéresse guère aux enfants. On m'a dit que cette femme en avait déjà sauvé plusieurs de cette manière.

— C'est un long voyage.

— Plus de trois mille kilomètres. Et c'est non seulement dangereux, mais cher.

— De toute façon, si la guerre se termine comme tout le monde le prédit, nous n'aurons plus rien. J'aime autant dépenser tout de suite ce qui me reste. Combien faudra-t-il ?

— Combien ? répéta Anne-Marie.

Charlotte venait de lui rapporter son entrevue avec le père Berthold.

— Avons-nous une telle somme ?

— Ne t'inquiète pas pour ça.

— L'Angleterre, donc. Quand le dirons-nous à Kathi ?

— Pas trop tôt. Elle croit toujours qu'elle partira au service agricole ; mieux vaut la laisser se balader le plus longtemps possible avec sa tête d'enterrement.

Le jour où Anne-Marie et Charlotte mirent Kathi au courant de leur plan, sa réaction les surprit. La jeune fille demanda juste si tout cela n'était pas terriblement cher, et quand sa grand-mère le lui confirma, elle dit :

— Je reviens tout de suite.

Kathi courut en haut de l'échelle céleste, grimpa sur le pommier, présenta ses excuses à la huppe ainsi dérangée en pleine couvaison et alla pêcher la pièce d'or en dessous de son nid.

Puis elle expliqua à sa mère et à sa grand-mère qu'il venait d'un endroit où il y en avait encore plus.

Le 2 mai, Charlotte, Kathi et Franzi prirent à Gliwice un train en partance pour l'Ouest. Kathi portait l'uniforme détesté de la BDM[1] et, pour tout bagage, une valise et un sac à dos. Moins aurait paru suspect, et elle ne pouvait en porter plus : il lui fallait une main libre pour Franzi. La valise contenait deux tenues complètes pour elle et pour sa sœur, le reste était uniquement de quoi manger. Les denrées alimentaires valaient de l'or, et le sac à dos aussi était plein de provisions. Elle avait dû abandonner son cher accordéon, le cœur gros, mais l'or cousu dans ses vêtements suffirait à en racheter un à Londres. Dans un petit sac pendu à son cou, elle portait leurs tickets de train, trois cents Reichsmarks pour le voyage et tous les tickets de rationnement qu'Anne-Marie et Charlotte avaient pu réunir.

Franzi elle-même n'avait qu'une petite sacoche en bandoulière, qui contenait quelques pièces et le chat sculpté par Oleg. Elle avait enfilé deux couches de vêtements ; de toute façon, elle avait vite froid. Kathi avait eu beaucoup de mal à expliquer à Franzi pourquoi elles devaient partir. Voyager n'intéressait pas

---

1. Ligue des jeunes filles allemandes.

du tout sa sœur ; pour le dire plus exactement, elle se défendit bec et ongles, se cramponnant à leur mère en pleurant à fendre l'âme. Franzi était incapable de comprendre pourquoi elles devaient quitter leur maison et partir sans leur mère ; de plus, elle percevait le dilemme d'Anne-Marie. Celle-ci aurait tout donné pour pouvoir serrer sa fille dans ses bras et la protéger pour toujours, mais elle était obligée de l'envoyer loin d'elle. Au bout du compte, elle n'eut d'autre choix que de se montrer sévère. Depuis, Franzi boudait. Ses yeux étaient rouges de larmes, et elle garda le silence toute la matinée. Elle ne voulut même pas prendre congé de sa mère. Muette, ne bougeant que comme une marionnette, elle grimpa dans le wagon sans un regard en arrière.

Au moment des adieux, Kathi pleura amèrement. Elle laissait tout derrière elle : sa mère, sa grand-mère, Dorota, Oleg. Et Oskar ! Elle se souviendrait sa vie entière du triste regard de son chien. Quand elle monta dans la charrette à côté d'Oleg, Oskar s'en fut, la queue basse. Et quand Kathi se retourna une dernière fois, Pierrot la suivait des yeux, seul au bord de la route.

Anne-Marie se retira dans sa chambre et donna libre cours à sa douleur. Elle ne sécha ses larmes que deux jours plus tard, quand Berthold vint leur annoncer que les filles étaient arrivées saines et sauves chez son frère, à Berlin. Elles avaient franchi la première étape. Berlin se trouvait à cinq cents kilomètres, les enfants étaient à l'abri d'Elsbeth. Elles devaient partir à Bruxelles dès le lendemain. Dans quinze jours au plus tard, assura Berthold, elles arriveraient à Gibraltar, où elles seraient en sûreté.

Il était temps désormais pour Anne-Marie de se préparer elle-même à son grand voyage.

— Tu es vraiment certaine de vouloir faire ça ? demanda Charlotte.

— Évidemment. Je n'ai pas joué cette comédie pendant des mois pour rien. Ou est-ce que *toi*, tu as des doutes, soudain ? fit Anne-Marie en défiant sa belle-mère du regard.

Elle se sentait d'humeur belliqueuse. Peut-être parce qu'elle avait conscience de la témérité de son projet. Peut-être parce qu'elle avait besoin de se donner du courage. Peut-être parce qu'elle se prenait elle-même pour une folle. C'était bien l'avis de la boule d'angoisse nichée dans ses entrailles, qui grossissait un peu plus chaque jour et qui lui parlait. *Tu es folle*, disait la boule. *Je sais*, répondait-elle. *Mais j'aime. Et mon amour est plus grand que ma peur. Alors tais-toi !*

— Eh bien, chacun doit commettre ses propres folies, n'est-ce pas ? répondit Charlotte.

Elle jeta un regard lourd de sens à August, assis comme toujours sur la banquette du fourneau. Sa canne coincée entre les jambes, il caressait Racibórz, le vieux matou confortablement installé sur ses genoux. Un autre chat, Goldentraum ou Frankenstein, était roulé en boule à sa droite. À sa gauche, Oskar ronflait, et la poule préférée d'Oleg couvait sur un des coussins.

— Il y a de plus en plus de monde, sur cette banquette, nota Charlotte.

Tard le soir, alors que les deux femmes étaient une fois de plus assises ensemble au salon, Anne-Marie surprit le regard scrutateur de Charlotte. *Voilà qu'elle veut me faire changer d'avis ! Je vais l'ignorer.*

Mais Charlotte ne la quittait pas des yeux, et Anne-Marie passa à l'attaque.

— Pourquoi me regardes-tu d'un air si désapprobateur, chère belle-mère ?

— Tu me rappelles Bucéphale, répondit celle-ci à la grande surprise d'Anne-Marie.

— Je te rappelle ton cheval ?

Charlotte ignora la pique.

— Mon père avait toujours voulu un fils, mais ma mère est morte à ma naissance et il n'a pas eu d'autre enfant. Je ne suis pas à l'aise avec les femmes, Anne-Marie, je ne l'ai jamais été. Pour mes six ans, mon père m'a offert mon premier cheval. Les autres fillettes de mon âge avaient des poneys, mais moi, j'ai eu tout de suite un poulain mâle : Bucéphale Ier. Il a atteint l'âge respectable de vingt-neuf ans. Bucéphale II descend de lui, comme tous mes autres chevaux. Quand je me suis installée ici, j'ai emmené Bucéphale II. En 1917, des soldats sont venus réquisitionner nos chevaux. Mon Bucéphale s'est sauvé jusqu'à l'étang de Petersdorf et a sauté dedans. Les soldats l'ont suivi. Un cheval, ça ne nage pas très longtemps. Ils pensaient qu'il sortirait une fois exténué, et qu'ils pourraient le récupérer. C'était mal connaître mon Bucéphale. Il a gardé la tête hors de l'eau aussi longtemps qu'il l'a pu, puis il a coulé comme une pierre. J'ai tout vu depuis la rive. Bucéphale avait choisi la liberté dans la mort. Il préférait mourir que de partir à la guerre avec les soldats. Il était obstiné et très volontaire, comme toi. Ton projet est aussi fou que téméraire, mais je comprends pourquoi tu dois essayer. Et puis, tu le fais pour mon fils. Comment pourrais-je te le reprocher ?

56

« *Et Hermann (Göring) a dit: "Si une
seule bombe ennemie tombe un jour sur
Berlin, je veux bien m'appeler Meier!"* »

Victor Klemperer

Franzi et Kathi suivirent Johann Schmiedinger hors
du bureau de télécommunications de la gare berlinoise
d'Anhalt. Kathi avait reconnu Johann sur-le-champ.
Non seulement il ressemblait beaucoup à son frère,
mais elle l'avait déjà croisé une fois à la porte de la cure,
alors qu'elle était venue questionner le prêtre sur la disparition de Mlle Liebig.

— Voilà qui est fait, dit Johann après son coup de fil,
souriant. Berthold va informer votre mère aujourd'hui
même de votre arrivée. Vous avez faim, mes petites ?

Kathi secoua la tête et serra encore plus fort la main
de Franzi. Elle voulait quitter cet endroit au plus vite.
Les gares de Gliwice et de Wrocław aussi étaient très
animées, mais la foule qui se pressait sur les quais de
Berlin et le vacarme ambiant perturbaient profondément Franzi. Les effets de la guerre étaient visibles
partout ; les bombardements n'avaient pas seulement
endommagé ou détruit les bâtiments, ils avaient aussi
semé la désolation sur les visages. À Berlin, la guerre
était réelle. Franzi tremblait, et Kathi craignait que sa

petite sœur ne succombe à une crise de convulsions. Le voyage en train s'était bien passé, Franzi ayant dormi presque tout le temps.

— Venez. J'habite en banlieue et nous allons malheureusement devoir faire une grande partie du trajet à pied. Le tram est en panne, une fois de plus.

Il les précéda, la valise de Kathi à la main. Sur le parvis, le bruit n'était pas moins assourdissant que sur les quais. La place elle-même et les rues adjacentes étaient encombrées de véhicules en tout genre. Camions militaires d'où sautaient des soldats, voitures à gazogène, taxis, et une demi-douzaine de charrettes qui attendaient d'être déchargées. Tout autour, ça grouillait de gens aux prises avec leurs valises. Kathi n'avait jamais vu autant de poussettes d'un coup; quand elle jeta un coup d'œil dans l'une d'elles, elle y vit des bagages au lieu d'un nourrisson.

Soudain, une sirène se mit à hurler. Johann leva les yeux et s'écria:

— Une alerte aérienne! Venez vite, les filles! Suivez-moi de près!

Il s'élança au pas de course, comme tout le monde.

Derrière eux, les grandes portes de la gare s'ouvrirent et une véritable marée humaine en jaillit. Les deux filles furent emportées par la foule et perdirent Johann Schmiedinger des yeux. Kathi le vit encore se tourner vers elles et tenter désespérément d'avancer à contre-courant. Une seconde plus tard, la masse mouvante l'avait avalé.

En cet instant de grand danger, Kathi eut la présence d'esprit de faire passer Franzi devant elle, d'une part pour la protéger de son corps et d'autre part pour ne pas la perdre. Elle l'entoura de ses bras et elles furent poussées, bousculées, collées contre d'autres. Personne n'avance vraiment quand tout le monde est si pressé.

Tout à coup, un cri d'horreur retentit. L'alerte se répandit dans la foule comme une traînée de poudre. «Les chevaux! Les chevaux deviennent fous!»

Les cris affreux des fuyards se mêlèrent aux hennissements des bêtes paniquées. Les charrettes s'élancèrent à travers la foule, incontrôlables, renversant tous ceux qui se trouvaient sur leur passage. Kathi et Franzi étaient emprisonnées par la cohue affolée qui les poussait en tous sens, les broyant presque. À deux mètres d'elles, une carriole traça un sillon mortel dans la masse humaine en fuite. Kathi saisit sa chance et se précipita à la suite de la charrette, faisant avancer Franzi au milieu des corps étalés au sol et des bagages perdus. Sans trop savoir comment, elles atteignirent le bord de la place. Une fois hors de l'épicentre de la panique, elles se pressèrent contre un mur et tâchèrent de reprendre leur souffle.

Des coups de sifflet vinrent s'ajouter aux sirènes toujours hurlantes: des agents de sécurité indiquaient aux gens les abris antiaériens les plus proches. Kathi et Franzi descendirent en trébuchant les marches en béton d'une cave.

Le bombardement qui suivit fut la pire chose que Kathi ait jamais vécue. Elle ne parvenait pas à comprendre qu'on puisse supporter cela plusieurs fois: être serrée dans une pièce obscure pleine d'inconnus terrifiés, des bombes tombant tout autour, faisant trembler les murs et ruisseler le plâtre sur les têtes. Ignorer si on reverrait jamais la lumière du jour ou si, à la seconde suivante, on se retrouverait enterré sous des tonnes de gravats. Les mères tentaient de rassurer leurs enfants, d'autres restaient assis là, apathiques, le regard dans le vide. Les plus âgés cherchaient le réconfort dans la prière. Chaque bombe qui tombait ébranlait Kathi au plus profond d'elle-même. *Voilà donc ce qui arrive quand des gens tuent des gens*, pensa-t-elle. Les pilotes ne voyaient pas les visages de ceux qu'ils assassinaient, ne voyaient ni leur peur ni leur désespoir, ne voyaient pas les êtres humains. Ils ne faisaient qu'obéir aux ordres. Kathi se dit qu'Anton aussi avait voulu devenir pilote. S'il n'était pas mort, serait-il lui aussi en train de larguer des bombes sur des villes ennemies et des gens sans visage ?

Elle serra encore plus fort contre elle sa petite sœur tremblante et lui bourdonna à l'oreille son histoire préférée de l'Indien Winnetou. Franzi se calma peu à peu, et s'endormit au moment où Winnetou et son ami Old Shatterhand devenaient frères de sang.

Elles durent patienter presque deux heures jusqu'à la fin de l'alerte. Kathi avait constaté avec effroi la disparition de la sacoche contenant tout leur argent et leurs tickets de rationnement, petite catastrophe au milieu de la grande. Il ne leur restait plus que les quelques pièces que Franzi portait à son cou et les vivres du sac à dos. Dès la fin de l'alerte, les premiers occupants de l'abri se ruèrent vers la porte, mais l'agent de sécurité essaya en vain de l'ouvrir. Apparemment, elle était voilée, sans doute abîmée par les débris, et bloquée.

Une jeune femme avec un nourrisson dans les bras hurla : « On va tous mourir ici ! » Elle pleura et se lamenta, incapable de se calmer, jusqu'à ce qu'une femme plus âgée la gifle, interrompant abruptement son dernier cri. La plupart ignorèrent la jeune mère. Apparemment, ce genre de spectacle était quotidien, et les gens blasés. Chacun avait bien assez à faire avec soi-même pour ne pas, en plus, se préoccuper des tragédies des autres.

Kathi berçait Franzi endormie, étrangement apaisée par sa présence. Une fois de plus, elle se réjouissait que sa sœur sache ainsi se mettre à l'abri des soucis et des malheurs de ce monde.

Pendant ce temps, dans l'entrée, on discutait avec animation, émettant toutes sortes de suppositions. Kathi tendit l'oreille. L'agent de sécurité et quelques autres étaient convaincus que, là-haut, on dégageait déjà les débris pour leur venir en aide. Peut-être disaient-ils cela pour remonter autant que possible le moral des ensevelis. Au bout d'un moment, ils entendirent bel et bien des pierres bouger, à l'extérieur. Tous reprirent espoir.

Vers minuit, ils furent enfin libérés. Tous remontèrent à la surface à bout de forces et à moitié asphyxiés par la poussière. Quelqu'un prit Franzi des bras de Kathi et la porta en haut. Dehors, l'air était à peine moins étouffant et la fumée piquait les yeux. Kathi regarda autour d'elle. Les bombes avaient tracé un sillon de désolation. Des ruines fumantes s'étalaient à présent là où, plus tôt dans la journée, s'élevaient encore des bâtiments. La gare brûlait toujours, et alentour, d'autres incendies illuminaient le ciel nocturne. Non loin de là, Kathi vit un cheval mort que plusieurs personnes armées de couteaux dépeçaient déjà. Elle se détourna de ce spectacle lugubre et trébucha l'instant d'après sur un cadavre humain. Quelqu'un l'avait recouvert de papier goudronné, mais ses pieds chaussés de pantoufles en dépassaient.

Au milieu de toute cette mort, l'agitation régnait. Les blessés étaient soignés sur place ou emmenés, des femmes du Secours populaire national-socialiste passaient au milieu de la foule et distribuaient du thé.

— Qu'est-ce qu'elle a, cette petite ? demanda une femme au brassard orné d'une croix rouge.

— Rien, elle dort, c'est tout, répondit Kathi.

— Et toi ?

— Moi, ça va.

— Tu saignes. Laisse-moi voir... Bon, c'est juste une éraflure.

Elle lui nettoya la joue, la pansa, puis partit soigner d'autres blessés.

Kathi réveilla sa sœur, qui toussa en crachant une bonne quantité de poussière. Kathi aussi avait la gorge irritée. Elle demanda deux gobelets de thé et elles s'assirent un peu à l'écart, sur le bord d'une baignoire renversée. Kathi devait réfléchir, mais elle demanda d'abord à Franzi :

— Tu as faim ?

Elle ouvrit le lourd sac à dos et s'exclama :

— Qu'est-ce que c'est que ça ?

Effarée, elle brandit l'atlas routier de sa sœur. La petite l'attrapa et le serra contre elle comme un trésor, un air de défi sur le visage. Quand elles avaient préparé leur paquetage, Kathi lui avait expliqué qu'elle ne pouvait pas emporter son livre adoré, trop lourd. Comme Franzi s'était obstinée, Kathi lui avait dit qu'elle aurait bien voulu prendre son accordéon mais était obligée de le laisser à la maison.

Et pourtant, la petite avait ôté en cachette une partie des aliments du sac pour y mettre son atlas !

— Eh bien tant pis, à partir de maintenant, il n'y aura que des demi-portions ! dit Kathi avec sévérité. Ne viens pas te plaindre si tu as faim.

Franzi avait aussi emporté un gros bocal de poires au sirop. Leurs provisions s'en trouvaient réduites de moitié. En plus de pain, de fromage, de viande fumée et de gâteau aux fruits secs, elle trouva un sachet des herbes spéciales de Dorota, délicieuses en tisane et souveraines contre le rhume et les maux d'estomac. Kathi les renifla, déjà prise du mal du pays.

Pour réduire un peu le poids du sac à dos, elles mangèrent les poires et burent le sirop, qui leur adoucit la gorge.

Il fallait à présent retrouver Johann Schmiedinger. Kathi avait appris son adresse par cœur, la tâche n'avait donc rien d'impossible. Mais comment se diriger dans cette ville inconnue ? Elle somma sa sœur de ne pas bouger et s'adressa à l'infirmière. Celle-ci lui indiqua une membre du Secours populaire qui connaissait le quartier en question.

— Mais c'est à l'autre bout de la ville, objecta-t-elle.

— Ça ne fait rien, répondit Kathi, ma sœur et moi, on est de bonnes marcheuses.

— Vous ne devriez pas partir à cette heure-ci. Les nuits comme celle-ci, les pillards sont partout. Vous savez où dormir ?

— Non.

— Alors attendez-moi là. Quand j'aurai fini, je vous emmènerai dans un refuge.

Le refuge se révéla être une école réaffectée. On attribua aux deux sœurs des lits superposés, mais Franzi vint aussitôt se blottir sous la couverture de Kathi. La petite toussait toujours, tourmentée par la poussière inspirée.

À leur arrivée, on leur avait demandé leurs papiers pour les inscrire. Ils avaient disparu avec le sac de poitrine de Kathi pendant le bombardement, ce qu'elle déclara sans mentir. Pourtant, sans pouvoir s'expliquer pourquoi, elle donna de faux noms à la femme de l'accueil. Peut-être parce que, dans cette ville en ruines, elle se sentait si étrangère qu'elle ne savait plus qui était Katharina Sadler de Petersdorf ? C'est ainsi qu'à Berlin, les deux sœurs devinrent Karla et Ida May. La préposée, épuisée, inscrivit les deux noms au registre et leur montra leurs lits.

Au matin, on leur donna pour tout petit déjeuner une tasse de thé et une tartine de margarine avec une cuillerée de confiture à l'aspect et au goût de colle. Kathi aurait bien aimé se changer, mais comme la valise contenant leurs vêtements avait disparu avec Johann Schmiedinger, elle dut garder son uniforme de la BDM. Elle l'avait nettoyé du mieux possible avant de se coucher; il n'y avait pas d'eau pour faire sa toilette.

Les filles se mirent en route.

Kathi avait pardonné son subterfuge à Franzi. L'atlas leur était finalement très utile; il contenait un plan des rues des plus grandes villes du pays. Quand Kathi tourna les pages, un feuillet s'en échappa. C'était le laissez-passer trouvé dans la sacoche de Ferdinand von Schwarzenbach. Franzi s'en était saisie alors et plus personne n'y avait pensé depuis. La petite le reprit et, avec un sourire rusé, le fourra vivement dans le sachet qu'elle portait à son cou. Kathi, heureuse de voir son visage s'éclairer pour la première fois depuis des jours, l'embrassa sur le front. Puis elle examina de nouveau le plan de Berlin. Grâce à lui, elles trouvèrent leur chemin dans la ville en partie détruite et finirent par atteindre la banlieue où le frère du père Berthold vivait dans une modeste maison mitoyenne.

La bonne nouvelle: la maison était toujours debout. La mauvaise: on était en train de la vider. Cinq ou six hommes en uniforme en sortaient meubles et cartons. Kathi vit deux d'entre eux porter péniblement un lourd tapis, un autre passa avec une jolie pendulette de cheminée. La voisine de gauche, une femme en robe de chambre et bigoudis, observait l'opération depuis le pas de sa porte. Un homme en long manteau de cuir surgit à cet instant de la maison de Johann Schmiedinger, aperçut la matrone curieuse et se dirigea vers elle.

Kathi saisit fermement la main de Franzi, et elles dépassèrent la maison en restant sur le trottoir d'en face. Elle chercha des yeux le docteur Schmiedinger sans le voir nulle part. Son cabinet avait sans doute été au rez-de-chaussée : un homme à l'uniforme surmonté d'une blouse blanche flottante approcha un camion de livraison de la maison et deux autres y chargèrent une chaise de dentiste et divers appareils. On aurait pu croire à un déménagement banal si tous ces hommes n'avaient pas porté l'uniforme brun. Les deux sœurs durent attendre un long moment que les soldats disparaissent.

Kathi alla alors courageusement sonner chez la voisine. Son jardinet était envahi de nains en plâtre munis de pelles, de râteaux et de lanternes. Pas de Blanche-Neige en vue.

— Il n'y a rien à quémander ici, grogna la mégère, un mégot de cigarette collé aux lèvres.

Alors qu'elle s'apprêtait à refermer la porte, Kathi glissa son pied dans l'encoignure.

— Nous ne voulons pas quémander. S'il vous plaît, nous cherchons le docteur Johann Schmiedinger, dit Kathi poliment.

— Tiens donc ? Il n'y a pas que vous ! s'exclama la femme. Qu'est-ce que vous lui voulez ?

— Lui rendre visite.

— Voyez-vous ça. Vous feriez mieux de ficher le camp d'ici. Il est recherché par la Gestapo. Je ne sais rien de plus.

Cette fois, elle fut plus rapide que Kathi et lui claqua la porte au nez. Franzi bourdonna.

— Non, répondit Kathi, elle n'est pas méchante, elle a juste peur. Viens, on s'en va.

Franzi refusa de bouger et bourdonna : *Je veux un nain !*

Kathi fut forcée de lui expliquer pourquoi c'était impossible, puis elle entraîna une Franzi récalcitrante jusqu'à une rue voisine. Peu après, elles étaient derrière la maison de Schmiedinger. Chacun des petits bâtiments mitoyens disposait d'un jardinet. La surface de gazon fit à Kathi l'effet d'un mouchoir de poche ; à lui seul, le potager de Dorota était trois fois plus grand. Elle s'étonna qu'on puisse vivre ainsi, les uns sur les autres. Kathi expliqua son plan à sa sœur.

— On attend qu'il fasse sombre puis on entre dans le jardin. Cette nuit, on reste dans la maison.

Pourquoi ?

— Parce que le frère du père Berthold nous cherchera ici.

S'il a survécu au bombardement. S'il n'est pas à l'hôpital, blessé. S'il n'a pas été emmené comme ses meubles. Ça faisait beaucoup de *si*, mais c'était tout ce qu'elles pouvaient espérer pour le moment.

Où a-t-il emporté notre valise ?

— Je ne sais pas.

Il est parti en voyage ?

— Je ne sais pas, répéta Kathi. Viens, Franzi, on va se trouver un bon endroit pour attendre.

Je veux rentrer à la maison. Il n'y a pas d'abeilles, ici.

La journée fut longue. Kathi avait d'abord pensé utiliser leurs dernières pièces pour appeler chez elles ; peut-être le frère du père Berthold avait-il entre-temps téléphoné à Petersdorf. Dans le cas contraire, elle ne ferait que plonger sa mère dans l'angoisse. *Et puis, les choses pouvaient encore s'arranger*, se dit-elle pour tenter de se rassurer.

Le soir venu, elles entrèrent discrètement dans le jardin et pénétrèrent dans la maison par la petite fenêtre de la cave. Elles cherchèrent de quoi manger afin d'économiser un peu de leurs provisions, mais le garde-manger avait été pillé. Du moins y avait-il encore le courant, et Kathi trouva une petite réserve d'eau dans le cabinet médical abandonné. Elle prépara un thé aux herbes qui fit du bien à Franzi : sa toux devint moins sèche.

Enfin, Kathi arrangea une couche pour sa sœur dans le salon. Il ne restait pour tout mobilier qu'une bibliothèque renversée. Le meuble était trop lourd pour qu'elle puisse le redresser, et elle empila donc les livres contre le mur. Elle trouva dans le cabinet quelques serviettes et blouses qu'elle arrangea en un nid douillet par terre, devant la porte menant à la terrasse. Franzi s'y blottit et s'endormit vite, son atlas serré contre elle.

Kathi n'avait pas fermé l'œil depuis deux nuits et se préparait à de nouvelles heures sans sommeil. Le cœur battant, elle resta aux aguets dans le silence pesant, seulement interrompu par la respiration familière de sa sœur endormie. La terreur que les sirènes se remettent à hurler la tenait éveillée. Mais épuisée comme elle l'était, elle dut finir par somnoler un moment, car elle se réveilla soudain en sursaut sans savoir où elle se trouvait. Elle regarda autour d'elle, perdue, avant de se rappeler, puis elle posa les yeux sur Franzi.

La petite dormait paisiblement, la tête sur son atlas, un nain de jardin dans les bras. *Un nain de jardin !* Kathi était effarée. Franzi avait recommencé ! Elle était sortie et revenue sans réveiller sa sœur.

Il fallait qu'elle remette le nain à sa place avant que la voisine remarque sa disparition et donne l'alerte ! Kathi jeta un coup d'œil à travers la porte-fenêtre de la terrasse. La nuit était d'un noir d'encre. Le black-out obligatoire effaçait toute vie dans cette ville des morts, pensa Kathi en frissonnant à l'idée de quitter la sécurité de la maison. Elle n'avait pourtant pas le choix.

Elle se glissa par la porte de devant, avança à pas de loup jusqu'au jardinet voisin et y posa le nain avant de revenir à la hâte chez le dentiste. Il lui fallut moins d'une minute, mais son cœur battait comme après un marathon.

Au matin, Franzi ne posa pas de question. Elle avait l'habitude que les objets qu'elle chapardait redisparaissent aussi sec. Parfois, Kathi se demandait si c'était précisément ce qui lui plaisait dans ces petits larcins, posséder les objets un instant avant qu'ils ne s'évaporent de nouveau.

Elle résolut d'attendre une journée de plus dans la maison de Johann Schmiedinger, repoussant ainsi consciemment le moment de prendre une décision. La responsabilité pesait lourd sur ses épaules, et en plus de la fatigue, elle était enrhumée. Franzi toussait moins mais avait elle aussi la goutte au nez. Bientôt, elles n'eurent plus un mouchoir propre. Kathi découvrit une édition du *Dernier des Mohicans* et le lut à Franzi des heures durant. Elle prépara plusieurs fois de la tisane aux herbes, et le soir venu, elles se sentaient déjà mieux. Franzi allait même si bien que le matin suivant, sa sœur eut la surprise de trouver un nouveau nain de jardin dans ses bras. Une fois de plus, Kathi fut obligée d'aller le remettre à sa place.

Cette fois, l'aube pointait déjà, et il lui sembla que des yeux inconnus l'observaient de la maison d'en face. Il fallait qu'elles quittent cet endroit où elles avaient déjà passé beaucoup trop de temps. Tout en elle se révoltait à cette idée. Non seulement c'était le seul endroit où elles avaient une chance de retrouver le frère du père Berthold, mais cette maison était leur forteresse. Elle leur avait donné un semblant de sécurité, les protégeant de la grande ville où tout leur était étranger, où l'air ne sentait pas le printemps et où les oiseaux ne chantaient pas. Tout était exigu, chaotique et poussiéreux, tout le monde était méfiant.

Chaque jour passé là aggravait le risque d'être découvertes, et Kathi redoutait par ailleurs de devoir ôter chaque matin un nain de jardin des mains de sa sœur. Après une dernière tasse de tisane et une part de gâteau aux fruits, elle se mit à empaqueter leurs maigres possessions.

Soudain, deux voix sonores retentirent dehors, devant la maison. L'une était celle de la voisine.

— Croyez-moi, sergent ! Il y a des vagabonds installés là-dedans ! Et ils me volent mes nains de jardin !

— Ma bonne dame, nous sommes en guerre. Que voulez-vous que je fasse ? Publier un avis de recherche pour vos nains ?

L'homme eut un rire moqueur, puis des clés cliquetèrent. Kathi attrapa son sac à dos de la main droite, sa sœur de la gauche, et elles s'enfuirent par le jardin. Une fois dans la rue suivante, Franzi refusa catégoriquement de faire un pas de plus.

Je veux rentrer à la maison.

Kathi enfila son sac à dos par-devant, comme elle avait vu le faire le merveilleux M. Levy, puis elle s'accroupit et dit :

— Allez, monte.

Franzi grimpa aussitôt sur son dos et Kathi la porta sur plusieurs centaines de mètres, malgré la douleur et l'épuisement. Au bout de la rue, elle déposa sa sœur sur une petite pelouse. Un homme promenant son chien passa à côté d'elles et leur jeta un bref coup d'œil, mais son compagnon à quatre pattes lui importait davantage. Kathi loucha vers l'animal. Oskar lui manquait.

Même si ce quartier de banlieue avait jusqu'à présent été épargné par les bombes, la guerre avait laissé son empreinte partout. Les fenêtres étaient soit barricadées soit aveuglées au papier goudronné, seaux et sacs de sable s'empilaient dans les jardinets. Kathi s'aperçut qu'en ville, les gens remuaient différemment, comme si leurs affaires ne pouvaient supporter le moindre retard. À Petersdorf, personne ne se hâtait. Les villageois suivaient le flot du temps sans chercher à lui échapper. Leur rythme de vie était celui de la nature et des bêtes dont ils avaient la responsabilité. Ici, en ville, tout le monde semblait pressé. C'était une douce journée de printemps, et pourtant personne n'en profitait pour se promener.

Franzi tira sur sa jupe.

Je veux rentrer à la maison.

— Je sais, mon petit lézard.

Kathi donna un caramel à sa sœur. Elle aussi aurait aimé rentrer, mais elle n'était pas encore prête à baisser les bras. Une femme les attendait à l'ambassade suisse de Bruxelles, à huit cents kilomètres de là. Elles devaient trouver le moyen d'y aller. Mais sans l'aide de Johann Schmiedinger, sans papiers et sans argent, la capitale belge paraissait encore plus lointaine que la Lune.

Le laissez-passer lui rappela ce que Ferdinand von Schwarzenbach lui avait dit avant de prendre congé : elle pouvait l'appeler à tout moment si elle avait besoin d'aide. Il lui avait donné un nom, celui du vieux Wilhelm. La carte de Ferdinand était dans sa table de chevet, à la maison, mais elle se souvenait du numéro – elle n'oubliait jamais un nombre. Elle trouva le bureau des postes le plus proche et demanda à être mise en relation avec le numéro de Potsdam.

Une voix traînante avec un accent ressemblant à celui de Dorota répondit :

— Palais du *Feldmarschall* Franz-Josef von Schwarzenbach, *Heil Hitler.*

— Ici Katharina Sadler. Je suis une amie du petit-fils du *Feldmarschall*, M. Ferdinand von Schwarzenbach.

Il m'a dit que je pouvais m'adresser au vieux Wilhelm si j'avais besoin d'aide. Pourrais-je lui parler, s'il vous plaît ?

— Oh, euh, ah, fit la voix. Je suis Wilhelm, mais le moment est très mal choisi, mademoiselle. (La voix baissa pour prendre un ton plus confidentiel.) S'il vous plaît, pouvez-vous rappeler plus tard ?

— Je n'ai pas assez d'argent et...

Kathi ne put pas terminer sa phrase : une voix coupante retentit à l'autre bout du fil, manifestement dans le dos de son interlocuteur :

— Halte ! À qui parlez-vous ? Donnez-moi ça ! Qui est à l'appareil ?

— Karla May, mentit Kathi. J'aimerais parler à Ferdinand von Schwarzenbach, répéta-t-elle sans s'effrayer.

— Où êtes-vous ? Nous venons vous chercher.

Kathi raccrocha. Elle ignorait à qui elle venait de parler, mais elle connaissait ce ton.

Elle paya la communication avec leurs dernières pièces. Que faire, maintenant ? Sans argent, impossible de poursuivre leur route. Il fallait qu'elle échange un peu de l'or qu'elle avait dans sa doublure. Mais comment ? Elle ne connaissait rien ni personne, ici. N'y avait-il pas à Berlin quelque chose comme le bazar que le père Berthold organisait jadis chaque mois ? À l'école, on murmurait qu'en ville, ça s'appelait « marché noir », mais que c'était très mal vu et que les échanges avaient lieu dans des endroits secrets. Comment trouver un lieu secret quand on était soi-même étranger en ville ? Qu'avait dit sa grand-mère Charlotte ? Les gamins des rues, ça sait tout. Le mieux était de s'adresser à un des gosses qui erraient dans les ruines à la recherche de tout ce qui pourrait leur servir. Elle choisit un petit maigrelet en culottes courtes accroupi sur un tas de briques, en train de bricoler un lance-pierre. Il avait l'air malin.

— Qu'est-ce que tu as à troquer ? demanda-t-il aussitôt.

Sa bouille toute plissée rappela à Kathi les nains de jardin de la mégère.

— Je ne te le dirai pas, mais je peux t'aider avec ton lance-pierre.

Le gamin fit la grimace, trouvant apparemment qu'il y perdait au change.

— Je veux ma part du marché, fit-il.

Ce ton-là aussi, Kathi le connaissait. Le gosse parlait comme Charlotte.

— Tu auras ta part quand le marché sera fait.

— Combien ? insista-t-il en louchant vers le sac à dos.

— Je le saurai seulement une fois l'affaire conclue. Chez nous, là d'où je viens, les gens se font confiance.

— Et tu viens d'où ?

— De Petersdorf, en Silésie.

— Jamais entendu parler. C'est loin ?

— À la frontière de la Pologne.

Le gamin fit encore la grimace puis bondit de son tas de briques.

— Bon, d'accord. Retrouve-moi ici à 6 heures ce soir. Je t'emmènerai sur le lieu d'échange. Pourquoi ta sœur a une tête pareille ? Vous l'avez croisée avec un lézard, en Pologne ?

Franzi bourdonna.

— Ma sœur trouve que tu as une tête de nain de jardin. À tout à l'heure, 6 heures !

Franzi tiraillа sur la jupe de sa sœur : *Je veux rentrer.*

— Je sais, ma chérie.

À 7 heures ce soir-là, Kathi était riche d'une nouvelle expérience. Franzi et elle s'en étaient sorties de justesse, grâce à son instinct.

Le quartier où le gamin les emmena lui parut tout de suite louche. Franzi ne cessait de la tirer dans le sens inverse, et Kathi répugnait à entraîner sa sœur contre son gré. Elle ne trouvait plus au gosse l'air malin, mais sournois, et quand ils arrivèrent devant une ruelle obscure où il s'effaça pour la laisser entrer la première, elle hésita. Franzi en profita pour lui échapper et reprendre en courant le chemin inverse. Kathi se lança à sa poursuite.

— Hé ! s'exclama le gamin.

Elle se retourna brièvement et vit un homme aux cheveux blancs armé d'une hache surgir de la ruelle, suivi d'un jeune homme qui brandissait un long bâton. Elle comprit qu'elles venaient d'échapper à une agression. Leurs provisions ne dureraient plus que quelques jours, elles n'avaient pas de tickets de rationnement et pas d'argent. Juste une fortune en or cousue dans son uniforme. De l'or qu'elles ne pouvaient pas manger ni échanger sans danger. Kathi aurait pris le risque de continuer à chercher le marché noir, mais pas avec Franzi. Elle ne voulait plus l'exposer à un tel risque et ne pouvait pas non plus la laisser seule. Kathi serra le poing autour de la pièce d'or qu'elle avait sortie de sa cachette durant l'après-midi. Si précieuse, si inutile. Mais elle n'était toujours pas prête à abandonner. Elle repensa aux adieux de leur mère, à la douleur dans ses yeux et à son corps qui tremblait de chagrin réprimé, forcée qu'elle était d'envoyer au loin ses deux enfants. Franzi en voulait toujours à Anne-Marie, ne parlait pas d'elle, ne demandait pas de ses nouvelles. Sa propre mère l'avait rejetée et envoyée dans un monde inconnu, ainsi voyait-elle les choses. Elle ne comprenait pas qu'elle l'avait fait par amour, pour protéger ses filles de la malveillance d'Elsbeth. Kathi se demandait dans quelle mesure sa petite sœur ressentait ce qu'elle-même voyait depuis longtemps comme une évidence. Le voile masquant les événements à venir s'était soulevé pour Kathi le temps d'un battement de cils. Mais contrairement à Dorota, elle ne tenait pas ses connaissances d'un flot d'images jailli soudain dans sa tête. Kathi se composait une mosaïque de savoir en suivant les règles simples de la logique.

D'abord, ce ne furent que des fragments, de brefs extraits incompréhensibles, des observations, et il lui fallut un moment pour distinguer le tableau dans son ensemble : la manière inédite qu'avaient sa mère et sa grand-mère de tenir des conciliabules, changeant de sujet quand Kathi entrait dans la pièce. Elle avait vu la vie revenir peu à peu dans les yeux de sa mère, et emplir Anne-Marie d'une confiance pas seulement due au projet de fuite de ses filles. Et le sourire sur son visage quand elle avait appris l'existence du trésor… On aurait dit un rayon de soleil surgissant derrière les nuages. Kathi avait alors compris que sa mère pensait aux nouvelles opportunités que lui offrait cet or, comme si ce qui n'avait jusqu'à présent été qu'une utopie devenait soudain accessible. Sa mère avait un grand projet ! Et Kathi croyait savoir lequel : Anne-Marie voulait retrouver leur père, le récupérer. Mais elle ne pourrait le faire qu'une fois ses filles à l'abri d'Elsbeth Luttich. Il était donc hors de question de rentrer à la maison, d'autant qu'elle risquait aussi des représailles pour n'avoir pas intégré son année de service agricole. Bruxelles, d'un autre côté, impliquait de passer une frontière et des contrôles renforcés. Voilà pourquoi Kathi pensa à Potsdam. Si elles y parvenaient, le vieux von Schwarzenbach les aiderait sûrement. Elle n'avait pas oublié l'espèce de mot de passe lancé par sa grand-mère, le « temple d'Aphrodite ». Kathi consulta l'atlas routier. Potsdam était à environ trente-cinq kilomètres. Ce n'était pas si loin, mais à pied avec Franzi…

Ce ne serait de toute façon pas pour aujourd'hui, la nuit arrivait. Il leur fallait un endroit pour dormir. Franzi était fatiguée, elle avait le nez qui coulait et toussait de nouveau d'une manière inquiétante. Elles retournèrent au refuge où elles avaient passé leur première nuit. Une infirmière assez âgée arpentait les allées entre les lits.

— Qu'est-ce qu'elle a, cette petite ? demanda-t-elle en faisant pivoter le visage de Franzi vers la lumière.

Celle-ci lui échappa avec un bourdonnement de protestation et se blottit sous sa couverture. L'infirmière était la seconde à s'étonner de l'étrangeté de Franzi. Au fil des ans, la petite tache au-dessus de sa lèvre avait grossi pour s'étendre à toute sa joue droite. Les habitants de Petersdorf étaient habitués à elle ; on finit par ne plus voir ce que l'on voit souvent. Ici, en terrain inconnu, Franzi sautait aux yeux.

— Franzi tousse et a le nez qui coule, répondit Kathi. Vous auriez du sirop contre la toux, s'il vous plaît ?

Franzi en avala une cuillerée puis s'endormit.

Le petit déjeuner fut une fois de plus très modeste, et Franzi bourdonna : *J'ai faim*. Cela rassura Kathi : son rhume ne devait donc pas être si grave.

— Que veux-tu manger ?

Du gâteau aux fruits.

Il avait glissé tout au fond du sac à dos, et pour l'atteindre, Kathi dut en extraire le jambon fumé et le saucisson. Malgré l'emballage soigneux de Dorota, le saucisson s'était libéré de son torchon protecteur. À leur table, le silence se fit. Tous les regards étaient braqués sur la charcuterie. Kathi n'eut pas le cœur de remettre le saucisson dans son sac. Elle l'abandonna à leurs compagnons d'infortune, remballa le jambon puis entraîna Franzi dans un coin tranquille et lui tendit un morceau de gâteau. Le reste, elle le mit dans sa boîte à tartines ronde qu'elle attacha sous son chemisier, pour ne pas avoir à rouvrir le sac à dos et éveiller ainsi de nouvelles convoitises. Elle donna encore un caramel à Franzi pour avoir le temps de réfléchir calmement, mais sa sœur recracha le bonbon tout baveux et gazouilla : *C'est dimanche, aujourd'hui. On va à la messe ?*

— Franzi, tu es un génie ! s'écria Kathi en la serrant dans ses bras.

Pourquoi n'y avait-elle pas pensé elle-même ? Elles allaient demander à un prêtre de les aider à échanger leur or. Elle se fit indiquer l'église la plus proche par la femme du Secours populaire, et les deux sœurs se mirent en route.

On va voir le père Berthold ? s'enquit Franzi.

— Non, on va dans une autre église.

Le père Berthold a une autre église ?

Kathi eut toutes les peines du monde à expliquer à sa sœur, qui ne connaissait que le clocher de Petersdorf, que Dieu avait plusieurs maisons et qu'il y avait donc plus d'un curé. Ce principe de multiplication ne sembla pas plaire à Franzi.

La première église se révéla pleine à craquer, utilisée en partie comme infirmerie et en partie comme refuge. Au lieu d'embaumer l'encens et la cire, la nef sentait les déjections humaines en tout genre.

Elle pue, cette église, bourdonna Franzi.

Il leur fallut un moment pour trouver le curé. Une dame en manteau de fourrure l'accaparait, se plaignant de l'insolence qu'elle voyait à être appelée « sans domicile ». Elle avait été bombardée, voilà tout, et elle n'appellerait plus jamais Göring autrement que « Meier[1] » !

_____

1. On prétend qu'Hermann Göring avait affirmé au début de la guerre que si les Alliés parvenaient un jour à bombarder Berlin, il « voulait bien s'appeler Meier ». À partir de 1942, la population allemande se mit à faire un large usage de ce sobriquet.

Le prêtre ne l'écoutait que d'une oreille, au sens propre du terme : il n'en avait plus qu'une. La cicatrice avait mauvaise mine, tout comme le curé, dont le visage pendait mollement comme celui d'un homme ayant beaucoup maigri en très peu de temps. Il échappa à l'indignée en enjambant à la hâte quelques personnes allongées par terre. Dans la foule, Franzi à la traîne, Kathi aurait eu du mal à ne pas le perdre des yeux s'il n'avait pas été presque aussi grand qu'Oleg, qui dépassait de tout attroupement comme un plant de maïs dans un champ de trèfle.

— S'il vous plaît, monsieur le curé, dit Kathi quand elle l'eut enfin rattrapé, je dois vous parler.

— Eh bien vas-y, ma petite, répondit le prêtre en se penchant vers elle.

Kathi hésitait à sortir sa pièce d'or au milieu de la foule.

— Euh, est-ce que je pourrais vous parler seul à seule ?

— Tu veux te confesser ?

— Euh, non, je…

— Ah, fit le prêtre, je vois.

Il venait de poser les yeux sur la blouse de Kathi arrondie par la boîte qu'elle cachait en dessous. Il fit signe à une infirmière.

— C'est elle qui s'occupe de ce genre de choses. La prochaine fois, tu réfléchiras avant de batifoler.

Il repartit aussitôt à grands pas, enjambant d'autres corps. Cette fois-ci, Kathi était trop stupéfaite pour le suivre.

— Viens, Franzi, fit-elle. On va se trouver une autre église.

Mais ce jour-là, elles jouèrent de malchance. L'église suivante avait été bombardée, et dans celle d'après, il n'y avait pas de curé. On leur assura toutefois qu'il ne tarderait plus. Là aussi, le chaos était complet. Les deux sœurs patientèrent une demi-journée au milieu d'une foule d'inconnus. On leur donna à manger et une tasse de thé chaud puis, à leur grande surprise, elles virent arriver le prêtre qui avait cru Kathi enceinte. Il s'occupait aussi de cette paroisse, le curé d'origine ayant péri lors d'un récent bombardement.

Cette journée n'avait pas réussi à Franzi. Elle toussait et reniflait, mais une infirmière ne lui trouva pas de fièvre. Kathi résolut de rester dans l'église jusqu'au lendemain matin pour permettre à sa sœur de se reposer.

Tard le soir, les sirènes se mirent à hurler. Une fois de plus, elles descendirent à la hâte les marches d'un abri, écoutèrent en tremblant les tirs de barrage de la défense antiaérienne et les bombes qui tombaient, précédées de sifflements stridents. Cette fois, Franzi fut prise de convulsions, poussa des gémissements suraigus et se débattit, ce qui inspira bien peu de compassion aux autres occupants du bunker. Une infirmière finit par avoir pitié d'elle et par lui faire une piqûre de calmant.

Quand elles retournèrent à l'église, le lendemain matin, Kathi avait pris sa décision : elles allaient quitter cette horrible ville.

Dans l'abri, elles avaient retrouvé la femme au manteau de fourrure, à présent vêtue d'un manteau de lin qui avait vu des jours meilleurs. Kathi n'hésita pas à l'interroger et la dame lui répondit volontiers, les accompagnant même jusqu'au marché noir. Kathi put enfin échanger sa pièce d'or, et même si elle se fit escroquer, elle récolta assez pour deux billets de train.

Malgré le bombardement, la gare d'Anhalt avait rétabli le service. Des malheureux aux yeux enfoncés dans les orbites, vêtus de sortes de pyjamas d'hôpital usés jusqu'à la corde, évacuaient péniblement les gravats et apportaient des matériaux de construction pour réparer les rails et les traverses sous la surveillance d'hommes armés. Ça sentait la poussière, le feu refroidi et quelque chose d'indéfinissable qui donna la nausée à Kathi.

À la gare régnait la même cohue que le jour de leur arrivée, et les files d'attente des guichets s'étiraient jusqu'à la rue. Pour Franzi, ce fut une nouvelle épreuve. Elle toussait à n'en plus finir. Quand leur tour vint enfin, l'après-midi était déjà bien entamé. Une fois face au préposé, Kathi, sur une impulsion, s'enquit du prix des deux trajets : Potsdam et Gliwice via Wrocław. Aussitôt, près d'elle, Franzi bourdonna : *Je veux rentrer à la maison !*

Kathi ne rêvait que de cela, mais leur odyssée aurait alors été vaine. Elle demanda quel train partait le premier : c'était celui pour Wrocław, une demi-heure plus tard. Le prochain train pour Potsdam partait une heure après, mais il était complet.

— Eh oui, ma petite demoiselle, fit le préposé d'un ton las. Tout le monde veut quitter la ville.

Kathi décida d'appeler une nouvelle fois le palais von Schwarzenbach, à Potsdam, et demanda qu'on lui indique la cabine téléphonique la plus proche.

Là aussi, il fallut faire la queue. Quand ce fut enfin leur tour, craquements et grésillements retentirent un bon moment sur la ligne avant que la liaison aboutisse. La même voix à l'accent traînant de Bohème résonna dans le combiné :

— Palais du *Feldmarschall* Franz-Josef von Schwarzenbach. *Heil Hitler*.

— Ici Katharina Sadler. J'ai déjà…

— Oh, euh, oh…, la coupa la voix. Je regrette beaucoup, chère mademoiselle, d'avoir à vous informer que M. le *Feldmarschall* von Schwarzenbach a rendu l'âme hier. Il n'a pas surmonté la perte de son petit-fils.

— Ferdinand est tombé ? s'exclama Kathi, boule-versée.

Près d'elle, Franzi fondit en larmes.

— Non ; le jeune monsieur est passé à l'ennemi.

Kathi s'aperçut que cette fois-ci, le vieux Wilhelm ne parlait pas d'une voix étouffée et familière, comme lors de son premier appel, mais sur un ton très professionnel. Comme s'il récitait une formule toute faite.

— Et, mademoiselle…

Wilhelm continua d'un ton formel, bien que sa phrase suivante paraisse complètement dénuée de sens :

— Je suis chargé de vous transmettre le salut de la fausse abeille ! Elle joue maintenant au carré magique. Au revoir !

Puis la communication fut coupée avec un claquement.

Kathi reposa le combiné, songeuse. Qu'est-ce que ça voulait dire ? Comment le vieux Wilhelm connaissait-il la fausse abeille ? Et le carré magique de Milosz ? Elle aurait bien voulu y réfléchir plus longtemps mais Franzi toussait maintenant à fendre l'âme. Elle était cramoisie, et pas à cause de ses larmes : elle avait bel et bien de la fièvre. Sa petite main aussi était moite de sueur. Kathi se sentait exténuée et découragée. Il lui semblait presque que le sort voulait les empêcher de partir vers l'Ouest. Elle regarda le ciel. Le soir tombait déjà, l'air devenait humide, les nuages à l'horizon annonçaient la pluie. Son uniforme de la BDM ne la protégerait pas des intempéries. Elle le portait déjà depuis une bonne semaine et ne s'était jamais sentie aussi sale. Franzi portait depuis tout aussi longtemps ses deux couches de vêtements, que Kathi lui avait fait intervertir une fois.

Bruxelles semblait s'éloigner de plus en plus, et son dernier espoir, Potsdam, venait de s'évanouir. Le décès du grand-père de Ferdinand était bien triste, mais qu'il ait dû en plus mourir pile maintenant... Il semblait à Kathi avoir été précipitée dans un monde hostile qui la repoussait de toutes ses forces. Où qu'elle se tourne, des murs se dressaient. Leurs provisions s'amenuisaient, elles avaient froid et Franzi était malade. Le projet de leur mère, l'année de service agricole et même Elsbeth Luttich, toutes les raisons de leur fuite vers l'Angleterre n'étaient rien en regard de la béatitude que promettait un retour chez elles. Au fond d'elle, toute l'énergie de son désespoir se concentra une dernière fois. Elles avaient fait un tiers du chemin. Leurs mésaventures resteraient-elles vaines ?

Kathi prit une décision.

— Viens, Franzi !

Elles eurent plus de chance avec les trains et leurs employés qu'avec les églises et leurs curés. Le vieux contrôleur pensa à ses propres petites-filles en voyant Kathi et Franzi, et il leur trouva une place dans un compartiment agréable. Son service se terminait à leur second changement, mais il les confia à un collègue. Elles atteignirent leur destination l'après-midi suivant puis trouvèrent assez vite un cocher bienveillant qui les emmena gratuitement sur les derniers kilomètres. Dans leur désespoir, elles étaient revenues sur le lieu de leur nostalgie : Petersdorf.

57

*« J'ai choisi le combat, m'y suis engagé,
lui resterai fidèle jusqu'à ce que la terre
me recouvre. Peut-être tueront-ils mes
amis; peut-être me tueront-ils aussi. Mais
capituler: jamais, jamais, jamais! »*

Adolf Hitler

La ferme était étrangement calme dans la lumière de l'après-midi. Le coq Adolf III chantait, poules et oies gambadaient, et Kathi vit deux chats rôder entre les bâtiments, mais tout paraissait étouffé, comme si, pendant leur absence, quelqu'un avait posé une gigantesque cloche de verre sur la ferme Sadler. Elle chercha Oskar des yeux. Jamais encore elle n'était rentrée sans qu'il se précipite vers elle. Elle resta un instant plantée là, hésitante, comme le jour de la naissance de Franzi, quand elle avait eu peur de franchir la porte de la chambre. L'ignorance est souvent bien plus clémente que la certitude.

Franzi bourdonna: *Nous sommes les derniers des Mohicans.*

Kathi serra sa main encore plus fort. Elle se força à réfléchir, même s'il lui semblait qu'au moment où elle avait posé le pied à la ferme, son cerveau s'était mis à travailler plus lentement, lui aussi engourdi par la cloche de verre. Il n'était pas tout à fait 5 heures. Normalement, à cette heure-là, tout le monde était aux champs et Dorota préparait le dîner dans la cuisine.

C'est la gouvernante qui les aperçut par la fenêtre. La voir se ruer hors de la maison fut une délivrance pour Kathi.

— Par la Madone noire ! s'écria Dorota. Petit cœur, poupette !

Elle les serra toutes les deux dans ses bras en riant et pleurant en même temps. Franzi bourdonna : *Nous sommes rentrées de la fuite ! J'ai vu des nains !*

— Mes chères, très chères petites ! Vous allez bien, oh, vous allez bien…, marmonnait Dorota sans relâche en déversant des torrents de larmes. Ah, la sainte mère est bien miséricordieuse. Aujourd'hui est une bonne journée, ajouta-t-elle en reniflant. Nous nous sommes fait tant de souci pour vous. Mais vous voilà ! Entrez donc ! Vous avez faim ? Il y a un bon repas !

Malgré toute la joie de ces retrouvailles, Kathi eut aussitôt l'impression que Dorota leur cachait quelque chose.

Kathi débordait de questions, mais elles devraient attendre le retour de sa grand-mère, partie à Gliwice. Les filles en profitèrent pour prendre leur premier vrai repas depuis une semaine et pour se décrasser dans le baquet. Franzi ne cessait plus de gazouiller, exprimant par des gloussements de bonheur sa joie d'être de retour chez elle. Elle demanda des nouvelles de la grand-mère, du grand-père, d'Oleg et d'Oskar, et même du père Berthold. Puis elle serra contre elle les chats qui avaient tous surgi dans la cuisine pour les accueillir. Elle ne parla pas de leur mère.

Après le repas et le bain, Franzi reprit ses vieilles habitudes. Elle posa son atlas dans sa petite charrette, le traîna derrière elle jusqu'au salon, grimpa près d'August sur la banquette du fourneau et s'endormit en quelques secondes. Le vieux chat Racibórz qui l'avait suivie fut autorisé à rester, mais Dorota mit les autres dehors.

Kathi se tourna vers elle, des questions plein les yeux, mais la gouvernante se détourna. Un étau d'acier se ferma autour du cœur de la jeune fille. Elle ne reconnaissait plus Dorota. Sa chère Dorota qui tourbillonnait toujours joyeusement dans la cuisine, une chanson aux lèvres et tapant du pied en rythme, avait maintenant l'air d'une vieille femme à qui on avait tout pris. Qu'était-il arrivé ? Quelles tragédies s'étaient-elles déroulées ici au cours des dix derniers jours ?

Kathi l'apprit de sa grand-mère. Charlotte, au moins, n'avait pas changé. Il émanait toujours d'elle l'énergie résolue avec laquelle elle maîtrisait les chevaux rebelles et affrontait les difficultés en tout genre. Guère étonnée que Kathi vienne à sa rencontre dans la cour, elle la serra brièvement contre elle, alla voir Franzi sur la banquette du fourneau et lança :

— Vous vous en êtes sorties, c'est bien !

À son ton, il était évident qu'elle n'en avait pas attendu moins de Kathi.

— Et mère, où est-elle ? demanda celle-ci d'un ton pressant.

— Ils sont venus la prendre.

Charlotte vida presque d'un trait la chope de bière que venait de lui servir Dorota.

— Quoi ? Qui est venue la prendre ?

— Les nazis, qui d'autre ? Je suis encore allée à Gliwice aujourd'hui pour faire le tour des administrations et des hôpitaux. Personne ne peut ou ne veut me dire où ils l'ont emmenée. Je suis aussi allée voir un avocat. N'est-ce pas incroyable ? Nous avons le droit de notre côté !

— S'il te plaît, grand-mère, je ne comprends pas...

— Moi non plus. C'est la guerre, l'injustice règne partout, mais nous pouvons quand même déposer une demande officielle de visite à ta mère. Ils ont même un formulaire pour ça ! (Charlotte reposa violemment la chope vide sur la table.) Excuse-moi, petite, je suis furieuse. J'ai passé presque toute la journée avec des fous, et le plus pervers dans tout ça, c'est que ces fous-là sont venus chercher ta mère en prétendant que c'était elle, la folle !

— Grand-mère...

— Je sais, ma petite. Ça ne sert à rien de se plaindre, et de toute façon, il est trop tard. Nous devrons boire la coupe jusqu'à la lie, et après ça, que Dieu nous vienne en aide.

Elle avait jusque-là plutôt parlé à sa chope, mais elle se tourna enfin vers Kathi.

— Quand le père Berthold est venu nous annoncer que vous étiez bien arrivées chez son frère à Berlin, nous, c'est-à-dire ta mère, Berthold et moi, avons un peu célébré l'événement. Le lendemain matin, deux hommes sont arrivés en voiture, ont attrapé ta mère, lui ont planté une seringue dans le bras, ont déblatéré je ne sais quoi à propos d'un internement et l'ont emmenée. C'est Dorota qui m'a tout raconté, je suis arrivée juste après. Quelques minutes plus tard, notre travailleur polonais est revenu des champs au galop pour nous dire que plusieurs soldats venaient d'embarquer Oleg sous la menace de leurs armes. Et au bout d'à peine une demi-heure, c'est Elsbeth Luttich qui a surgi. Il m'a suffi d'un coup d'œil à sa face bouffie pour comprendre ce qu'elle venait faire ici : savourer le triomphe de sa méchanceté ! Elle a eu l'air déçue qu'Anne-Marie soit déjà partie, et de devoir se contenter de moi comme public. Elle n'a même pas demandé où vous étiez,

Franzi et toi, et m'a annoncé qu'on avait mis fin pour de bon aux agissements de ce traître de père Berthold et à ceux de son frère à Berlin. Ils avaient été arrêtés tous les deux! J'ai alors compris pourquoi elle ne s'était pas étonnée de votre absence. Elle savait que vous étiez à Berlin! Ta tante Paulina est arrivée juste au moment où Elsbeth me disait: «Vous ne reverrez jamais vos petites-filles, Charlotte!» J'étais si enragée que j'ai levé la main pour la frapper. Je jure devant Dieu je l'aurais fait... Mais Paulina a été plus rapide que moi. Elle venait d'apprendre que son Oleg aussi avait été emmené. Elle a hurlé: «Espèce de vieille sorcière!» et s'est jetée sur Elsbeth comme une furie. Elles ont roulé à terre.

Charlotte se tut comme si elle n'avait pas encore tout dit.

— Et ensuite? souffla Kathi en se doutant de la réponse.

— Elsbeth est morte. Elle s'est cogné la tête en tombant. On n'a rien pu faire.

Il n'y avait pas le moindre regret dans la voix de Charlotte. La mort d'Elsbeth n'était que l'accord final d'une tragédie, la fin d'une vie gâchée.

— Le cœur froid meurt seul, murmura Kathi.

— Comment?

— Le père Berthold m'a dit ça, un jour. Ça vient de me revenir. (Kathi déglutit.) Et tante Paulina?

— Elle est venue à Gliwice avec moi, aujourd'hui. Elle essaie de savoir ce qui est arrivé à Oleg.

— Mais...?

— Nous avons fait disparaître le corps d'Elsbeth au fond de la fosse à purin. Ironie du sort. (Charlotte haussa les épaules.) Écoute, Kathi, je t'ai tout raconté parce que je te juge assez maligne et raisonnable pour pouvoir supporter la vérité. Officiellement, Elsbeth est portée disparue depuis une semaine. Nous avons déjà eu deux fois la visite de la police, et le *Kreisleiter* est venu hier. Chaque fois, nous disons la même chose : « Nous n'avons pas vu Elsbeth le jour de sa disparition. » Ta tante Paulina conforte notre version en affirmant qu'elle a passé la journée ici pour aider à la ferme. Elle dit n'avoir pas vu sa tante chez nous mais l'avoir entendue dire qu'elle comptait aller au marché de Michelsdorf ce jour-là. Par chance, personne n'a vu Elsbeth venir ici. Et par une chance encore plus grande, elle ne semble manquer à personne au village.

Pensive, Kathi suivit du doigt une éraflure de la vieille table en bois. Une petite écharde s'en détacha et s'enfonça dans sa peau ; elle ne s'en rendit même pas compte. Toute la famille Luttich était morte. D'abord Anton, puis son père, et maintenant sa mère. Et alors qu'elle évoquait très souvent la mémoire d'Anton, alors qu'au village, nombreux étaient sûrement ceux qui regrettaient Wenzel, elle ne connaissait personne qui penserait à Elsbeth de cette manière. La mégère s'était même brouillée avec sa propre mère. Comme tous les morts, Elsbeth retournerait à la poussière, mais elle ne laisserait aucun souvenir sur cette Terre. Pourtant, elle avait été la mère d'Anton, et Kathi considéra donc qu'il était de son devoir de ne pas l'oublier.

Dès lors, on vit souvent des fleurs flotter à la surface de la fosse à purin.

58

*« Comme les âmes compatissantes
peuvent être dénuées de compassion !
Elles pleurent pour un canari mort ou
un chien malade et, la minute suivante,
blessent en toute conscience un homme
au plus profond de son cœur. »*

Otto von Leixner

Franzi et elle avaient été absentes dix jours, et tout
avait changé. Leur mère avait disparu, tout comme
Oleg. Il restait tout de même une joie à Kathi : quelques
heures après leur retour, Oskar resurgit.

Quant à l'année de service agricole, on n'en parla
plus. Il n'arriva aucune lettre de rappel, personne ne
vint demander après elle. Les intrigues d'Elsbeth Luttich semblaient avoir pris fin avec sa mort. Peut-être
était-ce aussi dû à l'intervention d'Erich Klose, qui
avait repris le poste de bourgmestre après le décès de
Wenzel.

Kathi ne retourna pas au collège de Gliwice. Charlotte avait appris au bureau régional de travail que le
directeur Zille avait comploté avec Elsbeth pour la
faire envoyer en année agricole, et elle n'avait aucune
envie de se rappeler à son bon souvenir.

Elle resta donc à la ferme et mit la main à la pâte, vivant désormais elle aussi sous une grosse cloche de verre. Émotions, couleurs et bruits, tout lui paraissait étouffé ; même son bel appétit disparut. Seules l'amère réalité du conflit et ses conséquences n'en furent pas atténuées. La guerre avait avalé son père et sa mère, changé son grand-père en épave, fait surgir des monstres comme Elsbeth Luttich, qui ne pouvaient s'épanouir qu'en de telles circonstances. Personne ne savait ce qu'étaient devenus le père Berthold, son frère Johann, Oleg, ni même s'ils étaient encore en vie. Et tout cela n'était que les désastres qui touchaient la famille Sadler. Des millions d'autres personnes subissaient tragédies et souffrances comparables.

Mais la vie imposait ses exigences, les forçant à avancer. Le printemps laissa la place à un été très chaud. Ils sarclaient les mauvaises herbes dans les champs, la nuque cuite par le soleil. Kathi eut vite les mains couvertes d'ampoules ; quand elles se déchirèrent, dévoilant sa chair rouge et brûlante, elle accueillit avec reconnaissance la douleur, seule preuve que, malgré la cloche de verre, elle pouvait encore ressentir quelque chose.

Fin juillet, on parla partout de l'attentat manqué contre le Führer. Quelques courageux membres de la Wehrmacht avaient tenté leur chance, le payant de leur vie. Lorsque la liste des exécutés fut rendue publique, Charlotte se saoula pour la première fois de sa vie.

Il ne restait plus à la ferme Sadler qu'un jeune travailleur forcé polonais, Peta. Il travaillait d'arrache-pied depuis la disparition de František, quelques mois plus tôt, mais sans les bras puissants d'Oleg, le labeur à la ferme et aux champs était sans fin. Ils s'épuisaient toute la journée et s'effondraient le soir dans leurs lits, assommés, pour y retourner le lendemain matin comme des automates. Justus et Erich Klose venaient parfois donner un coup de main pour les travaux les plus durs.

Pourtant, un semblant de normalité s'établit pour quelques mois. Le temps des moissons vint et repartit, les arbres rougirent puis perdirent leurs feuilles.

À la fin de l'été, un phénomène étrange attira l'attention de Charlotte et de Paulina qui, n'ayant pas abandonné leurs recherches d'Anne-Marie et d'Oleg, continuaient à interroger les administrations de Gliwice et à les faire bombarder de lettres d'avocats. En ville, elles virent de très nombreux officiers embarquer avec leurs familles et d'énormes bagages dans des trains en partance pour l'Ouest. Dorota, qui continuait à «aller aux champignons» dans les bois, raconta y avoir croisé plusieurs fois des soldats allemands égarés. On se mit à parler de «déserteurs» et de «traîtres».

Et alors que les uns cherchaient à fuir la guerre en se ruant vers l'ouest, les garçons nés en 1927 et 1928 et les hommes de plus de cinquante ans furent incorporés et envoyés en train vers l'est. À grand renfort de nouveaux soldats, le Reich allemand essayait de colmater un barrage déjà irrémédiablement percé.

Comme la ferme Sadler se trouvait un peu à l'écart à l'est de Petersdorf, entre les collines et proche de la forêt, elle devint par la force des choses un point de chute pour certains fuyards. Soldats déserteurs ou prisonniers évadés, tous avaient faim. Les Sadler s'occupaient d'eux du mieux qu'ils le pouvaient, et même si la majorité se montraient reconnaissants, plus d'une poule disparut, bien qu'Adolf III défende son territoire bec et ongles. Il finit toutefois par succomber, et on ne retrouva que sa tête derrière la grange.

Quand Kathi apprit que la Wehrmacht, après avoir saisi les chevaux, les cloches des églises et un certain nombre de têtes de bétail, réquisitionnait à présent les oies et les chèvres, elle installa les oies et leurs poussins sur la charrette, les cacha sous une couverture et tira le tout sur quatre kilomètres jusqu'à l'étang de Petersdorf pour les y relâcher. Oleg ne supporterait jamais que des soldats allemands dévorent ses chouchous, qu'il avait tous soignés de ses propres mains.

Le 24 décembre 1944, le jour des seize ans de Kathi, Erich Klose vint à la ferme Sadler annoncer que les Russes perçaient de partout, qu'ils étaient alliés à l'armée libre polonaise et qu'ils approchaient de plus en plus. L'ennemi allait atteindre Petersdorf, ce n'était plus qu'une question de semaines.

Tout le monde savait ce que cela signifiait : pendant des années, la propagande allemande avait échauffé les esprits contre ces Russes primitifs, dénonçant leur cruauté et leur brutalité, les qualifiant même de cannibales.

Personne ne voulait tomber entre leurs mains, mais personne ne voulait non plus abandonner ses terres.

La radio nationale braillait des discours de persévérance. Appel à la guerre totale, à l'héroïsme, à l'engagement dans le *Volkssturm*[1] – la chair à canon ne connaissait plus de limite d'âge. Quiconque pouvait encore marcher ou tenir une arme devait se ruer sur l'ennemi ! Et, toujours, la promesse que l'arme miracle n'allait plus tarder. Qu'on se batte jusqu'à la mort ! Le Führer aussi était au front, en première ligne, pour la liberté et la victoire ! *Sieg Heil !* Charlotte débrancha l'appareil.

---

1. Littéralement, «Tempête du Peuple». Nom donné à la milice populaire allemande levée en 1944 pour épauler la Wehrmacht dans la défense du territoire du Reich.

L'ambiance tendue ne réussissait pas à Franzi. Elle insistait pour qu'on l'appelle Ida et se cachait encore plus souvent que jadis.

Un jour, Charlotte vint voir Dorota à la cuisine avec sa boîte de cigares, la lui remit et dit:

— Elle n'en contient plus que deux. Cache-la et rends-la-moi quand la guerre sera finie. Je veux les fumer avec August le jour où ce sera officiellement terminé. On a fait la même chose le 11 novembre 1918.

Dorota tressaillit et lâcha la boîte. D'abord, seules ses mains tremblèrent, puis tout son corps frissonna, et elle parla en roulant des yeux. Charlotte recula de deux pas. Elle assistait pour la première fois à une prophétie de Dorota. Sa prédiction n'était constituée que d'une phrase, mais pour Charlotte, qui se faisait au moins autant de souci pour ses chevaux que pour sa ferme et ses occupants, elle eut un écho immense.

— Les Russes n'auront pas les chevaux, décréta Dorota d'une voix sourde.

L'oracle fit taire tout le bon sens de Charlotte et éveilla en elle un espoir fou. Cela ne pouvait signifier qu'une chose: les Russes seraient arrêtés à temps!

Influencée par cette déclaration, elle hésita à prendre des mesures pour leur fuite. Noël et la Saint-Sylvestre passèrent, et à la mi-janvier 1945, les Russes envahirent Gliwice. C'est Charlotte qui, partie une dernière fois pour son «tour de torture administrative», rapporta la mauvaise nouvelle. La radio n'en dit pas un mot, rabâchant que la Wehrmacht continuait héroïquement à repousser l'armée soviétique.

Deux jours plus tard, Piotr, un neveu de Dorota, se glissa à la ferme à la faveur de la nuit. Il venait conseiller à sa tante de quitter la ferme avec lui avant l'arrivée des Russes. Il portait un brassard aux couleurs de la Pologne, et expliqua à Kathi être membre de l'armée libre polonaise qui combattait à présent aux côtés des Russes.

— Voilà que le soleil brille en enfer… La Pologne et la Russie alliées, et il m'est encore donné de voir ça sur mes vieux jours, commenta Dorota sans joie.

Son neveu lui jeta un regard agacé mais ne répliqua pas. Elle le renvoya en déclarant qu'elle restait à la ferme avec petit cœur et poupette.

Après la visite de Piotr, Charlotte fut forcée d'affronter la réalité et alla parler à Erich Klose. Celui-ci avait depuis longtemps commencé à organiser un convoi de charrettes. Quelques femmes et jeunes filles de Petersdorf étaient déjà parties vers l'ouest en train, mais les voies ferrées étaient désormais fermées, les Russes ayant passé l'Oder à O☐awa. L'ennemi était donc non seulement dans leur dos mais leur barrait aussi la route, les forçant à de longs détours par les petites routes. Klose avait un jour promis à Laurenz de prendre soin de ses filles en cas de besoin, et il emmènerait aussi Dorota, qui refusait de se séparer de Kathi et Franzi. C'est ainsi que l'objectif des deux sœurs passa de Londres à un village alpin de Haute-Bavière, où le frère de Klose avait une ferme.

Lorsque Charlotte expliqua le plan de fuite à ses petites-filles, Kathi demanda :

— Tu ne viens pas avec nous, grand-mère ?

— Non, je reste à la ferme avec Peta. Nous ne pouvons pas abandonner les animaux.

Aucun paysan ne voulait abandonner ses bêtes, mais personne ne pouvait les emmener. Il y avait beaucoup de neige, le bétail ne trouverait de fourrage nulle part. Le foin destiné aux bœufs attelés occupait déjà la majeure partie des charrettes. Plusieurs vieux fermiers envoyèrent donc leur famille avec le convoi mais restèrent eux-mêmes sur place pour prendre soin de leurs bêtes et de celles de leurs voisins. Hertha Köhler, la grand-mère de Paulina, avait elle aussi décidé de rester et prié sa petite-fille de partir.

— Mais…, commença Kathi.

Charlotte ne la laissa pas poursuivre.

— Ils ne peuvent pas tuer tout le monde, Kathi. Je suis une vieille femme, et j'ai quelque chose de mauvais qui me pousse dans le ventre. (Charlotte se passa brièvement une main sur l'abdomen.) S'il faut que je meure, autant que ce soit ici. Et soyons honnêtes : ton grand-père ne survivrait pas trois jours au convoi.

— Mais…, essaya encore Kathi.

Cette fois, Charlotte lui posa un doigt sur les lèvres.

— Écoute-moi. J'ai survécu à la Grande Guerre, à la grippe espagnole, et j'ai enterré trois de mes enfants. Chaque fois, la vie a continué, et ce sera le cas après cette guerre aussi. L'être humain est un phénix, il se brûle lui-même et renaît de ses cendres. Franzi et toi, vous pourrez revenir, plus tard. Et si Dieu le veut, ton père et ta mère rentreront aussi. Mais jusque-là, tu es responsable de ta petite sœur. Pars avec Dorota et Klose !

Une fois de plus, Kathi dut prendre congé d'Oskar. Son ami d'enfance était trop vieux pour courir avec le convoi comme les chiens de berger de certains fermiers.

Le départ fut retardé : au jour prévu, tous les hommes du village reçurent l'ordre de rejoindre le *Volkssturm* de Gliwice. Les hommes grondèrent, quelques voix s'élevèrent ouvertement contre cette injonction, mais la majorité s'y plia. L'endoctrinement faisait toujours son effet, et surtout, tout le monde connaissait les conséquences d'une rébellion. On parlait de cours martiales arbitraires, de pendaisons ou de fusillades en cas de désobéissance. Le seul fait de prétendre qu'on manquait plus de munitions que de corde était considéré comme un crime de démoralisation des troupes ; Justus lui-même avait échappé de peu à la potence après une telle remarque. On détela donc bœufs et chevaux et les hommes de Petersdorf se réunirent à l'endroit indiqué, la gare de triage de Gliwice. Ils y retrouvèrent une petite troupe d'hommes du village voisin, Michelsdorf, mais aucun officiel. Ils attendirent tous là jusqu'au lendemain matin, puis rentrèrent chez eux. L'ennemi approchait ; les hurlements des lance-roquettes surnommés «orgues de Staline», auxquels l'armée allemande répondait par un feu défensif nourri, en étaient la preuve. Dans le lointain, éclairs et grondements ressemblaient à un violent orage.

Erich Klose rassembla ses administrés à la hâte. On donna les dernières instructions, y compris la marche à suivre en cas de danger : au moindre contact avec l'ennemi, femmes et enfants devaient sur-le-champ se réfugier sous les carrioles.

Alors que les charrettes étaient enfin alignées, chargées et attelées, les bêtes abreuvées une dernière fois, le *Gauleiter* surgit sur la place de l'église avec trois soldats en voiture militaire pour faire rentrer tout le monde chez soi.

— Pas un homme, pas une femme, pas un enfant ne quitte sa maison ! L'ennemi est battu et en fuite vers l'est !

On l'entendait hélas à peine, sa voix était presque couverte par le vacarme assourdissant des combats à l'arrière-plan.

Kathi, qui patientait depuis deux heures dans le froid glacial avec Franzi, Dorota et les trois filles de Klose, attendant que les derniers villageois soient prêts à partir, était certaine que le feu d'artillerie s'était nettement rapproché au cours des dernières heures.

Le bourgmestre semblait du même avis.

— Ne le prenez pas mal, *Gauleiter*, mais à ce que j'entends, le front est au coin du bois.

Il mit les mains en entonnoir à sa bouche et cria :

— C'est parti, tout le monde ! On y va !

Il leva sa cravache.

— Halte ! N'y pensez même pas, tas de lâches ! hurla le *Gauleiter*.

Sur un geste de sa part, les soldats braquèrent leurs armes.

Klose cria «Ennemi !», donnant aux femmes et aux enfants l'occasion de s'exercer à un cas d'urgence : ils disparurent sous les charrettes en un clin d'œil.

L'aubergiste-bourgmestre avait déjà son fusil de chasse à la main. Les autres suivirent son exemple. Personne ne voulait dételer une seconde fois, pas avec l'armée ennemie dans le dos.

— C'est une rébellion ouverte ! beugla le *Gauleiter*.

Un coup de feu claqua et son képi s'envola. Un des soldats plongea pour le récupérer, peut-être aussi dans l'espoir de s'éloigner de la ligne de tir.

— Et maintenant ? fit Klose. Vous allez tous nous tuer ?

— Pas besoin, rétorqua le *Gauleiter* avec un rictus sardonique. Soldats ! Visez les bêtes !

Personne ne sut qui tira le premier, mais juste après, on compta trois morts : un *Gauleiter*, un soldat et un bœuf.

L'un des autres soldats fut blessé, le sauveteur de képi s'en tira indemne. Après avoir enterré à la hâte le *Gauleiter* et son subordonné au cimetière (après tout, c'étaient des chrétiens), on chargea le soldat blessé sur une charrette. Le troisième se joignit au convoi de son plein gré. Le bœuf mort fut traîné à l'écart par deux de ses congénères et on alla chercher un remplaçant dans une étable voisine.

Pendant ce temps-là, deux fermiers, les frères Manger, décidèrent de quitter le convoi, se raccrochant aux paroles du *Gauleiter*. Un autre émoi fut causé par Paulina, installée dans la charrette de Justus. Elle s'écria soudain : « Au feu ! La ferme Köhler brûle ! Grand-mère ! » Elle bondit de la carriole et partit en courant. Personne ne la suivit. Seul Justus fit mine de vouloir la rattraper, mais sa femme le retint, tout comme Dorota retint Kathi.

— Tu ne peux rien faire, petit cœur. Je crois bien que Hertha Köhler a mis le feu elle-même à sa ferme.

Enfin, avec trois heures de retard, Klose donna le signal du départ.

— On y va ! Hue !

À cet instant précis, Kathi s'aperçut que Franzi s'était discrètement extirpée de sous sa montagne de couvertures pour prendre la poudre d'escampette. Ni elle-même, ni Dorota, ni les sœurs Klose n'avaient remarqué quoi que ce soit. Faire monter Franzi sur la charrette avait déjà été un drame, la petite devait se sentir une nouvelle fois chassée de chez elle. En plus de provisions et d'un minimum de vêtements, elles avaient donc embarqué la petite charrette de Franzi avec son atlas et caché le vieux chat Racibórz dans un sac à dos. Il était strictement interdit d'emmener des animaux de compagnie. De nombreux canaris libérés de leur cage étaient perchés sur les rebords de fenêtres, complètement perdus. Kathi avait entendu la femme de Klose raconter à l'épicière qu'elle avait emmené ses deux caniches à Gliwice pour les faire piquer, et que les gens faisaient la queue devant le cabinet du vétérinaire avec leurs compagnons à quatre pattes. La guerre amenait la mort et le chaos partout, pour tous.

Et voilà que Franzi disparaissait alors que le convoi allait partir !

Kathi rampa jusqu'à l'avant de la charrette et expliqua la situation à Erich Klose. Il répondit qu'ils ne pouvaient plus attendre, l'ennemi approchait toujours plus. Ils n'avanceraient que très lentement ; elles n'auraient qu'à les rattraper sur un cheval de sa grand-mère dès qu'elles auraient retrouvé Franzi. Kathi saisit son sac à dos, dans lequel le chat cracha de colère. Dorota était déjà descendue, son bien le plus précieux à la main : son coffret d'herbes. Elle portait sur le dos l'accordéon de Kathi, qu'elle n'avait pas posé en montant sur la carriole. Prise d'une subite intuition, celle-ci lui tendit aussi la petite charrette de Franzi et son atlas.

Derrière elles, le convoi se mit en branle.

Kathi regarda s'éloigner Klose, qui trônait sur sa charrette près de sa femme Ilse. Le convoi traversa lentement la place de l'église en direction de l'ouest. Dorota et elle se tournèrent vers l'est, vers la ferme Sadler. Franzi ne pouvait se trouver que là-bas.

Elles étaient à moins de deux kilomètres de chez elles, mais jamais cette distance n'avait paru aussi longue à Kathi. Un silence pesant régnait sur la ferme quand elles arrivèrent, un calme qui envahit son cœur et le fit battre à se rompre. Quelque chose clochait, et Dorota sembla le sentir aussi. Elle se signa avec effroi, soudain blême.

— Petit cœur, tu restes ici, dit-elle. Je vais voir à l'intérieur.

— Non, je…

Kathi n'eut pas le temps de finir. Un jappement plaintif retentit dans son dos et quelque chose se jeta sur elle.

— Oskar ! s'exclama-t-elle.

Tous deux roulèrent au sol en une étreinte inextricable. Dorota en profita pour filer à la maison.

Kathi se libéra d'Oskar et appela Franzi à gorge déployée, sans vraiment espérer que sa sœur se montrerait de son plein gré. Elle ordonna à son chien de la chercher puis suivit Dorota à l'intérieur.

Elle la trouva dans la chambre de ses grands-parents. Un drame s'y était produit : Charlotte et August, revêtus de leurs plus beaux atours, gisaient morts sur leur lit.

Dorota leur avait déjà recouvert le visage d'un linge, mais elle n'avait rien pu faire contre les éclaboussures sanglantes qui souillaient le mur et les draps. Agenouillée près du lit dans une prière silencieuse, elle ne remarqua pas tout de suite l'arrivée de Kathi. C'est seulement quand celle-ci trébucha sur le vieux pistolet de l'armée de son grand-père que la gouvernante se redressa péniblement, comme luttant contre une force invisible.

— Ne regarde pas, petit cœur, dit-elle d'une voix rauque en entraînant Kathi à l'extérieur.

— Qu'est-ce que…

La jeune fille ne parvint pas à en dire davantage. Dehors, elle vomit puis s'écroula. Un néant obscur s'étendit miséricordieusement sur elle. Juste avant de sombrer, elle se dit que sa grand-mère était finalement morte dans son lit.

Elle revint à elle sur la banquette de la cuisine. Franzi dormait là, roulée en boule. Kathi avait un goût amer dans la bouche et se sentait terriblement mal. Son corps était secoué de petites ondes de choc, écho d'événements abominables. Les souvenirs lui manquaient pourtant encore. Elle regarda autour d'elle, perdue. Comment était-elle arrivée ici ? N'était-elle pas sur une carriole, une minute plus tôt ?

Quelque chose remua sous la table, un museau se tendit vers elle et une langue râpeuse lui lécha la main. *Oskar !* La mémoire lui revint d'un coup. *Le silence inquiétant, le sang, la mort des grands-parents…*

Dorota lui tendit une tasse de tisane.

— Avale ça, petit cœur. Ça te fera du bien.

Jamais Dorota n'avait eu le teint si gris, jamais son visage n'avait exprimé une telle dévastation. Kathi se força à boire, s'attendant à ce que le breuvage ait le même goût de cendre que la sensation poussiéreuse qui lui montait des entrailles. Pourtant, la première gorgée lui procura un peu de chaleur.

Dorota coupa court à ses éventuelles questions.

— J'y ai ajouté un peu de schnaps. C'est la guerre, nous n'avons même pas le temps d'être en deuil. Tu dois être forte et courageuse, petit cœur. Nous devons partir d'ici tout de suite avec Franzi.

Dorota avait tourné la tête vers la fenêtre. Kathi tendit l'oreille. Le vacarme de la guerre s'était encore rapproché.

— Ça va aller ? demanda Dorota.

Kathi hocha la tête. Elle porta de nouveau la tasse à ses lèvres puis s'enquit :

— Où est Peta ?

— Je ne sais pas. Peut-être que ta grand-mère l'a renvoyé.

Kathi se leva, vacillante, et dut se rattraper à la table. Elle rejoignit la porte d'un pas incertain.

— Je vais seller deux chevaux, lança-t-elle.

— Non, petit cœur. Nous devons partir à pied.

— Mais pourquoi ? Nous…

Kathi s'interrompit, les yeux écarquillés. Elle se souvint du silence effrayant, et le regard de Dorota lui révéla qu'elle ne connaissait pas encore toute l'ampleur de la tragédie.

— Quoi ? chuchota-t-elle.

— Ta grand-mère a aussi tué les chevaux, répondit Dorota d'une voix brisée.

— Elle a tué les chevaux ? Tous ? Même Bucéphale ? Et les poulains ?

Kathi porta une main à son cœur, comme si ce geste pouvait endiguer l'angoisse et l'horreur. Les chevaux avaient été toute la vie de sa grand-mère ! Quel désespoir avait dû la guider... Et quelle détermination ! Elle l'avait dit elle-même : les Russes n'auront pas mes chevaux. La prophétie de Dorota se vérifiait. Charlotte avait épargné la guerre à ses bêtes tant aimées, mais leur avait tout de même apporté la mort.

Elles réveillèrent Franzi. Sa petite charrette, chargée de l'atlas, du coffret d'herbes de Dorota et de l'accordéon, attendait devant la porte. Racibórz miaulait à côté du sac à dos ; Kathi l'y fit remonter et le chargea sur ses épaules. Quelques jours plus tôt, elles avaient caché le violoncelle de son père derrière la cabane d'Oleg et enterré d'autres souvenirs de famille sous le pommier de la colline. Leurs provisions de voyage se trouvaient sur la carriole de Klose, tout comme la plus grande partie de leur or. Elles-mêmes ne portaient que quelques pièces cousues dans l'ourlet de leurs vêtements.

Elles n'allèrent pas loin. Elles venaient d'atteindre le haut de la colline, et Kathi repensa un instant aux folles parties de luge en hiver, à ses courses avec Anton. L'excitation du départ, le frisson du danger, les chutes. L'odeur des vêtements mouillés, les mains gelées, les joues rouges, les rires. L'impatience de prendre une tasse de cacao dans la cuisine de Dorota. *Le bonheur.* Passé, fini. Il ne restait que la neige et le froid. Kathi jeta un bref coup d'œil à Franzi ; elles l'avaient si bien emmitouflée qu'elle ressemblait à une petite boule de tissu dont ne dépassait qu'un bout du nez rosi.

Depuis leur hauteur, elles avaient une bonne vue sur l'embranchement. À gauche, la route menait à la forêt et vers Michelsdorf, à droite, à Petersdorf. Kathi sentit Oskar près d'elle. Il avait la queue et les oreilles dressées, la truffe tendue au vent. Elle hésita. Soudain, en contrebas, un char allemand et plusieurs autres véhicules jaillirent du bois et foncèrent en direction de Petersdorf. Une troupe de soldats, armes à la main, couraient dans le même sens sans cesser de se retourner, comme s'ils avaient l'ennemi sur les talons.

C'était bien le cas. Plusieurs véhicules russes surgirent de la forêt, l'étoile rouge bien reconnaissable sur les capots. Les soldats allemands se dispersèrent, se jetèrent dans le fossé et mirent l'ennemi en joue. Debout sur la colline, Kathi, Dorota et Franzi étaient très exposées. Elles se jetèrent au sol. Kathi attira sa sœur à elle et Franzi lâcha sa petite charrette qui dégringola au bas de la butte, traversa la route et se renversa dans le fossé, manquant de peu un des soldats. Celui-ci regarda autour de lui, étonné, leva un peu trop la tête, et fut abattu par un tir ennemi.

Dorota, Kathi et Franzi attendirent la fin de l'escarmouche à plat ventre sur la neige dure. Oskar était couché près d'elles. Les Allemands reculèrent, les Russes reprirent leur poursuite. De plus en plus de voitures et de chars surgirent de la forêt pour avancer vers l'ouest en crachant une fumée noire. Trois véhicules militaires russes se détachèrent et prirent la direction de la ferme Sadler. Ils s'arrêtèrent à la hauteur des trois fuyardes, bien visibles dans leurs vêtements sombres. Dorota et Kathi avaient essayé en vain de s'enfouir dans la neige verglacée et dure comme du béton. Des armes cliquetèrent et, un instant plus tard, on les faisait monter sur la remorque du premier véhicule. Kathi vit le passager de l'autre camionnette l'observer. Quand leurs regards se croisèrent, le cœur de la jeune fille manqua un battement. Il lui sembla voir un fantôme.

Anton ! C'était Anton ! Mais sa raison ne s'était pliée qu'une fraction de seconde à son rêve le plus fou. Ce n'était pas Anton, bien sûr. Juste un jeune homme qui lui ressemblait. Alors pourquoi la dévisageait-il ainsi ? Puis elle comprit. Il était prisonnier comme elle, il portait un uniforme de l'aviation allemande !

Elle lui adressa un signe de tête, qu'il lui rendit. Puis il eut un sourire qui ouvrit le ciel et pénétra tel un rayon de soleil dans le cœur de Kathi, y propageant de petits battements chauds et doux, lumineux comme des étoiles.

Courage, disait ce sourire, et : *Tu n'es pas seule.*

Deux minutes plus tard, Kathi, Franzi et Dorota étaient de retour à la ferme Sadler, où on les traîna devant un major russe. Dorota se lança aussitôt dans une grande tirade en polonais, mais l'autre la rabroua sèchement en allemand : « Silence ! »

59

« Des ombres noires se dressent toujours et pleurent le ciel perdu un jour. Jadis plein d'espoir, aujourd'hui roide et sans âme – fol est celui qui chérit la vengeance plus que la vie. »

Raffael Valeriani

Le major Arkadi Vladimirovitch Tolkine examina les trois captives. Ils n'aimaient pas les prisonniers. Les prisonniers, c'était un poids. Surtout les femmes et les enfants. Ses hommes louchaient déjà vers la jeune fille. Il voulait juste passer deux ou trois jours ici, se reposer en attendant que ses troupes écrasent les nids de résistance rencontrés pendant l'offensive et les rejoignent. Dans son dos, il entendit ses hommes fouiller la maison, jetant des objets par terre, arrachant des portes d'armoires, brisant de la vaisselle. Il hurla un ordre et le vacarme cessa aussitôt. Un soldat surgit et fit son rapport. Les leçons d'Oleg prouvèrent enfin leur utilité : le russe de Kathi n'était pas parfait mais suffisant pour lui permettre de comprendre ce que disait le soldat. Elle se garda bien de le signaler. Les Russes venaient de découvrir les cadavres de ses grands-parents. Le major Tolkine alla brièvement dans la chambre puis revint.

— Qui sont morts dans lit ? demanda-t-il avec un fort accent.

— Les grands-parents de ces pauvres enfants, répondit Dorota doucement.

Le Russe observa les pauvres enfants. Kathi lui trouva l'air las et irrité, comme s'il était confronté à un monceau de problèmes et avait du mal à décider lequel était le plus urgent. Il ne ressemblait pas à un cannibale. Une certaine tristesse émanait même de lui, comme les héros mélancoliques des livres de Tolstoï et Dostoïevski qu'elle avait lus. Elle constata qu'elle n'avait pas peur du major Tolkine. Puis un homme entra au salon, et Kathi fut si choquée de le voir qu'elle eut l'impression de tomber dans un trou sans fond. Son apparition fit remonter d'un coup toutes les images d'épouvante qu'elle avait tenté de chasser de sa mémoire au cours des deux dernières années pour ne pas être détruite par la douleur, comme sa mère. Kathi vacilla, Dorota la retint par le bras. L'homme lui sourit, l'air parfaitement conscient de l'effet de ses actes, qu'il continuait à savourer. Un voile rouge tomba devant les yeux de Kathi.

— Assassin ! hurla-t-elle, hors d'elle, en se jetant sur Jan.

Pris par surprise, il tomba à plat dos sur le sol en entraînant la jeune fille. Elle lui avait déjà écorché une joue quand le major et un autre homme l'arrachèrent à lui.

— Tu connais cet homme, je vois, commenta le major calmement.

Jan s'était déjà relevé. Kathi haletait, mais elle affronta sans peur son regard haineux.

— Qu'est-ce que tu as dans ton sac ? cria-t-il.

Il le lui arracha des épaules, l'ouvrit et regarda dedans. Racibórz en jaillit, toutes griffes dehors, déchira l'autre joue de Jan puis fila entre les jambes des soldats russes qui s'entassaient désormais à toutes les entrées du salon. Trouvant Jan et son visage ensanglanté du plus haut comique, ils imitèrent les feulements du chat et se frappèrent les cuisses en hurlant de rire.

Jan, furieux, se fraya un chemin vers la sortie et donna au passage un violent coup de poing dans le ventre de Kathi. Franzi poussa un hoquet comme si c'était elle qui venait de recevoir le coup. Et alors que Kathi se recroquevillait de douleur en tentant de reprendre son souffle, elle vit Dorota avancer le pied et faire un croche-patte à Jan. Il s'étala de tout son long, provoquant de nouveau l'hilarité des Russes, puis se releva, cramoisi, et disparut dans la cour.

Seul le major n'avait pas l'air d'humeur à rire. On aurait dit que la liste de ses problèmes venait de s'allonger encore un peu. Qu'allait-il faire ? Ce Jan était un Polonais de l'armée libre, qui était désormais l'alliée de la Russie. Il s'était bien battu contre les Allemands et les avait amenés jusqu'ici. Cette ferme était son butin de guerre. Dès que le major et ses hommes repartiraient, le Polonais tuerait les deux filles. Mais le major n'avait pas envie de se casser la tête là-dessus pour le moment. Il voulait manger, se reposer et relire enfin au calme la lettre de sa femme qui pesait dans sa poche comme du plomb. Il l'avait reçue le matin même, mais les événements qu'elle relatait remontaient à des semaines. Cette nuit, il pleurerait sa fille avec plus d'un mois de retard. La petite, longtemps malade, avait finalement été trop faible. L'industrie russe ne produisait presque plus que des armes alors que la population mourait de faim. La nourriture et les médicaments manquaient. Leur grand chef Staline avait ordonné à son peuple de faire des sacrifices au nom du progrès, et plus encore au nom de la guerre. Le major doutait toutefois que Staline, lui, souffrît de la faim. Les rumeurs parlaient de festins au Kremlin. Il maudissait la guerre qui l'empêchait de rentrer chez lui pour consoler sa Nadia et se laisser consoler par elle. Il n'avait pas vu sa famille depuis presque deux ans. Saloperie de guerre, saloperie d'Allemands qui avaient si lâchement attaqué son pays, le forçant à partir au combat !

Il se retourna vers les trois prisonnières qui se tenaient par la main, se procurant un peu du réconfort qui lui restait interdit.

— Dites vos noms !

Franzi bourdonna : *Je suis Ida.*

Pourquoi es-tu Ida ? bourdonna Kathi en retour. *Dis-lui !*

— Je suis Kathi, voici Dorota, et… *Ida.*

Kathi vit le major tressaillir, l'étonnement jaillir dans ses yeux et brièvement aussi quelque chose de doux, d'accessible. Dorota profita de cet instant de répit.

— Ces messieurs ont peut-être faim ? Je vous prépare quelque chose de bon à manger, oui ?

— Tu es Polonaise ? s'enquit le major en examinant Dorota.

— Et cuisinière ! précisa-t-elle comme si cette fonction sous-entendait des pouvoirs magiques.

Le major donna son accord et l'envoya en cuisine. Puis il saisit le sac à dos de Kathi et quitta la pièce. Impuissante, elle le regarda sortir. Le sac contenait son carnet de notes, toutes ses idées, ses pensées, ses dessins. Ses rêves sur papier.

En comptant Jan, parti se terrer on ne sait où pour lécher ses plaies, il fallait nourrir dix hommes. Kathi se demanda un instant ce qu'était devenu le jeune pilote prisonnier. Elle ne l'avait pas vu depuis leur arrivée, mais un des véhicules de l'Armée rouge n'était plus dans la cour. Un soldat indiqua à Dorota des caisses contenant des conserves de l'armée allemande qui leur étaient tombées entre les mains. Qu'elle se serve. Kathi l'aida. Franzi, agitée et grognon, exigea son atlas; elle ne se calma que lorsque Kathi alla pêcher sa pierre de lune au fond de sa poche pour la lui donner. La petite rampa rejoindre Oskar sous la banquette de la cuisine. Le compagnon de Kathi devait s'être glissé là sans se faire remarquer pendant que l'attention des soldats russes était détournée par la mésaventure de Jan.

Elles préparèrent du bortsch, ayant trouvé suffisamment de pommes de terre, betteraves, carottes, haricots, chou blanc et oignons dans le garde-manger et la cave. Il n'y avait plus de viande fraîche depuis longtemps, mais certaines conserves de l'armée contenaient du bœuf.

— Vous deux, les filles, vous devez filer cette nuit même, souffla Dorota.

— Mais pas toi? demanda Kathi, perplexe.

— Moi, je reste pour m'occuper de Jan.

Dorota planta violemment son couteau dans un trognon de chou. Au salon, des chants d'ivrognes résonnaient, des verres tintaient. Comme le ragoût devait cuire un certain temps, elle avait d'abord servi aux Russes affamés d'épaisses tranches d'un vieux pain maison avec leurs derniers fromages de chèvre et des bocaux de cornichons au vinaigre. La gouvernante, qui avait toujours aimé voir les convives savourer ses plats, était atterrée par la vitesse à laquelle la nourriture disparaissait dans le gosier de leurs visiteurs indésirables.

— Ils ne mangent pas, ils bâfrent! se plaignit-elle.

Le major, au moins, utilisait ses couverts et buvait très peu. Cela n'empêchait pas ses hommes de lever le coude. Au début, ils avaient exigé davantage de vodka, les deux bouteilles de la ferme ayant disparu en un clin d'œil. Le schnaps au miel fait maison de Dorota parut tout autant à leur goût. Elle revint à la cuisine avec deux nouvelles bouteilles vides. Elle faisait le service seule, pas besoin d'être deux à se faire pincer les fesses en permanence. Ces soldats n'avaient aucune manière ! Ils avaient même pissé dans un coin du salon, ce dont elle s'était plainte au major en nettoyant. Cinq hommes étaient à table, quatre autres dehors à monter la garde. Le major ordonna à Dorota d'aller leur apporter à manger en leur octroyant un verre de schnaps à chacun, mais la gouvernante leur en servit davantage en douce. La beuverie faisait partie de son plan. Les Russes ne connaissaient pas encore les effets fatals de son eau-de-vie, qui alourdissait autant la tête que les jambes. Le lendemain, les soldats pourraient à peine marcher. Resteraient encore le major et Jan.

— Écoute, petit cœur, fit Dorota. Je vais mettre des herbes du sommeil dans la nourriture et les boissons.

— Comme Jan ? chuchota Kathi en frissonnant à ce souvenir.

— Oui. Comme ça, Franzi et toi pourrez prendre de l'avance.

Mais en vérifiant ses stocks d'herbes, Dorota constata qu'elle n'en avait plus suffisamment pour mettre les hommes hors d'état de nuire pendant des heures. Dans l'affolement, elle avait oublié que ses meilleures herbes se trouvaient dans son coffret, dans la petite charrette de Franzi restée dans le fossé. Les cinq cents mètres qui l'en séparaient étaient infranchissables.

— Que se passe-t-il, Dorota ? Tu as l'air bouleversée.

— Ah, petit cœur, mon beau plan tombe à l'eau, geignit la cuisinière. Toutes les herbes du sommeil sont dans ma valise !

— Alors il faut qu'on aille la chercher, répliqua Kathi, résolue.

— Oh, petit cœur…

Dorota saisit le visage de Kathi entre ses mains et lui planta un baiser sur le front.

— Nous sommes prisonnières. Nous ne pouvons pas aller et venir comme ça nous chante. Mais je vais trouver un moyen. Tout va s'arranger. Franzi et toi, il ne vous arrivera rien. Tu me fais confiance ?

— Tu as eu… ?

Kathi voulait demander si Dorota avait eu une nouvelle vision, mais elle fut interrompue par un soldat qui passa la tête dans la cuisine pour exiger à manger en hurlant. Un cigare se consumait entre ses doigts. Dorota soupira.

— Ils ont donc trouvé ça aussi.

Elle donna au Russe ce qu'il voulait. Kathi s'apprêtait à répéter sa question, mais Dorota l'avait déjà comprise. En touillant le ragoût et en y ajoutant une bonne quantité d'herbes sèches, elle dit :

— Je ne sais pas toujours exactement ce que signifient les images, mais je sais que Franzi et toi, vous quitterez la ferme indemne.

— Et Jan ?

— Le grand corbeau blanc viendra le prendre, répondit Dorota sèchement en ajoutant une louche de haricots dans la marmite. Petit cœur, va donc me chercher encore quelques carottes dans la réserve.

À la fin, le bortsch était tellement onctueux que la cuillère en bois y tenait debout toute seule. Dorota le servit en continuant à distribuer le schnaps. Seul le major restait sobre.

— Que les mâles se montrent un peu raisonnables, je n'ai vraiment rien contre, fit Dorota en rejoignant Kathi à la cuisine, mais aujourd'hui, ça tombe mal. Et voilà que ce monsieur veut un café. Avec de la crème ! Heureusement qu'il a apporté ses propres grains.

Elle tendit à Kathi une petite boîte de conserve et le moulin. La jeune fille moulut les grains tandis que Dorota faisait chauffer de l'eau, préparait une tasse et allait écumer la crème du dernier seau de lait.

Le café prêt, Kathi se pencha pour jeter un coup d'œil sous la table. La dernière fois qu'elle avait regardé, sa sœur dormait paisiblement, lovée contre Oskar.

Et voilà qu'ils avaient disparu tous les deux. Il ne restait sous la table que l'atlas de Franzi. *L'atlas ?* Kathi se cogna violemment la tête contre le rebord de la table en se relevant. Comment la petite avait-elle récupéré son livre ?

— Tu t'es fait mal, mon cœur ?

— Franzi n'est plus là !

— Par la Madone, j'espère qu'elle n'est pas avec les soldats !

Dorota se précipita dehors, Kathi sur les talons. Mais la gouvernante la renvoya aussitôt à l'intérieur.

— Reste à la cuisine, petit cœur ! Les hommes qui boivent, c'est dangereux !

Elle fut vite de retour.

— Franzi n'est pas au salon. Je vais fouiller la maison. Tu restes ici et tu verrouilles les portes.

À peine Dorota partie à l'étage, Kathi entendit un grattement à la porte de derrière, qui menait au passage conduisant à la fosse à purin. C'étaient Franzi et Oskar. La petite traînait derrière elle les maigres restes de sa petite charrette. Kathi en resta bouche bée, et sa sœur bourdonna : *Il faut que tu la répares.*

— Quoi ? Comment ça ? balbutia Kathi.

Qu'elle soit comme d'habitude.

Kathi secoua la tête sans savoir si elle devait rire de soulagement ou gronder sa sœur. Elle avait le vertige, comme si elle avait elle aussi bu le schnaps de Dorota. Une fois de plus, Franzi s'était faufilée entre les pattes de tout le monde sans se faire remarquer, tel un petit lézard. Elle bourdonna : *Je vais chercher ton accordéon.*

Kathi s'agenouilla face à sa sœur.

— Non, s'il te plaît, laisse-le où il est. Écoute-moi bien, Franzi. Ce que je vais te dire est très important.

Elle lui expliqua à quel point ce qu'elle venait de faire était dangereux, et qu'elle devait absolument rester près d'elle et de Dorota en se tenant à l'écart de tous ces inconnus.

Jan n'est pas un inconnu.

— Tu dois quand même l'éviter, insista Kathi.

Pourquoi ?

— Jan n'aime pas les abeilles.

Franzi en resta pensive.

— Quand tu n'es pas là, j'ai peur, Franzi. S'il te plaît, ne pars plus sans me le dire. Tu me le promets ?

Peut-être. Il y a du gâteau ?

Dorota revint et poussa un soupir de soulagement en voyant Franzi. La petite eut droit à un gâteau aux fruits tandis qu'à côté, le major sirotait son café. On appela la cuisinière au salon : les Russes, repus et satisfaits, burent à sa santé en l'appelant leur *babouchka*. Ils ne la laissèrent repartir que lorsqu'elle eut vidé un verre de schnaps avec eux. Puis le major se retira, montant l'escalier d'un pas lourd, et Kathi entendit une porte s'ouvrir à l'étage. Ce soir, un étranger allait dormir dans le lit de ses parents.

Ses hommes continuèrent à festoyer.

Dorota et Kathi tinrent conseil, mais sans les herbes du sommeil, une fuite serait trop risquée.

— Je vais chercher ton coffret, fit Kathi. Il fait sombre et je m'y connais, ici. Je vais y arriver.

— Non ! s'exclama Dorota, effrayée. Si les gardes t'attrapent… Et Jan est aussi dehors, quelque part !

— Mais Franzi y est bien arrivée !

— Franzi, c'est Franzi, un petit esprit des airs, rétorqua Dorota. J'y vais. Je suis polonaise, ils ne me feront rien.

— Mais…

— Non, Kathi, tu vas m'écouter, maintenant. Referme derrière moi, éteins les lumières, et cache-toi avec Franzi derrière les tonneaux de la cave. Je reviens bientôt.

Elles s'enlacèrent.

La petite n'avait aucune envie d'aller se terrer dans la cave froide et obscure reliée au garde-manger par des marches de pierre. Elle n'y consentit que lorsque Kathi lui permit d'emporter son atlas et sa charrette à moitié détruite. Et comme Franzi aimait les nains, sa sœur tenta de lui remonter le moral en lui racontant l'histoire de Blanche-Neige.

Quand vint le passage de la pomme empoisonnée, Franzi bourdonna : *Je n'aime pas ce conte.*

— Tu veux que je t'en raconte un autre ? *Cendrillon* ?

Non. Dans les contes, les femmes sont toujours les méchantes…

— Quoi ?

Kathi n'avait encore jamais vu les choses sous cet angle, mais en effet, les contes de Grimm étaient truffés de sorcières et de méchantes belles-mères.

— Tu préfères que je te raconte l'histoire de Winnetou ?

Oui !

— Il était une fois le plus noble de tous les Indiens…

Kathi n'alla pas plus loin. Un terrible vacarme venait d'éclater en haut, et elle fut certaine d'entendre crier à la fois Jan et Dorota.

— Attends-moi ici, Franzi. Tu ne bouges pas, c'est compris ? Oskar, tu la surveilles.

Kathi courut vers l'escalier, ouvrit la porte menant au garde-manger puis entra dans la cuisine.

Le bruit venait du couloir. La porte de la maison était ouverte et un des gardes, appuyé sur son fusil, observait le spectacle depuis l'extérieur avec intérêt. Jan frappait Dorota, l'insultait, laissant libre cours à sa colère. Au salon, les Russes éméchés n'intervenaient pas, au contraire : ils encourageaient les combattants. Car Dorota se défendait, injuriant Jan en polonais et rendant coup pour coup. Kathi aperçut son accordéon près de l'entrée, sans voir nulle part le coffret d'herbes de Dorota.

Un des soldats aperçut la jeune fille, qui avait imprudemment passé la tête par la porte de la cuisine. Il poussa son camarade du coude. Seuls Jan et Dorota, qui se tournaient autour comme deux coqs de combat, la séparaient à présent des Russes qui faisaient déjà mine de venir vers elle, une lueur effrayante dans les yeux.

Sans savoir ce qui la poussa à agir ainsi, Kathi ramassa son accordéon et se mit à jouer.

Jan fit volte-face. Avant que Dorota puisse réagir, il attrapa Kathi et la poussa au milieu des soldats en criant : « Une femme, camarades ! Une belle femme allemande ! »

D'un seul coup, il y eut des mains partout sur elle, qui tâtaient, pinçaient, tiraient. Du tissu se déchira. Kathi hurla. Dorota, vociférante, se mit à distribuer à la ronde des coups d'une poêle en fonte qui venait de surgir entre ses mains. Oskar aboyait comme un fou puis se tut brusquement après un affreux gémissement. Franzi pleurait en poussant des plaintes suraiguës, et tout ce vacarme était dominé par le rire dément de Jan.

Un coup de feu mit fin au chaos. Le major Tolkine, seulement vêtu de son pantalon, était debout dans l'escalier, le pistolet à la main et l'air furieux. Il hurla un ordre qui renvoya sur-le-champ ses hommes au salon. Les gardes ressortirent à la hâte. Dorota avança vers Kathi d'un pas incertain. La gouvernante était mal en point, un œil déjà enflé, la lèvre en sang.

— Petit cœur, tu as mal ? articula-t-elle péniblement.

— Non, juste quelques vêtements déchirés. Où est Franzi ?

Elle n'était pas dans le couloir. Se soutenant mutuellement, Dorota et Kathi retournèrent à la cuisine. Franzi était accroupie par terre à côté d'Oskar, en larmes et couverte de sang. Le chien gisait dans une mare rouge. Kathi se jeta au sol.

— Ça va, ma chérie ? Ils t'ont fait du mal ?

Jan a fait mal à Oskar !

Kathi palpa sa sœur mais la trouva heureusement indemne. Dorota s'agenouilla à son tour.

— Oh, pauvre Oskar !

Oskar a mordu Jan.

Et où était-il, Jan ? Dans son dos, Kathi entendit quelqu'un entrer dans la cuisine. Elle bondit sur ses pieds, prête à le tuer de ses propres mains.

C'était le major.

— Mort ? fit-il en jetant un coup d'œil à Oskar.

Le chien remua, employant ses dernières forces pour ramper entre Kathi et le Russe puis lâcher un faible grognement.

— Tu as camarades fidèles, jeune fille, constata le major.

Il se pencha et posa la main sur la tête d'Oskar.

— Chez moi, je domptais loups.

Oskar tressaillit. Kathi posa la tête du chien sur ses genoux, ses larmes coulèrent sur sa fourrure. Elle jeta un regard implorant à Dorota, qui secoua la tête.

— Je ne peux plus rien faire pour lui, petit cœur. Il va retrouver notre Créateur.

Une dernière fois, Oskar leva la tête vers sa maîtresse et lui lécha la main. Une dernière fois, elle sentit son cœur battre. Puis il s'arrêta pour toujours, et sa vie de bon chien fidèle s'éteignit entre les bras de Kathi. Mais elle n'eut pas le temps d'être triste. Le major avait ramassé l'accordéon dans le couloir.

— Joue ! ordonna-t-il.

Elle n'avait pas le choix. Seul le major la séparait de la concupiscence de ses hommes.

Les Russes éméchés accueillirent la musique avec enthousiasme. Kathi joua son répertoire complet, jusqu'à en avoir les bras tremblants et les doigts gourds. Les soldats refusèrent de la laisser s'arrêter. Ils dansèrent, chantèrent, et elle dut leur jouer encore et encore la chanson préférée de sa mère, « La nostalgie est mon pays ». L'un des hommes avait un instrument à cordes qu'il appelait balalaïka ; il déchiffra vite la mélodie, et ils jouèrent en duo. Sur la balalaïka, la chanson paraissait encore plus chargée de nostalgie, et à la fin, tous les Russes pleuraient, même le major. Enfin, il se leva et donna des ordres. Les cinq soldats s'allongèrent par terre pour dormir. Le major remonta l'escalier en vacillant et Kathi rejoignit Dorota dans la cuisine. Jan n'était pas réapparu.

60

« *Rien n'est plus indestructible qu'une idée toute faite.* »

Kathi Sadler

Ainsi passa la première nuit avec les Russes. Dorota et Kathi, malgré leur épuisement, ne fermèrent pas l'œil : les grands-parents morts gisaient encore dans leur chambre, au bout du couloir. Elles s'y glissèrent discrètement et prièrent pour eux jusqu'au lever du soleil. Dans la chambre sans chauffage, il faisait presque aussi froid qu'à la cave.

Franzi voulut rester près d'Oskar, que Kathi avait couvert et emporté au cellier. Sa petite sœur ne fut pas seule. Racibórz était réapparu, accompagné d'Oderberg, Rybnik et Frankenstein. Les chats de la ferme étaient venus prendre congé d'Oskar. Ils le veillèrent ensemble.

Au matin, Kathi demanda au major l'autorisation d'enterrer ses grands-parents.

— Vous voulez creuser ? Ne vous gênez pas, fit-il. Mes hommes, mieux à faire.

En effet ; ils étaient occupés à mettre la ferme et ses dépendances sens dessus dessous, à la recherche de trésors cachés.

Dorota et Kathi emballèrent Charlotte et August dans plusieurs couvertures et les transportèrent à l'extérieur l'un après l'autre. Puis elles allèrent chercher Oskar. Elles n'avaient nulle intention de les enterrer, conscientes que leurs efforts seraient vains. Le thermomètre n'avait guère dépassé les moins dix degrés depuis des semaines. La veille encore, elles avaient vu Klose et d'autres hommes s'échiner à tenter de creuser des tombes pour le *Gauleiter* et son soldat, puis abandonner et ouvrir un caveau pour y glisser les deux cadavres.

Faute de mieux, elles emmenèrent les grands-parents dans une des réserves souterraines de la colline où, l'été, on stockait le fromage et le beurre. Elles espéraient que le froid les conserverait suffisamment pour qu'on puisse les enterrer convenablement au printemps. Dorota avait trouvé quelques bouquets de lavande dans sa chambrette. Elles les répartirent sur les linceuls puis prirent congé avec une dernière prière.

Dehors, elles tombèrent sur le major, furieux que les chevaux soient morts.

— Gâchis ! pesta-t-il.

Puis il voulut savoir où était passé le reste du bétail.

— Libéré, répondit Kathi.

Il la saisit par le bras et l'entraîna dans la grange.

— Qu'est-ce que c'est ? demanda-t-il.

Ses hommes avaient poussé de côté plusieurs des balles de foin un jour empilées là par Oleg.

— Une fusée.

— Je vois bien. D'où elle vient ? Où il y a d'autres ?

— Il n'y a que celle-ci.

— Tu mens ! Où il y a autres fusées ?

— Il n'y en a pas d'autres. C'est moi qui l'ai faite. C'est un jouet.

— Tu mens ! insista le major.

Il toucha prudemment la fusée, comme si elle risquait de décoller à la moindre maladresse. Kathi s'approcha et cogna du poing contre la mince paroi de tôle. La fusée vacilla.

— Vous voyez ? Elle est toute légère. Ce n'est pas une vraie.

Le major l'observa sévèrement, puis il brandit le journal de Kathi, le feuilleta et désigna un schéma.

— Et ça ? Vient d'où ?

— C'est à moi. J'aime dessiner.

— Toi ? Non. C'est forcément travail d'ingénieur. (Il désigna les initiales sur la couverture.) Qui est KS ? Ton père ? Ton frère ? Ils font des fusées pour nous détruire ?

Un soldat traversa la cour au petit trot, tout excité, en agitant quelque chose. Kathi reconnut la sacoche oubliée par Ferdinand von Schwarzenbach l'année précédente.

Le major jeta un bref coup d'œil à son contenu, puis il attrapa Kathi et l'entraîna dans la maison, à l'étage. On avait transformé l'étude de son père en une sorte de quartier général. De nouveaux soldats russes étaient arrivés le matin même. Sur ordre du major, ils avaient détourné le courant électrique, et des câbles grimpaient à présent jusque dans la pièce. Un soldat coiffé d'écouteurs était assis devant un téléphone de campagne ; divers appareils gisaient un peu partout, émettant craquements et grincements.

Le major répandit le contenu de la sacoche sur le bureau et sépara l'essentiel du secondaire. Il saisit d'abord le portefeuille du malheureux major Mauser, puis le dossier militaire de Laurenz Sadler. Enfin, il s'attaqua aux documents codés, prenant chaque feuillet en main et le levant vers la lumière pour l'examiner attentivement. Jusqu'ici, Kathi n'avait fait qu'apercevoir ces papiers ; à présent, elle y distingua des notes manuscrites de sa mère qu'elle n'y avait pas vues la fois précédente. Anne-Marie avait essayé de décrypter les documents ! Les choses s'éternisèrent. Kathi sentit croître sa nervosité, surtout quand l'officier russe lut plusieurs feuillets manifestement eux aussi écrits par sa mère. De temps en temps, il lui jetait un coup d'œil sévère, comme si elle était elle aussi un objet tiré de la sacoche qu'il devait examiner avec minutie.

L'interrogatoire commença.

Kathi s'en tint à la vérité, parla de sa victoire au concours de mathématiques et de Ferdinand von Schwarzenbach, venu lui apporter la bonne nouvelle et reparti en oubliant sa sacoche.

— Pourquoi si bien cachée ? Sous plancher de la chambre ? Cette mallette appartient à espion. Qui est espion, dans ta famille ? Père, oncle, qui ? Des noms !

Il lui posa aussi de nombreuses questions sur un certain Constantin Pavlovitch Sokolov, tapant du doigt sur les documents codés. Kathi n'avait jamais entendu ce nom.

Les heures passèrent. Quand le téléphone sonnait, le major la renvoyait en bas, puis la faisait remonter. Son journal intime fut aussi l'objet de questionnements. Elle se donna toutes les peines du monde pour faire comprendre au major qu'il n'y avait dans sa famille ni espion, ni inventeur d'armes, ni ingénieur, et que les dessins de son carnet étaient tous d'elle.

— Donnez-moi du papier et un crayon et je dessinerai tout ce qui se trouve dans le carnet. Peut-être que vous me croirez enfin.

Il lui fournit ce qu'elle demandait et elle esquissa en quelques instants le principe de base d'une fusée, réacteur, chambre de combustion et éléments de commande compris.

— Toi bonne mémoire. Tout appris par cœur !

Kathi était lasse d'essayer de le faire changer d'avis alors qu'il attendait juste qu'elle confirme ses convictions. Ses parents, ses grands-parents et Oskar lui manquaient, et elle n'avait qu'une envie : se retirer dans un coin tranquille pour les pleurer en paix. Elle en avait assez qu'on la traite de menteuse et de criminelle.

— Vous savez quoi ? cracha-t-elle. Je m'en fiche ! De toute façon, vous ne croyez que ce que vous voulez croire !

— Ah ! Montre les dents, maintenant !

Le major se carra dans son siège, l'air satisfait que Kathi ait confirmé ses soupçons. Elle poussa un soupir de découragement.

Le téléphone sonna de nouveau et l'officier la congédia d'un geste.

Kathi courut rejoindre Dorota à la cuisine. Dans son vieux tablier, les manches retroussées et les bras couverts de farine, la gouvernante pétrissait une montagne de pâte. Un livre de cuisine était ouvert sur le buffet.

— Petit cœur, c'est fini ? demanda-t-elle.

Elle posait la question à chaque fois que le major renvoyait Kathi en bas pour téléphoner. Et cette fois encore, Kathi répondit :

— Je ne sais pas.

Franzi, exceptionnellement assise à la table et non en dessous, semblait avoir pris un bain de farine. Très concentrée, elle découpait des carrés dans une feuille de pâte déjà étalée.

— Je fais des *pierogi* pour les Russes, expliqua Dorota. Bon repas, bonne humeur. Oh, petit cœur, tu es toute pâle. Quand est-ce que ce major te laissera enfin en paix ? Je te fais une tisane, d'accord ?

Dorota lui caressa tendrement la joue, y laissant une traînée blanche et poudreuse.

— Tu as vu Jan ?

À toute sa peine s'ajoutait l'inquiétude que lui causait le jeune Polonais, aussi imprévisible qu'un chien enragé. Elle craignait moins pour elle-même que pour Franzi ; Jan savait qu'en s'en prenant à sa petite sœur, il causerait le pire des torts à Kathi.

— Non. Je crois qu'il est au village.

Dorota avait trop malaxé la pâte, qui se déchira. Elle forma une nouvelle boule et la jeta sur le plan de travail. Kathi sentit que la gouvernante lui cachait quelque chose.

— Ça sent le brûlé, dit-elle.

— C'est dehors, au village… Un incendie.

— Jan met le feu aux maisons ?

Dorota lui lança un regard éloquent.

— C'est pour ça que tu as fermé les rideaux qui donnent sur la cour ?

Kathi s'approcha de la fenêtre et Dorota s'exclama, effrayée :

— Non, petit cœur !

Mais Kathi avait déjà jeté un coup d'œil par la fente des rideaux ; elle recula, choquée. La cour n'était plus blanche de neige mais rouge de sang. Les Russes dépeçaient les chevaux abattus la veille par Charlotte.

— C'est de la bonne viande, dit Dorota à voix basse, et le froid la conserve. Je ne voulais pas que Franzi ou toi voyiez ça.

— J'ai vu mes grands-parents morts dans leur sang, dit Kathi en se détournant. Je n'en mangerai pas.

Le major fit revenir Kathi dans son bureau et l'interrogea jusqu'au soir, l'assommant de questions toujours identiques. Le lendemain matin, cela recommença, avec de brèves interruptions. Kathi s'étonnait qu'il ne se fatigue pas. Elle sentait grandir en elle la résistance et l'envie de lui raconter une histoire créée de toutes pièces. Peut-être que si elle avouait être une espionne, ses questions idiotes prendraient fin? Du vacarme monta soudain du rez-de-chaussée. *Franzi! Dorota!* Kathi, vive comme l'éclair, se rua vers la porte et dévala l'escalier, trop rapide pour le major et le garde.

Un soldat russe immobilisait Dorota tandis qu'un autre essayait d'arracher l'atlas des mains de Franzi. Il saisit les cheveux de la petite et tira. Elle glapit de douleur. Kathi, furieuse, bondit sur le dos du soldat et lui martela la tête de coups de poing. Le major la tira en arrière, sépara les combattants et hurla un ordre.

Les soldats se mirent au garde-à-vous. Franzi se cramponnait à son atlas en pleurant. Le soldat expliquait que, suivant les ordres du major, il contrôlait tous les livres de la maison.

L'officier tendit la main.

— Donne-moi l'atlas!

Franzi secoua la tête, butée, et s'assit par terre en protégeant le livre de son corps. Kathi intervint et bourdonna: *Laisse-le regarder dans le livre, il te le rendra après.*

Promis?

Promis.

Kathi prit le livre, le major l'ouvrit, et un papier plié en tomba. Un des soldats le ramassa vivement et le remit au major. Celui-ci l'observa, fronça les sourcils, attrapa brutalement Kathi par le bras et l'entraîna en haut des marches sans lâcher l'atlas. Les lamentations de Franzi les poursuivirent.

Tu avais promis!

Kathi entendit encore Dorota tenter de consoler sa sœur, puis la porte claqua derrière elle et une avalanche de questions s'abattit. Le major lui agita sous le nez le papier tombé de l'atlas.

— Tu mens ! Toi accès à site secret des Allemands !

Il feuilleta l'atlas et découvrit les cercles tracés par Franzi autour de certains noms. Il tapota «Ratzenried».

— Il y a quoi, là ? Usine ? Fabrique secrète d'armes ?

Chaque mot était acéré comme une flèche. Pour la première fois, le major avait l'air de se croire sur le point de lui faire avouer la vérité.

Kathi ne pouvait même pas le lui reprocher. Il voyait confirmés tous ses soupçons d'avoir été depuis le début mené par le bout de nez. Elle ne craignait pas les coups. Le Russe ne pourrait pas lui infliger de pires blessures que celles déjà subies par son âme.

La situation était complètement absurde et Kathi ne savait plus si elle devait rire, pleurer ou hurler. Voire se cogner la tête contre les murs. Voilà comment devaient se sentir les gens sur le point de perdre la raison… Le major voulait connaître la vérité ? Comment réagirait-il si elle lui expliquait que les cercles étaient uniquement le système de hasard par lequel Franzi baptisait les innombrables chats de la ferme ? Elle s'en doutait : il ne la croirait pas et ils reviendraient au point de départ. Elle résolut de ne plus rien dire.

Le major ne la battit pas. Il l'enferma dehors, dans l'ancienne cabane d'Oleg. On lui octroya une mince couverture mais pas de bois pour le fourneau, et seulement une tranche de pain et une cruche d'eau par jour.

— Tu auras faim et froid comme le peuple russe.

Kathi ne craignait ni la faim ni le froid, mais le major la privait ainsi de la compagnie de Dorota et Franzi. C'était pour elle la pire des tortures, ne pas savoir ce qui leur arrivait pendant tout ce temps-là.

Le lendemain matin, le major lui annonça qu'elle n'était plus son problème. Quelqu'un d'autre allait venir s'occuper d'elle, lui et ses hommes s'en allaient tuer des Allemands et conquérir Berlin. Il laissa quatre gardes sur place, les seuls visages que vit Kathi durant sa captivité. Ils lui apportaient sa maigre ration de nourriture et vidaient le seau de ses besoins.

La quatrième nuit, quelqu'un se mit à secouer le verrou de l'extérieur. Kathi s'assit et tendit l'oreille.

— Dorota ? chuchota-t-elle.

La porte s'ouvrit lentement. La lune toute ronde illuminait la nuit d'hiver. Sa lueur tomba de biais dans le réduit, dessinant une silhouette. Ce n'était pas les formes rondes de la gouvernante, mais le corps d'un homme mince et pas très grand.

— Qui est là ? souffla Kathi.

Elle frissonnait, et pas seulement de froid.

Un bref halètement lui parvint pour toute réponse. L'homme fit un pas en avant, chancelant. Il devait être saoul !

— Je te tiens ! gronda Jan en allemand, la main sur la braguette.

Il était venu chercher ce qu'il estimait lui revenir de droit. Devait-elle crier ? Que feraient les Russes ? L'interdiction de la toucher prononcée par le major était toujours valable et jusque-là les gardes s'y étaient tenus, se contentant de lui pincer les fesses ou la poitrine de temps en temps. Kathi recula jusqu'au bout de la couchette et tendit la main vers le seau rangé dessous. Mais avant qu'elle ait eu le temps de le lui balancer en pleine figure, Jan s'effondra par terre avec un gémissement et ne bougea plus.

Kathi était troublée et inquiète. Qu'est-ce que ça voulait dire ? Était-ce une ruse ? Qu'attendait-il ? Qu'elle rampe jusqu'à lui pour mieux pouvoir se jeter sur elle, triomphant ?

— Jan ? chuchota-t-elle. Jan ?

Elle tendit lentement un pied et lui donna un petit coup. Pas de réaction.

Soudain, elle sentit une nouvelle présence. Elle recula aussitôt vers la cloison. Quelqu'un venait d'entrer et refermait soigneusement la porte derrière lui.

— N'aie pas peur, fit une voix profonde.

Une lampe de poche s'alluma.

— C'est moi, M. Levy.

Kathi se frotta les yeux. C'était bel et bien le vieux marchand ambulant, après toutes ces années !

— Vous êtes revenu…, balbutia-t-elle.

— Tu vas bien, ma fille ? Cet homme t'a fait du mal ?

— Non. Il est entré et s'est effondré.

Ils retournèrent Jan sur le dos et M. Levy dirigea sa lampe vers son visage. Les yeux du jeune Polonais fixaient le vide, sans expression. Il était mort.

Kathi était abasourdie par la tournure que venaient de prendre les événements. Elle regarda M. Levy défaire le bandage crasseux entourant la main de Jan, qui avait gonflé au double de sa taille ; du sang et du pus s'écoulaient d'une vilaine blessure.

— On dirait une morsure d'animal. Cet homme est mort de septicémie, dit-il.

Kathi fut envahie d'une vague de chaleur, se rappelant le bourdonnement de Franzi : *Oskar a mordu Jan !*

— Oskar ! murmura-t-elle. Il l'a mordu !

— Ton chien ? Un bon camarade, protecteur.

— Oui, c'est ce qu'il était.

M. Levy n'en demanda pas plus. Parler avec lui avait toujours été facile, une de ses remarquables qualités étant de ne jamais s'embarrasser de bavardages inutiles.

— Que faites-vous ici, monsieur Levy ? demanda Kathi.

Comme Piotr, le vieux marchand portait un brassard aux couleurs de la Pologne.

— J'ai suivi Jan. Hier, nos troupes se sont croisées et il s'est vanté que la ferme Sadler allait bientôt lui appartenir. Mais de toute façon, je venais ici. J'ai un message pour ta grand-mère. Dis-moi, pourquoi es-tu enfermée dans la cabane d'Oleg ?

— Les Russes me prennent pour une espionne.

— Pourquoi ?

— C'est une longue histoire.

— Alors tu me la raconteras plus tard. Nous devons partir, maintenant.

— Mais je ne peux pas ! Dorota et Franzi sont encore à la maison.

— Ah oui, évidemment. Comment vont-elles ?

— Bien, j'espère. Je ne les ai pas vues depuis quatre jours.

— Combien y a-t-il de Russes à la ferme ?

— Quatre.

— Parfait ! Le 4 est mon chiffre porte-bonheur. Laisse-moi réfléchir, fit M. Levy, puis, après un instant : Voilà ce que nous allons faire. Je vais aller chercher Piotr, le neveu de Dorota, et nous vous emmènerons.

Cela semblait très simple, ainsi présenté, mais Kathi savait déjà à quel point le temps lui semblerait long jusqu'au retour de son vieil ami.

— Pourquoi êtes-vous encore ici, toutes les deux ? Votre mère m'a dit qu'elle vous avait envoyées en Angleterre.

Le cœur de Kathi manqua un battement.

— Vous avez parlé à ma mère ? parvint-elle à souffler.

— Je l'ai rencontrée début octobre pas loin de Moscou, où elle se rendait.

M. Levy annonça cela avec la même évidence que s'il croisait sans cesse de vieilles connaissances en Russie. Puis il se frappa le front.

— Je suis un *schmock* ! Moi et mes gros sabots !

Un flot de questions échappa à Kathi :

— Comment va mère ? Comment a-t-elle fait pour échapper aux nazis ? Qu'est-ce qu'elle a dit ? Elle a parlé de père ?

— Ta mère va bien, elle avait l'air très déterminée. Elle m'a remis une lettre pour ta grand-mère.

Kathi baissa la tête.

— Ma grand-mère est morte, et mon grand-père aussi.

— Je suis vraiment navré, mon enfant. Je les connaissais depuis longtemps, c'étaient de braves gens. Je dirai le kaddish pour eux.

Un bref silence se fit, interrompu par un brame devant la porte.

— Qu'est-ce que c'était ? demanda M. Levy, intrigué. On aurait dit un animal.

— Ça doit être Pierrot. Un ami.

— Tiens donc, fit M. Levy.

Il entrouvrit la porte et risqua un œil à l'extérieur.

— C'est un chevreuil, annonça-t-il sans une once d'étonnement.

Il ouvrit la porte plus grande et Pierrot entra en trottinant. Kathi se jeta à son cou. L'animal tourna la tête et lui souffla son haleine chaude au visage. Dehors, un cri retentit. *Les gardes !*

— Je crois que Pierrot voulait nous avertir !

— Il vaut mieux que j'y aille, dit M. Levy d'un ton de regret. Oh, c'est pour toi, du coup !

Il tendit une enveloppe à Kathi et se glissa dehors.

Un nouveau cri retentit :

— Halte ! *Stoj !*

La neige crissa sous des pas précipités.

— Va-t'en, toi aussi! s'écria Kathi en donnant un petit coup sur le flanc du chevreuil.

Il la regarda comme s'il savait qu'il n'y aurait plus de retrouvailles, puis il quitta la cour au galop. Kathi le suivit des yeux. Réconfortée par la certitude que M. Levy reviendrait, elle regarda les deux soldats russes s'approcher d'un pas vif.

61

« *Soldier – Hard Working Man – Poet* »

Inscription de la pierre tombale
d'Anatoliy Shapiro, « héros de
l'Ukraine » et libérateur d'Auschwitz
(cimetière de Long Island,
États-Unis)

La mort de Jan n'eut pas de conséquences pour
Kathi. Les Russes jetèrent un bref coup d'œil au
cadavre, considérèrent un peu plus longuement sa braguette ouverte, puis ils le traînèrent hors de la cabane
en y laissant Kathi enfermée.

Personne ne s'occupa d'elle de la journée, on ne
lui apporta pas sa tranche de pain du midi. Elle s'en
moquait bien, maintenant qu'elle possédait un trésor :
une lettre de sa mère.

En fin d'après-midi, pour la première fois depuis le
départ du major, elle entendit un bruit de moteur. Des
portières claquèrent, on parla russe. Les gardes faisaient
leur rapport. Cela devait être la relève annoncée par le
major Tolkine. Peu après, on vint chercher Kathi. La
cour était pleine de véhicules ; une demi-douzaine de soldats russes déchargeaient des caisses et les portaient à
l'intérieur de la maison. On emmena Kathi au salon. Elle
passa devant la cuisine, mais la porte était fermée.

Une femme mince se tenait à la fenêtre, là où son père avait aimé jouer du violoncelle. Son manteau militaire couleur olive dévoilait un uniforme et un pistolet, un képi à étoile rouge couvrait ses cheveux blonds. Des gants de cuir et une cravache étaient posés sur la table. Elle se dirigea vers Kathi. Ses yeux verts pleins de vie éveillèrent un lointain souvenir chez la jeune fille, mais c'est seulement quand l'étrangère parla qu'elle la reconnut d'un coup, malgré les dix ans écoulés depuis leur dernière rencontre :

— Bonjour, Kathi.

— Vous êtes mademoiselle Liebig ! s'exclama-t-elle, incrédule.

Celle-ci éclata de rire.

— Je suis ravie que tu te souviennes si bien de moi, Katharina.

Kathi était interloquée de se retrouver soudain face à son ancienne institutrice. Et cet uniforme ?

— Comment êtes-vous arrivée ici ? Pourquoi êtes-vous habillée comme ça ?

— Plus tard. Tu pues ! Va à la cuisine, Katharina. Un bain t'attend. Nous discuterons après. J'ai encore à faire.

Elle cria un ordre en russe et deux hommes entrèrent avec des caisses. Mlle Liebig ne prêta plus attention à Kathi.

Un des soldats déverrouilla la porte de la cuisine. À peine y eut-il poussé Kathi que deux paires de bras se refermèrent sur elle. On bafouilla, on versa des larmes.

Peu après, assise dans le baquet de zinc, Kathi se débarrassait de la crasse des derniers jours avec l'aide de Dorota. Elles n'eurent pas le temps de retenir Franzi : la petite se jeta tout habillée dans la cuve.

Dorota pesta en constatant que Kathi avait failli mourir de faim.

— Mais je ne vais pas me plaindre. Aujourd'hui est une bonne journée. Cette camarade commissaire est venue. Je lui ai dit : camarade commissaire, laisser des enfants mourir de faim est un crime très grave.

— Je vais bien, Dorota, l'assura de nouveau Kathi. Merci de t'être si bien occupée de Franzi.

— Enfin, petit cœur, vous êtes comme mes enfants, toutes les deux. (Dorota tira une louche de soupe d'une casserole bouillonnante.) On a bien assez de réserves, ajouta-t-elle en y ajoutant un morceau de pain avant de lui tendre le tout. Les Russes ont pillé les fermes abandonnées. La commissaire m'a dit de préparer beaucoup à manger, que ce soir, on aurait encore de la visite.

Kathi se dit que pour Dorota, certaines choses étaient restées inchangées. Elle était toujours chez elle, dans sa cuisine ; avoir tant à faire et pouvoir s'occuper d'elle et de Franzi l'apaisaient. Heureusement qu'elles avaient encore leur chère gouvernante. Kathi relata sa rencontre nocturne avec M. Levy et la mort de Jan.

— Même disparu, Oskar a continué à te protéger, commenta la gouvernante.

Les larmes montèrent aux yeux de Kathi, et même Dorota se tapota les paupières avec un coin de son tablier. Puis la jeune fille reprit d'une voix lourde :

— Mère a donné une enveloppe à M. Levy. Elle contient deux lettres, une pour grand-mère et une pour moi. Tu veux lire la mienne ?

Dorota se lava les mains et lut.

Ma fille adorée,

J'ai prié ta grand-mère de ne te remettre cette lettre qu'une fois la guerre terminée, au cas où je ne serais pas encore rentrée. Elle sait pourquoi j'ai dû partir et elle te l'expliquera. Je pense que tu t'en doutes déjà, toi qui es si intelligente, mais je ne voulais pas te donner de faux espoirs. M. Levy t'aura sûrement dit que j'ai réussi à échapper aux nazis, mais cela a retardé mon projet de plusieurs mois. Pourtant, je n'abandonne pas. J'ai trouvé la trace de ton père, je le ramènerai à la maison, et notre famille sera de nouveau réunie ! D'ici là, je te confie Franzi. Je sais qu'avec toi, elle est entre de bonnes mains. Je suis ta mère et ne peux donc m'empêcher de te donner aussi quelques bons conseils. Le plus important : crois toujours en toi-même, Kathi, et en ta propre force ! Évite les esprits faibles et facilement influençables, ils ne sont jamais fiables. Sois vaillante et courageuse. Reste tournée vers la vie et ouverte à l'amour. Et n'oublie jamais qu'un jour, ton père et moi reviendrons. Je te serre très fort dans mes bras. Embrasse ma petite Franzi de ma part. Je vous aime !

> *Mille baisers,*
> *Votre mère*

— Ta mère est une femme courageuse, dit Dorota.

Elle voyait bien à quel point Kathi était perturbée. Après tout ce temps et toutes ces horreurs, elle était bouleversée de recevoir un signe de vie de sa mère. Mais la guerre n'était pas finie, les grands-parents étaient morts, et elles étaient prisonnières des Russes.

— Petit cœur, qu'a écrit ta mère à ta grand-mère ?

— Je ne l'ai pas encore lu.

Kathi, indécise, tenait à la main la lettre adressée à Charlotte. Une lettre à une morte.

— Tu veux que je la lise pour toi ?

La jeune fille lui tendit l'enveloppe sans un mot. Dorota l'ouvrit et lui en résuma le contenu :

— Ta mère écrit qu'elle a réussi à fuir, elle demande à ta grand-mère de vous faire revenir à la maison dès que la situation sera de nouveau sûre, et de t'expliquer pourquoi elle a dû partir.

Kathi lut les quelques lignes à son tour. Sa grand-mère avait emporté dans la tombe ce qu'elle savait. Qu'aurait-elle pu lui dire de plus ? Quel autre secret sa mère lui cachait-elle ?

La nuit tombait déjà quand le visiteur annoncé arriva. Avant le crépuscule, la camarade commissaire avait fait poser des torches dans la cour et à l'entrée de la ferme. Leur lueur donnait à la scène une solennité presque fantomatique.

Kathi, postée dans l'angle de la fenêtre de la cuisine, vit un soldat ouvrir la portière d'un véhicule militaire et saluer. Un grand homme mince en sortit. Sa moustache pendait mollement des deux côtés de sa bouche. Elle fut aussi frappée par la tache rouge qui lui recouvrait toute la joue. Dans le long manteau qu'il portait comme un trophée, il s'avança en boitillant vers la camarade commissaire. Ils se saluèrent brièvement, puis Kathi l'entendit lancer qu'il espérait ne pas avoir été envoyé pour rien dans ce désert.

L'homme dîna en tête à tête avec la commissaire, au salon. Il avait apporté son propre stock de vodka.

— Par la Madone noire, s'exclama Dorota, qui faisait le service, en revenant à la cuisine. Il boit comme un trou. Tout ce qu'on dit sur les Russes n'est pas vrai, mais l'histoire de l'alcool, ça…

Quand on fit venir Kathi, elle fut accueillie par une épaisse fumée de cigare. Elle pensa aussitôt à sa grand-mère, la revit dans son fauteuil en train de renifler le tabac avec délice avant de l'allumer. À présent, un Russe inconnu et très décoré occupait le fauteuil de Charlotte. Il scruta Kathi comme un animal exotique, puis se leva et lui tourna autour.

— Cette enfant, une espionne ? Ridicule ! cracha-t-il en russe d'un ton méprisant.

Kathi ferma les yeux et lui donna raison de tout son cœur. Malgré sa mauvaise humeur, le général était le premier à douter de ses activités d'espionne. Elle eut bien du mal à ne pas trahir sa connaissance de la langue russe.

— Elle a seize ans, camarade général. Le major Tolkine ne m'a pas contactée sans raison. Cette jeune fille est surdouée, comme le camarade Ni…

— Oui, oui, bon. (Le général agita la main comme s'il s'ennuyait déjà.) C'est votre terrain, camarade colonelle. Je veux des résultats, pas des détails.

Il bâilla. Kathi apprendrait vite que tout ce qui sortait de cette bouche pincée à la moustache tatare était emprunt soit d'ennui, soit de mépris.

— Montrez-moi mes quartiers, camarade. Où est mon ordonnance ?

— Ici !

Un jeune soldat qui avait patienté dans le couloir surgit à la porte. Il avait un air de chien battu n'ayant jamais connu que les coups.

Un autre militaire vint prendre position au salon pendant que la camarade commissaire disparaissait vers l'escalier avec le général. Cette nuit encore, un étranger dormirait dans le lit des parents de Kathi. Elle pensa à tous ces inconnus qui entraient et sortaient de la maison de sa famille. Pendant plus de trois cents ans, les Sadler avaient vécu, aimé et souffert entre ces murs. Une maison était plus que de la pierre et du bois, elle était liée au destin de ceux qui y naissaient et y mouraient. C'étaient ses habitants qui faisaient d'une maison un foyer où on se souvenait d'eux pour toujours.

On avait ordonné à Kathi de rester au salon. Elle s'assit. Les prétendues preuves de ses activités d'espionnage étaient étalées sur la table, y compris la mallette du jeune von Schwarzenbach. Les camarades Tatar et Liebig devaient l'avoir examinée de près. Seul manquait son journal. Kathi posa les yeux sur l'atlas de Franzi, symbole de sa promesse brisée. Elle aurait tant aimé le rendre à sa sœur !

L'attention dont elle faisait l'objet la mettait très mal à l'aise. Tout cela n'était qu'un stupide malentendu ! Un malentendu qui avait ramené Mlle Liebig dans sa vie. Kathi, qui ne croyait pas au hasard, attendait avec impatience une explication.

Son ancienne institutrice revint et Kathi bondit sur ses pieds.

— Assieds-toi, Katharina, fit Mlle Liebig d'un ton grave. Tu connais Milosz Rajevski ?

— Quoi ?

La question la prenait de court.

— C'est le neveu de Dorota, notre cuisinière. Il nous rendait souvent visite, avant.

— Tu sais qu'il est mathématicien ?

— Oui, ce n'est pas un secret.

— Mais son secret, tu le connais ?

— Quoi ?

— Fais des phrases. Que sais-tu de la mission de Milosz Rajevski ?

— Je ne comprends pas… ?

— Si tu n'arrêtes pas de faire l'idiote, Katharina, cette conversation risque de prendre très vite une tournure désagréable.

— Mademoiselle Liebig…, commença Kathi.

— Oublie Mlle Liebig ! Elle n'a jamais existé. Mon nom est Sonia Ivanovna Petrova. Je suis commissaire politique et j'ai le grade de colonelle. Tu n'as pas besoin d'en savoir plus. Appelle-moi camarade colonelle. Je répète : que sais-tu de la mission de Milosz Rajevski ?

— Rien ! Je ne l'ai pas vu depuis cinq ans. Il a fui la Pologne au début de la guerre.

— Où est-il parti ?

— Un de ses cousins nous a dit que Milosz était parti en France en passant par la Roumanie. Maintenant, il est en Grande-Bretagne.

Kathi parla sans hésiter. Le trajet de Milosz et l'endroit où il se trouvait à présent ne pouvaient intéresser que les Allemands. La Russie était l'alliée de la Grande-Bretagne. Sans doute n'était-ce qu'un moyen de vérifier si elle disait la vérité.

À la réaction de la colonelle, Kathi conclut qu'elle ne lui avait en effet rien appris.

— Nous savons que Milosz était cryptologue pour les services secrets polonais et qu'il travaille désormais pour les Britanniques. A-t-il repris contact avec toi depuis sa fuite ?

— Qu'est-ce que vous lui voulez, à Milosz ? lâcha Kathi.

La colonelle donna un coup de cravache sur la table.

— Contente-toi de répondre à mes questions, Katharina !

— Ce n'est pas à moi que Milosz a donné signe de vie, c'est à notre prêtre, Berthold Schmiedinger. Vous vous souvenez de lui ? Milosz voulait me faire venir à Londres.

— Ah ! On avance. (La colonelle se pencha en avant et demanda sur le ton de la confidence :) Milosz est donc ton amant, Katharina ?

— Milosz ? Mais non ! Il est si vieux ! s'emporta Kathi de toute la jeunesse de ses seize ans.

La colonelle eut un sourire sans joie.

— Milosz Rajevski a quarante ans. Il est bel homme, et intelligent.

Elle saisit sa cravache, se leva et fit quelques pas, les mains croisées dans le dos. Elle s'arrêta devant la fenêtre, les jambes un peu écartées, en regardant dehors. La cravache frappa quatre fois sa cuisse. Paf, paf, paf, paf! Comme des battements de cœur. Kathi, nerveuse, ne parvenait pas à détacher les yeux de ce mouvement. Que signifiait cette remarque à propos de Milosz?

La colonelle se retourna vers elle. Elle ressemblait trait pour trait à la Mlle Liebig que Kathi avait aimée et admirée, mais s'était changée en une tout autre personne. *Non, c'est exactement le contraire*, pensa-t-elle. Elle avait toujours été cette personne, et n'avait fait que jouer le rôle de Mlle Liebig. Le choc frappa Kathi à retardement. Il était terrible de se sentir trompé, surtout par une personne qu'on avait aimée et à qui on avait fait confiance...

— Bon, reprit l'ancienne Mlle Liebig. Je te crois, Katharina. Alors explique-moi ceci, je te prie: quelle raison avait l'espion polonais Milosz de faire venir une jeune Allemande chez lui, à Londres? C'est une entreprise pour laquelle plusieurs personnes doivent risquer leur vie. Milosz a une femme et une fille à Varsovie. Pourquoi ne fait-il pas jouer ses contacts pour elles? Pourquoi toi, si ce n'est par amour?

Alors seulement, Kathi comprit la tactique de celle qu'elle avait un jour considérée comme son amie. Elle venait de se jeter d'elle-même dans son piège! On pouvait maintenant croire que Milosz et les Britanniques attendaient quelque chose de sa collaboration. Était-ce vraiment le cas? Elle n'avait jamais réfléchi aux motifs de Milosz. Sa mère et sa grand-mère voulaient les mettre à l'abri de la guerre, elle et Franzi, et l'aide de Milosz leur avait paru être la meilleure solution.

La colonelle sembla interpréter le silence de Kathi comme un aveu.

— Connais-tu Wernher von Braun ?

— Wernher von Braun ? répéta Kathi.

Encore une question incompréhensible. Kathi résolut d'être plus prudente. Elle venait d'apprendre qu'un interrogatoire était parsemé de pièges qui n'attendaient que de se refermer sur elle.

— Tous les élèves le connaissent, répondit-elle sans mentir. Les professeurs disent que c'est un génie et qu'il dirige le programme de missiles du pays.

— Nous savons ce que la propagande allemande raconte sur lui, *le génie Wernher von Braun est la preuve de la supériorité de la race allemande*, blablabla. Je te demande à *toi*, Katharina. Tu le connais ? Tu l'as rencontré en personne ?

— *Quoi ?* Non ! Comment aurais-je pu ?

— Tu as tout de même fait la connaissance d'un de ses plus proches collaborateurs.

— C'est faux !

Une absurdité chassait l'autre, d'abord des questions bizarres, puis cette insinuation. Kathi avait l'impression de foncer droit vers un précipice.

— Tu mens ! Nous savons qu'en mars 1944, tu as rencontré Ferdinand von Schwarzenbach ici même. Alors ? Dis-moi la vérité, Katharina !

— C'est vrai, ce Ferdinand est venu nous voir. Mais pas pour me parler de M. von Braun, rétorqua Kathi avec humeur, lasse de devoir se défendre en permanence. J'avais gagné un concours de maths à l'école et il voulait m'emmener à Berlin pour la remise du prix. Ma mère me l'a strictement interdit. Après ça, il est reparti en oubliant sa sacoche. Et il n'est jamais revenu la chercher.

— Hmm. Un des plus proches collaborateurs de Wernher von Braun, l'homme qui a joué un rôle décisif dans la construction du Fieseler 103 et de l'Aggregat

4, fait tout le chemin de Peenemünde à Petersdorf juste pour te remettre un prix ? Jolie histoire, Katharina. Je te donne une dernière chance. Où sont fabriqués les Fieseler 103 et les A4 ? Où se trouve votre nouvelle usine secrète ? Où les Allemands fabriquent-ils ces armes ?

— Je ne sais même pas ce qu'est un Fieseler, ni un A4. Et je ne connais pas non plus d'usine secrète, répondit Kathi avec lassitude.

— Tu veux vraiment me faire croire que tu ne connais pas vos armes secrètes ? Votre Goebbels les appelle V1 et V2. Les armes de représailles. Les armes *miracle* ! Évidemment que tu connais ce site de production secret. Tu as un laissez-passer pour y entrer ! (La colonelle tapota le document en question du bout de sa cravache.) Je te préviens, Katharina, ma patience a des limites, alors arrête de mentir !

— Je ne dis pas que je n'ai jamais entendu parler des armes miracle, c'est juste que je ne connaissais pas leurs noms officiels. Je me rends bien compte de quoi tout ça a l'air. La visite de von Schwarzenbach, le laissez-passer, la sacoche. Mais c'est un malentendu, camarade colonelle ! Il y a une explication à tout ça.

— Bien sûr qu'il y en a une ! Tu as aidé ton ami von Schwarzenbach à construire des missiles. Il y a une maquette de fusée dans la grange et des dessins et calculs précis dans ton journal ! Inutile de mentir, Katharina. Tu ferais mieux de coopérer. Alors, où fabriquez-vous vos missiles ?

Katharina se plaqua les mains sur le visage. C'était sans espoir.

— Regarde-moi, Katharina.

— Mais je n'en sais rien ! cria Kathi, désespérée. Von Schwarzenbach est venu à cause du concours scolaire, rien d'autre. Et il a oublié sa sacoche. C'est la vérité. Par la Madone noire de Czenstochowa !

Elle en vint à appeler à la rescousse la sainte domestique de Dorota. Cette envolée eut au moins pour effet d'inciter la colonelle à changer de tactique.

— Peut-être que la réponse est vraiment tout autre. Ferdinand von Schwarzenbach a disparu. Selon un de nos agents, les Allemands sont convaincus qu'il est passé chez les Britanniques.

— Ah ? fit Kathi.

Encore un terrain miné.

— Parlons un peu de cette sacoche. Est-ce bien la sienne ?

— Pardon ?

— Rien ne l'indique. Bien au contraire, son contenu semble prouver qu'elle appartient à un officier SD de haut rang nommé Erwin Mauser. Il a d'ailleurs lui aussi disparu sans laisser de traces, pile le jour où Ferdinand von Schwarzenbach est venu te rendre visite. Les Allemands le recherchent fébrilement.

— Ah ? répéta Kathi avec l'impression de jouer à colin-maillard.

— Qui est le cadavre dans votre fosse à purin ?

Kathi faillit en tomber de sa chaise. *Elsbeth !* Même morte, elle ne la lâchait pas.

La colonelle pinça les lèvres.

— Je vois que tu sais de qui il s'agit. Je t'écoute !

Kathi raconta l'histoire d'Elsbeth Luttich tombée accidentellement dans la fosse. C'était vrai, après tout. La première fois. Elle s'abstint de préciser que sa tante Paulina avait plus tard agressé Elsbeth, la précipitant cette fois dans une chute mortelle.

La colonelle se leva et se remit à arpenter la pièce, accroissant encore l'aura de danger qui émanait d'elle. On aurait dit un prédateur qui attendait le moment de bondir pour une attaque mortelle.

— Une fosse à purin est parfaite pour brouiller les pistes. Une bonne partie du squelette a déjà été dissoute. Nous avons aussi trouvé les restes d'une redingote avec toute une série d'ordres de l'armée allemande. Tu sais, Katharina, poursuivit la colonelle avec la douce voix de Mlle Liebig, je suis triste que tu continues à me mentir. Je me souviens bien de cette horripilante Elsbeth. Tu veux vraiment me faire croire qu'elle est tombée accidentellement dans votre fosse à purin et que vous l'avez laissée là ? La femme du bourgmestre ? Un spécialiste de Moscou est en route pour analyser le squelette. Nous découvrirons la vérité de toute façon. Et nous pourrions gagner beaucoup de temps si tu nous disais qui est réellement ce cadavre, Katharina. Je te le demande une dernière fois : qui est-ce ? Von Schwarzenbach ou Mauser ?

Kathi secoua la tête, effarée. La colonelle était enfermée dans la même bulle que le major Tolkine. Tout ce qu'elle lui disait ricochait sur elle.

— Je ne sais pas pourquoi vous me posez toutes ces questions, camarade, si vous ne croyez rien de ce que je vous réponds. Demandez des nouvelles d'Elsbeth Luttich à tous les habitants du village. Ils vous diront tous qu'elle a brusquement disparu en mai 1944.

— Et même si le corps était bien celui d'Elsbeth… qui me dit que toi et tes aides n'avez pas tout de même éliminé von Schwarzenbach et Mauser avant de les faire disparaître ?

Kathi serra les dents pour ne pas hurler de frustration. La camarade colonelle déformait tout pour l'adapter à ses soupçons. Où voulait-elle en venir ? Le savait-elle seulement elle-même ? Cette accusation ridicule était-elle un nouveau piège ? Au début, elle avait encore espéré pouvoir convaincre l'ancienne Mlle Liebig n'être qu'une jeune fille de seize ans douée par hasard pour les mathématiques et la physique. Mais maintenant, il lui semblait que son interlocutrice avait de tout autres intentions, et attendait bien plus d'elle que ne le révélaient ses questions. Kathi se sentait comme une souris malmenée par un chat avant d'être dévorée. Elle que ses parents avaient élevée dans un esprit de droiture et d'honnêteté ne put plus se retenir.

— Peut-être devriez-vous décider ce que vous attendez de moi, camarade. D'abord vous dites que je suis une sorte d'espionne qui veut passer chez les Britanniques, puis je suis une experte en armement qui assiste Ferdinand von Schwarzenbach. Et maintenant, je suis censée l'avoir tué ? Je balance son cadavre dans la fosse à purin mais je conserve sa sacoche ? Avec le portefeuille d'un certain major Mauser que j'ai tué ou fait disparaître, lui aussi. Je vais finir par me faire peur à moi-même !

Kathi se tut, hors d'haleine, s'attendant à recevoir quelques coups de cravache. Elle s'en moquait bien, pourvu qu'on la laisse enfin en paix…

La colonelle eut l'air étrangement satisfaite. L'envolée de la jeune fille avait fait naître un sourire sur ses lèvres.

— Bravo, Katharina, tu t'en sors très bien. Tu me résistes malgré le danger auquel toi et Franzi êtes exposées. Ça prouve seulement que je ne me suis pas trompée sur ton compte.

Kathi venait de découvrir que l'entêtement pouvait être un bon moyen de résister à la peur et à la fatigue.

— Je ne peux pas en dire autant de vous, camarade. Pourquoi avez-vous prétendu être une institutrice allemande ? C'était bien avant la guerre.

À sa grande surprise, elle obtint une réponse.

— Je suis venue ici parce que j'étais à la recherche de mon frère jumeau, Youri. Il avait disparu, à l'époque.

— Peut-être que vous devriez faire assécher toutes les fosses à purin des environs.

— Attention, Katharina ! Ne pousse pas le bouchon.

— Pourquoi avez-vous parlé de Franzi, tout à l'heure ? Elle n'a que neuf ans.

— Pour que tu te souviennes que tout ne tourne pas autour de toi, ici.

— Vous voulez faire pression sur moi en vous servant de Franzi ?

La peur était de retour, fantôme mouvant et imprévisible.

— Et si je le faisais, je pourrais apprendre quelque chose ?

— Non ! Vous devez me croire ! Je vous ai dit la vérité. Je ne mens pas ! protesta vivement Kathi.

— Ah oui ? Alors pourquoi avez-vous menti au major en déclarant que Franzi s'appelait Ida ?

Kathi tressaillit. Cette femme était terrifiante.

— Franzi le voulait, c'est tout. Elle a des idées très arrêtées.

— Comment pouvais-tu savoir que la fille du major était morte quelques semaines plus tôt ?

— Je ne le savais pas ! Et quel est le rapport ?

— Elle s'appelait Ida, déclara la fausse Mlle Liebig.

Kathi baissa la tête, résignée. Elle pensa un instant à ouvrir l'atlas pour lui montrer la dédicace « Pour Ida », puis rejeta aussitôt l'idée. Cela ne ferait sans doute que provoquer de nouvelles questions, cette fois-ci sur cette Ida inconnue. La commissaire ne croirait jamais que Franzi exprimait ou faisait parfois des choses absolument inexplicables. Elle n'essaya donc même pas.

— Et maintenant ?

— Parlons de tes parents. Où sont-ils ?

— Père a disparu à Leningrad, et mère a été… emmenée l'an dernier.

Le mot «emmenée» contenait toute l'horreur de l'arbitraire diabolique des nazis. Kathi était fermement décidée à ne pas révéler la fuite d'Anne-Marie.

— Ta mère n'était pas juive, que je sache. Qu'avait-elle fait ?

— Rien. Mère a été longtemps malade après que Jan l'a frappée et a tué mon petit frère Rudi. Elle a été emmenée dans un institut médical.

— Ah oui, Jan, le Polonais. Nous n'avons pas encore parlé de lui. Le soldat Kassinovitch m'a dit qu'il avait trouvé ce Jan mort dans ta cellule. Dis-moi ce qui s'est passé.

— Pas grand-chose. Jan a brisé le verrou pour entrer puis il s'est effondré là.

— Voilà qui est bien commode.

La colonelle feuilleta brièvement le dossier militaire de Laurenz Sadler. Manifestement, la question de Jan était close.

— Revenons à tes parents. Ton père a été incorporé tard, à presque quarante-trois ans, et ta mère a été emmenée. Je dois te dire qu'elle est certainement morte depuis longtemps. Les Allemands ne perdent pas de temps avec les malades mentaux. Ils les mettent dans des camps et les gazent.

— Quoi ? s'exclama Kathi en bondissant sur ses pieds. Ce n'est pas vrai !

— Assieds-toi ! Vous, les Allemands, vous êtes des bêtes ! Tu connais le nom d'Auschwitz ? Je n'avais encore jamais rien vu de tel. Et crois-moi, Katharina, j'ai vu beaucoup de choses dans ma vie.

La colonelle cria un ordre et un soldat lui apporta une pochette de cuir, dont elle tira une pile de photos.

— Regarde les monceaux de cadavres ! Et là, les rescapés, on dirait des morts !

Elle lui présenta d'autres photos, lui raconta les abominations, les chambres à gaz, les fours crématoires et les charniers, les salles pleines de cheveux et de chaussures, de vêtements et de lunettes, de tout ce qu'on avait volé aux morts.

Kathi se détourna et vomit.

— Oui, tu vomis, maintenant que ces horreurs ont été commises depuis longtemps! commenta froidement la colonelle. Et les meurtres continuent! Il existe d'innombrables camps comme celui d'Auschwitz. Les Allemands tuent sans relâche, comme des machines. Ils savent qu'ils ont perdu la guerre, alors ils tuent encore tous ceux qu'ils peuvent dans les camps. Personne ne doit survivre ni témoigner. Et toi, Katharina, tu pourrais nous aider à mettre fin à ces actes abominables. Sauver des vies. Et venger ta mère.

— Comment? demanda Kathi faiblement.

— Dis-moi où les Allemands fabriquent leurs missiles V1 et V2. Nous bombarderons le site et mettrons fin à la guerre.

— Mais je n'en sais rien! croassa la jeune fille.

— Je peux faire rechercher ton père dans nos camps de prisonniers. Tu veux qu'il rentre à la maison, non? reprit la colonelle d'une voix pleine de promesses.

Kathi fondit en larmes.

— C'est mon vœu le plus cher! Mais je vous jure que je ne sais rien. Pourquoi ne voulez-vous pas me croire? Pourquoi êtes-vous aussi méchante?

— Parce que je suis juive et que tu es allemande!

La colonelle cria au garde:

— Amène la petite. Et de la corde.

— Quoi?

Kathi fit mine de se jeter sur le soldat, mais la fausse Mlle Liebig l'attrapa vivement par le bras et le lui tordit dans le dos. Une douleur fulgurante jaillit, l'empêchant de bouger. Elle entendit Dorota crier puis se taire brusquement. La porte de la cuisine claqua, le garde poussa Franzi dans le salon. Elle alla aussitôt se cramponner à sa sœur et bourdonna : *Le soldat est méchant.*

Kathi aurait tant voulu tenir sa sœur à l'écart de tout ce mal. On lui arracha la petite et la colonelle ordonna de la ligoter sur une chaise. Franzi protesta : *Je ne veux pas jouer à Winnetou !*

Kathi tâcha de garder son calme, sachant que sa peur se transmettrait à sa sœur. Elle fut à son tour attachée à un siège. Qu'allait-il se passer ? Elle respirait difficilement, avec l'impression que l'air s'était raréfié d'un coup.

La colonelle renvoya le garde. Elle sortit son revolver, en ôta toutes les cartouches sauf une et fit tourner le barillet avant de braquer l'arme sur Franzi.

— On va faire un petit jeu. Peut-être que la balle sortira au premier coup, ou bien au dernier. Alors, Katharina. Où est le souterrain secret des Allemands ?

Elle arma puis enfonça la détente. Un clic vide terrifiant retentit, faisant à Kathi l'effet d'un coup de couteau. Tout s'était passé si vite qu'elle n'avait pas eu le temps de réagir.

C'était la manière de la colonelle de prouver qu'elle était sérieuse, même si elle appelait ça un jeu.

— Coup de chance, commenta-t-elle d'un ton badin. La prochaine sera la bonne. *Peut-être.* Alors ?

Elle s'assit sur le bord de la table, une jambe pendante.

— Je ne sais pas, sanglota Kathi. Ne faites rien à ma sœur, je vous en prie !

Franzi bourdonna : *Je n'aime pas ce jeu.*

— Pourquoi êtes-vous aussi méchante ? répéta Kathi en criant.

— Pourquoi devrais-je épargner les enfants d'une traître à ma patrie ?

— Quoi ? haleta Kathi.

Au lieu de répondre, la colonelle réarma et pointa de nouveau le canon de son arme sur Franzi.

— Dernière chance, Katharina. Où se trouve le site secret de production de missiles des Allemands ?

Son doigt se recourba sur la détente.

— Je ne sais pas, je ne sais pas, je ne sais pas ! hurla Kathi en secouant violemment ses liens.

Franzi se mit à trembler, sur le point de succomber à une crise de convulsions.

La colonelle abaissa lentement son revolver.

— Je te crois, Katharina. Apparemment, tu n'en sais vraiment rien. Mais il fallait que je sois sûre. Tu comprends ça, n'est-ce pas ?

Elle détacha les deux sœurs.

— Nous reprendrons notre conversation demain. Allez à la cuisine, maintenant. Vous pouvez y rester pour le moment.

62

« Et le monde entier ne rêvait plus que de quitter la Terre. »

M. N. Balanine, mère de Sergueï Korolev

Le lendemain matin, le général descendit l'escalier d'un pas raide. La camarade Sonia l'attendait déjà au salon, attablée devant le petit déjeuner.

— Café, général ?

— Non, sortons. J'ai besoin d'air. Cette maison pue la pisse.

Une fois dans la cour, il demanda :

— Alors ?

— La gamine ne sait rien.

— Tu as donc découvert qu'elle ne savait rien. Félicitations, camarade colonelle !

— Elle peut quand même nous être utile, camarade général ! N'oublie pas la liste !

— La liste, la liste, pesta le général, la moustache frémissante. Que les Allemands et les Anglais veuillent la gamine n'en fait pas une référence pour la Russie !

— Le camarade Sergueïev s'est rangé à mon avis après avoir vu ses dessins. Il veut que nous lui envoyions Katharina.

— Le camarade Sergueïev n'a jamais été bien difficile. Je trouve que la Russie possède suffisamment de têtes bien faites, gronda le général. C'est une Allemande, une ennemie ! Elle finira par construire un missile qui nous fera tous sauter !

La camarade Petrova était habituée à ce que le général voie partout traîtrise et sabotage. Rien d'étonnant : c'était en mentant, trompant et trahissant qu'il avait préparé le terrain pour sa stupéfiante carrière. Il regardait le monde comme dans un miroir, où un traître ne verrait jamais qu'un traître.

Elle pencha la tête pour qu'il ne perçoive pas son sourire méprisant : elle avait depuis longtemps une longueur d'avance sur lui. Enfin, elle lui exposa son plan.

Le général dressa l'index, amusé, et lâcha un aboiement sec en guise de rire.

— Aha ! Vous êtes une diablesse, Sonia Ivanovna ! Ça ne plaira pas à Xenia, non, ça ne lui plaira pas du tout.

Kathi, qui les regardait se promener dans la cour, devina qu'on parlait d'elle. Mais même en se tordant le cou depuis la fenêtre entrouverte, elle ne comprit pas un mot. Quand ils revinrent vers la porte, elle saisit uniquement la dernière phrase : « Ça ne plaira pas à Xenia. »

Franzi surgit près d'elle, une énorme tache sombre sur la joue.

— Franzi, qu'est-ce que tu as fait à ton visage ?

La petite s'était barbouillé la moitié de la figure de noir de charbon. Elle bourdonna : *Je joue au méchant général.*

Kathi ne pouvait qu'approuver sa sœur. L'ancienne Mlle Liebig s'était certes révélée être un monstre sans cœur, mais elle restait prévisible dans la mesure où l'on saisissait ses objectifs. Le général, lui, semblait étranger à tout comportement humain. Jamais Kathi n'avait rencontré quelqu'un dont la simple présence provoquait une telle terreur. Ses propres soldats l'évitaient ou se figeaient au garde-à-vous, le regard dans le vide, quand ils croisaient son chemin par mégarde. Les hommes avaient respecté le major Tolkine, mais ils redoutaient le général. Sonia Ivanovna, la camarade colonelle, était la seule à ne pas se laisser intimider par lui.

Le général repartit dans la matinée avec son escorte. Aussitôt, la tension retomba, les Russes se remirent à évoluer normalement et plus comme des marionnettes rigides. La camarade colonelle monta elle aussi dès le matin en voiture et ne revint que le soir. Contrairement à ce qu'elle avait annoncé, elle ne convoqua pas Kathi.

Seul un soldat vint la chercher à la cuisine pour qu'elle fasse le ménage à l'étage, et elle fut heureuse de s'occuper. Les questions et réflexions qui virevoltaient dans sa tête lui donnaient presque le tournis. Tout en lissant les draps, secouant les édredons et balayant le parquet, elle essaya de relier à ses propres certitudes les informations qu'elle tenait de la colonelle. Elle espérait remonter ainsi le fil jusqu'à son origine, jusqu'au moment où tout avait commencé à aller de travers. Elle trouvait étrange que Ferdinand von Schwarzenbach ait prétendument disparu juste après sa visite à la ferme. Au moment où, à Berlin, elle avait espéré son aide, il avait sans doute déjà quitté le territoire allemand.

Cela expliquerait aussi le message codé du vieux Wilhelm lors de son second appel au palais Schwarzenbach: «Je suis chargé de vous transmettre le salut de la fausse abeille! Elle joue maintenant au carré magique.» Ferdinand lui avait ainsi fait comprendre qu'il était passé dans le camp des Anglais, et qu'il travaillait avec Milosz! Kathi repensa à la sacoche oubliée. L'avait-il laissée là à dessein? Si elle n'appartenait pas à Ferdinand mais bien à ce major Mauser, comme la fausse Mlle Liebig l'avait prétendu, elle n'était qu'une charge inutile pour le jeune homme. Si seulement elles l'avaient détruite sur-le-champ ! C'était son contenu qui avait parachevé le tableau cohérent que croyait voir la colonelle. Les preuves les désignaient clairement, elle et sa famille.

Et pourtant, la vérité était tout autre. Ferdinand et la sacoche n'étaient pas le début du fil conducteur. C'était Kathi elle-même qui avait commencé à le dérouler en se montrant incapable de résister à ce stupide concours de maths. Dire que la fausse Mlle Liebig en personne lui avait un jour expliqué qu'il était parfois intelligent de dissimuler son intelligence. Si seulement elle avait suivi son conseil ! Elle ne serait pas dans un tel pétrin aujourd'hui. Sa propre responsabilité lui pesait beaucoup. Il ne s'agissait pas que d'elle, Franzi et Dorota étaient concernées aussi. Même sa propre mère lui avait recommandé de ne pas attirer l'attention.

Pourtant, elle n'avait toujours pas trouvé le bout du fil. Sonia Ivanovna le tenait fermement entre ses mains et continuerait à le tisser comme bon lui semblerait. Et il y avait pis. Le plus grand mystère, le fil le plus emmêlé de tous, était la remarque de la commissaire traitant Anne-Marie de traîtresse à sa patrie. Ça n'avait aucun sens, c'était un fil sans début ni fin. Sonia avait dû l'inventer pour la troubler en une sorte de torture de mots, comme lorsqu'elle avait prétendu que sa mère était morte depuis longtemps. Mais Kathi savait ce qu'il en était. M. Levy l'avait vue près de Moscou !

Toutefois, cela remontait à des mois. M. Levy allait-il revenir avec le neveu de Dorota maintenant que cette Sonia occupait la ferme ? Les questions s'accumulaient, sans une seule réponse en vue.

Et comme si Kathi n'avait pas assez d'interrogations en tête, l'image du jeune prisonnier en uniforme d'aviateur lui revint. Qu'était-il devenu ? Elle avait souvent pensé à lui quand elle était enfermée dans la cabane d'Oleg. Puis le visage de son ami d'enfance mort, Anton, surgit devant elle, et son sourire se mêla à celui du jeune prisonnier. Une rencontre avec un inconnu, brève comme un battement de cœur, un sourire de clair de lune, et voilà qu'elle se retrouvait assaillie de sentiments aussi intenses que ceux des premières semaines de deuil, juste après la disparition d'Anton.

Depuis ce jour-là, l'univers de Kathi ne s'était plus jamais vraiment reconstitué, et d'autres fragments s'en étaient détachés : son père englouti par la guerre, ses grands-parents et son chien morts, Oleg arrêté, Paulina disparue, et sa mère devenue un mystère brumeux. Sa vie entière lui paraissait friable, cousue de cicatrices, péniblement maintenue debout par sa responsabilité envers Franzi et l'espoir que ses parents reviendraient un jour. Quand elle pensait au jeune prisonnier, il lui semblait voir en lui aussi une bribe perdue de son ancienne vie. Pourtant, elle l'avait à peine aperçu et avait aussi peu d'espoir de le revoir que de réaliser son grand rêve, aller sur la Lune.

Mais elle continua à guetter le jeune inconnu chaque jour, poussée par une force intérieure dont elle ignorait encore qu'il s'agissait d'espérance.

Une nouvelle nuit tomba sur la ferme Sadler. Dorota et Franzi dormaient sur une couchette improvisée dans la cuisine.

Un silence glacial s'était posé sur la maison. Il avait neigé pendant la journée, mais le soir venu, le thermomètre était redescendu en dessous de moins dix. Dans la cour, plusieurs soldats étaient assis autour d'un feu de camp mais restaient calmes. La camarade colonelle était très stricte, n'autorisant que des rations restreintes d'alcool. Les soldats de garde n'avaient droit qu'à un verre.

Kathi, agenouillée sur la banquette de la cuisine, appuyait le visage contre la vitre. Avec le froid de la nuit contre sa joue, il lui sembla un instant ne faire plus qu'une avec la fenêtre, avec tous ses défauts et ses rayures et ses cicatrices, et avec tous ceux qui s'étaient assis ici avant elle pour observer la lune et les étoiles. Pleine de mélancolie, elle regarda le ciel qui brillait comme du verre noir poli. Là-haut existait un monde sans hommes. Sans injustice. Sans guerre. Là-haut, une liberté infinie l'appelait, et les constellations lui renvoyaient l'écho de ses rêves. Parfois, elle se demandait si elle était attirée par la Lune justement parce que celle-ci était hors de portée.

Comme souvent, Kathi déploya les ailes de son esprit et s'envola de plus en plus haut, dans le silence sans air d'une nuit éternelle où personne n'était jamais allé avant elle. Cette manière de rêver la réconfortait. Les tyrans de ce monde avaient peut-être le pouvoir de voler leur liberté aux gens, de les enfermer, de les tuer. Mais ils ne pouvaient pas leur prendre leurs rêves. Tout le monde portait en soi son propre univers, unique. Kathi se dit pour la première fois que c'était peut-être là ce qui manquait aux tyrans. En regardant par la fenêtre, ils ne voyaient que l'obscurité. Ils avaient perdu la lumière, n'étaient plus capables de voir la beauté du monde. Avec tous ses défauts et ses rayures et ses cicatrices. L'âme des tyrans était aveugle.

63

*« Cette antique loi d'œil pour œil laisse
tout le monde aveugle. »*

Martin Luther King

Dorota, Franzi et Kathi restèrent prisonnières de
leur propre maison. Elles vivaient et dormaient dans
la cuisine, où on les enfermait pour la nuit, et n'étaient
autorisées à se rendre dans les autres pièces et les
annexes que pour y travailler.

Comme le major Tolkine avant elle, la camarade
colonelle avait fait de la ferme Sadler son quartier
général. Elle partait d'habitude très tôt le matin pour ne
rentrer que le soir. D'autres jours, elle restait enfermée
au salon, entourée de montagnes de papiers. Sa tâche
principale semblait être l'établissement de listes qu'un
coursier venait chercher quotidiennement. Ces activités rappelèrent à Kathi son propre travail, à l'époque
où sa grand-mère l'envoyait au cellier au début du printemps pour inventorier leurs provisions.

Les possessions de la ferme Sadler furent elles
aussi répertoriées et classées selon leur degré d'utilité. Le vieux camion à plateau que même les officiers
de la Wehrmacht avaient laissé là en 1943, arguant
que « seule la rouille le faisait encore tenir debout »,
fut saisi. On découvrit aussi la cloche de l'église dans

une réserve souterraine sous la colline. Les villageois l'avaient sauvée au péril de leur vie, tout ça pour qu'elle tombe à présent entre les mains des Russes! Quelle ironie, se dit Kathi, peut-être va-t-elle être fondue en balles qui tueront des soldats allemands…

Tout ce qui paraissait avoir la moindre valeur ou qui plaisait d'une manière ou d'une autre disparaissait, y compris le vélo de Kathi, la vieille machine à coudre à pédale de Dorota et les bouillottes en cuivre des grands-parents.

Les Russes s'intéressaient particulièrement à tout ce qui avait l'air technique ou électrique et, encore mieux, possédait au moins un câble : le poste de radio, le téléphone avec son socle, l'appareil photo de Laurenz.

Un jour, en faisant le ménage, Kathi constata que les passages bibliques brodés du couloir de l'étage avaient disparu. Sans doute les soldats russes les avaient-ils emportés comme souvenirs. Ce genre de pillage lui rappelait le jour où, à Berlin, des hommes en uniforme avaient vidé la maison du frère de Berthold. Le plus fort se payait sur le plus faible, le vainqueur chez le vaincu.

Les femmes aussi étaient perdantes. Kathi entendait les soldats se vanter de leurs horribles méfaits, et maudissait en de tels instants sa connaissance du russe. Ils parlaient aussi avec mépris des Polonais, bien qu'ils soient alliés. Alors qu'ils chargeaient un camion d'objets appartenant aux Sadler, elle entendit l'un d'eux demander pourquoi ils emportaient un si vieux tapis – il y en avait de bien plus beaux en Russie ! L'autre répondit : «Le tout, c'est que ces sales Polacks ne l'aient pas ! »

À mesure que la maison se vidait, les étables se remplissaient de nouveau. Les Russes amenèrent d'abord une douzaine de vaches, vite suivies de cochons, de chèvres et de poules. Avec l'aide de quelques soldats, la ferme reprit ses activités agricoles ; il y avait encore assez de paille et de foin dans la grange. La camarade colonelle nomma Dorota fermière en chef, lui confiant le bon déroulement des opérations. Des camions de l'armée amenèrent d'autres soldats, que la colonelle installa dans les box de l'écurie et non dans la maison. Kathi nota que la plupart étaient encore très jeunes, tout comme les soldats du IIIe Reich avaient rajeuni d'année en année.

En plus des vaches, les Russes amenèrent aussi quelques femmes et jeunes filles avec lesquelles ils s'amusaient nuit après nuit dans l'étable et à l'écurie. Dorota confectionna des bouchons en cire d'abeille pour que les enfants n'entendent pas les hurlements des malheureuses. Tous les soirs, elles priaient pour ces pauvres âmes.

Une autre question tracassait Kathi : M. Levy ne réapparaissait pas. C'était sans doute mieux comme ça ; les quatre soldats du début étaient à présent une bonne dizaine.

Deux longues semaines passèrent, durant lesquelles la colonelle n'accorda aucune attention à Kathi. La discussion annoncée n'eut pas lieu et la jeune fille en conclut que la camarade Sonia attendait quelque chose de précis. La suite lui donna raison.

Elle finit un jour par la convoquer au salon. Cette fois non plus, elle ne perdit pas de temps en bavardages.

— Assieds-toi, Katharina. Il a été décidé de t'envoyer à Moscou. Tu possèdes certains talents qui nous intéressent. Nous allons te former et te faire progresser.

— Quoi ? Mais...

— Tu veux faire des études, n'est-ce pas ?

— Oui, mais...

— Arrête avec tes «mais». Tu veux faire des études. Nous t'offrons l'accès à la meilleure université de Moscou. Bien peu de gens ont cette chance. Tu devrais en être reconnaissante.

En cet instant, Kathi n'avait guère le cœur à la reconnaissance. Les pensées se bousculaient dans sa tête. *Moscou?* Sa mère avait voulu y aller! Et en chemin, elle avait rencontré le merveilleux M. Levy… Était-ce un hasard? Ou M. Levy avait-il tiré de son éventaire le nom de Moscou comme il l'avait fait jadis de la pierre de lune, de l'abaque, et de l'atlas de Franzi, qui avait un jour appartenu à une certaine Ida dont le prénom avait incité le major Tolkine à les sauver de ses hommes? À cet instant, Kathi stoppa net le train de pensées qui, dans son esprit, filait déjà vers Moscou. Elle savait qu'elle ne pourrait jamais y aller pour y chercher sa mère: elle devait prendre soin de Franzi! Elle dit doucement:

— Je ne peux pas aller à Moscou. Je ne parle même pas russe.

— Tu me mens une fois de plus, Katharina. Tu crois que je n'ai pas remarqué que tu comprends tout?

Nier était inutile. Sonia venait de la surprendre pour la deuxième fois en flagrant délit de mensonge. Kathi se demanda si cette offre d'aller étudier à Moscou était une nouvelle ruse de la colonelle.

— Tu as perdu ta langue?

Sonia Ivanovna se servit du thé de son samovar et ajouta deux cuillerées de sucre dans la tasse translucide. L'ustensile, un monstre argenté aux armoiries ciselées, comme la vaisselle à thé raffinée, venait d'une des nombreuses caisses que la camarade avait apportées. Kathi s'était déjà aperçue que la colonelle aimait les belles choses et exigeait un grand confort. Elle dormait sous un douillet édredon de duvet, le sol de sa chambre devait être balayé et lavé tous les jours, et il lui fallait un bain brûlant quotidien. Dorota et Kathi devaient monter chaque soir suffisamment d'eau chaude et y ajouter un verre de miel et plusieurs litres de lait fraîchement tiré. Dorota était scandalisée de ce gaspillage. En prenant son bain, la colonelle buvait du vin mousseux à étiquette française, dans une belle coupe. Kathi espérait que ses caisses contenaient aussi du miel. Le cellier des Sadler se vidait à vue d'œil, il n'y en avait plus que deux bocaux.

La colonelle sirotait son thé, les lèvres pincées, en tenant la tasse à deux mains comme un bol.

— Aimerais-tu une tasse de thé vert long jing ? Les feuilles viennent de Chine. Là-bas, on l'appelle aussi thé du dragon.

Elle garda la tasse près de son visage et inspira le parfum avec délice. Kathi revit sa grand-mère renifler un havane avant de l'allumer en vantant l'exotisme de Cuba. Une boule dans sa gorge l'empêcha de répondre, et elle se contenta de hocher la tête.

La colonelle la servit et reprit :

— Quand nous sommes seules, tu peux m'appeler Sonia. Le reste du temps, je suis la camarade colonelle. Tu as compris ?

Kathi acquiesça de nouveau puis goûta le thé, à la teinte jaune clair plutôt que verte.

Elles burent un moment en silence, à petites gorgées. La colonelle semblait parfaitement détendue, tandis que Kathi se sentait prise dans l'œil du cyclone. Elle se doutait que la camarade Sonia allait de nouveau l'entraîner dans un tourbillon de questions, d'accusations et de pièges.

Elle n'attendit pas longtemps.

— Sais-tu l'une des premières choses qu'ont faites les Allemands quand ils ont envahi la Pologne,

Katharina ? Ils ont fermé les écoles et les universités et exécuté les enseignants et les professeurs. La population polonaise ne devait plus avoir accès à l'éducation. Les paysans ignorants sont plus faciles à diriger.

Elle posa la main sur sa tasse vide, laissant le temps à Kathi de réagir. Celle-ci demanda prudemment :

— Ça veut dire qu'après la guerre, les universités et les écoles allemandes seront fermées ? (Puis, enhardie :) Mais ce serait faire la même chose que les Allemands ! Vous ne seriez pas meilleurs qu'eux !

— Tu confonds cause et effet, action et réaction, Katharina. Ce n'est pas la Russie qui a lâchement attaqué l'Allemagne ! Notre petit père Staline a tendu la main de la paix à votre Hitler et conclu un pacte avec l'Allemagne. Puis l'Allemagne a attaqué notre pays dans le dos, tuant des millions de Russes ! Des centaines de milliers de nos courageux soldats meurent de faim dans les camps d'extermination allemands. Ils meurent de faim ! Tu sais ce que ça veut dire ?

Dans un bref élan d'émotivité, Sonia avait élevé la voix.

— Vous, les Allemands, vous méritez une bonne leçon. Vous ne pourrez plus jamais déclencher une guerre, conclut-elle froidement.

Kathi, qui n'avait vu que les photos d'un camp, fut prise d'une nouvelle nausée. Quel effet cela devait-il faire d'y être allé en personne…

— Je sais à quoi tu penses, reprit Sonia en se méprenant sur la pâleur de Kathi. Aux jeunes Allemandes dans l'écurie. Nos hommes se jettent sur les femmes allemandes ? C'est uniquement en réaction à vos actes barbares ! La Russie ne voulait pas de cette guerre, les Allemands nous ont forcés à y entrer. Maintenant, à vous d'en subir les conséquences ! Ce Polonais, Jan… Tu crois qu'il est né tueur d'enfant ? Bien sûr que non, c'est vous, les Allemands, qui l'avez poussé à le devenir ! Vous avez assassiné toute sa famille à Wieluń. Il s'est vengé, rien de plus.

La colonelle observa Kathi par-dessus le bord de sa tasse, l'œil méprisant mais insondable.

— Si tu détestes tant les Allemands, Sonia, pourquoi me proposes-tu d'aller étudier à Moscou ?

— Parce que le savoir est universel et devrait être accessible à tous, hommes, femmes et enfants. C'est un Allemand qui a dit ça, Einstein, Marx ? Peu importe, un Juif, en tout cas. (Elle agita la main.) Quand tu avais six ans, Katharina, nous avons souvent discuté de l'univers. Tu m'as demandé si on pouvait aller dans l'espace en avion, et je t'ai expliqué qu'il n'existait pas de machine volant si haut. Tu te souviens de ce que tu m'as répondu ?

Kathi hocha la tête.

— Que je voulais être la première à y aller.

— À l'époque, ce n'était que le grand rêve d'une petite fille. Je vais te dire une chose, Katharina. À Moscou, des femmes et des hommes partagent ce rêve. Des centaines de scientifiques, ingénieurs, physiciens, chimistes et mathématiciens cherchent aujourd'hui ensemble à construire un engin volant capable d'aller bien plus loin que l'atmosphère, dans l'espace inconnu. Un jour, un Russe sera le premier à marcher sur la Lune. Pas un Américain, pas un Anglais ni un Allemand. Un Russe ! Il y a des aéroports et des gares partout, mais la Russe bâtira la première gare spatiale. L'humanité n'aura jamais vu une chose pareille. (Elle se pencha, s'approchant tout près de Kathi pour poursuivre.) Je suis moi-même physicienne, je sais qu'il y a des possibilités. Mais les rêves ne se réalisent pas d'eux-mêmes. Alors, Katharina, si ce que tu m'as dit à l'époque n'était pas qu'un bavardage de gamine, si tu veux réellement aller sur la Lune, tu dois devenir russe.

Le discours enthousiaste de Sonia stupéfia Kathi. Apparemment, elle n'était pas la seule à rêver. Mais tout cela faisait un peu trop d'un coup. Elle avait juste demandé pourquoi elle devrait aller étudier à Moscou, et Sonia lui déballait le grand rêve de la Lune. Tout ça pour quelques croquis dans son carnet et l'intérêt que lui avaient manifesté Milosz et Ferdinand ? La colonelle se jouait d'elle, c'était évident !

Kathi sentit ses pensées se remettre en ordre. Aller à Moscou et devenir russe ? Impossible. Elle n'irait nulle part sans Franzi et Dorota.

La colonelle attendait sa réponse.

Kathi évalua les conséquences d'un refus. L'enfermerait-on de nouveau dans la cabane d'Oleg ? La colonelle ressortirait-elle son revolver pour menacer de tirer sur Franzi ? Avait-elle vraiment le choix ? Elle était prisonnière. Pourtant, elle se sentait incapable d'accepter librement. Elle allait au moins tenter de se montrer reconnaissante.

— C'est une offre très généreuse, dit-elle prudemment. Mais je ne peux pas aller à Moscou. Je dois m'occuper de ma petite sœur.

— Et revoilà ton « mais ».

La colonelle eut un sourire mystérieux. Elle leur resservit du thé, mit deux cuillerées de sucre dans sa tasse et désigna celle de Kathi :

— Pour toi aussi ? demanda-t-elle d'un ton aimable.

Elle lui avait servi la première sans sucre. Kathi joua le jeu.

— Oui, une seule cuillère, s'il te plaît. Merci.

— Veux-tu un biscuit ?

La colonelle fouillait déjà une caisse, dont elle sortit un paquet orné de carreaux rouges et verts.

— Ils viennent d'Écosse. On appelle ça des « doigts beurrés », ils sont divins. Et ils sont encore meilleurs trempés dans de la crème. Boris ! lança-t-elle pour faire venir son adjudant. Va nous chercher de la crème à la cuisine.

Il ne revint qu'au bout de dix minutes, Dorota avait dû fouetter la crème à la main. Pendant ce temps, la colonelle vanta la Russie, le plus beau pays du monde, les merveilles de Moscou, les tourelles dorées, les coupoles du Kremlin, la splendeur des palais des tsars et des églises, la richesse intellectuelle assurée au pays par ses poètes et ses scientifiques.

Kathi l'écouta attentivement. La colonelle était une excellente conteuse ; dans son rôle d'institutrice déjà, elle avait su passionner ses élèves. L'espace d'un instant, l'ancienne Mlle Liebig resurgit sous l'uniforme russe.

La crème arriva. Kathi imita Sonia et plongea son biscuit dans le nuage de graisse blanche. Elles mastiquèrent ensemble, Kathi loua la friandise. La colonelle se comportait en hôtesse idéale, comme si elles étaient deux jeunes femmes qui prenaient le thé en papotant agréablement. Mais elle se sentait de plus en plus mal à l'aise, se demandant ce que la colonelle manigançait derrière ses amabilités.

— Sais-tu qui est l'Hydre ? demanda soudain Sonia en léchant la crème de son doigt.

Kathi ne s'étonnait plus de l'entendre passer du coq à l'âne.

— Un serpent de mer à plusieurs têtes de la mythologie grecque. Si on lui coupe une tête, il en repousse deux.

— Ah, les avantages d'une éducation humaniste…, nota la colonelle d'un ton léger. Moi, j'ai dû aller vérifier dans le dictionnaire. Le 17 août 1943, les Britanniques ont lancé une opération baptisée «Hydra». L'objectif de la RAF était Peenemünde, sur l'île baltique d'Usedom, où des hommes comme Walter Dornberger, Wernher von Braun et Walter Thiel développaient et lançaient ce qu'ils appellent leurs armes de représailles. Les Britanniques voulaient tuer le plus de scientifiques allemands possible et couper ainsi la tête de la recherche allemande sur les missiles. *Hydra!* (Elle eut un rire argentin.) Même l'humour des Britanniques est cultivé. Ils balancent des bombes meurtrières mais ils leur donnent un petit air de mythologie grecque.

Kathi attendit de voir où Sonia voulait en venir.

— Les Britanniques et les Américains savent que la technologie militaire allemande a des années d'avance sur la leur. Et ils la veulent. Pour ça, il leur faut les scientifiques qui l'ont développée. Il existe une liste de cent cinquante noms. Wernher von Braun y figure, tout comme Ferdinand von Schwarzenbach. Le recrutement a commencé depuis longtemps, il y a même eu quelques enlèvements. Les Américains appellent cela le «projet Overcast» et le tiennent secret, trompant ainsi la Russie! Nous sommes leurs alliés mais ils nous traitent comme des idiots utiles! Voilà le visage hypocrite de l'Occident impérialiste! Ils méprisent le bolchevisme et se croient supérieurs à nous, alors qu'ils ne valent pas mieux que les nazis! s'exclama-t-elle avec mépris. Le communisme est la meilleure forme de gouvernement pour le peuple, poursuivit-elle plus calmement. Dans notre État soviétique, nous avons aboli les différences de classes. Tous les humains sont égaux! Nous sommes tous frères. Voilà le véritable sens de la liberté. Personne ne possède plus que les autres, tout appartient à tous.

Kathi s'imagina un instant tous les Russes prenant chaque jour des bains de miel et de lait en buvant du champagne. Toutefois, la remarque sur les enlèvements de scientifiques l'avait impressionnée. Elle saisit que c'était avant tout la guerre qui rendait les hommes égaux. Les méthodes des vainqueurs et des vaincus se ressemblaient tellement, dès qu'on échangeait les rôles... Au lieu de Polonais, de Français ou de Belges, ce serait désormais des Allemands qui deviendraient travailleurs forcés. La peur de la vengeance des vainqueurs incitait les nazis à mener jusqu'au bout ce massacre inutile et imbécile, poussant encore et toujours à la mort soldats et civils, pour rien. Comme le *Gauleiter* qui avait essayé d'arrêter le convoi de Petersdorf.

Qu'elle accepte ou non l'offre moscovite ne changerait rien. On l'emmènerait, de gré ou de force. Elle se consola à l'idée que les Russes ne pourraient jamais la forcer à fabriquer des armes pour eux.

Une fois de plus, la camarade colonelle lut dans ses pensées.

— Tu te demandes sûrement comment je pourrai te forcer à mettre tes compétences intellectuelles au service de la Russie ? Eh bien, il te reste ta petite sœur. Je suis sûre que tu veux ce qu'il y a de mieux pour elle.

Sa phrase fit l'effet d'un coup de cravache. Kathi tressaillit. En effet, elle n'avait jamais eu le choix.

— Nous parlons ici d'un échange d'intérêts, Katharina. La technologie militaire est un butin de guerre, mais les connaissances techniques qui ont permis de l'acquérir le sont encore bien davantage. La Russie ne peut pas laisser les alliés occidentaux être les seuls à en profiter. Nous avons notre propre projet Overcast, et tu es sur notre liste. Tu fais partie du butin de guerre, Katharina. Nous ne te laisserons pas ici, à moins que tu choisisses la mort pour toi et ta sœur. Un coup de feu dans le cœur serait très humain, mais il existe d'autres possibilités. Comme... les écuries.

Kathi poussa un cri étranglé.

— Tu es un monstre !

— Je me contente d'exercer le droit du vainqueur, Katharina, répliqua Sonia, impassible. Et n'oublie pas que je peux faire rechercher ton père et veiller à ce qu'il soit bien traité. Ça dépend de toi ! Au cas où tu déciderais de coopérer, tu aurais un mentor à tes côtés. Niklas ! appela-t-elle. Tu peux entrer !

64

« Je ne sais ce qui m'arrive,
Ne sais quel délice j'entends,
Mon cœur s'envole d'ivresse,
Et la nostalgie est une chanson… »

Rainer Maria Rilke

La porte s'ouvrit et le jeune prisonnier de guerre allemand entra. Tout simplement. Kathi bondit sur ses pieds. Il lui sourit, et le monde disparut autour d'elle. Après avoir si souvent rêvé de lui et de son sourire de lune, elle se croyait à présent victime d'une hallucination.

Il dit :

— Je suis Niklas. Heureux de faire ta connaissance, Katharina.

Il lui tendit la main mais elle resta plantée là à le scruter comme une apparition. Que faisait-il ici ? D'où venait-il ?

— Je crois que notre Katharina a perdu sa langue, constata Sonia, amusée.

— Mais…, bafouilla la jeune fille.

Mais il est allemand, avait-elle voulu dire. Elle se laissa retomber sur sa chaise.

— Katharina adore commencer ses phrases par « mais », expliqua Sonia. Je vous laisse, tous les deux.

Puis elle sortit. Tout simplement.

Niklas tira une chaise et s'assit en face de Kathi.

— Tout cela doit te paraître bien déroutant, Katja, dit-il avant de lui prendre la main.

Kathi eut l'impression que sa tête n'était plus reliée à son corps.

— J'ai bu du thé vert de Chine, balbutia-t-elle. Mais en fait, il n'est pas vert, il est jaune. Les Chinois l'appellent thé du dragon.

Mais qu'est-ce que je raconte ? Il a les yeux verts. Vert clair.

— Tu veux encore du thé ?

— Quoi ?

— L'accélération est la dérivée seconde de la distance, après le temps.

Qu'est-ce qu'il a dit ? Kathi cilla comme si elle émergeait d'un profond sommeil. L'engourdissement se dissipa dans sa tête. *De la physique !* Il parle de physique.

— Tu es physicien ? demanda-t-elle presque timidement.

— Hourra ! Nous parlons enfin le même langage !

Il lui offrit de nouveau ce sourire qui semblait bouleverser sa tension artérielle, une forme de physique dont elle ignorait encore tout.

— Pourquoi *Licorne* ? demanda-t-il.

— Quoi ? bredouilla-t-elle.

Il doit me prendre pour une idiote.

— La fusée dans la grange, précisa-t-il, pourquoi l'as-tu baptisée *Licorne* ?

Oh non ! Pourquoi fallait-il qu'il commence précisément par cette question ? Comment pouvait-elle lui parler d'Anton et de l'histoire de Dorota ? Les physiciens croyaient-ils aux légendes ?

Il perçut son embarras.

— Tu pourras me le dire plus tard, si tu veux. As-tu des questions, Katja ?

— Les pommiers donnent-ils des pommes ?

Niklas éclata de rire.

— Tu es drôle, Katja.

Je suis drôle !

— Pourquoi tu m'appelles Katja ?

— Parce que je trouve que ça te va bien.

— Pourquoi tu travailles pour les Russes ? Ils te forcent ?

— Non. Les Allemands m'ont forcé à enfiler leur uniforme, m'ont mis un fusil entre les mains et m'ont ordonné de tuer l'ennemi. Mais personne n'a le droit de traiter qui que ce soit d'ennemi juste pour lui voler ses terres. Pour moi, il n'y a pas d'ennemi. Juste des gens. Nous sommes tous frères.

— Tu es communiste ?

— Si tu veux. Mais avant tout, je suis humain.

— Et physicien.

— Oui. Et ingénieur. Et pilote. Je teste moi-même ce que je fabrique.

— Pilote ? souffla Kathi.

— J'ai toujours voulu savoir à quoi ressemblait le monde vu d'en haut. Nous avons le même rêve, Katja.

Elle aimait ce surnom. Et elle aimait encore plus la manière dont il le prononçait.

— Je n'ai jamais volé, avoua-t-elle. Juste une fois du toit de la grange.

— Tu t'es fabriqué des ailes et tu as sauté, je parie ?

— Oui !

— Moi aussi ! Un pied cassé. Et toi ?

— Juste des égratignures. Et privée de sortie.

— Tu avais quel âge ?

— Neuf ans. Et toi ?

— Huit.

Ils gloussèrent comme de vieux amis évoquant un souvenir commun, bien que l'événement ne se soit déroulé ni au même moment ni au même endroit.

— Quel âge… Je veux dire…

— Tu veux savoir mon âge ? Vingt-deux ans.

— Et tu as déjà fini tes études ?

— Comme je suis surdoué, j'ai eu le droit d'aller à l'université à quinze ans. Que veux-tu étudier, Katja ?

— Tout !

— C'est aussi ce que j'ai répondu quand on m'a posé la question.

Il eut de nouveau ce sourire qui ouvrait le ciel et libérait des rêves plus scintillants que toutes les galaxies.

— Et maintenant, qu'est-ce qui va se passer ? demanda Kathi.

— J'ai apporté des livres spécialisés. Nous allons travailler ensemble pendant quelques jours, puis tu passeras plusieurs tests qui me permettront d'évaluer tes dons et tes compétences. À Moscou, tu pourras étudier tout ce que tu voudras : physique, mathématiques, ingénierie, technologie aéronautique… En Russie, les femmes ne sont soumises à aucune restriction. Je serai ton mentor. En même temps, tu feras partie de mon groupe de recherche. Mon approche scientifique est de relier dès le début la théorie à la pratique. Ce serait une toute nouvelle vie pour toi, Katja.

Elle prit le temps de la réflexion. L'offre de Niklas valait celle de Ferdinand, mais à l'époque, les conditions étaient toutes autres.

— J'ai une petite sœur, Franzi. Nous ne savons pas où sont nos parents. Mon père a disparu au front et ma mère a été… emmenée par les nazis l'an dernier. Qui s'occupera de Franzi quand je ferai mes études ?

Niklas la regarda comme si elle venait de lui présenter un problème totalement inédit.

— La petite fille dans la cuisine est ta sœur ? Elle ne peut pas rester avec la vieille femme ?

— Non ! Je ne vais nulle part sans Franzi. Ni sans Dorota, répondit Kathi d'un ton catégorique.

Niklas la dévisagea longuement, comme s'il examinait le résultat d'une expérience qui ne correspondait pas exactement à ses attentes. Kathi soutint son regard. Première épreuve de force. L'atmosphère se tendit d'un coup.

Un muscle tressauta sur la joue gauche de Niklas. Puis il se carra tranquillement dans sa chaise et étendit ses longues jambes.

— Eh bien, tu les emmènes toutes les deux avec toi. Tu fais tes études et Dorota s'occupe de ta sœur. Problème résolu !

— Ce serait possible ?

Kathi était stupéfaite. Elle s'était attendue à un combat long et difficile. Ce combat, ce fut Niklas qui dut le mener plus tard avec la colonelle. Il ne le raconterait à Kathi que longtemps après.

Malgré le plaisir que lui procurait la compagnie de Niklas, elle devait retourner voir sa sœur, à laquelle elle manquait sans doute déjà. Elle eut une idée.

— Viens avec moi, Niklas. Je vais te présenter.

Sur un ordre du jeune homme, un soldat déverrouilla la porte de la cuisine.

Dorota et Franzi accueillirent avec curiosité leur visiteur inattendu. Franzi lui tirailla la manche puis bourdonna. Kathi expliqua brièvement à Niklas leur mode de communication puis traduisit avec un sourire :

— Franzi voudrait savoir si tu lui as apporté un nain.

— Un nain ? Hélas non. Mais j'ai autre chose pour toi.

Il tira de sa poche une tablette de chocolat toute en longueur ornée de l'inscription *Hershey's Sweet Milk Chocolate* et la lui tendit. Franzi s'en saisit et disparut sous la table. Elle ne mangea toutefois pas le chocolat, beaucoup plus intéressée par l'emballage d'aluminium brillant.

Dorota, elle, s'intéressa à Niklas. Son regard passait sans relâche de Kathi au jeune homme, qui l'avait saluée en ces termes :

— C'est donc vous, la babouchka aux mains magiques ! Mes frères chantent les louanges de votre cuisine !

— Oii ! lança Dorota, combien de frères avez-vous donc ?

— Tous et aucun, petite mère, répondit Niklas en souriant.

À sa grande surprise, Dorota fondit en larmes.

— *Petite mère !* C'est ainsi que m'appelait mon Oleg…

Elle renifla puis sécha ses larmes avec un coin de son tablier.

— Ça va, ça va, marmonna-t-elle, puis : Aujourd'hui est une bonne journée.

Niklas jeta un coup d'œil perplexe à Kathi.

— Son fils ? demanda-t-il en russe.

Kathi hocha la tête. Adoptif ou non, ça ne faisait aucune différence. Un soldat surgit et annonça que la colonelle était prête à partir.

— Je dois y aller, Katja, dit Niklas. Nous reprendrons demain. Juste une idée : demande-toi si l'endroit d'où part une fusée compte vraiment. Le tout, c'est qu'elle se pose sur la Lune…

Dix minutes plus tard, Dorota et Kathi virent Niklas monter avec la colonelle dans un véhicule militaire, vêtu d'un uniforme d'officier russe.

— Un jeune homme bien comme il faut, dit Dorota. Pourquoi t'appelle-t-il Katja ?

Kathi lui rapporta tout son entretien avec Niklas.

— Tu aimerais étudier à Moscou, petit cœur ?

— Je ne sais pas. Si je pouvais décider librement, je répondrais tout de suite non, évidemment. Mais je n'ai pas le choix. La colonelle a dit que j'étais un butin de guerre.

— Oui… Comme ma vieille machine à coudre, hein ?

Kathi tordit la bouche en un demi-sourire.

— À peu près. Mais dans ce cas, ça ferait trois machines à coudre. J'ai exigé de ne pas partir sans toi et Franzi. Niklas a dit que ce ne serait pas un problème. Nous pourrions rester ensemble, toutes les trois.

La réponse de Dorota surprit Kathi.

— Ça me brise le cœur, mais Franzi et toi devrez partir seules. Je ne viendrai pas.

Kathi était ébahie. Avant qu'elle puisse réagir, Dorota poursuivit :

— Tout a une fin. Cette année, la huppe n'est pas revenue dans le pommier. Mais une porte se ferme, une autre s'ouvre. Mon destin n'est pas d'aller vers l'est. Je dois rester ici pour attendre mon Oleg.

Kathi écarquilla les yeux.

— Oleg est en vie ? Tu as eu une vision ? Et mes parents ? Tu les as vus aussi ?

Tout excitée, elle avait saisi la main de Dorota.

— Pas vraiment, petit cœur. Les images sont floues et difficiles à interpréter. Elles coulent parfois dans un sens, parfois dans l'autre. Je ne suis sûre que d'une chose : c'est votre destin, à Franzi et à toi, d'aller à Moscou. Je l'ai compris quand j'ai vu ce jeune Niklas monter en voiture. Regarde dehors, petit cœur ! Que vois-tu ?

Deux camions militaires russes étaient garés dans la cour, quelques soldats fumaient. Le drapeau soviétique qu'ils avaient fixé à la grange se gonfla dans le vent.

— Que veux-tu dire ? demanda Kathi.

— Regarde leurs bérets, petit cœur. Et leurs voitures. Leur drapeau ! Elle est partout !

— Quoi donc ?

— L'étoile ! Ton destin, petit cœur ! Niklas est l'homme des étoiles !

Épilogue

Le peuple allemand n'avait plus eu de nouvelles de son Führer depuis longtemps. Le 30 janvier 1945, Adolf Hitler tint son dernier discours radiophonique en appelant une dernière fois à la victoire finale. Peu après, il donna l'ordre de la «Terre brûlée». En se retirant, les armées allemandes devaient dévaster complètement leur propre pays. Le ministre de l'Armement, Speer, reçut l'ordre de détruire l'infrastructure des villes. Rien ne devait tomber aux mains de l'ennemi.

Le 30 avril 1945, Adolf Hitler se suicida avec Eva Hitler-Braun, laissant l'instruction de brûler leurs corps. Le Führer redevint poussière, et cendres.

Quand la nouvelle de sa mort arriva à la ferme Sadler, des salves de joie résonnèrent toute la journée. Les soldats russes criaient: «Hitler est mort! Vive Staline!» Une semaine plus tard, le Reich allemand capitulait. La guerre était finie.

Kathi avait appelé ce jour de ses vœux tout en le redoutant. Maintenant qu'elle était butin de guerre, la paix ne signifiait plus grand-chose pour elle. Elle espérait chaque jour des nouvelles de ses parents ou de M. Levy, continuait à espérer que les événements tourneraient en sa faveur et qu'on ne l'emmènerait pas à Moscou. Il devait bien exister un moyen de lui épargner ce sort!

Il ne se passa d'abord pas grand-chose. La colonelle confia la direction des opérations à son second, monta dans un camion militaire avec Niklas et disparut pour des semaines. Elle ne revint à la ferme Sadler qu'à la mi-juin, seule.

— Niklas a du travail, répondit-elle sèchement à Kathi quand celle-ci s'enquit du sort du jeune homme.

Puis elle reprit sa vieille routine au salon, compulsant des papiers pendant des heures, établissant des listes et des rapports, passant des coups de fil, s'absentant toute la journée. Les messagers se succédaient.

Une semaine après son retour, elle fit venir Kathi tôt le matin. La table du salon croulait sous les mets raffinés. La colonelle étala sur une tranche de pain blanc moelleux une pâte noire et collante tirée d'une conserve. La pièce puait le poisson.

— Le moment est venu, Katharina, annonça-t-elle entre deux bouchées. Tu pars à Moscou demain.

— Déjà ? souffla Kathi. Et mon père, camarade Sonia ? Tu as dit que si j'allais à Moscou, tu le chercherais dans les camps. Tu l'as trouvé ? Il est en vie ? Je peux aller le voir ? demanda-t-elle d'un ton précipité.

— Tu dois d'abord te montrer utile à l'Union soviétique, Katharina. Alors, on pourra peut-être arranger quelque chose.

— Ça veut dire que mon père est en vie ?

L'espoir faisait vibrer tous les nerfs de la jeune fille.

La colonelle mordit dans sa tartine avec délice et mâcha longuement avant d'apporter à Kathi le soulagement d'une réponse :

— Oui, ton père est en vie. Il est en Sibérie où il se rachète de son crime contre le peuple russe.

— En Sibérie ? Tu avais dit qu'il pourrait rentrer à la maison ! S'il te plaît, libère-le !

— Tu te méprends sur ta position, Katharina! Tu es une prisonnière. Cesse de poser des exigences. Je fais déjà preuve d'une grande bienveillance à ton égard en envoyant ta sœur avec toi à Moscou. Tu pourras en remercier Niklas. Et maintenant, file, j'ai du travail.

Kathi n'abandonna pas.

— S'il te plaît, Sonia! Je ferai tout ce que tu voudras, mais libère mon père!

— Pas de discussion! Et maintenant, fiche le camp avant que je te fasse jeter dehors.

Kathi sortit, sur un petit nuage. Son père était en vie! Euphorique, elle rapporta la bonne nouvelle à Dorota et Franzi. Même si elle ne voulait pas partir à Moscou, elle était prête à tous les voyages si cela signifiait qu'elle pourrait revoir son père un jour. Mais comment annoncer à Franzi qu'elles allaient partir dès le lendemain, quitter leur foyer? Kathi repoussa d'heure en heure le moment de vérité.

Et alors qu'elle venait de se décider à lui parler, un miracle se produisit.

Un des soldats qui montaient la garde à l'entrée de la ferme vint annoncer de la visite pour la camarade colonelle. Peu après, un véhicule militaire polonais entra dans la cour. Un des passagers agitait le drapeau de la Pologne par une fenêtre.

Kathi eut peine à en croire ses yeux: non seulement Piotr, le neveu de Dorota, et M. Levy descendirent de la voiture, mais ils furent suivis d'Oleg et de tante Paulina. Tous portaient un brassard de l'armée libre polonaise, sauf Oleg, vêtu d'un uniforme russe. Et Dorota qui était aux champs, à contrôler les semis!

Kathi voulut se précipiter dehors, mais le garde posté dans le couloir la repoussa vers la cuisine. Malgré l'interdiction formelle de le faire, la jeune fille ouvrit une fenêtre, cria et agita les bras. Oleg et Paulina coururent vers elle, mais des soldats russes se mirent en travers de leur chemin.

La camarade colonelle vint à la rencontre des nouveaux arrivants. S'ensuivit une brève discussion, on présenta des documents que Sonia Ivanovna contrôla, puis elle les autorisa à aller voir Franzi et Kathi.

Après toutes ces péripéties, toutes ces peines, et l'angoisse subie des mois durant dans sa propre maison, Kathi peinait à croire à ce retournement de situation. Elle secouait la tête, incrédule, observait Paulina puis Oleg, cherchait M. Levy du regard, dévisageait Piotr, comme si elle craignait de les voir s'évaporer sous ses yeux.

Paulina et Oleg avaient beaucoup de choses à raconter. La vieille Hertha Köhler était morte ; Paulina avait été intoxiquée par la fumée en essayant de sauver sa grand-mère de la maison en flammes, et n'avait pas pu rejoindre le convoi.

— Je me suis barricadée dans la cave et j'ai survécu en mangeant les réserves. Oleg a fini par m'y retrouver.

— Et moi, poursuivit celui-ci, les Allemands m'ont envoyé dans un camp, à Auschwitz. Je devais charger des grenades dans une usine. Quand les Russes sont arrivés fin janvier et nous ont libérés, j'ai rencontré le commandeur Anatoliy Shapiro, un camarade de mon pays.

Oleg lissa son uniforme de la main, attira Paulina à lui et l'embrassa fougueusement.

— Oleg est un vainqueur, maintenant, s'exclama la jeune femme, rayonnante.

Elle tendit sa main, ornée d'une fine bague d'or.

— Nous sommes mariés ! Et nous avons des papiers prouvant que la ferme Sadler nous appartient. Nous restons ici. Et vous aussi. C'est votre maison.

Elle caressa tendrement la tête de Franzi.

À cet instant, Dorota ouvrit la porte et se figea sur le seuil.

— Petite mère ! s'exclama Oleg en se levant d'un bond.

— Oleg, mon Oleg !

Ils se jetèrent dans les bras l'un de l'autre ; cet après-midi-là, bien des larmes de joie furent versées.

Kathi aussi avait beaucoup de choses à raconter, dont la confirmation que Laurenz était vivant. Elle garda pour elle son départ imminent pour Moscou. Elle n'en avait toujours pas parlé à Franzi, et ne pouvait non plus se résoudre à troubler la joyeuse ambiance des retrouvailles.

Plus tard, elle entraîna sa sœur dans un coin et lui expliqua tout.

— Tu n'es pas obligée de venir à Moscou, Franzi. Tu peux rester à la ferme avec Dorota, Oleg et tante Paulina !

Mais Franzi la surprit : *Je veux rester avec toi.*

Postface

« Une porte se ferme, une autre s'ouvre. » Dorota le dit à Kathi, et cela vaut pour toute la famille Sadler : le voyage de Kathi et Franzi se poursuivra dans un second volume.

Après tout, Kathi avait déjà de grandes idées étant petite, et rien n'est plus fort en nous que nos rêves d'enfant.

Dans le second volume de la saga, vous découvrirez comment Kathi, jeune femme étrangère dans une Russie qui lui est hostile, réalise son rêve. Elle joue un rôle non négligeable dans la conquête de la Lune et se bat pour Niklas, l'amour de sa vie, malgré la jalousie, l'envie et la trahison qui l'entourent. En même temps, elle est toujours prête à soumettre son destin à celui de sa sœur, car elle s'est promis à elle-même et à sa mère de toujours veiller sur elle.

La vie de Franzi est littéralement entre les mains de Kathi : pour leurs ravisseurs, la petite est un poids, une vie indigne d'être vécue. Kathi, si inventive, a recours à une ruse pour protéger sa petite sœur.

Qu'arrive-t-il pendant ce temps-là à leur mère, Anne-Marie ? Sa dangereuse tentative de sauver son mari Laurenz d'un camp sibérien va-t-elle aboutir ? Et Kathi reverra-t-elle sa patrie si lointaine, qui lui manque tant pendant de si longues années ?

J'ai encore un certain nombre de pages devant moi avant que tout cela n'arrive, et beaucoup de recherches, ainsi qu'un voyage prévu en Russie.

Ce roman est basé sur des faits authentiques; il est inspiré par l'histoire de ma propre famille, qui m'a livré plusieurs anecdotes. Le fermier Hondl est vraiment allé avec toute sa famille au centre d'administration régional pour échapper à l'incorporation. C'était mon grand-père.

Bien sûr, j'ai aussi pris quelques petites libertés artistiques. Ainsi, Petersdorf et Michelsdorf sont le pur produit de mon imagination; il existait à l'époque des villages portant ces noms, mais ils étaient bien plus éloignés de la frontière polonaise.

La mystérieuse maladie de Franzi est aujourd'hui connue sous le nom de sclérodermie (du grec *sclero*, «dur», et *derma*, «peau»). Vous trouverez en annexe davantage d'informations à ce sujet.

Certains personnages réels apparaissent sous leur véritable nom; pour d'autres, moins connus, j'ai un peu modifié les patronymes. C'est le cas de Milosz Rajevski, l'ami de Kathi Sadler. Il est inspiré du mathématicien et cryptologue polonais Marian Rejewski, mort à Varsovie en 1980. Dès 1932, il posa les bases de ce qui permit plus tard de décoder la machine de cryptage allemande Enigma. Pendant la guerre, il se réfugia d'abord en France, puis en Angleterre.

L'une des figures les plus tragiques de l'histoire de la Seconde Guerre mondiale est certainement celle de Franz Honiok, dans le livre un ami proche de la famille Sadler. L'histoire officielle le considère aujourd'hui comme le premier mort du conflit. On ne retrouva jamais sa dépouille. Peut-être souhaiterez-vous évoquer un instant sa mémoire et celle des millions d'autres innocents assassinés par de cruels fanatiques.

On a beaucoup écrit sur les deux guerres mondiales, des dizaines de milliers d'ouvrages leur sont consacrés. Le mien vient s'y ajouter pour témoigner contre l'oubli, pour que l'Histoire ne se répète pas. Entre 1914 et 1945, seuls trente et un ans ont passé. Comment deux catastrophes d'une telle ampleur ont-elles pu se produire en si peu de temps ?

Voilà pourquoi le dialogue compte tant. Parlons-nous. Pour reprendre les mots d'une survivante d'Auschwitz : « Tant qu'on parle, au moins, on ne se tire pas dessus. »

J'aimerais ici rappeler d'autres victimes que l'on oublie souvent. Les innocents souffrent toujours des actes des coupables, et c'est aussi le cas des animaux pendant la guerre.

Chevaux, ânes et mulets, bœufs, chiens, pigeons voyageurs étaient du matériel de consommation, comme les cartouches, les armes, les pelles… et les soldats.

À Londres se dresse un monument de bronze intitulé *Animals in War*, « Animaux dans la guerre ». Un cheval exténué traverse une brèche dans un mur, suivi d'un chien et de deux ânes lourdement chargés. Sur le mur, on lit : *They had no choice*, « Ils n'avaient pas le choix ».

Ces animaux statufiés représentent tous ceux qui, comme les humains, étaient et sont encore employés dans des conflits et des guerres insensés, maltraités à mort, déchiquetés sur les champs de bataille, abattus ou gazés. Rien qu'en Angleterre, pendant la Première Guerre mondiale, huit millions de chevaux moururent, soit soixante-quinze pour cent du cheptel. Durée moyenne de survie d'un cheval d'artillerie : dix jours. Ceux qui échappaient au massacre revenaient aussi traumatisés que les hommes. Et comme chaque guerre entraîne la famine, la majorité des chevaux de retour de la guerre finissaient chez le boucher.

Quarante mille chiens partirent aussi en guerre. Sous des pluies de balles et d'obus, ils portaient les messages, détectaient les gaz toxiques et recherchaient les bombes. La majeure partie des animaux étaient «recrutés» dans le civil. Il y avait des sélections de chevaux et de chiens. Des milliers de pigeons voyageurs moururent aussi au cours de la première guerre «gazeuse» de l'histoire de l'humanité.

Les chiffres de la Seconde Guerre mondiale en la matière sont similaires. Sur le front africain, on employa aussi des chameaux et des éléphants.

Les animaux appelés à servir au combat devaient d'abord être rendus «résistants» aux coups de feu, comme on dit en jargon militaire. Pour cela, on les enfermait dans un bunker, puis les formateurs tiraient des coups de canon ou lançaient des grenades. Voilà comment chevaux et chiens étaient censés apprendre à ne plus avoir peur des explosions. Nous autres humains devenons bien créatifs lorsque nous arrêtons de penser.

Être humaniste, ce n'est pas seulement se comporter avec empathie et compassion; c'est aussi faire preuve de sensibilité envers tous les êtres vivants. Le philosophe Richard David Precht écrit à ce propos: «Il y a deux catégories d'animaux. Ceux qui croient qu'il y a deux catégories d'animaux, et ceux qui en subissent les conséquences.»

Ou, comme le disait Léonard de Vinci, génie universel: l'homme est bien le roi des animaux, car sa cruauté dépasse en tout la leur.

ANNEXES

Lettres du front

(*Les lettres étant rendues sous leur forme originale,
les fautes éventuelles ont été conservées.*)

Lettre rédigée par le soldat Hans Reiser
à la caserne de Munich
le 2 août 1914, juste avant le début
de la Première Guerre mondiale

Chers parents !
*J'ai bien reçu votre lettre. Je vois que vous vous faites
du souci, surtout toi, chère mère parce que je dois partir
en guerre. Ce n'est pas si dangereux que ça, je ne suis
pas directement de la chair à canon, et ce qui vaut pour
moi vaut aussi pour des centaines de milliers d'autres. Si
nous ne nous revoyons pas avant le départ, console-toi, je
reviendrai. Je suis allé en ville, on voit beaucoup de larmes
mais il y a aussi un enthousiasme contagieux, on est fier
d'être soldat. L'heure est grave, mais je suis heureux d'en
être. Je viens d'apprendre que j'ai été affecté à l'artillerie à
pied. Je reste avec le lieutenant (Trauch), qui est maintenant adjudant. Je serai à cheval et j'aurai même un canas-
son de réserve. Comme armes, j'ai un sabre et un pistolet.
Nous ne pourrons sûrement partir qu'au 7e ou 8e jour de
mobilisation, à Germersheim, donc contre la France.*

Il y a une grande agitation ici. Depuis hier, des car-gaisons de réservistes et de chevaux arrivent, de beaux gros chevaux de monte et de trait. S'ils savaient ce qui les attend. C'est la guerre.

J'ai beaucoup à faire, maintenant. Aujourd'hui, nous devons tout livrer, distribuer les uniformes, aller chercher l'équipement – on ne remarque pas que c'est dimanche. Vous pouvez encore m'envoyer quelque chose, du saucisson ou de l'argent pour que je m'en achète, du chocolat. J'ai assez de sous pour le moment, je le mets dans mon sac de poitrine, c'est le plus sûr. Je vous promets d'écrire souvent, mais ça ne fera pas beau-coup, parce qu'avec trois canassons et le lieutenant, j'ai beaucoup de travail.

Ne vous en faites pas trop, ma chance ne me quit-tera pas, et « toutes les balles ne touchent pas leur but » ! Tout ça n'est pas si dangereux, au contraire, c'est beau de partir au combat pour la mère patrie. Et puis je verrai aussi du pays.

Alors encore une fois, passez le bonjour à tous ceux que je connais, et je vous embrasse,
Votre Hans

***

Extrait d'une lettre écrite alors que les parents avaient envoyé à leur fils Hans, sur le front en France, un petit arbre de Noël

Grâce à votre gentillesse, le premier Noël à la guerre restera pour moi inoubliable. Le 24 au soir, l'église était pleine de soldats. Un religieux protestant a tenu un dis-cours qui est allé droit au cœur. « Douce nuit, sainte nuit » a retenti dans l'église. J'ai prié pour la première fois depuis longtemps. Puis le major a fait un discours musclé, et chaque soldat a reçu un cadeau. Ce soir-là, aucun coup de feu n'a été tiré. Beaucoup d'entre nous ont été envoyés en Russie. Nous avons trop d'ennemis. Mais nous vaincrons.

***

Extrait d'une lettre datant de la troisième année de guerre

Ceux qui sont là depuis le début savent ce que nous avons traversé. À disposition nuit et jour, marches et galopades dans les bois et les villages hostiles, sans savoir si un coup de feu ne risque pas de claquer à la prochaine fenêtre. Souvent, on n'avait pas assez à manger, ou la viande était crue. L'eau qu'on faisait bouillir était grise de saleté. Et puis, les champs de bataille : des morts et des mourants partout, des blessés et des chevaux crevés. La puanteur des villages en flammes nous accompagnait, comme celle des cadavres de bêtes en décomposition. On était comme assommés, on avait l'appétit coupé par toutes ces horreurs… J'espère que ça ne durera plus trop longtemps…

***

Autres extraits qui parlent d'eux-mêmes

Des tirs d'artillerie comme je n'en ai encore jamais entendu, même pas à Arras. L'air et la terre tremblaient, les balles éclairantes fusaient comme dans un orage interminable. Les troupes d'assaut sont menées comme des moutons et crèvent en masse. Le soldat allemand est le plus docile des gogos. C'est incroyable ce qu'on exige des gens et ce qu'ils font, même s'ils le font en jurant et en pestant. On est coincés dans ce trou à rats et on n'en voit pas la fin, c'est horrible…

On nous propose des obligations de guerre. Le major nous a incités à signer. Personne n'a bougé.

Ces messieurs les officiers et leurs ordonnances rapportent toujours des puces du casino, et voilà qu'on doit supporter ça aussi. Pendant la journée, les mouches et la chaleur, pendant la nuit, les puces. Envoyez-moi de l'antipuce, s'il vous plaît, le médecin n'en a jamais assez. J'espère que les dirigeants seront bientôt forcés à conclure la paix par toutes ces pertes. Peut-être que la crise au Reichstag nous rapproche de la fin. Il y a peu, ils m'ont intercepté une lettre bien virulente. Quand on voit tous ces mensonges et que la fin n'est toujours pas en vue, difficile de s'empêcher d'en dire plus qu'on en a le droit. Mon cheval a été très malade. Il avait bouffé du sable. Ça a été très dur pour moi. Dieu merci, ça va mieux…

Remerciements

Chers lecteurs, chères lectrices, quelle joie de vous retrouver ici ! Merci de m'avoir accompagnée dans mon voyage à travers ce livre.

Je remercie mon mari, trésor de ma vie, pour son amour, sa patience et sa sollicitude permanente, et pour ne jamais commenter l'alimentation si saine d'une autrice (cappuccino et têtes au chocolat). Je profite de l'occasion pour m'incliner, reconnaissante, devant leurs inventeurs inconnus. Grâce à eux, mon sang est constitué de caféine et de sucre. On suppose que le cappuccino doit son nom à des soldats autrichiens stationnés en Italie pendant la Première Guerre mondiale et qui ne voulaient pas renoncer à leur *Kapuziner* (spécialité autrichienne de café à la crème). Quant aux premières têtes au chocolat, elles sont apparues au Danemark vers 1800.

Un chaleureux merci à mon amie et éditrice Myriam, dont la collaboration et l'aide constantes me sont devenues indispensables. Je l'adore, même si elle me tourmente à coups de virgules, de commentaires, et de quelque chose qu'elle appelle « le dico ». Je n'oublierai jamais nos conversations sur l'art et la manière de vider une fosse à purin. Merci, Myriam, d'être dans ma vie ! L'intégralité des fautes et erreurs de ce livre sont bien entendu à mettre sur le compte de l'autrice et de son entêtement.

Je suis également reconnaissante à Andrea Müller, chez mon éditeur original Piper, qui a accompagné le projet depuis sa première page. Je suis loin d'être la seule autrice qu'elle ait en charge, et pourtant, elle possède le don merveilleux de me faire croire que mes coups de fil lui importent plus que tout. Merci, Andrea, d'être toujours là pour moi !

Je remercie tout autant la directrice éditoriale Felicitas von Lovenberg pour sa confiance toujours renouvelée, ainsi que toute la formidable équipe de Piper.

Je dois aussi un grand merci à mes bons esprits Ramona et Ludwig qui me guident à travers toute forme de jungle technologique – à l'inverse de Kathi, je ne comprends rien à la technique.

Je dois mentionner les autrices de best-sellers Barbara Schiller (de B. C. Schiller) et Lisa Tortberg, qui me soutiennent et me motivent sans relâche depuis que je les connais. Les filles, je suis heureuse de vous avoir, vous êtes les meilleures !

Merci aussi à mes fidèles lecteurs et lectrices de combat : Christine, Ro, Ludwig, Heike, Tine et Eva. Votre soutien permanent, vos encouragements et vos critiques sont tout pour moi.

Je remercie Hans Reiser d'avoir aimablement mis à ma disposition les lettres que son grand-père soldat envoya à sa famille pendant la Première Guerre mondiale.

Et puis il y a aussi ma merveilleuse agente Lianne Kolf, qui fut la première à croire en mes livres et qui remua ciel et terre pour permettre à mon rêve de se réaliser.

Je remercie aussi ma maman chérie, qui a le plus grand cœur du monde. Elle est aussi la meilleure cuisinière et la meilleure faiseuse de confiture de l'univers.

Et bien sûr, je remercie surtout mes lecteurs et mes lectrices. C'est vous ! J'écris pour vous et je vous adore ! Du fond du cœur, je vous souhaite, à vous et vos proches, santé, bonheur et amour, car l'amour est la seule chose qui puisse guérir ce monde...

À bientôt !

Très chaleureusement à vous,
Hanni M.

La sclérodermie, maladie de Franzi

La sclérodermie systémique est une maladie auto-immune du groupe des collagénoses, avant tout caractérisée par un durcissement progressif des tissus conjonctifs. Selon la progression de la maladie, elle peut toucher aussi bien la peau que les organes internes (appareil digestif, poumons, cœur et reins).

Plus de quatre-vingt-dix pour cent des patients souffrent du syndrome de Raynaud : la peur et le stress provoquent chez eux des spasmes douloureux des vaisseaux qui s'expriment par une décoloration soudaine des doigts, qui deviennent glacés. Les orteils, les oreilles, le nez ou le pourtour de la bouche sont parfois touchés aussi.

Les malades souffrent souvent de fatigue chronique, de fièvre, de perte de poids, de rétention d'eau aux mains et aux pieds, de problèmes de déglutition, de difficultés respiratoires, de modifications du visage (la bouche rétrécit) et d'une sensation d'oppression de la peau très désagréable, comme si le corps y était enfermé. Les femmes sont six fois plus touchées que les hommes.

Il n'existe aucun traitement causal. La thérapie se concentre sur les soins symptomatiques des manifestations cutanées et celui des dommages subis par les organes.

Glossaire

Enigma
Machine de chiffrement à rotor. Utilisée par la Wehrmacht pendant la Seconde Guerre mondiale pour coder ses communications.

Gestapo
Police d'État secrète, police politique et police criminelle à l'époque du national-socialisme, 1933-1945.

Loubianka
Centrale moscovite de la police politique, disposant de sa propre prison.

Moule à gâteau croix gammée
Certains boulangers et bouchers confectionnaient leurs produits en forme de croix gammée : biscuits, saucisses... Finalement, Goebbels se vit dans l'obligation de créer une sorte de «ministère antikitsch» pour faire face à ces dérives.

NKVD
Commissariat soviétique du peuple aux Affaires intérieures ; dispose de ses propres troupes et, à partir de 1935, d'une police secrète.

NSDAP
Parti national-socialiste des travailleurs allemands.

Okhrana
Police secrète de la Russie tsariste.

Pacte Hitler-Staline
En 1989, sous la présidence de Gorbatchev, l'Union soviétique niait toujours l'existence des protocoles secrets et les rejetait en les qualifiant de propagande antisoviétique.

SD
Police secrète du NSDAP et de la SS.

Tchéka
Commission soviétique chargée de combattre la contre-révolution et le sabotage.

Transeamus
Chant choral de Noël écrit par un compositeur de Silésie inconnu. Après la Seconde Guerre mondiale, le *Transeamus* devint célèbre dans le monde entier, devenant une sorte d'hymne des fugitifs et réfugiés silésiens.

Chronologie

1914-1918 : Première Guerre mondiale ; chute des Hohen-
zollern, des Habsbourg et des Romanov.

1917-1921 : Révolution russe et guerre civile.

1919 : Création de la Société des Nations.

1922 : Benito Mussolini prend le pouvoir en Italie.

1925 : Joseph Staline prend le pouvoir en Union soviétique.

1929 : Jeudi noir aux États-Unis ; crise économique mondiale.

1933 : Adolf Hitler prend le pouvoir en Allemagne.

1939 : L'Allemagne et la Russie signent un pacte de non-
agression.

1939 : Invasion de la Pologne ; la Grande-Bretagne et la
France déclarent la guerre à l'Allemagne.

1939-1945 : Seconde Guerre mondiale.

1937-1945 : Guerre du Pacifique.

1944 : Les Alliés débarquent en Normandie.

1945 : L'Allemagne capitule en mai ; fin de la guerre en
Europe.

1945 : L'Amérique envoie deux bombes atomiques sur le
Japon.

1945 : Le Japon capitule ; fin de la Seconde Guerre mondiale en septembre.

*Cet ouvrage a été composé par
Atlant'Communication au Bernard (Vendée)*

*Impression réalisée par
CPI Brodard & Taupin
en août 2024
pour le compte des Éditions Archipoche*

Imprimé en France
Rang de tirage : 01
N° d'édition : 847
N° d'impression : 3057065
Dépôt légal : septembre 2024